國家『十二五』重點圖書出版規劃項目

新編元稹集

十六

［唐］元稹　原著
吴偉斌　輯佚　編年　箋注

陝西新華出版傳媒集團
三　秦　出　版　社

新編元稹集第十六册目録

大和四年庚戌(830)　五十二歲(續)

◎書　異[①]

孟冬初寒月，渚澤蒲尚青[②]。飄蕭北風起，皓雪紛滿庭[③]。行過冬至後，凍閉萬物零[④]。奔渾馳暴雨，驟鼓轟雷霆[(一)][⑤]。傳云不終日，通宵曾莫停[⑥]。瘴雲愁拂地，急霤疑注瓶[⑦]。洶湧潰潦濁，噴薄鯨鯢腥[⑧]。跳趫井蛙喜，突兀水怪形[⑨]。飛蚋奔不死[(二)]，修蛇蟄再醒[⑩]。應龍非時出，無乃歲不寧[⑪]？吾聞陰陽户，啓閉各有扃[⑫]。後時無肅殺，廢職乃玄冥[⑬]。座配五天帝，薦用百品珍[(三)][⑭]。權爲祝融奪，神其焉得靈[(四)][⑮]？春秋雷電異，則必書諸經[⑯]。仲冬雷雨苦，願省蒙蔽刑[⑰]。

録自《元氏長慶集》卷二

［校記］

(一) 驟鼓轟雷霆：楊本、叢刊本、《全詩》同，宋蜀本作“驟若隨雷霆”，語義相類，不改。

(二) 飛蚋奔不死：楊本、叢刊本、《全詩》同，宋蜀本作“飛蚋奔未死”，語義相類，不改。

(三) 薦用百品珍：楊本、叢刊本、《全詩》同，宋蜀本作“薦用百品馨”，語義相類，不改。

(四) 神其焉得靈：楊本、叢刊本、《全詩》同，宋蜀本作“神其安得靈”，語義相類，不改。

［箋注］

① 書：書寫，記録，記載。《易·繫辭》：“書不盡言，言不盡意。”《左傳·隱公四年》：“衛人逆公子晉于邢，冬十二月，宣公即位。書曰：‘衛人立晉。’” 異：指奇異、非凡之人或事物。《論語·先進》：“吾以子爲異之問。”何晏集解引孔安國曰：“謂子問異事耳！”劉寶楠正義：“異者謂異人也，若顔淵、仲弓之類。”奇特的，不平常的。《詩·邶風·静女》：“自牧歸荑，洵美且異。”高亨注：“異，出奇。”韓愈《齪齪》：“大賢事業異，遠抱非俗觀。”

② 孟冬：冬季的第一個月，即農曆十月。《禮記·月令》：“孟冬之月，日在尾。”《古詩十九首·孟冬寒氣至》：“孟冬寒氣至，北風何慘慄！” 初寒：剛開始寒冷。謝靈運《燕歌行》：“孟冬初寒節氣成，悲風入闈霜依庭。”孫光憲《臨江仙》：“霜拍井梧乾葉墮，翠帷雕檻初寒。” 渚澤：洲中積水的窪地。賈誼《新書·大政》：“渚澤有枯水，而國無枯士矣！”柳宗元《首春逢耕者》：“南楚春候早，餘寒已滋榮……園林幽鳥囀，渚澤新泉清。” 蒲：植物名，香蒲。《詩·大雅·韓奕》：“其蔌維何？維筍及蒲。”楊衒之《洛陽伽藍記·景明寺》：“寺有三池，蕉蒲菱藕，水物生焉！” 青：顔色名，緑色。杜甫《絶句》：“江邊踏青罷，回首見旌旗。”蘇軾《雨》：“青秧發廣畝，白水涵孤城。”

③ 飄蕭：狀風聲。張籍《雨中寄元宗簡》：“秋堂羸病起，盥漱風雨朝。竹影冷疏澀，榆葉暗飄蕭。”元稹《解秋十首》六：“霽麗床前影，飄蕭簾外竹。簟涼朝睡重，夢覺茶香熟。” 北風：北方吹來的風，亦指寒冷的風。《詩·邶風·北風》：“北風其涼，雨雪其雱。”楊衒之《洛陽伽藍記·城北》：“是時八月，天氣已冷，北風驅雁，飛雪千里。” 皓雪：白雪。陸機《七徵》：“灼若皓雪之頽玄雲，皎若明珠之積緇匱。”劉希夷《孤松篇》：“獨有南澗松，不嘆東流水。玄陰天地冥，皓雪朝夜

零。”　庭:堂前地,院子。《楚辭·劉向〈九嘆·思古〉》:“甘棠枯於豐草兮,藜棘樹於中庭。”王逸注:“堂下謂之庭。”白居易《晚秋閑居》:“秋庭不掃携藤杖,閑踏梧桐黄葉行。”

④ 冬至:二十四節氣之一,在陽曆十二月二十二日前後,這一天太陽經過冬至點,北半球白天最短,夜間最長。《吕氏春秋·有始》:“冬至日行遠道,周行四極,命曰玄明。”孟元老《東京夢華録·冬至》:“十一月冬至,京師最重此節,雖至貧者,一年之間積累假借,至此日更易新衣,備辦飲食,享祀先祖。官放關撲,慶賀往來,一如年節。”凍閉:猶言冰封。《吕氏春秋·孟冬》:“孟冬行春令,則凍閉不密,地氣發泄。”鄭獬《五嶽四瀆四海等處祈雪祝文》:“背歷冬辰,延涉春序。凍閉不密,華霰未零。”　萬物:統指宇宙間的一切事物。《史記·吕不韋列傳》:“吕不韋乃使其客人人著所聞,集論……二十餘萬言,以爲備天地萬物古今之事,號曰《吕氏春秋》。”杜甫《哀江頭》:“憶昔霓旌下南苑,苑中萬物生顔色。”　零:凋落,凋零。《楚辭·遠遊》:“微霜降而下淪兮,悼芳草之先零。”束晳《補亡詩·由庚》:“木以秋零,草以春抽。”

⑤ 奔渾:猶奔湧,渾,水流聲。元稹《春蟬》:“安得天上雨,奔渾河海傾?”吴融《登鸛雀樓》:“鳥在林梢脚底看,夕陽無際戍烟殘。凍開河水奔渾急,雪洗條山錯落寒。”　暴雨:大而急的雨。《管子·小匡》:“時雨甘露不降,飄風暴雨數臻,五穀不蕃,六畜不育。”《後漢書·公沙穆傳》:“於是暴雨,既霽而螟蟲自銷,百姓稱曰神明。”　驟:副詞,突然。杜甫《雨》:“驟看浮峽過,密作渡江來。”元稹《觀兵部馬射賦》:“豈比乎浮雲迴度,開月影而彎環;驟雨横飛,挾星精而摇動。”鼓:打擊樂器,多爲圓桶形或扁圓形,中間空,一面或兩面蒙著皮革。《漢書·律曆志》:“八音:土曰塤,匏曰笙,皮曰鼓,竹曰管,絲曰絃,石曰磬,金曰鐘,木曰柷。”顔師古注:“鼓音郭也,言郭張皮而爲之。”韓愈《游城南·晚雨》:“投竿跨馬蹋歸路,纔到城門打鼓聲。”　轟:指轟

鳴聲。韓愈《燕河南府秀才》:"怒起簸羽翮,引吭吐鏗轟。"衝擊,轟擊。元稹《放言五首》三:"霆轟電烻數聲頻,不奈狂夫不藉身。" 雷霆:震雷,霹靂。《易·繫辭》:"鼓之以雷霆,潤之以風雨。"蘇軾《策略》:"天之所以剛健而不屈者……其光爲日月,其文爲星辰,其威爲雷霆,其澤爲雨露,皆生於動者也。"

⑥ 終日:整天。《易·乾》:"君子終日乾乾。"杜甫《愁坐》:"終日憂奔走,歸期未敢論。" 通宵:整夜。丁仙芝《京中守歲》:"守歲多然燭,通宵莫掩扉。"嚴維《贈別劉長卿時赴河南嚴中丞幕府》:"望山吟度日,接枕話通宵。萬里趨公府,孤帆恨信潮。"

⑦ 瘴雲:猶瘴氣。杜甫《熱三首》二:"瘴雲終不滅,瀘水復西來。"張祜《送徐彦夫南遷》:"瘴雲秋不斷,陰火夜長然。" 拂地:緊貼地面。張旭《柳》:"濯濯烟條拂地垂,城邊樓畔結春思。請君細看風流意,未減靈和殿裏時。"王維《戲題輞川别業》:"柳條拂地不須折,松樹披雲從更長。藤花欲暗藏猱子,柏葉初齊養麝香。" 急霤:亦作"急溜",急速下注的水。郭祥正《伏龍濺》:"潭心有伏龍,急溜和雲濺。頭角何時成?願借風雷便。"吕南公《曉作》:"雨惡天光淡,風高晚氣清。四檐喧急溜,一枕厭寒聲。" 注瓶:將水灌入瓶中。章孝標《方山寺松下泉》:"石脈綻寒光,松根噴曉霜。注瓶雲母滑,漱齒茯苓香。"許渾《和友人送僧歸桂州靈巖寺》:"柳絮擁堤添衲軟,松花浮水注瓶香。南宗長老幾年别?聞道半巖多影堂。"

⑧ 洶湧:水勢翻騰上湧。劉向《九嘆·逢紛》:"波逢洶湧,濆滂沛兮!"李白《當塗趙炎少府粉圖山水歌》:"驚濤洶湧向何處?孤舟一去迷歸年。" 潢潦:地上流淌的雨水。《文選·陸機〈贈尚書郎顧彦先〉》:"豐注溢修霤,潢潦浸階除。"張銑注:"潢潦,雨水流於地者。"徐夤《休説》:"休説人間有陸沈,一樽閑待月明斟。時來不怕滄溟闊,道大却憂潢潦深。" 噴薄:洶湧激蕩。沈佺期《過蜀龍門》:"流水無晝夜,噴薄龍門中。"朱熹《奉陪彦集充父同游瑞巖謹次莆田使君留題之

韵》:“谷泉噴薄秋逾響,山翠空蒙晝不開。” 鯨鯢:即鯨,雄曰鯨,雌曰鯢。李白《枯魚過河泣》:“作書報鯨鯢,勿恃風濤勢。濤落歸泥沙,翻遭螻蟻噬。”盧綸《奉陪渾侍中上巳日泛渭河》:“舟檝方朝海,鯨鯢自曝腮。”

⑨ 跳趫:騰躍,跳躍。元稹《驃國樂》:“驃之樂器頭象駝,音聲不合十二和。促舞跳趫筋節硬,繁辭變亂名字訛。”元稹《望雲騅馬歌》:“頻頻嚙掣轡難施,往往跳趫鞍不得。色沮聲悲仰天訴,天不遣言君未識。” 井蛙:亦作“井鼃”,井底之蛙。《莊子·秋水》:“井鼃不可以語於海者,拘於虚也。”鼃,“蛙”的古字,虚,所居之處。蘇軾《辨道歌》:“吾恨爾見有所遮,海波或至驚井蛙。” 突兀:奇怪,彆扭。王銍《默記》卷下:“〔子厚〕曰:‘一置兹山,一投漢水’亦可,然終是突兀。”特出,奇特。施肩吾《壯士行》:“有時誤入千人叢,自覺一身横突兀。”水怪:水中的怪物。木華《海賦》:“其垠則有天琛水怪,鮫人之室。”杜甫《秋日夔府詠懷一百韵》:“風期終破浪,水怪莫飛涎!”

⑩ 蚋:蚊類害蟲,體形似蠅而小,吸人畜血液。《國語·晉語》:“蚋、蟻、蜂、蠆,皆能害人。”《荀子·勸學》:“是故質的張而弓矢至焉!林木茂而斧斤至焉!樹成蔭而衆鳥息焉!醯酸而蚋聚焉!”蚋一般在夏秋出現,現在出現在冬天,就不是正常現象。 修:長,指空間距離大。《文選·何晏〈景福殿賦〉》:“雙枚既修,重桴乃飾。”李善注:“雙枚,屋内重檐也……言重檐既長,因達於外。”韓愈《孟生詩》:“秦吴修且阻,兩地無數金。” 蛇:爬行動物,體圓而細長,有鱗,無四肢。種類很多,有的有毒,有的無毒。捕食蛙、鼠等小動物,大蛇也能吞食大的獸類。劉向《説苑·君道》:“齊景公出獵,上山見虎,下澤見蛇。”韓愈《雜説四首》三:“其形有若蛇者。”蛇一般冬眠,在冬天醒而不眠,屬於怪異現象。 蟄:動物冬眠,潛伏起來不食不動。《易·繫辭》:“龍蛇之蟄,以存身也。”虞翻注:“蟄,潛藏也。”干寶《搜神記》卷一二:“蟲土閉而蟄,魚淵潛而處。” 醒:動植物的恢復生機,或由蟄伏而活動。

韓愈《唐故江南西道觀察使王公神道碑銘》:“萎枯以青,燠暍以醒。”趙以夫《二郎神·次陳唯道》:“莫怨春歸,莫愁柘老,蠶已三眠將醒。”

⑪ 應龍:古代傳說中一種有翼的龍,相傳禹治洪水時,有應龍以尾畫地成江河,使水入海。《文選·班固〈答賓戲〉》:“應龍潛於潢污,魚黿媟之。”吕延濟注:“應龍,有翼之龍也。”任昉《述異記》卷上:“龍,五百年爲角龍,千年爲應龍。”也指古代傳說中善興雲作雨的神。《山海經·大荒東經》:“大荒東北隅中,有山名曰凶犁土丘。應龍處南極,殺蚩尤與誇父,不得復上。故下數旱,旱而爲應龍之狀,乃得大雨。”《後漢書·張衡傳》:“夫女魃北而應龍翔,洪鼎聲而軍容息。”李賢注:“女魃,旱神也。應龍,能興雲雨者也。” 非時:不是時候,不合時令。《北齊書·幼主紀》:“〔高緯〕特愛非時之物,取求火急。”王建《薛二十池亭》:“異花多是非時有,好竹皆當要處生。” 無乃:相當於“莫非”、“恐怕是”,表示委婉測度的語氣。《論語·雍也》:“居敬而行簡,以臨其民,不亦可乎?居簡而行簡,無乃太簡乎?”韓愈《行難》:“由宰相至百執事凡幾位,由一方至一州凡幾位,先生之得者,無乃不足充其位邪?” 歲:年景,一年的農業收穫。韓愈《南海神廟碑》:“明年,其時公又固往不懈,益虔,歲仍大和。”葉適《林夫人陳氏墓誌銘》:“其後頻死喪,歲惡,田且盡,猶力課其子學不怠。” 寧:安寧。《書·大禹謨》:“野無遺賢,萬邦咸寧。”孔傳:“賢才在位,天下安寧。”劉義慶《世説新語·言語》:“明公蒙塵路次,群下不寧,不審尊體起居如何?”

⑫ 陰陽:日月。杜甫《閣夜》:“歲暮陰陽催短景,天涯霜雪霽寒宵。”蘇轍《冬至日》:“陰陽升降自相催,齒髮誰教老不回?”晝夜。《禮記·祭義》:“日出於東,月生於西,陰陽長短,終始相巡。”孔穎達疏:“陰謂夜也,陽謂晝也。夏則陽長而陰短,冬則陽短而陰長,是陰陽長短。”《國語·周語》:“陰陽分佈,震雷出滯。”韋昭注:“陰陽分佈,日夜同也。滯,蟄蟲也。明堂《月令》曰:‘日夜分,雷乃發聲。’”寒暑。《楚

辭·九辯》:"四時遞來而卒歲兮,陰陽不可與儷偕。"王逸注:"寒往暑來,難追逐也。"柳宗元《天説》:"寒而暑者,世謂之陰陽。"春夏和秋冬。《文選·古詩〈驅車上東門〉》:"浩浩陰陽移,年命如朝露。"李善注:"《神農本草》曰:'春夏爲陽,秋冬爲陰。'"雷電與雨雪。《穀梁傳·隱公九年》:"三月,癸酉,大雨震電。震,雷也;電,霆也。庚辰,大雨雪,志疏數也。八日之間,再有大變,陰陽錯行,故謹而日之也。"范甯注:"劉向云:雷未可以出,電未可以見,雷電既以出見,則雪不當復降,皆失節也。雷電,陽也;雨雪,陰也。雷出非其時者,是陽不能閉陰,陰氣縱逸而將爲害也。"　啓閉:古稱立春、立夏爲啓,立秋、立冬爲閉。《左傳·僖公五年》:"凡分、至、啓、閉,必書雲物,爲備故也。"杜預注:"啓,立春、立夏;閉,立秋、立冬。"泛指節氣。《晉書·律曆志》:"啓閉升降之紀,消息盈虚之節。"陸倕《新刻漏銘序》:"時乖啓閉,箭異錙銖。"　扃:門閂。《文選·張衡〈南都賦〉》:"排揵陷扃。"李善注:"《説文》曰:'揵,距門也。'又曰:'扃,外閉之關也。'"《韓非子·揚權》:"上固閉内扃,從室視庭。"

⑬ 後時:失時,不及時。《楚辭·賈誼〈惜誓〉》:"黄鵠後時而寄處兮,鴟梟群而制之。"王逸注:"言賢者失時,後輩亦爲讒佞所排逐。"韓愈《黄家賊事宜狀》:"争獻謀計,惟恐後時。"後來,以後。《晉書·羊祜傳》:"天下不如意,恒十居七八,故有當斷不斷,天與不取,豈非更事者恨於後時哉!"《百喻經·五百歡喜丸喻》:"後時彼國大曠野中有惡師子,截道殺人,斷絶王路。"　肅殺:猶言嚴厲摧殘。葛洪《抱朴子·用刑》:"蓋天地之道,不能純和,故青陽闡陶育之和,素秋厲肅殺之威。"《隋書·煬帝紀》:"故知造化之有肅殺,義在無私;帝王之用干戈,蓋非獲已。"　廢職:玩忽職務,擅離職守。《禮記·明堂位》:"百官廢職服大刑,而天下大服。"獨孤及《江州刺史廳壁記》:"秦以來,國化爲郡,史官廢職,策牘之制浸滅,記事者但用名氏、歲月書於公堂,而《春秋》、《檮杌》存乎屋壁,其來舊矣!"　玄冥:神名,冬神。《禮

記・月令》:"〔孟冬、仲冬、季冬之月〕其帝顓頊,其神玄冥。"《楚辭・劉向〈九嘆・遠遊〉》:"就顓頊而敶詞兮,考玄冥於空桑。"王逸注:"玄冥,太陰之神。"

⑭ 五天帝:古代神話中的五位天帝。《周禮・天官・大宰》:"祀五帝。"賈公彦疏:"五帝者,東方青帝靈威仰,南方赤帝赤熛怒,中央黄帝含樞紐,西方白帝白招拒,北方黑帝汁光紀。"《史記・天官書》:"黑帝行德,天關爲之動。"黄巢《題菊花》:"他年我若爲青帝,報與桃花一處開。" 薦:進獻,送上。《儀禮・鄉射禮》:"主人阼階上拜送爵,賓少退,薦脯醢。"鄭玄注:"薦,進。"《國語・晉語》:"補乏薦饑,道也,不可以廢道於天下。"韋昭注:"薦,進也。"祭祀時獻牲。《易・觀》:"觀,盥而不薦,有孚顒若。"孔穎達疏:"既盥之後,陳薦籩豆之事。"《左傳・隱公三年》:"可薦於鬼神,可羞於王公。" 百品:各種各類。顔延之《重釋何衡陽達性論》:"是以始矜萌起,終哀鬱滅,豈與足下芻豢百品,共其指歸?"《隋書・音樂志》:"實體平心待和味,庶羞百品多爲貴。" 珍:貴重,精美。李康《運命論》:"名與身孰親也?得與失孰賢也?榮與辱孰珍也?"葛洪《抱朴子・嘉遯》:"茅茨艷於丹楹,采椽珍於刻桷。"

⑮ 祝融:神名,帝嚳時的火官,後尊爲火神,命曰祝融,亦以爲火或火灾的代稱。《吕氏春秋・孟夏》:"其神祝融。"高誘注:"祝融,顓頊氏後,老童之子,吴回也,爲高辛氏火正,死爲火官之神。"張説《蒲津橋贊》:"飛廉煽炭,祝融理爐。" 焉得:怎麼能够。李白《古風》二七:"纖手怨玉琴,清晨起長嘆:焉得偶君子,共乘雙飛鸞?"韋應物《送雷監赴闕庭》:"詔書忽已至,焉得久踟躕?方舟趁朝謁,觀者盈路衢。" 靈:應驗,靈驗。《管子・五行》:"然則神筮不靈,神龜不蓟。"《文選・陸機〈漢高祖功臣頌〉》:"永言配命,因心則靈。"張銑注:"言配合天命,籌策因心而出,則如神靈,無不必中也。"

⑯ 春秋:泛指四時。《詩・魯頌・閟宫》:"春秋匪解,享祀不

忒。"鄭玄箋:"春秋猶言四時也。"張衡《東京賦》:"於是春秋改節,四時迭代。" 雷電:打雷和閃電。《書·金縢》:"秋,大熟,未穫,天大雷電以風。"韓愈《此日足可惜一首贈張籍》:"兒童畏雷電,魚鱉驚夜光。" 異:怪異不祥之事,灾異。《公羊傳·隱公三年》:"己巳,日有食之。何以書? 記異也。"何休注:"異者,非常可怪,先事而至者。"《漢書·劉向傳》:"往者衆臣見異,不務自修,深惟其故,而反晻昧説天,託咎此人。"顔師古注:"異,灾異也。" 書:書寫,記録,記載。顔延之《三月三日曲水詩序》:"赬莖素毳、並柯共穗之瑞,史不絶書。"元稹《青雲驛》:"獲麟書諸册,豢龍醢爲醬。" 經:對典範著作及宗教典籍的尊稱,如《十三經》、佛經等。《荀子·勸學》:"其數則始乎誦經,終乎讀禮。"楊倞注:"經,謂《詩》、《書》。"《文心雕龍·論説》:"聖哲彝訓曰經,述經叙理曰論。"

⑰ 仲冬:冬季的第二個月,即農曆十一月,處冬季之中,故稱。《書·堯典》:"日短星昴,以正仲冬。"《後漢書·宦者傳序》:"《月令》:'仲冬命閹尹審門閭,謹房室。'" 雷雨:由積雨雲形成的一種天氣現象,降水伴隨著閃電和雷聲,往往發生在夏天的下午。《史記·五帝本紀》:"堯使舜入山林川澤,暴風雷雨,舜行不迷。"韋莊《暴雨》:"江村入夏多雷雨,曉作狂霖晚又晴。" 願:希望。《楚辭·九章·惜誦》:"固煩言不可結詒兮,願陳志而無路。"王逸注:"願,思也。"聶夷中《傷田家》:"我願君王心,化作光明燭。" 省:除去,裁撤。《國語·周語》:"夫天道導可而省否,萇叔反是,以誑劉子,必有三殃。"韋昭注:"省,去也。"《漢書·元帝紀》:"其令諸宫館希御幸者勿繕治,太僕減穀食馬,水衡省肉食獸。"顔師古注:"省者,全去之。" 蒙蔽:昏庸不明,愚昧無知。《晉書·惠帝紀》:"及天下荒亂,百姓餓死,帝曰:'何不食肉糜?'其蒙蔽皆此類也。"劉知幾《史通·雜説》:"由斯而言,劭之所録,其爲弘益多矣! 足以開後進之蒙蔽,廣來者之耳目。" 刑:懲罰,處罰。桓寬《鹽鐵論·疾貧》:"刑一而正百,殺一而慎萬。"

柳宗元《非國語·叔孫僑如》:"苟叔孫之來,不度於禮,不儀於物,則罪也。王而刑之,誰曰不可?"

[編年]

未見《年譜》編年本詩,《編年箋注》列入未編年詩,《年譜新編》編年"庚寅至甲午在江陵府所作其他詩"欄内,理由是:"詩云:'孟冬初寒月,渚澤蒲尚青。'"《年譜新編》的編年理由,看不出它與編年江陵有什麼聯繫。

本詩確實不易編年,但仍然應該編年。查閱《舊唐書》各帝王紀、《五行志》以及《唐會要》,發現在元稹在世期間,大風大雨不少,雷電交加的時候也多,但都没有發生在冬季。如元和三年:"是秋,京師大雨。"當時元稹確實在西京,但時間在秋季,與本詩所云"孟冬"、"仲冬"不合。長慶四年"秋七月戊申朔,己酉,睦州青溪等六縣大雨,山谷發洪水泛溢,漂城郭廬舍。"元稹當時在浙東觀察使任,睦州也正是浙東觀察使的管轄範圍,但時間同樣不在冬季。元稹本人在元和五年有《苦雨》、《夜雨》詩,但節令都在夏秋,也不是"孟冬"、"仲冬"。《舊唐書·文宗紀》大和五年有記載:"是歲,淮南、浙江東西道、荆襄、鄂岳、劍南東川並水,害稼,請蠲秋租。是冬,京師大雨雪。"前面的"大水"頻發時元稹尚在人世,但不是冬天;後面的"是冬,京師大雨雪",元稹不在"京師",且已經離開人世。唯一能够符合本詩詩意的,是《舊唐書·文宗紀》大和四年的記載:"是歲,京畿、河南、江南、荆襄、鄂岳、湖南等道大水,害稼,出官米賑給。"除此而外,未見有"書諸經"冬季大雨的記載。同時,本詩"渚澤蒲尚青"、"行過冬至後,凍閉萬物零"、"瘴雲愁拂地"的景物描寫,也切合鄂州地區的冬季景象。據此,編年本詩於大和四年"仲冬",亦即大和四年的十一月。

◎茅 舍[①]

楚俗不理居，居人盡茅舍[②]。茅苫竹梁棟，茅疏竹仍罅[③]。邊緣堤岸斜，詰屈檐楹亞[④]。籬落不蔽肩，街衢不容駕[⑤]。南風五月盛，時雨不來下[⑥]。竹蠹茅亦乾，迎風自焚灺（燈燭燼）[(一)][⑦]。防虞集鄰里，巡警勞晝夜[⑧]。遺燼一星然，連延禍相嫁[⑨]。號呼憐穀帛[(二)]，奔走伐桑柘[⑩]。舊架已新焚，新茅又初架[⑪]。前日洪州牧（韋大夫丹），念此常嗟訝[⑫]。牧民未及久，郡邑紛如化[⑬]。峻邸儼相望，飛甍遠相跨[⑭]。旗亭紅粉泥，佛廟青鴛瓦[⑮]。斯事纔未終，斯人久云謝[⑯]。有客自洪來，洪民至今藉[⑰]。惜其心太亟，作役無容暇[(三)][⑱]。臺觀亦已多，工徒稍冤咤[⑲]。我欲他郡長，三時務耕稼[⑳]。農收次邑居[(四)]，先室後臺榭[(五)][㉑]。啓閉既及期，公私亦相借[㉒]。度材無强略，庀役有定價[㉓]。不使及潛差，粗得禦寒夏[㉔]。火至殊陳鄭，人安極嵩華[㉕]。誰能繼此名？名流襲蘭麝[㉖]。五袴有前聞，斯言我非詐[㉗]。

録自《元氏長慶集》卷三

[校記]

（一）迎風自焚灺（燈燭燼）：楊本、叢刊本、《古詩鏡·唐詩鏡》、《全詩》作“迎風自焚灺”，宋蜀本作“迎風自焚化”，語義相類，不改。

（二）號呼憐穀帛：原本作“號呼鄰穀帛”，語義不佳，據楊本、叢刊本、《古詩鏡·唐詩鏡》、《全詩》改。

（三）作役無容暇：楊本、叢刊本、《全詩》、《古詩鏡·唐詩鏡》同，

《全詩》注作“作後無容暇”，語義不通，刊刻之誤，不從不改。

（四）農收次邑居：楊本、叢刊本、《全詩》、《古詩鏡·唐詩鏡》同，宋蜀本作“農收與邑居”，語義不同，不改。

（五）先室後臺榭：楊本、叢刊本、《全詩》、《古詩鏡·唐詩鏡》同，宋蜀本作“先室復臺榭”，語義不佳，不從不改。

［箋注］

① 茅舍：這是元稹在武昌任關心百姓生活、改善居住環境的詩篇，當地百姓因爲生活困苦所居都是茅屋，一旦一家火起往往是萬户遭殃。武昌的情况與洪州十分相類，而元和二年至元和五年間韋丹以觀察使的身份駐節洪州期間，也曾治理過這個問題，工程半途而廢。元稹批評韋丹，認爲臺榭廟觀應最後解决，首先要解决的是百姓的居住環境，以青磚黑瓦代替茅草土坯，但取材有價役民付酬，並應不誤農事，改造民居工程應在農閑時節進行。元和六年嚴綬出任荆南節度使，也曾經治理過百姓的居所，而元稹當時職任士曹參軍，職責所繫，自然是這一工程的具體指揮者與實施者。現在詩人在武昌，大權在握，自然要將十多年前的理想變爲現實。此舉誠如白居易《唐故武昌軍節度處置等使正議大夫檢校户部尚書鄂州刺史兼御史大夫賜紫金魚袋尚書右僕射河南元公墓誌銘并序》所言：“又以尚書左丞徵還，旋改户部尚書、鄂岳節度使。在鄂三載，其政如越。”不過，元稹大和四年正月出任鄂岳節度使，至大和五年七月二十二日暴病亡故，年頭衹有兩個，具體時間前後不到十九個月，所謂的“在鄂三載”云云，是白居易他老人家暮年誤算所致，特此説明。明人李賢《明一統志》已經指出白居易的錯誤，文云：“元稹：武昌軍節度使，在鄂二載，有德政。”　茅舍：茅屋。《三國志·秦宓傳》：“宓稱疾，卧在茅舍。”杜甫《院中晚晴懷西郭茅舍》：“復有樓臺銜暮景，不勞鐘鼓報新晴。浣花溪溪裏花饒笑，肯信吾今吏隱名。”

②楚俗:楚地的社會風俗。沈佺期《少遊荆湘因有是題》:"峴北焚蛟浦,巴東射雉田。歲時宜楚俗,耆舊在襄川。"元稹《賽神》:"楚俗不事事,巫風事妖神。事妖結妖社,不問疏與親。" 不理:謂不治理。《後漢書·胡廣傳》:"故京師諺曰:'萬事不理問伯始。'"《南史·謝朏傳》:"朏居郡,每不理,常務聚斂,衆頗譏之,亦不屑也。" 居:住所,住宅。《書·盤庚》:"各長于厥居,勉出乃力。"孔穎達疏:"各思長久於其居處。"《後漢書·臺佟傳》:"〔臺佟〕隱於武安山,鑿穴爲居,采藥自業。" 居人:居民。《後漢書·光武帝紀》:"〔建武二十二年〕九月戊辰……地震裂。賜郡中居人壓死者棺錢,人三千。"《舊唐書·食貨志》:"贊請税京師居人屋宅。"

③茅苫:亦作"茆苫",謂用茅草覆蓋,亦指茅舍、草屋。蘇軾《吴中田婦嘆》:"茆苫一月壠上宿,天晴穫稻隨車歸。汗流肩赬載入市,價賤乞與如糠粃。"蘇轍《和韓宗弼暴雨次韵》:"破屋少乾床,茅苫固難禦。出門泥没足,此厄比鄰溥。" 梁棟:屋宇的大梁。郭璞《遊仙詩七首》二:"青溪千餘仞,中有一道士。雲生梁棟間,風出窗户裏。"黄庭堅《題王仲弓兄弟巽亭》:"裹中多佳樹,與世作梁棟。" 疏:稀疏,稀少。《老子》:"天網恢恢,疏而不失。"高亨注:"疏,稀疏,不密。"杜牧《雪中書懷》:"孤城大澤畔,人疏烟火微。" 罅:裂,開裂,裂縫,縫隙。《鬼谷子·抵巇》:"聖人見萌牙巇罅則抵之以法。"韓愈《縣齋有懷》:"湖波翻石車,嶺石拆天罅。"

④堤岸:沿江河或海邊防水的建築物。柳宗元《田家三首》三:"古道饒蒺藜,縈迴古城曲。蓼花被堤岸,陂水寒更淥。"白居易《水堂醉卧問杜三十一》:"聞君洛下住多年,何處春流最可憐?爲問魏王堤岸下,何如同德寺門前?" 詰屈:屈曲,曲折。獨孤及《癸卯歲赴南豐道中聞京師失守寄權士繇韓幼深》:"詰屈白道轉,繚繞清溪隨。荒谷嘯山鬼,深林啼子規。"錢易《南部新書》庚:"含元殿側龍尾道,自平階至,凡詰屈七轉。" 櫓楹:屋櫓下廳堂前部的梁柱。王維《遊化感

寺》:"翡翠香烟合,琉璃寶地平。龍宮連棟宇,虎穴傍檐楹。"韓愈《食曲河驛》:"群鳥巢庭樹,乳雀飛檐楹。"

⑤ 籬落:即籬笆,用竹、葦或樹枝等編成,可作爲障隔的柵欄。葛洪《抱朴子自叙》:"貧無僮僕,籬落頓决。荆棘叢於庭宇,蓬莠塞乎階霤。"柳宗元《田家三首》二:"籬落隔烟火,農談四鄰夕。" 蔽肩:遮蔽肩頭以下部份。 蔽:覆蓋,遮擋。《禮記·内則》:"女子出門,必擁蔽其面。"陶潜《和胡西曹示顧賊曹》:"重雲蔽白日,閑雨紛微微。" 肩:肩膀。《左傳·桓公五年》:"祝聃射王中肩,王亦能軍。"《戰國策·齊策》:"臨淄之途,車轂擊,人肩摩,連衽成帷,舉袂成幕,揮汗成雨。" 街衢:通衢大道。《文選·班固〈西都賦〉》:"内則街衢洞達,閭閻且千。"李善注:"《説文》曰:'街,四通也……'《爾雅》曰:'四達謂之衢。'"楊巨源《賀田僕射子弟榮拜金吾》:"街衢燭影侵寒月,文武珂聲疊曉天。" 不容:不能容納。楊炯《早行》:"地氣俄成霧,天雲漸作霞。河流纔辨馬,巖路不容車。"王維《送楊長史赴果州》:"褒斜不容幰,之子去何之?鳥道一千里,猿聲十二時。" 駕:車乘。《左傳·定公十三年》:"齊侯曰:'比君之駕也,寡人請攝。'"江淹《赤虹賦》:"既以爲騂轡四毳之駕,方瞳一角之人。"陳與義《道中寒食》:"斗粟掩吾駕,浮雲笑此生。"

⑥ 南風:從南向北刮的風。《詩·邶風·凱風》:"凱風自南。"毛傳:"南風謂之凱風。"孔靈符《會稽記》:"(鄭)弘識其神人也,曰:'常患若邪溪載薪爲難,願旦南風,暮北風。'" 時雨:應時的雨水。《書·洪範》:"曰肅,時雨若。"陶潜《五月旦作和戴主簿》:"神萍寫時雨,晨色奏景風。"

⑦ 蠹:損害,敗壞。《戰國策·秦策》:"韓亡則荆魏不能獨立,則是一舉而壞韓蠹魏。"高誘注:"蠹,害也。"沈約《奏彈王源》:"雖埋輪之志,無屈權右;而狐鼠微物,亦蠹大猷。" 迎風:逆風,對著風。《後漢書·皇甫嵩傳》:"若欲輔難佐之朝,雕朽敗之木,是猶逆阪走丸,迎

風縱棹,豈雲易哉?"《文選・張協〈七命〉》:"爾乃嶢榭迎風,秀出中天。"李善注引曹植《七啓》:"迎清風而立觀。"　自焚:自己燃燒起來,自己把自己燒死。《左傳・隱公四年》:"夫兵,猶火也。弗戢,將自焚也。"《後漢書・戴封傳》:"其年大旱,封禱請無獲,乃積薪坐其上以自焚。"　灺:原注:"燈燭燼。"燈燭餘燼。桓譚《新論・祛蔽》:"余見其旁有麻燭,而灺垂一尺所。"元稹《通州丁溪館夜別李景信三首》二:"離床別臉睡還開,燈灺暗飄珠蔌蔌。"

⑧ 防虞:謂防備不虞之患。杜甫《龍門鎮》:"胡馬屯成皋,防虞此何及?"陸贄《論兩河及淮西利害狀》:"事起無名,衆情不附,進退遑惑,内外防虞。"　鄰里:同一鄉里的人。《論語・雍也》:"子曰:'毋,以與爾鄰里鄉黨乎?'"杜甫《寄題江外草堂》:"霜骨不堪長,永爲鄰里憐。"　巡警:巡查警戒。《梁書・蕭範傳》:"(範)遷衛尉卿,每夜自巡警,高祖嘉其勞苦。"陸贄《論敘遷幸之由狀》:"邊陲之戍,用保封疆;禁衛之師,以備巡警。"　晝夜:白日和黑夜。李白《求崔山人百丈崖瀑布圖》:"百丈素崖裂,四山丹壁開。龍潭中噴射,晝夜生風雷。"岑參《鞏北秋興寄崔明允》:"白露披梧桐,玄蟬晝夜號。秋風萬里動,日暮黄雲高。"

⑨ 遺燼:指燃燒後剩下的灰燼。蘇轍《高齋》:"樓殿六朝遺燼後,江山百里舊城中。"張方平《貽王生略雜言并序》:"不期遺燼之一星,可復燎原之勢,天之未喪斯術也,固宜世有其人焉爾!"　一星:一點兒。李群玉《仙明州口號》:"半浦夜歌聞盪槳,一星幽火照叉魚。"劉鄩伯《早行》:"鐘静人猶寢,天高月自凉。一星深戍火,殘月半橋霜。"　然:"燃"的古字,燃燒。《孟子・公孫丑》:"若火之始然,泉之始達。"韓愈《示爽》:"冬夜豈不長?達旦燈燭然。"　連延:連續,綿延。《文選・枚乘〈七發〉》:"沈沈湲湲,蒲伏連延。"李善注:"連延,相續貌。"元稹《競舟》:"連延數十日,作業不復憂。"　禍相嫁:猶"嫁禍",謂移禍於人。《史記・張儀列傳》:"割楚而益梁,虧楚而適秦,嫁

禍安國，此善事也。"陸游《上殿札子》："凡嫁禍平人，諉罪僮奴者，皆有司爲之道地也。"

⑩ 號呼：哀號哭喊，大聲叫唤。《漢書·王商傳》："百姓奔走相蹂躪，老弱號呼，長安中大亂。"柳宗元《捕蛇者説》："號呼而轉徙，飢渴而頓踣。" 憐：喜愛，疼愛。崔顥《邯鄲宫人怨》："母兄憐愛無儔侶，五歲名爲阿嬌女。七歲丰茸好顔色，八歲黠惠能言語。"李咸用《和吴處士題村叟壁》："每憶關魂夢，長誇表愛憐。覽君書壁句，誘我率成篇。" 穀帛：穀物與布帛，亦泛指衣食一類生活資料。《列子·天瑞》："夫金玉珍寶，穀帛財貨，人之所聚，豈天之所與？"《後漢書·龐參傳》："今復募發百姓，調取穀帛。" 奔走：急急行走。《後漢書·史弼傳》："及下廷尉詔獄，平原吏人奔走詣闕訟之。"《敦煌變文集·伍子胥變文》："晝即看日，夜乃觀星，奔走不停，遂至吴江北岸。" 桑柘：桑木與柘木。《禮記·月令》："〔季春之月〕命野虞無伐桑柘，鳴鳩拂其羽，戴勝降於桑。"朱彧《萍洲可談》卷二："而先植桑柘已成，蠶絲之利，甲於東南，迄今尤盛。"指農桑之事。韓愈《縣齋有懷》："惟思滌瑕垢，長去事桑柘。"

⑪ "舊架已新焚"兩句：意謂原來陳舊的茅屋剛剛被焚毁，新的茅屋又很快被搭建完成。顧況《焙茶塢》："新茶已上焙，舊架憂生醭。旋旋續新烟，呼兒劈寒木。"曾幾《寄信守徐稺山侍郎》："已卜春前春後日，重尋水北水南人。使君爲我新茅棟，數有書來意甚真。"

⑫ 前日：前些日子，往日。《孟子·公孫丑》："孟子致爲臣而歸。王就見孟子，曰：'前日願見而不可得，得侍同朝，甚喜。'"趙曄《吴越春秋·闔閭内傳》："吴不信前日之盟。" 洪州牧：本詩指韋丹，韋丹是元稹岳父韋夏卿的再從弟。元和初年因竭力主張討伐劉闢，拜東川節度使。元和二年出任江南西道觀察使兼洪州刺史，元和五年病卒。誠如元稹詩歌所示，任内曾大力治理境内的民居和公共建築。但韋丹緩急倒置，先建並不急需的臺榭廟觀等"形象工程"，還因爲督

工太急工徒冤吒不已；又值韋丹突然病卒，工程不得不半途而廢，没有來得及治理大多數百姓急需的居所，元稹在詩篇中有所批評。但史書對韋丹讚語甚多，以“元和時治民第一”稱，將這段改善民居的政績統統記到韋丹一人名下，壓根兒没有提及元稹在武昌的政績，《新唐書·韋丹傳》文云：“(韋丹)徙爲江南西道觀察使……始民不知爲瓦屋，草茨竹椽，久燥則戛而焚。丹召工教爲陶，聚材於場，度其費爲估，不取贏利。人能爲屋者受材瓦於官，免半賦，徐取其償，逃未復者官爲爲之，貧不能者畀以財，身往勸督……宣宗讀《元和實録》，見丹政事卓然，它日與宰相語：‘元和時治民孰第一？’周墀對：‘臣嘗守江西，韋丹有大功，德被八州，歿四十年，老幼思之不忘。’乃詔觀察使紇干臮上丹功狀，命刻功於碑。”傳中的“功狀”由杜牧執筆，題爲《唐故江西觀察使武陽公韋公遺愛碑》，文意與上引史書材料相類，文云：“皇帝召丞相延英便殿講議政事，及於循吏，且稱元和中興之盛，言理人者誰居第一？丞相墀言：‘臣嘗守土江西，目睹觀察使韋丹有大功德，被於八州，歿四十年，稚老歌思，如丹尚存。’丞相敏中、丞相植皆曰：‘臣知丹之爲理，所至人愛，所去人思，江西之政，熟於聽聞。’乃命守臣核於衆，上丹之功狀。大中三年正月二十日詔書授史臣尚書司勛員外郎杜牧曰：‘汝爲丹序而銘之，以美大其事。’……元和二年二月拜洪州觀察使。洪據章江，上控百越，爲一都會。屋居以茅竹爲俗，人火之餘烈，日久風竹戛自焚，小至百家，大至蕩空。霖必江溢，燥必火作，水火夾攻，人無固志，傾摇懈怠，不爲旬月生産計。公始至任，計口取俸，除去冗事，取公私錢，教人陶瓦，伐山取材，堆疊億計。人能爲屋，取官材瓦，免其半賦，徐責其直。自載酒食，以勉其勞。初若艱勤，日成月就，不二周歲，凡爲瓦屋萬四千間，樓四千二百間。縣市營廄，名爲棟宇，無不創爲。派湖入江，節以斗門，以走暴漲。闢開廣衢，南北七里，蕩渫汚壅，築堤五尺，長十二里。堤成明年，江漢堤平。鑿六百陂塘，灌田一萬頃。益勸桑苧，機織廣狹，俗所未習，教勸成之。凡三周年,成就生遂,手爲目睹,無不如志。公之爲政,去害興利,機決勢去,如孫吴乘敵,不可當向。輔以經術,仁撫智誘,慈母之心,赤子之欲,求必得之。故人自盡力,所指必就。子産治鄭未及三年,國人尚謗。黄霸治潁川前後八年,始曰愈治。考二古人行事,與公相次第,不知如何?元和五年薨,年五十八。其銘曰:章武皇帝,披攘經營。凡十四年,五大徵兵。人不告病,肩于太寧。將相是矣!豈無循良!考第理行,誰高武陽?武陽所至,爲人父母。于洪之功,洞無前古。洪始有居,水火是苦。二者夾攻,死無處所。曰天所然,不嗟不訴。武陽始至,材瓦是聚。公錢不足,以俸爲助。能爲居宇,貰貸付與。日載酒肴,如撫稚乳。不督不程,誘以美語。未二周星,創數萬堵。幾半重樓,如詩翬羽。錮以長堤,繚四千步。明年水準,人始歌舞。灾久事鉅,一日除去。灌田萬頃,益種桑苧。俗所未有,罔不完具。寂寥千年,誰守滋土?大中聖人,元和是師。圖贊功勞,武陽豈遺!乃命史臣,刻序碑辭。寵假武陽,爲人慰思。訓勸守吏,勉於爲治。"杜牧對元稹與白居易因爲他們反對杜牧祖父杜佑"不肯致仕"的過節,歷來抱有偏見,根本不可能提及元稹的政績。當然在以韋丹名義的"遺愛碑"裏,不涉及他人倒也無可非議。我們從《唐故江西觀察使武陽公韋公遺愛碑》裏得知,元稹政敵白敏中在相位,在他有導向性的授意下,無論是杜牧還是實録的編撰者,對元稹的政績肯定是視而不見。史書就是根據杜牧的《遺愛碑》撰寫而成,但作爲本來應該公正全面的史書,在這裏却以偏概全,忽略了元稹在武昌的作爲。其實僅僅就這件事而言,元稹後來居上,做得比韋丹更好,史書也應該記載元稹的功勞。　嗟訝:猶嗟呀。鄭獬《送方元忠》:"爾來五六年,退縮但嗟訝。老意漸相期,歡心早已謝。"王讜《唐語林·豪爽》:"且曰:'分千樹一葉之影,即是濃陰;減四海數滴之泉,便爲膏澤。'於公覽書亦不嗟訝。"

⑬"牧民未及久"兩句:意謂韋丹雖然來到洪州時間不長,但各

府各縣都紛紛效法,改造各自的廟宇臺觀。　牧民:治民。《國語·魯語》:“且夫君也者,將牧民而正其邪者也,若君縱私回而棄民事,民旁有慝無由省之,益邪多矣!”葛洪《抱朴子·百里》:“蒞政而政荒,牧民而民散。”　郡邑:府縣。張九齡《登荆州城樓》:“纍纍見陳迹,寂寂想雄圖。古往山川在,今來郡邑殊。”王維《渡河到清河作》:“泛舟大河裏,積水窮天涯。天波忽開拆,郡邑千萬家。”

⑭ 峻:高,陡峭。《國語·晉語》:“高山峻原,不生草木。”《文心雕龍·誇飾》:“是以言峻則嵩高極天,論狹則河不容舠。”韓愈《送廖道士序》:“衡之南八九百里,地益高,山益峻,水清而益駛。”　邸:客舍,旅店。《宋史·黄榦傳》:“時大雪,既至而(朱)熹它出,榦因留客邸。”茶館酒肆。《梁書·武帝紀》:“淫酗嗇肆,酣歌壚邸。”官庫。《文選·王融〈三月三日曲水詩序〉》:“盈衍儲邸,充仞郊虞。”李善注;“儲邸,猶府藏也。”程大昌《演繁露·邸閣》:“爲邸爲閣,貯糧也。”　儼:整齊貌。曹植《洛神賦》:“六龍儼其齊首,載雲車之容裔。”杜甫《數陪李梓州泛江有女樂在諸舫戲爲豔曲二首贈李》二:“翠眉縈度曲,雲鬢儼分行。”　相望:互相看見,形容接連不斷,極言其多。《左傳·昭公三年》:“道殣相望,而女富溢尤。”《新唐書·王鉷傳》:“天子使者賜遺相望,聲焰薰灼。”對峙,相向。銀雀山漢墓竹簡《孫臏兵法·威王問》:“兩軍相當,兩將相望,皆堅而固,莫敢先舉,爲之奈何?”　飛甍:指飛檐。羊士諤《息舟荆溪入陽羨南山游善權寺呈李功曹巨》:“層閣表精廬,飛甍切雲翔。”借指高樓。《文選·左思〈吴都賦〉》:“長干延屬,飛甍舛互。”吕向注:“飛甍舛互,言棟宇相交互也。”　跨:超過,趕過。《文選·張衡〈西京賦〉》:“乃覽秦制,跨周法。”薛綜注:“跨,越也。比周勝,故曰跨之也。”陸機《漢高祖功臣頌》:“跨功踰德,祚爾輝章。”駕淩,淩越。顔延之《赭白馬賦》:“跨中州之轍迹,窮神行之軌躅。”林景熙《垂虹橋(在蘇州吴江)》:“地拆東吴海脈連,畫橋兩道跨晴川。影翻河漢蛟龍國,勢壓江湖蝃蝀天。”

⑮ 旗亭：市樓，古代觀察、指揮集市的處所，上立有旗，故稱。《文選·張衡〈西京賦〉》："旗亭五重，俯察百隧。"薛綜注："旗亭，市樓也。"楊衒之《洛陽伽藍記·龍華寺》："裏有土臺，高三丈，上有二精舍。趙逸云：'此臺是中朝旗亭也，上有二層樓，懸鼓擊之以罷市。'"酒樓，懸旗爲酒招，故稱。劉禹錫《武陵觀火》："花縣與琴焦，旗亭無酒濡。"周邦彦《瑣窗寒·寒食》："旗亭唤酒，付與高陽儔侶。" 紅粉：原指婦女化妝用的胭脂和鉛粉。《古詩十九首·青青河畔草》："娥娥紅粉妝，纖纖出素手。"歐陽修《浣溪沙》："紅粉佳人白玉杯，木蘭船穩棹歌催。"這裏指美化市樓、酒樓的色彩鮮艷的裝潢材料。 泥：用稀泥或如稀泥一樣的東西塗抹或封固。劉義慶《世説新語·汰侈》："王以赤石脂泥壁。"唐無名氏《嘲崔垂休》："慈恩塔下親泥壁，滑膩光華玉不如。何事博陵崔四十，金陵腿上逞歐書？" 佛廟：佛寺。柳宗元《柳州復大雲寺記》："崇佛廟，爲學者居，會其徒而委之食，使擊磬鼓鍾，以嚴其道而傳其言。"李綽《尚書故實序》："綽避難圃田，寓居佛廟。" 青：顔色名：一、緑色，似植物葉子的顔色。蘇軾《雨》："青秧發廣畝，白水涵孤城。"二、藍色。李白《翫月金陵城西孫楚酒樓達曙歌吹日晚乘醉著紫綺裘烏紗巾與酒客數人櫂歌秦淮往石頭訪崔四侍御》："昨翫西城月，青天垂玉鈎。朝沽金陵酒，歌吹孫楚樓。"三、黑色。《書·禹貢》："〔梁州〕厥土青黎，厥田惟下上。"孔傳："色青黑而沃壤。"孔穎達疏引王肅曰："青，黑色。"《楚辭·大招》："青色直眉，美目媔只。"洪興祖補注："青色，謂眉也。" 鴛瓦：即鴛鴦瓦，指成對的瓦。蕭統《講席將畢賦三十韵詩依次用》："日麗鴛鴦瓦，風度蜘蛛屋。"白居易《長恨歌》："鴛鴦瓦冷霜華重，翡翠衾寒誰與共？"

⑯ 斯：指示代詞，此。《論語·子罕》："有美玉於斯。"《文心雕龍·時序》："誠哉斯談，可爲嘆息！" 終：事物的結局，與"始"相對。《詩·大雅·蕩》："靡不有初，鮮克有終。"元稹《鶯鶯傳》："始亂之，終棄之，固其宜矣！" 謝：消失，凋謝，死的婉辭。沈約《與約法師書》：

"其事未遠,其人已謝。"元稹《有鳥二十首》一三:"妖姬謝寵辭金屋,雕籠又伴新人宿。"

⑰"有客自洪來"兩句:意謂凡是從洪州來的客人與百姓,衹要提到這件事情,直到現在,没有一個不惋惜不已。　至今:直到現在。《楚辭·九章·抽思》:"初吾所陳之耿著兮,豈至今其庸亡。"高適《燕歌行》:"君不見沙場征戰苦,至今猶憶李將軍。"　藉:顧念,顧惜。高適《贈别王十七管記》:"勿辭部曲勛,不藉將軍勢。相逢季冬月,悵望窮海裔。"元稹《放言五首》三:"霆轟電烻數聲頻,不奈狂夫不藉身。縱使被雷燒作燼,寧殊埋骨颺爲塵。"

⑱惜:哀傷,可惜。《論語·子罕》:"子謂顔淵曰:'惜乎!吾見其進也,未見其止也。'"何晏集解引包咸曰:"孔子謂顔淵進益未止,痛惜之甚。"賈誼《惜誓》:"惜余年老而日衰兮,歲忽忽而不反。"　亟:性急,急躁。《左傳·襄公二十四年》:"皆笑曰:'公孫之亟也。'"杜預注:"亟,急也,言其性急不能受屈。"葉適《朝奉郎致仕俞公墓誌銘》:"勿亟勿徐,擇義必精。"　作役:建築工程。李覯《往山舍道中作》:"下户半曾差作役,朽株多已祀爲神。生涯一撮誠何有?且免庸兒共拜塵。"孔平仲《續世説·直諫》:"所有作役,宜即停之。"　暇:空閑,閑暇。《詩·小雅·何草不黄》:"哀我征夫,朝夕不暇。"孔穎達疏:"哀我此征行之夫,朝夕常行而不得閑暇。"韓愈《與祠部陸員外書》:"以其耕之暇,讀書而爲文。"

⑲"臺觀亦已多"兩句:意謂洪州的樓臺館閣已經很多,没有必要再行建築,參加勞作的衆多工匠暗中紛紛不平不滿。　臺觀:泛指樓臺館閣等高大建築物。《三國志·高堂隆傳》:"臺觀是崇,淫樂是好。"孫楚《韓王故臺賦序》:"召公大賢,猶舍甘棠,區區小國,而臺觀隆崇。"　工徒:猶工匠。《文選·左思〈魏都賦〉》:"遐邇悦豫而子來,工徒擬議而騁巧。闡鈎繩之筌緒,承二分之正要。"張銑注:"工匠之徒忖度而騁巧妙。"潘岳《西征賦》:"工徒斲而未息,義兵紛以交馳。"

⑳ 郡長:州郡的主官。陳子昂《昭夷子趙氏碑》:"隋徵入學士,與同郡劉焯俱至京師,補黎陽郡長,始居汲焉!"白居易《郡齋旬假始命宴呈座客示郡寮》:"公多及私少,勞逸常不均。況爲劇郡長,安得閑宴頻?"　三時:指春、夏、秋三季農作之時。《左傳·桓公六年》:"潔粢豐盛,謂其三時不害而民和年豐也。"杜預注:"三時,春、夏、秋。"《新唐書·劉蕡傳》:"願陛下廢百事之用,以廣三時之務,則播植不愆矣!"　耕稼:泛指種莊稼。《孟子·公孫丑》:"〔舜〕自耕稼陶漁以至爲帝,無非取於人者。"曾鞏《請擇將益兵札子》:"古者兵出於農,故三時耕稼,一時閱武。"

㉑ 農收:農作物的收穫。《左傳·襄公十七年》:"宋皇國父爲大宰,爲平公築臺,妨於農收。"杜預注:"周十一月,今九月,收斂時。"胡曾《射熊館》:"漢帝荒唐不解憂,大誇畋獵廢農收。"謂農事終了。何遜《七召·佃遊》:"歲晚農收,時閑務隙。"　次:即"次及",依次而及。《左傳·成公三年》:"若不獲命而使嗣宗職,次及於事,而帥偏師以修封疆,雖遇執事,其弗敢違。"楊衒之《洛陽伽藍記序》:"先以城内爲始,次及城外,表列門名,以遠近爲五篇。"　邑居:里邑住宅,亦謂聚邑而居。桓寬《鹽鐵論·散不足》:"田野不辟而飾亭落,邑居丘墟而高其郭。"馬非百注:"邑居,城市住宅。"岑參《石犀》:"向無爾石犀,安得有邑居?"　室:謂堂後之正室,古人房屋内部,前叫堂,堂後以墻隔開,後部中央叫室,室的東西兩側叫房。《論語·先進》:"由也升堂矣!未入於室也。"《禮記·問喪》:"入門而弗見也,上堂又弗見也,入室又弗見也。"也謂房屋,宅舍。《詩·小雅·斯干》:"築室百堵,西南其户。"《孟子·梁惠王》:"爲巨室,則必使工師求大木。"楊伯峻注:"巨室,古代'室'和'宫'有時意義相同,都是房屋的意思。"杜甫《贈李十五别》:"峽人鳥獸居,其室附層巔。"　臺榭:臺和榭,亦泛指樓臺等建築物。《書·泰誓》:"惟宫室臺榭,陂池侈服,以殘害於爾萬姓。"孔穎達疏引李巡曰:"臺,積土爲之,所以觀望也。臺上有屋謂之榭。"杜

甫《滕王亭子》:“君王臺榭枕巴山,萬丈丹梯尚可攀。”

㉒ 啓閉:開門與關門,喻指建築工程的啓動與結束。權德輿《送李城門罷官歸嵩陽》:“與君相識處,吏隐在墻東。啓閉千門静,逢迎兩掖通。”范傳質《薦冰》:“乘春方啓閉,羞獻有常程。潔朗寒光徹,輝華素彩明。” 及期:猶適時。《左傳・僖公十年》:“及期而往,告之曰:‘帝許我罰有罪矣! 敝于韓。’”陸游《春雨》:“午夜聽春雨,發生端及期。” 公私:公家和私人。杜甫《憶昔二首》二:“憶昔開元全盛日,小邑猶藏萬家室。稻米流脂粟米白,公私倉廪俱豐實。”元稹《旱灾自咎貽七縣宰》:“還填折粟税,酬償貰麥鄰。苟無公私責,飲水不爲貧。” 借:憑藉,利用。《楚辭・九章・悲回風》:“借光景以往來兮,施黄棘之枉策。”陸機《演連珠》:“臣聞良宰謀朝,不必借威;貞臣衛主,修身則足。”以上數句所涉,體現了元稹既百姓解决住宅難題,又不好大喜功,加重百姓的負擔,白居易在《唐故武昌軍節度處置等使正議大夫檢校户部尚書鄂州刺史兼御史大夫賜紫金魚袋尚書右僕射河南元公墓誌銘并序》中讚揚元稹“其政如越”,我們以爲不是毫無根據的“諛墓”文字,而是既詳又實的元稹生平傳記,值得後代仿效的墓誌銘的範本。

㉓ 度:丈量,計算。《孟子・梁惠王》:“度,然後知長短。”《新唐書・辛替否傳》:“今計倉廪,度府庫,百僚共給,萬事用度,臣恐不能卒歲。” 材:木材,可作木材的樹。潘尼《贈侍御史王元貺》:“崐山積瓊玉,廣厦構衆材。”韓愈《送廖道士序》:“其水土之所生,神氣之所感,白金、水銀、丹砂、石英、鍾乳、橘柚之包、竹箭之美、千尋之名材,不能獨當也。”物,材料。《左傳・隱公五年》:“凡物不足以講大事,其材不足以備器用,則君不舉焉。”杜預注:“材謂皮革齒牙、骨角毛羽也。”韓愈《司徒許國公神道碑銘》:“少誠以牛皮鞵材遺師古,師古以鹽資少誠。” 强:强迫,勉强。《左傳・昭公元年》:“鄭徐吾犯之妹美,公孫楚聘之矣! 公孫黑又使强委禽焉!”蔣防《霍小玉傳》:“生起,

請玉唱歌。初不肯,母固強之。發聲清亮,曲度精奇。” 略:忽略,輕視。《韓詩外傳》卷五:“秦之時,非禮義,棄《詩》《書》,略古昔,大滅聖道。”王安石《謝王司封啓》:“伏念某孤窮之人……不以先進略後生,不以上官卑下吏。” 庀役:雇用工匠。張擴《王檞轉右朝請郎葛宗顔轉右承議郎制》:“間者修奉祐陵,實國大事,鳩工庀役,必欲及時。”衛涇《權奉安奏告》:“伏乙太室考儀將嚴登祔,有司庀役式謹繕修。” 定價:規定的價錢,一定的價格。《魏書·皇甫瑒傳》:“〔皇甫瑒〕性貪婪,多所受納,鬻官賣爵,皆有定價。”蘇軾《答謝民師書》:“歐陽文忠公言文章如精金美玉,市有定價,非人所能以口舌貴賤也。”

㉔ 不使:不順從,不讓。《墨子·非命》:“若以爲政乎天下,上以事天鬼,天鬼不使。”王念孫《讀書雜誌·墨子》:“《爾雅》:使,從也。天鬼不從,猶上文言上帝不順耳!”《漢書·趙皇后傳》:“少主幼弱則大臣不使。”顔師古注:“不使,不可使從命也。” 潜:秘密,暗中。《荀子·議兵》:“窺敵觀變,欲潜以深,欲伍以參。”吴曾《能改齋漫録·記文》:“蜀公先成,破題云:‘制動以静,善勝不争。’景文見之,於是不復出其所作,潜於袖中毀之。” 差:差别,不同。《荀子·榮辱》:“使有貴賤之等,長幼之差,知愚能不能之分。”《史記·禮書》:“長少有差。” 禦:抗拒,抵擋。《左傳·隱公九年》:“北戎侵鄭,鄭伯禦之。”韓愈《初南食貽元十八協律》:“我來禦魑魅,自宜味南烹。” 寒夏:即“寒暑”,冷和熱,寒氣和暑氣。《左傳·襄公十七年》:“吾儕小人皆有闔廬,以避燥濕寒暑。”何薳《春渚紀聞·烏銅提研》:“鑄金爲瓶,提携顛倒。時措之宜,發於隱奥。寒暑燥濕,不改其操。”

㉕ 殊:區分,區别。《史記·太史公自序》:“法家不别親疏,不殊貴賤,一斷於法。”袁宏《後漢紀·安帝紀》:“别親疏,殊適庶,尊國體,重繼嗣,防淫篡,絶奸謀,百王不易之道。”差異,不同。《易·繫辭》:“天下同歸而殊塗。”桓寬《鹽鐵論·國疾》:“世殊而事異。” 陳鄭:春秋戰國時期兩個相鄰的國家,這裏比喻緊緊相連的鄰居,所謂一家失

火，鄭家遭殃。李白《大庭庫》：“朝登大庭庫，雲物何蒼然！莫辨陳鄭火，空霾鄒魯烟。”周紫芝《二月五日再火吾廬復免》：“傳聞此火頗異常，宋衛陳鄭實同日。城中有屋無二三，道路横屍十六七。”　嵩華：嵩山和華山的並稱。葛洪《抱朴子・守堉》：“夫欲隮閬風陟嵩華者，必不留行於丘垤；意在乎游南溟泛滄海者，豈瑕逍遙於潢洿。”庾信《哀江南賦》：“稟嵩華之玉石，潤河洛之波瀾。”這裏極言人們安居而樂業，達到很高的程度，這是詩人追求的理想，但在當時，却是難於實現的理想。

㉖ 名流：知名人士，名士之輩。劉義慶《世説新語・品藻》：“孫興公、許玄度皆一時名流。”陳子昂《昭夷子趙氏碑》：“天下名流，翕然宗仰。”　蘭麝：蘭與麝香，指名貴的香料。《晉書・石崇傳》：“崇盡出其婢妾數十人以示之，皆藴蘭麝，被羅縠。”黄庭堅《寄陳適用》：“歌梁韵金石，舞地委蘭麝。”

㉗ 五袴：亦作“五絝”、“五褲”，《後漢書・廉范傳》：“〔范〕建初中遷蜀郡太守……舊制禁民夜作，以防火灾，而更相隱蔽，燒者日屬。范乃毁削先令，但嚴使儲水而已。百姓爲便，乃歌之曰：‘廉叔度，來何暮？不禁火，民安作，平生無襦今五絝。’”後以“五絝”作爲稱頌地方官吏施行善政之詞。儲光羲《晚次東亭獻鄭州宋使君文》：“籍籍歌五袴，祁祁頌千箱。”辛棄疾《水調歌頭・送鄭厚卿趙衡州》：“莫信君門萬里，但使民歌五袴，歸詔鳳凰啣。”　詐：欺騙。《左傳・宣公十五年》：“我無爾詐，爾無我虞。”潘岳《西征賦》：“蘇張喜而詐騁，虞芮愧而訟息。”作假，假裝。《史記・高祖本紀》：“將軍紀信乃乘王駕，詐爲漢王誑楚。”韓愈《答元侍御書》：“前歲辱書，論甄逢父濟識安禄山必反，即詐爲喑棄去。”

［編年］

《年譜》編年本詩於“庚寅至甲午在江陵府所作其他詩”，理由是：

“詩云:‘前日洪州牧……斯人久云謝。’可見此詩作於元和五年後。詩又云:‘有客自洪來。’可見此詩非元稹經過洪州作,而繫在江陵聞客言作。”《編年箋注》編年意見是:“此詩是作者元和九年(八一四)在江陵聞客言而作。”理由是:“詳卞《譜》。”實際上《年譜》的意見與《編年箋注》還是有所不同,《編年箋注》失察,根本没有表述編年元和九年的理由。《年譜新編》編年與《年譜》同,理由是:“《茅舍》詩云:‘前日洪州牧(自注:“韋大夫丹”),念此常嗟訝……誰能繼此名?名流襲蘭麝。五袴有前聞,斯言我非詐。’”元稹《故金紫光禄大夫檢校司徒兼太子少傅贈太保鄭國公食邑三千户嚴公行狀》:‘荆俗不理室居,架竹苫茅,卑庳褊逼,風旱壓戞,熇然自火。公乃陶瓦積材,半入其直,勉勸假借,俾自爲之。數月之間,廛然如化,灾害减少,人始歌之。’元稹借韋丹事寫嚴綬之政績。”

我們的意見與《年譜》、《編年箋注》、《年譜新編》不同。我們以爲《年譜》開頭所引述的“前日洪州牧……斯人久云謝”,已明白無誤地告訴我們此詩作年離開韋丹謝世的元和五年有相當的時間,否則不當云“久”,應該不在包含元和五年在内的元稹江陵任内。而且此詩開頭“楚俗不理居”與《賽神》開頭“楚俗不事事”、《競舟》開頭“楚俗不愛力”極爲相似,應是同時之作。詩云:“我欲他郡長,三時務耕稼。農收次邑居,先室後臺榭。”詩中的語氣絶非是一個士曹參軍的口氣,而應該是掌管州郡以上大權的節度使的口吻。特别是“斯言我非詐”云云的許諾,如果是士曹參軍所言,對著位高權重的“他郡長”發號施令,是不是有點痴人説夢的味道?詩中的話語,與《賽神》、《競舟》一樣應該是一個地方方面大員的口吻,應該是元稹武昌軍節度使任内的作品,而非江陵士曹參軍任内。詩中對韋丹有褒有貶,批評多於讚揚,又怎麼可能是《年譜新編》所言“借韋丹事寫嚴綬之政績”?元稹大和四年、大和五年間出任武昌軍節度,兼任鄂、岳、蘄、黄、安、申等州觀察使,洪州不在其管轄範圍之内,確實是聽人説事而賦詩,故詩云“有客自洪來”,但詩人的目的是希望岳、蘄、黄、安、申等州的使君們推行元稹的政治構想。元稹在武昌軍節度使任内衹有一個“農收”之後的冬季,此詩編年大和四年冬季比較合理。

◎送王十一郎游剡中(一)①

越州都在浙河灣,塵土消沉景象閑(二)②。百里油盆鏡湖水,千峰鈿朵會稽山(三)③。軍城樓閣隨高下,禹廟烟霞自往還④。想得王郎乘畫舸(四),幾回明月墜雲間⑤?

録自《元氏長慶集》卷一八

[校記]

(一) 送王十一郎游剡中:楊本、《全詩》、《會稽掇英總集》歸屬作者爲“元稹”,《浙江通志》作者歸屬爲“張籍”,《元氏長慶集》各個版本均收入本詩,而《張司業集》未收入本詩,《浙江通志》所收録本詩在張籍詩篇與元稹詩篇銜接處,應該屬於《浙江通志》刊刻之誤,誤作者元稹爲作者張籍,不從不改。《會稽掇英總集》題作“送王十一遊浙中”,詩文則大致相同。《年譜》在書後附注:“韋莊編《又玄集》卷中載李紳《遙知(和)元九送王行周遊越》,可見元稹寫過《送王行周遊越》,已佚。”其意見不可取。

(二) 塵土消沉景象閑:楊本、《全詩》、《浙江通志》同,《會稽掇英總集》作“塵土消沉境象閑”,語義相類,不改。

(三) 千峰鈿朵會稽山:楊本、《全詩》、《浙江通志》同,《會稽掇英總集》作“千峰翠朵會稽山”,語義不同,各備一説,不改。

(四) 想得王郎乘畫舸:《全詩》注同,《浙江通志》亦作“王郎”,楊本、《全詩》作“想得玉郎乘畫舸”,“玉郎”是對男子的美稱,而“王郎”

之稱切合"王十一"的身份,各備一説,不改。《會稽掇英總集》作"想得閑吟乘晝舸",語義不同,各備一説,不改。

[箋注]

① 王十一郎:即王行周,元稹與李紳的朋友。李紳《遙知元九送王行周遊越》:"江潮隨月盈還縮,沙渚依潮斷更連。伍相廟中多白浪,越王臺畔少晴烟。低頭緑草羞枚乘,刺眼紅花哭杜鵑。莫倚西施舊苔石,由來破國是神仙。"李紳之詩與本詩同韵,疑"遙知"爲"遙和"之誤,雖然"遙知"也可以説通。李紳《欲到西陵寄王行周》:"西陵沙岸回流急(西陵渡在蕭山縣西二十里,錢王以'陵'非吉語,改曰西興),船底黏沙去岸遙。驛吏遞呼催下纜,棹郎閑立道齊橈。猶瞻伍相青山廟(盧文輔《伍子胥祠銘》曰:'《漢史》胥山,今名青山。'謬也),未見雙童白鶴橋。欲責舟人無次第,自知貪酒過春潮。" 剡中:指剡縣一帶。謝靈運《登臨海嶠與從弟惠連見羊何共和之》:"暝投剡中宿,明登天姥岑。"李白《秋下荆門》:"此行不爲鱸魚鱠,自愛名山入剡中。"

② 越州:唐代州郡名,府治今浙江省紹興市。《舊唐書·地理志》:"越州中都督府:隋會稽郡,武德四年平李子通,置越州總管,管越、嵊、姚、鄞、浙、綱、衢、穀、麗、嚴、婺十一州,越州領會稽、諸暨、山陰三縣。七年改總管爲都督,督越、婺、鄞、嵊、麗五州,越州領會稽、諸暨、山陰、餘姚四縣。八年廢鄞州爲鄮縣,嵊州爲剡縣,來屬,麗州爲永康,屬婺州,省山陰縣,督越、婺二州。貞觀元年更督越、婺、泉、建、台、括六州,天寶元年改越州爲會稽郡,乾元元年復爲越州。舊領縣五,户二萬五千八百九十,口十二萬四千一十。天寶領縣六,户九萬二百七十九,口五十二萬九千五百八十九。在京師東南二千七百二十里,至東都二千八百七十里。"駱賓王《送劉少府遊越州》:"一丘余枕石,三越爾懷鉛。離亭分鶴蓋,别岸指龍川。"沈佺期《夜泊越州

逢北使》:“天地降雷雨,放逐還國都。重以風潮事,年月戒回艫。”都:古稱建有宗廟的城邑。《左傳・莊公二十八年》:“築郿,非都也。凡邑,有宗廟先君之主曰都,無曰邑。邑曰築,都曰城。”杜預注:“宗廟所在,則雖邑曰都,尊之也。”國都,京都。《文選・張衡〈西京賦〉》:“漢之西都,在於雍州,寔曰長安。”李善注引《漢書》:“秦地,於禹貢時跨雍、梁二州,漢興,立都長安。”諸葛亮《前出師表》:“興復漢室,還於舊都。”春秋時期越國建都紹興,建有宗廟,故言“都”。　浙河:即浙江,亦即錢塘江。《莊子》作制河,《山海經》、《史記》、《越絶書》、《吴越春秋》作浙江,《漢書・地理志》、《水經》作漸江水。古人所謂浙、漸,實指一水。李嘉祐《送嚴維歸越州》:“艱難只用武,歸向浙河東。松雪千山暮,林泉一水通。”劉克莊《憶秦娥》:“浙河西面邊聲悄,淮河北去炊烟少。”浙河灣亦即現今的杭州灣。　塵土:細小的灰土。張華《博物志》卷六:“徐州人謂塵土爲蓬塊,吴人謂跋跌。”錢起《江行無題一百首》六七:“静看秋江水,風微浪漸平。人間馳競處,塵土自波成。”　消沉:消逝。元稹《劉阮妻》:“桃花飛盡秋風起,何處消沉去不來?”司馬光《澮樹石屏》:“請鐫好事名,千古無消沈。”　景象:亦作“景像”,景色,現象,狀況。《敦煌變文集・八相變》:“今晨殿下散悶閑遊,駕幸南門,見何景像?”鄭谷《中年》:“漠漠秦雲澹澹天,新年景象入中年。”

③ 百里:一百里,謂距離甚遠,範圍甚廣。《易・震》:“震驚百里,不喪匕鬯。”《史記・孫子吴起列傳》:“兵法,百里而趣利者蹶上將。”這裹形容鏡湖面積之大。　鏡湖:古代長江以南的大型農田水利工程之一,在今浙江紹興會稽山北麓。東漢永和五年(140)在會稽太守馬臻主持下修建,以水面如鏡,故名。亦有因光潔閃亮,以油盆稱之。李白《越女詞五首》五:“鏡湖水如月,耶溪女如雪。”蘇軾《永和清都觀道士求此詩》:“鏡湖敕賜老江東,未似西歸玉局翁。”　千峰:極言山峰之多。張九齡《登城樓望西山作》:“檐際千峰出,雲中一鳥

閑。縱觀窮水國,游思遍人寰。”王昌齡《送歐陽會稽之任》:“萬室霽朝雨,千峰迎夕陽。輝輝遠洲映,曖曖澄湖光。” 鈿朵:用金銀貝玉等做成的花朵狀飾物。元稹《六年春遣懷八首》四:“婢僕曬君餘服用,嬌痴稚女遶床行。玉梳鈿朵香膠解,盡日風吹瑇瑁筝。”杜牧《長安雜題長句六首》五:“草妒佳人鈿朵色,風回公子玉銜聲。” 會稽山:亦省作“會稽”,在浙江省紹興縣東南,相傳夏禹大會諸侯於此計功,故名,一名防山,又名茅山。《左傳・哀公元年》:“越子以甲楯五千保於會稽。”袁康《越絶書・外傳記越地傳》:“〔禹〕更名茅山曰會稽。”

④ 軍城:唐代設兵戍守的城鎮。劉長卿《奉酬辛大夫喜湖南臘月連日降雪見示之作》:“初開窗閣寒光滿,欲掩軍城暮色遲。閭里何人不相慶?萬家同唱郢中詞。”白居易《潯陽宴别》:“鞍馬軍城外,笙歌祖帳間。乘潮發湓口,帶雪别廬山。”這裏指越州城。 樓閣:泛指樓房,閣,架空的樓。《後漢書・吕强傳》:“造起館舍,凡有萬數,樓閣連接,丹青素堊,雕刻之飾,不可單言。”白居易《長恨歌》:“樓閣玲瓏五雲起,其中綽約多仙子。” 高下:參差起伏。李涉《從秦城回再題武關》:“遠别秦城萬里遊,亂山高下出商州。”王安石《即事》:“縱横一川水,高下數家村。” 禹廟:即“禹穴”,相傳爲夏禹的葬地,後來立廟,在今浙江省紹興之會稽山。《史記・太史公自序》:“二十而南游江、淮,上會稽,探禹穴。”裴駰集解引張晏曰:“禹巡狩至會稽而崩,因葬焉!上有孔穴,民間云禹入此穴。”李白《越中秋懷》:“何必探禹穴?逝將歸蓬丘。” 烟霞:烟霧,雲霞。謝脁《擬宋玉〈風賦〉》:“烟霞潤色,荃荑結芳。”玄奘《大唐西域記・伊爛拏鉢伐多國》:“含吐烟霞,蔽虧日月;古今仙聖,繼踵栖神。” 往還:往返,來回。《列子・黄帝》:“入火往還,埃不漫,身不焦。”郭璞《江賦》:“介鯨乘濤以出入,鰻鯊順時而往還。”

⑤ 想得:懸想。元稹《送劉太白(太白居從善坊)》:“洛陽大底居

人少,從善坊西最寂寥。想得劉君獨騎馬,古堤愁樹隔中橋。”白居易《邯鄲冬至夜思家》:“邯鄲驛裏逢冬至,抱膝燈前影伴身。想得家中夜深坐,還應説著遠行人。”因元稹並不是與王行周一起前往,故有此懸想之詞。　畫舸:畫船。蕭繹《赴荆州泊三江口》:“蓮舟夾羽氅,畫舸覆緹油。”岑參《早春陪崔中丞泛浣花溪宴》:“紅亭移酒席,畫舸逗江村。”　明月:光明的月亮。徐彦伯《採蓮曲》:“折藕絲能脆,開花葉正圓。春歌弄明月,歸棹落花前。”劉希夷《春日行歌》:“携酒上春臺,行歌伴落梅。醉罷卧明月,乘夢遊天台。”　雲間:指天上。劉孝威《鬥雞篇》:“願賜淮南藥,一使雲間翔。”張旭《春草》:“春草青青萬里餘,邊城落日見離居。情知海上三年别,不寄雲間一紙書。”

[編年]

未見《年譜》編年本詩,《編年箋注》則列入“未編年詩”,《年譜新編》更進了一步,編年本詩於元和九年,理由是:“李紳酬和《遙知元九送王行周遊越》,依韵酬和。”其譜文又云:“約本年,送王行周遊越。《會稽掇英總集》卷十收元稹《送王十一(郎)遊浙(剡)中》及李紳《遙知元九送王行周遊越》二詩,知王行周行十一。元稹《晨起送使病不行因過王十一館居二》云:‘……逢他御史瘧相仍。過君未起房門掩,深映寒窗一盞燈。’‘密宇深房小火爐,飯香魚熟近中厨。野人愛静仍耽寢,自問黄昏肯去無?’此王十一亦當爲王行周,其時猶爲布衣。元稹送使在元和八年,時王仍在江陵,其離開江陵約在九年。李紳又有《欲到西陵寄王行周》。”

我們以爲,《年譜新編》認爲元稹《晨起送使病不行因過王十一館居二首》中的“王十一”是王行周是錯誤的,此“王十一”是元稹吏部乙科的同年,排行十一的王起,時在江陵府任職。元稹《酬哥舒大少府寄同年科第》:“前年科第偏年少,未解知羞最愛狂。九陌争馳好鞍馬,八人同着綵衣裳(同年科第:宏詞吕二炅、王十一起,拔萃白二十二居易，平判李十一復禮、吕四頻、哥舒大煩、崔十八玄亮逮不肖，八人皆奉榮養）。”白居易《常樂里閑居偶題十六韵兼寄劉十五公輿王十一起吕二炅吕四熲崔十八玄亮元九稹劉三十二敦質張十五仲元時爲校書郎》：“帝都名利場，雞鳴無安居。獨有懶慢者，日高頭未梳。”根據元稹《晨起送使病不行因過王十一館居二首》中流露出來與“王十一”的情感是如此親密無間，兩人應該是無話不談的老朋友。而從詩中“野人愛静仍耽寢”的習慣來看，也正與上引白居易《常樂里》表述的詩意切合。不錯，《晨起送使病不行因過王十一館居二首》確實編年元和八年，但由於主人公並不是同一個人，故應該與王行周毫無關係。其二，李紳關於王行周的兩首詩篇確實存在，但與本詩是否編年元和九年也毫無關係，因爲李紳的兩首詩篇，李紳并没有説作於元和九年，《年譜新編》也没有證明其作成於元和九年，它們完全可以賦成於其他的年份。其三，本詩八句通篇在描述越州的優美景象，抓住了越州的主要特色，遣詞用句也十分貼切。如果詩人没有親臨過越州，很難寫出體驗如此深刻的詩句，也很難描摹令人如此陶醉的意境。而且，本詩没有一詞一句涉及江陵的景色或者人事，應該與江陵並無干涉。所以我們認爲，本詩不是作於江陵，而是賦成於元稹浙東觀察使任之後。具體的地點在武昌，時間是大和四年或五年，以大和四年最爲可能，時元稹在武昌軍節度使任。其四，至於李紳的《遥知元九送王行周遊越》，也應該賦成於大和四年或大和五年，時李紳在壽州刺史任，其《轉壽春守序》“太和庚戌歲二月，祗命壽陽，時替裴五墉”可證，“庚戌歲”，即大和四年。李紳離開壽州在大和七年，其《發壽陽·分司敕到又遇新正感懷書事（七年正月八日立春，在壽陽凡四年）》可證。李紳與元稹是好朋友，而李紳又與王行周是朋友，因而李紳唱和元稹贈送王行周的詩篇十分自然。又因爲李紳不與元稹在一地，故稱“遥知”、“遥和”。其五，壽州與鄂州雖然不是相連的鄰州，但與武昌軍節度使府的轄州黄州相連，因此王行周也可能在離開元稹之後先去拜訪李紳,然後再去越州,當然這是推測之語,但我們推測的最直接證據就是李紳的《遙知元九送王行周遊越》。

▲ 送劉秀才歸江陵(一)①

花間祖席離人醉,水上歸帆落日行②。

見《千載佳句·餞別》,據花房英樹《元稹研究》轉録

[校記]

(一) 送劉秀才歸江陵:《元稹集》、《全唐詩續補》、《編年箋注》均不見異文。

[箋注]

① 以上數句所涉,體現了元稹既百姓解決住宅難題,又不好大喜功,加重百姓的負擔,白居易在《唐故武昌軍節度處置等使正議大夫檢校户部尚書鄂州刺史兼御史大夫賜紫金魚袋尚書右僕射河南元公墓誌銘并序》中讚揚元稹"其政如越",我們以爲不是毫無根據的"諛墓"文字,而是既詳又實的元稹生平傳記,值得後代仿效的墓誌銘的範本。送:送行,送別。秦系《秋日送僧志幽歸山寺》:"禪室繩床在翠微,松間荷笠一僧歸。磬聲寂歷宜秋夜,手冷燈前自衲衣。"嚴維《送李秘書往儋州》:"魑魅曾爲伍,蓬萊近拜郎。臣心瞻北闕,家事在南荒。" 劉秀才:應該是元稹的朋友,其餘不詳。 秀才:唐、宋間凡應舉者皆稱秀才。王建《冬至後招于秀才》:"日近山紅暖氣新,一陽先入御溝春。聞君立馬重來此,沐浴明年稱意身。"劉商《姑蘇懷古送秀才下第歸江南》:"姑蘇臺枕吴江水,層級鱗差向天倚。秋高露白萬林空,低望吴田三百里。" 歸:返回。韋應物《送褚校書歸舊山歌》:

“握珠不返泉,匣玉不歸山。明皇重士亦如此,忽怪褚生何得還!”張謂《送裴侍御歸上都》:“楚地勞行役,秦城罷鼓鼙。舟移洞庭岸,路出武陵谿。” 江陵:地名,荆南節度使府治所在地,即今湖北江陵市。元稹《紀懷贈李六户曹崔二十功曹五十韵》:“酣歌離峴頂,負氣入江陵。華表當蟾魄,高樓挂玉繩。”白居易《和答詩十首·和陽城驛》:“商山陽城驛,中有嘆者誰?云是元監察,江陵謫去時。”

② 花間:百花叢中。白居易《醉中留别楊六兄弟(三月二十日别)》:“春初携手春深散,無日花間不醉狂。别後何人堪共醉?猶殘十日好風光。”楊衡《長門怨》:“絲聲繁兮管聲急,珠簾不捲風吹入。萬遍凝愁枕上聽,千回候命花間立。” 祖席:餞行的宴席。杜甫《送許八拾遺歸江寧覲省》:“聖朝新孝理,祖席倍輝光。”仇兆鰲注:“祖席,飲餞也。”梅堯臣《夢同諸公餞仲文夢中坐上作》:“已許郊間陳祖席,少停車馬莫催行!” 離人:離别的人,離開家園、親人的人。陶潛《贈長沙公族祖》:“敬哉離人,臨路悽然。款襟或遼,音問其先!”魏夫人《菩薩蠻》:“三見柳綿飛,離人猶未歸。” 醉:飲酒過量,神志不清。劉伶《酒德頌》:“無思無慮,其樂陶陶。兀然而醉,豁爾而醒。”韓愈《感春四首》四:“數杯澆腸雖暫醉,皎皎萬慮醒還新。” 水上:水面上。庾信《周柱國大將軍紇于宏神道碑》:“月中生樹,童子知言;水上浮瓜,青衿不戲。”張説《送梁六自洞庭山作》:“巴陵一望洞庭秋,日見孤峰水上浮。” 歸帆:指回返的船隻。陳子昂《白帝城懷古》:“古木生雲際,歸帆出霧中。”王維《送秘書晁監還日本國》:“向國唯看日,歸帆但信風。” 落日:夕陽,亦指夕照。儲光羲《仲夏餞魏四河北覲叔》:“落日臨御溝,送君還北州。樹凉征馬去,路暝歸人愁。”常建《送楚十少府》:“微風吹霜氣,寒影明前除。落日未能别,蕭蕭林木虚。”行:行走。《詩·唐風·杕杜》:“獨行踽踽。豈無他人?不如我同父。”杜甫《無家别》:“久行見空巷,日瘦氣慘悽。”

[編年]

未見《年譜》編年,《編年箋注》歸入"未編年詩"欄内,《年譜新編》編入"無法編年作品"欄内。

《年譜新編》在《送晏秀才歸江陵》之後録入《送劉秀才歸江陵》詩,又云:"施肩吾《山中得劉秀才京書》:'自笑家貧客到疏,滿庭烟草不能鋤。今朝誰料三千里,忽得劉京一紙書?'劉復《送劉秀才南歸》:'鳥啼楊柳垂,此别千萬里。古路入商山,春風生灞水。停車落日在,罷酒離人起。蓬户寄龍沙,送歸情詎已。'三詩中的'劉秀才'或是一人。"至於"三詩中的'劉秀才'或是一人"的問題,筆者無據,不敢置喙,留待智者。

我們以爲,兩句確實無法準確編年,但有一點可以肯定,兩句肯定不是元稹江陵任内所作。從詩人形象生動描寫江陵景色來看,元稹應該非常熟悉江陵的草木與風景,兩句似乎應該賦成於元稹江陵任之後,今暫時編列在元稹武昌軍節度使任内,賦作於大和四年或大和五年七月二十二日之前。

大和五年辛亥(831)　五十三歲

▲早春書懷(一)①

空城月落方知曉，淺水荷香始覺春②。

見《千載佳句・春情》，據花房英樹《元稹研究》轉録

[校記]

（一）早春書懷：《元稹集》同，《千載佳句》松平文庫本、《全唐詩續拾》、《編年箋注》作"早春書情"，《年譜新編》僅作"書情"，不知何據，録以備考。

[箋注]

① 早春書懷：兩句不見於諸多《元氏長慶集》，僅據《千載佳句》轉録，編年於此。　早春：初春。李涉《過招隱寺》："每憶中林訪惠持，今來正遇早春時。自從休去無心事，唯向高僧説便知。"花蕊夫人《宫詞》二九："早春楊柳引長條，倚岸緑堤一面高。稱與畫船牽錦纜，暖風搓出綵絲絲。"　書懷：即"抒懷"，抒發胸臆。孟棨《本事詩序》："抒懷佳作，諷刺雅言……其間觸事興詠，尤所鍾情。"劉禹錫《樂天寄洛下新詩兼喜微之欲到因以抒懷也》："微之從東來，威鳳鳴歸林。羨君先相見，一豁平生心。"

② 空城：荒凉的城市。顏延之《還至梁城作》："故國多喬木，空城凝寒雲。"李嘉祐《送從弟歸河朔》："空城流水在，荒澤舊村稀。"　知曉：知道，曉得。戴叔倫《酬駱侍御答詩》："風傳畫閣空知曉，雨濕

江城不見春。堆案繞床君莫怪！已經愁思古時人。"无則《百舌鳥二首》二："長截鄰雞叫五更，數般名字百般聲。饒伊摇舌先知曉，也待青天明即鳴。"　覺：感知，意識到。葛洪《抱朴子・金丹》："聞雷霆而覺布鼓之陋，見巨鯨而知寸介之細。"盧綸《晚次鄂州》："估客晝眠知浪静，舟人夜語覺潮生。"　春：春色。陸凱《寄早梅》："折梅逢驛使，寄與隴頭人。江南無所有，聊寄一枝春。"李約《江南春》："池塘春暖水紋開，堤柳垂絲間野梅。江上年年芳意早，蓬瀛春色逐潮來。"

［編年］

未見《年譜》編年，《編年箋注》歸入"未編年詩"欄内，《年譜新編》"疑越州作"。

兩句無法確切編年，但根據兩句所叙南方風景，應該賦成於元稹任職江陵、浙東或武昌之時，今暫時編列元稹武昌軍節度使任。元稹大和四年一月二十六日才啓程前往武昌，而詩題曰"早春"，應該以大和五年"早春"爲宜。

▲薔　薇(一)①

千重密葉侵階緑，萬朵閑花向日紅②。

見《千載佳句・薔薇》，據花房英樹《元稹研究》轉録

［校記］

(一) 薔薇：又見《元稹集》、《全唐詩續補》、《編年箋注》，均不見異文。

[箋注]

① 薔薇:兩句不見於諸多《元氏長慶集》,僅據《千載佳句》轉録,編年於此。植物名,落葉灌木,莖細長,蔓生,枝上密生小刺,羽狀複葉,小葉倒卵形或長圓形,花白色或淡紅色,有芳香。花可供觀賞,果實可以入藥,亦指這種植物的花。江洪《詠薔薇》:"當户種薔薇,枝葉太葳蕤。"韓愈《題于賓客莊》:"榆莢車前盖地皮,薔薇蘸水笋穿籬。馬蹄無入朱門迹,縱使春歸可得知?"

② 千重:千層,層層疊疊。《後漢書·馬融傳》:"群師疊伍,伯校千重。"陸游《長相思》一:"雲千重,水千重。身在千重雲水中,月明收釣筒。" 密葉:繁茂的花草之葉。李白《紫藤樹》:"紫藤挂雲木,花蔓宜陽春。密葉隱歌鳥,香風留美人。"白居易《首夏》:"麇鹿樂深林,蟲蛇喜豐草。翔禽愛密葉,遊鱗悦新藻。" 侵:侵襲,謂一物進入他物中或他物上。韓愈《縣齋讀書》:"南方本多毒,北客恒懼侵。"盧綸《冬夜贈别友人》:"侵階暗草秋霜重,遍郭寒山夜月明。" 階:臺階。《史記·魏公子列傳》:"趙王埽除自迎,執主人之禮,引公子就西階。公子側行辭讓,從東階上。"李白《菩薩蠻》:"玉階空佇立,宿鳥歸飛急。" 緑:變爲緑色,使變緑。《古詩十九首·東城高且長》:"迴風動地起,秋草萋已緑。"王安石《泊船瓜洲》:"春風又緑江南岸,明月何時照我還?" 萬朵:極言花朵之多。杜甫《江畔獨步尋花七絶句》六:"黄四娘家花滿蹊,千朵萬朵壓枝低。留連戲蝶時時舞,自在嬌鶯恰恰啼。" 閑花:雜花。蘇頲《先是新昌小園期京兆尹一訪兼郎官數子自頃沈痾年復一年玆願不果率然成章》:"獨好中林隱,先期上月春。閑花傍户落,喧鳥逼檐馴。"王維《韋侍郎山居》:"幸忝君子顧,遂陪塵外踪。閑花滿巖谷,瀑水映杉松。" 向日:朝著太陽,面對太陽。李世民《詠桃》:"向日分千笑,迎風共一香。"司馬光《客中初夏》:"更無柳絮因風起,惟有葵花向日傾。" 紅:呈現紅色,變紅。《漢書·賈捐之傳》:"元狩六年,太倉之粟紅腐而

不可食,都内之錢貫朽而不可校。”蔣捷《一剪梅·舟過吴江》:“流光容易把人抛,紅了櫻桃,緑了芭蕉。”

[編年]

未見《年譜》編年,《編年箋注》歸入“未編年詩”欄内,《年譜新編》編入“無法編年作品”欄内。

薔薇是春天開放的花種,儲光羲《薔薇》:“一莖獨秀當庭心,數枝分作滿庭陰。春日遲遲欲將半,庭影離離正堪玩。”白居易《戲題新栽薔薇》:“移根易地莫顦顇,野外庭前一種春。少府無妻春寂寞,花開將爾當夫人。”我們以爲,兩句雖然無法準確編年,但應該賦成於元稹生平内的春天,今暫時編列元稹武昌軍節度使任内之大和五年之春天。

● 所思二首(一)①

庾亮樓中初見時,武昌春柳似腰肢②。相逢相失還如夢,爲雨爲雲今不知③。

鄂渚濛濛烟雨微,女郎魂逐莫雲歸(二)④。只應長在漢陽渡,化作鴛鴦一隻飛⑤。

本詩馬本《元氏長慶集》不載,録自《才調集》卷五

[校記]

(一) 所思二首:《全詩》同,《全詩》本詩題下原有注:“一作劉禹錫詩,題作《有所嗟》。”而《全詩》劉禹錫《有所嗟二首》題下注:“一作元稹詩,題作《所思》。”

(二) 女郎魂逐莫雲歸:叢刊本、《全詩》作“女郎魂逐暮雲歸”,“莫”是“暮”的古字,語義相通,不改。

[箋注]

① 所思二首：二首詩篇不見於諸多《元氏長慶集》，今據《才調集》、《全詩》轉録，編年於此。　所思：所思慕的人，所思慮的事。《楚辭·九歌·山鬼》："被石蘭兮帶杜衡，折芳馨兮遺所思。"孟郊《同年春宴》："幽蘅發空曲，芳杜綿所思。"

② 庾亮樓：即"庾樓"，一名庾公樓，在江西九江，傳説爲晉代庾亮鎮江州時所建，不足信。陸游《入蜀記》卷四："五日，群集於庾樓。樓正對廬山之雙劍峰，北臨大江，氣象雄麗，自京口以西登覽之地多矣！無出庾樓右者。樓不甚高，而覺江山烟雲皆在几席間，真絶景也！庾亮嘗爲江荆豫州刺史，其實則治武昌，若武昌南樓名庾樓猶有理，今江州治所，在晉特柴桑縣之湓口關耳！此樓附會甚明，然白樂天詩固已云：'潯陽欲到思無窮，庾亮樓南湓口東。'則承誤亦久矣！張芸叟《南遷録》云：'庾亮鎮潯陽，經始此樓。'其誤尤甚！"《四庫全書提要·入蜀記》："庾亮樓當在武昌，不應在江州，白居易詩及張舜臣《南遷志》並相沿而誤。"白居易所誤詩爲《初到江州》："潯陽欲到思無窮，庾亮樓南湓口東。樹木凋疏山雨後，人家低濕水烟中。"白居易所誤非止一首，如《庾樓曉望》："獨憑朱檻立凌晨，山色初明水色新。竹霧曉籠銜嶺月，蘋風送暖過江春。子城陰處猶殘雪，衙鼓聲前未有塵。三百年來庾樓上，曾經多少望鄉人？"如《庾樓新歲》："歲時銷旅貌，風景觸鄉愁。牢落江湖意，新年上庾樓。"又如《三月三日登庾樓寄三十二》："三日歡遊辭曲水，二年愁卧在長沙。每登高處長相憶，何况兹樓屬庾家。"又如《山中酬江州崔使君見寄》："眷盼情無限，優容禮有餘。三年爲吏部，一半許山居。酒熟心相待，詩來手自書。庾樓春好醉，明月且回車。"《重到江州感舊遊題郡樓十一韵》："掌綸知是忝，剖竹信爲榮。才薄官仍重，恩深責尚輕。昔徵從典午，今出自承明。鳳詔休揮翰，漁歌欲濯纓。還乘小艛艓，却到古湓城。醉客臨江待，禪僧出郭迎。青山滿眼在，白髮半頭生。又較三年老，何曾一

事成？重過蕭寺宿，再上庾樓行。雲水新秋思，閭閻舊日情。郡民猶認得，司馬詠詩聲。"此誤也非止白居易一人，如張嵲《題曾口縣江月亭》："庾亮樓前唯皎月，屈原祠下秪滄波。北人每到猶腸斷，江月涵輝更若何？"此不一一引録。而唐人鄭谷《荆渚八月十五日夜值雨寄同年李嶼》："棹倚袁宏渚，簾垂庾亮樓。桂無香實落，蘭有露花休。"宋人陳造《武昌》："客子修程未息肩，江山佳處小留連。醉臨庾亮樓前月，夢闖回翁洞裹天。"則已經明言"庾亮樓"在"荆渚"，在"武昌"，與元稹本詩所詠，兩相符合。元稹早年也錯誤地認爲"庾亮樓"在九江，如元稹元和十一年寄江州司馬白居易詩《水上寄樂天》云："眼前明月水，先入漢江流。漢水流江海，西江過庾樓。庾樓今夜月，君豈在樓頭？萬一樓頭望，還應望我愁。"如元稹元和十四年寄江州司馬詩《憑李忠州寄書樂天》云："萬里寄書將出峽，却憑巫峽寄江州。傷心最是江頭月，莫把書將上庾樓。"均認爲庾樓在江州；直到元稹移職武昌節度使，才知道自己過去在興元在忠州盲從他人之錯誤，本詩就是元稹改正認識的明證。　武昌：地名，武昌軍節度使治所，在今天的武漢市地域之内。《舊唐書・地理志》："鄂州：隋江夏郡，武德四年平蕭銑改爲鄂州……永泰後置鄂岳觀察使，領鄂、岳、蘄、黄四州，恒以鄂州爲使理所。"《元和郡縣志・江南道》："鄂州：今爲鄂岳觀察使理所……管縣五：江夏、永興、武昌、唐年、蒲圻。"武昌、漢陽即其舊縣。劉長卿《孫權故城下懷古兼送友人歸建業》："雄圖争割據，神器終不守。上下武昌城，長江竟何有？"孟浩然《泝江至武昌》："殘凍因風解，新正度臘開。行看武昌柳，髣髴映樓臺。"　春柳：春天的柳樹。李賀《花遊曲》："春柳南陌態，冷花寒露姿。"宋祁《送鞏漢卿同年赴五原理掾》："春柳侵湖緑，秋雲際幕黄。"　腰肢：亦作"腰支"，腰身，身段，體態。沈約《少年新婚爲之詠》："腰肢既軟弱，衣服亦華楚。"劉禹錫《楊柳枝詞九首》五："花萼樓前初種時，美人樓上鬥腰支。"

③ 相逢：彼此遇見，會見。張衡《西京賦》："跳丸劍之揮霍，走索

上而相逢。"韓愈《答張徹》:"及去事戎轡,相逢宴軍伶。" 相失:兩相離别,互相失去聯繫。劉希夷《從軍行》:"秋天風颯颯,群胡馬行疾。嚴城晝不開,伏兵暗相失。"王泠然《淮南寄舍弟》:"昔予從不調,經歲旅淮源。念爾長相失,何時返故園?" 如夢:猶如夢境。元結《橘井》:"靈橘無根井有泉,世間如夢又千年。鄉園不見重歸鶴,姓字今爲第幾仙?"元稹《日高睡》:"隔是身如夢,頻來不爲名。憐君近南住,時得到山行。" 爲雨爲雲:亦即"雨雲",比喻男女歡會。方干《贈美人四首》一:"才會雨雲須别去,語慚不及琵琶槽。"李煜《菩薩蠻》三:"雨雲深繡户。來便諧衷素。宴罷又成空。夢迷春睡中。"

④ 鄂渚:相傳在今湖北武昌黄鶴山上游三百步長江中,隋置鄂州,即因渚得名,世稱鄂州爲鄂渚。《楚辭·九章·涉江》:"乘鄂渚而反顧兮,款秋冬之緒風。"王逸注:"鄂渚,地名。"洪興祖補注:"楚子熊渠,封中子紅於鄂。鄂州,武昌縣地是也,隋以鄂渚爲名。"杜甫《過南岳入洞庭湖》:"鄂渚分雲樹,衡山引舳艫。" 濛濛:迷茫貌。《詩·豳風·東山》:"零雨其濛。"鄭玄箋:"歸又道遇雨,濛濛然。"吉師老《鴛鴦》:"江島濛濛烟靄微,緑蕪深處刷毛衣。" 烟雨:濛濛細雨。鮑照《觀漏賦》:"聊弭志以高歌,順烟雨而沈逸。"杜牧《江南春絶句》:"南朝四百八十寺,多少樓臺烟雨中。" 女郎:年輕女子。《南齊書·賈淵傳》:"孝武世,青州人發古塚,銘云'青州世子,東海女郎'。"《樂府詩集·木蘭詩》:"同行十二年,不知木蘭是女郎。" 莫雲:又作"暮雲",傍晚時分的雲。朱使欣《道峽似巫山》:"江如曉天静,石似暮雲張。征帆一流覽,宛若巫山陽。"王維《觀獵》:"忽過新豐市,還歸細柳營。迴看射雕處,千里暮雲平。"

⑤ 漢陽渡:地名,在今天的武漢市境内。《湖廣通志·漢陽縣》:"漢陽渡:《明一統志》:在縣東門外,唐李白詩《鸚鵡洲》:'鸚鵡洲横漢陽渡,水引寒烟没江樹。'"温庭筠《送人東遊》:"荒戍落黄葉,浩然離故關。高風漢陽渡,初日郢門山。" 鴛鴦:鳥名,似野鴨,舊傳雌雄偶

居不離,古稱“匹鳥”;其實誤傳,衹是一種美麗的傳説而已。吉師老《鴛鴦》:“江島濛濛烟靄微,緑蕪深處刷毛衣。渡頭驚起一雙去,飛上文君舊錦機。”唐代無名氏《雜詩》五:“眼想心思夢裏驚,無人知我此時情。不如池上鴛鴦鳥,雙宿雙飛過一生。”

[編年]

未見《年譜》、《編年箋注》提及本詩,《年譜新編》在大和五年辨僞本詩:“《所思二首》(僞)又見於《劉賓客文集》外集卷一,題作《有所嗟二首》。白居易《和劉郎中傷鄂姬》云:‘不獨君嗟我亦嗟,西風北雪殺南花。不知月夜魂歸處,鸚鵡洲頭第幾家?’乃和《有所嗟》之作,則詩當爲劉作無疑。”朱金城《白居易集箋校·和劉郎中傷鄂姬》:“白氏此詩原注云:‘姬,鄂人也。’城按:劉禹錫《有所嗟》:‘……’又云:‘……’則鄂姬蓋劉禹錫長慶四年自夔州東下過武昌時所納之鄂人。又按:《有所嗟二首》,《全唐詩》亦編在元稹卷内,以詩之風格而言,亦未敢遽定。以白氏詩證之,當屬劉作。蓋此時元稹方觀察浙東,未赴鄂渚也。”

《全詩》録有劉禹錫《有所嗟二首(一作元稹詩,題作所思)》,其一:“庾令樓中初見時,武昌春柳似腰肢。相逢相笑盡如夢,爲雨爲雲今不知。”其二:“鄂渚濛濛烟雨微,女郎魂逐暮雲歸。只應長在漢陽渡,化作鴛鴦一隻飛。”除第一首第三句有“相逢相失還如夢”與“相逢相笑盡如夢”之區别外,其他均同。除此而外,《劉賓客文集》外集卷一、《詩話總龜·傷悼門》也録有本詩,文字與《全詩》劉禹錫名下的《有所嗟二首》悉同。

我們以爲,僅僅根據白居易的《和劉郎中傷鄂姬》,就斷定本詩著作權應該歸屬劉禹錫,似乎根據不足。一、白居易詩原注:“姬,鄂人也。”衹是説“鄂姬”原籍是“鄂”,并没有説此女一定是劉禹錫納自“鄂”,就像元稹的繼配裴淑是“河東人”,但元稹續娶裴淑却在“興元”

一樣。考劉禹錫一生履歷,並未在武昌任職,因此所謂"蓋劉禹錫長慶四年自夔州東下過武昌時所納之鄂人"云云,祇是朱金城先生没有其他證據的推測之語,不一定可靠。二、白居易和作是一首絶句,押"花"、"家"韵,而疑似劉禹錫的《有所嗟二首》是兩首絶句,押"時"、"肢"、"知"、"微"、"歸"、"飛"韵,首數不同,韵脚有異,很難説就是同一回事情,兩詩的女主人公説不定是毫不相干的兩個人。三、白居易《和劉郎中傷鄂姬》有"傷鄂姬"、"殺南花"之語,明確無疑告訴讀者,"鄂姬"死在"西風北雪"之中,已經不在人間。而本詩的語句比較含混,不見"西風",也不見"北雪",祇見"鄂渚濛濛烟雨微",節候很可能就是春天,反正不是"西風北雪"的冬天,很可能就病故或消失在武昌,故以"所思"或"所思二首"爲題。

誠如朱金城先生所言:"以詩之風格而言,亦未敢遽定。"我們也同意本詩著作權確實是難以定奪作者的作品。第二,《白居易集箋校》斷言"蓋此時元稹方觀察浙東,未赴鄂渚也"的意見是可以商榷的,就"長慶四年"而言,"此時元稹方觀察浙東,未赴鄂渚也";而如果换一個時間,比如大和四年與大和五年,元稹恰恰正在"鄂渚",身爲武昌軍節度使,主持一方軍政,而且前後歷時有一年半之久,在時間長短上,與匆匆"路過"的劉禹錫不可同日而語。第三,本組詩提及的"庾亮樓"、"武昌"、"鄂渚"、"漢陽渡"等詞語,也一一切合元稹任職武昌的地理環境,與元稹當時的身份相合,而匆匆過客劉禹錫則不太可能全面遊覽武昌各地。第四,本詩認定"庾亮樓"在武昌,與白居易始終如一認定"庾亮樓"在九江的看法完全不合:白居易《和劉郎中傷鄂姬》:"不獨君嗟我亦嗟,西風北雪殺南花。不知月夜魂歸處,鸚鵡洲頭第幾家(姬,鄂人也)?"詩中提及"鸚鵡洲頭",没有涉及"庾亮樓"。而本詩却一再明言:"武昌春柳似腰肢。"一再强調"鄂渚濛濛烟雨微"、"只應長在漢陽渡",不應該信從白居易詩篇是酬和本組詩之詩篇。

因此我們雖然不敢貿然否定本組詩是劉禹錫所作,但兩相比較,總覺得本組詩的作者是劉禹錫的可疑點較多,而應該歸屬元稹的可能性更大一些。對這樣一時難以遽定著作權的詩篇,我們覺得至少以存疑的方式繼續同時保留在元稹與劉禹錫的詩文集中爲好。至於劉禹錫的研究者如何處理本組詩,我們無權干涉也不想過問。在假定本組詩可能爲元稹所作的大前提下,我們可以大致肯定本組詩應該作於元稹武昌節度使任内,根據本詩"武昌春柳似腰肢"、"鄂渚濛濛烟雨微"的描寫,本詩應該編年於大和五年的春天較爲合適,地點自然在鄂州。

▲ 雨後書情(一)①

溪上嫩蒲藏釣艇(二),窗前新笋長漁竿②。

見《千載佳句·暮情》,據花房英樹《元稹研究》轉録

[校記]

(一) 雨後書情:兩句各本,包括《千載佳句》松平文庫本、《元稹集》、《全唐詩續拾》、《編年箋注》均同,不見《年譜》、《年譜新編》録入兩句,録以備考。

(二) 溪上嫩蒲藏釣艇:原本作"溪上懶蒲藏釣艇",《元稹集》、《全唐詩續拾》、《編年箋注》均同,《千載佳句》松平文庫本作"溪上嫩蒲藏釣艇",根據下句"新笋",屬於春天時節,以"嫩蒲"爲宜,據改。

[箋注]

① 雨後書情:兩句不見於諸多《元氏長慶集》,今據《千載佳句》轉録,編排於此。　雨後:下雨轉晴之後。李白《落日憶山中》:"雨後

烟景緑，晴天散餘霞。東風隨春歸，發我枝上花。”韋應物《同德寺雨後寄元侍御李博士》：“川上風雨來，須臾滿城闕。岧嶤青蓮界，蕭條孤興發。” 書情：即“抒情”，表達情思，抒發情感。《楚辭・九章・惜誦》：“惜誦以致湣兮，發憤以抒情。”駱賓王《秋日餞陸道士陳文林得風字詩序》：“雖漆園筌蹄，已忘言於道術；而陟陽風雨，尚抒情於詠歌。”

② 溪：山間小河溝。《左傳・隱公三年》：“澗、溪、沼、沚之毛……可薦於鬼神，可羞於王公。”司馬相如《上林賦》：“振溪通谷，蹇産溝瀆。”泛指小河溝。温庭筠《河傳・湖上》：“若耶溪，溪水西，柳堤。不聞郎馬嘶。”辛棄疾《鷓鴣天・戲題村舍》：“新柳樹，舊沙洲。去年溪打那邊流。” 嫩：指物初生時的柔弱狀態。杜甫《奉酬李都督表丈早春作》：“紅入桃花嫩，青歸柳葉新。”蘇軾《和子由除日見寄》：“寒梅與凍杏，嫩萼初似麥。” 蒲：植物名，指蒲席。《左傳・文公二年》：“下展禽，廢六關，妾織蒲。”楊伯峻注：“妾織蒲席販賣，言其與民争利。”植物名，蒲柳。即水楊。《詩・王風・揚之水》：“揚之水，不流束蒲。”鄭玄箋：“蒲，蒲柳。” 釣艇：釣魚船。朱慶餘《湖中閑夜遣興》：“釣艇同琴酒，良宵背水濱。”陸游《立春後三日作》：“千古事終輸釣艇，一毫憂不到禪房。” 笋：竹的嫩芽，可作菜。《詩・大雅・韓奕》：“其蔌維何，維笋及蒲。”鄭玄箋：“笋，竹萌也。”韓愈《和侯協律詠笋》：“竹亭人不到，新笋滿前軒。” 漁竿：釣魚的竹竿，多作垂釣隱居的象徵。岑參《初授官題高冠草堂》：“澗水吞樵路，山花醉藥欄。祇緣五斗米，孤負一漁竿。”李端《賦得山泉送房造》：“委曲穿深竹，潺湲過淺灘。聖朝無隱者，早晚罷漁竿。”

[編年]

未見《年譜》編年，《編年箋注》歸入“未編年詩”欄内，《年譜新編》編年：“疑越州作”。兩句描寫的是南方風景，應該賦成於元稹江陵任、浙東任或武昌任,今暫時編列在元稹武昌軍節度使任内。詩中有“窗前新笋”之句,應該是大和四年或大和五年春天的詩。

▲ 雨後感情[(一)①]

瓮開白酒花間醉,簾卷青山雨後看[②]。

見《千載佳句·晴霽》,據花房英樹《元稹研究》轉録

[校記]

(一) 雨後感情:兩句各本,包括《千載佳句》、《元稹集》、《全唐詩續拾》、《編年箋注》均同,《年譜新編》録入“無法編年作品”欄内,録以備考。《編年箋注》在本詩句後面按:“此首與前録之《雨後感懷》”疑爲一首詩。此説不妥,《雨後感懷》與本詩押韵不同,不可能是同一首絶句。《全唐詩續拾》:“此首與前録之《雨後書情》”疑爲一首詩。因韵脚相同,有一定可能,録以存疑。

[箋注]

① 雨後感情:兩句不見於諸多《元氏長慶集》,今據《千載佳句》轉録,編排於此。　感情:觸動情感。劉伶《酒德頌》:“不覺寒暑之切肌,利欲之感情。”陸贄《曉過南宫聞太常清樂》:“節隨新律改,聲帶緒風輕。合雅將移俗,同和自感情。”

② 瓮:盛酒漿的器皿。岑參《送柳録事赴梁州》:“英掾柳家郎,離亭酒瓮香。折腰思漢北,隨傳過巴陽。”秦系《寄浙東皇甫中丞》:“閑閑麋鹿或相隨,一兩年來鬢欲衰。琴硯共依春酒瓮,雲霞覆著破柴籬。”　白酒:古代酒分清酒、白酒兩種。《太平御覽》卷八四四引魚豢《魏略》:“太祖時禁酒,而人竊飲之。故難言酒,以白酒爲賢人,清

酒爲聖人。”泛稱美酒。李白《南陵别兒童入京》:“白酒初熟山中歸,黄鷄啄黍秋正肥。”蘇軾《廣陵會三同舍各以其字爲韵仍邀同賦劉貢父》一:“廣陵三日飲,相對怳如夢。况逢賢主人,白酒撥春瓮。” 花間:百花叢中。王建《舊宫人》:“先帝舊宫宫女在,亂絲猶挂鳳皇釵。霓裳法曲渾抛卻,獨自花間掃玉階。”朱灣《尋隱者韋九山人於東溪草堂》:“尋得仙源訪隱淪,漸來深處漸無塵。初行竹裏唯通馬,直到花間始見人。” 簾卷:即“卷簾”,卷起或掀起簾子。《樂府詩集·西洲曲》:“卷簾天自高,海水摇空緑。”張泌《江城子》:“睡起卷簾無一事,勾面了,没心情。” 青山:青葱的山嶺。徐凝《别白公》:“青山舊路在,白首醉還鄉。”指歸隱之處。賈島《答王建秘書》:“白髮無心鑷,青山去意多。”范仲淹《寄石學士》:“與君嘗大言,定作青山鄰。”又作山名,即青林山,南朝詩人謝朓曾卜居於此,故又稱謝公山,在今安徽省當塗縣東南。劉義慶《世説新語·文學》:“袁宏始作《東征賦》。”劉孝標注:“後遊青山飲酌,既歸,公命宏同載,衆爲危懼。”李白《題東溪公幽居》:“宅近青山同謝朓,門垂碧柳似陶潛。”楊萬里《望謝家青山太白墓》:“阿朓青山自一村,州民歲歲與招魂。六朝陵墓今安在?只有詩仙月下墳。”本詩句用意概在於此。

[編年]

未見《年譜》編年,《編年箋注》歸入“未編年詩”欄内,《年譜新編》録入“無法編年作品”欄内。

我們以爲,兩句描寫的是南方風景,應該賦成於元稹江陵任、浙東任或武昌任,今暫時編列在元稹武昌軍節度使任内。詩中有“花間醉”之句,應該是大和四年或大和五年春天的詩。

▲ 送晏秀才歸江陵(一)①

長堤纖草河邊緑,近郭新鶯竹裏啼②。

見《千載佳句·早春》,據花房英樹《元稹研究》轉録

[校記]

(一) 送晏秀才歸江陵:兩句各本,包括《元稹集》、《全唐詩續拾》、《編年箋注》,均無異文。《年譜新編》録有詩題《送晏秀才歸江陵》,歸屬元稹。

[箋注]

① 送晏秀才歸江陵:兩句不見於諸多《元氏長慶集》,今據《千載佳句》轉録,編排於此。　送:送行,送別。《詩·邶風·燕燕》:"之子於歸,遠送於野。"孫光憲《上行杯》:"離棹逡巡欲動,臨別浦,故人相送。"　晏秀才:應該是元稹的朋友,其餘不詳。　秀才:漢時開始與孝廉並爲舉士的科名,東漢時避光武帝諱改稱"茂才",唐初曾與明經、進士並設爲舉士科目,旋停廢。後唐、宋間凡應舉者皆稱秀才,明、清則稱入府州縣學生員爲秀才。《後漢書·左雄周舉等傳論》:"漢初詔舉賢良、方正,州郡察孝廉、秀才,斯亦貢士之方也。"葛洪《抱朴子·審舉》:"時人語曰:'舉秀才,不知書;察孝廉,父別居。'"　歸:返回。《書·舜典》:"十有一月朔巡守……歸,格于藝祖,用特。"韓愈《送李六協律歸荆南》:"早日羈遊所,春風送客歸。"　江陵:地名,荆南節度使府治所在地,李唐曾稱南都,即今湖北江陵市。《舊唐書·地理志》:"荆州江陵府:隋爲南郡,武德初蕭銑所據,四年平銑,改爲荆州,領江陵、枝江、長林、安興、石首、松滋、公安七縣。"李白《早發白

帝城》:“朝辭白帝彩雲間,千里江陵一日還。兩岸猿聲啼不盡,輕舟已過萬重山。”杜甫《江陵望幸(肅宗上元元年置南都於荆州,號江陵府,以吕諲爲尹,尋罷。廣德元年,復以衛伯玉尹江陵)》:“雄都元壯麗,望幸歘威神。地利西通蜀,天文北照秦。”

② 堤:沿江河湖海修築的防水建築物,多用土、石築成。《左傳·襄公二十六年》:“宋芮司徒生女子,赤而毛,棄諸堤下。”韓愈《暮行河堤上》:“暮行河堤上,四顧不見人。” 纖草:細草。《文選·孫綽〈游天台山賦〉》:“藉萋萋之纖草,蔭落落之長松。”吕延濟注:“纖,細。”鮑照《觀漏賦》:“落繁馨於纖草,殞豐華於喬木。” 河:河流的通稱。《詩·鄘風·君子偕老》:“君子偕老,副笄六珈。委委佗佗,如山如河。”《漢書·司馬相如傳》:“罷池陂陁,下屬江河。”顔師古注引文穎曰:“冀州凡水大小皆謂之河。” 郭:外城,古代在城的週邊加築的一道城墻。《禮記·禮運》:“城郭溝池以爲固。”元稹《别李三》:“蒼蒼秦樹雲,去去緱山鶴。日暮分手歸,楊花滿城郭。” 新鶯:初春的啼鶯。顧況《贈遠》:“暫出河邊思遠道,卻來窗下聽新鶯。故人一别幾時見?春草還從舊處生。”李建勛《春雪》:“南國春寒朔氣迴,霏霏還阻百花開。全移暖律何方去?似誤新鶯昨日來。” 啼:鳴叫。《左傳·莊公八年》:“豕人立而啼。”王維《聽百舌鳥》:“入春解作千般語,拂曙能先百鳥啼。”

[編年]

未見《年譜》編年,《編年箋注》歸入“未編年詩”欄内,《年譜新編》編入“無法編年作品”欄内。

我們以爲,兩句確實無法準確編年,但有一點可以肯定,兩句肯定不是元稹江陵任内所作。從詩人形象生動描寫江陵景色來看,元稹應該非常熟悉江陵的草木與風景,兩句似乎應該賦成於元稹江陵任之後,今暫時編列於元稹武昌軍節度使任内。詩篇有“長堤纖草河邊緑,近郭新鶯竹裏啼"之句,地點應該是地處大江邊岸的武昌,時間應該是大和四年或大和五年春天的詩歌。

▲送故人歸府(一)①

落日樽前添别思,碧潭灘上荻花秋②。

見《千載佳句·餞别》,據花房英樹《元稹研究》轉録

[校記]

(一) 送故人歸府:《元稹集》、《全唐詩續補》、《編年箋注》同,均不見異文。

[箋注]

① 送故人歸府:兩句不見於諸多《元氏長慶集》,今據《千載佳句》轉録,編排於此。　故人:舊交,老友。《史記·范雎蔡澤列傳》:"公之所以得無死者,以綈袍戀戀,有故人之意,故釋公。"王維《送元二使安西》:"勸君更盡一杯酒,西出陽關無故人。"疑故人或謂徐凝。歸府:返回家鄉,回家。《前漢書·尹翁歸傳》:"是日,除補卒史,便從歸府。案事發奸,窮竟事情,延年大重之,自以能不及。"白居易《晚歸府》:"晚從履道來歸府,街路雖長尹不嫌。馬上凉於床上坐,緑槐風透紫蕉衫。"

② 落日:夕陽,亦指夕照。謝靈運《廬陵王墓下作》:"曉月發雲陽,落日次朱方。"杜甫《後出塞五首》二:"落日照大旗,馬鳴風蕭蕭。"樽:盛酒器。李白《前有樽酒行二首》一:"春風東來忽相過,金樽淥酒生微波。"泛指杯盞。皎然《湖南草堂讀書招李少府》:"藥院常無客,茶樽獨對余。"　别思:離别的思念。張籍《送從弟濛赴饒州》:"京城

南去鄧陽遠,風月悠悠别思勞。"高蟾《歸思》:"紫府歸期斷,芳洲别思迢。" 碧潭灘:灘名,不詳在何處,可能在武昌境内。 荻:多年生草本植物,與蘆同類,生長在水邊,根莖都有節似竹,葉抱莖生,秋天生紫色或白色、草黄色花穗,莖可以編席箔。《韓非子·十過》:"公宫之垣,皆以荻蒿楛楚墻之。"《南史·蕭正德傳》:"及景至,正德潜運空舫,詐稱迎荻,以濟景焉!"

[編年]

《元稹集》收録,未見《年譜》收録與編年,《編年箋注》歸入"未編年詩"欄内,《年譜新編》編入"無法編年作品"欄内。

兩句"落日樽前添别思,碧潭灘上荻花秋"中提及的"碧潭灘",應該在南方,亦即元稹江陵任、浙東任或武昌任。而"荻花秋"表明,時序在秋天。我們以爲,兩句應該編年於江陵任、浙東任或武昌任,時序在秋天,今暫時編列在元稹武昌軍節度使任内。

■ 酬徐凝自鄂渚至河南將歸江外留辭見寄(一)①

據徐凝《自鄂渚至河南將歸江外留辭侍郎》

[校記]

(一)酬徐凝自鄂渚至河南將歸江外留辭見寄:元稹本佚失詩所據徐凝《自鄂渚至河南將歸江外留辭侍郎》,見《萬首唐人絶句》、《容齋隨筆》、《唐才子傳》、《全詩》,唯《容齋隨筆》、《唐才子傳》作"韓侍郎",誤,僅録以備考。

[箋注]

① 酬徐凝自鄂渚至河南將歸江外留辭見寄：徐凝《自鄂渚至河南將歸江外留辭侍郎》："一生所遇唯元白，天下無人重布衣。欲別朱門淚先盡，白頭遊子白身歸。"不見元稹酬篇，應該是佚失，據補。徐凝：元稹、白居易的朋友，睦州（今浙江建德）人，方干曾從之學詩。終身不遇，以布衣終。陳與義《次韵家弟碧綫泉》："七孔穿針可得過？冰蠶映日吐寒波。練飛空詠徐凝水，帶斷疑分漢帝河。"鄧肅《鼓腹謡謝許令》："許侯詩成謝斲削，飛流来洗徐凝惡。開緘百里已生春，九州更賴此心廓。"　鄂渚：相傳在今湖北武昌黄鶴山上遊三百步長江中，隋置鄂州，即因渚得名，世稱鄂州爲鄂渚，這裏指代武昌，元稹當時職任武昌軍節度使、鄂州刺史。《楚辭・九章・涉江》："乘鄂渚而反顧兮，款秋冬之緒風。"王逸注："鄂渚，地名。"洪興祖補注："楚子熊渠封中子紅於鄂，鄂州，武昌縣地是也。隋以鄂渚爲名。"杜甫《過南嶽入洞庭湖》："洪波忽争道，岸轉異江湖。鄂渚分雲樹，衡山引舳艫。"　河南：指黄河以南地區，具體所指範圍廣狹有異。《周禮・夏官・職方氏》："河南曰豫州。"秦漢時代稱今河套以南地區。《史記・蒙恬列傳》："秦已並天下，乃使蒙恬將三十萬衆北逐戎狄，收河南。"張守節正義："謂靈、勝等州。"張説《將赴朔方軍應制》："漢保河南地，胡清塞北塵。"時白居易從刑部侍郎轉任太子賓客分司東都，正在洛陽，亦即"河南"。　歸：返回。劉灣《李陵別蘇武》："李陵不愛死，心存歸漢闕。誓欲還國恩，不爲匈奴屈。"韓愈《送李六協律歸荆南》："早日羈遊所，春風送客歸。柳花還漠漠，江燕正飛飛。"　江外：江南，從中原人看來，地在長江之外，故稱。《三國志・王基傳》："率合蠻夷以攻其内，精卒勁兵以討其外，則夏口以上必拔，而江外之郡不守。"《南史・後主》："〔隋文帝〕乃送璽書，暴後主二十惡。又散寫詔書，書三十萬紙，遍喻江外。"　留辭：留言辭別。劉長卿《赴宣州使院夜宴寂上人房留辭前蘇州韋使君》："白雲乖始願，滄海有微波。戀舊

争趨府，臨危欲負戈。”戎昱《下第留辭顧侍郎》：“綺陌彤彤花照塵，王門侯邸盡朱輪。城南舊有山村路，欲向雲霞覓主人。”

[編年]

未見《元稹集》採録，也不見《年譜》、《編年箋注》、《年譜新編》採録與編年。

元稹在鄂渚，亦即武昌軍節度使任内，僅大和四年年初至大和五年七月二十二日間。白居易大和四年在太子賓客分司東都，同年十二月二十八日，轉任河南尹。詩題“自鄂渚至河南將歸江外留辭侍郎”，説明徐凝是自武昌軍而洛陽，然後回歸睦州。“侍郎”云云，是白居易的舊官銜，唐人習慣稱呼他人較高的官銜。徐凝分別有《和秋遊洛陽》：“洛陽自古多才子，唯愛春風爛漫游。今到白家詩句出，無人不詠洛陽秋。”《和嘲春風》：“源上拂桃燒水發，江邊吹杏暗園開。可憐半死龍門樹，懊惱春風作底来。”知徐凝在洛陽白居易處逗留時間較長，有春天，也有秋天。如果是自春至秋，徐凝詩應該賦成於秋天，元稹酬和徐凝之篇也應該賦成於大和四年秋天；如果是自秋至春，徐凝歸江外應該在春夏，徐凝詩無疑應該撰成於大和五年的仲夏初秋間，元稹酬和徐凝之篇也應該賦成於大和五年的仲夏初秋間。今暫時編列元稹酬和徐凝之篇於大和五年初秋間，地點在武昌，元稹時任武昌軍節度使、鄂州刺史。

■ 酬樂天感傷崔兒夭折(一)①

據白居易《初喪崔兒報微之晦叔》

[校記]

(一) 酬樂天感傷崔兒夭折:本詩所據白居易《初喪崔兒報微之晦叔》,見《白氏長慶集》、《白香山詩集》、《全詩》,未見異文。

[箋注]

① 酬樂天感傷崔兒夭折:白居易《初喪崔兒報微之晦叔》:"書報微之晦叔知,欲題崔字泪先垂。世間此恨偏敦我,天下何人不哭兒!蟬老悲鳴抛蜕後,龍眠驚覺失珠時。文章千帙官三品,身後傳誰庇廕誰?"元白兩人老而無子,憂愁常見於詩篇。大和三年冬天,元稹回京路過洛陽,與白居易相聚。兩人的妻室同時生産,各得一子。白居易老年得子,驚喜異常,白居易《予與微之老而無子發於言嘆著在詩篇今年冬各有一子戲作二什一以相賀一以自嘲》,其一:"常憂到老都無子,何况新生又是兒。陰德自然宜有慶(于公陰德,其後蕃昌),皇天可得道無知(皇天無知伯道無兒)。一園水竹今爲主(微之履信新居,多水竹也),百卷文章更付誰(微之文集,凡一百卷)?莫慮鵷雛無浴處,即應重入鳳凰池。"其二:"五十八翁方有後,静思堪喜亦堪嗟。一珠甚少還慚蚌,八子雖多不羡鴉。秋月晚生丹桂實,春風新長紫蘭芽。持杯祝願無他語,慎勿愚頑似汝爺。"又有《和微之道保生三日》:"相看鬢似絲,始作弄璋詩。且有承家望,誰論得力時?莫興三日嘆,猶勝七年遲(予老微之七歲)。我未能忘喜,君應不合悲。嘉名稱道保,乞姓號崔兒。但恐持相並,蒹葭瓊樹枝。"但白居易好景不長,大

和五年，崔兒剛剛三歲，就夭折離世，白居易有《哭崔兒》抒發自己的哀傷心情，其《哭崔兒》："掌珠一顆兒三歲，鬢雪千莖父六旬。豈料汝先爲異物，常憂吾不見成人。悲腸自斷非因劍，啼眼加昏不是塵。懷抱又空天默默，依前重作鄧攸身。"哀嘆之餘，又賦詩《初喪崔兒報微之晦叔》寄呈元稹與崔玄亮，但均不見兩人回酬。以白居易與兩人的交誼計，這肯定有悖常理。崔玄亮當時在右散騎常侍任，因崔玄亮詩文集的散失，不見回酬，不等於没有回酬。元稹當時在武昌軍節度使任，也不見回酬，有兩種解釋：一、有詩回酬了白居易，但元稹的詩篇已經散失；二、白居易寄詩之日，元稹尚在人間，詩到武昌之前，元稹暴病身亡。白居易與元稹聯繫密切，如果確實是第二種可能，則充滿了太多的戲劇性與偶然性，不取。今按元稹詩篇散失處理，録存詩題於此。作爲這種揣測的一個重要旁證，劉禹錫《吟白樂天哭崔兒二篇愴然寄贈》："吟君苦調我霑纓，能使無情盡有情。四望車中心未釋，千秋亭下賦初成。庭梧已有栖雛處，池鶴今無子和聲。從此期君比瓊樹，一枝吹折一枝生。"對白居易的傷感給予安慰，而"一枝吹折一枝生"是否可以解釋爲白居易之子"吹折"而元稹之子在"生"長中；且劉禹錫的詩中，也没有一言半語涉及元稹的突然病故。而劉禹錫《答樂天所寄詠懷且釋其枯樹之歎》也没有涉及元稹的暴病身亡之事："衙前有樂饌常精，宅内連池酒任傾。自是官高無狎客，不論年長少歡情。驪龍頷被探珠去，老蚌胚還應月生。莫羨三春桃與李，桂花成實向秋榮。"劉禹錫這樣的回應符合朋友間的正常情感，相信元稹對白居易的傷感不會不置一詞，何況元稹自己與白居易之崔兒幾乎同時降生的兒子道保正嬉戲在自己膝下，元稹怎麽可能如此薄情寡義？元稹應該有詩篇回酬，但已經佚失，據補，編排於此。　感傷：有所感觸而悲傷。《詩・陳風・澤陂序》："言靈公君臣淫其國，男女相悦，憂心感傷焉！"張載《七哀詩二首》二："哀人易感傷，觸物增悲心。"　崔兒：白居易晚年所得的兒子，大和五年五歲時夭亡。白居易《和微之道保生三日》:“我未能忘喜,君應不合悲。嘉名稱道保,乞姓號崔兒。” 夭折:短命早死。《荀子・榮辱》:“樂者常壽長,憂險者常夭折。”王逸《九思・傷時》:“滑貞良兮遇害,將夭折兮碎糜。”

[編年]

未見《元稹集》採録,也不見《年譜》、《編年箋注》、《年譜新編》採録與編年。

根據白居易《哭崔兒》詩,崔兒夭折在大和五年,而元稹暴亡在大和五年的七月二十二日,元稹散失之詩,即應該賦成於大和五年七月二十二日之前,元稹時任武昌軍節度使,地點在武昌。

■ 因陳從事求蜀琴寄呈西川李尚書(一)①

據劉禹錫《西州李尚書知愚與元武昌有舊
遠示二篇吟之泫然因以繼和二首》

[校記]

(一) 因陳從事求蜀琴寄呈西川李尚書:元稹本佚失詩所據劉禹錫《西州李尚書知愚與元武昌有舊遠示二篇吟之泫然因以繼和二首》,分別見《劉賓客文集》、《萬首唐人絶句》、《全詩》,不見異文。

[箋注]

① 因陳從事求蜀琴寄呈西川李尚書:劉禹錫《西州李尚書知愚與元武昌有舊遠示二篇吟之泫然因以繼和二首(來詩云:‘元公令陳從事求蜀琴,將以爲寄,而武昌之訃聞,因陳生會葬。’)》,其一:“如何贈琴日,已是絶絃時? 無復雙金報,空餘挂劍悲。”其二:“寶匣從此

閑，朱絃誰復調？秖應隨玉樹，同向土中銷。"元稹指使陳從事前往西川李德裕處拜求蜀琴，不會没有書信或詩篇説明來意。但現存元稹詩文不見元稹"求蜀琴"之詩或文，唯一合理的解釋是佚失，故據此補輯。　陳從事：元稹在武昌軍節度使任的幕僚，其餘不詳。　蜀琴：泛指蜀中所製的琴，因司馬相如善彈琴而聞名。李白《長相思》："趙瑟初停鳳凰柱，蜀琴欲奏鴛鴦絃。"韋莊《和薛先輩見寄初秋寓懷即事之作二十韵》："露向凝湘簟，風篁韵蜀琴。"元稹元和十四年離開通州前往虢州途中，就有《小胡笳引（桂府王推官出蜀匠雷氏金徽琴請姜宣彈）》的詩篇，可見元稹對蜀琴的熟悉與喜愛，故而通過摯友李德裕求取。　李尚書：即李德裕，元稹生前的政治盟友，兩人在長慶及其後同蒙恩寵，《舊唐書・文宗紀》："（大和元年）九月庚申朔……丁丑，浙西觀察使李德裕、浙東觀察使元稹就加檢校禮部尚書。"也同受政敵的多次打擊，《舊唐書・文宗紀》："（大和三年）九月戊寅朔……壬辰，以兵部侍郎李德裕檢校户部尚書，兼滑州刺史、義成軍節度使。戊戌，以前睦（蘇）州刺史陸亘爲越州刺史、浙東觀察使，代元稹，以稹爲尚書左丞，代韋弘景，以弘景爲禮部尚書……（大和四年）正月丙子朔……辛丑，以尚書左丞元稹檢校户部尚書，充武昌軍節度、鄂岳蘄黄安申等州觀察使……冬十月壬寅朔，戊申，以東都留守崔元略檢校吏部尚書，兼滑州刺史、義成軍節度使，代李德裕，以德裕檢校兵部尚書，兼成都尹，充劍南西川節度使。"元稹寄呈本佚失詩時，李德裕正在劍南西川任職節度使，因其帶有"檢校兵部尚書"的榮銜，故以"李尚書"相稱。劉禹錫《送李尚書鎮滑州（自浙西觀察使徵拜兵部侍郎，月餘有此拜也）》："南徐報政入文昌，東郡須才别建章。視草名高同蜀客，擁旄年少勝周郎。"劉禹錫《和西川李尚書漢州微月遊房太尉西湖》："目極想前事，神交如共遊。瑤琴久已絶，松韵自悲秋。"

［編年］

未見《元稹集》採録，也不見《年譜》、《編年箋注》、《年譜新編》採録與編年。

據劉禹錫《西州李尚書知愚與元武昌有舊遠示二篇吟之泫然因以繼和二首》詩文及題注，元稹佚失詩應該賦作於其暴病身亡的前不久，具體時間應該在大和五年七月初，地點在武昌軍節度使府，元稹時任武昌軍節度使兼鄂州刺史。

■ 元白一生唱酬九百章中元稹佚失詩四十首(一)①

據白居易《祭微之文》

［校記］

（一）元白一生唱酬九百章中元稹佚失詩四十首：元稹白居易唱酬中元稹佚失詩文所據白居易《祭微之文》，又見叢刊本、《文章辨體彙選》、《全文》，"九百章"云云，均不見有文字之異。

［箋注］

① 元白一生唱酬九百章中元稹佚失詩四十首：白居易元和十二年冬《題詩屏風絶句序》："前後辱微之寄示之什，殆數百篇。"白居易大和二年《和微之詩二十三首序》："況曩者唱酬，近來因繼，已十六卷，凡千餘首矣！"白居易《祭微之文》："維太和五年歲次已亥，十月乙丑朔，十日辛巳，中大夫、守河南尹、上柱國、晉陵縣開國男、食邑三百户、賜紫金魚袋白居易，以清酌庶羞之奠，敬祭于故相國、鄂岳節度使、贈尚書右僕射元相微之……嗚呼微之！貞元季年，始定交分。行

止通塞，靡所不同；金石膠漆，未足爲喻。死生契闊者三十載，歌詩唱和者九百章，播於人間，今不復叙。"今僅以白居易《祭微之文》爲例，元稹與白居易相識於貞元十九年(803)吏部乙科及第之時，至大和五年(831)元稹病故，前後二十九年，故白居易以"死生契闊者三十載"之言感嘆之。而白居易在《祭微之文》中所言"歌詩唱和者九百章"，也應該不是虚言，更不是調侃。而唱和就是以詩詞相酬答。楊巨源《酬崔博士》："自知頑叟更何能？唯學雕蟲謬見稱。長被有情邀唱和，近來無力更祗承。"張籍《哭元九少府》："初作學官常共宿，晚登朝列暫同時。閑來各數經過地，醉後齊吟唱和詩。"所謂"九百章"者，應該是元稹白居易兩人詩歌唱酬的總數，大致每人在四百五十章上下。今檢閲本稿元稹編年目録，與白居易有關的詩歌，包括經過前人與我們考證所含散佚與散失之篇在内，僅有四百八十五篇，而其中元和元年元稹白居易共同撰作的"策林七十五篇"，不是詩篇，應該不包括在元稹白居易"歌詩唱和者九百章"之内，其中個别文篇似乎也不屬於"歌詩唱和者九百章"之内，今略而不計，這樣元稹白居易的唱和詩篇應該在四百一十篇，與"四百五十章"相較，尚有四十篇元稹首倡或元稹酬和的詩篇被疏漏在外，今總加補録。限於個人學識水平，一時難以從文獻中發現我們的疏漏，今挂漏於此，等待智者來日的破解。

[編年]

不見《元稹集》提及，也不見《年譜》、《編年箋注》、《年譜新編》提及與編年。

對這三十九首詩篇，我們今日也難以一一具體編年，祇能框定在元稹白居易"死生契闊者三十載"的三十年之内，亦即起於貞元十九年的春天元稹白居易相識之後，終於大和五年的七月二十二日元稹謝世之時，就每首具體的詩歌來説，時間難定，地點難定，官職同樣也難定。

■ 小集序(一)①

據《新唐書・藝文志》、《四庫全書・元氏長慶集提要》

［校記］

（一）小集序：元稹本佚失之文所據《新唐書・藝文志》、《四庫全書・元氏長慶集提要》，未見異文。

［箋注］

① 小集序：元稹本佚失之文所據《新唐書・藝文志》："《元氏長慶集》一百卷，又《小集》十卷。"又《四庫全書・元氏長慶集提要》："《唐書・藝文志》又載有《小集》十卷，然原本已闕佚不傳。"辛文房《唐才子傳・元稹傳》："有《元氏長慶集》一百卷及《小集》十卷，今傳。"但今存元稹詩文未見元稹《小集》，想來是隨著時間的流逝而佚失。元稹的《小集》有可能是其自己所編詩文集後以不同種類而分類的另一版本，洪适《跋元微之集》"《唐志》著録有《長慶集》一百卷，《小集》十卷。傳于今者，惟閩局刻本爲六十卷。三館所藏，獨有《小集》，其文蓋已雜之六十卷矣"就是其中的證據；也可能是長慶四年編定《元氏長慶集》後隨手收集其後的新作，今已不可考定。部份被後來的劉麟父子收録入"劉本"《元氏長慶集》之中，如長慶四年之後，"劉本"《元氏長慶集》中尚有十八篇元稹作品就是明證；《小集》多至"十卷"，其篇目應該不在少數，按照《白氏長慶集》每卷所含詩篇四十首規模計，應該在四百首上下，我們相信部份已被前人以及拙稿輯佚逾千篇所包含，故"十卷"元稹詩文，一時已經無法搞清，衹能存疑。但元稹《小集》多達十卷，客觀上不可能没有"小集序"，但今天不見，想

來是隨著元稹《小集》的佚失而佚失，今據此補入元稹佚失文篇之列。另外《宋史・藝文志》所云："《元稹集》四十八卷，又《元相逸詩》二卷。""元相"自然指曾經做過宰相的元稹，元稹在浙東，當時的朋友就是這樣稱呼元稹的，如白居易《别周軍事》："主人頭白官仍冷，去後憐君是底人？試謁會稽元相去，不妨相見却殷勤。"李紳《新樓詩二十首序》："到越州日，初引家累登新樓望鏡湖，見元相微之題壁詩云……"當時的士人就是這樣稱呼元稹的，章孝標《上浙東元相》："黎庶已同猗頓富，烟花却爲相公貧。何言禹迹無人繼？萬頃湖田又斬新。"趙嘏《九日陪越州元相燕龜山寺》："佳晨何處泛花遊？丞相筵開水上頭。雙影旆摇山雨霽，一聲歌動寺雲秋。"因此"元相逸詩"，應該指元稹在罷相出任外任之後，尤其是在長慶四年十二月《元氏長慶集》結集之後。而所謂的"逸詩"，原來指《詩經》未收的古代詩歌，見於先秦經傳諸子中的約有數十處，多爲零篇殘句。《晉書・束皙傳》："昔周公成洛邑，因流水以汎酒，故逸《詩》云'羽觴隨波'。"崔國輔《奉和聖製上巳祓禊應制》："逸詩何足對！窅作掩東周。"也謂詩人的一些散佚篇章，未經收入專集中，由後人發現而輯出者。毛晉《姚少監詩集跋》："予梓《姚少監集》十卷，既成，又閱《唐文粹》，得《新昌里》一篇，又閱《樂府詩集》，得《出塞》一篇，深慨逸詩不知凡幾，因附載副葉。"楊萬里《黄御史集原序》："永豐君自言此集久逸，其父考功公始得之，僅數卷而已。其後永豐君又得詩文五卷於吕夏卿之家，又得逸詩於翁承贇之家，又得銘碣於浮屠老子之宫。"所以元相亦即元稹逸詩二卷，亦即近一百首的元稹詩篇，應該是客觀存在。但我們點檢拙稿《新編元稹集》之"編年目録"長慶四年十二月之詩篇，已經得到元稹佚失詩篇三百篇以上，我們疑"元相逸詩二卷"之一百篇詩歌，已經包含在内，爲避重複，不再計入元稹佚失詩篇之内。特借《小集序》之一角，對"元相逸詩二卷"作一簡略的説明。　小集：部分作品積聚成的書册，一般篇幅較少。胡應麟《詩藪・遺逸》："右盛唐三十餘家。《宋史》尚存其半,《通考》僅三之一,而間溢小集數家。"《四庫全書·文恭集提要》:"陳氏《書録解題》載《宿集》七十卷,久無傳本。近人編《北宋名賢小集》,所輯僅寥寥數篇。"

[編年]

不見《元稹集》提及,也不見《年譜》、《編年箋注》、《年譜新編》提及與編年。

據元稹長慶四年十二月編定《元氏長慶集》與《白氏長慶集》的史實,元稹的《小集》應該編定於寶曆與大和年間。今暫時編列在元稹生平的最後一年,亦即大和五年的上半年。

◎ 鹿角鎮(洞庭湖中地名)(一)①

去年湖水滿,此地覆行舟②。萬怪吹高浪,千人死亂流③。誰能問帝子,何事寵陽侯④?漸恐鯨鯢大,波濤及九州⑤。

録自《元氏長慶集》卷四

[校記]

(一) 鹿角鎮:本詩存世各本,包括楊本、叢刊本、《全詩》諸本,未見異文。

[箋注]

① 鹿角鎮:詩人自注:"洞庭湖中地名。"《湖廣通志·山川志》有記載:"鹿角山在洞庭湖中,有鹿角巡檢司。《通鑑紀事》:後梁開平二年,楚攻朗州,弘農王遣將冷業收之。楚王殷遣許德勛拒之,追之鹿

角鎮。"《資治通鑑·後梁太祖開平二年》:"冬十月,高季昌遣其將倪可福會楚將秦彦暉攻朗州,雷彦恭遣使乞降於淮南,且告急。弘農王遣將泠業將水軍屯平江,李饒將步騎屯瀏陽以救之。楚王殷遣岳州刺史許德勛將兵拒之,泠業進屯朗口,德勛使善游者五十人以木枝葉覆其首,持長刀浮江而下,夜犯其營,且舉火業軍中驚擾,德勛以大軍進擊,大破之,追至鹿角鎮,擒業,又破瀏陽寨,擒李饒。"這是詩人愛民憂國的重要詩篇之一,也是詩人最後存留人世的重要作品之一,理應引起我們的高度重視。

② 去年:剛過去的一年。韓愈《送李員外院長分司東都》:"去年秋露下,羇旅逐東征。今歲春光動,驅馳別上京。"崔護《題都城南莊》:"去年今日此門中,人面桃花相映紅。人面祗今何處在?桃花依舊笑春風。"這裏指大和四年。秦蕙田《五禮通考》:"《舊唐書·文宗本紀》:太和四年……是歲京畿、河南、江南、荆襄、鄂岳、湖南等道大水害稼,出官米賑給。"《舊唐書·文宗紀》:"(大和四年)是歲,京畿、河南、江南、荆襄、鄂岳、湖南等道大水害稼,出官米賑給。"這就是元稹本詩"去年湖水滿"等四句詩的歷史背景。　覆:翻倒,翻轉。《左傳·襄公二十三年》:"樂射之,不中。又注,則乘槐本而覆。"《楚辭·九章·思美人》:"車既覆而馬顛兮,蹇獨懷此異路。"　行舟:航行中的船。王灣《次北固山下》:"客路青山外,行舟緑水前。潮平兩岸闊,風正一帆懸。"綦毋潛《春泛若耶溪》:"晚風吹行舟,花路入溪口。際夜轉西壑,隔山望南斗。"

③ 萬怪:無數的怪物。元稹《有酒十章》八:"顧千珍與萬怪兮,皆委潤而深藏。信天地之瀦蓄兮,我可奈何兮一杯又進兮包大荒。"李頻《中秋對月》:"層空疑洗色,萬怪想潛形。他夕無相類,晨雞不可聽。"這是當時人們對自然現象缺乏科學認識的糊塗觀念。　高浪:波濤洶湧的水浪。儲光羲《江南曲四首》一:"緑江深見底,高浪直翻空。慣是湖邊住,船輕不畏風。"杜甫《江漲》:"江發蠻夷漲,山添雨雪

流。大聲吹地轉,高浪蹴天浮。”　亂流:水流不循常道。李嘉佑《送王牧往吉州謁王使君叔》:“野渡花争發,春塘水亂流。”紛亂的水波。韋應物《自鞏洛舟行入黄河即事寄府縣僚友》:“寒樹依微遠天外,夕陽明滅亂流中。”

④ 帝子:帝王之子,這裹暗喻唐文宗,當然也應該包括此前李唐的其他皇帝,如唐玄宗、唐德宗、唐順宗、唐憲宗、唐穆宗、唐敬宗在内。王勃《滕王閣》:“閣中帝子今何在? 檻外長江空自流。”吴兢《貞觀政要·尊敬師傅》:“太宗謂尚書左僕射房玄齡曰:古來帝子,生於深宫,及其成人,無不驕逸。”　何事:爲何,何故。左思《招隱詩二首》一:“何事待嘯歌? 灌木自悲吟。”《新唐書·沈既濟傳》:“若廣聰明以收淹滯,先補其缺,何事官外置官?”　寵:驕縱,驕奢。《文選·張衡〈東京賦〉》:“今公子苟好勦民以媮樂,忘民怨之爲仇也。好殫物以窮寵,忽下叛而生憂也。”薛綜注:“寵,驕也。”沈作喆《寓簡》卷八:“幼時故老爲予言,汴京宣政間極隆盛。時公卿輿服華焕,騎從傳呼甚寵,觀聽莫不歆艷也。”　陽侯:古代傳説中的波濤之神。白居易《題海圖屏風》:“噴風激飛廉,鼓波怒陽侯。鯨鯢得其便,張口欲吞舟。”胡曾《孟津》:“秋風颯颯孟津頭,立馬沙邊看水流。見説武王東渡日,戎衣曾此叱陽侯。”這裹詩人借喻割據各地的叛亂藩鎮。

⑤ 鯨鯢:即鯨,雄曰鯨,雌曰鯢,這裹比喻兇惡的盤踞各地爲所欲爲的藩鎮。《左傳·宣公十二年》:“古者明王伐不敬,取其鯨鯢而封之,以爲大戮。”杜預注:“鯨鯢,大魚名,以喻不義之人吞食小國。”白居易《折劍頭》:“拾得折劍頭,不知折之由……疑是斬鯨鯢,不然刺蛟虯。缺落泥土中。委棄無人收。”　波濤:原指江河湖海中的大波浪,這裹指藩鎮叛亂卷起的戰亂。張喬《望巫山》:“愁連遠水波濤夜,夢斷空山雨雹時。”劉禹錫《觀八陣圖》:“水落龍蛇出,沙平鵝鸛飛。波濤無動勢,鱗介避餘威。”　九州:古代分中國爲九州,説法各異。如《書·禹貢》以冀、兖、青、徐、揚、荆、豫、梁、雍爲九州。後以“九州”

泛指天下。張祜《書憤》:"三十未封侯,顛狂遍九州。平生鏌鋣劍,不報小人讎。"許渾《酬副使鄭端公見寄》:"一日高名遍九州,玄珠仍向道中求。郢中白雪慚新唱,堂上青山憶舊遊。"

[編年]

《年譜》將本詩編年元和九年,理由僅僅是:"題下注:'洞庭湖中地名。'"我們揣測《年譜》大約根據元和九年元稹曾經赴潭州拜訪湖南觀察使張正甫,所以把這首與洞庭湖有關的詩篇編年在元和九年。《編年箋注》採納《年譜》意見:"此詩作於元和九年(八一四),元稹時從潭州返江陵,途經此地。"理由是:"詳卞《譜》。"《年譜新編》亦編年元和九年,理由是:"題下注:'洞庭湖中地名。'詩云:'去年湖水滿,此地覆行舟。''去年'爲元和八年,元稹隨嚴綬討張伯靖,班師過洞庭湖時遇風。"

我們的意見與《年譜》、《編年箋注》、《年譜新編》不同。其一,元和九年元稹確實到過潭州拜訪張正甫,元稹《盧頭陀詩序》云:"元和九年,張中丞領潭之歲,予拜張公於潭。"但具體時間是在春天,有元稹自己的詩篇《陪張湖南宴望岳樓》、《岳陽樓》、《寄庾敬休》爲證。其《岳陽樓》云:"悵望殘春萬般意。"《寄庾敬休》云:"可憐春盡古湘州。"都充分説明元稹是在元和九年的春天時拜訪張正甫的。其二,元稹除了元和九年到過洞庭湖之外,據《舊唐書·文宗紀》等記載,他大和四年正月至五年七月任職武昌軍節度使,分轄鄂、岳、蘄、黄、安、申六州,而洞庭湖正在岳州境内。作爲節度使,元稹有可能也應該視察過岳州,到過洞庭湖。其三,本詩云:"去年湖水滿,此地覆行舟。萬怪吹高浪,千人死亂流。"據《舊唐書·文宗紀》等記載,大和四年,"京畿、河南、荆襄、鄂岳、江南、湖南等道大水害稼,出官米賑給",這就是元稹詩中"去年湖水滿"四句詩的歷史背景。大和五年,"淮南、浙江東西道、荆襄、鄂岳、劍南東川並水害稼,請蠲秋租",作爲地方的最高軍政長官,元稹自然要親自巡視各州,當然要包括洞庭湖地區的岳州等地。這首詩歌就是大和五年元稹在巡視洞庭湖地區水灾途中有感而發。其四,後面"誰能問帝子"四句,是元稹就眼前水灾的借題發揮:大和五年正月,幽州軍亂,驅逐節度使李載義,自立後院副兵馬使楊志誠爲留後。唐廷對逃歸京城的李載義"賜第永寧里,給賜優厚",並給予"守太保、同中書門下平章事"的名義;對楊志誠,五年的四月也發佈詔令:"以幽州盧龍節度留後楊志誠檢校工部尚書,爲幽州盧龍節度使。"這是元稹對李唐朝廷驕寵跋扈藩鎮的批評,是詩人對國家前途、百姓苦難的憂慮。其五,《鹿角鎮》詩中所述"去年湖水滿"等四句,不合元稹元和九年春天拜訪張正甫的情景;而且,據《舊唐書·憲宗紀》記載,元和八年除京師有水、旱、霜之灾外,鄂岳一帶並無水灾的記録。其六,元稹《遭風二十韵》通篇都是描寫秋天在洞庭湖遭風之句,與元稹元和九年春天拜訪張正甫之行不合,如詩云"洞庭瀰漫接天回,一點君山似措杯。暝色已籠秋竹樹,夕陽猶帶舊樓臺"、"俄驚四面雲屏合,坐見千峰雪浪堆"即是其例。詩篇最後"紫衣將校臨船問,白馬君侯傍柳來"之句,也絶對不是拜訪張正甫的江陵士曹參軍的元稹應有的架勢,而顯然是武昌軍節度使駕臨下屬之地的情景,才有"紫衣將校"、"白馬君侯"前來迎接。元稹的《遭風二十韵》詩,《年譜》漏繫,它應該是元稹武昌軍節度使任内的作品。其七,《年譜新編》所云"元和八年,元稹隨嚴綬討張伯靖,班師過洞庭湖時遇風",顯然是錯誤的,我們將在《遭風二十韵》中給予詳盡的答覆。

據此,我們認爲《鹿角鎮》作於大和五年四月至七月間,尤以七月最爲可能,與《遭風二十韵》、《洞庭湖》兩詩作於元稹武昌軍節度使任内一樣,它們都是元稹在世的最後幾篇詩歌之一。而《年譜》、《編年箋注》、《年譜新編》在大和五年七月元稹病卒之前,既無"詩編年",也無"文編年",顯然是不符元稹一生創作活躍、每年都有詩作的生平特點。

◎ 洞庭湖(一)[①]

人生除泛海，便到洞庭波[②]。驚浪沉西日，吞空接曙河[③]。虞巡竟安在？軒樂詎曾過[④]？唯有君山下，狂風萬古多[⑤]。

録自《元氏長慶集》一五

[校記]

(一) 洞庭湖：本詩存世各本，包括楊本、叢刊本、《全詩》在内，未見異文。

[箋注]

① 洞庭湖：在今天湖南省的北部、长江的南岸，唐時在岳州境内，岳州時屬武昌軍節度使管轄。湘、资、沅、澧四水汇流於此，面積較大，素有"八百里洞庭"之稱，是我國第二大淡水湖。湖中小山不少，以君山最爲著名，洞庭湖的東北岸有著名的岳陽樓。宋之問《洞庭湖》："地盡天水合，朝及洞庭湖。初日當中涌，莫辨東西隅。"孟浩然《望洞庭湖贈張丞相》："八月湖水平，涵虚混太清。氣蒸雲夢澤，波撼岳陽城。"

② "人生除泛海"兩句：意謂人的一輩子，除了在大海上航行之外，就要算洞庭湖的波浪最爲險惡了。　人生：指人的一生。《左傳・襄公三十一年》："人生幾何，誰能無偷？朝不及夕，將安用樹？"韓愈《合江亭》："人生誠無幾，事往悲豈那？"　泛：漂浮，浮游。《詩・鄘風・柏舟》："泛彼柏舟，在彼中河。"《莊子・列御寇》："無能者無所求，飽食而遨遊，泛若不繫之舟，虚而遨遊者也。"　波：波浪，起伏波

動的水面。《楚辭·九歌·河伯》:“與女遊兮九河,衝風起兮横波。”蘇軾《前赤壁賦》:“清風徐來,水波不興。”

③ 駕浪:乘浪,鼓浪。元稹《去杭州(送王師範)》:“魂摇江樹鳥飛没,帆挂檣竿烏尾翻。翻風駕浪拍何處?直指杭州由上元。”徐夤《北》:“雪滿胡天日影微,李君降虜失良時。窮溟駕浪鯤鵬化,極海寄書鴻雁遲。” 西日:西下的太陽。張九齡《感遇十二首》六:“西日下山隱,北風乘夕流。燕雀感昏旦,檐楹呼匹儔。”白居易《在越官重事殷鏡湖之遊或恐未暇偶成十八韵寄微之》:“西日籠黄柳,東風蕩白蘋。小橋裝雁齒,輕浪甃魚鱗。” 呑空:巨浪呑没天空貌。杜牧《酬張祜處士見寄長句四韵》:“北極樓臺長挂夢,西江波浪遠呑空。可憐故國三千里,虚唱歌詞滿六宫。”覺範《遠浦歸帆》:“東風忽作羊角轉,坐看波面纖羅卷。日脚明邊白鳥横,江勢呑空客帆遠。” 曙河:拂曉的銀河,陳叔寶《有所思三首》三:“團團落日樹,耿耿曙河天。”王灣《閏月七日織女》:“耿耿曙河微,神仙此夜稀。今年七月閏,應得兩回歸。”

④ 虞:即“虞舜”,上古五帝之一,姓姚,名重華,因其先國於虞,故稱虞舜,爲古代傳説中的聖君。《書·堯典》:“師錫帝曰:有鰥在下,曰虞舜。帝曰:俞,予聞,如何?岳曰:瞽子,父頑、母嚚、象傲,克諧以孝,烝烝乂,不格奸。”《史記·五帝本紀》:“虞舜者,名曰重華。”司馬貞索隱:“虞,國名……舜,謚也。”張守節正義:“瞽叟姓嬀,妻曰握登,見大虹意感而生舜於姚墟,故姓姚。目重瞳子,故曰重華。” 巡:巡閱,巡行。《五禮通考》卷五二:“昔虞巡四岳,周在一歲。書稱其美,不以爲煩寧。”陳子昂《諫曹仁師出軍書》:“乃徵精卒十萬,北巡朔方,略地而還。” 安在:在哪裏。張九齡《登襄陽峴山》:“蜀相吟安在?羊公碣已磨。令圖猶寂寞,嘉會亦蹉跎。”洪子輿《嚴陵祠》:“漢主召子陵,歸宿洛陽殿。客星今安在?隱迹猶可見。” 軒樂:典見馬端臨《文獻通考·歷代樂制》:“伏羲樂名扶來,亦曰立本,神農樂名扶

持，亦曰下謀，黄帝作咸池。莊子北門成問於黄帝曰：'帝張咸池之樂於洞庭之野，吾始聞之懼，復聞之怠，卒聞之而惑，蕩蕩默默，乃不自得。'帝曰：'女殆其然哉！吾奏之以人，徵之以天，行之以禮義，建之以大情，四時迭起，萬物循生，一盛一衰，文武倫經，一清一濁，陰陽調和，流充其聲。'" 詎：副詞，曾。潘岳《悼亡詩》："爾祭詎幾時？朔望忽復盡。"王安石《九日隨家人游東山》："暑往詎幾時？凉歸亦雲暫。" 過：經過。《論語·憲問》："子擊磬於衛，有荷蕢而過孔氏門者。"杜甫《送蔡希魯都尉》："身輕一鳥過，槍急萬人呼。"

⑤ 君山：山名，在湖南洞庭湖口，又名湘山，當時在洞庭湖中。《元和郡縣志·岳州巴陵縣》："巴陵縣……君山在縣西三十里青草湖中，昔秦始皇欲入湖觀衡山，遇風浪至此山止泊，因號焉！又云湘君所遊止，故名之也。"李白《陪族叔刑部侍郎曄及中書賈舍人至遊洞庭五首》五："帝子瀟湘去不還，空餘秋草洞庭間。淡掃明湖開玉鏡，丹青畫出是君山。"張孝祥《水調歌頭·過岳陽樓作》："日落君山雲氣，春到沅湘草木，遠思渺難收。" 狂風：猛烈的風。杜甫《絶句漫興九首》九："誰謂朝來不作意？狂風挽斷最長條。"孟雲卿《行路難》："君不見高山萬仞連蒼旻，天長地久成埃塵。君不見長松百尺多勁節，狂風暴雨終摧折。" 萬古：猶萬代，萬世，形容經歷的年代久遠。《北齊書·文宣帝紀》："〔高洋〕詔曰：'朕以虚寡，嗣弘王業，思所以贊揚盛績，播之萬古。'"杜甫《戲爲六絶句》二："爾曹身與名俱滅，不廢江河萬古流。"

［編年］

本詩《年譜》編入元和九年，理由是："人生除泛海，便到洞庭波。"《編年箋注》也編年元和九年："元稹此詩作於元和九年（八一四），時在江陵士曹任。"理由是："見下《譜》。"《年譜新編》編年元和八年，理由是："《洞庭湖》所寫景象與《遭風二十韵》似。"

我們以爲《年譜》、《編年箋注》、《年譜新編》的編年都是不合適的。《年譜》與《編年箋注》僅僅引述本詩詩句，没有任何的説明，等於没有舉出理由。《年譜新編》編年本詩於元和八年之説，我們以爲也不能够成立，説詳元稹《鹿角鎮》、《遭風二十韵》編年，此不重複。本詩所述"駕浪沉西日，吞空接曙河"、"唯有君山下，狂風萬古多"的描述，與《遭風二十韵》、《鹿角鎮》呈現的景象十分相似，應該是元稹武昌軍節度使任内之作，亦即大和五年初秋七月的作品。

◎ 遭風二十韵[①]

洞庭瀰漫接天迴，一點君山似措杯[②]。暝色已籠秋竹樹，夕陽猶帶舊樓臺[③]。湘南賈伴乘風信，夏口篙工厄泝洄[④]。後侣逢灘方拽簹，前宗到浦已眠桅（船檣）[(一)][⑤]。俄驚四面雲屏合，坐見千峰雪浪堆[⑥]。罔象睢盱頻逞怪，石尤翻動忽成灾[⑦]。騰凌豈但河宫溢[(二)]，坱軋渾憂地軸摧[⑧]。疑是陰兵致昏黑，果聞靈鼓借喧豗（鬨聲）[⑨]。龍歸窟穴深潭漩，蜃作波濤古岸隤[⑩]。水客暗游燒野火[(三)]，楓人夜長吼春雷[⑪]。浸淫沙市兒童亂，汩没汀洲雁鶩哀[⑫]。自嘆生涯看轉燭，更悲商旅哭沈財[⑬]。檣烏斗折頭倉掉[(四)]，水狗斜傾尾纜開[⑭]。在昔詎慚横海志？此時甘乏濟川才[⑮]。歷陽舊事曾爲鱉，鮌穴相傳有化能[⑯]。閉目唯愁滿空電，冥心真類不然灰[⑰]。那知否極休徵至，漸覺宵分曙氣催[⑱]。怪族潛收湖黯湛，幽妖盡走日崔嵬[⑲]。紫衣將校臨船問，白馬君侯傍柳來[⑳]。唤上驛亭還酩酊，兩行紅袖拂樽罍[㉑]。

録自《元氏長慶集》卷一九

[校記]

(一) 前宗到浦已眠桅(船檣):楊本、叢刊本、《全詩》作"前宗到浦已眠桅",無注,注文應該是馬元調所加。

(二) 騰凌豈但河宫溢:原本作"勝凌豈但河宫溢",《全詩》同,語義難通。楊本、叢刊本作"騰凌豈但河宫溢",據改。

(三) 水客暗游燒野火:楊本、叢刊本、《全詩》同,《全詩》注作"木客暗游燒野火",語義不佳,不改。

(四) 檣烏斗折頭倉掉:原本作"墻烏斗折頭倉掉",楊本、叢刊本同,語義不佳,據《全詩》改。

[箋注]

① 遭風:遇風。《六部成語注解·户部》:"遭風,舟行遇風也。"岑參《陝州月城樓送辛判官入奏》:"送客飛鳥外,城頭樓最高。樽前遇風雨,窗裏動波濤。"蘇轍《灎澦堆(或云上有古碑)》:"上有古碑刻奇篆,當使盡讀磨蒼苔。此碑若見必有怪,恐至絶頂遭風雷。"

② 洞庭:湖名,即洞庭湖,在湖南省北部、長江南岸。面積二千八百二十平方公里,爲我國第二大淡水湖,素有"八百里洞庭"之稱。湘、資、沅、澧四水匯流於此,在岳陽縣城陵磯入長江,湖中小山甚多,以君山最爲著名,沿湖有岳陽樓等名勝古迹。《韓非子·初見秦》:"秦與荆人戰,大破荆,襲郢,取洞庭、五渚、江南。"韓愈《岳陽樓别竇司直》:"洞庭九州間,厥大誰與讓?" 瀰漫:水滿貌。王昌齡《採蓮》:"湖上水瀰漫,清江初可涉。"李紳《泛五湖》:"范子蜕冠履,扁舟逸霄漢。嗟予抱險艱,怵惕驚瀰漫。" 接天:與天際相連接。杜審言《登襄陽城》:"旅客三秋至,層城四望開。楚山横地出,漢水接天回。"元稹《哭吕衡州六首》二:"望有經綸釣,虔收宰相刀。江文駕風遠,雲貌接天高。" 一點:形容很小很小。丘爲《竹下殘雪》:"一點消未盡,孤

月在竹陰。晴光夜轉瑩,寒氣曉仍深。"王昌齡《謁焦鍊師》:"中峰青苔壁,一點雲生時。豈意石堂裏,得逢焦鍊師?" 君山:山名,在湖南洞庭湖口,又名湘山。酈道元《水經注·湘水》:"湖(洞庭湖)中有君山……湘君之所遊處,故曰君山矣!"李白《陪族叔刑部侍郎曄及中書賈舍人至遊洞庭五首》五:"帝子瀟湘去不還,空餘秋草洞庭間。淡掃明湖開玉鏡,丹青畫出是君山。" 措:安放。《論語·子路》:"刑罰不中,則民無所措手足。"柳宗元《永州韋使君新堂記》:"宗元請志諸石,措諸屋漏,以爲二千石楷法。" 杯:古代盛羹及注酒之器。《莊子·逍遙遊》:"覆杯水於坳堂之上,則芥爲之舟;置杯焉則膠,水淺而舟大也。"李白《古風》四一:"呼我遊太素,玉杯賜瓊漿。"

③ 暝色:暮色,夜色。謝靈運《石壁精舍還湖中作》:"林壑斂暝色,雲霞收夕霏。"杜甫《光禄阪行》:"樹枝有鳥亂鳴時,暝色無人獨歸客。" 竹:一種多年生的禾本科木質常緑植物,嫩芽即筍,可食;莖圓柱形,中空,直而有節,性堅韌,可用作建築材料及製造各種器物;葉四季常青,經冬不凋。《詩·衛風·淇奥》:"瞻彼淇奥,緑竹猗猗。"韓愈《題百葉桃花》:"百葉桃花晚更紅,窺窗映竹見玲瓏。" 樹:木本植物的總稱。《左傳·昭公二年》:"有嘉樹焉! 宣子譽之。"高適《送白少府送兵之隴右》:"軍容隨赤羽,樹色引青袍。" 夕陽:傍晚的太陽。庾闡《狹室賦》:"南羲熾暑,夕陽傍照。"歐陽修《醉翁亭記》:"已而夕陽在山,人影散亂,太守歸而賓客從也。" 樓臺:高大建築物的泛稱。《左傳·哀公八年》:"邾子又無道,吴子使大宰子餘討之,囚諸樓臺。"杜甫《院中晚晴懷西郭茅舍》:"復有樓臺銜暮景,不勞鐘鼓報新晴。"

④ 湘:地名,今湖南省的簡稱,因境内有湘江、湘山,故稱,洞庭湖即在湖南省境内。《文心雕龍·哀悼》:"自賈誼浮湘,發憤吊屈。"劉長卿《贈湘南漁父》:"問君何所適,暮暮逢烟水? 獨與不繫舟,往來楚雲裏。" 賈伴:一起經商的夥伴,義近"賈客",商人。《後漢書·班超傳》:"六年秋,超遂發龜兹、鄯善等八國兵,合七萬人,及吏士賈客

千四百人討焉者。"張籍《野老歌》:"西江賈客珠成斛,船中養犬長食肉。" 風信:隨著季節變化應時吹來的風。張繼《江上送客遊廬山》:"晚來風信好,併發上江船。"陸游《遊前山》:"屐聲驚雉起,風信報梅開。" 夏口:武昌的别稱,元稹在武昌軍節度使任的副使竇鞏就有詩篇《忝職武昌初至夏口書事獻府主相公》,可證夏口就是武昌。王維《送康太守》:"城下滄江水,江邊黄鶴樓……鐃吹發夏口,使君居上頭。"劉長卿《送裴使君赴荆南充行軍司馬》:"盛府南門寄,前程積水中。月明臨夏口,山晚望巴東。" 篙工:掌篙的船工。左思《吴都賦》:"篙工檝師選自閩禺。"陸游《瞿唐行》:"千艘萬舸不敢過,篙工舵師心膽破。" 厄:被困,受苦。《孔子家語·在厄》:"孔子厄於陳蔡,從者七日不食。"《新唐書·張憬藏傳》:"公厄在三尺土下,盡六年而貴。" 泝洄:亦作"泝回"、"溯洄",逆流而上。《詩·秦風·蒹葭》:"溯洄從之,道阻且長。"《文選·左思〈吴都賦〉》:"葺鱗鏤甲,詭類舛錯,泝洄順流,噞喁沈浮。"李周翰注:"泝,逆流上也。"

⑤ 侣:同伴,伴侣。王褒《四子講德論》:"於是相與結侣,携手俱遊。"韓愈《利劍》:"故人念我寡徒侣,持用贈我比知音。" 灘:江河中水淺多沙石而流急之處。《陳書·高祖紀》:"南康灨石舊有二十四灘,灘多巨石,行旅者以爲難。"張籍《賈客樂》:"水工持檝防暗灘,直過山邊及前侣。"灘頭,指江、河、湖、海邊水漲淹没水退顯露的淤積平地。岑參《江上阻風雨》:"雲低岸花掩,水漲灘草没。"《宋史·河渠志》:"南丞管下三十五掃,今歲漲水之後,岸下一例生灘。" 拽篸:拉縴。元稹《南昌灘》:"渠江明净峽逶迤,船到名灘拽篸遲。櫓窡動摇妨作夢,巴童指點笑吟詩。" 拽:同"曳"。牽引,拖,拉。歐陽修《御帶花》:"拽香摇翠,稱執手行歌,錦街天陌。"孫光憲《思帝鄉》:"六幅羅裙窣地,微行曳碧波。" 篸:拉船竹索。白居易《初入峽有感》:"苒蒻竹篾篸,欹危檝師趾。一跌無完舟,吾生繫於此。"白居易《夜入瞿唐峽》:"逆風驚浪起,拔篸暗船來。欲識愁多少,高於灩澦堆。"元稹

除本詩外,還有詩篇提及,如《南昌灘》:"渠江明浄峽逶迤,船到明灘拽遲。櫓竅動摇妨作夢,巴童指點笑吟詩。畬餘宿麥黄山腹,日背殘花白水湄。物色可憐心莫恨,此行都是獨行時。"　宗:指某一類事物中有統領楷模作用或爲首者。《漢書・溝洫志贊》:"中國川原以百數,莫著於四瀆,而河爲宗。"《文選・吴質〈答東阿王書〉》:"還治諷采所著,觀省英瑋,實賦頌之宗,作者之師也……亦各有志。"李善注引《漢書》:"司馬相如蔚爲辭宗,賦頌之首。"　浦:水邊,河岸。《詩・大雅・常武》:"率彼淮浦,省此徐土。"毛傳:"浦,涯也。"《漢書・司馬相如傳》:"出乎椒丘之闕,行乎州淤之浦。"顔師古注:"浦,水涯也。"眠桅:横倒桅杆。翟灝《通俗編・器用》:"按舟人諱倒桅,曰眠桅,今言免桅,譌也。"查慎行《西江櫂歌詞四首》二:"千尺長橋亘水隈,商船到此盡眠桅。索錢幸自無關吏,滿載樟烟建紙來。"　眠:横卧,平放。杜甫《夜歸》:"夜半歸來衝虎過,山黑家中已眠卧。"司空圖《二十四詩品・典雅》:"眠琴緑陰,上有飛瀑。"　桅:桅杆。船上懸帆的柱杆。韓愈《憶昨行和張十一》:"念昔從君渡湘水,大帆夜劃窮高桅。"蘇軾《慈湖夾阻風五首》一:"捍索桅竿立嘯空,篙師酣寢浪花中。"

⑥ 俄:短暫的時間,一會兒。《公羊傳・桓公二年》:"至乎地之與人,則不然,俄而可以爲其有矣!"何休注:"俄者,謂須臾之間。"洪邁《夷堅甲志・張彦澤遁甲》:"俄陰雲四合,雨下如注,溝壑皆盈。"驚:驚慌,恐懼。江淹《恨賦》:"僕本恨人,心驚不已。直念古者,伏恨而死。"張説《代書寄吉十一》:"目想春來遲,心驚寒去早。憶鄉乘羽翮,慕侣盈懷抱。"　四面:東、南、西、北四個方位。《禮記・鄉飲酒義》:"四面之坐,象四時也。"也指四周圍。柳宗元《至小丘西小石潭記》:"四面竹樹環合。"　雲屏:雲翳,雲。儲光羲《同諸公秋霽曲江俯見南山》:"山戛浴蘭阯,水若居雲屏。"司空圖《白菊雜書四首》二:"四面雲屏一帶天,是非斷得自翛然。此生只是償詩債,白菊開時最不眠。"　坐見:猶言眼看著,徒然看著。陳子昂《登澤州城北樓宴》:"復

來登此國,臨望與君同。坐見秦兵壘,遥聞趙將雄。”杜甫《後出塞五首》五:“躍馬二十年,恐辜明主恩。坐見幽州騎,長驅河洛昏。” 千峰:數量很多的山峰。張説《别灉湖》:“念别灉湖去,浮舟更一臨。千峰出浪險,萬木抱烟深。”王昌齡《送歐陽會稽之任》:“萬室霽朝雨,千峰迎夕陽。輝輝遠洲映,曖曖澄湖光。”這裏形容洞庭湖的怒浪。雪浪:白色浪花。張籍《送友人盧處士遊吴越》:“波生野水雁初下,風滿驛樓潮欲來。試問漁舟看雪浪,幾多江燕荇花開!”白居易《東樓南望八韵》:“鵠帶雲帆動,鷗和雪浪翻。魚鹽聚爲市,烟火起成村。”

⑦ 罔象:古代傳説中的水怪,或謂木石之怪。《國語・魯語》:“水之怪曰龍、罔象。”韋昭注:“或曰罔象食人,一名沐腫。”《文選・張衡〈東京賦〉》:“殘夔魖與罔像,殪野仲而殲遊光。”薛綜注:“罔象,木石之怪。” 睢盱:渾樸貌。王延壽《魯靈光殿賦》:“鴻荒樸略,厥狀睢盱。”柳宗元《懲咎賦》:“上睢盱而混茫兮,下駁詭而懷私。”睁眼仰視貌。張衡《西京賦》:“迾卒清候,武士赫怒,緹衣韎韐,睢盱拔扈。”柳宗元《鐃歌鼓吹曲・東蠻》:“睢盱萬狀乖,咿嘔九譯重。”喜悦貌。《易・豫》“盱豫悔”孔穎達疏:“盱,謂睢盱。睢盱者,喜説之貌。”蘇軾《浣溪沙・徐州石潭謝雨》:“照日深紅暖見魚,連村緑暗晚藏烏,黄童白叟聚睢盱。”眼前的面貌時時變化,周圍的水浪時高時低,故詩人有“頻逞怪”之言,即顯示怪異之描述。 石尤:即石尤風,傳説古代有商人尤某娶石氏女,情好甚篤。尤遠行不歸,石思念成疾,臨死嘆曰:“吾恨不能阻其行,以至於此。今凡有商旅遠行,吾當作大風爲天下婦人阻之。”後因稱逆風、頂頭風爲“石尤風”。劉駿《丁督護歌》一:“願作石尤風,四面斷行旅。”陳子昂《初入峽苦風寄故鄉親友》:“寧知巴峽路,辛苦石尤風。”楊億《荷花》:“灑從瓊蕊露,吹任石尤風。怨泪連疏竹,私書託過鴻。” 翻動:飛動,翻轉。《文選・木華〈海賦〉》:“翻動成雷,擾翰爲林。”李善注:“翻,動貌。”杜甫《路逢襄陽楊少府入城戲呈楊員外綰》:“翻動神仙窟,封題鳥獸形。兼將老藤杖,扶汝醉

初醒。"

⑧ 騰凌:亦作"騰陵",騰躍,水波上湧,翻滚。錢起《巨魚縱大壑》:"巨魚縱大壑,遂性似乘時。奮躍風生鬣,騰凌浪鼓鰭。"司馬光《從始平公城西大閲》:"汾水騰凌金鼓震,西山宛轉旆旌迴。" 豈但:難道衹是,何止。《後漢書·何敞傳》:"今明公位尊任重,責深負大,上當匡正綱紀,下當濟安元元,豈但空空無違而已哉!"杜甫《贈崔十三評事公輔》:"豈但江曾决,還思霧一披。" 河宫:神話傳説中河神居住的宫殿。庾肩吾《亂後經夏禹廟》:"侵雲似天闕,照水類河宫。"顧况《送從兄使新羅》:"河宫清奉賮,海嶽晏來朝。" 溢:水氾濫,淹没。《禮記·王制》:"以三十年之通,雖有凶旱水溢,民無菜色。"孔穎達疏:"水溢謂水之泛濫。"《孟子·盡心》:"犧牲既成,粢盛既絜,祭祀以時,然而旱乾水溢,則變置社稷。"酈道元《水經注·河水》:"河出孟門之上,大溢逆流,無有丘陵,高阜滅之,名曰洪水。大禹疏通,謂之孟門。" 坱軋:漫無邊際貌。曹植《誥咎文》:"遂乃沉陰坱圠,甘澤微微,雨我公田,爰暨於私。"李白《大鵬賦》:"爾其雄姿壯觀,坱軋河漢,上摩蒼蒼,下覆漫漫。" 地軸:古代傳説中大地的軸。張華《博物志》卷一:"地有三千六百軸,犬牙相舉。"黄滔《融結爲河岳賦》:"龜負龍擎,文籍其陽九陰六;共觸愚移,傾缺其天樞地軸。"泛指大地。《南齊書·樂志》:"義滿天淵,禮昭地軸。"范成大《望海亭賦》:"送萬折之傾注,艷寒光之迸射;浸地軸以上浮,盪天容而一色。" 摧:墜毁,毁壞。《史記·孔子世家》:"太山壞乎!梁柱摧乎!哲人萎乎!"李賀《雁門太守行》:"黑雲壓城城欲摧,甲光向月金鱗開。"

⑨ 陰兵:神兵,鬼兵。盧仝《冬行三首》三:"野風結陰兵,千里鳴刀槍。"孫光憲《北夢瑣言》卷九:"楊相國曰:'某爲軍容使楊玄價所譖,不幸遭害,今已得請於上帝,賜陰兵以復仇。'" 昏黑:如黑夜,又不見星月貌。韋應物《觀澧水漲》:"雲嶺同昏黑,觀望悸心魂。舟人空斂棹,風波正自奔。"杜甫《茅屋爲秋風所破歌》:"俄頃風定雲墨色,

秋天漠漠向昏黑。” 鼉鼓：六面鼓。《周禮・地官・鼓人》：“以鼉鼓鼓社祭。”鄭玄注：“鼉鼓，六面鼓也。”張衡《東都賦》：“撞洪鐘，伐鼉鼓，旁震八鄙，軯磕隱訇。” 喧豗：形容轟響。張九齡《江上遇疾風》：“疾風江上起，鼓怒揚烟埃……不知天地氣，何爲此喧豗？”李白《蜀道難》：“飛湍瀑流争喧豗，砯崖轉石萬壑雷。其險也如此，嗟爾遠道之人胡爲乎來哉？”

⑩ 龍：傳説中的一種神異動物，身長，形如蛇，有鱗爪，能興雲降雨，爲水族之長。《易・乾》：“雲從龍，風從虎，聖人作而萬物覩。”韓愈《陸渾山火和皇甫湜用其韵》：“水龍鼉龜魚與黿，鴉鴟雕鷹雉鵠鵾。” 窟穴：動物栖身的洞穴。王充《論衡・辨祟》：“鳥有巢栖，獸有窟穴，蟲魚介鱗各有區處，猶人之有室宅樓臺也。”杜甫《又觀打魚》：“日暮蛟龍改窟穴，山根鱣鮪隨雲雷。” 深潭：深水池，亦指河流中水極深而有回流處。《淮南子・原道訓》：“〔舜〕釣於河濱，朞年，而漁者争處湍瀨，以曲隈深潭相予。”高誘注：“深潭，回流饒魚之處。”酈道元《水經注・資水》：“此縣之左右，處處有深潭。漁者咸輕舟委浪，謡詠相和。” 漩：迴旋的水流。杜甫《最能行》：“敧帆側柁入波濤，撇漩捎濆無險阻。朝發白帝暮江陵，頃來目擊信有徵。”元稹《楚歌十首》九：“倒入黄牛漩，驚衝灧澦堆。古今流不盡，流去不曾迴。” 蜃：傳説中的蛟屬，能吐氣成海市蜃樓。王維《送秘書晁監還日本國詩序》：“黄雀之風動地，黑蜃之氣成雲。”李時珍《本草綱目・蜃》：“蛟之屬有蜃，其狀亦是蛇而大，有角如龍狀……能籲氣成樓臺城郭之狀，將雨即見，名蜃樓，亦曰海市。” 波濤：江河湖海中的大波浪。《淮南子・人間訓》：“及至乎下洞庭，騖石城，經丹徒，起波濤，舟杭一日不能濟也。”張喬《望巫山》：“愁連遠水波濤夜，夢斷空山雨雹時。” 古岸：年代久遠的堤岸。崔國輔《漂母岸》：“泗水入淮處，南邊古岸存。秦時有漂母，於此飯王孫。”王昌齡《留别武陵袁丞》：“桃花遺古岸，金澗流春水。誰識馬將軍，忠貞抱生死！” 隤：崩頽，墜下。《文選・宋玉

〈高唐賦〉》:“磐石險峻,傾崎崕隤。”李善注:“《廣雅》曰:‘隤,壞也。’”柳宗元《天對》:“行鴻下隤,厥丘乃降。”

⑪ 水客:船夫,漁夫。《文選·左思〈蜀都賦〉》:“試水客,艤輕舟,娉江婓,與神遊。”吕向注:“水客,舟子也。”李白《送崔氏昆季之金陵》:“水客弄歸棹,雲帆卷輕霜。”梅堯臣《雜詩絶句十七首》一〇:“買魚問水客,始得鯽與魴。”　野火:野外焚燒草木所放的火。《戰國策·楚策》:“於是楚王遊於雲夢,結駟千乘,旌旗蔽天。野火之起若雲蜺,兕虎之嘷若雷霆。”白居易《賦得古原草送别》:“離離原上草,一歲一枯榮。野火燒不盡,春風吹又生。”　楓人夜長吼春雷:嵇含《南方草木狀·楓人》:“五嶺之間多楓木,歲久則生瘤癭,一夕遇暴雷驟雨,其樹贅暗長三五尺,謂之楓人。越巫取之作術,有通神之驗。”楓人:指老楓樹上生長的癭瘤,因似人形,故稱。白居易《送客春遊嶺南二十韵》:“天黄生颶母,雨黑長楓人。”皮日休《投龍潭(在龜山)》:“月中珠母見,烟際楓人出。生犀不敢燒,水怪恐摧捽。”　春雷:原指春天的雷。盧象《送綦母潛》:“離筵對寒食,别雨乘春雷。會有徵書到,荷衣且漫裁。”司空曙《聞春雷》:“水國春雷早,闐闐若衆車。自憐遷逐者,猶滯蟄藏餘。”這裏喻聲音震響。元稹《八駿圖詩》:“鼻息吼春雷,蹄聲裂寒瓦。”賈島《義雀行和朱評事》:“玄鳥雄雌俱,春雷驚蟄餘。口銜黄河泥,去即翔天隅。”

⑫ 浸淫:水流溢,氾濫。鮑照《送從弟道秀别》:“浸淫旦潮廣,瀾漫宿雲滋。”劉禹錫《救沉志》:“貞元季年大水……崱嶷前邁,浸淫旁掩。”　沙市:沙灘邊或沙洲上的市集,也可能是地名,在洞庭湖附近。皮日休《西塞山泊漁家》:“白綸巾下髮如絲,静倚楓根坐釣磯。中婦桑村挑葉去,小兒沙市買蓑歸。”陸游《入蜀記》:“晚携家再游二聖寺衆寮,有維摩刻木像甚佳,云:‘沙市工人所爲也。’”　兒童:古代凡年齡大於嬰兒而尚未成年的人都叫兒童。李白《南陵别兒童入京》:“白酒新熟山中歸,黄雞啄黍秋正肥。呼童烹雞酌白酒,兒女嬉笑牽人

衣。”韋應物《將往滁城戀新竹簡崔都水示端》:“停車欲去繞叢竹,偏愛新�十數竿。莫遣兒童觸瓊粉,留待幽人迴日看。” 汩没:淹没。高適《酬岑二十主簿秋夜見贈之作》:“如何異鄉縣,復得交才彦?汩没嗟後時,蹉跎恥相見。”齊己《荆渚病中因思匡廬遂成三百字寄梁先輩》:“生老病死者,早聞天竺書。相隨幾汩没,不了堪欷歔。” 汀洲:水中小洲。《楚辭·九歌·湘夫人》:“搴汀洲兮杜若,將以遺兮遠者。”李商隱《安定城樓》:“迢遞高城百尺樓,緑楊枝外盡汀洲。” 雁鶩:鵝和鴨。《戰國策·燕策》:“賴得先王雁鶩之餘食,不宜臞。臞者,憂公子之且爲質於齊也。”劉孝標《廣絶交論》:“分雁鶩之稻粱,霑玉斝之餘瀝。”

⑬ 自嘆:自己哀嘆自己。宋之問《别之望後獨宿藍田山莊》:“鵲鴒有舊曲,調苦不成歌。自嘆兄弟少,常嗟離别多。”王維《靈雲池送從弟》:“金杯緩酌清歌轉,畫舸輕移艶舞回。自嘆鶺鴒臨水别,不同鴻雁向池來。” 生涯:語本《莊子·養生主》:“吾生也有涯,而知也無涯。”原謂生命有邊際有限度,後指生命、人生。沈炯《獨酌謡》:“生涯本漫漫,神理暫超超。”劉禹錫《代裴相公讓官第三表》:“聖日難逢,生涯漸短。體羸無拜舞之望,心在有涕戀之悲。” 轉燭:風摇燭火,用以比喻世事變幻莫測。杜甫《佳人》:“世情惡衰歇,萬事隨轉燭。”白居易《和春深二十首》一八:“轉燭初移障,鳴環欲上車。青衣傳氊褥,錦繡一條斜。” 商旅:行商,流動的商人。《易·復》:“商旅不行,後不省方。”《周禮·考工記序》:“通四方之珍異以資之,謂之商旅。”鄭玄注:“商旅,販賣之客也。” 沈財:沉没在水中的商品與錢財。沈:没入水中,沉没。《詩·小雅·菁菁者莪》:“汎汎楊舟,載沈載浮。”《莊子·人間世》:“散木也,以爲舟則沈。” 財:金錢、物資的總稱。《左傳·僖公二十四年》:“竊人之財,猶謂之盜,况貪天之功以爲己力乎?”《史記·貨殖列傳》:“清,寡婦也,能守其業,用財自衛,不見侵犯。”

⑭ 檣烏:桅杆上的烏形風向儀,也用以比喻飄忽不定的生活。杜甫《登舟將適漢陽》:"塞雁與時集,檣烏終歲飛。"蘇軾《和邵同年戲贈賈收秀才三首》三:"生涯到處似檣烏,科第無心摘頷鬚。"斗折:原意指如北斗七星之曲折。梅堯臣《燕》:"斗折撩沙觜,相高接草蟲。"又作"斗折蛇行",形容道路、河流等曲折蜿蜒。柳宗元《至小丘西小石潭記》:"潭西南而望,斗折蛇行,明滅可見。" 頭倉:船隻中位置靠前的船艙,其次是中艙,最後是尾艙。 頭:第一,在前面的。王建《宮词一百首》七二:"一半走來争跪拜,上棚先謝得頭籌。"《新唐書·回鶻傳》:"畜,馬至壯大,以善鬥者爲頭馬,有槖它、牛、羊。" 倉:通"艙",楊萬里《初二日苦熱》:"船倉周圍各五尺,且道此中底寬窄。"水狗:一種水鳥,即魚狗。杭世駿《續方言》:"鴗,小鳥也,青似翠,食魚,江東呼爲水狗。"李時珍《本草綱目·魚狗》〔釋名〕:"鴗、天狗、水狗、魚虎、魚師、翠碧鳥。"褚人穫《堅瓠續集·翠碧》:"江東有小鳥,色青似翠,能入水取魚,謂之水狗,亦名翠碧……又名魚虎。" 斜傾:傾斜。温庭筠《題李衛公詩二首》二:"千巖萬壑應惆悵,流水斜傾出武關。"鄧肅《南歌子》:"晧月明顋雪,冷風亂鬢雲。高樓簾幙夜生春。半醉倚人秋水、欲斜傾。" 尾纜:位於船尾、用來固定船隻停靠岸邊的纜繩。張鷟《朝野僉載·彭博通》:"彭博通者,河間人也,身長八尺……曾遊瓜埠,江有急風張帆,博通捉尾纜,挽之不進。" 纜:繫船的粗繩或鐵索。謝靈運《登臨海嶠與從弟惠連》:"日落當栖薄,繫纜臨江樓。"韓愈《柳溪》:"莫將條繫纜,著處有蟬號。"

⑮ 在昔:從前,往昔。班固《東都賦》:"勛兼乎在昔,事勤乎三五。"曾鞏《齊州謝到任表》:"習詐而誇,著流風於在昔;多盜與訟,號難治於當今。" 詎:副詞,表示反詰,相當於"豈"、"難道"。《莊子·齊物論》:"雖然,嘗試言之:庸詎知吾所謂知之非不知邪?庸詎知吾所謂不知之非知邪?"陶潛《讀山海經十三首》一〇:"徒設在昔心,良辰詎可待?" 慚:羞愧。孟浩然《送韓使君除洪府都督》:"無才慚孺

子,千里愧同聲。”歐陽修《和劉原父從幸後苑觀稻呈經筵諸公》:“衰病慚經學,陪遊與俊賢。” 横海志:大志,宏偉的抱負。武三思《仙鶴篇》:“燕雀終迷横海志,蜉蝣豈識在陰年?莫言一舉輕千里,爲與三山送九仙!” 横海:横行海上。木華《海賦》:“魚則横海之鯨,突扤孤遊。”朱敦儒《水龍吟》:“玉鳳淩霄,素虯横海。” 此時:這時候。《後漢書・劉玄傳》:“〔韓夫人〕輒怒曰:‘帝方對我飲,正用此時持事來乎!’”白居易《琵琶記》:“别有幽愁暗恨生,此時無聲勝有聲。” 濟川:猶渡河,語出《書・説命》:“爰立作相,王置諸其左右,命之曰:‘朝夕納誨,以輔台德。若金,用汝作礪;若濟巨川,用汝作舟楫。’”後多以“濟川”比喻輔佐帝王。張説《送任御史江南發糧以賑河北百姓》:“河朔人無歲,荆南義廩開。將興泛舟役,必仗濟川才。”獨孤及《庚子歲避地至玉山酬韓司馬所贈》:“滄海疾風起,洪波駭恬鱗。已無濟川分,甘作乘桴人。”

⑯ 歷陽舊事:李白《歷陽壯士勤將軍名思齊歌》:序云:“歷陽壯士勤將軍,神力出於百夫。則天太后召見奇之,授遊擊將軍,賜錦袍玉帶,朝野榮之。後拜横南將軍,大臣慕義結十友,即燕公張説、館陶公郭元振爲首,餘壯之遂作詩。”詩云:“太古歷陽郡,化爲洪川在。江山猶鬱盤,龍虎秘光彩。蓄泄數千載,風雲何霮霸?特生勤將軍,神力百夫倍。”所指“歷陽舊事”,疑即指此。李白又有《金陵歌送别范宣》:“石頭巉巖如虎踞,淩波欲過滄江去。鍾山龍盤走勢來,秀色横分歷陽樹。”可以參讀。 鱉:甲魚,俗稱團魚,爬行綱動物,形態與龜略同,體扁圓,背部隆起,背甲有軟皮,外沿有肉質軟邊。生活在淡水河川湖泊中。《易・説卦》:“離爲火……其於人也,爲大腹,爲乾卦,爲鱉,爲蟹,爲蠃,爲蚌,爲龜。”焦贛《易林・賁之頤》:“鴻鵠高飛,鳴求其雌,雌來在户,雄哺嘻嘻,甚獨勞苦,炰鱉膾鯉。”葛洪《抱朴子・博喻》:“鱉無耳而善聞,蚓無口而揚聲。” 鯀:傳説中中國古代部落酋長名,號崇伯,禹之父。曾奉堯命治水,因築堤堵水,九年未治平,

被舜殺死在羽山。《書·洪範》:"我聞在昔,鯀陻洪水。" 相傳:遞相傳授。《史記·魏其武安侯列傳》:"天下者,高祖天下,父子相傳,此漢之約也,上何以得擅傳梁王!"蘇軾《安樂山木葉如道士籙符》:"天師化去知何處?玉印相傳世共珍。"長期以來互相傳説。杜甫《石筍行》:"古來相傳是海眼,苔蘚蝕盡波濤痕。"宋敏求《春明退朝録》卷中:"列子廟在鄭州圃田,其地有小城,貌甚古,相傳有唐李德裕、王起題名。" 化:改變人心風俗,教化,教育。《東觀漢記·茨充傳》:"建武中,桂陽太守茨充,教人種桑蠶,人得其利。至今江南頗知蠶桑織履,皆充之化也。"阮籍《樂論》:"夫金石絲竹、鐘鼓管絃之音,干戚羽旄進退俯仰之容,有之,何益於政?無之,何損於化?"受感化,受感染。《後漢書·桓榮傳》:"初平中,天下亂,避地會稽,遂浮海客交阯,越人化其節,至閭里不争訟。"白居易《丘中有一士二首》二:"所逢苟非義,糞土千黄金。鄉人化其風,薰如蘭在林。" 能:才能,能力,功能。《書·大禹謨》:"汝惟不矜,天下莫與汝争能。"《墨子·尚賢》:"故官無常貴而民無終賤,有能則舉之,無能則下之。"

⑰ 閉目:閉起眼睛。白居易《負冬日》:"杲杲冬日出,照我屋南隅。負暄閉目坐,和氣生肌膚。"周賀《送韓評事》:"離岸遊魚逢浪返,望巢寒鳥逆風飛。嵩陽舊隱多時别,閉目閑吟憶翠微。" 唯愁:除了發愁顧不了其他事情。錢起《奉和王相公秋日戲贈元校書》:"勝事唯愁盡,幽尋不厭遲。弄雲憐鶴去,隔水許僧期。"朱放《送張山人》:"知君住處足風烟,古寺荒村在眼前。便欲移家逐君去,唯愁未有買山錢。" 滿空:彌漫在整個天空。東方虬《春雪》:"春雪滿空來,觸處似花開。不知園裏樹,若箇是真梅?"韋應物《雪中聞李儋過門不訪聊以寄贈》:"乍迷金谷路,稍變上陽宫。還比相思意,紛紛正滿空。" 電:閃電。《文心雕龍·檄移》:"震雷始於曜電,出師先乎威聲。"韓愈《送窮文》:"駕塵彍風,與電争先。" 冥心:泯滅俗念,使心境寧静。修雅《聞誦法華經歌》:"合目冥心子細聽,醍醐滴入焦腸裏。"葉適《謝除華

文閣待制提舉嵩山崇福宫表》:“迄無顯效於盛時,固合冥心於暮齒。” 不然灰:謂心如不能燃燒的死灰。駱賓王《遊兗部逢孔君自衛來欣然相遇若舊》:“繁花明日柳,疏蕊落風梅。將期重交態,時慰不然灰。” 張説《盧巴驛聞張御史張判官欲到不得待留贈之》:“白髮因愁改,丹心託夢迴。皇恩若再造,爲憶不然灰。”

⑱ 否:困厄,不順。《左傳·宣公十二年》:“執事順成爲臧,逆爲否。”李隆基《經鄒魯祭孔子而嘆之》:“嘆鳳嗟身否,傷麟怨道窮。” 極:頂點,最高地位。《史記·禮書》:“天者,高之極也;地者,下之極也;日月者,明之極也。”劉義慶《世説新語·文學》:“不知便可登峰造極不?”引申爲達到頂點、最高限度。《吕氏春秋·大樂》:“天地車輪,終則復始,極則復反,莫不咸當。”《史記·李斯列傳》:“物極則衰,吾未知所税駕也。” 休徵:吉祥的徵兆。《書·洪範》:“曰休徵。”孔傳:“叙美行之驗。”《漢書·終軍傳》:“故周至成王,然後制定,而休徵之應見。”顔師古注:“休,美也。徵,證也。” 宵分:夜半。《魏書·崔楷傳》:“亮由君之勤恤,臣用劬勞,日昃忘餐,宵分廢寢。”李群玉《中秋越台看月》:“宵分憑檻望,應合見蓬萊。” 曙氣:猶“曙霞”,朝霞。李約《歲日感懷》:“曙氣變東風,蟾壺夜漏窮。新春幾人老?舊曆四時空。”沈佺期《苑中遇雪應制》:“北闕彤雲掩曙霞,東風吹雪舞仙家。”

⑲ 怪族:奇奇怪怪的物體、現象,這裏指興風作浪的“罔象”。元稹《有酒十章》四:“何三光之並照兮,奄雲雨之冥冥?幽妖倏忽兮水怪族形,黿鼉岸走兮海若鬥鯨。”王存等《元豐九域志》卷五:“好溪:舊名惡溪,内多水怪,唐大中年刺史段成式有善政,怪族自去,因改此名。” 潛收:暗暗收斂。于敖《聞鶯》:“玉繩河漢曉縱橫,萬籟潛收鶯獨鳴。能將百囀清心骨,寧止閑窗夢不成!”慕容彦逢《集英殿春宴箚記》三:“恭惟皇帝陛下,丕叙九功,誕膺百福,方珍祥之遝至,宜沴氣之潛收。” 黯湛:暗淡不明。徐兢《宣和奉使高麗圖經·黑水洋》:“黑水洋即北海洋也,其色黯湛淵淪,正黑如墨,猝然視之,心膽俱喪。

怒濤噴薄,屹如萬山。"　黯:深黑,昏暗。蔡邕《述行賦》:"玄雲黯以凝結,集零雨之溱溱。"謝莊《宋孝武宣貴妃誄》:"重扃閟兮燈已黯,中泉寂兮此夜深。"　湛:水深貌,深沉貌。《老子》:"湛呵,佁(似)或存。"司馬光《游壽安・靈山寺》:"碧頗梨色湛無底,想像必有虬龍蟠。"　幽妖:隱藏的妖魔,喻奸臣。元稹《授崔倰尚書户部侍郎制》:"惟朕憲考,亟征不廷,熏剔幽妖,擒滅罪疾,用力滋廣,理財是切。"元稹《苦雨》:"又提精陽劍,蛟螭支節屠。陰沴皆電掃,幽妖亦雷驅。"　崔嵬:高聳貌,高大貌。《楚辭・九章・涉江》:"帶長鋏之陸離兮,冠切雲之崔嵬。"王逸注:"崔嵬,高貌。"張九齡《登總持寺閣》:"香閣起崔嵬,高高沙版開。攀躋千仞上,紛詭萬形來。"

⑳ 紫衣:紫衣爲古代公服,春秋戰國時國君服用紫。南北朝以後,紫衣爲貴官公服,故有朱紫、金紫之稱。韓翃《送王光輔歸青州兼寄朱侍郎》:"幾回奏事建章宫,聖主偏知漢將功。身著紫衣趨闕下,口銜丹詔出關東。"白居易《宿紫閣山北村》:"舉杯未及飲,暴卒來入門。紫衣挾刀斧,草草十餘人。"　將校:將級軍官和校級軍官,泛指高級軍官。司空曙《奉和張大夫酬高山人》:"野客居鈴閣,重門將校稀。豸冠親穀弁,龜印識荷衣。"元稹《紀懷贈李六户曹崔二十功曹五十韵》:"竦足良甘分,排衙苦未曾。通名參將校,抵掌見親朋。"　臨:來到,到達。《楚辭・遠遊》:"朝發軔於大儀兮,夕始臨乎於微閭。"王逸注:"暮至東方之玉山也。"曹操《步出夏門行》:"東臨碣石,以觀滄海。"　問:問候,慰問。《論語・雍也》:"伯牛有疾,子問之。"韓愈《崔評事墓銘》:"自始有疾,吴郡率幕府寮屬日一至其廬問焉!"　白馬:即白色的馬。《左傳・定公十年》:"公子地有白馬四,公嬖向魋,魋欲之。"曹植《白馬篇》:"白馬飾金羈,連翩西北馳。"　君侯:秦漢時稱列侯而爲丞相者,漢以後用爲對達官貴人的敬稱。李白《與韓荆州書》:"所以龍盤鳳逸之士,皆欲收名定價于君侯。"韓荆州就是荆州刺史。白馬君侯,意即騎著白馬的刺史,與"紫衣將校"對舉成文。在唐代,

節度使上馬管軍，下馬治民，元稹時爲武昌軍節度使，故州刺史與高級將領都來迎候。曹丕《與鍾大理書》："近日南陽宗惠叔稱君侯昔有美玦，聞之驚喜。"姜夔《鷓鴣天》："曾共君侯歷聘來，去年今日踏莓苔。" 傍柳來：這裏指靠近岸邊的柳樹，意謂先在岸邊問候，然後上船請安。 傍：貼近，靠近。左思《蜀都賦》："爾乃邑居隱賑，夾江傍山，棟宇相望，桑梓接連。"杜甫《劍門》："一夫怒臨關，百萬未可傍。"

㉑ 驛亭：驛站所設的供行旅止息的處所，古時驛站有亭，故稱。杜甫《秦州雜詩二十首》九："今日明人眼。臨池好驛亭。"仇兆鰲注："郵亭，見《前漢·薛宣傳》。顔注：'郵，行書之舍，如今之驛。'據此，則驛亭之名起於唐時也。"蘇洵《送石昌言使北引》："既出境，宿驛亭間，介馬數萬騎馳過，劍槊相摩，終夜有聲，從者怛然失色。" 酩酊：大醉貌。焦贛《易林·井之師》："醉客酩酊，披髪夜行。"元稹《酬樂天勸醉》："半酣得自恣，酩酊歸太和。" 紅袖：女子的紅色衣袖。王儉《白紵辭五曲》二："情發金石媚笙簧，羅袿徐轉紅袖揚。"杜牧《書情》："摘蓮紅袖濕，窺淥翠蛾頻。"也指美女。王建《夜看揚州市》："夜市千燈照碧雲，高樓紅袖客紛紛。如今不似時平日，猶自笙歌徹曉聞。"白居易《雲和》："非琴非瑟亦非箏，撥柱推弦調未成。欲散白頭千萬恨，只消紅袖兩三聲。" 樽罍：樽與罍皆盛酒器。罍似壇。杜甫《贈特進汝陽王二十韵》："樽罍臨極浦，鳧雁宿張燈。"元稹《獻滎陽公詩五十韵》："自傷魂慘沮，何暇思幽玄。喜到樽罍側，愁親幾案邊。"

在即將結束我們這本《新編元稹集》的時候，我們應該借拙稿的最後篇幅，系統地回顧元稹一生所走過的現實主義創作道路，簡略地評價元稹詩文的現實主義特色，還是十分必要的：元稹是唐代的重要詩人，他的詩文誠如白居易《唐故武昌軍節度處置等使正議大夫檢校户部尚書鄂州刺史兼御史大夫賜紫金魚袋尚書右僕射河南元公墓誌銘并序》、《舊唐書·元稹白居易傳評》所云，在當時造成了"無徑而走，疾於珠玉"的社會效果，得到了"若品調律度，揚榷古今，賢不肖皆賞其文,未如元白之盛”的公衆評價與“元和主盟,微之樂天而已”的史家結論。我們以爲綜括元稹一生的創作活動大致可以分爲貞元、元和、長慶與大和三個時期。一、貞元年間元稹現實主義詩風初步形成:元稹生活在我國詩歌黄金時代的唐代,處在統治者以詩賦取士的歲月,住在當時的政治文化中心長安,出生在“世代奉儒”的書香門第。而中唐時期又是處在我國古典文學發展歷史長河中三個文學高潮的第二次高潮時期,即唐宋之交的“三元”——開元、元和、元祐時期。是這些肥沃的土壤和有利的條件促成了詩人的早熟,其《叙詩寄樂天書》文云:“稹九歲學賦詩,長者往往驚其可教。年十五六,粗識聲病。”更重要的是詩人家庭幾遭變故,有過投奔親族寄食他人的童年生活。這使詩人加深了對社會黑暗的深刻認識,增强了愛恨分明的思想感情。詩人十五六歲時就對方面大臣以“羨餘”爲名,增徵常賦,重斂百姓以求皇帝青睞的行爲極爲痛恨,對藩鎮豪帥横相賊殺,因喪負衆,脅迫朝廷承認其合法世襲地位的舉動深爲不滿,對宦官皇宫以“宫市”爲便,公開欺壓黎民,掠奪百貨的行徑尤爲憤慨,對權貴重臣“自爲旨意”,“羅列兒孫以自固”,“開導蠻夷以自重”的伎倆早有看法,對人君宰臣以閉塞言路爲政務,朝廷大臣以謹慎不言爲樸雅的風氣十分痛心,其《叙詩寄樂天書》文云:“時貞元十年已後,德宗皇帝春秋高,理務因人,最不欲文法吏生天下罪過,外閫節將動十餘年不許朝覲,死於其地不易者十八九。而又將豪卒愎之處因喪負衆,横相賊殺,告變駱驛,使者迭窺,旋以狀聞天子曰:‘某邑將某能遏亂,亂衆寧附,願爲其帥。’名爲衆情,其實逼詐,因而可之者又十八九,前置介倅因緣交授者亦十四五。由是諸侯敢自爲旨意,有羅列兒孫以自固者,有開導蠻夷以自重者。省寺符篆固幾閣,甚者擬詔旨,視一境如一室,刑殺其下,不啻僕畜。厚加剥奪,名爲進奉,其實貢入之數百一焉!京城之中亭第邸店以曲巷斷,侯甸之内水陸腴沃以鄉里計,其餘奴婢資財生生之備稱之。朝廷大臣以謹慎不言爲樸雅,以時進見者不過一二親信,直臣義士往往抑塞。禁省之間時或繕完隤墜,豪家大帥乘聲相扇,延及老佛,土木妖熾,習俗不怪。上不欲令有司備宫闈中小碎須求,往往持幣帛以易餅餌,吏緣其端,剽奪百貨,勢不可禁。僕時孩呆,不慣聞見,獨於《書》《傳》中初習,'理亂萌漸',心體悸震若不可活,思欲發之久矣!"除了上面提及的原因,元稹的親戚吴湊反對宦官反對宫市、鄭雲逵抵制藩鎮淫威的作爲也深深影響了青少年時期元稹的思想,我們已在拙稿《宦官的再三打擊與元稹的一生貶謫》等文章中有過論述,這裹就不再重複。正是這種昏暗的政治不平的社會觸發了元稹創作的衝動和激情,所以當詩人看到陳子昂的《感遇》詩以後,自然而然地要引起思想共鳴,寫出了詩人的處女作《寄思玄子詩二十首》,《敘詩寄樂天書》又云:"適有人以陳子昂《感遇》詩相示,吟玩激烈,即日爲《寄思玄子詩二十首》。"而初次的創作又受到長輩鄭雲逵的真心憐奬與熱情鼓勵,使年輕的元稹學習勁頭更足,《敘詩寄樂天書》接著云:"故鄭京兆於僕爲外諸翁,深賜憐奬。因以所賦呈獻京兆,翁深相駭異。秘書少監王表在座,顧謂表曰:'使此兒五十不死,其志義何如哉!惜吾輩不見其成就。'因召諸子訓責泣下。僕亦竊不自得,由是勇於爲文。"雖我們今天已無法看到這二十首詩歌,但從元稹自已在《敘詩寄樂天書》中反映出來詩人憤世疾俗的情緒來看,反映社會抨擊現實應是這二十首詩歌的主基調。從元稹同時期詩《代曲江老人百韵(年十六時作)》所反映的基調,我們也可以大致領略年輕的元稹在這二十首詩歌中的基本内容,元稹《代曲江老人百韵》詩有句云:"村落空垣壞,城隍舊井堙。破船沉古渡,戰鬼聚陰磷。"再從元稹所受到的陳子昂現實主義詩篇《感遇詩三十八首》的啓示及元稹自已稱之爲"古諷"等情况來看,可以推測詩歌的内容定然也是反映當時社會黑暗現實的。陳子昂的詩歌内容使元稹深受感動而"吟玩激烈",推測他的詩歌内容與此大致相類。而從這二十首詩當時受到鄭雲逵、王表的極力讚揚和元稹後來一再提到這二十首詩的情況來看,詩歌的藝術技巧也應該是比較好的。這是詩人創作的開始,也是詩人現實主義創作道路的起點。中唐嚴峻冷酷的社會現實,不能不使詩人對客觀世界作出清醒的觀察與嚴肅的思考,而杜甫在安史亂後那些揭露現實、批判社會、同情百姓、熱愛人民的詩篇則又進一步激發了詩人的創作激情,引起詩人更大的思想共鳴,使杜甫成爲詩人終身學習的榜樣。在同篇文章裏詩人又云:"又久之,得杜甫詩數百首,愛其浩蕩津涯,處處臻到,始病沈宋之不存寄興,而訝子昂之未暇旁備矣!"當時杜甫已謝世,而在詩人的創作道路上當時以能詩聞名的楊巨源是他現實生活中的重要的忘年詩友。楊巨源"詩韵不爲新語,體律務實,工夫頗深,以高文爲諸生所崇"。曾有"三刀夢益州,一箭取遼(聊)城"之句,是一位名滿當時的詩人。他們在一起探求六義,切磋詩歌,數年之間寫成了反映現實,抨擊黑暗的詩歌數百篇,《叙詩寄樂天書》接著云:"不數年與詩人楊巨源友善,日課爲詩,性復僻懶,人事常有閑暇,間則有作。識足下時,有詩數百首矣!習慣性靈,遂成病蔽,每公私感憤,道義激揚,朋友切磨,古今成敗,日月遷逝,光景慘舒,山川勝勢,風雲景色,當花對酒,樂罷哀餘,通滯屈伸,悲歡合散,至於疾恙窮身,悼懷惜逝,凡所對遇異于常者,則欲賦詩。"詩人把"公私感憤"等等的感受寫進詩歌,正説明元稹在陳子昂、杜甫的影響下,得到楊巨源的具體幫助,現實主義詩風開始初步形成。貞元十八年九月元稹爲吏部登第而撰作了"行卷"《鶯鶯傳》,與其他著名的唐代傳奇相比,它面世的時間較早,影響著後來出現的其他唐代傳奇。《鶯鶯傳》以鶯鶯始而被挑逗、終而被遺棄的愛情悲劇,客觀反映了當時婦女的不幸遭遇與悲慘命運,深刻揭示了當時社會的黑暗現實。元稹的《鶯鶯傳》把叙事、抒情、議論融會貫通於一篇之中,巧妙結合於一體之内,顯示了元稹史才、詩筆、議論的才能與技巧;而它又首開以傳文、詩歌同時歌吟述説同一故事之端,元稹《鶯鶯傳》、李紳《鶯鶯歌》而後,有白居易、陳鴻的《長恨歌》與《長恨歌傳》,

有沈亞之、司空圖的《馮燕傳》與《馮燕歌》以及元稹自己和白行簡的《李娃行》與《李娃傳》和《崔徽歌》與《崔徽傳》,爲唐代傳奇由初盛唐的萌芽狀態到中唐的繁榮作出了自己的努力與貢獻。在唐代傳奇中就其對後世的影響而言,當首推元稹的《鶯鶯傳》。《鶯鶯傳》而後,除同代楊巨源《崔娘詩》、李紳《鶯鶯歌》外,取崔張故事演繹成各種文學作品的甚夥,如金代董解元的《西廂記諸宫調》、元代王實甫的《西廂記》和關漢卿的《續西廂記》等就是以《鶯鶯傳》爲藍本而寫成的文學名著。其他翻版之作比比皆是,多不勝舉。《鶯鶯傳》贏得了如此衆多的讀者,産生這樣深遠的影響,在唐人傳奇中可謂無與倫比。因此《鶯鶯傳》在唐代傳奇文學史和中國小説史乃至於中國文學史上,當之無愧應有其特殊重要的地位。爾後元稹因吏部考試及第,授職校書郎而與白居易相識,兩人成爲志同道合的詩友。元白在唐代文壇影響較大,他們之間感情最深,酬唱最多,交往最久,後來白居易《祭微之文》感慨兩人的交往與友誼云:"死生契闊者三十載,歌詩唱和者九百章。"元稹與白居易的相識相交相知,對元稹走上現實主義的創作道路起著不容忽視的重要作用,並在中唐文壇産生不可估量的影響。元稹除了積極從事文言小説的創作而外,他與白居易相識之後還積極參與話本小説的説唱活動,元稹《酬翰林白學士代書一百韵》回憶當時的情景云:"翰墨題名盡,光陰聽話移(樂天每與予遊從,無不書名屋壁。又嘗於新昌宅説《一枝花》話,自寅至巳,猶未畢詞也)。"值得注意的是元稹白居易他們參與的話本小説講唱活動,是我國文學史上文人參與話本小説活動的最早文字記載。由於有了文人的參與,話本小説才達到後來如此繁榮如此昌盛的局面。總而言之,貞元年間是元稹現實主義詩風形成的初始階段,爲以後元和年間的現實主義創作道路奠定了堅實的基礎。二、元和年間,是元稹現實主義詩歌創作的全盛時期:元和年間,元稹白居易創導新樂府運動,撰寫了大量的"元和體"詩篇,這是元稹現實主義詩歌創作的豐收階段與全盛時期。元和初,元稹白居易在共同準備的《策林》中,根據文學的客觀規律,對文學創作的目的、内容、形式等重要問題提出了他們一系列的文學見解。元白首先認爲文學的内容應來自社會生活,反映社會政治,如果换成元稹白居易的話來説,亦即"感於事","動於情","繫於政",其《策林·采詩(以補察時政)》文云:"大凡人之感於事,則必動於情,然後興於嗟嘆,發於吟詠,而形於歌詩矣! 故聞《蓼蕭》之篇,則知澤及四海也,聞《禾黍》之詠,則知時和歲豐也,聞《北風》之詩,則知威虐及人也,聞《碩鼠》之刺,則知重斂於下也,聞'廣袖高髻'之謠,則知風俗之奢蕩也,聞"誰其獲者婦與姑"之言,則知征役之廢業也。故國風之盛衰由斯而見也,王政之得失由斯而聞也,人情之哀樂由斯而知也。"白居易《策林·復樂古器古曲》:"臣聞樂者本於聲,聲者發於情,情者繫於政。蓋政和則情和,情和則聲和,而安樂之音由是作焉! 政失則情失,情失則聲失,而哀淫之音由是作焉! 斯所謂音聲之道與政通矣!"爲了達到文學反映現實干預政治的目的,元稹白居易特别强調建立采詩制度,其《策林·采詩(以補察時政)》文云:"臣聞聖王酌人之言,補己之過,所以立理本導化源也,將在乎選觀風之使建采詩之官,俾乎歌詠之聲諷刺之興,日采於下歲獻於上者也。所謂言之者無罪,聞之者足以自誡……然後君臣親覽而斟酌焉! 政之廢者修之闕者補之,人之憂者樂之勞者逸之。所謂善防川者决之使導,善理人者宣之使言。故政有毫髮之善下必知也,教有錙銖之失上必聞也。則上之誠明何憂乎不下達,下之利病何患乎不上知? 上下交和内外胥悦,若此而不臻至理不致升平,自開闢以來未之聞也!"元稹白居易目睹當時文學"書事者罕聞於直筆,褒美者多睹其虚辭"的弊端,焦慮而不安,發出"其道安在"的急切呼聲,其《策林·議文章(碑碣詞賦)》提出設問:"國家化天下以文明,奬多士以文學二百餘載,文章焕焉! 然則述作之間,久而生弊,書事者罕聞於直筆,褒美者多睹其虚辭。今欲去僞抑淫芟蕪劃穢,黜華於枝葉反實於根源,引而救之,其道安在?”對此弊端,元稹白居易他們主張文學的形式必須服從内容的需要,用他們自己的話來説,就是强調“直筆”,反對“虚辭”,其《策林・議文章(碑碣詞賦)》又云:“國家以文德應天,以文教牧人,以文行選賢,以文學取士,二百餘年,焕乎文章。故士無賢不肖,率注意于文矣!然臣聞大成不能無小弊,大美不能無小疵,是以凡今秉筆之徒率爾而言者有矣!斐然成章者有矣!故歌詠、詩賦、碑碣、贊誄之制往往有虚美者矣!有愧辭者矣!若行於時則誣善惡而惑當代,若傳於後則混真僞而疑將來。臣伏思之,大非先王文理化成之教也。且古之爲文者,上以紉王教繫國風,下以存炯戒通諷諭,故懲勸善惡之柄執于文士褒貶之際焉!補察得失之端操於詩人美刺之間焉!今褒貶之文無核實則懲勸之道缺矣!美刺之詩不稽政則補察之義廢矣!雖雕章鏤句將焉用之?臣又聞稂莠秕稗生於穀反害穀者也,淫辭麗藻生於文反傷文者也。故農者耘稂莠簸秕稗,所以養穀也;王者删淫辭削麗藻,所以養文也。伏惟陛下詔主文之司諭養文之旨,俾辭賦合炯戒諷諭者,雖質雖野采而獎之;碑誄有虚美愧辭者,雖華雖麗禁而絶之。若然則爲文者必當尚質抑淫著誠去僞,小疵小弊蕩然無遺矣!則何慮乎皇家之文章不與三代同風者歟?”“與三代同風”,是元稹白居易一直强調的主張,白居易《元稹除中書舍人翰林學士賜紫金魚袋制》評價元稹的文章云:“能芟繁詞鏟弊句,使吾文章言語與三代同風,引之而成綸綍,垂之而爲典訓。”宋人范仲淹《述夢詩序》亦評:“元微之……書詔雅遠,甚有補益之風。”可見元稹不僅主張,而且一直身體力行。元和三年,李紳與元稹白居易相聚於長安,他們志趣相投,見解相同,常常在一起討論時事,切磋詩歌。他們從《詩經》“饑者歌其食,勞者歌其事”和“漢樂府”“感於哀樂,緣事而發”的現實主義的傳統出發,推崇杜甫“即事名篇,無復依傍”的詩風,主張詩歌的内容必須是“病時之尤急”,“雅有所爲,不虚爲文”,在表達的方式上應該通俗易懂,“直其詞以示後”。元稹白居易兩人在《策林》中，元稹自已在《和李校書新題樂府十二首并序》裏對詩歌理論的闡述，是他們興起新樂府運動的理論準備，他們在共同切磋中逐步産生了逐步明確的文學主張，對中唐及其後的詩壇産生了深遠的影響。在這種理論的指導下，元和三四年間李紳創作了《新題樂府二十首》(今佚)，元稹慧眼識珠，積極回應，“列而和之”，寫出了《和李校書新題樂府十二首》，並在詩歌的序言裏進一步提出了現實主義的文學主張：“余友李公垂貺余樂府新題二十首，雅有所謂，不虚爲文。余取其病時之尤急者列而和之，蓋十二而已。昔三代之盛也，士議而庶人謗。又曰：世理則詞直，世忌則詞隱。余遭理世而君盛聖，故直其詞以示後，使夫後之人謂今日爲不忌之時焉!”元稹這裏又一次提及“三代”，他追求的“三代”之風就是“士議而庶人謗”。對於李紳元稹的文學創作，白居易隨後起而應之，擴而充之，寫出了《新樂府》五十首，影響更遠更大，白居易《新樂府序》云：“凡九千二百五十二言，斷爲五十篇。篇無定句句無定字，繫於意不繫于文。首句標其目，卒章顯其志，《詩三百》之義也。其辭質而徑，欲見之者易喻也。其言直而切，欲聞之者深誡也。其事核而實，使采之者傳信也。其體順而肆，可以播于樂章歌曲也。總而言之，爲君爲臣爲民爲物爲事而作，不爲文而作也。”白居易所强調的“其辭質而徑”，“其言直而切”，“其事核而實”，“其體順而肆”，其實就是元稹《和李校書新題樂府十二首》中“直其詞”的具體化。李紳《新題樂府二十首》、元稹《和李校書新題樂府十二首》、白居易《新樂府》五十首以及《秦中吟》十首等一大批以諷喻爲目的、以社會生活爲内容、以新題樂府爲形式的詩歌，掀起了我國詩歌史上有革新意義的被後人稱作“新樂府運動”的詩歌革新運動。這乃是初唐陳子昂反對“彩麗競繁”的齊梁詩，提倡有“興寄”有“風骨”的風雅詩的深入，又是杜甫(包括元結等人)在安史之亂後現實主義創作實踐的發展，也是正在發展的古文運動在詩歌領域内的擴展。新樂府運動不僅是一次詩歌改革運動，而且也是以文學改革爲手段，以改革政治爲目的的政治運動。它與永貞革新以及同時期李宗閔、牛僧孺等人指斥宦官驕横的考試事件一樣，同是批判現實改革社會的政治運動。而元稹以其現實主義的理論和創作實踐，與白居易一起成爲新樂府運動最重要的首倡者領導者。雖然元稹白居易的文學理論並不完全是他們的全新創造，有些與《毛詩序》的説法相同相近；但在大曆詩風盛行的中唐，元白他們能够重新提出並根據當時的社會現實而加以發展，在詩歌領域無疑有其不可忽視的現實意義和重要作用。元和五年元稹貶職江陵，詩人受白居易送行詩的影響，更主要的是元稹在枉受打擊冤遭迫害之後，由自己的不幸聯想到社會的弊病，對權貴對人主對社會有了更加清醒的認識。詩人在貶謫途中寫出了"感時發憤"的《思歸樂》等十七首在思想内容、藝術技巧上都較前大有不同大有進步的作品。白居易《和答詩十首并序》評云："五年春，微之從東臺來，不數日又左轉爲江陵士曹掾。詔下日，會予下内直歸，而微之已即路，邂逅相遇於街衢中。自永壽寺南，抵新昌里北，得馬上話别，語不過相勉保方寸、外形骸而已，因不暇及他。是夕足下次於山北寺，僕職役不得去，命季弟送行，且奉新詩一軸致于執事。凡二十章，率有興比，淫文豔韵無一字焉！意者欲足下在途諷讀，且以遣日時，消憂懣，又有以張直氣而扶壯心也。及足下到江陵，寄在路所爲詩十七章，凡五六千言。言有爲，章有旨，迨于宫律體裁，皆得作者風。發緘開卷，且喜且怪，僕思牛僧孺戒，不能示他人，唯與杓直、拒非及樊宗師輩三四人時一吟讀，心甚貴重。然竊思之，豈僕所奉者二十章遽能開足下聰明使之然耶？抑又不知足下是行也，天將屈足下之道，激足下之心，使感時發憤而臻於此耶？若兩不然者，何立意措辭與足下前時詩如此之相遠也？僕既羡足下詩，又憐足下心，盡欲引狂簡而和之。屬直宿拘牽，居無暇日，故不即時如意。旬月來多乞病假，假中稍閑，且摘卷中尤者繼成十章，亦不下三千言。其間所見同者固不能自異，異者亦不能强同。同者謂之和，異者謂之答。並别録《和夢遊春》詩一章,各附於本篇之末。餘未和者,亦續致之。頃者在科試間,常與足下同筆硯,每下筆時輒相顧,共患其意太切而理太周,故理太周則辭繁,意太切則言激。然與足下爲文所長在於此,所病亦在於此,足下來序果有詞犯文繁之説。今僕所和者,猶前病也,待與足下相見日,各引所作,稍删其煩而晦其義焉!”白居易在這裹强調的仍然是“意切”、“理周”、“辭繁”、“言激”的主張,認爲這雖然是他們詩歌的缺點所在,但也是他們詩歌的長處所在。從白居易的詩序我們知道這十七首詩歌是元稹現實主義詩風的重要作品,也是詩人諷喻詩的代表作品,更是元稹詩風轉變的重要標誌。元稹《貽蜀五首》之二:“卻待文星天上去,少分光影照沉淪。”這是詩人對李程的讚語與期待,也是他對自身狀況的真實描寫,更是他當時心態的自然流露。貶職江陵期間,元稹官小職卑,政治上難於有所作爲,就把全部精力投入了詩歌創作之中,元稹《叙詩寄樂天書》文云:“又不幸年三十二時,有罪譴棄,今三十七矣!五六年間是丈夫心力壯時,常在閑處無所役用。性不近道,未能淡然忘懷。又復懶於他欲,全盛之氣注射語言,雜糅精粗,遂成多大。”在這一時期元稹與先在長安後在渭村的白居易遥相唱和,他們以詩歌“相戒”“相勉”“相慰”“相娱”,酬唱之詩不絶於道。元稹的《酬樂天折劍頭》、《酬樂天書懷見寄》、《酬樂天登樂遊園見憶》、《放言五首》、《感石榴》、《竹部》、《酬别致用》、《有鳥二十章》等等就是其中的代表之作。至元和七年元稹有詩八百餘首,應他朋友李景儉的要求,將自己的詩歌分成十體編爲二十卷,元稹業已成爲名聞當時的詩人。元稹在與白居易的詩歌贈答之間,首創“次韵”,互爲唱酬。並把這種文學樣式不斷加以發展,使之日臻完美,元稹《酬代書詩序》:“玄元氏之下元日會予家居至,枉樂天代書詩一百韵,鴻洞卓犖,令人奮起心情。且置别書,美予前和七章:章次用本韵,韵同意殊,謂爲工巧。前古韵耳!不足難之,今復次排百韵以答懷思之貺云。”《上令狐相公詩啓》:“稹與同門生白居易友善,居易雅能爲詩,就中愛驅駕文字,窮極聲韵,或爲千言,或爲五百言律詩以相投寄。小生自審不能以過之,往往戲排舊韵,别創新詞,名爲次韵相酬,蓋欲以難相挑耳!”元稹《酬樂天餘思不盡加爲六韵之作》:“樂天贈予千字律詩數首,予皆次用本韵酬和,後來遂以成風耳!”由此可知元稹在與白居易的次韵酬唱中往往是白居易首先贈詩,然後元稹次韵酬答。而元稹白居易的詩歌酬唱短到數韵長至百韵,次韵酬和百韵長篇絶非易事。不僅如此,元稹還把這種新的文學樣式推廣到元稹的其他詩友中間去,如李景儉、李德裕、竇鞏、張籍、鄭從事、李復言、獨孤朗、盧拱、胡靈之、許康佐、段丞……他們或者一酬再酬,往來不絶;或者數人同次一韵,互爲贈答。發展到後來遂以成風,從現存材料來看,元稹尤爲主動積極。如上所述許多詩篇都是元稹將友人的贈詩以次韵相贈的方式回酬。由此可見在“元和體”詩歌藝術形式的創新上,元稹有其首創之功,集大成之力,正是在這一方面又一次顯露出了元稹的“才子”本色。除此而外,元稹白居易作爲當時詩壇的主盟者之一,在他們的酬唱中還繼續在理論上探討詩歌的一些問題,白居易《與元九書》云:“自足下謫江陵至於今,凡枉贈答詩僅百篇。每詩來或辱序或辱書冠於卷首,皆所以陳古今歌詩之義,且自叙爲文因緣與年月之遠近也。僕既受足下詩,又諭足下此意,常欲承答來旨,粗論歌詩大端,並自述爲文之意,總爲一書,致足下前。”元和八年,元稹借爲杜甫作墓係銘的機會,對我國文學史上的現實主義傳統作了詳盡的論述,發表了卓識的見解。元稹特别推崇《詩經》中“風”、“雅”反映現實干預政治的優良傳統,其《唐故工部員外郎杜君墓係銘并序》文云:“始堯舜時君臣以賡歌相和,是後詩人繼作,歷夏、殷、周千餘年,仲尼緝拾選練其干預教化之尤者三百,其餘無聞焉!騷人作而怨憤之態繁,然猶去風雅日近,尚相比擬。”詩人認爲兩漢的辭賦和五言詩“文不妄作”,離反映現實干預政治的要求還不太遠,其《唐故工部員外郎杜君墓係銘并序》又云:“秦漢以還,采詩之官既廢，天下妖謠、民謳、歌頌、諷賦、曲度、嬉戲之詞亦隨時作。逮至漢武賦《柏梁》，而七言之體具。蘇子卿、李少卿之徒尤工五言詩，雖句讀之律各異，雅鄭之音亦雜，而詞意簡遠，指事言情，自非有爲而爲，則文不妄作。”元稹認爲建安文學在反映現實的問題上比漢代有所進步，其《唐故工部員外郎杜君墓係銘并序》接著又說：“建安之後天下文士遭罹兵戰，曹氏父子鞍馬間爲文，往往横槊賦詩。故其抑揚冤哀存離之作，尤拯于古。”對宋齊梁陳“吟寫性靈，流連光景”、“淫豔刻飾，佻巧小碎”的詩文，詩人斷然給予了否定，其《唐故工部員外郎杜君墓係銘并序》：“晉世風概稍存，宋齊之間教失根本。士以簡慢矯飾歙習舒徐相尚，文章以風容色澤放曠精清爲高。蓋吟寫性靈流連光景之文也，意義格力無取焉！陵遲至於梁陳，淫豔刻飾佻巧小碎之詞劇，又宋齊之所不取也。”詩人接著指出初唐承繼齊梁的形式主義詩風，詩歌仍然没有成爲反映社會現實呼喊民生疾苦的工具，《唐故工部員外郎杜君墓係銘并序》：“唐興官學大振，歷世之文能者互出。而又沈宋之流研練精切，穩順聲勢，謂之爲律詩，由是而後文變之體極焉！然而莫不好古遺近，務華者去實。效齊梁則不逮于魏晉，工樂府則力屈於五言。律切則骨格不存，閑暇則纖穠莫備。”在這樣的情况下元稹認爲祇有恢復《詩經》、“漢樂府”的文化傳統，特别是杜甫的現實主義傳統，才能挽救詩風，使詩歌沿著反映現實干預政治的正確道路前進。元稹一反盛唐以來長期冷落杜甫忽視杜詩的社會潮流，第一個勇敢地站出來對杜甫及其現實主義傳統作出了前所未有的高度評價，其《唐故工部員外郎杜君墓係銘并序》：“至於子美，蓋所謂上薄風騷下該沈宋，古傍蘇李氣奪曹劉，掩顔謝之孤高，雜徐庾之流麗，盡得古今之體勢而兼今人所獨專矣！使仲尼考鍛其旨要，尚不知貴其多乎哉！苟以爲能所不能無可無不可，則詩人以來未有如子美者。”元稹對杜甫的高度評價爲史家所接受，《舊唐書·杜甫傳》全文引録了元稹對杜甫的讚譽：“天寶末，詩人甫與李白齊名，而白自負文格放達，譏甫齷齪，而有飯顆山之嘲誚。元和中詞人元稹論李杜之優劣曰……自後屬文者，以稹論爲是。”正是在揚李抑杜的時代氛圍裏，元稹又把杜詩和李詩作了比較，得出與他人並不相同的認知，其《唐故工部員外郎杜君墓係銘并序》：“時山東人李白亦以奇文取稱，時人謂之‘李杜’。予觀其壯浪縱恣、擺去拘束、摸寫物象及樂府歌詩，誠亦差肩於子美矣！至若鋪陳終始、排比聲韵，大或千言次猶數百，詞氣豪邁而風調清深，屬對律切而脱棄凡近，則李尚不能歷其藩翰，況堂奥乎！”在宦官專權、藩鎮割據、國家衰落、民不聊生的中唐時代，元稹能充分肯定杜甫詩歌的現實主義傳統，無疑是正確的，是有其首創之功的；千年以來中國的古代詩歌作者以杜甫爲自己創作的楷模，而相當多的中國古典詩歌研究者也把杜甫的詩歌作爲自己必須關注的研究對象，而第一個高度評價杜甫與杜詩的人則是元稹。杜甫的詩歌今天早就走出國門走向世界，像中國人都知道莎士比亞、托爾斯泰、泰戈爾一樣，世界許多國家的人們也都知道中國的杜甫與屈原，熟悉他們的詩歌，而第一個高度評價杜甫與杜詩的人則是元稹，功不可没。還應指出《唐故工部員外郎杜君墓係銘并序》對我國文學史上的重要文學理論文獻——白居易的《與元九書》的寫成，有著不可抹殺的重要作用。關於這一點，讀者衹要將兩者細加比較就可得出與我們一樣的結論；其實白居易本人也已承認了這一點，我們上引的一段話即是明確的證據。當然元稹改變早年“李杜詩篇敵”的看法，轉而認爲李白不能歷杜甫之“藩翰”，是對杜甫的過分偏愛，確有不當和片面之處的。這種偏愛這種不當，是與詩人的世界觀及其文學理論緊密相連的。杜甫詩歌中不少作品是對人生的寫實，是對社會的諷刺，但李白作品直言人生的就並不多見，而常常以浪漫的筆調抒寫自己的所思所想，從而曲折地反映社會的黑暗與個人的不幸。這是兩人的區別所在，但各有所長，厚此薄彼是不公正的，揚李抑杜是不合適的，揚杜抑李也是不合適的。但這是古人認識與喜好上的差異，無法强求古人。就元稹和杜甫而言,杜甫衹是忍不住要説老實話,自己並無多少文學主張;而元稹不僅説老實話,而且還要提出他們所以説老實話的理由,亦即他們的文學主張。這也是兩者的不同,而後者無疑比前者更進了一步。元稹貶職江陵期間,在詩歌創作方面是豐收的,在文學理論方面是有貢獻的,這是元稹現實主義詩風成熟的重要時期。爾後元稹轉由唐州回京,與白居易等人相會。期間元稹的文學創作和詩友交遊異常活躍,並有編集《元白往還詩集》的倡議,白居易《與元九書》:"如今年春遊城南時,與足下馬上相戲,因各誦新豔小律,不雜他篇,自皇子陂歸昭國里,迭吟遞唱不絶聲者二十餘里,樊李在旁,無所措口。知我者以我爲詩仙,不知我者以爲詩魔……當此之時,足下興有餘力,且與僕悉索還往中詩,取其尤長者,如張十八古樂府、李二十新歌行、盧楊二秘書律詩、竇七元八絶句,博搜精掇,編而次之,號《元白往還詩集》。衆君子得擬議于此者,莫不踴躍欣喜,以爲盛事。"二十餘里迭吟遞唱而不絶於聲,被人視爲"詩仙""詩魔",可見元稹在江陵時期創作之富品質之高。而編集《元白往還詩集》主要也是編集元白等人的新題樂府及其他諷諭詩,它無疑應是新樂府運動的繼續。在貶謫通州的歲月裏,元稹有《叙詩寄樂天書》,詳盡細緻地回顧了自己前半生的創作道路,説明了自己的創作動機,闡述了自己的創作實踐,認真地總結了其中的經驗。爾後元稹與先在長安、繼貶江州的詩友白居易保持了短暫時間的酬唱關係,但由於元稹易地興元竭醫治病,兩人中斷了聯繫。白居易誤以爲元稹仍然在通州,所以白居易寄往通州贈給元稹的許多詩歌,包括在中國文學批評史的重要文獻《與元九書》,元稹都没有收到。兩年多以後元稹與白居易恢復聯繫後白居易重行寄贈,元稹竟然一次次韵酬和白居易的三十二首詩歌,外加元稹贈送李景信的詩篇十二首,這在中國詩歌史上恐怕也是絶無僅有的。就元稹來説,已進行次韵酬唱的成功創作。他與白居易一起,都在努力追求那種"思深語近,韵律調新,屬對無差而風情宛然”的新詩風。而兩人這些“流離放逐”的詩歌,在當時贏得了“傳道諷誦,流聞闕下,里巷相傳,爲之紙貴”和人們“靡不淒惋”的轟動性社會效果,在當時產生了極其廣泛極其深遠的影響。在興元養病期間,元稹雖有將近二年的時間與白居易失去了聯繫,但他仍積極地從事新樂府詩的創作活動,以自己的創作實踐和詩歌理論影響後輩。元稹根據我國文學史上“諷興當時之事,以貽後代之人”的現實主義傳統,針對樂府古題詩歌“沿襲古題,唱和重複,於文或有短長,於義咸爲贅賸”的問題,響亮地提出“寓意古題,刺美見事”的口號,這無疑是元稹對新樂府理論的新發展新貢獻。元稹與李餘劉猛他們或者“雖用古題,全無古義”,或者“頗同古義,全創新詞”,寫出了名爲“樂府古題”實爲新樂府歌詩數十首。元稹的十九首《樂府古題》詩歌揭露統治者搜刮百姓的罪惡,抨擊統治者窮兵黷武的戰爭,反映勞動人民的苦痛,爲被剥削的農夫、采珠者,尤其是織女、農婦、兵妻、宮妾呼喊不平。這些詩作與元稹前期的《和李校書新題樂府十二首》相比,無論在思想上技巧上都有了提高。與白居易的《新樂府》五十首相比,也可以説是有過之而無不及,這是元稹對新樂府運動的新發展新實踐。應該指出的是元稹在興元的樂府創作活動是在白居易遭受打擊停止樂府詩歌創作以後,在越來越嚴重的政治迫害之下獨自領導李餘劉猛進行的,因此也就尤爲可貴,也就尤應重視。元稹在興元提出的樂府詩歌理論及其在興元通州期間的詩歌創作,應是元和年間新樂府運動不可分割的重要組成部分。元稹回通州以後繼續從事諷諭詩的創作,《蟲豸詩》二十一首就是以“感物寓意”的表現手法揭露社會黑暗抨擊權貴跋扈的優秀諷諭詩。《連昌宮詞》則是歷代稱誦的名篇,全詩通過“安史之亂”前後連昌宮盛衰的鮮明對比,讚揚和肯定了姚崇宋璟努力廟謨而導致百業興旺天下太平的功績,揭露和譴責了唐玄宗楊貴妃等人淫樂奢侈的糜爛生活以及由此而造成了“安史之亂”的禍源。“監戒規諷”的意思極爲明顯,在當時具有深刻的現實意義,應是新樂府運動中最成功的作品,洪邁《容齋隨筆·連昌宫詞》:"元微之白樂天在唐元和長慶間齊名,其賦詠天寶時事,《連昌宫詞》、《長恨歌》皆膾炙人口,使讀之者情性蕩摇,如身生其時親見其事,殆未易以優劣論也。然《長恨歌》不過述明皇追愴貴妃始末,無他激揚,不若《連昌(宫)詞》有監戒規諷之意。"《墨莊漫録》文云:"白樂天作《長恨歌》,元微之作《連昌宫詞》,皆紀明皇時事也。予以爲微之之作過白樂天之歌:白止於荒淫之語,終篇無所規正;元之詞乃微而顯,其荒縱之意皆可考,卒章乃不忘箴諷,爲優也。"十年貶謫生活使元稹深切感到國家的衰落、百姓的苦難、自身的不幸。"道屈才方振,身閑業始專",因而寫出了一千餘首反映現實、抨擊黑暗、發洩不平的詩篇。所謂"元和體"詩歌,就元稹來説也主要是指他元和年間包括新題樂府在内的諷諭詩及感嘆自身遭遇的"小碎篇章"和"次韵相酬"的排律。而正是元稹等人的這些詩歌在中國文學史上形成了"詩到元和體變新"的嶄新局面,馮班《鈍吟雜録》卷七:"詩至貞元長慶,古今一大變。"卷五又云:"東坡云:'詩至杜子美一變。'按大曆之時李杜詩格未行,至元和長慶始變,此亦文字一大關也。"而這一大變的主盟者則是元稹與白居易,《舊唐書·元稹白居易傳評》:"若品調律度,揚榷古今,賢不肖皆賞其文,未如元白之盛也……元和主盟,微之樂天而已。"可見元和年間是唐詩大變的最重要時期,而這重要時期的主盟者乃包括元稹、白居易、劉禹錫等衆多著名詩人。總的來説元和年間是元稹詩歌創作的豐收階段,也是詩人在中國文學史上作出傑出貢獻的全盛時期。三、長慶大和年間元稹仍不乏關心時事的佳作:長慶大和年間,元稹由於職務的遷升,其揭露社會黑暗的詩篇相對減少,但仍不乏關心時事的佳作。當然由於元稹後期詩歌的大量散失,這個結論僅以現存詩文而言,可能不完全符合元稹後期詩文的實際。元和末、長慶初,元稹奉調入京任職,轉任執掌制誥之職,把主要精力用於朝廷政事,詩作明顯減少,但尚有感切時事之作。如牛元翼長期被叛鎮圍困深州，元稹有《自責》詩表示自己無法盡力的内疚；李景儉因朝廷罷河朔之兵"使酒罵座"而遭宰臣貶謫，元稹有《别毅郎》表示自己的深切同情；又如元稹自己遭人彈劾而無處自明其冤，有《感事三首》、《題翰林東閣前小松》抒其情等等。本書稿各篇均有涉及，此不重複。由於結束貶謫，躋身上層，這一時期現存詩文幾乎没有反映百姓苦難的詩篇。但應注意的是元稹在他所撰寫的奏狀和制誥文中，處處可見其關心百姓的心情：比如《論錢貨議狀》指出"當今百姓之困，其弊數十"，希望穆宗"禁藩鎮大臣不時之獻，罷度支轉運别進之名，絶賂遺之私，節侈靡之俗"以減輕百姓負擔；《招討鎮州制》、《授牛元翼深冀節度使制》向平叛部隊嚴正申明"不得干擾百姓"、"不得妄加殺戮"、"無廢室廬，無害農稼"的紀律等等即是其例。應該説由於詩人職務的變化，詩人對百姓的同情已經不單純停留在詩歌同情的層面，而是借助手中的職權努力落實到百姓的具體生活之中，解決他們的實際問題。還應説明的是，由於職務的變動，元稹這一時期的注意重點已轉移到制誥文體的改革之上，他以革新詩歌的精神對當時瀕臨死境的制誥文體進行了大膽的革新，元稹《制誥(有序)》文云："近世以科試取士文章，司言者苟務文飾不根事實。升之者美溢於詞而不知所以美之之謂，黜之者罪溢於紙而不知所以罪之之來。而又拘于屬對局于圓方，類之於賦判者流，先王之約束蓋掃地矣……(長慶元年)召入禁林，專掌内命，上好文，一日從容議及此，上曰：'通事舍人不知書便，其宜宣贊之外無不可。'自是司言之臣皆得追用古道，不從中覆然。"元稹對制誥文體的改革，朝廷内外稱其善，朋友之間服其長，他人競相仿效。一時間蔚成風氣，出現了"制從長慶辭高古"的全新局面，白居易《唐故武昌軍節度處置等使正議大夫檢校户部尚書鄂州刺史兼御史大夫賜紫金魚袋尚書右僕射河南元公墓誌銘并序》："制誥王言也，近代相沿多失於巧俗。自公下筆，俗一變至於雅，三變至於典謨，時謂得人。"《舊唐書・元稹白居易傳評》："元之制策白之奏議,極文章之壼奥,盡治亂之根荄,非徒謠頌之片言,盤盂之小説。"可見元稹對制誥文體的改革,確實是取得了顯著成效的。這在中國的文學史上,尤其是配合當時古文運動的開展,有其不容忽視的重要作用。元稹受誣出貶外任期間,與前期相比,詠嘆個人憂愁的作品多於關心民生疾苦的詩文,但其中仍不乏反映現實、揭露黑暗、關心百姓和感嘆不平的佳作。且不談大家耳目能詳的諸如《同州奏均田》、《浙東罷進海味狀》這類爲民謀利爲民請命的奏疏議狀;就詩歌而言就有抨擊叛亂藩鎮爲禍國家遺害百姓的《樹上烏》,關心百姓生産生活的《酬樂天雪中見寄》、《遭風二十韵》,尤其是《旱灾自咎貽七縣宰》,更把腐敗的吏治和百姓的苦難以及詩人的自責淋漓盡致地予以描述,是同期詩人中最優秀的作品之一。王應麟《困學紀聞・考史》評云:"元稹守同州,《旱灾自咎》詩曰:'上羞朝遷寄,下愧閭里民。'稹可謂知所職矣!其言不可以人廢。"而元稹武昌任内《茅舍》、《競舟》、《賽神》、《遭風二十韵》、《鹿角鎮》等篇都是關心國家關心百姓的佳作,如《鹿角鎮》:"去年湖水滿,此地空行舟。萬怪吹高浪,千人死亂流。誰能問帝子,何事寵陽侯?漸恐鯨鯢大,波濤及九州。"從中可以清楚聽到詩人關心百姓關心國家的心聲。而本詩《遭風二十韵》,根據我們的考證,應是元稹在世時寫成的最後幾篇作品之一。從詩人後期的詩文,我們可見元稹與"苦辭無一字,憂嘆無一聲"的白居易晚期詩文不完全相同,其部分詩歌仍是積極的健康的反映現實的。所以明人李賢《明一統志》有云:"元稹:武昌軍節度使,在鄂二載,有德政。"四、深入現實生活與學習優秀作品是元稹現實主義詩風形成的重要原因:元稹《酬樂天江樓夜吟稹詩》:"手尋韋欲絶,泪滴紙渾穿。"這是詩人切身體會之後的甘苦之言。元稹反映社會揭露黑暗的現實主義詩風的形成,既是元稹因五受誣陷五遭貶斥而接近勞動人民深入生活的結果,又是他向歷史上偉大作家及優秀作品學習的結果。元稹幼年最早的文學讀物是《詩經》,而《詩經》中的作品,尤其是"國風”和“雅”，絶大多數都是勞動人民的作品，他們以現實主義的創作方法真實地反映社會的生活、人間的不平，這對元稹現實主義詩風的形成無疑起著啓蒙的作用。元稹是以“新題樂府”、“樂府古題”而馳名詩國文壇的，故元稹詩歌與樂府詩自然有著較爲密切的淵源關係，明代胡震亨《唐音癸籤》：“白詩祖樂府，務欲爲風俗之用。元與白同志，白意古詞俗，元詞古意俗。按樂府‘古’與‘俗’正可無論。”賀貽孫《詩筏》：“長慶長篇，如白樂天《長恨歌》、《琵琶行》、元微《連昌宫詞》諸作，才調風致自是才人之冠。其描寫情事如泣如訴，從《焦仲卿》篇得來。”何世瑾《然燈紀聞》亦指出：“唐人樂府唯有太白《蜀道難》、《烏夜啼》、子美《無家别》、《垂老别》以及元、白、張、王諸作，不襲前人樂府之貌而能得其神者，乃樂府也。”元稹本人在《樂府（有序）》也曾讚揚過《孔雀東南飛》、《木蘭辭》這兩篇樂府名篇，其《進詩狀》文云：“臣九歲學詩，少經貧賤。十年謫宦，備極栖惶。凡所爲文，多因感激。故自古風至古今樂府稍存寄興，頗近謳謠。雖無作者之風，粗中遒人之采。”由此可見元詩也受到樂府詩的極大影響。元稹在青年時期就對陳子昂的《感遇詩》極爲讚賞，在“吟玩激烈”之後當即有處女作《寄思玄子詩二十首》。這説明陳子昂推崇漢魏風骨、反對齊梁“采麗競繁”的文學主張以及用平淺樸實的語言抒寫自己胸懷反映當時社會生活的作品，對元稹文學理論及其創作産生過積極影響。對元稹影響最大的還是杜甫。明代胡震亨所撰《唐音癸籤》評：杜甫是“元白平易之宗”，元稹早年對杜甫的詩歌特感親切，並自述自己學習杜詩以後，開始認識到沈佺期宋之問“不存寄興”之病、陳子昂“未暇旁備”的缺點，並“嘗欲條析其文，體别相附，與來之者爲之准”。元稹曾有《酬李甫見贈十首》之二：“杜甫天材頗絶倫，每尋詩卷似情親。憐渠直道當時語，不著心源傍古人。”可見元稹敬佩杜甫那種敢於善於以詩歌反映安史之亂以後人民苦難和時代動亂的“直道”精神，讚賞他上那承“古人”傳統下學民間“當時語”的創作態度，喜愛杜甫思想内容與藝術形式有機統一的詩歌,尤其推崇杜甫《悲陳陶》、《哀江頭》、《兵車行》、《麗人行》等等"即事名篇,無復倚傍"的歌行,也就是把社會的問題、當代的時事寫進詩歌的新題樂府。誠如清代馮班《鈍吟全集》所指出:"子美自詠時事以俟采詩者,異于古人而深得古人之理。元白以後,此體紛紛而作。"又云:"杜子美創爲新題樂府,至元白而盛。指論時事頌美刺惡,合于詩人之旨。"馮班所論極是,其所謂"元白,學杜者也"的結論,正是指元稹白居易學習杜甫首創的"即事名篇,無復倚傍"的新題樂府而言的。馮班《鈍吟全集》又云:"元相時有學太白處。"元稹自己也曾説過:"李杜詩篇敵。"又稱許自己的詩歌云:"旋吟新樂府,便續古離騷。""近酬新樂録,仍寄續離騷。"這是因爲元稹長期被貶謫在外,其處境有如屈原、李白的放逐,故其哀怨之情有其共同的思想基礎;而屈原、李白的浪漫主義表現手法,也會對元稹的創作有所影響。除此而外,元稹自己又特别推崇曹植、劉楨、沈約、鮑照的作品,時相令狐楚比之爲當代的鮑照和謝靈運,友人白居易將元稹與陶淵明、韋應物並列。在文學創作活動中元稹又與白居易、楊巨源、李紳、張籍、劉禹錫、柳宗元、劉猛、李餘等一大批現實主義作家交結往來,在唱和中互相學習,在酬答中切磋技藝。詩人不僅在寫作技巧上學習繼承前代作家作品的長處,如沿用樂府詩中《出門行》、《將進酒》、《田家詞》、《捉捕詞》等樂府古題和學習杜甫自創新題的創作方法;而更主要的是繼承《詩經》、"漢樂府"、杜甫等人的優良傳統,以"頌美刺惡"爲詩歌的主要任務,以"指論時事"爲詩歌的主要内容。由此可知詩人受到《詩經》、"漢樂府"等優秀作品的影響,向陳子昂、杜甫、李白等偉大作家學習,繼承的是自《詩經》、"漢樂府"至杜甫以來的現實主義傳統。這就是我們根據有關元稹現有材料勾勒的元稹現實主義創作道路粗綫條的輪廓,幸請師長學友教正。

[編年]

本詩不見《年譜》編年。《編年箋注》編年意見是:"此詩作於赴潭州往返經洞庭之際,時在元和九年(八一四)。"《年譜新編》編年本詩於元和八年元稹跟隨嚴綬征討、招撫張伯靖之後班師途經洞庭湖之時:"所寫當是嚴綬班師經洞庭湖時景象。"

本詩云:"洞庭瀰漫接天回,一點君山似措杯。暝色已籠秋竹樹,夕陽猶帶舊樓臺。"在元稹的生平中,元和九年他曾經因公幹前往潭州拜訪湖南觀察使張正甫,經由洞庭湖,但時間是在春天,與此秋景不符。元和十四年元稹從通州借道水路北返虢州,路經洞庭湖,但時間是在歲末年初,也與詩中的秋景不合。第三次也是最後一次,元稹晚年應有機會來到洞庭湖,那是詩人大和四年正月曾經以檢校户部尚書的身份出任武昌軍節度,兼任鄂、岳、蘄、黄、安、申等州觀察使,直到大和五年七月二十二日暴病病故在武昌軍任上,這段時間包含詩中所述的秋天。本詩云:"紫衣將校臨船問,白馬君侯傍柳來。"這種架勢這種威風,祇有手握軍政大權的節度使才能具備,"有罪遣棄"在江陵的士曹參軍也好,奉命内遷接任虢州長史也罷,都不可能有這樣的排場,《編年箋注》的説法難以成立。

《年譜新編》關於元和八年秋天招撫張伯靖之後班師洞庭湖遭風之説,我們以爲也難以成立。其一,《年譜新編》雖然列舉了《新唐書·憲宗紀》、《舊唐書·嚴綬傳》、《册府元龜》以及劉禹錫的兩首詩篇來證明:"五月,嚴綬奉命討張伯靖,竇常爲判官,元稹爲從事。八月,伯靖降。"不錯,以上所舉都是史實,誰也没有否認。但以上材料與"遭風"没有任何關聯,並不能够證明"班師時,洞庭遭風"的"事實"。其二,能够證明"班師時,洞庭遭風"的,似乎祇有元稹的《遭風二十韵》。但再三通讀元稹全詩,並没有一字一句涉及"班師"的事實,絲毫没有勝利班師的喜慶氣氛。相反,一種在天災面前無可奈何的情緒籠罩全詩。其三,班師的主帥應該是嚴綬,他毫無疑問應該是詩篇歌頌的主角,但我們在《遭風二十韵》詩中却找不到他的一絲一毫的蹤影,没有一詞一句涉及到這位主帥。其四,詩中的君山,在湖南洞庭湖口,又名湘山。《方輿勝覽·岳州》云:"君山:在湖中,方六十里,亦名洞庭之山。昔舜之二女居之,曰湘夫人,又曰湘君……《郡志》:君山狀如十二螺髻……劉禹錫詩:'湖光秋色兩相和,潭面無風鏡未磨。遥望洞庭山水翠,白銀盤裏一青螺。'"君山"方六十里",説明當時的君山還真不小。螺髻,原指螺殼狀的髮髻,這裏比喻聳起如髻的峰巒。皮日休《太湖詩·縹緲峰》:"似將青螺髻,撒在明月中。"但元稹筆下的"君山"却是"一點君山似措杯","方六十里"的君山成了"一點",成了像放置在遠處的一隻杯子。元稹的描繪爲什麼與《方輿勝覽》的記載如此不同?原因無他,《方輿勝覽》所言,是平日裏的君山;而元稹所描繪的,是被大水淹没大半的君山:"狀如十二螺髻"的君山,在湖水施展淫威的時候,幾乎全部被淹,衹能在大浪裏露出最高山峰的小小山尖,成了"一點"。前面《鹿角鎮》的編年已經説過,據《舊唐書·憲宗紀》、《舊唐書·文宗紀》記載,元和八年除京師有水、旱、霜之灾外,鄂岳一帶並無水灾的記録。而大和四年與五年,鄂岳一帶連年大水,李唐朝廷不得不出來救濟衣食無著的百姓,元稹的《鹿角鎮》爲我們提供了最直接最形象的證據。據此可知,元稹的遭風之旅不是發生在元和八年,而是發生在大和四年或者五年的時候,以大和五年尤爲可能。"洞庭瀰漫接天回"、"坐見千峰雪浪堆"云云,就是洞庭湖大水的具體描繪。

而據《舊唐書·文宗紀》大和四年記載:"是歲,京畿、河南、江南、荆襄、鄂岳、湖南等道大水,害稼,出官米賑給。"大和五年又記載:"是歲,淮南、浙江東西道、荆襄、鄂岳、劍南東川並水,害稼,請蠲秋租。"連年大水,鄂岳亦即武昌軍都在其内。而本詩除我們開頭所引"洞庭瀰漫接天回,一點君山似措杯"以外,還有句云:"俄驚四面雲屏合,坐見千峰雪浪堆。罔象睢盱頻逞怪,石尤翻動忽成灰。騰凌豈但河宫溢,坱軋渾憂地軸摧。疑是陰兵致昏黑,果聞靈鼓借喧豗。龍歸窟穴深潭漩，蜃作波濤古岸頹。”本詩類如的詩句還有不少，此不贅引。這與《舊唐書·文宗紀》鄂岳大水的記載一一相符。也許正是詩人因這次巡視災區時中暑或者染上其他疾病，而於大和五年七月二十二日暴病身亡。對元稹來説如此重要的詩篇，《年譜》却没有編年也没有引述，《編年箋注》誤將其編入元和九年春天詩人奉命拜訪張正甫之時，《年譜新編》又將其編年元和八年八月隨嚴綬班師路經洞庭湖之時，非常可惜。我們以爲，本詩應該作於元稹大和四年或者大和五年的秋天。前面元稹的《鹿角鎮(洞庭湖中地名)》有“去年湖水滿，此地覆行舟。萬怪吹高浪，千人死亂流”之句，所指“去年”是大和四年，故本詩應該與《鹿角鎮》、《洞庭湖》作於同時，亦即大和五年的秋天。結合元稹在大和五年七月二十二日暴病身亡的史實，本詩與《鹿角鎮》、《洞庭湖》都應該賦成於大和五年初秋，亦即七月二十二日元稹暴病身亡之前不久。

如果我們的推論不錯的話，這是元稹留給後人的最後詩篇。大和五年(831)七月二十二日，也就是在詩人巡視遭受水災的岳州之時，元稹因病暴亡，卒於武昌節度使任內，結束了遭遇坎坷而生命短暫的一生，時年僅僅五十三歲。五十三歲的年齡，即使在當時也屬於英年早逝。雖然白居易《思舊》詩有“微之煉秋石，未老身溘然”的話，但這不是元稹身亡的真正原因。元稹少歷貧賤的童年，過著半饑半飽的生活；青少年時期苦攻詩文，耗費了太多的精力；既登宦途又五受誣陷五遭貶斥，精神上受到了過多的創傷；長期生活在瘴病流行的貶謫地區，倍受折磨幾經大病，這又從生理上嚴重地摧殘了元稹的健康；元稹幼年喪父，他的元配妻子韋叢與小妾安仙嬪先後病故，而詩人先後又有七個子女夭折，一次又一次殘酷地擊打著詩人的身心。衰弱不堪的身體、憂鬱相續的思慮、長期貶謫的生活，是元稹英年暴亡的間接原因。元稹病逝的時間在秋季的七月二十二日，正是武昌最熱的季節；病逝的地點是洪水肆虐的武昌軍節度使府管轄的洞庭湖地區,作爲地方的長官以及元稹的一貫作風,他不會坐視百姓遭難而置之不管不問;從臨死之際没有來得及留下隻言片語來看,中暑而亡的可能性極大。可能讀者還不會忘記,元和十年元稹出貶通州,大病"臨死"之際,還不忘記讓人收集自己的文稿,捆扎在一起,拼盡全身最後的力氣,寫下"他日送達白二十二郎,便請以代書"十四字,而這次竟然没有一言半語涉及自己的文稿、自己的子女,我們揣測元稹十有八九是冒著酷暑奔波於大水之上,來來回回巡視灾區救護百姓,突然間中暑昏倒緊接著身亡,故而來不及留下一言半語。這大約是元稹英年早逝的直接誘因吧!詩人以關心百姓的實際行動與忠於國家的生命代價,爲後人留下了唐代詩人中最爲悲壯最爲靚麗的詩篇。

辨僞(一一七條)

詩文辨僞

詩文辨僞説明:

本欄目之辨僞作品,僅僅包含本來並非是元稹的詩文,却被古圣、時賢誤認爲是元稹的作品,因爲它們在元稹詩文正稿的任何一篇中也不方便安排,故特設此欄目;至於那些本來是元稹的詩文,却被古人、今人誤認爲是非元稹的作品,雖然數量很多,也應該屬於辨僞,則在元稹詩文正稿的有關詩文篇目中涉及,此不重複,特此説明。

元稹《爲寧王謝亡兄贈太子太師表》

臣琳言:伏奉今月七日制書,贈亡兄特進汝陽郡王太子太師。澤下天中,寵被哀次。昭告且畢,摧絶失圖。臣某中謝。臣自掇咎釁,復此悲苦。更蒙飾終之恩,倍盈先遠之痛。無任屏營哽塞之至。

録自《英華》卷五九七

[辨僞]

《英華》卷五九七有《爲寧王謝亡兄贈太子太師表》文,署名"元稹"。而《全文》卷六一三載有本文,署名"元明",《爲甯王謝亡兄贈太子太師表》:"臣琳言:伏奉今月七日制書,贈亡兄特進汝陽郡王太子太師。澤下天中,寵被哀次。昭告且畢,摧絶失圖。臣某中謝。臣自掇咎舋,複此悲苦,更蒙飾終之恩,倍盈先遠之痛。無任屏營猥塞之至。"《義門讀書記·杜工部集》:"贈太子太師汝陽郡王璡(天寶九載卒)。"杜甫《贈太子太師汝陽郡王璡(洙曰:按史,讓皇帝憲,睿宗長子,立爲皇太子。以玄宗有討平韋氏之功,懇讓儲位,封爲寧王。薨,謚曰讓皇帝。長子汝陽郡王璡,璡眉宇秀整,性謹潔,善射,玄宗眷遇之,歷大僕卿,加特進,天寶九載卒,贈太子太師)》:"汝陽讓帝子,眉宇真天人。虯鬚似太宗,色映塞外春。往者開元中,主恩視遇頻。出入獨非時,禮異見群臣。愛其謹潔極,倍此骨肉親。從容聽朝後,或在風雪晨。忽思格猛獸,苑囿騰清塵。羽旗動若一,萬馬肅駪駪。詔王來射雁,拜命已挺身。箭出飛鞚内,上又回翠麟。翻然紫塞翮,下拂明月輪。胡人雖獲多,天笑不爲新。王每中一物,手自與金銀。袖中諫獵書,扣馬久上陳。竟無銜橜虞,聖聰矧多仁。官免供給費,水有在藻鱗。匪唯帝老大,皆是王忠勤。晚年務置醴,門引申白賓。道大容無能,永懷侍芳茵。好學尚貞烈,義形必霑巾。揮翰綺繡揚,篇什若有神。川廣不可泝,墓久狐兔鄰。宛彼漢中郡,文雅見天倫。何以開我悲?泛舟俱遠津。温温昔風味,少壯已書紳。舊遊易磨滅,衰謝增酸辛。"《舊唐書·睿宗諸子傳》:"睿宗六子:昭成順聖皇后竇氏生玄宗,肅明順聖皇后劉氏生讓皇帝,宫人柳氏生惠莊太子,崔孺人生惠文太子,王德妃生惠宣太子,後宫生隋王隆悌。讓皇帝憲,本名成器,睿宗長子也……憲凡十子:璡、嗣莊、琳、璹、珣、瑀、玢、珽、琯、璀等十人,歷官封襲。璡封汝陽郡王,歷太僕卿,與賀知章、褚庭誨爲詩酒之交。天寶初,終父喪,加特進。九載卒,贈太子太師。""天寶九載"爲公元七五〇年,"謝表"即應該賦成於當時。而元稹二十九年之後才降生人間,此"謝表"絶不可能是元稹所作。

元稹《論裴延齡表》

臣某言：臣昨二十五日宰臣伏宣聖旨，以陸贄敗官罪狀，不可書於詔命。陛下慈仁愛人，恩宥愚直，仍令後有所見，得以上聞。臣忝職諫司，不勝大幸。

臣等前所上表，言陸贄等得罪之由，起於讒構，此皆延齡每自倡言，以弄威寵。及奉宣示，奸詐乃明。陸贄久在禁垣，復典樞要，今之譴責，固出聖衷。竊以李克勵志恤人，勤身奉職，惠愛之化，洽於細微。頃以公事之間與延齡相敵，未貶之月，延齡亦以語人。讒構之端，群情是惑。臣聞大臣之體，出於讒辭，安可持密勿之言，爲忿怒之柄？朝廷側目，遠邇摇心，百官素不能親附延齡者，屏氣私門，不知自保。

陛下聖德下照，物無所遺，豈獨厚於一夫而乃薄於天下？伏惟發誠謹中官，備問閭里，有言延齡無罪、李克有過，臣實微渺，敢逃天誅？李克覆族亡家，於臣何害？事關大本，不敢自私！延齡奸計萬殊，方司邦賦，必能公用財賄，陰結匪人，則他時之過，彰聞路絶。伏以貞觀遺訓，日經宸心，去其邪謀，以慰天下，幸甚，幸甚！臣不勝懇迫之至！

録自馬本《元氏長慶集》補遺卷二

[辨僞]

本文除《元氏長慶集》補遺卷二之外，又見於《英華》卷六二五、《全文》卷六五〇，撰名元稹。關於兩文的作者，歷來有元稹作（見《全文》，直接歸入元稹名下，《英華》文題之下標明“德宗”，又標明作者爲

“元稹”)、非元稹作(見彭叔夏《文苑英華辨證》卷六《名氏》:“其有可疑及當兩存者……元稹《論裴延齡表》二首,按表論延齡譖陸贄事,又云‘職忝諫司’,然贄以貞元十年貶,稹于元和元年除拾遺,相去十一年,而稹集亦無之。”)和元稹代人作(馬元調認爲:“微之以十五明經及第,二十八中制科,爲拾遺。當裴之盛,雖未爲諫官,而已年十八九矣! 二《表》或是代人之作。蓋公《與樂天書》敘貞元十年已後事云:‘心體悸震,若不可活,思欲發之久矣!’則裴亦時事之尤舛者也。況公生長京城,代人作《表》論裴,想當然爾!”)等三種不同説法。《年譜》認爲:“二表,元稹代人作。”《編年箋注》認爲:“權以二《表》爲元稹代人作。”《年譜新編》認爲:“暫以表爲元稹代人作。”中華書局兩次出版《元稹集》,均加引録。

我們歷來不同意本文是“元稹作”、“元稹代人作”的説法,自一九八六年《文學遺産》第五期我們首先發表兩文非元稹作,而可能是陽城、王仲舒所作的觀點。其後,我們又先後在《元稹考論·關於元稹的史實及傳説》、《元稹考論·元稹詩文編年之我見》等拙文中發表我們的考論。我們認爲陸贄、李克受裴延齡誣陷在貞元十一年,當時元稹年僅十七,雖然他人在長安,但不在諫司,與“臣忝職諫司”一語不合;元稹“忝職諫司”在元和元年,距陸贄受誣已十一年,“兩文”定非元稹左拾遺任所作;“兩文”亦非元稹代人作,因爲“忝職諫司”的官員定然能言善辯,不必請人捉刀代筆撰作奏章,尤其是如“兩文”這樣事關國家前途、個人命運的重要文章,更不可能讓一個年僅十七的少年來代筆。在李唐,得到拜職宰相以及其他職位尊貴的詔命以後,按照慣例可以由他人代其撰文作“謝官表”表示感恩,如元稹拜職宰相,白居易有《爲宰相謝官表(爲微之作)》,李德裕拜職御史中丞,元稹有《代李中丞謝官表》等,但宰相和御史中丞位高權重,地位顯貴,與“忝職諫司”的拾遺不可同日而語,“忝職諫司”的拾遺不可能有請人代筆的可能,何況本文又不同於“謝官表”之類的應酬性質文稿。

據《舊唐書》陽城、陸贄、裴延齡本傳，言陸贄受裴延齡誣陷，諫議大夫陽城"伏閣上疏，與拾遺王仲舒共論延齡奸佞，贄等無罪"，與上述"兩文"中"忝職諫司"之語頗爲吻合。我們疑"兩文"當是陽城、王仲舒等人所撰，因元稹對陽城爲人極爲敬佩，與其政見相同（見元稹詩歌《陽城驛》詩），故極有可能抄録陽城、王仲舒等人奏表，作爲自己時時拜讀的範文，此其一；另外，元稹明經科座主顧少連也極力反對裴延齡，在公開場合發出"段秀實笏擊賊臣，今吾笏將擊奸臣"的怒喝，也可能有此"兩文"，元稹也有可能抄録顧少連之文，此其二；元和元年元稹參加制科考試，其名義座主崔邠"常疏論裴延齡，爲時所知"，崔邠也有可能撰作此類文章，元稹同樣有可能抄録崔邠之文，此其三。元稹都有可能加以抄録陽城、王仲舒以及兩位座主的文稿。後人不察，據字體逐誤爲元稹之文。作爲這種懷疑的一個旁證是元和元年元稹應制舉之時，欣賞認可同年應制穆員、盧景亮兩人早先的制策，"予求其策，皆手自寫之，置在筐篋"（見元稹《酬翰林白學士代書詩一百韵》詩注）。關於兩文的作者，此僅推理，有待證之他日，姑且存疑。但兩文肯定不是元稹所作，也肯定不是元稹代人所作。雖然"兩文"有佐拙稿，也有利於對元稹生平光彩面的肯定，但我們不能採取"拉在籃裏就是菜"這樣極不負責任的實用態度，隨隨便便就認定是元稹的作品。

元稹《又論裴延齡表》

臣某言：間者陛下親授臣以直言之詔，又命臣以言責之官。奉職以來，未嘗忘死，誓將忠懇，上答鎔造。

竊以裴延齡虧損聖德，瀆亂典章。逞其心欲，以蠱毒黎元；恣其苛刻，以動揺邊鄙。弄陛下爵位，以公授私人；盗陛下威權，以誘脅忠善。賢愚注耳，朝野同辭。臣固不敢飾其繁文,再擾聰明,所以晝夜感憤不能自寧者,以陛下執刑賞之柄,不借在人。延齡狡詐公行,曾不爲念?

伏見去年十二月五日敕,度支計管李玘配流播州,張勛配流崖州,仍各决六十。斯則延齡自快怒心,曲遂其狀。陛下聽之以誠,謂爲當舉,峻其所罰,用直群司。罪名及加,冤聲大振。陛下深鑒其事,詔命中留,曾不旬朝,馳聞海内。使遠方之人,疑陛下明有所壅,令無必行。奸以陷君,孰任其咎?儻二人獨决延齡之手,死不得言,化理之失,豈不重乎?

陛下常以登聞之鼓置之於庭,必欲人情纖微不滯於外。比來或事繫度支,銜冤上訴,皆不即驗問,盡付延齡。縲囚衣冠,攘奪孤賤,身不足償其怒,家無以應其求。怨痛内緘,誰與爲理?矰繳盈路,動而見拘。咫尺天門,不敢上訴。延齡之威益熾,疲人之苦日深。

陛下必以延齡爲賢,言者皆妄,不若明白其罪,昭示萬方。使延齡無辜,辨之何害?儻兇惡滋蔓,讎於人心,决之不時,所傷豈細?臣實寒心銷肉,用是爲憂。伏惟俯鑒聖情,召臣問狀。有一非據,罪在面欺。臣不勝迫切之至。

録自馬本《元氏長慶集》補遺卷二

[辨僞]

本文的著作權同樣不應該屬於元稹,除在《論裴延齡表》中已經闡述的理由之外,我們覺得本文的舉奏,與元稹《陽城驛》叙述陽城所爲,十分符合,兹引述如下,供讀者參考:如《陽城驛》云:“我實唐士庶,食唐之田疇。我聞天子憶,安敢專自由?来爲諫大夫,朝夕侍冕旒。希夷悖薄俗,密勿獻良籌。神醫不言術,人瘼曾暗瘳。月請諫官俸,諸弟相對謀。皆曰親戚外,酒散目前愁。公云不有爾,安得此嘉猷? 施餘盡沽酒,客来相獻酬。日旰不謀食,春深仍敝裘。人心良戚戚,我樂獨油油。”與本文“間者陛下親授臣以直言之詔”六句十分貼近。而接下所述裴延齡的種種罪惡,與《陽城驛》“貞元歲云暮”三十二句所述一一相符:“貞元歲云暮,朝有曲如鈎。風波勢奔蹙,日月光綢繆。齒牙屬爲猾,禾黍暗生蟊。豈無司言者? 肉食吞其喉。豈無司搏者? 利柄扼如韝。鼻復勢氣塞,不得辯薰蕕。公雖未顯諫,惴惴如患瘤。飛章八九上,皆若珠暗投。炎炎日將熾,積燎無人抽。公乃帥其屬,决諫同報仇。延英殿門外,叩閣仍叩頭。且曰事不止,臣諫誓不休。上知不可遏,命以美語酬。降官司成署,俾之爲贅疣。奸心不快活,擊刺礪戈矛。終爲道州去,天道竟悠悠。”據此,我們以爲本文與《論裴延齡》應該都是陽城或王仲舒等人的奏表,兩文不是元稹所作,也不是元稹代人所作。

另外,馬本在本文之末加注云:“二表見《文苑英華》舊註:陸贄貞元十年敗,元稹元和元年除拾遺,相去十一年,疑非稹作。愚按微之以十五明經及第,二十八中制科,爲拾遺。當裴之盛,雖未爲諫官而已年十八九矣! 二表或是代人之作。蓋公《與樂天書》,叙‘貞元十年已後’事云:‘心體悸震,若不可活,思欲發之久矣!’則裴亦時事之尤舛者也! 况公生長京城,代人作表論裴,想當然爾!”此説之誤,前已論及,這裏不再重複。

元稹《自述》

延英引對碧衣郎,江硯宣毫各别床。天子下簾親考試,宫人手裏過茶湯。

録自《全詩》卷四二三

[辨僞]

本詩不見於《元氏長慶集》,但被收入《全詩》卷四二三,題名"自述",列名元稹。題下注:"一作王建《宫詞》。"

本詩又見於《全詩》卷三〇二,題名《宫詞一百首》七,署名"王建"。題下注:"一作元稹詩。"本詩又見於《三家宫詞》,列在王建的名下,排列在第七首。《古詩鏡·唐詩鏡》、《石倉歷代詩選》均收録本詩,詩題《宫詞》,署名王建。《萬首唐人絶句》也收録本詩,題名《宫中詞》,排列三十六,署名王建。《王司馬集》收録本詩,題名《宫詞一百首》七。

《年譜》元和元年"詩歌編年·考異"欄内將本詩歸入元稹名下,理由是:"據《雲溪友議·琅琊忤》:'元公以諱秀明經制策入仕……其一篇《自述》云:"延英引對碧衣郎,紅硯宣毫各别床。天子下簾親自問,宫人手裏過茶湯。"是時貴族競應制科,用爲男子榮進,莫若兹乎!乃出自河南之咏也。'"《年譜》的結論是:"王建未登科第,描寫殿試風光的《自述》的作者,應是元稹。"《編年箋注》將此詩編入"未編年詩",並引録《元稹年譜》之説,"可備一説,詩姑兩存"。二〇〇四年出版的《年譜新編》亦認爲是王建詩。

對於《年譜》的結論,我們在二〇〇〇年第二期的《固原師專學報》上發表《關於元稹的史實及傳説》表達我們的不同意見:"我們以爲未必,元稹雖參加過元和元年的制舉殿試,但《舊唐書·憲宗紀》元和元年四月十二日云:'丙午,命宰臣監試制舉人于尚書省,以制舉人先朝所徵,不欲親試也。'這顯然與'天子下簾親考試'一語不合。""至於《自述》的作者究竟是誰,只有等待新的佐證。從現在的材料看,此詩不應歸屬到元稹名下。"現在我們補充新的證據:我們認爲本詩不是元稹所作的最主要原因是元稹的真實生平與《舊唐書·憲宗紀》的歷史記載不合,也與詩題《自述》矛盾。所以本詩的作者,元稹應該排除在外。如果詩題不是《自述》而是《宫詞》之類,這種矛盾就將不復存在,那就應該又當别論。因爲如果没有"自述"之類的題目,"描寫殿試風光"的作者,不一定非要親自"登科第"不可,不一定非要親自參加制舉考試不可。如王建的《宫詞一百首》内容,大多不是王建親身所歷經,大多是道聽途説之詞,大多是想像之詞。有諸多刊本都收録本詩而又署名王建的證據客觀存在,本詩在王建名下時,詩題并不是"自述",王建雖然"未登科第",但以賦詠"宫詞"聞名的王建則完全可能通過别的渠道了解有關"殿試風光",完全有可能寫出如本詩一般的"殿試風光",王建則根本不應該排除在本詩作者之外。

《通雅·諺原》:"予亦謂之過:辰州人謂以物予人曰'過',此語有自。按《唐詩紀事》元稹《自述》曰:'延英引對碧衣郎,江硯宣毫各别床。天子下簾親考試,宫人手裏過茶湯。'此'過'予意《雲溪友議》載此詩,爲元公秀字紫芝者作,其'江硯'爲'紅硯'。"録備一説。據其文意,《自述》應該是元秀所作,《元和姓纂·閣》:"元秀,岐州刺史。"兩者所指,是否爲同一人,待考。

元稹《感夢記》

《感夢記》:《唐詩紀事》《元稹》門云:"稹元和四年爲御史,鞫獄梓潼。樂天昆仲送至城西而别。旬日,昆仲與李侍郎建閑遊曲江及慈恩寺,飲酣作詩曰:'花時同醉破春愁,醉折花枝作酒籌。忽憶故人天際去,計程今日到梁州。'後旬日,得元書,果以是日至褒,仍寄詩曰:'夢見(君)兄弟曲江頭,也到慈恩院院遊。驛吏唤人排馬去,忽驚身在古梁州。'……自有《感夢記》,備叙其事。"此"夢"是元稹自己説出,否則,無人得知,故《感夢記》應是元稹所作。從"備叙其事”這句話,證明元稹《感夢記》原文較詳,而《唐詩紀事》是節録。

孟棨《本事詩》《徵異》第五,亦記載元稹夢遊事,當係節録元稹《感夢記》,結尾作:‘千里神交,合若符契,友朋之道,不期至歟!’比《唐詩紀事》多二句。此爲孟棨見到元稹《感夢記》之證。

明鈔本《説郛》卷四、《全唐文》卷六九二載白行簡《三夢記(并序)》,其二云:“元和四年,河南元微之爲監察御史,奉使劍外。去踰旬,予與仲兄樂天、隴西李杓直同遊曲江。詣慈恩佛舍。遍歷僧院,淹留移時。日已晚,同詣杓直修行理(里)第,命酒對酬,甚歡暢。兄停杯久之,曰:‘微之當達梁矣。’命題一篇于壁……實二十一日也。十許日,會梁州使適至,獲微之書一函,後寄《紀夢詩》一篇……日月與遊寺題詩日月率同”云云。蓋取材於元稹之《感夢記》而加以改寫,其結尾作:“所謂此有所爲而彼夢之者矣。”與元稹《感夢記》之“議論”不同,故不能認爲《感夢記》是白行簡所作(趙彦衛《雲麓漫鈔》卷八云:“……如《幽怪録》、《傳奇》等皆是也。蓋此等文備衆體,可以見史才、詩筆、議論。”)。

摘自《年譜》元和四年“佚文”欄

[辨僞]

衆所周知,孟棨是唐末光啓年間之人,其文云:“元相公稹爲御史鞠獄梓潼,時白尚書在京,與名輩遊慈恩,小酌花下,爲詩寄元曰:‘花時同醉破春愁,醉折花枝當酒籌。忽憶故人天際去,計程今日到梁州。’時元果及褒城,亦寄夢遊詩曰:‘夢君兄弟曲江頭,也向慈恩院院遊。驛吏喚人排馬去,忽驚身在古梁州。'千里神交,合若符契,友朋之道,不期至歟!"《本事詩》的記述也不够清晰,最大的失誤是將"夢君同遶"誤爲"夢君兄弟",無緣無故將白行簡拉雜在内。元稹《梁州夢(是夜宿漢川驛,夢與杓直、樂天同遊曲江,兼入慈恩寺諸院。倏然而寤,則遞乘及階,郵吏已傳呼報曉矣)》:"夢君同遶曲江頭,也向慈恩院院遊。亭吏呼人排去馬,忽驚身在古梁州。"元稹夢見者是自己與白居易、李建同遊曲江、慈恩寺諸院,並没有白行簡在内。白居易《同李十一醉憶元九》:"花時同醉破春愁,醉折花枝作酒籌。忽憶故人天際去,計程今日到梁州。"白居易詩題也證明同遊者是李建,並無白行簡在内。而《唐詩紀事》的作者計有功是南宋人,其記述《感夢記》已經全文引録,此不重複;但錯誤百出,不可採用。《年譜》的闡述没有理清頭緒,誤信《唐詩紀事》,同樣錯誤百出。如將《唐詩紀事》卷三七之《元微之》,誤爲《唐詩紀事》《元稹門》;又如《年譜》開頭所引之"稹",《唐詩紀事》原文作"微之",雖然一二字之差别,不害文意,但從中可見《年譜》引文之隨意。

我們以爲,《年譜》所言,不可信從:

一、《唐詩紀事》最後云:"千里魂交,合若符契,自有《感夢記》備叙其事。"所謂的《感夢記》,應該就是指元稹的《使東川·梁州夢》題注:"是夜宿漢川驛,夢與杓直、樂天同遊曲江,兼入慈恩寺諸院。倏然而寤,則遞乘及階,郵吏已傳呼報曉矣!"其詩所云,也半叙夢境:"夢君同遶曲江頭,也向慈恩院院遊。亭吏呼人排去馬,忽驚身在古梁州。"故《年譜》"此'夢'是元稹自己説出,否則,無人得知,故《感夢記》應是元稹所作。從'備叙其事'這句話,證明元稹《感夢記》原文較詳,而《唐詩紀事》是節録"云云是想當然語,誤信《本事詩》《唐詩紀事》與忽略元稹《使東川·梁州夢》詩篇及題注所致。

二、孟棨《本事詩·徵異》結尾作:"千里神交,合若符契,友朋之道,不期至歟!"是孟棨對元稹《使東川·梁州夢》詩及題注的議論與感歎,並非如《年譜》所云:“比《唐詩紀事》多二句,此爲孟棨見到元稹《感夢記》之證。”我們以爲《本事詩》所言,僅僅衹是看到了元稹《使東川·梁州夢》的詩篇及題注以後的轉述而已,並非看到了所謂元稹的《感夢記》,而且莫名其妙將白行簡作爲主人公之一拉入其中,很不應該。

三、《年譜》又云:“明鈔本《説郛》卷四、《全唐文》卷六九二載白行簡《三夢記(并序)》”所引《感夢記》故事,“蓋取材於元稹之《感夢記》而加於改寫,其結尾作:‘蓋所謂此有所爲而彼夢之者矣!’與元稹《感夢記》之‘議論’不同,故不能認爲《感夢記》是白行簡所作。”所謂“蓋所謂此有所爲而彼夢之者矣”,仍然是“議論”,仍然針對元稹《使東川·梁州夢》詩及題注而發的議論與感歎,而且“議論”的主旨也大同小異,不能證明“《感夢記》”不“是白行簡所作”。被人們誤認爲元稹的“感夢記”與白行簡的《感夢記》並非是一回事,前者是詩篇與題注,後者是據前者而編撰的傳奇故事,兩者無詳略之别。

四、黄永年先生《〈三夢記〉辨僞》考證精詳,可以採信備考。但黄先生也没有述及所謂的《三夢記》之第二夢,其實就是根據元稹《使東川·梁州夢》的題注以及半述夢境的《使東川·梁州夢》詩轉述而來(參見《陝西師大學報》一九七九年第二期)。

五、《年譜新編》也不同意《年譜》的意見,而與我們持同一觀點,不過所述理由與我們完全不同,爲避繁複,此處不再引述。

六、《唐詩紀事》還有一處失誤,也很不應該:“稹元和四年爲御史,鞠獄梓潼。樂天昆仲送至城西而别。”元和四年元稹出使東川之時,白居易、白行簡並没有在城西送别;白居易在城西送别元稹,應該是元和十年三月三十日的事,時元稹出貶通州司馬,而送行的人群中,也並没有白行簡,元稹、白居易的詩篇可以作證:元稹《灃西别樂天博載樊宗憲李景信兩秀才侄谷三月三十日相餞送》:“今朝相送自同遊,酒語詩情替别愁。忽到灃西總回去,一身騎馬向通州。”白居易

《城西别元九》:"城西三月三十日,别友辭春兩恨多。帝里却歸猶寂寞,通州獨去又如何?"這充分説明《唐詩紀事》的記述是靠不住的,過分相信《唐詩紀事》衹能把自己引入歧途。

元稹《寄舊詩與薛濤因成長句》

詩篇調態人皆有,細膩風光我獨知。月夜咏花憐暗澹,雨朝題柳爲欹垂。長教碧玉藏深處,總向紅箋寫自隨。老大不能收拾得,與君間似好男兒。

録自《才調集》卷五

[辨僞]

本詩又見於《全詩》卷四二二,署名"元稹",唯末句作"與君閑似好男兒",稍有不同。《成都文類》、《全蜀藝文志》也引録本詩,歸名"元稹",題作"贈薛濤",唯末句作:"與君閑似好男兒。"《薛濤李冶詩集·薛濤詩集》也引録本詩,將本詩歸屬"元稹",唯末句作"與君開似教男兒"。《年譜》在元和四年有"使東川時,與薛濤唱和"之説,作出"可見元稹與薛濤唱和始於本年"的錯誤結論。《元稹集》引録本詩,校勘記説明:"《全詩》卷八〇三載此詩於薛濤名下,題作《寄舊詩與元微之》,唯末句作'與君開似教男兒'。"《編年箋注》將本詩列入"未編年詩"欄内,按語中認爲:"姑兩存之。"《年譜新編》列入"無法編年作品"。可見以上各家都認爲本詩是元稹的作品。

筆者一九八八年在《揚州師院學報》發表拙文《也談元稹與薛濤的"風流韵事"》,全面論及此事,二〇〇八年又將拙文收録於《元稹考論》之中,主要小標題表述我們的論點如下:一、《雲溪友議》所述元稹薛濤風流韵事大可懷疑;二、元稹薛濤從來就没有見過面;三、嚴綬或嚴礪都不可能介紹元稹結識薛濤;四、薛濤年長元稹十九歲,他們之間不可能發生"母子戀";五、元稹在江陵與薛濤既無交往也無唱和;六、元稹一生與薛濤既無交往也無唱和;七、元稹對薛濤不存在喜新厭舊忘義負情。根據以上論述,我們認爲本詩不應該歸屬元稹名下,對元稹來説,本詩是名副其實的僞作。

元稹《寄贈薛濤》(稹聞西蜀薛濤有辭辯,及爲監察使蜀,以御史推鞫,難得見焉! 嚴司空潛知其意,每遣薛往,洎登翰林,以詩寄之)

錦江滑膩蛾眉秀,幻出文君與薛濤。言語巧偷鸚鵡舌,文章分得鳳皇毛。紛紛辭客多停筆,箇箇公卿欲夢刀。别後相思隔烟水,菖蒲花發五雲高。

録自《全詩》卷四二三

[辨僞]

本詩《唐詩紀事》、《錦繡萬花谷》、《唐才子傳・薛濤傳》、《蜀中廣記》、《天中記》、《淵鑑類函》、《薛濤李冶詩集》、《全唐詩録》均採録,作者均爲"元稹",文字大同小異,《全詩》僅僅隨從衆流而已。如《説郛》引景涣《牧豎閑談》:"元和中,成都樂籍薛濤者,善篇章,足辭辨,雖無風諷教化之旨,亦有題花咏月之才,當時乃營妓之中尤物也。元稹微之知有薛濤,未嘗識面,初授監察御史,出使西蜀,得與薛濤相見。自後元公赴京,薛濤歸浣花。浣花之人多造十色彩箋,于是濤别摸新樣,小幅松花紙,多用題詩,因寄獻元公百餘幅。元于松花紙上寄贈一篇曰:'錦江滑膩岷峨秀,化作文君及薛濤。言語巧偷鸚鵡舌,文章分得鳳凰毛。紛紛辭客皆停筆,箇箇郎君欲夢刀。别後相思隔烟水,菖蒲花發五雲高。'薛嘗好種菖蒲,故有是句。蜀中松花紙、金紗紙、雜色流沙紙、彩霞金粉龍鳳紙,近年皆廢,惟十餘年綾紋紙尚在。"

《年譜》在長慶元年編年本詩,理由是:"《雲溪友議·艷陽詞》云:'安人(仁)元相國……洎登翰林,以詩寄曰:"錦江滑膩蛾眉秀,化出文君及薛濤……别後相思隔烟水,菖蒲花發五雲高。"'元和四年元稹使東川時,雖與薛濤唱和,未見面。此詩'别後'二字,與事實不符,或係贋品。"《元稹集》亦在"集外卷七"中引録本詩,未作任何説明。《編年箋注》編年:"此詩作于長慶元年(八二一),元稹時爲中書舍人、翰林承旨學士。見下《譜》。"《年譜新編》編年本詩於長慶元年,但存疑:"此詩疑僞,參本譜元和四年。"《年譜新編》在元和四年確實有一千八百多字的譜文説明:"誤傳元稹使東川時與薛濤戀愛。"但其中的絶大多數論證,均出自筆者一九八八年的拙稿《也談元稹與薛濤的"風流韵事"》一文,遺憾的是《年譜新編》未作任何説明就直接引用,令人瞠目。而且,《年譜新編》一方面承認"誤傳元稹使東川時與薛濤戀愛",一方面又將本詩編年長慶元年,同時又將《寄舊詩與薛濤因成長句》列入"無法編年作品"欄内,自相矛盾之舉,同樣使人結舌。總而言之,以上各家,均没有斷然指出本詩對元稹來説是僞作的事實。

關於元稹與薛濤之間的風流韵事,我們以爲實爲子虚烏有的附會,拙文《也談元稹與薛濤的"風流韵事"》已經詳細辯明,一萬四千字的文稿,不便在這裏引録,拙稿的小標題上文已經引録,此不重複,敬請讀者見諒。我們以爲,本詩對元稹來説,是地地道道的僞詩,不應該歸屬在元稹名下。

元稹《錢重物輕議》

右,臣伏見中書門下牒,奉進止,以錢重物輕,爲病頗甚,宜令百寮各隨所見,作利害狀,類會奏聞者。

臣備位有司,謬總邦計。權物變弊,職分所當。固合經心,自思上達。豈宜待問,方始啓謀?臣伏以作法於人,必求適中。苟非濟衆,是作不臧。所以夙夜置懷,重難其術。

伏奉制旨,旁採庶寮。臣實有司,敢不知愧!既不早思所見,上沃聖聰。今乃備數庶官,肩隨奏議。無乃失有司奉職之體,負尸位素飧之責。

況道謀孔多,是用不集。盈庭之言,自古所知。至於業廣即山,税徵穀帛,發公府之朽貫,禁私室之滯藏,使泉流必通,物定恒價。群議所共,措事皆然。但在陛下行之,有司遵守利害之説,自足可徵。若更將廣引古今,誕飾詞辯。有齊畫餅,無益國經。恐重空文,不敢輕議。謹議。

録自馬本《元氏長慶集》補遺卷二

[辨僞]

本文又見《英華》卷七六九,没有署名。《經濟類編》卷九八節録本文,也没有署名。馬本《元氏長慶集》補遺卷二收録本文,歸入元稹"補遺"之文。《全文》卷六五二收録本文,歸名元稹。《年譜》僅據馬本《元氏長慶集》補遺卷二、《全文》,歸屬元稹,編年元和十五年。《元稹集》認同本文爲元稹所作,編入集外補遺二。《編年箋注》:"疑此《議》乃代人作。時在元和十五年(八二〇)八月。"《年譜新編》:"如非代作,定爲僞文。”但《年譜新編》在這裏犯有疏忽之病:“《錢重物輕議》見於《元集》外集卷二補遺二;《全文》卷九六五題作《議錢貨輕重奏》,闕名;《英華》卷七六九收録在元稹《錢貨議狀》之後,署‘前人’。”首先,《議錢貨輕重奏》與《錢重物輕議》是文字不同、面貌差異的兩篇文章,不應該混爲一談。其次,見於元集外集卷二補遺二的《錢重物輕議》,在《全文》卷六五二,不在卷九六五。第三,《英華》卷七六九收録在元稹《錢貨議狀》之後,但並未署“前人”,而是没有署名。

我們以爲,一、“錢重物輕……宜令百寮各隨所見”之事,發生在穆宗朝元和十五年八月之時,朝廷内外,百官獻言獻策,熱鬧非凡。《舊唐書·穆宗紀》:“(元和十五年)八月庚午朔,辛未,兵部尚書楊於陵總百寮錢貨輕重之議,取天下兩税、榷酒、鹽利等,悉以布帛任土所産物充税,並不徵見錢,則物漸重,錢漸輕,農人見免賤賣匹段。請中書門下、御史臺諸司官長重議施行。從之。”當時元稹任職祠部郎中、知制誥臣。而本文:“臣備位有司,謬總邦計。”邦計是指国家大计。《舊唐書·崔彦昭傳》:“入司邦計,開張用經緯之文;出統藩維,撫馭得韜鈐之術。”曾鞏《代宋敏求知絳州謝到任表》:“進聞邦計,出假使符。”與元稹當時的職官祠部郎中、知制誥臣不符,故本文不應該是元稹爲自己所作。二、本文也不是元稹代人之作,因爲一個“備位有司,謬總邦計”的文職官員,不同於文化不高的武將,一篇不到三百字的短文,根本不需他人代勞,豈有要人代作的必要?奏議不同於“謝官表”之類應酬性文章,本來不應該由他人代勞之理。三、本文也非僞作,元和十五年八月之時,朝廷百僚被要求各陳己見,類似之作比比皆是,哪裏還需要他人煞費苦心撰作“僞作”?元稹已有《錢貨議狀》存世,觀點與本文格格不入,以本文冒名元稹,難以欺瞞世人的眼光。四、本文與《論裴延齡表》、《又論裴延齡表》一樣,應該是同時代之他人,最大可能是楊於陵“備位有司,謬總邦計”的同僚,發表與楊於陵並不相同的政見,而元稹草擬《錢貨議狀》之時,既要捧讀楊於陵的意見,也要參讀其他官員,尤其是"備位有司,謬總邦計"的意見,大概順手抄録,作爲自己撰寫《錢貨議狀》時的參考。後世不辨,遂誤以爲元稹之文。關於本文的作者與真僞,此僅推理,有待證之他日,姑且存疑而已。

元稹《大合樂賦》(以"王者之政備于樂聲"爲韵)

樂者,制也。所以道天和,全人性。故作之以崇德,審之以知政。王者敬其事而闡其道,順其時而行其令。逮夫季春戒期,乃命有司,且曰:群萌達矣!播樂安之!重以國經,不可闕躬,理必以時。

訂齊度於節奏,被選樂於聲詩。撰乃吉日,總於樂師。是用資於誨爾,亦無忝於命夔。由是司儀辨等,庶工守位。備弦管之聲,陳匏竹之器。柷敔邐迤而就列,簨簴嶙峋而居次。克展禮容,而告樂備。天子於是率九卿,暨三事。必虔心而有待,俾陪扆而斯致。既親覩於宫懸,又何假以庭試?若乃曲度是并,不可殫名。雜以韶護,間以英莖。

追宣尼之前聞,是能忘味?念師乙之舊説,各辨遺聲。考彼廢興,存乎清濁。安以樂,且知治世之音;哀以思,不雜異方之樂。類飛聲於垂仁,等潤物於流渥。足使魏文侯之卧聽,已悟前非;吴季子之備觀,難施先覺。

既盡美矣!又何加乎?諒從律而罔惑,將克諧而不渝。必在聽和,知其樂也泄泄;是惟反朴,變其風也于于。具舉不患乎聲希,統同寧貴於和寡。奚必響鈞天之靈貺,而有殊焉?

想洞庭之異音，更思古者。誠夫天祚我皇，恩歷遐昌。掩邃古之嘉樂，軼三代之盛王。竊賀聲明之巨麗，敢聯《雅》《頌》之遺章。

録自馬本《元氏長慶集》補遺卷一

[辨僞]

《英華》卷七四録有《大合樂賦(以“王者之政備于樂聲”爲韵)》一篇，署名作者爲“失名”。因其上篇爲《奉制試樂爲御賦(以“和樂行道之本”爲韵)》，署名作者爲“元稹”，估計馬元調據此而誤將本文收入《元氏長慶集》補遺卷一。中華書局一九六六年版《英華》已經歸名李程。《歷代賦彙》卷九〇收録本文，作者署名也是“闕名”。《全文》卷六三二收録本文，署名作者爲“李程”。馬元調將本文作爲元稹作品收入《元氏長慶集》補遺卷一，缺乏必備的根據，故今遵從《全文》卷六三二以及中華書局一九六六年版《英華》的意見，歸入李程名下。

元稹《簫韶九成賦》(以“曲終九成百獸皆舞”爲韵)

聖人順天道，防人欲，布和以調其性，宣樂以察其俗。氣將道志，五聲發以成文；化盡歡心，百獸率而叶曲。茫茫大空，樂生其中。聲隨化感，律與天通。交四氣之薄暢，貫三光乎昭融。將君子以審樂，故先王以省風。致同和於天地，諒難究其始終！

惟樂之廣，于何不有？包陰陽兮不集不散，降神靈兮或六或九。故季札聆音而感深，宣尼忘味於耳盈。昭覆幬兮煦嫗,召游泳以飛走。演自窅冥,發於性情。將不動而爲動,自無聲而有聲。五者通三,我則貫三才而作;陽數有九,我則至九變而成。不然者何以調大中?何以繼光宅?作終樂於數四,歷君子之凡百。其聲轉融,其道彌赫。

大哉至樂!于以洪覆。收之而合乎希夷,張之而散乎宇宙。感八神與地祇,格靈禽與仁獸。扇風化而以攢,則雍熙之可就。《大韶》命曲,《大章》同濟。既和且樂,亦孔之皆。且簫爲器之所細,鳳爲王之所懷。若涊濦之音,感清净之化。乖則歌已而於狂客,孰來儀於克諧?

恭惟我君,配天作主。命工典樂,考法師古。浹聲教之汪濊,合堯禹之規矩。士有聞《韶》嘉於藴道,擊壤希乎可取。同鳥獸之歸仁,承德音而率舞。

録自馬本《元氏長慶集》補遺卷一

[辨僞]

《英華》卷七五收録《簫韶九成賦(以"曲終九成百獸皆舞"爲韵)》一篇,署名作者爲"失名"。因其上卷上篇爲《大合樂賦以爲韵(以"王者之政備于樂聲"爲韵)》,署名作者爲"失名",而其又上篇是爲《奉制試樂爲御賦(以"和樂行道之本"爲韵)》,署名作者爲"元稹",估計馬元調據此而將本文收入《元氏長慶集》補遺卷一。中華書局一九六六年版《英華》已經將其歸入裴度名下。《歷代賦彙》卷九〇也收録本文,作者署名也是"闕名"。《全文》卷五三七收録本文,署名作者爲"裴度"。馬元調將本文作爲元稹作品收入《元氏長慶集》補遺卷一,缺乏必備的根據,故今遵從《全文》和中華書局一九六六年版《英華》的意見,歸入裴度名下。

元稹《聞韶賦》(以宣父在齊三月忘味爲韵)

《韶》則盡美,聽何可忘?况至德之斯過,聆奇音之孔揚!天縱多能,信以嘉乎擊拊;神資博學,知具美於典章。用而不匱,樂亦無荒。若充乎四門之術,不離乎數仞之墻。驗則足徵,用之可貴。

聖者妙而合道,志者仰而自慰。悦五音而四直,孰謂其聾?致六府之和平,自忘於味。省風而八風叶暢,觀德而九德昭宣。季子慚遊於魯地,穆公徒響於鈞天。曷若覩于舞,聆薰弦。變態罔已,周流自然。可以深骨髓而期富壽,豈徒資視聽而娱聖賢!

至若清磬虚除,朱弦疏越。鼗鼓以之迭奏,笙鏞於焉間發。以感陰陽於宇宙,耀光明於日月。自表虞德之不衰,豈效文王之既没!是知武也未善,濩也有慚。鈞化歸於二八,讓德明乎再三。所以其道不窮,厥監斯在。

驗率舞於百獸,想同和於四海。如其樂正,非關自衞而來;儻俟風移,有移從周而改。愔愔不極,杳杳乍迷。俄將復矣!抑又揚兮!夢周公而不見,想聖德而思齊。

聞斯行諸,厥不踰矩。感心駭目,是何其覩!悠然而往,三嘆如在夫寥天;滌爾而施,萬籟已吟於九土。詎忘味於三月,諒永懷於千古!幸賦《韶》樂之遺音,美哉尼父!

録自馬本《元氏長慶集》補遺卷一

[辨僞]

《英華》卷七五録有《聞韶賦(以"宣父在齊三月忘味"爲韵)》一篇,署名作者爲"失名"。因其上篇爲《簫韶九成賦(以"曲終九成百獸皆舞"爲韵)》,署名作者爲"失名"。而其又上卷上篇为《大合樂賦》,署名作者为"失名",而其又上篇爲《奉制試樂爲御賦(以"和樂行道之本"爲韵)》,署名作者爲"元稹",估計馬元調據此而將本文收入《元氏長慶集》補遺卷一。中華書局一九六六年版《英華》已經將其歸入陈庶名下。《歷代賦彙》卷九〇也收録本文,作者署名也是"闕名"。《山東通志・藝文志》也收録本文,署名作者爲"缺名"。《全文》卷八〇四收録本文,署名作者爲"陈庶"。馬元調將本文作爲元稹作品收入《元氏長慶集》補遺卷一,缺乏必備的根據,故今遵從《全文》和中華書局一九六六年版《英華》的意見,歸入陈庶名下。

元稹《封烏重胤妻張氏鄧國夫人制》

敕:古者夫爲大夫,則妻爲命婦。况在小君之位,未加大國之封。豈唯有廢徽章,抑亦無以勸忠力也。

某官烏重胤妻張氏,以鳴鳩之德,作合邦君。輔成勛猷,馴致爵位。雖從夫貴,未授國封。今以南陽本邦善地,錫爲湯沐,加號夫人。兹乃殊榮,足光閨闈。可封鄧國夫人。

録自馬本《元氏長慶集》補遺卷五

[辨僞]

一、本文除馬本《元氏長慶集》録入補遺卷五之外,又見於《英華》卷四一九,無著者姓名。但此文之前爲《封李愬妻韋氏魏國公夫人制》,署名元稹,《英華》不少篇文都是前篇署作者姓名,而後篇即省略作者署名,疑馬元調即據此而定《封烏重胤妻張氏鄧國夫人制》爲元稹作品,收入《元氏長慶集》補遺卷五。但《英華》也因此而常常脱漏作者署名,僅僅據此而斷定作者歸屬,並不可靠,尚需其他有力的證據。二、本文也不見於楊本《元氏長慶集》、叢刊本《元氏長慶集》,值得懷疑。三、本文又見《全文》卷六五八,署名白居易,估計其收入應該有一定的根據。四、《白氏長慶集》卷五二收録本篇,題名《烏重胤妻張氏封鄧國夫人制》,《白氏長慶集》比《元氏長慶集》補遺卷五多一個"封"字。而《白氏長慶集》爲白居易生前親手編集,分藏五處,現存《白氏長慶集》基本保留原貌,極少散佚,更不太可能有他人作品竄入其中,應該採信。五、《英華·封烏重胤妻張氏鄧國夫人制》在"是無以勸忠力也"之中校勘:"集作'抑亦無'。"而"抑亦無"三字,正與《白氏長慶集·封烏重胤妻張氏鄧國夫人制》相符:"抑亦無勸忠力也。"而《元氏長慶集·封烏重胤妻張氏鄧國夫人制》作:"抑亦無以勸忠力也。"雖然衹是一字之差,但足可證明《英華》所校勘之"集"是《白氏長慶集》,而非《元氏長慶集》。《封烏重胤妻張氏鄧國夫人制》之所以没有署名,是脱漏,而非隨從前篇的省略。據此,我們以爲《封烏重胤妻張氏鄧國夫人制》的著作權應該歸屬白居易,而非元稹。

元稹《與衛淮南石琴薦啓》

疊石琴薦一(出當州龍壁灘下)。

右件琴薦,躬往採獲,稍以珍奇,特表殊形,自然古色。伏惟閣下稟夔旦之至德,蘊牙曠之玄蹤,人文合宫徵之深,國器專瑚璉之重。藝深攫醳,將成玉燭之調;思叶歌謡,足助薰風之化。願以頑璞,上奉徽音。增響亮於五弦,應鏗鏘於六律。沉淪雖久,提拂未忘。儻垂不徹之恩,敢效彌堅之用。

録自《全文》卷六五三

［辨僞］

本文不見於《元氏長慶集》,僅見於《全文》卷六五三,署名元稹。《年譜》認爲:"衛淮南"指淮南節度使衛次公,元稹與衛次公無來往,不會有"願以頑璞,上奉徽音"的關係,懷疑本文非元稹作品。"柳宗元《外集》雖有此文,是否柳作?另考。"《元稹集》將本文採入《元稹集外集》卷八之中,但文末過録《年譜》的懷疑。《編年箋注》:"《全文》誤收之《與衛淮南石琴薦啓》實爲柳宗元作品。"理由是:"龍壁山在柳州東北。"

我們在一九九三年十月提交給陝西人民出版社的《新編全唐五代文・元稹卷》稿本中已經斷定本文爲"非元稹作品",今再將有關理由歸納爲三:一、本文題曰"衛淮南",考元稹在世之年,衛姓而又出鎮淮南節度使者,僅衛次公一人。據《舊唐書・憲宗紀》、《舊唐書・衛次公傳》,元和十二年十月衛次公代李鄘爲淮南節度使,次年七月,李夷簡接任淮南節度使之職,衛次公十月"受代歸朝,道次病卒"。能够敬稱衛次公爲"衛淮南"者,亦僅在元和十二年十月至十三年七月間,而其時元稹正在通州司馬任。遍查元稹的有關史料,未見其與衛次公有確確實實的來往。而查閲有關文獻,也未見通州有"龍壁灘"這一地名。本文不應該歸屬元稹名下,應該没有任何疑義。二、本文又見於《全文》卷五七六,署名柳宗元。此外,本文又見於《柳河東集》外集下,《四庫全書提要・柳河東集》:"政和中,胥山沈晦取各本參校,獨據此本爲正,而以諸本所餘者别作外集二卷,附之于後,蓋以此也。至淳熙中,(韓)醇因沈氏之本爲之箋注,又捜葺遺佚,别成一卷,附于外集之末,權知珍州事王咨爲之序。"據《舊唐書・柳宗元傳》:"(柳宗元)元和十年例移爲柳州刺史……元和十四年十月五日卒。"衛次公在淮南任職節度使時,柳宗元正在柳州刺史任。據兩《唐書》衛次公與柳宗元本傳,順宗朝,衛次公與鄭絪、李程、王涯並爲翰林學士,而柳宗元與劉禹錫等人也甚得當朝信用,柳宗元與衛次公之間,應該有所交往。本文"願以頑璞,上奉徽音。

增響亮於五弦,應鏗鏘於六律。沉淪雖久,提拂未忘。儻垂不徹之恩,敢效彌堅之用”云云,非常切合柳宗元當時困苦無依,亟待有人援引提携之情,而衛次公應該是柳宗元心目中的援引者之一。又雖不知柳州有無“龍壁灘”地名,但觀柳宗元所作“柳州八記”,柳州有“疊石”可作“琴薦”之材,尚屬合理。本文的作者,應該是柳宗元。三、《舊唐書·衛次公傳》:“次公善鼓琴,京兆尹李齊運使其子交歡,意欲次公授之琴,次公拒之,由是終身未嘗操弦。”此事真假難定,宋人有不同的看法。《柳河東集·與衛淮南石琴薦啓》文題下宋代韓醇音釋注云:“衛淮南,次公也,以檢校工部尚書爲淮南節度使,在元和十二年。淮蔡平後,傳云次公本善琴,方未顯時,京兆尹李齊運使子與之遊,請授之法,次公拒絶,因終身不復鼓。而公此文在柳州作,則衛時尚鼓琴也,史傳之載,過乎實矣!”一併録以備考。

元稹《詠鶯》

鶯:元稹咏曰:“天上金衣侶,還能睍草菜。風流晉王謝,言語漢鄒枚。公等久安在?今從何處来?山禽正嘈囋,慰我日徘徊。”

録自《夢粱録》卷一八

[辨僞]

本詩録自《夢粱録》卷一八《禽之品》:“鶯:元稹咏曰:‘……’”《元稹集》、《全唐詩補編》據此作爲元稹的作品,《編年箋注》又據此編入“未編年詩”欄内,并加以註釋。其實本詩歸屬元稹,純粹屬於張冠李戴。本詩又見於宋人陳起所編的《江湖小集·危稹巽齋小集》,詩題爲“聞鶯”,作者爲危稹。本詩同見於宋人陳思所編的《兩宋名賢小集·巽齋小集》,詩題相同,作者相同。本詩還見於清人曹庭棟所編《宋百家詩存·巽齋小集》,詩題相同,作者相同。作者之姓名雖然僅僅一字之差,但却是兩朝之人。《宋史·危稹傳》:"危稹字逢吉,撫州臨川人。舊名科,淳熙十四年舉進士,孝宗更名稹。時洪邁得稹文,爲之賞激,調南康軍教授,轉運使。楊萬里按部驟見,嘆奨偕遊廬山,相與酬倡……久之,提舉崇禧觀,與鄉里耆艾七人爲真率會,卒年七十四……所著有《巽齋集》。"而《夢粱録》成書於南宋之末宋度宗之世,距危稹在世的宋孝宗時代已近百年,發生差錯在所難免。何况,"危稹"與"元稹"僅一字之差,因形近而發生刊刻之誤的可能性極大。也許是這個緣故吧!總集唐詩大成的《全詩》就没有將本詩歸屬在元稹名下。據此,知《夢粱録》誤"危稹"爲"元稹",本詩應該歸屬宋代危稹,與唐代元稹無涉。

元稹《酬樂天初冬早寒見寄》

乍起衣猶冷,微吟帽半攲。霜凝南屋瓦,雞唱後園枝。洛水碧雲曉,吴山黄葉時。兩傳千里意,書札不如詩。

録自《歲時雜詠》卷三八

[辨僞]

本詩被楊本《元氏長慶集》收入"集外詩",同時又見《全詩》卷四二三,歸屬元稹名下。兩個版本除"吴山黄葉時"與"吴宫黄葉時"略有區别外,其他悉同。聯繫上句,"吴山"與"洛水"相對,以"吴山"較爲合適。但本詩的問題是,本詩又被收入《劉賓客外集》卷二,詩題與詩文除"南屋瓦"被誤刊爲"南至瓦"外,其他悉同。《全詩》卷三五八、《全唐詩録》卷三九也將本詩收入,歸屬劉禹錫。這種情况,並非僅見於本詩,也並非僅見於元稹與劉禹錫之間。唐代詩人中,這種情况屢見不鮮,《全詩》之中同一篇詩歌歸屬兩人甚至兩人以上的詩作多不枚舉,不足爲奇。岑仲勉先生《論白氏長慶集源流并評東洋本白集》十三《檢討元劉酬和白詩後所見》中認爲詩中"洛水碧雲曉,吴宫黄葉時"之句,"顯見是吴洛唱和,非元白唱和",因而證實本詩是劉禹錫的作品。我們以爲,如果僅僅憑"洛水碧雲曉,吴宫黄葉時"兩句就斷定本詩歸屬劉禹錫,舉證尚不够有力。因爲兩句也可以理解爲詩人對白居易在蘇州刺史任、太子左庶子分司東都任或太子賓客分司東都任情景的描繪。我們以爲,真正能够斷定本詩歸屬劉禹錫的證據,是白居易的《初冬早起寄夢得》,詩云:"起戴烏紗帽,行披白布裘。爐温先暖酒,手冷未梳頭。早起烟霜白,初寒鳥雀愁。詩成遣誰和?還是寄蘇州。"白詩所述,與本詩"衣"、"帽"以及"初冬"景象等等内容一一切合,兩詩應該是互相唱和之篇。而白居易詩最後"詩成遣誰和?還是寄蘇州"是關鍵證據,兩句明顯是大和七年白居易以太子賓客分司東都時寄給蘇州刺史劉禹錫的,而大和七年,元稹已經作古。更重要的是:元稹從未歷職蘇州刺史,故本詩應該歸屬於劉禹錫。由此可見,楊本《元氏長慶集》"集外詩"也並不完全可靠,不可一味盲從。

需要説明:《年譜》在書後提及本詩,認爲是僞作。《編年箋注》未收録本詩,可以理解爲認爲本詩的著作權不屬於元稹。《年譜新編》則同意岑仲勉、朱金城、佟培基等人的意見,認爲本詩應該歸屬劉禹錫,意見可取。

元稹《贈致仕滕庶子先輩》

朝服歸來晝錦榮,登科記上更無兄。壽觴每使曾孫獻,勝境長携衆妓行。矍鑠據鞍能騁健,殷勤把酒尚多情。凌寒卻向山陰去,衣繡郎君雪裏迎。

見《詩淵·贈送》

[辨僞]

本詩《元稹集》收入《元稹集集外集續補》卷一,詩後注明:"見《詩淵》册三《贈送》。"本詩實爲劉禹錫之詩,除個别文字有出入外,其他悉同。請參見《劉賓客文集》卷二五、《英華》卷二五八、《會稽掇英總集》卷一二、《全詩》卷三五九。《元稹集》的意見不可取,此詩對元稹來説,應該視爲僞作。

元稹《哭吕衡州》(代擬題)

七十峰前敝縣扉,湘雲湘樹滿郊圻。衡陽春暖雁飛過,兜率雨昏龍戰稀。

見《永樂大典》卷八六四八

[辨僞]

以上四句,《元稹集》以其緊隨元稹《哭吕衡州六首》之六"耒水波文細,湘江竹葉輕"之後而認爲是元稹之詩,收入《元稹集·外集卷第七·續補一》中,我們以爲此詩雖然是"悼念吕温"的詩篇,但可能與元稹的《哭吕衡州六首》没有關係,因爲元稹的《哭吕衡州六首》都是五言,而且"六首"一首不缺一句一字不少,而此詩却是七言。我們疑這四句殘篇可能是李景儉的佚詩,當然證據不足,衹能是懷疑而已,一併説明在此。但應該不是元稹的作品,則毫無疑義。

元稹《授楊巨源郭同玄河中興元少尹制》

敕:具官楊巨源,詩律鏗金,詞鋒切玉。相如有凌雲之勢,陶潜多把菊之情。朝請郎、前守華陰縣令郭同玄,文戰得名,吏途稱最。劉超推出納之善,王渙著抑挫之名。

皆用己長,各居官守。因其滿秩,議以序遷。稽其器局之良,宜參尹正之亞。巨源可守河中少尹,同玄可權知興元少尹。

録自馬本《元氏長慶集》補遺卷五

[辨僞]

本文又見《英華》卷四〇六、《淵鑑類函》卷一一二、《全文》卷六四八。《年譜》、《年譜新編》未提及本文,也未對本文作者的歸屬發表意見。《元稹集》在"外集補遺"中收録本文,認可爲元稹所作。《編年箋注》據韓愈《送楊少尹序》與元稹《酬楊司業十二兄早秋述情見寄》斷爲"是他人之作羼入元集也",意見可取。

我們以爲,韓愈《送楊少尹序》:"國子司業楊君巨源,方以能詩訓後進。一旦以年滿七十,亦白丞相去歸其鄉……予忝在公卿後,遇病不能出,不知楊侯去時,城門外送者幾人?車幾兩?馬幾疋?道邊觀者亦有嘆息,知其爲賢以否……楊侯始冠舉於其鄉,歌鹿鳴而來也。今之歸,指其樹曰:'某樹,吾先人之所種也;某水某丘,吾童子時所釣遊也。'鄉人莫不加敬,誡子孫以楊侯不去其鄉爲法。古之所謂鄉先生,没而可祭於社者,其在斯人歟!其在斯人歟!"元稹《酬楊司業十二兄早秋述情見寄(今春與楊兄會於馮翊,數日而别。此詩同州作)》有句:"秋草古膠庠,寒沙廢宫苑。"此詩之"今春"即長慶三年春天,元積《第三歲日詠春風憑楊員外寄長安柳》即作於其時,元稹詩題注明長慶三年"早秋"之時楊巨源的官職是"司業"。韓愈之《序》明言楊巨源自國子司業拜河中少尹,故時間理應在長慶三年之後。韓愈病故於長慶四年十二月,韓愈此文祇能作於長慶三年或長慶四年,也正與韓愈文中"遇病不能出"相合。元稹拜職知制誥臣,起自元和十五年二月五日,終於長慶元年十月十九日,長慶三年或長慶四年,元稹已經離開京城,更不在"知制誥臣"之職務,故屬於"制誥"性質的本文可以斷定非元稹所作。

元稹"馬上同携今日杯"

馬上同携今日杯,湖邊還拂去年梅。年年只是人空老,處處何曾花不開? 歌咏每添詩酒興,醉酣還命管弦來。墫前百事皆依舊,點檢唯無薛秀才。

摘自五代王定保《唐摭言·酒失》

[辨僞]

五代王定保《唐摭言·酒失》:"元相公在浙東時,賓府有薛書記,飲酒醉後,因争令擲注子擊傷相公猶子,遂出幕。醒来乃作《十離詩》上獻府主……馬上同携今日杯,湖邊還折舊年梅。年年祇是人空老,處處何曾花不開? 歌咏每添詩酒興,醉酣還命管弦来。罇前百事皆依舊,點檢唯無薛秀才(元公詩)。"宋代阮閲《詩話總龜·譏誚門》情節稍有不同:"元微之在浙東,時賓府有薛書記,飲酒醉,因争令,以酒器擊傷微之,由此遂去幕,乃作《十離》爲獻,詩云……元公詩曰:'馬上同携今日杯,湖邊還拂去年梅。年年只是人空老,處處何曾花不開? 歌咏每添詩酒興,醉酣還命管弦來。墫前百事皆依舊,點檢唯無薛秀才。"

此詩是白居易所作，詩題是《與諸客携酒尋去年梅花有感》，詩文是："馬上同携今日杯，湖邊共覓去年梅。年年只是人空老，處處何曾花不開。詩思又牽吟咏發，酒酣閑唤管弦來。樽前百事皆依舊，點檢惟無薛秀才（去年與薛景文同賞，今年長逝）。"白居易此詩又見《白香山詩集》、《萬首唐人絶句》、《古詩境・唐詩境》、《全詩》。白居易詩中提及的"薛秀才"，誠如白居易詩注所言，是"薛景文"，不是薛濤，也不是所謂的"薛書記"。白居易《閑夜詠懷因招周協律劉薛二秀才》："世名撿束爲朝士，心性疏慵是野夫。高置寒燈如客店，深藏夜火似僧爐。香濃酒熟能嘗否？冷澹詩成肯和無？若厭雅唫須俗飲，妓筵勉力爲君鋪。"又《和薛秀才尋梅花同飲見贈》："忽驚林下發寒梅，便試花前飲冷杯。白馬走迎詩客去，紅筵鋪待舞人來。歌聲怨處微微落，酒氣醺時旋旋開。若到歲寒無雨雪，猶應醉得兩三迴。"尤其所引第二首，與被錯認爲是元稹的那首詩篇不僅韵脚相同，而且用字一致，衹不過次序不同而已。《薛濤詩集》、《唐摭言》、《唐詩紀事》、《詩話總龜》張冠李戴，很不應該。

元稹《過華清宫》

白頭宫女在，閑坐説玄宗。

摘自宋人葉氏《愛日齋叢鈔》

［辨僞］

宋人葉氏《愛日齋叢鈔》："元稹《過華清宫》詩：'白頭宫女在，閑坐説玄宗。'"此詩題應是《宫詞》或《行宫》，見《元氏長慶集》卷一五《行宫》，此爲誤録。《容齋隨筆・古行宫詩》："然微之有《行宫》一絶句，云：'寥落古行宫，宫花寂寞紅。白頭宫女在，閑坐説玄宗。'語少意足,有無窮之味。"《英華》、《詩人玉屑》、《詩林廣記》、《萬首唐人絶句》、《古詩鏡·唐詩鏡》、《古今事文類聚續集》、《清波别志》、《何氏語林》、《石倉歷代詩選》、《竹莊詩話》、《唐人萬首絶句選》、《全詩》詩題同,元稹并没有題名是"過華清宫"的詩篇。

元稹《建昌宫詞》

元稹《建昌宫詞》有"逡巡大遍凉州徹"。

摘自《夢溪筆談·樂律》

[辨僞]

沈括《夢溪筆談·樂律》:"元稹《建昌宫詞》有'逡巡大遍凉州徹'。""建昌宫詞"應該是元稹《連昌宫詞》之筆誤。元稹《連昌宫詞》:"逡巡大遍凉州徹,色色龜兹轟録續。"《石倉歷代詩選》、《通雅》、《全詩》、《全唐詩録》同,《夢溪筆談》屬於筆誤。

元稹《杜甫詩序》

元稹《杜甫詩序》曰:"上薄風、雅,下該沈、宋。言奪蘇、李,氣吞曹、劉。掩顔、謝之孤高,雜徐、庾之流麗。"

摘自《淵鑑類函·文學》

[辨僞]

《淵鑑類函·文學》:"元稹《杜甫詩序》曰:'上薄風、雅,下該沈、宋。言奪蘇、李,氣吞曹、劉。掩顔、謝之孤高,雜徐、庾之流麗。"元稹《元氏長慶集》之《唐故工部員外郎杜君墓係銘并序》有云:"上薄風、騷,下該沈、宋。古傍蘇、李,氣奪曹、劉。掩顔謝之孤、高,雜徐、庾之流麗。”六句確實是元稹之文,但引文稍有不同,文題也不符,“詩序”與“墓係銘并序”相差甚遠,應予辯正。

元稹《授白居易中書舍人制》

摘自《年譜》

[辨僞]

《元稹集》、《編年箋注》、《年譜新編》没有採録。而《年譜》根據白居易《餘思未盡加爲六韵重寄微之》:“走筆往來盈卷軸(予與微之前後寄和詩數百篇。近代無如此多有也),除官遞互掌絲綸(予除中書舍人,微之撰制詞;微之除翰林學士,予撰制詞)。”誤認爲元稹應該有一篇《授白居易中書舍人制》的文章散失。其實這是《年譜》誤讀白居易《餘思未盡加爲六韵重寄微之》之注文:《舊唐書·穆宗紀》:“(元和十五年)十二月己巳朔……丙申,以司門員外郎白居易爲主客郎中知制誥。”因爲白居易的《餘思未盡加爲六韵重寄微之》有了題注“中書舍人”,容易誤會白居易的實際官職就是中書舍人,其實不然。元稹《表奏》云:“穆宗初,宰相更相用事,丞相段公一日獨得對,因請亟用兵部郎中薛存慶、考功員外郎牛僧孺,予亦在請中。上然之,不十數日次用爲給、舍。”所謂“給、舍”,即是指薛存慶是後晉升爲給事中,牛僧孺、元稹分别晉升爲庫部郎中知制誥臣和祠部郎中知制誥臣。由此可見以某部郎中的資格爲知制誥臣,在唐代通常稱爲舍人,元稹其後所撰的《中書省議舉縣令狀》即將知制誥臣稱爲“舍人”,並有“同前五舍人同署”之語。而白居易當時是以“尚書主客郎中”的資格“知制誥”的,故也可以稱爲“舍人”或“中書舍人”。如果按照《年譜》的錯誤理解:“元自注:‘時樂天爲中書舍人,予任翰林學士。’據《舊唐書·穆宗紀》云:‘(長慶元年十月)壬午,以尚書主客郎中、知制誥白居易爲中書舍人。’”具體時間應該在長慶元年十月十九日。但《舊唐書·穆宗紀》緊隨其後又云:“(長慶元年)冬十月甲子朔……壬午……河東節度使裴度三上章,論翰林學士元稹與中官知樞密魏弘簡交通,傾亂朝政。以稹爲工部侍郎,罷學士。弘簡爲弓箭庫使。”也就是説,白居易拜職中書舍人之時,正是元稹罷職翰林承旨學士之日,兩者都在十月十九日。已經罷職翰林承旨學士的元稹,又如何爲白居易撰寫《授白居易中書舍人制》?因此白居易的“予除中書舍人,微之撰制詞”云云,就是指詔命白居易爲“以司門員外郎白居易爲主客郎中知制誥”之事。白居易的詩注“予除中書舍人,微之撰制詞;微之除翰林學士,予撰制詞”的前後排列其實已經説得很清楚:“予除中書舍人,微之撰制詞”在前,亦即元和十五年十二月二十八日;而“微之除翰林學士,予撰制詞”在後,亦即長慶元年二月十六日之時。而這篇由元稹撰寫的任命白居易爲“中書舍人”的制文,現在還存留在《元氏長慶集》中,它就是《白居易授尚書主客郎中知制誥制》,而元稹并没有另外一篇《授白居易中書舍人制》制文的佚失。《授白居易中書舍人制》肯定有,撰作於長慶元年十月十九日之時,但作者肯定不是元稹,而是我們今天暫時不清楚的某人。

順便説一句,在我們這本拙稿中,不時可以看到名家魯迅、陳寅恪、岑仲勉偶爾出錯的情況,但他們是大家,研究課題極廣,涉獵面極寬,在元稹研究這個小課題中難得出錯應該在情理之中;而《年譜》、《編年箋注》、《年譜新編》的著者以研究元稹名世,著作之書名也都以“元稹”命名,卻在編年、辨僞等等方面出現如此大面積、高比例的差錯就很不應該了,令人有匪夷所思之感。

元稹《桃源行》

漁郎放舟迷遠近。

見《永樂大典》卷七三二八《漁郎》,據《元稹集》轉録

[辨僞]

本句不是元稹詩篇佚句,而是王安石之詩中的一句,王安石《桃源行》:"望夷宫中鹿爲馬,秦人半死長城下。避世不獨商山翁,亦有桃源種桃者。此來種桃經幾春?採花食實枝爲薪。兒孫生長與世隔,雖有父子無君臣。漁郎漾舟迷遠近,花間相見驚相問。世上那知古有秦,山中豈料今爲晉!聞道長安吹戰塵,春風回首一沾巾。重華一去寧復得?天下紛紛經幾秦?"王安石原詩爲"漁郎漾舟迷遠近",後人引用爲"漁郎放舟迷遠近",僅僅相差一字,但都標示作者是"王安石"。如《古今事文類聚後集·雜著》中載"王介甫"之《桃源行》:"望夷宫中鹿爲馬,秦人半死長城下。避世不獨商山翁,亦有桃源種桃者。一來種桃不計春,採花食實枝爲薪。兒孫生長與世隔,知有父子無君臣。漁郎放舟迷遠近,花間忽見驚相問。世上空知古有秦,山中豈料今爲晉?問道長安吹戰塵,春風回首亦沾巾。重華一去無消息,世上紛紛經幾秦?"後加按語:"王荆公《桃源行》云:'望夷宫中鹿爲馬,秦人半死長城下。'然議者謂二世致齋望夷宫在鹿馬之後,又長城之役在始皇時,似未盡善。或曰:概言秦亂而已,讀者不以辭害意也。"《全芳備祖前集·桃花》也録有《桃源行》之詩,中有"漁郎放舟迷遠近"之句,詩篇末尾署名"王介甫"。《詩林廣記》也録《桃源行》之詩,中有"漁郎放舟迷遠近"之句,開頭有"附王介甫《桃源行》"之提示。《年譜新編》採録并編年"無法編年作品"欄内,有誤。

元稹"紅蠡捲碧應無分"

紅蠡捲碧應無分,白髮悲秋不自繇。

摘自《玉芝堂談薈·香螺杯》

[辨僞]

明代徐應秋《玉芝堂談薈·香螺杯》:"元稹詩:'紅蠡捲碧應無分,白髮悲秋不自繇。'"經查考,兩句不是元稹詩,而是元明之際倪瓚,亦即元鎮的詩,詩題是《洪武甲寅中秋夜寓姻鄒氏病中咏懷》,詩云:"經旬卧病掩山扉,巗穴潛神似伏龜。身世浮雲度流水,生涯煮豆燃枯萁。紅蠡捲碧應無分,白髮悲秋不自支。莫負尊前今夜月,長吟桂影一伸眉。"《清閟閣全集·雲林遺事》記述倪瓚的種種怪癖,其中一則與"紅蠡捲碧應無分"有關:"洪武甲寅還鄉時,(倪瓚)已無家,寓姻親鄒惟高家。是歲中秋,鄒氏開宴賞月,元鎮以脾疾戒飲,凄然不樂,乃賦詩,有'云紅蠡捲碧應無分,白髮悲秋不自支'之句。不久,竟以是疾卒於鄒氏。"《宋元詩會》也録有倪瓚"紅蠡捲碧應無分"之詩,詩題是《中秋脾疾不飲有感》,詩文大致相同:"經旬卧病掩山扉,巖穴潛神似伏龜。身世浮雲度流水,生涯煮豆爨枯萁。紅螺捲碧應無分,白髮悲秋不自支。莫負尊前今夜月,長吟桂影一伸眉。"卷首有詩人的生平介紹:"倪瓚,字元鎮,無錫人。本大家子,元季知天下將亂,盡散其貲材,逍遥吟諷,兼寓意畫圖,遂稱名手。所居有清閟閣、雲林堂,而清閟尤勝,古墨妙彝器,悉藏其中。晚年避亂,來往江湖,多寓琳宫梵刹。明洪武甲寅,年六十八,始歸鄉里,時已無家,寄居鄒氏而卒。"

元稹"麯塵溪上素紅枝"

麯塵溪上素紅枝,影在溪流未落時。

摘自《玉芝堂談薈·麯塵絲》

[辨僞]

明人徐應秋《玉芝堂談薈·麯塵絲》:"元稹詩:'麯塵溪上素紅枝,影在溪流未落時。'"兩句非元稹詩,徐凝《翫花五首》二:"麴塵溪上素紅枝,影在溪流半落時。人自惜花腸欲斷,春風却是等閑吹。"《萬首唐人絶句》、《全詩》、《全唐詩録》同,《元稹集》、《年譜》、《編年箋注》、《年譜新編》均未涉及徐應秋《玉芝堂談薈·麯塵絲》之誤失。

元稹"今朝誰是拗花人"

南方或謂折花曰拗花,唐元微之詩:"試問酒旗歌板地,今朝誰是拗花人?"

見陶宗儀《輟耕録》卷一二

[辨僞]

李賀《昌谷集》卷三《酬答二首》二:"雍州二月梅池春,御水鵁鶄暖白蘋。試問酒旗歌板地,今朝誰是拗花人?"《箋註評點李長吉歌詩》卷三同,《唐音癸籤》卷二〇、《萬首唐人絶句》卷七、《唐人萬首絶句選》卷五、《唐詩拾遺》卷四、《古詩鏡·唐詩鏡》卷四七、《佩文齋詠物詩選》卷四五〇、《石倉歷代詩選·李賀》卷七一、《全詩》卷三九二引用本詩,均歸屬李賀。唯《輟耕録·拗花》誤作元稹詩:"南方或謂折花曰拗花,唐元微之詩:‘試問酒旗歌板地,今朝誰是拗花人?’”《全唐詩續補》、《編年箋注》、《年譜新編》不加辨别,認爲兩句是元稹之詩句,誤,不可從。

元稹《送裴侍御》(一)①

欲知别後思君處,看取湘江秋月明②。

見《千載佳句·秋别》,據花房英樹《元稹研究》轉録

[辨僞]

兩句《元稹集》、《全唐詩續補》、《編年箋注》均收録。在元稹的朋友中,不見“裴侍御”其人。而兩句中的“湘江”是水名,源出廣西省,流入湖南省,爲湖南省最大的河流。杜審言《渡湘江》:“獨憐京國人南竄,不似湘江水北流。”柳宗元《始得西山宴遊記》:“遂命僕人過湘江,緣染溪,斫榛莽,焚茅茷,窮山之高而止。”又兩句所云“秋月”是秋夜的月亮。陶潛《辛丑歲七月赴假還江陵夜行塗口》:“叩栧新秋月,臨流别友生。”杜甫《十七夜對月》:“秋月仍圓夜,江村獨老身。”考元稹一生經歷中,並未在湘江地區任職。元稹僅僅元和九年涉足湘江地區,但時間是在春天,有《陪張湖南宴望岳樓稹爲監察御史張中丞知雜事》、《何滿子歌》、《盧頭陀詩》、《醉别盧頭陀》、《湘南登臨湘樓》、《晚宴湘亭》、《寄庾敬休》諸詩爲證,時間都不是秋天。元稹大和四年與五年在武昌軍節度使任,雖然“治鄂州,管鄂、岳、黄、安、申、光等州”,但六州均不在湘江地區。而兩句“欲知别後思君處,看取湘江秋月明”,賦詩之人應該在秋天任職湘江或人在湘江,而這顯然與元稹生平不符,應該不屬於元稹的詩作。《元稹集》、《全唐詩續補》、《編年箋注》將兩句歸屬元稹的意見不可取;《年譜新編》編年兩句於元和九

年,但又認爲:“詩作疑僞。”意見可取,但又與編年自相矛盾。

元稹“眼長看地不稱意”

眼長看地不稱意。

見《吟窗雜録》卷三五引《歷代吟譜》,據《年譜新編》轉録

［辨僞］

本句是王安石詩句,非元稹所作。王安石《胡笳十八拍十八首》四:“漢家公主出和親,御厨絡繹送八珍。明妃初嫁與胡時,一生衣服盡隨身。眼長看地不稱意,同是天涯淪落人。我今一食日還併,短衣數挽不掩脛。乃知貧賤别更苦,安得康强保天性?”《吟窗雜録》的引録、《年譜新編》在“無法編年作品”欄内的轉録均有誤。

元稹“緑耳驊騮賺殺人”

緑耳驊騮賺殺人。

摘自《年譜新編》“無法編年作品”欄内

［辨僞］

《年譜新編》將“緑耳驊騮賺殺人”作爲元稹佚句收録,不見列舉根據與理由,有誤。“緑耳驊騮賺殺人”應該是杜荀鶴《八駿圖》中的一句,全詩云:“丹臒傳真未得真,那知筋骨與精神!秖今恃駿憑毛色,緑耳驊騮賺殺人。”杜荀鶴《唐風集》收有“緑耳驊騮賺殺人”,《聲畫集》、《全詩》亦都歸名杜荀鶴,應該是可信的。

元稹《金璫玉珮歌》

贈君金璫太霄之玉珮,金鎖禹步之流珠。五嶽真君之秘籙,九天丈人之寶書。東井沐浴辰已畢,先進洞房上奔日。借問君欲何處來?黄姑織女機邊出。

摘自《年譜新編》

[辨僞]

本詩出自顧況《華陽集》卷中,又見於《唐文粹》卷一七、《全詩》卷二六五、《佩文齋詠物詩選》卷一五一、《唐詩紀事·顧況》、《淵鑑類函》卷三一八,均歸名作者是顧況。《示兒編》卷一〇引述本詩前四句,也有"顧況《金璫玉珮歌》云:'……'"標明作者是顧況。不見其他文獻將本詩歸屬元稹,唯《年譜新編》將本詩歸屬元稹,編年於"無法編年作品"欄内,但又不見其出示根據與理由,無法信從。也許有人以爲元稹也有一首《金璫玉珮歌》,但不見《元稹年譜新編》出示内容或根據,不能信從。

元稹"内蕊繁于纈"

元微之詩:"内蕊繁于纈。"

摘自《丹鉛摘録》卷三

[辨僞]

《丹鉛摘録》卷三:"《説文》:纈,結也,繫彩繒爲文也……杜牧之詩:'花塢團宫纈。'元微之詩:'内蕊繁于纈。'李長吉詩:'醉纈抛紅網。’韓退之詩：‘碎纈紅滿杏。’王建詩：‘纈衣簾裏動香塵。’魚元機《海棠溪》詩云：‘春教風景駐仙霞，水面魚身結帶花。人世不思靈卉異，競將紅纈染輕紗。’薛濤詩：‘夾纈籠裙繡地衣。’東坡詩：‘醉面何因散纈文。’”《藝林彙考·服飾篇》、《升庵集·纈衣》同。其中“花塢團宫纈”一句，確實出自杜牧《池州送孟遲先輩》；“醉纈拋紅網”一句，確實出自李賀《惱公》；“夾纈籠裙繡地衣”一句，確實出自薛濤《春郊遊眺寄孫處士二首》二；“碎纈紅滿杏”一句，確實出於韓愈與他人的聯句，但作者却不是韓愈而是孟郊；“纈衣簾裏動香塵”一句，不是王建之詩，而是杜牧《倡樓戲贈》之句；而“春教風景駐仙霞”四句，詩題確實來是《海棠溪》，但作者不是“魚元機”而是“薛濤”；“醉面何因散纈文”應該是蘇軾《會客有美堂周邠長官與數僧同泛湖往北山湖中聞堂中歌笑聲以詩見寄因和二首時周有服》二中的詩句，但引録有誤，“醉面何因散纈文”應該是“醉面何因作纈紋”之誤：由此可見《丹鉛摘録》引録之隨意。而元稹‘内蕊繁于纈’之句，不見於元稹現存詩文集，而見於杜甫《寄岳州賈司馬六丈巴州嚴八使君兩閣老五十韵》：“内蕊繁於纈，宫花軟勝綿。恩榮同拜手，出入最隨肩。”除杜甫各種詩集外，《唐宋詩醇》、《通雅·衣服》、《全詩》、《全唐詩録》均同。我們以爲，“内蕊繁于纈”一句，應該是杜甫的詩句，與元稹無涉，《丹鉛摘録》引録有誤。

元稹《漫酬賈沔州》

元稹《漫酬賈沔州》，諫部中有“争食秔與蕢”，禮韵無“蕢”字。

摘自《古今通韵·十六諫》

[辨僞]

《古今通韵・十六諫》:“元積《漫酬賈沔州》……”其實“元積”是“元結”之誤,張冠李戴了。《元次山集》卷三、《全詩》卷二四一、《全唐詩録》卷一八均歸名元結。元結《漫酬賈沔州》:“往年壮心在,嘗欲濟時難。奉詔舉州兵,令得誅暴叛。上將屢顛覆,偏師嘗救亂。未曾弛戈甲,終日領簿案。出入四五年,憂勞忘昏旦。無謀静兇醜,自覺愚且懦。豈欲皁櫪中,争食兹與蘔。去年辭職事,所懼貽憂患。天子許安親,官又得閑散。自家樊水上,性情尤荒慢。雲山與水木,似不憎吾漫。以兹忘時世,日益無畏憚。漫醉人不嗔,漫眠人不唤。漫遊無遠近,漫樂無早晏。漫中漫亦忘,名利誰能算?聞君勸我意,爲君一長歎。人誰年八十?我已過其半。家中孤弱子,長子未及冠。且爲兒童主,種藥老谿澗。”讀者據此可以查閲《古今通韵》的誤失。

元積《欸乃曲》

唐元積逢春水行,舟不進,作《欸乃曲》。今舟子唱之,以取適于道路也。欸乃,棹歌聲。

摘自《山堂肆考・欸乃曲》

[辨僞]

《山堂肆考・欸乃曲》:“唐元積逢春水行,舟不進,作《欸乃曲》……”這裏誤“元結”爲元積,誤“令”爲“今”,估計是抄書之誤。《次山集・欸乃曲五首序》:“大曆丁未中,漫叟以軍事詣都使還州,逢春,水舟行不進,作《欸乃五曲》,舟子唱之,蓋欲取適於道路耳!詞曰……”《湖廣通志・欸乃曲序》:“大曆初,結爲道州刺史,以軍事詣都使還州,逢春,水舟行不進,作《欸乃曲五首》,命舟子唱之,以取適於道路。”宋代黄震《黄氏日抄》、宋人高似孫《緯略》、宋朝袁文《瓮牖閑評》、宋人朱熹《晦庵集》、宋人薛季宣《浪語集》均認同《欸乃曲》是元結所作。

元稹《西郊遊矚》

元稹《西郊遊矚》詩曰:“東風散餘冱,陂水澹已緑。烟芳何處尋? 杳靄春山曲。新禽哢暄節,晴光泛嘉木。一與諸君遊,華觴秋見屬。”

摘自《淵鑑類函·遊覽》

[辨僞]

《淵鑑類函·遊覽》:“元稹《西郊遊矚》詩曰:‘……’”《韋蘇州集·西郊遊矚》:“東風散餘冱,陂水淡已緑。烟芳何處尋? 杳藹春山曲。新禽哢暄節,晴光泛嘉木。一與諸君遊,華觴忻見屬。”詩文基本相同,《文章正宗》、《全詩》、《全唐詩録》同,都歸屬韋應物名下。此詩對元稹來説是僞作,應予辨明。

元稹《詠徐正字畫青蠅》

誤點能成物,迷真許一時。筆端來已久,座上去何遲?

摘自《佩文齋書畫譜·徐正字》

[辨僞]

《佩文齋書畫譜·徐正字》:“徐正字(憲宗時人),元稹《詠徐正字畫青蠅》,詩云:‘……’(《元氏長慶集》)”其實這是韋應物《詠徐正字畫青蠅》的前半首詩,《歷代題畫詩類》:"《詠徐正字畫青蠅》:'誤點能成物,迷真許一時。筆端來已久,座上去何遲? 顧白曾無變,聽雞不復疑。詎勞才子賞,爲入國人詩。'"詩題下標明"唐韋應物"。《全詩》韋應物卷收入本詩,文字基本相同:"《詠徐正字畫青蠅》:'……'"《佩文齋書畫譜》是引録有誤,不應該採信。

元稹《長安道》

漢家宫殿含雲烟,兩宫十里相連延。晨霞出没弄丹闕,春雨依微自甘泉。春雨依微春尚早,長安貴遊愛芳草。寶馬横來下建章,香車却轉避馳道。貴遊誰最貴? 衛霍世難比。何能蒙主恩? 幸遇邊塵起。歸來甲第拱皇居,朱門歲歲臨九衢。中有流蘇合歡之寶帳,一百二十鳳凰羅列含明珠。下有錦繡翠被之燦爛,博山吐香五雲散。麗人綺閣情飃飃,頭上鴛釵雙翠翹。低鬟曳袖迴春雪,聚黛一聲愁碧霄。山珍海錯棄藩籬,烹犢炮羊如折葵。既請列侯封部曲,還將金印授廬兒。歡榮若此何所苦? 但苦白日西南馳。

摘自《淵鑒類函・道路》

[辨僞]

《淵鑒類函・道路》:"元稹《長安道》詩曰:'……'"《韋蘇州集・長安道》的詩文與之相同,《英華》、《樂府詩集》、《唐音》、《全詩》、《陜西通志・藝文》同,均歸名韋應物。此詩與《詠徐正字畫青蠅》、《西郊遊矚》一樣,都是韋應物的詩篇,嫁名元稹。對元稹來説,是僞作,應予辨明。

元稹《詠琉璃》

有色同寒冰，無物隔纖塵。象筵看不見，堪將對玉人。

摘自《淵鑒類函·珍寶部》

[辨僞]

《淵鑒類函·珍寶部》："唐元稹《詠琉璃》詩曰：'……'"《韋蘇州集·詠琉璃》："有色同寒冰，無物隔纖塵。象筵看不見，堪將對玉人。"詩文完全相同，《萬首唐人絶句》、《佩文齋詠物詩選》、《御選唐詩》、《全詩》同，都歸名韋應物。對元稹來説，是僞作，應予辨明。

元稹《椶櫚蠅拂歌》

椶櫚爲拂登君席，青繩撩亂飛四壁。文如輕羅散如髮，馬尾氂牛不能潔。柄出湘江之竹碧玉寒，上有纖羅縈縷尋未絶。左揮右灑繁暑清，孤松一枝風有聲。麗人紈素可憐色，安能點白化爲黑？

摘自《淵鑒類函·服飾部》

[辨僞]

《淵鑒類函·服飾部》："元稹《椶櫚蠅拂歌》曰：'……'"《韋蘇州集·椶櫚蠅拂歌》："椶櫚爲拂登君席，青蠅撩亂飛四壁。文如輕羅散如髮，馬尾氂毛不能絜。柄出湘江之竹碧玉寒，上有纖羅縈縷尋未絶。左揮右灑繁暑清，孤松一枝風有聲。麗人紈素可憐色，安能點白還爲黑?”《佩文齋詠物詩選》、《全詩》同,對元稹來説,是僞作,應予辨明。

元稹《始聞夏蟬》

徂夏暑未晏,蟬鳴景已曛。一聽知何處?高樹但侵雲。響悲遇衰齒,節謝屬離群。還憶郊園日,獨向澗中聞。

摘自《淵鑒類函·蟲豸部》

［辨僞］

《淵鑒類函·蟲豸部》:“元稹《始聞夏蟬》詩曰:‘……’”《韋蘇州集·始聞夏蟬》:“徂夏暑未晏,蟬鳴景已曛。一聽知何處?高樹但侵雲。響悲遇衰齒,節謝屬離群。還憶郊園日,獨向澗中聞。”《全詩》收録,屬名韋應物,對元稹來説,是僞作,應予辨明。

元稹《精舍納凉》

山景晦已寂,野亭變蒼蒼。夕風吹高殿,露葉散林光。清鐘初戒夜,幽鳥尚歸翔。誰復掩扉卧?南軒多早凉。

摘自《佩文齋詠物詩選·凉類》

［辨僞］

《佩文齋詠物詩選·凉類》:“《精舍納凉》,唐元稹:‘……’”其實此詩著作權應該屬於韋應物,其《韋蘇州集·精舍納凉》:“山景寂已晦,野寺變蒼蒼。夕風吹高殿,露葉散林光。清鐘始戒夜,幽禽尚歸翔。誰復掩扉卧,不詠南軒凉?”《全詩》同,歸屬韋蘇州韋應物名下。

對元稹來説,這是僞作,應予辨明。

元稹《詠露珠》

秋荷一滴露,清夜墜元天。將來玉盤上,不定始知圓。

摘自《佩文齋詠物詩選・露類》

[辨僞]

《佩文齋詠物詩選・露類》:"五言絶句:唐元稹《詠露珠》:'……'"其《韋蘇州集・詠露珠》:"秋荷一滴露,清夜墜玄天。將來玉盤上,不定始知圓。"《全詩》同,均歸屬韋應物。對元稹來説,這是僞作,應予辨明。

元稹《南園》

清露夏天曉,名園野氣通。水禽遥泛雪,池蓮迥披紅。幽林詎知暑?環舟似不窮。頓灑塵喧意,長嘯滿襟風。

摘自《佩文齋詠物詩選・園林類》

[辨僞]

《佩文齋詠物詩選・園林類》:"《南園》,唐元稹:'……'"其實此詩著作權應該屬於韋應物,其《韋蘇州集・南園》:"清露夏天曉,荒園野氣通。水禽遥泛雪,池蓮迥披紅。幽林詎知暑?環舟似不窮。頓灑塵喧意,長嘯滿襟風。"《英華》、《淵鑑類函・居處部》、《全詩》同,均歸屬韋蘇州韋應物名下。對元稹來説,這是僞作,應予辨明。

元稹《看花招李兵曹不至》

夭桃紅燭正相鮮，傲吏閑齋每獨眠。應是夢中飛作蝶，悠揚祇在此花前。

摘自《佩文齋詠物詩選・蝶類》

［辨僞］

《佩文齋詠物詩選・蝶類》："元稹《看花招李兵曹不至》：'……'"其實此詩著作權應該屬於吕温，其《吕衡州集・夜半把火看南園花招李十一兵曹不至呈座上諸公》："夭桃紅燭正相鮮，傲吏閑齋困獨眠。應是夢中飛作蝶，悠揚祇在此花前。"《全詩》同，《萬首唐人絶句》詩題有所改變作：《看花招李兵曹不至》，詩文相同："夭桃紅燭正相鮮，傲吏閑齋困獨眠。應是夢中飛作蝶，悠揚秖在此花前。"且《吕衡州集》與《全詩》在此詩之前，均有《衡州夜後把火看花留客絶句》，詩云："紅芳暗落碧池頭，把火遥看且少留。半夜忽然風更起，明朝不復上南樓。"詩意與"看花招李兵曹不至"相接，此詩對元稹來説，應該是僞作，應予辨正。

元稹《紅藤杖》

友親過滻别，車馬到江回。惟有紅藤杖，相隨萬里來。

摘自謝肇淛《滇略・産略》

［辨僞］

謝肇淛《滇略・産略》："赤藤産緬甸，朱色可爲杖。緬婦篾之以爲腰飾。唐元微之詩:'友親過滻别,車馬到江回。惟有紅藤杖,相隨萬里來。'"本詩非元稹詩,而是白居易詩,白居易《白氏長慶集·紅藤杖》:"交親過滻别,車馬到江迴。唯有紅藤杖,相隨萬里來。"《白香山詩集》、《萬首唐人絶句》、《佩文齋詠物詩選》、《全詩》同,白居易另有《紅藤杖》詩,説明白居易出貶江州期間,時時放在手邊:"南詔紅藤杖,西江白首人。時時携步月,處處把尋春。勁健孤莖直,疏圓六節勻。火山生處遠,瀘水洗來新。粗細纔盈手,高低僅過身。天邊望鄉客,何日拄歸秦?"對元稹來説,《紅藤杖》屬於僞作,應予辨明。

元稹"併失鴛鴦侶"

夢得德宗朝已爲郎官、御史,坐任文黨,久斥于外。晚與樂天皆爲午橋賓客,累官至侍從,然八十餘矣!既没,微之有五言云:"併失鴛鴦侶,空餘麋鹿身。只應嵩少下,長作獨遊人。"

據劉克莊《後村詩話》卷一三

[辨僞]

宋人劉克莊《後村詩話》卷一三:"夢得德宗朝已爲郎官、御史,坐任文黨,久斥于外。晚與樂天皆爲午橋賓客,累官至侍從,然八十餘矣!既没,微之有五言云:'……'"詩話中"任文黨"應該是"叔文黨"之誤,"嵩少"應該爲"嵩洛"之誤,而更大的錯誤是作者的張冠李戴:元稹謝世在大和五年,劉禹錫病卒在會昌二年,晚於元稹十一年,已經作古十一年的元稹怎麽可能會在劉禹錫病故之後賦詩傷感?此是白居易詩篇,誤爲元稹詩歌。《白氏長慶集·微之敦詩晦叔相次長逝巋然自傷因成二絶》,其一:"併失鵷鸞侶,空留麋鹿身。只應嵩洛下,長作獨遊人。"其二:"長夜君先去,殘年我幾何? 秋風滿衫泪,泉下故人多。"《英華》、《萬首唐人絶句》、《白香山詩集》、《全詩》同,《後村詩話》誤。

元稹《鶯鶯歌》

貞元中,張生與崔氏女小字鶯鶯往來,後棄之。鶯鶯已委身於人,張亦娶。適經其所,求見不得。崔知之,潛賦一章曰:'一從銷瘦減容光,萬轉千回懶下床。不爲旁人羞不起,爲郎憔悴却羞郎。'竟不見。元稹嘗爲作《歌》(《麗情集》)。

摘自《古今事文類聚後集·鶯鶯寄詩》

[辨僞]

《古今事文類聚後集·鶯鶯寄詩》亦云:"……"宋無名氏《錦繡萬花谷·妓妾》、明任彭大翼《山堂肆考·萬轉千回》同誤。元稹并没有賦作《鶯鶯歌》,其《鶯鶯傳》:"貞元歲九月,執事李公垂宿於余靖安里第,語及於是。公垂卓然稱異,遂爲《鶯鶯歌》以傳之,崔氏小名鶯鶯,公垂以命篇,歌曰'……'"元稹所作,是唐代傳奇名篇《鶯鶯傳》,而《鶯鶯歌》則是李紳所作。

元稹"無妙思帝里"

無妙思帝里,不合厭杭州。

見俞文豹《吹劍三録》,據《元稹集》、《編年箋注》轉録

［辨僞］

本詩兩句是白居易《正月十五日夜月》中之句，全詩云："歲熟人心樂，朝遊復夜遊。春風來海上，明月在江頭。燈火家家市，笙歌處處樓。無妨思帝里，不合厭杭州。"又見《白香山詩集》卷二五、《增補武林舊事》卷二、《西湖遊覽志餘》卷一〇、《瀛奎律髓》卷一六、《全詩》卷四四三、《佩文齋詠物詩選》卷三五。僅《歲時雜詠》卷七在前引元稹《燈影》，署名"元稹"，這並没有錯；而在其後引録白居易本詩，但没有署名。《元稹集》、《編年箋注》對《歲時雜詠》、《吹劍三録》的粗疏不加辨别，竟然將白居易的詩篇誤爲元稹的詩篇，録入"元稹集外集續補"、"未編年詩"之中，不妥。而且更不應該的是，《元稹集》、《編年箋注》在匆忙引録中不加辨别，竟然將"無妨思帝里"誤作"無妙思帝里"，這樣一來，就成了上下難以連讀的病句。稍有常識的人都知道，元稹一生並未履職杭州，如何可有"不合厭杭州"之言？

元稹"且有承家望"

且有承家望，誰論得力時？

摘自《韵語陽秋》

［辨僞］

葛立方《韵語陽秋》："白樂天、元微之皆老而無子，屢見於詩章。樂天五十八歲始得阿崔，微之五十一歲始得道保。同時得嗣，相與酬唱，喜甚。樂天詩云：'膩剃新胎髮，香綳小繡襦。玉牙開手爪，蘇顆點肌膚。'微之云：'且有承家望，誰論得力時？'又云：'嘉名稱道保，乞姓號崔兒。'"

而所謂"微之云：'且有承家望，誰論得力時？'又云：'嘉名稱道保,乞姓號崔兒。'"云云有誤,四句是白居易之詩句,非元稹之詩句,白居易《和微之道保生三日》:"相看鬢似絲,始作弄璋詩。且有承家望,誰論得力時? 莫興三日歎,猶勝七年遲(予老微之七歲)。我未能忘喜,君應不合悲。嘉名稱道保,乞姓號崔兒。但恐持相並,蒹葭瓊樹枝。"已經清楚表明葛立方《韵語陽秋》的錯誤。對《韵語陽秋》將白居易詩句當成元稹詩篇的粗疏,《年譜》、《編年箋注》、《年譜新編》没有發現,自然也没有指出。

元稹"嘉名稱道保"

嘉名稱道保,乞姓號崔兒。

摘自《詩話總龜後集》

[辨僞]

宋朝阮閲《詩話總龜後集》:"白樂天、元微之皆老而無子,屢見於詩章。樂天五十八歲始得阿崔,微之五十一歲始得道保,同時得嗣,相與酬唱,喜甚。樂天詩云:'膩刺新胎髪,香綢小綉襦。玉牙開手爪,蘇顆點肌膚。'微之云:'且有承家望,誰論得力時?'又云:'嘉名稱道保,乞姓號崔兒。'三歲而亡。白賦詩云:懷抱幼兒亡。按《墓誌》,有子道護,年三歲而卒。以歲月考之,即道保也。孟東野連産三子,不數日皆失之。韓退之嘗有詩,假天命以寬其憂。三人者,皆人豪,而不能忘情如此,信知割愛爲難也。若使學空天默默,依前重作鄧攸身。傷哉! 微之五十三,道者遭此,則又何必黑衣巾者闖然入其户而後喻哉(葛常之)!"文字與《韵語陽秋》大致相同,但抄録有舛誤,"若使學空天默默,依前重作鄧攸身"顯然是白居易"懷抱又空天默默,依前重作鄧攸身"之錯簡。所謂元稹的"嘉名稱道保,乞姓號崔兒"詩句,應該是白居易《和微之道保生三日》中的詩句。對《韵語陽秋》的粗疏,《年譜》、《編年箋注》、《年譜新編》視而不見。

元稹《高齋》詩

據朱金城先生《白居易集箋校·詩文補遺》

[辨僞]

朱金城先生上海古籍出版社 1988 年 12 月版的《白居易集箋校·詩文補遺》最後補録"句十一",其中之十一句即是:"青燈明滅照不寐,但把君詩闔且開。"其根據是:"《山谷詩注外集》卷十《次韵和答孔毅甫》詩注引樂天《和微之高齋》詩。"

根據我們對文獻的查考,《山谷外集詩注》卷一〇確實有《次韵和答孔毅甫》之詩,也確實有詩句云:"把詠公詩闔且開。"其下注云:"王荆公《寄王逢原》:'披衣起生愁不愜,歸坐把卷闔且開。'樂天《和微之高齋》:'青燈明滅照不寐,但把君詩闔且開。'"據朱金城先生的考證,人們大約可以認爲:元稹似乎應該有一篇《高齋》或《登高齋》的原唱。味其詩意,似乎白居易是回覆元稹初到越州夸州居詩之和篇,與元稹《以州宅夸於樂天》"州城迴遶拂雲堆,鏡水稽山滿眼來。四面常時對屏障,一家終日在樓臺。星河似向檐前落,鼓角驚從地底迴。我是玉皇香桉吏,謫居猶得住蓬萊"有異曲同工之妙。

劉尚榮先生中華書局 2003 年 5 月版《黄庭堅詩集注》引録《次韵和答孔毅甫》的"把詠公詩闔且開"和注文"王荆公《寄王逢原》:'披衣起生愁不愜,歸坐把卷闔且開。'樂天《和微之高齋》:'青燈明滅照不寐,但把君詩闔且開。'"之後有校文云:"'樂天'二字原缺,據殿本補。影元本無此條注,亦無上引王荆公條注。"衹是客觀介紹情況,而對朱金城先生的疏誤無所批評。

謝思煒先生中華書局2006年7月版《白居易詩集校注》在"青燈明滅照不寐,但把君詩闔且開"兩句後指出:"朱《箋》外集卷中據《山谷詩注外集》卷上《次韵和答孔毅甫》注引樂天《和微之高齋》録。"然後"按語"云:"此爲王安石《和王微之登高齋三首》之二句,見《臨川文集》卷六。李壁《王荆公詩注》卷九以此詩單出,題《和微之登高齋》。朱《箋》誤引。"

我們也贊成"朱《箋》誤引"的意見,"'樂天'二字原缺"是根據之一;王安石《和微之登高齋》確有"青燈明滅照不寐,但把君詩闔且開"之句是根據之二。因此詩題中的"微之"是宋人王微之,非唐人元微之,作者是宋人王安石,非唐人白樂天。據此,《山谷詩注外集》的注語有誤,《白居易集箋校》引用失誤,元稹並無《高齋》或《登高齋》詩篇。既然"青燈明滅照不寐,但把君詩闔且開"兩句不是白居易詩句,因此所謂的元稹《高齋》或《登高齋》的原唱也就不復存在。

元稹《姨母鄭氏墓誌》

會清源莊季裕爲僕言友人楊阜公嘗得微之所作《姨母鄭氏墓誌》云:"其既喪夫遭軍亂,微之爲保護其家備至。"則所謂傳奇者,蓋微之自叙,特假他姓以自避耳!僕退而考微之《長慶集》,不見所謂《鄭氏誌》文,豈僕家所收未完,或别有他本爾?

據宋人王性之《辨傳奇鶯鶯事》引録

[辨僞]

關於《姨母鄭氏墓誌》是元稹所作的説法,是"張生即元稹自寓"

説者的重要根據。我們以爲《姨母鄭氏墓誌》既非王性之或趙氏親眼所見,亦非言者莊氏親手所得,僅是莊氏之朋友楊阜公"嘗得";《姨母鄭氏墓誌》既不見唐五代時人提及,而在宋代已不可得,故不見編集《元氏長慶集》的劉麟父子編入元稹詩文集内,後世也没有人再見過。一個墓誌繞了這麼大的彎子,連王性之或趙氏自己都表示懷疑。且所引志文"其既喪夫遭軍亂,微之爲保護其家備至"云云,也不像元稹在志文中應有的口氣,其真實性是大可懷疑的。

我們查閲《四庫全書》文題是"鄭氏墓誌"的文獻,計有:《五原國太夫人鄭氏墓誌》,但作於"開皇二十年";《唐陸齊望妻滎陽縣君鄭氏墓誌》,作者是"陸贄",作於"貞元七年";《唐平盧節度孫公妻滎陽郡君鄭氏墓誌》,作者是"任繕",作於"大中四年";《唐滎陽鄭氏墓誌》,作者是"李益",作於"大曆六年";《周安昌公夫人鄭氏墓誌銘》,作者是"周代"的"庾信";《滎陽夫人鄭氏墓誌銘》,作者是"張説",作於"神龍元年";《唐睦州司倉參軍盧公夫人鄭氏墓誌銘》,作者是"劉長卿",作於"大曆十三年";《唐河南元府君夫人滎陽鄭氏墓誌銘》,作者是"白居易",作於"元和二年";《嗣曹王故太妃鄭氏墓誌銘》,作者是"穆員",作於"貞元元年";《虞曹郎中妻故陳留縣君鄭氏墓誌銘》,作者是宋人"胡宿";《亡妻鄭氏墓志銘》,作者是宋人"蘇舜欽";《右侍禁妻鄭氏墓誌銘》、《右屯衛大將軍妻静安縣君鄭氏墓誌銘》,作者均是宋人"范祖禹";《右監門衛將軍夫人東陽縣君鄭氏墓誌銘》,作者是宋人"歐陽修";《故仙源縣君鄭氏墓誌銘》,作者是宋人"慕容彦逢";《孺人鄭氏墓誌》,作者是宋人"林亦之";《李宜人鄭氏墓誌銘》,作者是宋人"葉適";《孺人鄭氏墓誌銘》,作者是宋人"劉克莊";其餘還有一些文題中含有"鄭氏墓誌",但作者都是金元明清時期的人士,可以略而不計。也没有找到元稹的《姨母鄭氏墓誌》,看來,這衹是王性之或趙德麟、莊季裕、楊阜公一廂情願的憑空想像罷了!

元稹《蝶戀花詞十二首》

其一：

麗質仙娥生玉殿。謫向人間，未免凡情亂。宋玉墻東流美盼，亂花深處曾相見。　密意濃歡方有便。不奈浮名，旋遣輕分散。最恨多才情太淺，等閑不念離人怨。

其二：

錦額重簾深幾許。繡履彎彎，未省離朱户。强出嬌羞都不語，絳唇頻掩酥胸素。　黛淺愁生粧淡佇。怨絶情凝，不肯聊回顧。媚臉未匀新泪污，梅英猶帶春朝露。

其三：

懊惱嬌娘情未慣。不道看看，役得人腸斷。萬語千言都不管，蘭房跬步如天遠。　廢寢忘飡思想遍。賴有青鸞，不比憑魚雁。密寫香箋論繾綣，春詞一紙芳心亂。

其四：

庭院黄昏春雨霽。一縷深心，百種成牽。繫青翼驀然来報喜，花箋微諭相容意。　待月西廂人不寐。簾影揺光，朱户猶慵閉。花動拂墻紅萼墜，分明疑是情人至。

其五：

屈指幽期唯恐誤。恰到春宵，明月當三五。紅影壓墻花密處，花陰便是桃源路。　不謂蘭誠金石固。斂袂怡聲，恣把多才數。惆悵空回誰共語？只應化作朝雲去。

其六：

數夕孤眠如度歲。將謂今生，會合終無計。正是斷腸凝望際，雲心捧得嫦娥至。　　玉困花柔羞抆泪，端麗妖嬈，不與前時比。人去月斜疑夢寐，衣香猶在粧留臂。

其七：

一夢行雲還暫阻。盡把深誠，綴作新詩句。幸有青鸞堪密付，良宵從此無虚度。　　兩意相歡朝又暮，不奈郎鞭，暫指長安路。最是動人愁怨處，離情盈抱終無語。

其八：

碧沼鴛鴦交頸舞。正恁雙栖，又遣分飛去。洒翰贈言終不許，援琴請盡奴心素。　　曲未成聲先怨慕。忍泪凝情，强作霓裳序。彈到離愁淒咽處，弦腸俱斷梨花雨。

其九：

別後相思心目亂。不謂芳音，忽寄南来雁。却寫花箋和泪卷，細書方寸教伊看。　　獨寐良宵無計遣，夢裏依稀，暫若尋常見。幽會未終魂已斷，半衾如暖人猶遠。

其一〇：

尺素重重封錦字。未盡幽閨，別後心中事。佩玉綵絲文竹器，願君一見知深意。　　環欲長圓絲萬繫。竹上斕斑，總是相思泪。物會見郎人永棄，心馳魂去人千里。

其一一：

夢覺高唐雲雨散。十二巫峰，隔斷相思限。不爲傍人移步懶，爲郎憔悴羞郎見。　　青翼不来孤鳳怨。路失桃源，再會終無便。舊恨新愁那計遣，情深何以情俱淺。

其一二：

鏡破人離何處問。路隔銀河，歲會知猶近。只道新来消瘦損，玉容不見空傳信。　　棄擲前歡俱未忍。豈料盟言，陡頓無憑準。地久天長終有盡,綿綿不似無窮恨。

摘自趙德麟《侯鯖録》卷五

[辨僞]

以上《蝶戀花》詞十二首,見於宋代趙德麟《侯鯖録》卷五,實際作者是趙德麟,但却托名元稹,稱之爲"《元微之崔鶯鶯商調蝶戀花詞》"。後面趙德麟雖然有所解釋,認爲是自己根據元稹《傳奇》亦即《鶯鶯傳》的原意整理而成,故題曰《元微之崔鶯鶯商調蝶戀花詞》。模棱兩可,似是而非,這在一定程度上給不明真相的讀者製造了混亂,故我們借本書稿"辨僞"之篇幅,附録在此,特地予以辨明。

元稹"功名富貴若常在"

功名富貴若常在,漢水亦應西北流(元微之集)。

録自《記纂淵海》卷七四

[辨僞]

兩句見宋代潘自牧《記纂淵海》卷七四《感嘆》:"功名富貴若常在,漢水亦應西北流(元微之集)。"但兩句不應該出自元稹之手,而是李白的詩篇,其《江上吟》:"木蘭之枻沙棠舟,玉簫金管坐兩頭。美酒樽中置千斛,載妓隨波任去留。仙人有待乘黄鶴,海客無心隨白鷗。屈平詞賦懸日月,楚王臺榭空山丘。興酣落筆摇五岳,詩成笑傲淩滄洲。功名富貴若長在,漢水亦應西北流。"兩者僅僅有"常在"與"長在"之不同,詞義是相通的。

李白《江上吟》,又見《李太白文集》、《李太白集分類補註》、《李太白集注》、《古詩境·唐詩境》、《淵鑑類函》、《唐詩品彙》、《古今詩删》、

《石倉歷代詩選》、《唐宋詩醇》、《全詩》、《全唐詩録》;而將兩句歸爲元稹,僅僅是《記纂淵海》。據此,兩句應該是李白所作。

元稹"十五年前似夢遊"

元稹,字微之,自御史左遷司馬,權知州事。微之到通州日,授館未安,塵壁間有數行字,乃是僕十五年前初及第時贈長安妓阿軟絶句。緬思往事,杳若夢中。懷舊感今,因酬長句呈白居易。詩云:"十五年前似夢遊,曾將詩句結風流。昔教紅袖佳人唱,今遣青衫司馬愁。"

録自祝穆《方輿勝覽·達州》

[辨僞]

宋人祝穆《方輿勝覽》在這裏有三處失誤作僞:一、白居易《微之到通州日授館未安見塵壁間有數行字讀之即僕舊詩其落句云緑水紅蓮一朵開千花百草無顔色然不知題者何人也微之吟歎不足因綴一章兼録僕詩本同寄省其詩乃是十五年前初及第時贈長安妓人阿軟絶句緬思往事杳若夢中懷舊感今因酬長句》:"十五年前似夢遊,曾將詩句結風流。偶助笑歌嘲阿軟,可知傳誦到通州。昔教紅袖佳人唱,今遣青衫司馬愁。惆悵又聞題處所,雨淋江館破墻頭。"《方輿勝覽》僅僅截取其中四句,"長句"轉眼之間成了"絶句"而已。二、元稹"到通州日"在元和十年六月,元稹《酬樂天東南行詩一百韵》:"我病方吟越,君行已過湖(元和十年六月至通州,染瘴危重。八月,聞樂天司馬江州)。"從元和十年逆推"十五年前",應該是貞元十六年,元稹當時并没有"初及第",而白居易貞元十六年進士及第,《方輿勝覽》顯然是白冠元戴了。三、"自御史左遷司馬"云云,與史實不符:元稹曾任職監察御史,但那是元和四年與元和五年的事情。元稹貶任通州司馬,是在出貶江陵士曹參軍五年之後,時序已經到了元和十年。

順便説一句,白居易此詩是對元稹《見樂天詩》的回酬:"通州到日日平西,江館無人虎印泥。忽向破檐殘漏處,見君詩在柱心題。"當然,元稹在元和十三年四月十三日之前一二日,又對白居易的這首酬詩再次回酬,但那已經是幾年之後的後話了。

元微之吊江蔿詩《送客》

江蔿《送客》:"明月孤舟遠,吟髭摘更華。天形圍澤國,秋色露人家。水館螢交影,霜洲橘委花。何當尋舊隱,泉石好生涯。"江蔿,處士,江南人,楊徽、元微之有吊江蔿詩,題曰《送客》,而其意似是旅中,三四眼工,露字尤妙。

摘自元代方回《瀛奎律髓·旅況類》

［辨僞］

元代方回《瀛奎律髓·旅況類》:"……"《石倉歷代詩選》、《全詩》均引録本詩,"江蔿",《石倉歷代詩選》、《全詩》作"江爲"。江蔿有詩《送客》,而又言"楊徽、元微之有吊江蔿詩,題曰《送客》",讓人如入五里霧中。據《唐才子傳校箋》、《中國文學家大辭典·唐五代卷》,江爲"唐末""舉進士""不第",得南唐中主賞識。後來準備亡走"吴越",因人告發而"伏罪"。其《臨刑詩(〈五代史補〉:爲在福州有故人,欲投江南爲,與草表事發,並誅。臨刑,詞色不撓,賦此詩)》:"街鼓侵人急,西傾日欲斜。黄泉無旅店,今夜宿誰家?"據此,江爲"伏罪"之時,元稹病故已經百年有餘,如何能有詩篇"吊江爲詩"?此事與元稹無涉,應予辨明。

事迹辨僞

事迹辨僞説明：

本欄目之辨僞事迹，包含涉及諸多詩文的、而本稿元稹詩文作品的"箋注"中又没有提及的詩文故事；被古圣、時賢誤述誤傳，與歷史事實嚴重不符，影響讀者準確理解元稹詩文内涵的文壇故事。至於那些已經在元稹詩文正稿的"箋注"中進行過辨僞的事迹，雖然數量很多，也應該屬於辨僞，此不重複，特此説明。

趙嘏《座中獻元相公》(初嘏嘗家於浙西，有美姬，惑之，計偕。會中元鶴林之遊，浙帥窺其姬，遂奄有之。明年，嘏及第，因以一絶箴之云)

寂寞堂前日又曛，陽臺去作不歸雲。從來聞説沙吒利，今日青娥屬使君。

録自《全詩》卷五五〇

［辨僞］

此詩又見《全唐詩録》，詩題是"座上獻元相公"，題注則改爲："《紀事》云：嘏嘗家于浙西，有美姬，惑之。洎計偕，會中元鶴林之遊，浙帥窺其姬，遂奄有之。明年，嘏及第，因以一絶箴之云云。浙帥不自安，遣歸之。"又見《萬首唐人絶句》，題作"座上獻元相公"，無注文。《唐摭言》記載更爲詳盡，應該是首作甬者："嘏嘗家于浙西，有美姬，嘏甚溺惑。洎計偕,以其母所阻,遂不携去。會中元爲鶴林之遊,浙帥(不知姓名)窺之,遂爲其人奄有。明年,嘏及第,因以一絶箴之曰:'……'浙帥不自安,遣一介歸之于嘏。嘏時方出關,途次横水驛,見兜舁人馬甚盛,偶訊其左右,對曰:'浙西尚書差送新及第趙先輩娘子入京。'姬在舁中,亦認嘏,嘏下馬揭簾視之,姬抱嘏慟哭而卒,遂葬于横水之陽。"《唐詩紀事》基本照抄:"嘏嘗家于浙西,有美姬,惑之。洎計偕,會中元鶴林之遊,浙帥窺其姬,遂奄有之。明年,嘏及第,因以一絶箴之曰:'……'浙帥不自安,遣一介歸之。嘏方出關,逢於横水驛,姬抱嘏慟哭而卒,遂葬於横水之陽。"《唐才子傳》則改編不少:"先,嘏家浙西,有美姬,溺愛。及計偕,留待母。會中元遊鶴林寺,浙帥窺見,悦之,奪歸。明年,嘏及第,自傷賦詩曰:'……'帥聞之,殊惨惨,遣介送姬入長安。時嘏方出關,途次横水驛,於馬上相遇,姬因抱嘏痛哭,信宿而卒,遂葬于横水之陽。嘏思慕不已,臨終日有所見,時方四十餘。"然後是《萬首唐人絶句》、《全詩》、《全唐詩録》步其後塵。雖然《萬首唐人絶句》出於本身體例的限制,没有引述煞有其事的注文,但仍然題作"座上獻元相公",把掠人美色的惡名歸之於元稹。我們之所以不厭其煩抄録引述,就是讓讀者從這隨意的引録中看清其真僞。

其實,這個故事的荒誕不經是非常明顯的:一、《唐才子傳》:"趙嘏……會昌二年鄭言榜進士。"又云趙嘏及第之後,浙西之帥,亦即元稹歸還趙嘏的心愛之人。元稹病故於大和五年,趙嘏會昌二年進士及第之時,元稹早就成了鬼魂,誠如白居易《感舊》所云:"晦叔墳荒草已陳,夢得墓濕土猶新。微之捐館將一紀,杓直歸丘二十春。"二、元稹長慶、寶曆、大和年間,確實出任浙東觀察使之職,但從來没有歷職浙西觀察使之職。三、翻閲《唐方鎮表》,終李唐之世,未見有元姓節度使或觀察使履職浙西,其中曾經歷職宰相又出任浙西節度使或觀察使的就更不多見。四、所謂的"中元節",是農曆七月十五日,舊俗寺廟常常舉辦盂蘭會,郡人遊集,而鶴林寺在潤州城郊。據《唐方鎮表》,會昌二年,浙西節帥是盧簡求,兼領潤州刺史。奪愛之浙西之帥,似乎應該是盧簡求。而趙嘏《山中寄盧簡求》:"竹西池上有花開,日日幽吟看又回。心憶郡中蕭記室,何時暫别醉鄉来?"不見奪愛之痕迹。五、如以"浙西"是"浙東"之誤筆,也仍然難以自圓:趙嘏會昌二年及第與元稹任職浙東觀察使之長慶、寶曆、大和年間,兩者前後相差近二十年,《元稹集·附録》對此也有辨正:"據《唐才子傳》卷七云,趙嘏'會昌二年鄭言榜進士',元稹雖曾爲浙東觀察使,但早在大和五年已卒,此處必有誤,待考。"趙嘏確實在大和年間東遊元稹之幕,但兩人交往頻繁,時見唱和,如趙嘏《浙東陪元相公遊雲門寺》:"松下山前一徑通,燭迎千騎滿山紅。溪雲乍斂幽巖雨,曉氣初高大旆風。小檻宴花容客醉,上方看竹與僧同。歸來吹盡嚴城角,路轉横塘亂水東。"又如趙嘏《九日陪越州元相燕龜山寺》:"佳晨何處泛花遊?丞相筵開水上頭。雙影旆摇山雨霽,一聲歌動寺雲秋。林光静帶高城晚,湖色寒分半檻流。共賀萬家逢此節,可憐風物似荆州。"根本不是那種奪愛與被奪的不正常關係。據此,我們以爲《唐摭言》、《唐詩紀事》、《唐才子傳》、《萬首唐人絶句》、《全詩》、《全唐詩録》的記載是荒誕不經的,應予辨正,至少與元稹無關。

楊巨源《和元員外題昇平里新齋》

自知休沐諸幽勝,遂肯高齋枕廣衢。舊地已開新玉圃,春山仍展緑雲圖。心源邀得閑詩證,肺氣宜將慢酒扶。此外唯應任真宰,同塵敢是道門樞?

摘自《元稹集附録·楊巨源》

[辨僞]

《和元員外題昇平里新齋》確實是楊巨源所作,但詩題中的“元員外”却不應該是元稹,而是元宗簡,《元稹集》將楊巨源的詩採録在《元稹集附録》之中,誤“元員外”爲元稹,都是不合適的。考元稹一生,從未入居長安昇平里。昇平里新齋,應該是元宗簡的居所,元稹《酬樂天吟張員外詩見寄因思上京每與樂天於居敬兄升平里詠張新詩》:“樂天書内重封到,居敬堂前共讀時。四友一爲泉路客,三人兩詠浙江詩。别無遠近皆難見,老減心情自各知。杯酒與他年少隔,不相酬贈欲何之?”就是有力的證據。元稹《見人詠韓舍人新律詩因有戲贈》中也有元宗簡的蹤影:“七字排居敬,千詞敵樂天(侍御八兄,能爲七言絶句。贊善白君,好作百韵律詩)。”白居易《故京兆元少尹文集序》:“居敬姓元,名宗簡。”白居易《和元八侍御升平新居四絶句(時方與元八卜鄰)》均可證明《元稹集附録》之誤。

白居易《哭諸故人因寄元九》

昨日哭寢門,今日哭寢門。借問所哭誰?無非故交親。偉卿既長往,質夫亦幽淪。屈指數年世,收涕自思身。彼皆少於我,先爲泉下人。我今頭半白,焉得身久存?好懷元郎中,相識二十春。昔見君生子,今聞君抱孫。存者盡老大,逝者已成塵。早晚升平宅,開眉一見君。

據馬本《白氏長慶集》

[辨僞]

本詩摘自馬本《白氏長慶集》,又見《四庫全書·白香山詩集》、《四庫全書·全唐詩》,詩題均作“哭諸故人因寄元九”。白居易詩云:“好懷元郎中,相識二十春。”元稹白居易相識於貞元十九年,下推“二十春”,應該是長慶三年,時元稹在同州刺史任,同年八月轉任浙東觀察使、越州刺史。元稹在元和十五年五月九日至長慶元年二月十六日間曾任職祠部郎中,但長慶三年元稹已經易職,前後歷職中書舍人、翰林承旨學士、同平章事、同州刺史、浙東觀察使等高級職務,白居易怎麼還可以以“元郎中”稱呼元稹?白居易詩又云:“昔見君生子,今聞君抱孫。”長慶三年,元稹膝下尚無子息,不見元稹“生子”,何來元稹“抱孫”?元稹從來没有入住過長安的“升平宅”,“早晚升平宅,開眉一見君”云云,也應該與元稹風馬牛不相及。

白居易詩題中的“元九”,應該是“元八”之誤,宋本、那波本之《白氏長慶集》不誤,題作《哭諸故人因寄元八》,朱金城先生《白居易集箋校》已經改正。元八即白居易的朋友元宗簡,字居敬,排行八,故常常被人稱爲“元八”,家住長安升平里。白居易《故京兆元少尹文集序》:“居敬姓元名宗簡,河南人,自舉進士,歷御史府、尚書郎,訖京亞尹,凡二十年。”白居易另有《答元八郎中楊十二博士》、《潯陽歲晚寄元八郎中庾三十二員外》、《和元八侍御升平新居四絶句(時方與元八卜鄰)》諸詩,元稹《見人詠韓舍人新律詩因有戲贈》中也有元宗簡的蹤影:“七字排居敬,千詞敵樂天(侍御八兄,能爲七言絶句。贊善白君,好作百韵律詩)。”白詩作於元和十五年忠州刺史任,而“好懷元郎中,相識二十春。昔見君生子,今聞君抱孫。存者盡老大,逝者已成塵。早晚升平宅,開眉一見君”數句,正是白居易與當時尚存人世的元宗簡的對話,長慶二年春天元宗簡病故。以“二十春”逆推,白居易與元宗簡相識應該在貞元十六年,疑元宗簡的進士及第也在貞元十六年,與白居易同時,因而相識。

阮閱"元稹使蜀與白居易南遷"

元白交道臻至,酬唱盈編。微之爲御史,奉使往蜀,路旁見山花,吟寄樂天曰:"深紅山木艷彤雲,路遠無由摘寄君。恰如牡丹如許大,淺深看取石榴裙。"又云:"向前已説深紅木,更有輕紅説向君。深葉淺花何所似?薄妝愁坐碧羅裙。"白因南遷回,過商山層峰驛,忽睹元題迹,寄元詩曰:"與君前後多遷逐,七度曾過此路隅。笑問階前老桐木,這回歸去免來無?"

摘自阮閱《詩話總龜·唐賢抒情》

[辨僞]

阮閱《詩話總龜·唐賢抒情》記下了元稹元和四年出使東川的文人佳話:"……"阮閱《詩話總龜》不僅没有揭示元稹詩篇的詩題,而且在地裏位置上也存在錯誤:元稹出使東川,走的是由長安西南行而梁州、東川的路綫;白居易"南遷"江州與返回時,確實經由商州,但商州在長安東南,與元稹東川之行的路綫一東南一西南,並不在同一條綫路上。我們應該指出阮閱《詩話總龜》地理位置上常識性的錯誤,以免貽誤讀者;但其引述元稹散佚的詩篇,還是非常珍貴的。

薛濤《寄舊詩與微之》

詩篇調態人皆有,細膩風光我獨知。月夜詠花憐暗澹,雨朝題柳爲欹垂。長教碧玉藏深處,總向紅箋寫自隨。老大不能收拾得，與君開似教男兒。

錄自《薛濤詩集·寄舊詩與微之》

［辨僞］

《薛濤李冶詩集·薛濤詩集》引録本詩，題作"寄舊詩與微之"，將本詩歸屬薛濤，末句也作"與君開似教男兒"。《唐詩紀事》卷七九、《全詩》卷八〇三、《全唐詩録》卷九九均引録本詩，題分别作"贈濤詩因寄舊詩與之"、"寄舊詩與元微之（此首集不載）"、"寄舊詩與元微之"，均歸名"薛濤"。而《全詩》所謂的"此首集不載"完全是閉著眼睛説瞎話，《薛濤李冶詩集·薛濤詩集》明明載有本詩。

關於元稹與薛濤之間的諸多風流韵事的傳聞，我們以爲實在是子虚烏有的附會，十六年前的拙文《也談元稹與薛濤的"風流韵事"》已經詳細辯明，一萬四千字的文稿，不便在這裏引録，敬請有興趣的讀者參閲。我們以爲，本詩對薛濤來説，也是地地道道的僞詩，至少詩題"寄舊詩與微之"肯定不合適，因爲薛濤與元稹之間，並不存在唱和關係。

薛濤《贈遠二首》

芙蓉新落蜀山秋，錦字開緘到是愁。閨閣不知戎馬事，月高還上望夫樓。

擾弱新蒲葉又齊，春深花落塞前溪。知君未轉秦關騎，月照千門掩袖啼。

摘自張蓬舟《薛濤詩箋·元薛因緣》

[辨僞]

張蓬舟《薛濤詩箋·元薛因緣》云:"濤詩《贈遠二首》,從未受人重視,予獨以爲最堪玩味者。蓋其以夫婦自況,舍元稹外,誰能當之?其詩作於元和五年(810),第一首一二兩句,描寫菖蒲情景,顯然寄詩時在春末夏初,正稹被貶江陵之際。薛濤愛種菖蒲,故稹於長慶元年(821)爲中書舍人時,得濤寄贈所創深紅小箋,答以《寄贈薛濤》詩,尾聯'别後相思隔烟水,菖蒲花發五雲高'句。《雲溪友議》云:'薛濤愛種菖蒲,故云。'元辛文房《唐才子傳》云:濤'居浣花里,種菖蒲滿門',是也。三四兩句則寄升遷之望,表眷戀之情也。第二首第一句,計稹得詩之時,當在夏末秋初、荷花始謝之際。第二句所引蘇惠故事,其時正稹妻韋叢喪葬之次年,稹在江陵貶所納妾安仙嬪之前年,故濤直以夫婦自況矣。三四兩句則述對稹當時被貶爲江陵府士曹參軍,雖愛莫能助,情亦難舍也。此詩表現關係之深,關注之切,於元薛因緣乃係確證,殊不可等閑視之也。"

既然張蓬舟列舉元稹與薛濤"江陵因緣"的"確證"是薛濤詩歌《贈遠二首》,那麼我們理應將其全面引述,以明真相。首先應該指出,張蓬舟爲了自圓其説,毫無根據地變换了兩首詩歌的前後次序;如果將兩首詩歌的次序還原,張説將不攻自破。其次,依照詩歌的原有次序,第一首"芙蓉新落蜀山秋",第二首"春深花落塞前溪",從先"秋"後"春"排列的次序來看,實在不是一年所作。張蓬舟斷定爲元和五年所作,實在有點草率。元稹在江陵所娶小妾安仙嬪,元和九年秋天病故,據元稹《葬安氏志》:"始辛卯歲,予友致用憫予愁,爲予卜姓而授之,四年矣!"其時安仙嬪所生之子元荆已經四歲。據此推算,元稹娶安氏最遲不得遲於元和六年春天。如此,張蓬舟所謂"其時正稹妻韋叢喪葬之次年,稹在江陵貶所納妾安仙嬪之前年,故濤直以夫婦自況矣"云云,就無法成立,"次年"、"前年"云云,究竟以詩中"秋天"那年爲準,還是以詩中"春天"那首爲準?其三,薛濤愛種菖蒲,是否確實,姑且不論;張蓬舟據此引元稹《寄贈薛濤》尾聯以證之,實爲枉然。因爲《寄贈薛濤》同樣不是元稹所作。其四,從詩中"戎馬事"推斷,薛濤詩歌是寄贈在遠方帶兵的武夫。而元稹當時是江陵府士曹參軍,據《舊唐書·職官志》:"士曹、司士掌津梁、舟車、舍宅、百工衆藝之事。"與倉曹、户曹等一樣,是輔佐府牧、都督或者節度使管理地方行政事務的屬官。所以元稹江陵時所作《後湖》:"我實司水土,得爲官事無?"足見元稹當時是個地地道道的文官,絶不應該與"戎馬事"相聯系。其五,兩詩並無一字一句涉及元稹,張蓬舟也没有列舉涉及元稹的直接證據,僅僅依靠推理是靠不住的。張蓬舟"蓋其以夫婦自況,舍元稹外,誰能當之"的説法,既没有列舉證據,又没有排除其他的可能,實屬武斷。由此可知,薛濤《贈遠二首》與元稹無涉,更不能證明元稹在江陵期間與薛濤有"以夫婦自況"的艷情及唱和。作爲此説的一個旁證是,元稹江陵時期《貽蜀五首序》:"元和九年,蜀從事韋臧文告别。蜀多朋舊,稹性懶爲寒温書,因賦代懷五章,而贈行亦在其數。"五首詩歌都是寄給劍南西川節度府之朋舊——節度使李夷簡並其僚屬李表臣、盧子蒙、張元夫以及韋臧文。而其時薛濤亦在西川成都府,並且與李表臣、張元夫有唱和,薛濤有《别李郎中》、《寄張元夫》等詩。誠如張蓬舟《元薛因緣》所言,"以夫婦自況"的元稹理應有詩歌寄贈薛濤,但《貽蜀五首》却無一字一句涉及薛濤。由此可見所謂元稹薛濤江陵唱和以及"以夫婦自況"云云,純屬"齊東野語"之類。

薛濤《十離詩》(元微之使蜀,嚴司空遣濤往事,因事獲怒,遠之。濤作《十離詩》以獻,遂復善焉)

《犬離主》:

馴擾朱門四五年,毛香足凈主人憐。無端咬著親情客,不得紅絲毯上眠(濤因醉争令,擲注子誤傷相公猶子,去幕,故云)。

《筆離手》:

越管宣毫始稱情,紅箋紙上撒花瓊。都緣用久鋒頭盡,不得羲之手裏擎。

《馬離廐》:

雪耳紅毛淺碧蹄,追風曾到日東西。爲驚玉貌郎君墜,不得華軒更一嘶。

《鸚鵡離籠》:

隴西獨自一孤身,飛去飛来上錦茵。都緣出語無方便,不得籠中再唤人。

《燕離巢》:

出入朱門未忍抛,主人常愛語交交。銜泥穢汚珊瑚枕,不得梁間更壘巢。

《珠離掌》:

皎潔圓明内外通,清光似照水晶宫。只緣一點玷相穢,不得終宵在掌中。

《魚離池》:

跳躍深池四五秋,常摇朱尾弄綸鉤。無端擺斷芙蓉朵,不得清波更一遊。

《鷹離鞲》：

爪利如鋒眼似鈴，平原捉兔稱高情。無端竄向青雲外，不得君王臂上擎。

《竹離亭》：

蓊鬱新栽四五行，常將勁節負秋霜。爲緣春笋鑽墻破，不得垂陰覆玉堂。

《鏡離臺》：

鑄瀉黄金鏡始開，初生三五月裴回。爲遭無限塵蒙蔽，不得華堂上玉臺。

據《全詩》卷八〇三

［辨僞］

世謂《十離詩》爲薛濤呈獻元稹之作。《十離詩》内容猥褻，不堪入目。此事始作俑者爲明代趙宧光，《四庫全書總論》認爲趙氏"所注所論，亦疏舛百出"，他補洪邁《萬首唐人絶句》時將薛書記的《十離詩》在毫無所本的情况下編入薛濤卷中，並在詩題下撰注"上元相公"四字。後人以訛傳訛，誤傳聞爲"確説"，沿襲至今。《十離詩》有"馴擾朱門四五年"、"戲躍蓮池四五秋"之句，這與元稹元和四年三月按御東川，五六月間就已經歸來的行蹤不合。"朱門"、"相公"之語，亦與元稹八品監察御史的身份不相符合。前人對此已加以辯駁，如《徐氏筆精·薛書記》："《唐摭言》云：元相公在浙東，賓府有薛書記，酒後争令，以酒器擲傷公猶子，遂出幕。既去，作《十離詩》曰：《犬離主》、《筆離手》等作。今諸女史皆編入薛濤集内，何附會之甚耶？以薛書記認作薛校書，以元載認作元微之。况濤蜀人，非浙東事可附會。《彤管遺篇詩》、《女史》、《青泥蓮花記》及蜀本《薛濤詩》皆載《十離詩》,故表而出之。""以薛書記認作薛校書",《徐氏筆精》駁之是也。而"以元載認作元微之",則言之有誤,考元載一生,並未出任地方官職。今人彭雲生《〈十離詩〉辨證》贊同王定保《唐摭言》、劉師培《説〈全唐詩〉書後》之説,斷定非薛濤所作。《薛濤詩箋》、《年譜》則以爲是薛濤呈韋臯者,待考。但兩説均與所謂元稹薛濤艷情唱和無涉,僅録以備考。其實,所謂的"薛書記"是白居易《與諸客携酒尋去年梅花有感》詩中的"薛景文",此事誤會已久,但不難辨明。

白居易《松樹(和元微之)》

白居易《松樹(和元微之)》:"白金换得青松樹,君既先栽我不栽。幸有西風易憑仗,夜深偷得好聲來。"

據《全唐詩録》卷六五

[辨僞]

《全唐詩録》卷六五:"白居易《松樹(和元微之)》:'……'"元稹有《松樹》詩,作於元和五年貶赴江陵途中,元稹《松樹》:"華山高幢幢,上有高高松。株株遥各各,葉葉相重重。槐樹夾道植,枝葉俱冥蒙。既無貞直幹,復有罥挂蟲。何不種松樹? 種之摇清風。秦時已曾種,顋頷種不供。可憐孤松意,不與槐樹同。閑在高山頂,樛盤虯與龍。屈爲大厦棟,庇廕侯與公。不肯作行伍,俱在塵土中。"白居易有和篇《和松樹》,詩云:"亭亭山上松,一一生朝陽。森聳上參天,柯條百尺長。漠漠塵中槐,兩兩夾康莊。婆娑低覆地,枝幹亦尋常。八月白露降,槐葉次第黄。歲暮滿山雪,松色鬱青蒼。彼如君子心,秉操貫冰霜。此如小人面,變態隨炎凉。共知松勝槐,誠欲栽道傍。糞土種瑶草,瑶草終不芳。尚可以斧斤,伐之爲棟梁。殺身獲其所,爲君構明堂。不然終天年,老死在南岡。不願亞枝葉,低隨槐樹行。”而《全唐詩録》卷六五所録白居易《松樹(和元微之)》那首,其實是白居易《和元八侍御升平新居四絶句(時方與元八卜鄰)》中的一首,前面三首依次是《看花屋》、《累土山》、《高亭》,而《松樹》是第四首,除《全唐詩録》外,其餘《白氏長慶集》、《白香山詩集》、《萬首唐人絶句》、《全詩》均同,衹有《全唐詩録》在詩題“松樹”之後,毫無根據加上“和元微之”四字,使白居易的《松樹》成了酬和元稹的詩篇,應該予以辯明。

白居易《元稹可太子左諭德依前入蕃使制》

敕:通事舍人元稹,東宫之有諭德,猶上臺之有騎省也。清班優秩,所選非輕。朕前遣使臣,往修戎好,以稹言信行敬,命爲介焉!揚旌出疆,反駕奔命。有所啓奏,多叶便宜。乃知得人,可以卒事。故加是命,以寵勸之,可太子左諭德,依前入蕃使。

摘自白居易《白氏長慶集》卷五一

[辨僞]

《白氏長慶集》卷五一中這篇文章出自白居易之手應該没有問題,但文題與文中的“元稹”究竟是不是白居易最親密的朋友元稹,還是同時同名同姓的另外一人?應該給予認真的考辨。第一,元稹一生未列“通事舍人”之職,其行蹤也從未出使他國,這是否定此“元稹”非彼“元稹”的主要理由。第二,這篇文章是制誥文體,應該是白居易任職知制誥時所作。而考白居易從事知制誥之職的時間有二:一在元和初。元和二年十一月五日,白居易被召入翰林,奉詔試制誥五首,白居易《奉敕試制書詔批答詩等五首(元和二年十一月四日,自集賢院召赴銀臺候進旨。五日,召入翰林,奉敕試制詔等五首。翰林院使梁守謙奉宣,宜授翰林學士。數月,除左拾遺)》可證。元和五年五月五日,白居易改官京兆府户曹參軍。元和六年四月三日,白居易因母親陳氏亡故,退居下邽守制。這段時間,元稹不可能以"通事舍人"的身份出使吐蕃:元和元年九月十六日因母親鄭氏亡故,守制在家,不可能外出爲官,更不可能出使他國。元和三年十一月除服,元和四年二月拜監察御史,三月七日出使東川,五六月歸來分務東臺,直至元和五年三月貶任江陵府士曹參軍。這段時間元稹歷職清楚,時間銜接緊密,元稹没有出使他國的時間。二在長慶初。元和十五年十二月二十八日,白居易拜職主客郎中、知制誥。長慶元年十月十九日,轉中書舍人。至長慶二年七月,除杭州刺史。這段時間,元稹也不可能以"通事舍人"的身份出使吐蕃:長慶元年二月十六日,元稹從祠部郎中、知制誥臣改拜中書舍人、翰林承旨學士。同年十月十九日,改拜工部侍郎。長慶二年二月十九日,元稹以工部侍郎的身份拜職同平章事。同年六月五日,出貶同州刺史。這段時間元稹同樣歷職清楚,同樣時間銜接緊密,元稹根本没有出使他國的可能。據此,白居易制誥中的"元稹",應該不是白居易最親密的朋友、被稱爲"元才子"、曾經拜職宰相的元稹,而是另外一個同時同名同姓之人,拜請讀者注意區别。

朱金城先生《白居易集箋校》編年本文:"作於長慶元年(八二一)至長慶二年(八二二),長安。"《白居易集箋校》箋注:"元稹:與居易之摯友元稹同名,當爲另一人。"雖然没有列舉理由,但結論與我們意見相同,應該採信。《元稹集》將本文與白居易《論元稹第三狀》等一起收録在附録之中,但文末有按語:"《唐書》本傳,元稹未嘗官通事舍人,亦無入蕃事,顧學頡認爲原本此處疑誤,並稱岑仲勉謂唐有兩元稹。"按語意見可供參考。

張籍《留別微之》

干時久與本心違，悟道深知前事非。猶厭勞形辭郡印，那能趁伴著朝衣？五千言裏教知足，三百篇中勸式微。少室雲邊伊水畔，比君較老合先歸。

録自《張司業集》

［辨僞］

本詩録自《張司業集》卷五，1982年版《元稹集·附録》採録本詩，歸入張籍名下，注明採自中華書局《張籍詩集》卷四。2010年版《元稹集·附録》先在"張籍"名下録入本詩，然後又在"白居易"名下録入本詩，互相矛盾。其實，本詩應該是白居易所作，分别見《白氏長慶集》卷二四、《白香山詩集》卷二七、《英華》卷二八八、《全詩》卷四四七，《瀛奎律髓》卷二四亦歸名白居易，並在詩末評云："白詩自然，五六何其易之至也！此蘇州病告滿去時詩。"這是白居易寶曆二年九月自蘇州刺史因病歸洛陽之前所作。朱金城先生《白居易集箋校》編年本詩作於寶曆二年之蘇州刺史任，可以採信。

白居易《戲和微之答竇七行軍之作依本韵》

旌鉞從櫜鞬，賓僚禮數全。夔龍來要地，鵷鷺下遼天。赭汗騎驕馬，青蛾舞醉仙。合成江上作，散到洛中傳。陋巷能無酒？貧池亦有船。春裝秋未寄，謾道有閑錢。

録自《白氏長慶集》卷二八

［辨僞］

本詩是白居易所作，詩題有兩個：《白氏長慶集》、《白香山詩集》、《全詩》作《戲和微之答竇七行軍之作依本韵》；《竇氏聯珠集·竇鞏詩》題作“微之見寄與竇七酬唱之什本韵外勇加兩韵”。詩篇内容基本一致，並無異文，僅僅詩題不完全相同而已。而《元稹集附録·白居易》分别以“戲和微之答竇七行軍之作依本韵”、“微之見寄與竇七酬唱之什本韵外勇加兩韵”爲題，同時過録在九二三頁和九二五頁，而詩篇的内容則基本相同：“旌鉞從櫜鞬，賓寮情禮全。夔龍來要地，鴛鷺下寥天。赭汗騎驕馬，青蛾舞醉仙。合成江上作，散到洛中傳。窮巷能無酒？貧池亦有船。春裝秋未寄，漫道足閑錢。”給人以兩篇詩歌的錯覺，故特地撰文指出，以免誤導讀者。應該説明一下，1982年版《元稹集》不誤，而2010年版《元稹集》反而出錯，確實有點奇怪！

其實，《瀛奎律髓》的題目又有不同，是“微之見寄與竇七酬唱之什本韵外加兩韵”，而詩篇内容仍然基本一致：“旌鉞從櫜鞬，賓僚情禮全。夔龍來要地，鴛鷺下寥天。赭汗騎驕馬，青娥舞醉仙。合成江上作，散到洛中傳。窮巷能無酒？貧池却有船。春裝秋未寄，漫道足閑錢。”《白氏長慶集》、《白香山詩集》、《全詩》與《竇氏聯珠集》、《瀛奎律髓》詩題不同，是《竇氏聯珠集》、《瀛奎律髓》根據自己的體例框定題目的結果；個别詩文内容的不同，僅僅是諸本的版本不同而已，把它們作爲兩篇作品是失察所致。

李涉《廬山得元侍御書》

慚君知我命龍鍾，一紙書來意萬重。正著白衣尋古寺，忽然郵遞到雲峰。

録自《萬首唐人絶句》卷六七

[辨僞]

本詩又見《全詩》卷四七七,確實應該是李涉所作;但詩題中的“元侍御”,却不應該是元稹。《元稹集·附録》採録本詩,將“元侍御”指實爲元稹,失察。

我們以爲,此“元侍御”當是另外一人,與元稹無涉。理由是:一、元稹被他人稱爲“元侍御”,應該在江陵士曹參軍任,至多包含通州司馬任,按照唐人慣例,是對元稹曾任職監察御史的稱呼。劉禹錫《酬竇員外郡齋宴客偶命柘枝因見寄兼呈張十一院長元侍御(員外時兼節度判官,佐平蠻之略。張初罷都官,元方從事)》:“渚宫油幕方高步,澧浦甘棠有幾叢?若問騷人何處所?門臨寒水落江楓。”白居易《和答詩十首·和思歸樂》:“請看元侍御,亦宿此郵亭。因聽思歸鳥,神氣獨安寧。”楊巨源《奉寄通州元九侍御》:“須聽瑞雪傳心語,莫被啼猿續泪行。共説聖朝容直氣,期君新歲奉恩光。”其後元稹轉虢州而入京,歷中書舍人、翰林承旨學士而宰相,此後又從同州刺史而浙東觀察使、武昌軍節度使,再也不會有人還以“元侍御”舊稱來名呼元稹。而據李涉生平,李涉早年曾與其第李渤隱居廬山白鹿洞,後任職爲太子通事舍人。元和六年,因投匭言吐突承璀之功,被知匭使孔戣彈劾,出貶爲峽州司功參軍,前後十年。長慶元年遇赦還京,其《岳陽别張祜》:“十年蹭蹬爲逐臣,鬢毛白盡巴江春。鹿鳴猿嘯雖寂寞,水蛟山魅多精神。山瘧困中聞有赦,死灰不望光陰借。半夜州符唤牧童,虚教衰病生驚怕。巫峽洞庭千里餘,蠻陬水國何親疏!由來真宰不宰我,徒勞嘆者懷吹噓。霸橋昔與張生别,萬變桑田何處説!龍蛇縱在没泥塗,長衢却爲駑駘設。愛君氣堅風骨峭,文章真把江淹笑。洛下諸生懼刺先,烏鳶不得齊鷹鷂。岳陽西南湖上寺,水閣松房遍文字。新釘張生一首詩,自餘吟著皆無味。策馬前途須努力,莫學龍鍾虚嘆息!”詩中自稱“龍鍾”,與本詩之“龍鍾”自稱一致,本詩即應該賦作於長慶元年。又據《唐才子傳》記載,李涉被赦之後“放船重來,訪吴楚舊遊,登天台石橋,望海得風水之便。挂席浮瀟湘、岳陽,逢張祐話故。"估計李涉登廬山就在這一時期,與他"白衣"的身份相合。在他貶職期間,峽州雖然離開廬山不遠,但作爲貶職之人,是不能無緣無故離開貶地,包括還家在内。後來遇赦,行動雖然自由,但元稹已經回京,而且也不再被人稱爲"元侍御"。二、更爲主要的是,元和五年元稹先是在敷水驛遭到吐突承璀親信仇士良、馬士元的毒打,繼而又受到吐突承璀宦官集團排擠而出貶江陵。傷痕未平,元稹怎麽會主動與極言吐突承璀有功的李涉詩歌唱和、書信來往? 三、考元稹一生,未見其與李涉有其他交往,僅僅憑此連孤證也算不上的一首詩篇,不能斷定詩題中的"元侍御"就是元稹。

王定保"元白惜名"

裴令公居守東洛,夜宴半酣,公索聯句。元白有得色,時公爲破題,次至楊(汝士)侍郎,曰:"昔日蘭亭無艷質,此時金谷有高人。"白知不能加,遽裂之曰:"笙歌鼎沸,勿作此冷淡生活!"元顧曰:"白樂天所謂能全其名者也!"

録自《唐摭言》卷一三《惜名》

[辨僞]

類如的記載又見《唐詩紀事》、《紺珠集》、《類説》、《説郛》、《天中記》、《何氏語林》、《全詩》、《詩話總龜》、《漁隱叢話》、《頤山詩話》、《歷代詩話》、《山西通志》等。

此説之荒謬,自不待言,今僅録清代王士禎《香祖筆記》之説以正視聽:"楊汝士於楊於陵座上賦詩云:'文章舊價留鸞掖,桃李新陰在鯉庭。'元白嘆伏,汝士歸謂子弟曰:'今日壓倒元白!'又在洛中,裴晉公夜宴，汝士詩云：‘昔日蘭亭無艷質，此時金谷有高人。’元白失色，此本一事而重複誤書之耳！按裴、白在洛，與劉夢得多倡和聯句，裴詩所謂：‘成周文酒會，吾友勝鄒枚。唯憶劉夫子，而今又到來。’是其事也。是時文宗太和七年癸丑，白罷河南尹，再授賓客分司。八年甲寅，裴爲東都留守。開成元年丙辰，劉分司東都，楊汝士東川節度使。二年丁巳，留守裴侍中修禊於洛，合宴舟中。先是太和五年，元已薨於武昌，安得與樂天、汝士同在洛中飲宴賦詩耶？小説之不考而妄語，如此可笑也！”《元稹集·附録》據《全詩》卷四八四收録，失察。

王定保“楊汝士侍郎壓倒元白”

寶曆年中，楊嗣復相公具慶下繼放兩牓。時先僕射自東洛入覲，嗣復率生徒迎于潼關，既而大宴于新昌里第。僕射與所執坐于正寢，公領諸生翼坐于兩序。

時元、白俱在，皆賦詩於席上。唯刑部楊汝士侍郎詩後成，元、白覽之失色，詩曰：“隔坐應須賜御屏，盡將仙翰入高冥。文章舊價留鸞掖，桃李新陰在鯉庭。再歲生徒陳賀宴，一時良史盡傳馨。當年疏傳雖云盛，詎有兹筵醉醁醽。”汝士其日大醉，歸謂子弟曰：“我今日壓倒元、白。”

録自王定保《唐摭言》卷三

［辨僞］

同類記載甚多，宋代記載分别見計敏夫《唐詩紀事》卷四六、朱勝非《紺珠集》卷四、祝穆《古今事文類聚》卷二八、曾慥《類説》卷三四、阮閲《詩話總龜》卷一六、胡仔《漁隱叢話》卷一七、蔡正孫《詩林廣記》卷一〇、潘自牧《記纂淵海》卷七五、謝維新《古今合璧事類備要》卷四

三、《太平廣記》卷一七八,元明清各代均有記載,如元代無名氏《氏族大全》卷七、陶宗儀《説郛》卷三五、彭大翼《山堂肆考》卷一二六、何良俊《何氏語林》卷八、吴景旭《歷代詩話》卷四九、《淵鑑類函》卷一九八以及《河南通志》、《陝西通志》等。

此説涉及元稹、白居易,爲荒謬不根之談,理由有三:一、《唐摭言》所言楊於陵、楊嗣復的經歷有史書記載,確實在寶曆年間。《舊唐書·楊嗣復傳》:"楊嗣復,字繼之,僕射於陵子也……嗣復與牛僧孺、李宗閔皆權德輿貢舉門生,情義相得,進退取捨多與之同。(長慶)四年,僧孺作相,欲薦拔大用。又以於陵爲東都留守,未歷相位,乃令嗣復權知禮部侍郎,寶曆元年二月,選貢士六十八人,後多至達官。"《新唐書·楊嗣復傳》:"嗣復領貢舉,時於陵自洛入朝,乃率門生出迎,置酒第中,於陵坐堂上,嗣復與諸生坐兩序。"二、據白居易生平,寶曆年間,白居易不在西京長安:寶曆元年,白居易在洛陽太子左庶子分司東都任,三月四日除蘇州刺史,五月五日到任。寶曆二年九月,白居易罷職蘇州刺史,至大和元年春天才回到洛陽。據元稹生平,衆所周知,寶曆年間元稹不在西京長安而在浙東觀察使任。因而寶曆年間元稹、白居易不可能出現在新昌里的宴會上,同時出現更是天方夜譚。三、據《中國文學家大辭典》考定,楊汝士終身未歷刑部侍郎之職,《唐摭言》所言有誤:長慶元年,楊汝士由監察御史遷右補闕。四月,坐弟殷士貢舉被覆落,貶開江令。次年,楊汝士任職西川節度使段文昌之參謀。三年,楊汝士入爲户部員外郎。四年,楊汝士轉司封員外郎。大和二年,楊汝士遷職方郎中。次年七月,楊汝士以本官知制誥,尋正拜中書舍人。大和七年以後,楊汝士前後歷職工部侍郎、户部侍郎、兵部侍郎、吏部侍郎,會昌元年,遷刑部尚書,卒於會昌中。

據此,見諸衆多史料筆記的"壓倒元白"故事,純屬附會與虚構。但後世諸多名人,却信以爲真,盲目跟風,將根本不存在的"壓倒元白"用在自己的詩文之中。如陳與義《蒙賜佳什欽歎不足不揆淺陋輒次元韵》："退之高文仰東岱，籍湜傳盟其足賴。固知法嗣要龍象，先生端是毗陵派。方駕曹劉蓋餘力，壓倒元白聊一快。"張元幹《宫使樞密富丈和篇高妙所謂壓倒元白末句許予尤非所敢承謹用前韵叙謝》："袖手深謀終活國，揮毫佳句且驚人。話言每許聞前輩，賓客何堪接後塵？"吴芾《三老圖既成久欲作詩未果因次任漕韵》："忽得新篇向此詩，恍如春草生謝池。明珠萬斛光陸離，璀璨不減珊瑚枝。壓倒元白頭欲垂，直與李杜肩相差。"周必大《洪景盧舍人邁》："而二詩用韵高妙，爲某之賜甚寵，豈止壓倒元白而已。"楊萬里《答太常虞少卿》："賡句下逮，所謂突過黄初，壓倒元白不啻也！"就是其中的一些例子。

康駢"元相國謁李賀遭拒"

元和中，進士李賀善爲歌篇，韓文公深所知重，於縉紳之間每加延譽，由此聲華藉甚。時元相國稹年老，以明經擢第，亦攻篇什，常願交結賀。一日，執贄造門，賀覽刺不容，遽令僕者謂曰："明經擢第，何事來看李賀？"相國無復致情，慚憤而退。

其後左拾遺制策登科，日當要路。及爲禮部郎中，因議賀祖禰諱晉，不合應進士舉，亦以輕薄時輩所排，遂成轗軻。文公惜其才，爲著《諱辯録》明之，然竟不成事。

録自《劇談録》卷下《元相國謁李賀》

[辨僞]

此記載又見《唐語林》卷六："李賀爲韓文公所知，名聞搢紳。時元相稹以明經擢第，亦善詩，願與賀交，李賀還刺曰：'明經及第人，何事看李賀？'元恨之，制策登科，及爲禮部郎中，因議賀父名晉肅，不合應進士,竟以輕簿爲衆所排。文公惜之,爲著《諱辨》,竟不能上。"《太平廣記·李賀》也有記載:"元和中,進士李賀善爲歌篇,韓愈深所知重,於縉紳間每爲延譽,由此聲華藉甚。時元稹年少,以明經擢第一,攻篇什。常交結於賀,一日執贄造門,賀覽刺不容遽入,僕者謂曰:'明經及第,何事來看李賀?'稹無復致情,慚憤而退。其後自左拾遺制策登科,日當要路。及爲禮部郎中,因議賀祖諱晉,不合應舉。賀亦以輕薄爲時輩所排遂,致轗軻。韓愈惜其才,爲著《諱辯録》明之,然竟不成名。"

但此説之荒誕不經,不可信從:一、諸多前賢已經指出其非,均有駁正。方崧卿《韓集舉正》:"康駢《劇談録》謂公此文因元稹而發。董彦遠謂賀死元和中,使稹爲禮部,亦不相及,争名者蓋當時同試者。"近人朱自清《李賀年譜》:"按元微之明經擢第,賀才四歲。事之不實,無庸詳辯。抑兩《唐書·稹傳》僅謂其穆宗長慶初擢祠部郎中。祠部郎中雖屬禮部,然所掌爲'祠祀、享祭、天文、漏刻、國忌、廟諱、卜筮、醫藥、僧尼之事',與禮部郎中掌禮樂、學校等事者異,昧者不察,遂張冠李戴耳。"近人岑仲勉《唐史餘瀋·李賀與元稹》亦議其非。二、全録韓愈《諱辯》之文,不見有一字一句涉及元稹:"愈與李賀書,勸賀舉進士。賀舉進士有名,與賀争名者毁之曰:'賀父名晉肅,賀不舉進士爲是,勸之舉者爲非。'聽者不察也,和而唱之,同然一辭。皇甫湜曰:'若不明白,子與賀且得罪。'愈曰:'然。'律曰:'二名不偏諱。'釋之者曰:'謂若言徵不稱在,言在不稱徵是也。'律曰:'不諱嫌名。'釋之者曰:'謂若禹與雨丘與蓲之類是也。'今賀父名晉肅,賀舉進士,爲犯二名律乎?爲犯嫌名律乎?父名晉肅,子不得舉進士,若父名仁子不得爲人乎?夫諱始於何時?作法制以教天下者,非周公、孔子歟?周公作詩不諱,孔子不偏諱二名,《春秋》不譏不諱嫌名。康王釗之孫,實爲昭王曾參之父名晳,曾子不諱'昔'。周之時有騏期,漢之時有杜度,此其子宜如何諱?將諱其嫌,遂諱其姓乎?將不諱其嫌者乎?漢諱武帝名'徹'爲'通',不聞又諱車轍之'轍'爲某字也;諱吕后名'雉'爲'野雞',不聞又諱治天下之'治'爲某字也。今上章及詔,不聞諱'滸'、'勢'、'秉'、'機'也。惟宦官宫妾,乃不敢言'諭'及'機',以爲觸犯。士君子言語行事。宜何所法守也?今考之於經,質之於律,稽之於國家之典,賀舉進士爲可邪?爲不可邪?凡事父母,得如曾參,可以無譏矣!作人得如周公、孔子,亦可以止矣!今世之士,不務行曾參、周公、孔子之行,而諱親之名,則務勝於曾參、周公、孔子,亦見其惑也!夫周公、孔子、曾參,卒不可勝。勝周公、孔子、曾參,乃比於宦者宫妾,則是宦者宫妾之孝於其親,賢於周公、孔子、曾參者耶?"三、據李賀生平,元和五年應河南府試,獲解。然後入京應進士試,遭到他人詆毁,韓愈爲作《諱辯》,最終李賀并没有登第,元和六年任職奉禮郎,但位卑職冷,病貧交迫,八年春歸昌谷閑居,九年秋赴潞州依張徹,十一年病歸,卒于家。元和五年秋天李賀應河南府試之時,元稹已經離開洛陽,出貶江陵。李賀此後的行蹤,與出貶江陵士曹、通州司馬的元稹無從言面,如何有造訪李賀之可能?那時的元稹,不在京城,又人微言輕,也根本不可能論及李賀之諱不當參加進士考試的問題。四、元稹貞元九年明經及第,貞元十九年吏部乙科及第,元和元年以制科第一名登第,而李賀終身未及一第,又怎麽可以在元稹面前如此趾高氣揚?五、元稹終身未歷"禮部郎中"之職,如何議及李賀之諱?六、"元相國稹年老"之時,李賀作鬼魂已經十多年,兩人如何相見?

孫光憲"元白隙終"

白太傅與元相國友善,以詩道著名,時號"元白"。其集内有詩輓元相云:"相看掩泪俱無語,别後傷心事豈知?想得咸陽原上樹,已抽三丈白楊枝。"洎自撰墓誌云:"與彭城劉夢得爲詩友。”殊不言元公,時人疑其隙終也。

錄自孫光憲《北夢瑣言·白太傅墓誌》

[辨僞]

類如記載又見《唐語林》卷六,文字基本與《北夢瑣言》同。又如吴喬《圍爐詩話》卷三:“具文見意,又有如白樂天挽微之云:‘銘旌官重威儀盛,騎吹聲繁鹵簿長。後魏帝孫唐宰相,六年七月葬咸陽。’極其鋪張而無哀惜之意。白傅自作《墓誌》,但言與劉夢得为詩友,不及於元,則二人之隙末,故詩如是也。”

事實究竟如何?且不論白居易情真意切的《唐故武昌軍節度處置等使正議大夫檢校户部尚書鄂州刺史兼御史大夫賜紫金魚袋尚書右僕射河南元公墓誌銘并序》,也不談聲泪俱下《祭微之文》,筆者請再以元稹病故之後白居易部份的詩歌为例:《哭微之二首》,其一:“八月凉風吹白幕,寢門廊下哭微之。妻孥朋友來相吊,唯道皇天無所知。”其二:“文章卓犖生無敵,風骨英靈歿有神。哭送咸陽北原上,可能隨例作灰塵。”其《寄劉蘇州》:“去年八月哭微之,今年八月哭敦詩。何堪老泪交流日,多是秋風摇落時?泣罷幾回深自念,情來一倍苦相思。同年同病同心事,除卻蘇州更是誰?”《覽盧子蒙侍御舊詩多與微之唱和感今傷昔因贈子蒙題於卷後》:“早聞元九詠君詩,恨與盧君相識遲。今日逢君開舊卷,卷中多道贈微之。相看掩泪情難説,别有傷心事豈知?聞道咸陽墳上樹,已抽三丈白楊枝。”《醉中見微之舊卷有感》:“今朝何事一霑襟?檢得君詩醉後吟。老淚交流風病眼,春箋摇動酒杯心。銀鉤塵覆年年暗,玉樹泥埋日日深。聞道墓松高一丈,更無消息到如今。”《夢微之》:“夜來攜手夢同遊,晨起盈巾泪莫收。漳浦老身三度病,咸陽草樹八廻秋。君埋泉下泥銷骨,我寄人間雪滿頭。阿衛韓郎相次去,夜臺茫昧得知不?”《聞歌者唱微之詩》:“新詩絶筆聲名歇,舊卷生塵篋笥深。時向歌中聞一句,未容傾耳已傷心。”《微之敦詩晦叔相次長逝巋然自傷因成二絶》,其一:“並失鵷鸞侶,空留麋鹿身。只應嵩洛下,長作獨遊人。”其二:“長夜君先去,殘年我幾何?秋風滿衫泪,泉下故人多。”《感舊序》:“故李侍郎杓直,長慶元年春薨;元相公微之,太和六年秋薨;崔侍郎晦叔,太和七年夏薨;劉尚書夢得,會昌二年秋薨。四君子,子之執友也。二十年間,凋零共盡,唯予衰病,至今獨存。因詠悲懷,題为《感舊》。”詩云:“晦叔墳荒草已陳,夢得墓濕土猶新。微之捐館將一紀,杓直歸丘二十春。城中雖有故第宅,庭蕪園廢生荆榛。篋中亦有舊書劄,紙穿字蠹成灰塵。平生定交取人窄,屈指相知唯五人。四人先去我在後,一枝蒲柳衰殘身。豈無晚歲新相識,相識面親心不親。人生莫羨苦長命,命長感舊多悲辛。”《哭劉尚書夢得二首》一:“四海齊名白與劉,百年交分兩綢繆。同貧同病退閑日,一死一生臨老頭。杯酒英雄君與操,文章微婉我知丘。賢豪雖殁精靈在,應共微之地下遊。”二:“今日哭君吾道孤,寢門泪滿白髭鬚。不知箭折弓何用?兼恐脣亡齒亦枯。窅窅窮泉埋寶玉,駸駸落景挂桑榆。夜臺暮齒期非遠,但問前頭相見無?”白居易《修香山寺記》又云:“洛都四野,山水之勝,龍門首焉!龍門十寺,觀遊之勝,香山首焉!香山之壞久矣!樓亭騫崩,佛僧暴露。士君子惜之,予亦惜之。佛弟子耻之,予亦耻之。頃予爲庶子、賓客分司東都時,性好閑遊,靈迹勝概,靡不周覽。每至兹寺,慨然有葺完之願焉!迨今七八年,幸爲山水主,是償初心復始願之秋也。似有緣會,果成就之。噫!予早與故元相國微之定交於生死之間,冥心於因果之際。去年秋,微之將薨,以墓誌文見託。既而元氏之老,狀其臧獲輿馬綾帛洎銀鞍玉帶之物,價當六七十萬,爲謝文之贄,來致於予。予念平生分,文不當辭,贄不當納。自秦至洛,往返再三,訖不得已,迴施兹寺。因請悲知僧清閑主張之,命謹幹將士復掌治之。始自寺前亭一所,登寺橋一所,連橋廊七間。次至石樓一所,連廊六間。次東佛龕大屋十一間,次南賓院堂一所,大小屋共七間。凡支壞、補缺、壘隤、覆漏、杇墁之功必精。赭堊之飾必良,雖一日必葺。越三月而就,譬如長者壞宅,鬱爲導師化城。於是龕像無燥濕陊泐之危,寺僧有經行宴坐之安。遊者得息肩,觀者得寓目。闕塞之氣色,龍潭之景象,香山之泉石,石樓之風月,與往來者耳目一時而新。士君子、佛弟子,豁然如釋憾刷耻之爲者。清閑上人與予及微之,皆夙舊也,交情願力,盡得知之。感往念來,歡且贊曰:'凡此利益,皆名功德。而是功德,應歸微之。必有以滅宿殃,薦冥福也。'予應曰:'嗚呼!乘此功德,安知他劫不與微之結後緣於兹土乎?因此行願,安知他生不與微之復同遊於兹寺乎?'言及於斯,漣而涕下。唐大和六年八月一日,河南尹太原白居易記。"元白的友誼是"隙終",還是"始終如一",相信讀者不難得出準確的結論。

荒謬之論,其實前賢已經一一批駁。我們在本書的附録中,也抄録元積病故之後白居易的大量詩文,拜請參閱研讀。如《白香山詩集》書後所附《白文公年譜·(開成)三年戊午》:"有《醉吟先生傳》,《北夢瑣言》云:'白公與元相友善,集有詩云:相看掩泪俱無語,别有傷心事豈知?想得咸陽原上樹,已抽三丈白楊枝。泊自撰墓誌云:與彭城劉夢得为詩友。不言元公,時人疑其隙終也。'按此非《墓誌》語,乃《醉吟傳》中語。時元之亡久矣!其言與僧如滿为空門友,韋楚为山水友,皇甫朗之为酒友,皆一時見在人,則其於詩友,自不應復及死者。又嘗为《劉白唱和集序》,且與劉書云:'微之先我去矣!詩敵之勍者,非夢得而誰?'此尤可證公與元同升科第,俱負直聲,中歲復俱蹇連,晚而元撓節速化,得罪清議,公獨終始如一。二人賢否,固不可概論,而其交情死生不渝。觀《香山寺記》,尚欲結他生緣,風誼之美,可厲薄俗。'掩泪傷心'之句,旨意甚哀,而或者臆度疑似,乃有隙終之論。小人之不樂成人之美,如是哉!"

又如《唐宋詩醇·覽盧子蒙侍御舊詩多與微之唱和感今傷昔因

贈子蒙題于卷後》:"早聞元九詠君詩,恨與盧君相識遲。今日逢君開舊卷,卷中多道贈微之。相看掩泪情難説,别有傷心事豈知?聞道咸陽墳上樹,已抽三丈白楊枝。"其後評云:"清空一氣,直從肺腑中流出,不知是血是泪,筆墨之痕俱化。"又云:"汪立名曰:'《北夢瑣言》云白太保與元相國友善,以詩道著名,時號元白,其集内有《哭元相》詩云:相看掩泪俱無語等句。洎自撰墓志云:與劉夢得为詩友,殊不言元公,人疑其隙終也。按此語在《醉吟先生傳》中,非《墓志》也。"傳末曰:"於時開成三年,先生之齒六十有七,則是微之歿久矣!其所謂如滿为空門友,韋楚为山水友,夢得为詩友,皇甫朗之为酒友,皆就當時在洛之人而言,非該舉平生也。且公晚年哭微之作甚多,有《夢微之》詩云:'夜来携手夢同遊,晨起盈巾泪莫收。'又《聞歌者唱微之詩》云:'時向歌中聞一句,未容傾耳已傷心。'感悼悽愴,如在初歿。隙終之語,豈不大謬耶?又考史傳,皆作'白少傅',即公詩内止有'少傅官停'語,並無稱太保者,不知何所本也。"

《歷代詩話》對此也嚴加駁斥:"余謂不然。按元寫白詩於閬州西寺,白寫元詩百篇,合为屏風……又元《上令狐楚書》云:'某與同門生白居易友善,居易雅能詩,或为千言,或为五百言律詩,以相投寄。小生往往戲排舊韵,别創新詞,名为次韵,蓋欲以難相挑耳!'又白《序劉禹錫詩》云:'予與元微之唱和頗多,嘗戲言:僕與足下二十年來为文友詩敵,幸也,亦不幸也。吟咏性情,播揚名聲,幸也;然江南士女,語才子者,多云元白,以子之故,僕不得獨步於吴越間,此亦不幸也。今垂老,復遇夢得,非重不幸耶?'又白在洛,元過之,以二詩别去:'白頭徒侶漸稀少,明日恐君無此歡。'又云:'自識君來三度别,這回白盡老髭鬚。'未幾死於鄂,白哭之曰:'始以詩交,終以詩訣。絃筆相絶,其今日乎!'據此,則兩人交情,白頭如故。即白之序劉,猶言與元为文友詩敵。且云:垂老遇劉,未嘗獨厚於劉也,其自誌亦偶及耳!何言隙終,以誣前哲?"

何光遠"元白劉韋四公會"

長慶中,元微之、劉夢得、韋楚客同會白樂天之居,論南朝興廢之事。樂天曰:"古者,言之不足,故嗟歎之;嗟歎之不足,則詠歌之。今群公畢集,不可徒然,請各賦'金陵懷古'一篇,韵則任意擇用。"時夢得方有郎署,元公已在翰林。劉騁其俊才,略無遜讓,滿斟一巨杯,遂爲首唱,飲訖不勞思忖,一筆而成。白公覽詩曰:"四人探驪,吾子先獲其珠,所餘鱗甲何用?"三公於是罷唱,但取劉詩吟咏竟日,沈醉而散。劉詩曰:"王濬樓船下益州,金陵王氣黯然收。千尋鐵鏁沈江底,一片降幡出石頭。荒苑至今生茂草,古城依舊枕寒流。而今四海歸王化,兩岸蕭蕭蘆荻秋。"

錄自何光遠《鑒誡録·四公會》

[辨僞]

類如記載又見《詩話總龜》、《唐詩紀事》、《類説》、《紺珠集》、《何氏語林》、《記纂淵海》、《竹莊詩話》、《山堂肆考》、《天中記》、《氏族大全》、《錦繡萬花谷》等。

我們以爲,所謂的"四公會",純粹是編造的故事。四人中,韋楚客資料極少,僅《何氏語林》曰:"《唐詩紀事》曰:'韋楚客,長慶進士,終于拾遺。'""長慶中"有可能滯留長安。其餘三人均是名輩,行蹤清晰,今分述如下:劉禹錫元和十四年末、元和十五年、長慶元年守母制在洛陽,長慶元年冬天除職夔州刺史,長慶四年夏,轉任和州刺史,直至寶曆二年冬天才離開和州,於大和元年春天抵達洛陽,六月,以主客郎中的身份分司東都。白居易元和十五年夏從忠州回京，拜職司門員外郎，十二月二十八日轉任主客郎中、知制誥臣，長慶元年十月十九日升任中書舍人，長慶二年七月出任杭州刺史，長慶四年五月除太子左庶子分司東都，寶曆元年三月四日除蘇州刺史。元稹元和十四年末自虢州歸朝，任職膳部員外郎，十五年二月五日以膳部員外郎的資格試知制誥，同年五月九日升任祠部郎中知制誥臣，長慶元年二月十六日轉任中書舍人、翰林承旨學士，十月十九日改職工部侍郎，長慶二年二月十九日拜職工部侍郎同平章事，同年六月五日出刺同州，長慶三年八月改任浙東觀察使、越州刺史，直至大和三年九月歸朝。據此，劉禹錫、白居易、元稹以及韋楚客，“長慶中”根本不可能在西京長安會面。而劉禹錫《西塞山懷古》，應該賦成於劉禹錫長慶四年夏秋之際自夔州刺史改任和州刺史任途中，“而今四海歸王化，兩岸蕭蕭蘆荻秋”云云，切合時序；《劉賓客文集·西塞山懷古》作“今逢四海爲家日，故壘蕭蕭蘆荻秋”，似乎更符合劉禹錫不停地轉任各州而難於回京任職的心態。故“王濬樓船下益州”八句，有感而發，應該賦成於“西塞山”歷史故事發生的長江之上，而非西京長安城内。

何光遠“元白獨留章八元詩”

長安慈恩寺浮圖，起開元，至太和之歲，舉子前名登遊題紀者衆矣！文宗朝，元稹、白居易、劉禹錫唱和千百首，傳於京師，誦者稱美。凡所至寺觀、臺閣、林亭，或歌或詠之處，向来名公詩板潛自撤之，蓋有慚於數公之詩也。

會元白因傳香於慈恩寺塔下，忽視章先輩八元所留詩。白命僧抹去埃塵，二公移時吟咏，盡日不厭。悉全除去諸家之詩,惟留章公一首而已。樂天曰:"不謂嚴維出此弟子!"由是二公竟不爲之,詩流自慈恩息筆矣!

章公詩曰:"十層炎瓦在虚空,四十門開面面風。却怪鳥啼平地上,自驚人語半天中。迴梯暗踏如穿洞,絶頂初攀似出籠。落日鳳城佳氣合,滿城春樹雨濛濛。"

録自何光遠《鑒誡録・四公會》

[辨僞]

此則記載時間不符元稹、白居易之行蹤:元稹長慶三年八月改任浙東觀察使、越州刺史,直至大和三年九月歸朝,在洛陽滯留至年底才至長安,拜任尚書左丞,一月二十六日又被排擠,出鎮武昌軍節度使,最後暴病而亡。而白居易在元稹任職尚書左丞期間之大和三年年底至大和四年一月,一直在洛陽,爲太子賓客分司。因此在"文宗朝",元稹、白居易不可能同時出現在長安之"慈恩寺塔下""傳香"。而劉禹錫寶曆二年冬天才離開和州刺史任,於大和元年春天抵達洛陽,六月以主客郎中的身份分司東都,大和二年春天才回到西京,拜職主客郎中。因此在"文宗朝",雖然劉禹錫在西京長安,但元稹、白居易不可能與劉禹錫同時出現在長安。

但元稹白居易曾多次相聚於長安城中,而章八元的《題慈恩塔》又早就流傳人口,故元稹、白居易讚揚章八元的《題慈恩塔》詩,不是没有可能,故《唐詩紀事・章八元》所記,也許倒是史實:"八元《題慈恩塔》云:'……'或云:元、白見其詩,云:不謂嚴維出此弟子!"但整個"文宗朝",元稹、白居易根本没有相聚於西京長安。

王建《題元郎中新宅》

近移松樹初栽藥，經帙書籤一切新。鋪設暖房迎道士，支分閑院著醫人。買来高石雖然貴，入得朱門未免貧。惟有好詩名字出，倍教年少損心神。

録自《王司馬集》卷五

[辨僞]

王建本詩又見《全詩》卷三〇〇、《全唐詩録》卷五五，均題名"王建"，詩文也不見異文，也可以確定是王建的作品。本來應該不成任何問題。但問題是《元稹集》將王建的這首詩收入《元稹集》的《附録》之中，那意思就是詩題中的"元郎中"應該就是元稹。

與元稹同時被稱爲"元郎中"的還有元宗簡，他也是元稹、白居易、王建、張籍往來非常密切的朋友，有時確實很難區分。而本詩提及的"元郎中新宅"應該與元稹無關：元稹在長安靖安坊的住所，是隋代皇帝恩賜給元稹六代祖、隋代兵部尚書元巖的，元稹一般不會輕易離開祖居，另覓新居。考元稹拜職"郎中"之時，亦即元和十五年五月九日至長慶元年二月十六日期間在長安之時，未見他有新的居所。

《唐兩京城坊考·安仁坊》曾有元稹拜相之後入住的記載，此爲《唐詩紀事》"毛仙翁"記載之誤導，真實性難以認定。儘管如此，已經拜相的元稹新居，也與"元郎中新宅"不符，因爲當時元稹的身份已經不是"郎中"而是"工部侍郎同平章事"。

至於元稹《贈毛仙翁》詩序中"入相之年，相候于安山里"的話語，並非實事。元稹浙東任與毛仙翁相見之後，並未再度回京入相，"入相之年，相候于安山里"的話語，應該是毛仙翁糊弄元稹讓他空高興一場的虚晃之槍。

同樣,大和三年元稹自浙東歸朝,因妻子裴淑臨産,曾購買韋夏卿履信里故居,白居易《予與微之老而無子發於言嘆著在詩篇今年冬各有一子戲作二什一以相賀一以自嘲》:"一園水竹今爲主(微之履信新居,多水竹也)百卷文章更付誰(微之文集,凡一百卷)?"但那時元稹的身份是"檢校禮部尚書",與"元郎中"的稱謂也不相符。

據此,王建詩題中的"元郎中",不應該是元稹,《元稹集·附録》不應該收入王建的《題元郎中新宅》詩,希望讀者予以辨别。

賈島《投元郎中》

心在瀟湘歸未期,卷中多是得名詩。高臺聊望清秋色,片水堪留白鷺鶿。省宿有時聞急雨,朝迴盡日伴禪師。舊文去歲曾將獻,蒙與人來説始知。

録自《長江集》卷九

[辨僞]

本詩又見《全詩》卷五七四,歸名賈島,未見本詩屬於他人的文獻記載。但現在的問題是詩題中的"元郎中"是不是元稹,學術界有不同的意見,倒是必須辨明的一個重要問題。陳延東《賈島詩注》、李嘉言《賈島年譜》、岑仲勉《元郎中與元稹》均認為"元郎中"是元稹(據《元稹年譜》頁 550 至 551 轉引)。卞孝萱《元稹年譜》認为元稹熱衷名利,與"朝迴盡日伴禪師"之句不合,否認賈島《投元郎中》中的"元郎中"就是元稹(據《元稹年譜》頁 550 至 551 轉引)。

我們以爲元稹與禪師相伴相遊,屢見於詩篇,如《尋西明寺僧不在》、《古寺》、《伴僧行》、《定僧》、《觀心處》、《志堅師》、《和樂天贈雲寂僧》、《贈别郭虚舟鍊師五十韵》、《題法華山天衣寺》、《永福寺石壁法華經記》等等就是其中的一些例子,《元稹年譜》以"元稹熱衷名利,與'朝回盡日伴禪師'之句不合"爲由以此否認,缺乏説服力。

但我們也認爲詩篇的内容不符元稹的生平蹤迹,如"心在瀟湘歸未期",元稹一生並未在"瀟湘"地區任職,難以著落。又如"朝迴盡日伴禪師",雖然元稹一生與禪師相伴相遊屢見於詩篇,但元和十五年五月九日之後、長慶元年二月十六日之前,亦即元稹擔任祠部郎中、知制誥期間,元稹撰寫制誥、參與朝務異常忙碌,這一時期與僧道的交遊不多,更不可能"盡日伴禪師"。據此,我們以爲詩題中的"元郎中"應該與元稹無關。

劉禹錫《答元微之使君書》

《輿地紀勝·饒州》:"瀕江之地饒爲大,履番君之故地,漸歐越之遺俗。餘千有畝鍾之地,武林有千章之材(唐劉禹錫《答元微之使君書》)。"

録自《輿地紀勝》卷二三

［辨僞］

考元稹生平,一生未履任饒州刺史。查閲劉禹錫詩文,有《答饒州元使君書》,文云:"瀕江之郡饒爲大,履番君之故地,漸甌越之遺俗。餘干有畝鍾之地,武林有千章之材。"除"地"與"郡"有别,"甌越"誤爲"歐越","餘干"誤爲"餘千"之外,其他悉同。但最重要也最不應該的失誤是劉禹錫有《答饒州元使君書》文,《輿地紀勝》却誤作《答元微之使君書》,張冠李戴。除劉禹錫《答饒州元使君書》之外,柳宗元也有《答元饒州論春秋書》、《答元饒州論政理書》。

劉禹錫《答饒州元使君書》中的"元使君",柳宗元《答元饒州論春秋書》、《答元饒州論政理書》中的"元饒州",均是元洪,兩者不應該混淆。元洪與元稹同是元義端之後,也與元稹同爲從兄弟。元洪的兒子元晦會昌年間歷職桂管觀察使、浙東觀察使,終散騎常侍。

白居易《元稹墓誌銘》

長慶初,穆宗嗣位,舊聞公名,以膳部員外郎徵用。

録自白居易《白氏長慶集》卷七〇

[辨僞]

白居易《唐故武昌軍節度處置等使正議大夫檢校户部尚書鄂州刺史兼御史大夫賜紫金魚袋尚書右僕射河南元公墓誌銘并序》此處記載有誤:元稹《同州刺史謝上表》:"元和十四年,憲宗皇帝開釋有罪,始授臣膳部員外郎。"據史實,唐穆宗嗣位在元和十五年閏正月初三,第二年才改元長慶元年。元稹回朝之時,唐憲宗尚在位,但真正起作用幫助元稹調回京城的,是元稹的政治摯友、當時正在相位的崔群;元稹回朝之事,與唐穆宗無關。另外,"長慶初"的時間表述應該是"元和末"之誤。

又白居易《元稹墓誌銘》

在越八載,政成課高。上知之,就加禮部尚書,降璽書慰諭,以示旌寵。又以尚書左丞徵還,旋改户部尚書、鄂岳節度使。在鄂三載,其政如越。

録自白居易《白氏長慶集》卷七〇

［辨僞］

白居易《唐故武昌軍節度處置等使正議大夫檢校户部尚書鄂州刺史兼御史大夫賜紫金魚袋尚書右僕射河南元公墓誌銘并序》此處“在越八載”的記載有誤，同時有誤的還有《舊唐書·元稹傳》：“凡在越八年。”晁補之《蘇門六君子文粹·元稹在越八年》：“元稹改越州刺史，放意娱遊，以黷貨聞於時，凡在越八年。右《稹傳》，稹罪貶無足言，然在越凡八年，知唐猶久任刺史也。”晁補之《雞肋集》同，一字不差。相信《舊唐書·元稹傳》、《蘇門六君子文粹》、《雞肋集》之誤，均是受了白居易《元稹墓誌》的誤導。

元稹長慶三年(823)八月轉任自同州刺史轉任浙東觀察使、越州刺史，十月半之後到達越州；元稹離開浙東在大和三年(829)九月，《舊唐書·文宗紀》：“(大和三年)九月戊寅朔……戊戌，以前睦州刺史陸亘爲越州刺史、浙東觀察使，代元稹；以稹爲尚書左丞，代韋弘景，以弘景爲禮部尚書。”元稹在越，連頭帶尾衹有七年，如果以到任、離任的時間計，實際衹有六年不到，如何可以説“在越八載”?

同樣，元稹赴任武昌軍節度使不在大和三年年底，而在大和四年(830)正月二十六日，《舊唐書·文宗紀》：“太和四年春正月丙子朔……辛丑，以尚書左丞元稹檢校户部尚書，充武昌軍節度、鄂岳蘄黄安申等州觀察使。”元稹《贈柔之》：“窮冬到鄉國，正歲别京華。”裴淑《答微之(稹自會稽到京未踰月，出鎮武昌。裴難之，稹賦詩相慰，裴亦以詩答)》：“想到千山外，滄江正暮春。”就是最有力最直接的證據。元稹病故在大和五年(831)七月二十二日，連頭帶尾是兩年，實際時間衹有十八個月不到，似乎也不應該説“在鄂三載”。

順便説一句，晁補之根據元稹在浙東的任職，得出“知唐猶久任刺史也”的結論也是不恰當的，元稹在越州的主職是浙東觀察使，越州刺史衹是根據唐代慣例，由節度使兼任節度使府所在州之刺史而已。而唐代的節度使,常常長時間任職同一地區的職務,以劍南西川節度使爲例,自大曆二年(767)至永貞元年(805)年間,前後三十九年間,三位節度使首尾相接,連續任職。如果以履職年頭計,崔寧十三年,張延賞七年,韋皋則長達二十一年。

王欽若"禮部郎中元稹"

元稹,穆宗長慶初爲禮部郎中、知制誥。詞誥所出,夐然與古爲侔,遂盛傳於代,繇是極承恩顧。

録自《册府元龜》卷五五〇

[辨僞]

據元稹生平,元稹一生未歷"禮部郎中",也没有以"禮部郎中"的身份知制誥,王欽若《册府元龜》顯然搞錯了元稹的歷職,史籍的記載明白無誤糾正了《册府元龜》的誤失:《新唐書・元稹傳》:"元和末,召拜膳部員外郎。"《舊唐書・元稹傳》:"元和十四年,憲宗皇帝開釋有罪,始授臣膳部員外郎。"《資治通鑑》:"(元和十五年)夏五月庚戌,以稹爲祠部郎中、知制誥。"

張彦遠"元稹排擠張弘清出鎮幽州"

長慶初,大父爲内貴魏弘簡門人宰相元稹所擠,出鎮幽州。

録自《歷代名畫記・叙畫之興廢》

［辨僞］

關於張弘靖出鎮幽鎮的起始及原因，《舊唐書·張弘靖傳》有詳盡的陳述，根本與元稹無涉，張彦遠所言失實："（張）弘靖，字元理……德宗嘉其文，擢授監察御史，轉殿中侍御史、禮部員外郎，遷兵部郎中知制誥、中書舍人、知東都選事，拜工部侍郎，轉户部侍郎、陝州觀察、河中節度使，拜刑部尚書、同中書門下平章事。吴少陽死，其子元濟擅主留務，憲宗怒，欲下詔誅之。弘靖請先命吊贈使，待其不恭，然後加兵。憲宗從其議、尋加中書侍郎平章事。盗殺宰相武元衡，京師索賊未得。時王承宗邸中有鎮卒張晏輩數人，行止無狀，人多意之，詔録付御史陳中師按之，皆附致其罪，如京中所説。弘靖疑其不直，驟於上前言之，憲宗不聽，竟殺張晏輩。及田弘正入鄆，按簿書，亦有殺元衡者，但事曖昧，互有所説，卒未得其實。又殺張晏後，憲宗欲遂伐承宗。弘靖以爲戎事並興，鮮有濟者，不若併攻元濟，待淮西平，然後悉師河朔。憲宗業已北討，不爲之止，然亦重違其言。弘靖知終不聽用，遂自陳乞罷政事，俄檢校吏部尚書、同中書門下平章事，充太原節度使。行未及鎮，果下詔誅承宗。弘靖以驟諫不行，宜用自效，大閱軍實，請躬討承宗。詔許出軍，不許自往。俄而魏博、澤潞悉爲承宗所敗。有詔賞其前言。弘靖即間道發使，懇喻承宗，承宗因亦款附。旋徵拜吏部尚書，遷檢校右僕射、宣武軍節度使，時韓弘入覲之後也。弘靖用政寬緩，代（韓）弘之理。俄以劉總累求歸闕，且請弘靖代己，制加檢校司空平章事，充幽州盧龍等軍節度使。弘靖之入幽州也，薊人無老幼男女皆夾道而觀焉！河朔軍帥冒寒暑多與士卒同，無張蓋安輿之别。弘靖久富貴，又不知風土，入燕之時，肩輿於三軍之中，薊人頗駭之。弘靖以禄山思明之亂始自幽州，欲於事初盡革其俗，乃發禄山墓，毁其棺柩，人尤失望。從事有韋雍、張宗厚數輩，復輕肆嗜酒，常夜飲醉歸，燭火滿街，前後呵叱，薊人所不習之事。又雍等詬責吏卒，多以反虜名之，謂軍士曰：'今天下無事，汝輩挽得兩石力弓,不如識一丁字。'軍中以意氣自負,深恨之。劉總歸朝,以錢一百萬貫賜軍士,弘靖留二十萬貫充軍府雜用,薊人不勝其憤,遂相率以叛,囚弘靖於薊門舘,執韋雍、張宗厚輩數人,皆殺之。續有張徹者,自遠使回,軍人以其無過,不欲加害,將引置舘中。徹不知其心,遂索弘靖所在,大罵軍人,亦爲亂兵所殺。明日,吏卒稍稍自悔,悉詣舘,請弘靖爲帥,願改心事之。凡三請,弘靖卒不對,軍人乃相謂曰:'相公無言,是不赦吾曹必矣! 軍中豈可一日無帥!'遂取朱洄爲兵馬留後。朝廷既除洄子克融爲幽州節度使,乃貶弘靖爲撫州刺史。未幾,遷太子賓客、少保、少師。長慶四年六月卒,年六十五。元和初,王承宗阻兵,劉總父濟備陳征討之術,請身先之。及出軍,累拔城邑。總既繼父,願述先志,且欲盡更河朔舊風。長慶初,累表求入朝,兼請分割所理之地,然後歸朝。其意欲以幽、涿、營州一道,請弘靖理之;瀛州爲一道,盧士玫理之;平、薊、嬀、檀爲一道,請薛平理之。仍籍軍中宿將,盡薦於闕下,因望朝廷昇奬,使幽、薊之人皆有希美爵禄之意。及疏上,穆宗且欲速得范陽,宰臣崔植、杜元穎又不爲遠大經略,但欲重弘靖所授而省其事局,唯瀛、莫兩州許置觀察使,其他郡縣悉命弘靖統之。時總所校俱在京師旅舍中,久而不問,朱克融輩僅至假衣丐食,日詣中書求官,不勝其困。及除弘靖,命悉還本軍。克融輩雖得復歸,皆深懷觖望,其後因爲叛亂。初,總以平、薊、嬀、檀請薛平,於分裂之中尤爲上策,而朝廷不能行之,竟致後患,人到於今惜之。子文規、景初、嗣慶、次宗……文規子彦遠,大中初由左補闕爲尚書祠部員外郎。"又《舊唐書·韋貫之傳》:"元和元年……與中書舍人張弘靖考制策,第其名者十八人,其後多以文稱。"根據元稹生平,元稹正是元和元年制科"才識兼茂名於體用"及第的舉子,而且在登第十八人中,元稹名列第一。這樣説來,張弘靖是元稹名符其實的"座主"、"恩師",元稹是張弘靖實實在在的"得意門生",豈有"得意門生"排擠"恩師"與"座主"的道理?

徐松"李景述會昌四年進士及第"

李景述:是年,景述以同州解頭及第。見元微之詩注。

録自徐松《登科記考》卷二二《會昌四年》

[辨僞]

關於舉薦李景述并最終及第之事,元稹確有《和王侍郎酬廣宣上人觀放牓後相賀》紀實:"渥洼徒自有權奇,伯樂書名世始知。競走墻前希得雋,高縣日下表無私。都中紙貴流傳後,海外金填姓字時。珍重劉繇因首薦(進士李景述以同判解頭及第),爲君送和碧雲詩。"但元稹病故於大和五年(831),至會昌四年(844),元稹病故已經十三年,如何還可能有詩篇與王起及廣宣上人唱和?

元稹長慶二年六月五日出貶同州,長慶三年八月轉任浙東觀察使、越州刺史,其在同州任内舉薦舉子入京考試應該在長慶二年的秋冬之際,而因同州舉子及第而元稹與貢舉主試官員唱和也衹能在長慶三年(823)的春天。徐松《登科記考》顯然將長慶三年誤作會昌四年,兩者相距二十一年,這個玩笑開得有點過分。

而元稹的和詩,既然稱"和王侍郎",按照元稹和詩的慣例,自然應該與王起的詩篇次韵。這也從另一個側面證明廣宣上人、王起、劉禹錫、元稹的詩篇,均應該賦成於長慶三年的春天。又《舊唐書·王起傳》:"穆宗即位,拜中書舍人。長慶元年,遷禮部侍郎。其年,錢徽掌貢士,爲朝臣請託,人以爲濫。詔起與同職白居易覆試,覆落者多,徽貶官,起遂代徽爲禮部侍郎。掌貢二年,得士尤精……會昌元年,徵拜吏部尚書,判太常卿事。三年,權知禮部貢舉。明年,正拜左僕射,復知貢舉。起前後四典貢部,所選皆當代辭藝之士,有名于時,人皆賞其精鑒狥公也。"而廣宣詩題《賀王侍郎典貢放榜》,元稹詩題《和王侍郎酬廣宣上人觀放牓後相賀》,劉禹錫詩題《宣上人遠寄賀禮部王侍郎放榜後詩因而繼和》,三人均稱王起爲"王侍郎",而不是稱會昌四年官職更高的"僕射",説明廣宣、元稹、劉禹錫所和所賀,應該是長慶三年貢舉之事。

而清人徐松《登科記考》的錯誤則是盲從宋代計敏夫《唐詩紀事》的錯誤:"王起於會昌中放第二榜,宣以詩寄賀曰:'從辭鳳閣掌絲綸,便向青雲領貢賓。再闢文章無枉路,兩開金榜絶冤人。眼看龍化門前水,手放鶯飛谷口春。明日定歸台席去,鶺鴒原上共陶鈞。'起和云:'延英面奉入春闈,亦選功夫亦選奇。在冶只求金不耗,用心空學秤無私。龍門變化人皆望,鶯谷飛鳴自有時。獨喜向公誰是證?彌天上士與新詩。'劉夢得和云:'禮闈新榜揭長安,九陌人人走馬看。一日聲名遍天下,滿城桃李属春官。自吟白雪銓辭賦,指示青雲借羽翰。借問至公誰印可?支郎天眼定中觀。'元微之《和王侍郎酬宣上人》詩云:'渥洼徒自有權奇,伯樂書名世始知。競走墻前希得雋,高懸日下表無私。都中紙貴流傳後,海外金填姓字時。珍重劉繇因首薦(進士李景述以同判解頭及第),爲君送和碧雲詩。'"而計敏夫《唐詩紀事》的錯誤,又受了五代王定保《唐摭言》的影響:"王起於會昌中放第二牓,内道場詩僧廣宣以詩寄賀曰:'……'起答曰:'……'"據此可知:《唐摭言》的錯誤影響《唐詩紀事》,而《唐詩紀事》的盲從則影響了《登科記考》。

最後順便説一句,《年譜》認爲:"廣宣詩題爲《賀王起》(一作《賀王侍郎典貢放榜》),見《全唐詩》卷八二二。王起詩佚。"《年譜》視《唐摭言》、《唐詩紀事》王起和篇於不見,認爲王起和篇已經佚失,是因失察而造成的錯誤。其實《全詩》卷三四六"王涯"名下,就有《廣宣上人以詩賀放榜和謝》詩,詩文與《唐摭言》、《唐詩紀事》所録一樣,這是《全詩》編撰時的失誤。因爲《全詩》編撰的失誤,致使《年譜》作出了

“王起詩佚”的錯誤結論。

據《舊唐書・王涯傳》，綜觀王涯一生，從未歷職貢舉之事：“王涯，字廣津，太原人……貞元八年進士擢第，登宏辭科，釋褐藍田尉。貞元二年十月，召充翰林學士，拜右拾遺、左補闕、起居舍人，皆充内職。元和三年，爲宰相李吉甫所怒，罷學士，守都官員外郎，再貶虢州司馬。五年，入爲吏部員外。七年，改兵部員外郎、知制誥。九年八月，正拜舍人。十年，轉工部侍郎、知制誥，加通議大夫、清源縣開國男、學士如故。十一年十二月，加中書侍郎、同平章事。十三年八月，罷相，守兵部侍郎，尋遷吏部。穆宗即位，以檢校禮部尚書、梓州刺史、劍南東川節度使……(長慶)三年，入爲御史大夫。敬宗即位，改户部侍郎，兼御史大夫，充鹽鐵轉運使。俄遷禮部尚書，充職。寶曆二年，檢校尚書左僕射、興元尹、山南西道節度使，就加檢校司空。太和三年正月，入爲太常卿……四年正月，守吏部尚書，檢校司空，復領鹽鐵轉運使。其年九月，守左僕射，領使……七年七月，以本官同平章事，進封代國公，食邑二千户。八年正月，加檢校司空、門下侍郎、弘文館大學士、太清宫使。九年五月，正拜司空，仍令所司册命，加開府儀同三司，仍兼領江南榷茶使。十一月二十一日，李訓事敗……乃腰斬於子城西南隅獨柳樹下。”又《全唐詩・王涯傳》：“王涯，字廣津，太原人。博學，工屬文。貞元中擢進士，又舉宏辭，調藍田尉，以左拾遺爲翰林學士，進起居舍人。憲宗元和初，貶虢州司馬，徙袁州刺史，以兵部員外郎召知制誥，再爲翰林學士，累遷工部侍郎。涯文有雅思，永貞、元和間，訓誥温麗，多所稿定。拜中書侍郎、同中書門下平章事，尋罷，再遷吏部侍郎。穆宗立，出爲劍南東川節度使。長慶三年，入爲御史大夫，遷户部尚書、鹽鐵轉運使。敬宗寶曆時，復出領山南西道節度使。文宗嗣位，召拜太常卿，以吏部尚書總鹽鐵。歲中進尚書右僕射、代郡公。久之，以本官同中書門下平章事。俄檢校司空，兼門下侍郎。李訓敗，乃及禍。集十卷，今編詩一卷。”據此，《全唐詩》將王起有關貢舉的本詩編入王涯名下，是没有任何道理的，中華書局版《全唐詩》卷三四六將王起的《廣宣上人以詩賀放榜和謝》詩歸入王涯名下，亦誤。

計敏夫"元白浙東蘇臺有月多同賞"

微之守浙東，樂天守蘇臺，遞簡唱和，内一聯云："有月多同賞，無杯不共持。"兩地暗合。

録自計敏夫《唐詩紀事》卷三七

[辨僞]

"微之守浙東"，起長慶三年十月半之後，至大和三年九月；"樂天守蘇臺"，起寶曆元年三月四日，至寶曆二年九月八日。所謂的"微之守浙東，樂天守蘇臺"，兩相重合的時間應該與白居易蘇州刺史任同時，亦即寶曆元年三月四日，至寶曆二年九月八日。而"有月多同賞，無杯不共持"是白居易元和五年十月"下元節"寄酬元稹的《代書詩一百韵寄微之》中的兩句，回憶的"貞元歲"在校書郎任上自由散漫的生活。詩云："憶在貞元歲，初登典校司。身名同日授，心事一言知。肺腑都無隔，形骸兩不羈。疏狂屬年少，閑散爲官卑。分定金蘭契，言通藥石規。交賢方汲汲，友直每偲偲。有月多同賞，無杯不共持。秋風拂琴匣，夜月卷書帷。高上慈恩塔，幽尋皇子陂。唐昌玉蕊會，崇敬牡丹期。笑勸迂辛酒，閑吟短李詩。儒風愛敦質，佛理賞玄師。度日曾無悶，通宵靡不爲。雙聲聯律句，八面對宮棋。"兩事前後時間相距在二十年上下。

而汪立名《代書詩一百韵寄微之》詩後按語："又云：微之守浙東，樂天守蘇臺，遞筒唱和，内一聯云：'有月多同賞，無杯不共持。'兩地暗合。按杭越唱和,在長慶中;此元和五年寄江陵詩,有功不知何所据而云然也?”汪立名認爲“微之守浙東,樂天守蘇臺”是“杭越唱和”,應該是誤筆;而又認爲“微之守浙東,樂天守蘇臺”在“長慶中”,是時間計算上的誤筆;而“有月多同賞,無杯不共持”兩句,應該是元稹白居易貞元末年校書郎任上的情誼描繪,這一點汪立名没有説錯。在此,應該向讀者一併説明。

施宿“大中時元微之卜築沃洲院”

沃州真覺院,在縣東四十里……大中二年,有頭陀白寂然來遊,戀戀不能去。廉使元微之始爲卜築,白樂天爲作《記》。

録自宋人施宿《會稽志寺院》

[辨僞]

此事確實,有白居易《沃洲山禪院記》爲證:“太和二年春,有頭陀僧白寂然來遊玆山,見道猷、支、竺遺迹,泉石盡在,依依然如歸故鄉,戀不能去。時浙東廉使元相國聞之,始爲卜築。次廉使陸中丞知之,助其繕完。三年而禪院成,五年而佛事立。”但具體時間不在“大中”時,而在“大和”時。“大中”時,無論是元稹,還是白居易,都已經作古,元稹“卜築”,白居易“作記”,都已經不再可能。

劉昫“睦州刺史陸亘”

(大和三年)九月戊寅朔……戊戌,以前睦州刺史陸亘爲越州刺史、浙東觀察使,代元稹;以稹爲尚書左丞,代韋弘景,以弘景爲禮部尚書。

録自《舊唐書·文宗紀》

[辨僞]

《舊唐書·文宗紀》關於陸亘的記載與其他文獻不同:《舊唐書·陸亘傳》:"陸亘,字景山,吴郡人。祖元明,睦州司馬。父持詮,惠陵臺令。亘以書判授集賢殿正字、華原縣尉。應制舉,授萬年縣丞。自京兆府兵曹參軍,拜太常博士……自虞部員外郎出爲鄧州刺史,其後入爲户部郎中、秘書少監、太常少卿,歷刺兖、蔡、虢、蘇四郡,遷越州刺史、浙東團練觀察等使,移宣歙觀察使,加御史大夫。太和八年九月卒,年七十一,贈禮部尚書。"《新唐書·陸亘傳》:"陸亘,字景山,蘇州吴人。元和三年策制科中第,補萬年丞,再遷太常博士……累遷户部郎中、太常少卿,歷兖、蔡、虢、蘇四州刺史、浙東觀察使,徙宣歙。太和八年卒,年七十一,贈禮部尚書。"范成大《吴郡志》:"陸亘,字景山,吴縣人,中制科舉,遷太常博士……歷兖、蔡、虢、蘇四州刺史、浙東觀察使。"施宿《會稽志》:"陸亘,太和三年九月自蘇州刺史授,七年閏七月移宣州觀察使。"《姑蘇志》:"陸亘,字景山,元和三年中第,補萬年丞,再遷太常博士……累遷户部郎中、太常少卿、歷兖、蔡、虢、蘇四州刺史、浙東觀察使,徙宣歙。太和八年卒,贈禮部尚書。"當以《舊唐書·陸亘傳》等爲準。《唐方鎮表》兩説並存,《唐刺史考》採用"蘇州刺史"説,《年譜》已經指出《舊唐書·文宗紀》之誤。

計敏夫"微之拜左丞相"

樂天在洛,大和中微之拜左丞相,自越過洛,以二詩别樂天云:"君應怪我留連久,我欲與君辭别難。白頭徒侶漸稀少，明日恐君無此歡。”又云：“自識君來三度别，這回白盡老髭鬚。戀君不去君須會，知得後廻相見無？”未幾死于鄂，樂天哭之曰：“始以詩交，終以詩訣，絃筆俱絶，其今日乎？”

録自《唐詩紀事》卷三七

［辨僞］

《唐詩紀事》所述都是事實，唯“左丞相”應該是“左丞”之誤，《舊唐書·文宗紀》：“（大和三年）九月戊寅朔……戊戌，以前睦（蘇）州刺史陸亘爲越州刺史、浙東觀察使，代元稹；以稹爲尚書左丞，代韋弘景，以弘景爲禮部尚書。”考元稹一生，未歷“左丞相”之職。

計敏夫“微之卒於大和六年”

（會昌）六年八月薨東都，贈右僕射時，年七十五。樂天《寄王起李紳》詩云：“予與山南王僕射、淮南李僕射，仕歷五朝，年踰三紀，海内年輩，今唯三人，故詩云：‘故交海内只三人，二坐巖廊一卧雲。’時會昌六年也。”微之卒於大和六年，明年崔元亮卒，會昌二年劉夢得卒，樂天之卒最後。

録自《唐詩紀事》卷三八《白居易》

［辨僞］

《唐詩紀事》這裏記載有誤。白居易《予與山南王僕射起淮南李僕射紳事歷五朝踰三紀海内年輩今唯三人榮路雖殊交情不替聊題長句寄舉之公垂二相公》：“故交海内只三人，二坐巖廊一卧雲。老愛詩書還似我，榮兼將相不如君。百年膠漆初心在，萬里烟霄中路分。阿閣鸞凰野田鶴,何人信道舊同群?"并没有説元稹病故於大和六年,但這不單是計敏夫的想當然語,白居易晚年也出過同樣的錯誤。

白居易《感舊序》:"故李侍郎杓直,長慶元年春薨;元相公微之,太和六年秋薨;崔侍郎晦叔,太和七年夏薨;劉尚書夢得,會昌二年秋薨。四君子,予之執友也。二十年間,凋零共盡。唯予衰病,至今獨存。因詠悲懷,題爲《感舊》。"詩云:"晦叔墳荒草已陳,夢得墓濕土猶新。微之捐館將一紀,杓直歸丘二十春。城中雖有故第宅,庭蕪園廢生荆榛。篋中亦有舊書札,紙穿字蠹成灰塵。平生定交取人窄,屈指相知唯五人。四人先去我在後,一枝蒲柳衰殘身。"

但《感舊》作於會昌二年,白居易已經過了古稀之年,記憶難免出錯,今應該以白居易《元稹墓誌銘》爲準:"太和五年七月二十二日遇暴疾,一日薨于位,春秋五十三。上聞之,軫悼不視朝,贈尚書右僕射,加賻贈焉!"白居易《修香山寺記》所記"去年秋"也不錯:"去年秋,微之將薨,以墓誌文見託……唐大和六年八月一日,河南尹太原白居易記。"

《舊唐書·元稹傳》:"(大和)五年七月二十二日暴疾,一日而卒於鎮,時年五十三,贈尚書右僕射。"這是根據白居易《元稹墓誌銘》而撰寫的傳文。而《舊唐書·文宗紀》:"(大和五年)八月丙寅朔,庚午,武昌軍節度使、檢校户部尚書元稹卒。"按干支"八月丙寅朔"推算,"庚午"應該是八月五日,這是朝廷得知元稹病故噩耗,由史官記載在"實録"之中的日子。我們還是應該採信白居易在《元稹墓誌》中記載的日子:"七月二十二日。"由此可知,由武昌至長安,傳遞元稹暴病身亡的消息竟然需要十四天到達。

白居易"太和五年歲次己亥"

白居易《祭微之文》:"維太和五年,歲次己亥,十月乙丑朔,十日辛巳,中大夫、守河南尹、上柱國、晉陵縣開國男、食邑三百户、賜紫金魚袋白居易,以清酌庶羞之奠,敬祭于故相國、鄂岳節度使、贈尚書右僕射元相微之……"

録自白居易《祭微之文》

[辨僞]

白居易《祭微之文》所記年份干支有問題:"歲次己亥"應該是"歲次辛亥"之誤。沈亞之《郢州修明真齋詞》:"大唐太和五年,歲次辛亥,十月五日己卯……"《英華》發現白居易的誤筆,其引録白居易《祭元相公文》(亦即白居易《祭微之文》)時已經給予改正:"維太和五年,歲次辛亥,十月乙丑朔,十七日辛巳,中大夫、守河南尹、上柱國、晉陵縣開國男、食邑三百户、賜紫金魚袋白居易謹以清酌庶羞之奠,敬祭于故相國、鄂岳節度使、贈尚書右僕射元公微之之靈……"希望讀者加以辨别。

李心傳"元相國拜相告身及其後代"

台州筆吏楊滌者,能詩亦可觀。其外氏唐元相國之裔,偶持告身来,乃微之拜相綸軸也。銷金雲鳳,綾新若手未觸,白樂天作并書,後有畢文簡、夏文莊、元莊簡諸公跋識甚多。尋聞爲秦熺所取,恨當時不能入石也。按考唐《白傅集》,其在翰林嘗當五相制,乃裴垍、張弘靖、李絳、韋貫之、武元衡爾!其在中書,嘗草微之諭德及翰林兩制,盖樂天以元和初爲學士,而微之長慶二年始入中書,其相去遠矣!此所記,必有誤。

録自宋人李心傳《舊聞證誤》卷四

[辨僞]

宋人王明清《揮麈前録》卷三也有記載:"明清少游外家,年十八九。時從舅氏曾宏父守台州,有筆吏楊滁者,能詩亦可觀,言其外氏唐元相國之裔。一日持告身来,乃微之拜相綸軸也。銷金雲鳳,綾新若手未觸,白樂天行并書。後有畢文簡、夏文莊、元章簡諸公跋識甚多。尋聞爲秦熺所取,恨當時不能入石。至今往来于中也。"宋人陳耆卿《赤城志·冢墓門》亦云:"元相國墓,在縣東一十五里。舊傳唐元稹之後嘗爲州通判,而死葬於此。按今城東有元其姓者居之,藏其祖拜相麻,乃白居易行詞并書。後有守取以遺秦熺,此其爲稹後無疑。但稱'相國'者,訛也。"《揮麈前録》、《赤城志》在此衹叙述史實,没有按語。而《舊聞證誤》的按語却有兩個錯誤:一、所謂"盖樂天以元和初爲學士……此所記,必有誤"云云,白居易元和二年起確實擔任翰林學士之職,但竟然不知白居易元和十五年十二月二十八日以主客郎中知制誥,《舊唐書·穆宗紀》:"(元和十五年)十二月己巳朔……丙申,以司門員外郎白居易爲主客郎中、知制誥。"竟然不知白居易長慶元年升任中書舍人。《舊唐書·穆宗紀》:"(長慶元年)冬十月甲子朔……壬午,以尚書主客郎中、知制誥白居易爲中書舍人。"據此,"此所記,必有誤"應該是"此所記,没有誤"。二、所謂"其在中書,嘗草微之諭德及翰林兩制",即是指《白氏長慶集》中的《元稹除中書舍人翰林學士賜紫金魚袋制》、《元稹可太子左諭德依前入蕃使制》兩文,兩文均撰作於長慶一二年間,不是撰作於元和初期。前者見《白氏長慶集》卷五〇,確實是白居易所作,撰於長慶元年二月十六日之時。白居易《餘思未盡加爲六韵重寄微之》可證:"走筆往來盈卷軸(予與微之前後寄和詩數百篇,近代無如此多有也),除官遞互掌絲綸(予除中書舍人,微之撰制詞;微之除翰林學士,予撰制詞)。"而後者,見《白氏長慶集》卷五一,撰於元和十五年十二月二十八日至長慶二年七月十四日間,但此"元稹"非彼"元稹",當是同時代另一個同姓名者,我們已經在《元稹可太子左諭德依前入蕃使制》的辨僞中給予澄清,此不複述。

《唐大詔令集》卷四七、《册府元龜》卷七三確實都收録《元稹平章事制》,但作者是"佚名"。如果李心傳《舊聞證誤》、王明清《揮麈前録》、陳耆卿《赤城志》所言不誤,當是元稹白居易研究中的一大發現。白居易《餘思未盡加爲六韵重寄微之》作於長慶四年,亦即元稹拜相之後不久,但不見其提及白居易撰寫拜相元稹之制命,《白氏長慶集》也不見有白居易撰寫的《元稹平章事制》,看來是李心傳、王明清、陳耆卿之誤聽誤信之言了。

錢易"元稹卜葬之夕"

元相稹之薨也,卜葬之夕,爲火所焚,以煨燼之餘瘞之也。

録自宋人錢易《南部新書》卷七

[辨僞]

此説不確。白居易《元相公挽詞三首》,其一:"銘旌官重威儀盛,騎吹聲繁鹵簿長。後魏帝孫唐宰相,六年七月葬咸陽。"其二:"墓門已閉笳簫去，唯有夫人哭不休。蒼蒼露草咸陽壠，此是千秋第一秋。”其三：“送葬萬人皆慘澹，反虞駟馬亦悲鳴。琴書劍珮誰收拾？三歲遺孤新學行。”三首詩篇中，不見一星的痕迹。同様，我們在本拙稿之“附録”中，採録白居易、劉禹錫等人在元稹亡故之後的諸多詩文，也不見半點的信息。

陳思“元積碑”

唐武昌軍節度使元積碑，唐白居易撰，元和中立(《金石録》)。

録自宋人陳思《寳刻叢編》卷八

[辨僞]

此碑疑即白居易所撰《唐故武昌軍節度處置等使正議大夫檢校户部尚書鄂州刺史兼御史大夫賜紫金魚袋尚書右僕射河南元公墓誌銘并序》。岑仲勉先生云：“按今所傳乃《元公墓誌銘》，非碑也。稹墓或別立碑，但未必同是白作……元和，大和之誤。”岑説是，可以採信。

葛立方“道護年三歲而卒”

樂天五十八歲始得阿崔，微之五十一歲始得道保……後崔兒三歲而亡，白賦詩曰：“懷抱又空天默默，依前重作鄧攸身。”傷哉！微之五十三而亡，按《墓誌》，有子道護，年三歲而卒。以歲月考之，即道保也。

葛立方《韵語陽秋》卷一〇

[辨僞]

我們以爲,葛立方《韵語陽秋》"年三歲而卒"云云失考,白居易《元稹墓誌銘》并未説過元稹子道護有夭折之事:"今夫人河東裴氏,賢明知禮,有輔佐君子之勞,封河東郡君。生三女,曰小迎,未笄;道衛、道扶,齠齔。一子曰道護,三歲。仲兄司農少卿積、侄御史臺主簿某等銜哀襄事。裴夫人、韋氏長女暨諸孤等號□膺擗,以六年七月十二日祔葬於咸陽縣奉賢鄉洪瀆原,從先宅兆也。"而白居易《夢微之》:"夜來携手夢同遊,晨起盈巾泪莫收。漳浦老身三度病,咸陽宿草八迴秋。君埋泉下泥銷骨,我寄人間雪滿頭。阿衛韓郎相次去,夜臺茫昧得知不(阿衛,微之男;韓郎,微之婿)?"已經明言元稹卒後八年,兒子、女婿才相繼而亡,我們疑"年三歲而卒"是"年三歲而稹卒"之誤。

我們還懷疑白居易"阿衛韓郎相次去,夜臺茫昧得知不(阿衛,微之男;韓郎,微之婿)"是否有差錯?因爲《宋史·真宗紀》:"(大中祥符九年)夏四月……壬寅,以唐相元稹七世孫爲台州司馬。"《續資治通鑑長編》卷八六亦云:"(大中祥符九年)夏四月……唐相元稹七世孫照上稹長慶中誥命,壬寅,以照爲台州司馬。"宋人陳耆卿《赤城志·冢墓門》:"元相國墓,在縣東一十五里。舊傳唐元稹之後嘗爲州通判,而死葬於此。按今城東有元其姓者居之,藏其祖拜相麻,乃白居易行詞并書。後有守取以遺秦熺,此其爲稹後無疑。但稱'相國'者,訛也。"按照白居易詩,元稹唯一的兒子道保或阿衛已經夭折,那末後世元稹的後代又從何而來,莫非是代代招婿延續不成?録此存疑,有待智者破解。

《達縣志》"元稹卒後贈太師"

元稹……贈太師。

録自清代《達縣志》卷三四《職官志》

[辨僞]

所謂"贈職",是指賜死者以爵位或榮譽稱號。《後漢書·鄧騭傳》:"悝閶相繼並卒,皆遺言薄葬,不受爵贈。"趙昇《朝野類要·入仕》:"生曰封,死曰贈。"但清代《達縣志·職官志》之説有誤。白居易《唐故武昌軍節度處置等使正議大夫檢校户部尚書鄂州刺史兼御史大夫賜紫金魚袋尚書右僕射河南元公墓誌銘并序》:"太和五年七月二十二日遇暴疾,一日薨于位,春秋五十三。上聞之,軫悼不視朝,贈尚書右僕射,加賻贈焉!"《舊唐書·元稹傳》:"(大和)五年七月二十二日暴疾,一日而卒於鎮,時年五十三,贈尚書右僕射。"

王象之"景雲中修桐柏宫碑"

《修桐柏宫碑》:《集古録》:唐元稹撰,顔顒書,景雲中道士徐靈府等理葺,碑以元和四年立。

録自《輿地碑記目·台州碑記》

[辨僞]

《輿地碑記目》這裏有兩處錯誤:一、"景雲中道士徐靈府等理葺",誤將景雲年間道士司馬承禎建觀,與大和年間道士徐靈府重修混爲一談。二、將"大和"誤爲"元和"。宋代陳思《寶刻叢編・台州》已經説得清清楚楚:"《唐修桐柏宫碑》:唐浙東團練觀察使、越州刺史元稹撰并書,台州刺史顔顒篆額桐柏宫,以景雲中建,道士徐靈府等重葺,碑以太和四年四月立(《集古録目》)。"另外標明"顔顒"是"台州刺史",而顔顒就是顔真卿的侄子,同書"《唐天台禪林寺智者大師畫像贊》:唐顔真卿撰,侄顔顒正書,男汝玉篆額,太和四年冬季月建(《復齋碑録》)"可證。

同樣有誤的還有《編年箋注》,元稹《重修桐柏觀記》:"不及百年,忽焉而蕪。"所指是景雲(710—711)至貞元(784—805)而言,也就是"建"後而"蕪",期間前後"不及百年",可見桐柏觀荒廢已久,時間已經越過了唐順宗、唐憲宗、唐穆宗三代皇帝,亦即所謂的"蕪久",故下文有"蕪久將壞,壞其反乎"之語,"蕪"與"壞"應該是有所區别的。而《編年箋注》:"從景雲以訖大和,'不及百年,忽焉而蕪',於是有重修桐柏觀之役。"《編年箋注》推算不確,以大和三年(829)計,景雲至此大和,時間已經接近一百二十年,如何還能説"不及百年"?

劉昫"元稹經營相位"

(大和)三年九月,入爲尚書左丞,振舉紀綱,出郎官頗乖公議者七人。然以稹素無檢操,人情不厭服。會宰相王播倉卒而卒,稹大爲路岐,經營相位。四年正月,檢校户部尚書,兼鄂州刺史、御史大夫、武昌軍節度使。

録自《舊唐書・元稹傳》

[辨僞]

同樣的記載又見於《新唐書・元稹傳》:"太和三年,召爲尚書左丞,務振綱紀,出郎官尤無狀者七人。然稹素無檢,望輕,不爲公議所右。王播卒,謀復輔政甚力,訖不遂,俄拜武昌節度使。"

此事荒謬不足言,《舊唐書·文宗紀》:"太和四年春正月丙子朔,辛卯,武昌軍節度使牛僧孺來朝……辛卯,以武昌節度使、鄂岳蘄黄安申等觀察處置等使、金紫光禄大夫、檢校吏部尚書、同中書門下平章事、上柱國、奇章郡開國公牛僧孺爲兵部尚書、同中書門下平章事……甲午,守左僕射、同平章事、諸道鹽鐵轉運使王播卒。丙申,以太常卿王涯爲吏部尚書,充諸道鹽鐵轉運使。辛丑,以尚書左丞元稹檢校户部尚書,充武昌軍節度、鄂岳蘄黄安申等州觀察使。癸卯,以前陝虢觀察使王起爲左丞。"據"丙子朔"推算干支,"辛卯"是正月十六日,牛僧孺來朝之時,即是其拜相之日。"甲午"是正月十九日,王播病故,兩天之後,正月二十一日,亦即"丙申",王涯接替了王播的"諸道鹽鐵轉運使"的空缺。"辛丑"即正月二十六日,元稹就被排擠,外出爲武昌軍節度使。元稹即使有"大爲路岐"之心計,也没有"經營相位"之時間。

《年譜》:"王播卒前數日,牛僧孺已入相。在李宗閔、牛僧孺執政之時,元稹何能覬覦相位?王播卒後數日,元稹即被逐,又何從經營相位?兩《唐書》所記,似不足信。"《年譜》所言是,可以採信。

龔松林"元白并號元和十才子"

元稹……與白居易相友善,唱和不輟,并號"元和十才子"。

録自龔松林《重修洛陽縣誌·人物》

［辨僞］

在李唐的歷史上，祇見有“大曆十才子”之説，未見有“元和十才子”之稱。根據李唐元和年間詩人活動情景，除元稹、白居易外，還有劉禹錫、柳宗元、張籍、王建，韓愈、賈島諸人，不僅人數難滿十人，而且詩作的風格也不盡相同，不能看作是風格相同的同一流派。

附　録

一、紹介元稹及與元稹有關之誌傳

唐故武昌軍節度處置等使正議大夫檢校户部尚書鄂州刺史兼御史大夫賜紫金魚袋尚書右僕射河南元公墓誌銘(并序)

白居易

公諱稹,字微之,河南人。六代祖巖,隋兵部尚書,封昌平公。五代祖弘,隋北平太守。高祖義端,魏州刺史。曾祖延景,岐州參軍。祖諱悱,南頓縣丞,贈兵部員外。考諱寛,比部郎中、舒王府長史,贈尚書右僕射。妣滎陽鄭氏,追封陳留郡太夫人。公即僕射府君第四子,後魏昭成皇帝十五代孫也。

公受天地粹靈,生而岐然,孩而嶷然。九歲能屬文,十五明經及第。二十四試判入四等,署秘省校書。二十八應制策,入三等,拜左拾遺。即日獻《教本書》,數月間上封事六七。憲宗召對,言及時政,執政者疑忌,出公爲河南尉。丁陳留太夫人憂,哀毁過禮,杖不能起。服除之明日,授監察御史。使於蜀,按任敬仲獄,得情。又劾奏東川帥違詔條過籍税,又奏平塗山甫等八十八家冤事,名動三川,三川人慕之,其後多以公姓字名其子。

朝廷病東諸侯不奉法，東御史府不治事，命公分臺而董之。時有河南尉離局從軍職，尹不能止；監察使死，其柩乘乘傳入郵，郵吏不敢詰；内園司械繫人踰年，臺府不得知；飛龍使匿趙氏亡命奴爲養子，主不敢言；浙右帥封杖杖安吉令至死，子不敢愬。凡此者數十事，或奏，或劾，或移，歲餘皆舉正之。内外權寵臣無奈何，咸不快意。會河南尹有不如法事，公引故事，奏而攝之甚急，先是不快者，乘其便相噪嗾，坐公専逞作威，黜爲江陵士曹掾。居四年，徙通州司馬。又四年，移虢州長史。

長慶初，穆宗嗣位，舊聞公名，以膳部員外郎徵用。既至，轉祠部郎中，賜緋魚袋，知制誥。制誥，王言也，近代相沿，多失於巧俗。自公下筆，俗一變至於雅，三變至於典謨，時謂得人。上嘉之，數召與語，知其有輔弼才，擢授中書舍人，賜紫金魚袋，翰林學士承旨。尋拜工部侍郎，旋守本官、同中書門下平章事。公既得位，方將行已志，答君知。

無何，有憸人以飛語構同位，詔下按驗無狀，上知其誣，全大體，與同位兩罷之。出爲同州刺史，始至，急吏緩民，省事節用，歲收羨財千萬，以補亡户逋租。其餘因弊制事、贍上利下者甚多。二年，改御史大夫、浙東觀察使。將去同，同之耆幼鰥獨，泣戀如别慈父母，遮道不可通。詔使導呵揮鞭有見血者，路闢而後得行。

先是，明州歲進海物，其淡蚶非禮之味，尤速壞。課其程，日馳數百里。公至越，未下車，趨奏罷。自越抵京師，郵夫獲息肩者萬計，道路歌舞之。明年辨沃瘠，察貧富，均勞逸，以定税籍，越人便之，無流庸，無逋賦。又明年，命吏課七郡人，動築陂塘，春貯水雨，夏溉旱苗，農人賴之，無餓殍。在越八載，政成課高，上知之，就加禮部尚書，降璽書慰諭之，以示旌寵。

又以尚書左丞徵還，旋改户部尚書、鄂岳節度使。在鄂三載，其政如越。太和五年七月二十二日遇暴疾，一日薨于位，春秋五十三。

上聞之，軫悼不視朝，贈尚書右僕射，加賻贈焉！

前夫人京兆韋氏，懿淑有聞，無禄早世。生一女曰保子，適校書郎韋絢。今夫人河東裴氏，賢明知禮，有輔佐君子之勞，封河東郡君。生三女，曰小迎，未笄；道衛、道扶，齠齔；一子曰道護，三歲。仲兄司農少卿積、侄御史臺主簿某等銜哀襄事，裴夫人、韋氏長女暨諸孤等號護嗇翣，以六年七月十二日祔葬於咸陽縣奉賢鄉洪瀆原，從先宅兆也。

公著文一百卷，題爲《元氏長慶集》。又集古今刑政之書三百卷，號《類集》，並行於代。公凡爲文，無不臻極，尤工詩。在翰林時，穆宗前後索詩數百篇，命左右諷詠，宫中呼爲“元才子”。自六宫兩都八方至南蠻東夷國，皆寫傳之。每一章一句出，無脛而走，疾于珠玉。

又觀其述作編纂之旨，豈止於文章刀筆哉！實有心在于安人治國，致君堯舜，致身伊皋耳！抑天不與耶？將人不幸耶？予嘗悲公始以直躬律人，勤而行之，則坎壈而不偶，謫瘴鄉凡十年，髮斑白而歸来。次以權道濟世，變而通之，又齟齬而不安，居相位僅三月，席不暖而罷去。通介進退，卒不獲心。是以法理之用，止于舉一職，不布于庶官；仁義之澤，止于惠一方，不周于四海。故公之心，不足也。逢時與不逢時同，得位與不得位同，富貴與浮雲同。何者？時行而道未行，身遇而心不遇也！執友居易，獨知其心，以泣濡翰書，銘于墓曰：

嗚呼微之！年過知命，不謂之夭；位兼將相，不謂之少。然未康吾民，未盡吾道，在公之心，則爲不了。嗟乎哉！道廣而俗隘，時矣夫！心長而運短，命矣夫！嗚呼微之，已矣夫！

録自《白氏長慶集》卷七〇

舊唐書·元稹傳

劉　昫

元稹,字微之,河南人。後魏昭成皇帝,稹十(五)代祖也。兵部尚書、昌平公巖,六代祖也。曾祖延景,岐州參軍。祖悱,南頓丞。父寬,比部郎中、舒王府長史,以稹貴,贈左僕射。

稹八歲喪父。其母鄭夫人,賢明婦人也。家貧,爲稹自授書,教之書學。稹九歲能屬文,十五兩經擢第。二十四,調判入第四等,授秘書省校書郎。二十八,應制舉才識兼茂明於體用科,登第者十八人,稹爲第一,元和元年四月也。制下,除右拾遺。

稹性鋒鋭,見事風生。既居諫垣,不欲碌碌自滯,事無不言,即日上疏論諫職。又以前時王叔文、王伾以猥褻待詔,蒙幸太子,永貞之際,大撓朝政,是以訓導太子宫官,宜選正人,乃《獻教本書》曰:

臣伏見陛下降明詔,修廢學,增胄子,選司成,大哉堯之爲君,伯夷典禮,夔教胄子之深旨也!然而事有萬萬急於此者!臣敢冒昧殊死而言之。臣聞諸賈生曰:“三代之君,仁且久者,教之然也。”誠哉是言!且夫周成王,人之中才也。近管、蔡則讒入,有周、召則義聞,豈可謂天聰明哉?然而克終於道者,得不謂教之然耶?

(始其爲太子也,未生胎教,既生保教。太公爲之師,周公爲之傅,召公爲之保),俾伯禽唐叔與之游,禮樂詩書爲之習,目不得閲淫艷妖誘之色,耳不得聞優笑凌亂之音,口不得習操斷擊搏之書,居不得近容順陰邪之黨,游不得縱追禽逐獸之樂,玩不得有遐異僻絶之珍。凡此數者,非謂備之於前而不爲也，亦將不得見之矣！及其長而爲君也，血氣既定，遊習既成，雖有放心快己之事日陳於前，固不能奪已成之習、已定之心矣！則彼忠直道德之言，固吾之所習聞也，陳之者有以諭焉；彼庸佞違道之説，固吾之所積懼也，諂之者有以辨焉！

人之情，莫不欲耀其所能而黨其所近，苟將得志，則必快其所蘊矣！物之性亦然，是以魚得水而游，馬逸駕而走，鳥得風而翔，火得薪而熾，此皆物之快其所蘊也！今夫成王，所蘊道德也，所近聖賢也，是以舉其近，則周公左而召公右，伯禽魯而太公齊；快其蘊，則興禮樂而朝諸侯，措刑罰而美教化。教之至也，可不謂信然哉！

及夫秦則不然。滅先王之學，曰將以愚天下；黜師保之位，曰將以明君臣。胡亥之生也，《詩》、《書》不得聞，聖賢不得近。彼趙高者，詐宦之戮人也，而傅之以殘忍戕賊之術，且曰恣睢天下以爲貴，莫見其面以爲尊。是以天下之人人未盡愚，而胡亥固已不能分獸畜矣！趙高之威懾天下，而胡亥固已自幽於深宮矣！彼李斯，秦之寵丞相也，因讒冤死，無所自明，而況於疏遠之臣庶乎？若然，則秦之亡有以致之也。

漢高承之以兵革，漢文守之以廉謹，卒不能蘇復大訓。是以景、武、昭、宣，天資甚美，才可以免禍亂。哀、平之間，則不能虞簒殺矣！然而惠帝廢易之際，猶賴羽翼以勝邪心。是後有國之君，議教化者莫不以興廉舉孝，設學崇儒爲意，曾不知教化之不行自貴始。略其貴者，教其賤者，無乃鄰於倒置乎？

洎我太宗文皇帝之在藩邸，以至於爲太子也，選知道德者十八人與之遊習。即位之後，雖遊宴飲食之間，若十八人者實在其中。上失無不言，下情無不達。不四三年而名高盛古，豈一日二日而致是乎？游習之漸也。貞觀已還，師傅皆宰相兼領，其餘宫寮，亦甚重焉！馬周以位高，恨不得爲司議郎，此其驗也。文皇之後，漸疏賤之。用至母后臨朝，翦棄王室。當中、睿二聖勤勞之際，雖有骨鯁敢言之士，既不得在調護保安之職，終不能吐扶衛之一辭，而令醫匠安金藏剖腹以明之，豈不大哀也耶？

兵興已来，玆弊尤甚。師資保傅之官，非疾廢眊聵不任事者爲之，即休戎罷帥不知書者處之。至於友諭贊議之徒，疏冗散賤之甚者，縉紳耻由之。夫以匹士之愛其子者，猶求明哲慈惠之師以教之，直諒多聞之友以成之，豈天下之元良，而可以疾廢眊聵不知書者爲之師乎？疏冗散賤不適用者爲之友乎？此何不及上古之甚也！

近制：宫寮之外，往往以沉滯僻老之儒充侍直、侍讀之選，而又疏棄斥逐之，越月踰時，不得召見，彼又安能傳成道德而保養其身躬哉？臣以爲積此弊者，豈不以皇天眷佑，祚我唐德，以舜繼堯，傳陛下十一聖矣！莫不生而神明，長而仁聖，以是爲屑屑習儀者故不之省耳！臣獨以爲於列聖之謀則可也，計傳後嗣則不可。脱或萬代之後，若有周成之中才，而又生於深宫優笑之間，無周、召保助之教，則將不能知喜怒哀樂之所自矣！況稼穡艱難乎！

今陛下以上聖之資，肇臨海内，是天下之人傾耳注心之日。特願陛下思成王訓導之功，念文皇游習之漸，選重師保，慎擇宫寮，皆用博厚深之儒，而又明達機務者爲之。更相進見，日就月將。因令皇太子聚諸生，定齒胄講業之儀，行嚴師問道之禮，至德要道以成之，徹膳記過以警之。血氣未定，則去禽色之娛以就學；聖質已備，則資遊習之善以弘德。此所謂一人元良，萬方以貞之化也。豈直修廢學，選司成，而足倫匹其盛哉！而又俾則百王，莫不幼同師，長同術，識君道之素定，知天倫之自然，然後選用賢良，樹爲藩屏。出則有晋、鄭、魯、衛之成，入則有東牟、朱虚之强，盖所謂宗子維城、犬牙盤石之勢也，又豈與夫魏、晋以降，囚賤其兄弟而自翦其本枝者同年而語哉！

憲宗覽之，甚悦。

又論西北邊事，皆朝政之大者。憲宗召對，問方略，爲執政所忌，出爲河南縣尉。丁母憂，服除，拜監察御史。四年，奉使東蜀，劾奏故劍南東川節度使嚴礪違制擅賦，又籍没塗山甫等吏民八十八户田宅一百一十一、奴婢二十七人、草千五百束、錢七千貫。時礪已死，七州刺史皆責罰。

稹雖舉職，而執政有與礪厚者惡之，使還，令分務東臺。浙西觀察使韓皋封杖决湖州安吉令孫澥，四日内死。徐州監軍使孟昇(進)卒，節度使王紹傳送昇喪柩還京，給券乘驛，仍於郵舍安喪柩：稹並劾奏以法。河南尹房式爲不法事，稹欲追攝，擅令停務。既飛表聞奏，罰式一月俸。仍召稹還京，宿敷水驛，内官劉士元後至，争廳，士元怒，排其户，稹襪而走廳後。士元追之，後以箠擊稹，傷面。執政以稹少年後輩，務作威福，貶爲江陵府士曹參軍。

稹聰警絶人，年少有才名。與太原白居易友善，工爲詩，善狀詠風態物色，當時言詩者稱“元白”焉！自衣冠士子，至閭閻下俚，悉傳諷之，號爲“元和體”。既以俊爽不容於朝，流放荆蠻者僅十年。俄而白居易亦貶江州司馬，稹量移通州司馬。雖通、江懸邈，而二人来往贈答，凡所爲詩，有自三十五十韵乃至百韵者。江南人士，傳道諷誦，流聞闕下，里巷相傳，爲之紙貴。觀其流離放逐之意，靡不悽惋。

十四年，自虢州長史徵還，爲膳部員外郎。宰相令狐楚一代文宗，雅知稹之辭學，謂稹曰："嘗覽足下製作，所恨不多，遲之久矣！請出其所有，以豁予懷！"稹因獻其文，自叙曰：

稹初不好文，徒以仕無他岐，强由科試。及有罪譴棄之後，自以爲廢滯潦倒，不復爲文字有聞於人矣！曾不知好事者抉擿芻蕪，塵瀆尊重。竊承相公特於廊廟間道稹詩句，昨又面奉教約，令獻舊文。戰汗悚踊，慚靦無地。

稹自御史府謫官，於今十餘年矣！閑誕無事，遂專力於詩章。日益月滋，有詩句千餘首。其間感物寓意，可備矇瞽之風者有之。辭直氣粗，罪尤是懼，固不敢陳露於人。唯杯酒光景間，屢爲小碎篇章，以自吟暢。然以爲律體卑痺，格力不揚，苟無姿態，則陷流俗。常欲得思深語近，韵律調新，屬對無差，而風情宛然，而病未能也。江湖間多新進小生，不知天下文有宗主，妄相放效，而又從而失之，遂至於支離褊淺之辭，皆目爲"元和詩體"。

稹與同門生白居易友善，居易雅能詩，就中愛驅駕文字，窮極聲韵，或爲千言，或五百言律詩，以相投寄。小生自審不能過之，往往戲排舊韵，别創新辭，名爲次韵相酬，蓋欲以難相挑。自爾江湖間爲詩者，復相放效，力或不足，則至於顛倒語言，重複首尾，韵同意等，不異前篇，亦目爲"元和詩體"。

而司文者考變雅之由，往往歸咎於稹。嘗以爲雕蟲小事，不足以自明。始聞相公記憶，累旬已来，實慮糞土之墻，庇之以大厦，使不復破壞，永爲板築者之誤。輒寫古體歌詩一百首、百韵至兩韵律詩一百首，爲五卷，奉啓跪陳。或希構厦之餘，一賜觀覽，知小生於章句中欒櫨榱桷之材，盡曾量度，則十餘年之邅迴，不爲無用矣！

楚深稱賞，以爲今代之鮑、謝也。

穆宗皇帝在東宫，有妃嬪左右嘗誦稹歌詩以爲樂曲者，知稹所爲，嘗稱其善，宫中呼爲“元才子”。荆南監軍崔潭峻甚禮接稹，不以掾吏遇之，常徵其詩什諷誦之。長慶初，潭峻歸朝，出稹《連昌宫辭》等百餘篇奏御，穆宗大悦，問稹安在，對曰：“今爲南宫散郎。”即日轉祠部郎中、知制誥。朝廷以書命不由相府，甚鄙之。然辭誥所出，敻然與古爲侔，遂盛傳於代，由是極承恩顧。嘗爲《長慶宫辭》數十百篇，京師競相傳唱。

居無何，召入翰林，爲中書舍人、承旨學士。中人以潭峻之故，争與稹交，而知樞密魏弘簡尤與稹相善，穆宗愈深知重。河東節度使裴度三上疏，言稹與弘簡爲刎頸之交，謀亂朝政，言甚激訐。穆宗顧中外人情，乃罷稹内職，授工部侍郎。上恩顧未衰，長慶二年，拜平章事。詔下之日，朝野無不輕笑之。

時王廷湊、朱克融連兵圍牛元翼於深州，朝廷俱赦其罪，賜節鉞，令罷兵，俱不奉詔。稹以天子非次拔擢，欲有所立以報上。有和王傅于方者，故司空頔之子，干進於稹，言有奇士王昭、王友明二人，嘗客於燕、趙間，頗與賊黨通熟，可以反間而出元翼。仍自以家財資其行，仍賂兵、吏部令史爲出告身二十通，以便宜給賜，稹皆然之。

有李賞者，知于方之謀，以稹與裴度有隙，乃告度云：“于方爲稹所使，欲結客王昭等刺度。”度隱而不發。及神策軍中尉奏于方之事，乃詔三司使韓皋等訊鞫，而害裴事無驗，而前事盡露。遂俱罷稹、度平章事，乃出稹爲同州刺史，度守僕射。諫官上疏，言責度太重稹太輕。上心憐稹，止削長春宫使。

稹初罷相，三司獄未奏。京兆尹劉遵古遣坊所由潛邏稹居第，稹奏訴之。上怒，罰遵古，遣中人撫諭稹。稹至同州，因表謝上，《自叙》曰：

臣稹辜負聖明,辱累恩獎,便合自求死所,豈謂尚忝官榮?臣稹死罪。臣八歲喪父,家貧無業。母兄乞丐,以供資養。衣不布體,食不充腸。幼學之年,不蒙師訓。因感鄰里兒稚有父兄爲開學校,涕咽發憤,願知《詩》、《書》。慈母哀臣,親爲教授。年十有五,得明經出身。由是苦心爲文,夙夜强學。年二十四,登吏部乙科,授校書郎。年二十八,蒙制舉首選,授左拾遺。始自爲學,至於昇朝,無朋友爲臣吹嘘,無親戚爲臣援庇。莫非苦己,實不因人。獨立性成,遂無交結。任拾遺日,屢陳時政,蒙先皇帝召問於延英。旋爲宰相所憎,出臣河南縣尉。及爲監察御史,又不規避,專心糾繩,復爲宰相怒臣不庇親黨,因以他事貶臣江陵判司。廢棄十年,分死溝瀆。

元和十四年,憲宗皇帝開釋有罪,始授臣膳部員外郎。與臣同省署者,多是臣登朝時舉人;任卿相者,半是臣同諫院時拾遺、補闕。愚臣既不料陛下天聽過卑,知臣薄藝,朱書授臣制誥,延英召臣賜緋。宰相惡臣不出其門,由是百萬侵毁。陛下察臣無罪,寵獎踰深。召臣面授舍人,遣充承旨翰林學士,金章紫服,光飾陋軀,人生之榮,臣亦至矣!

然臣益遭誹謗,日夜憂危,唯陛下聖鑒昭臨,彌加保任,竟排群議,擢授台司。臣忝有肺肝,豈並尋常宰相?况當行營退散之後,牛元翼未出之間,每聞陛下軫念之言,愚臣恨不身先士卒。所問于方計策,遣王友明等救解深州,蓋欲上副聖情,豈是别懷他意!不料奸人疑臣殺害裴度,妄有告論,塵瀆聖聰,愧羞天地。臣本待辨明一了,便擬殺身謝責。豈料聖慈尚加,薄貶同州。雖違咫尺之間,不遠郊圻之境。伏料必是宸衷獨斷,乞臣此官。若遣他人商量,乍可與臣遠處方鎮,豈肯遣臣俯近闕廷?

所恨今月三日，尚蒙召對延英。此時不解泣血，仰辭天顔，乃至今日竄逐。臣自離京國，目斷魂銷。每至五更朝謁之時，實制泪不已。臣若餘生未死，他時萬一歸還，不敢更望得見天顔，但得再聞京城鐘鼓之音，臣雖黄土覆面，無恨九泉。臣無任自恨自慚，攀戀聖慈之至。

在郡二年，改授越州刺史，兼御史大夫、浙東觀察使。會稽山水奇秀，稹所辟幕職，皆當時文士，而鏡湖、秦望之遊，月三四焉！而諷詠詩什，動盈卷帙。副使竇鞏，海内詩名，與稹酬唱最多，至今稱"蘭亭絶唱"。稹既放意娱遊，稍不修邊幅，以瀆貨聞於時，凡在越八年。

太和初，就加檢校禮部尚書。三年九月，入爲尚書左丞。振舉紀綱，出郎官頗乖公議者七人。然以稹素無檢操，人情不厭服。會宰相王播倉卒而卒，稹大爲路岐，經營相位。四年正月，檢校户部尚書兼鄂州刺史、御史大夫、武昌軍節度使。五年七月二十二日，暴疾一日而卒於鎮，時年五十三，贈尚書右僕射。有子曰道護，時年三歲。稹仲兄、司農少卿積營護喪事。

所著詩賦、詔册、銘誄、論議等雜文一百卷，號曰《元氏長慶集》，又著"古今刑政書"三百卷，號《類集》，並行於代。稹長慶末因編删其文稿，自叙曰：

劉秩云："制不可削。"予以爲有可得而削之者，貢謀猷，持嗜欲，君有之則譽歸於上，臣專之則譽歸於下。苟而存之，其攘也，非道也。經制度，明利害，區邪正，辨嫌惑，存之則事分著，去之則是非泯。苟而削之，其過也，非道也。

元和初，章武皇帝新即位，臣下未有以言刮視聽者。予時始以對詔在拾遺中供奉，由是獻《教本書》、《諫職》、《論事》等表十數通。仍爲裴度、李正辭、韋熏訟"所言當行"，而宰相曲道上語。上頗悟，召見問狀，宰相大惡之，不一月出爲河南尉。後累歲，補御史，使東川。謹以元和赦書，劾節度使嚴礪籍塗山甫等八十八家，過賦梓、遂之民數百萬。朝廷異之，奪七刺史料，悉以所籍歸於人。會潘孟陽代礪爲節度使，貪過礪，且有所承迎，雖不敢盡廢詔，因命當得所籍者皆入資，資過其稱，榷薪盜賦無不爲，仍爲礪密狀不當得醜謚。予自東川還，朋礪者潛切齒矣！

無何，分莅東都臺。天子久不在都，都下多不法者。百司皆牢獄，有裁接吏械人逾歲而臺府不得而知之者，予因飛奏絶百司專禁錮。河南尉叛官，予劾之，忤宰相旨。監徐使死於軍，徐帥郵傳其柩，柩至洛，其下歐詬主郵吏，予命吏徙柩於外，不得復乘傳。浙西觀察使封杖决安吉令至死，河南尹誣奏書生尹太階請死之，飛龍使誘趙寔家逃奴爲養子，田季安盜娶洛陽衣冠女，汴州没入死商錢且千萬，滑州賦於民以千授於人以八百，朝廷饋東師，主計者誤命牛車四千三百乘飛芻越太行……類是數十事，或移或奏，皆止之。貞元已来，不慣用文法，内外寵臣皆喑嗚。會河南尹房式詐諼事發，奏攝之，前所喑嗚者叫噪。宰相素以劾叛官事相銜，乘是黜予江陵掾。

後十年，始爲膳部員外郎。穆宗初，宰相更相用事。丞相段公一日獨得對，因請亟用兵部郎中薛存慶、考功員外郎牛僧孺，予亦在請中。上然之，不十數日次用爲給、舍。他忿恨者日夜構飛語，予懼罪，比上書自明。上憐之，三召與語，語及兵賦洎西北邊事，因命經紀之。是後書奏及進見，皆言天下事，外間不知，多臆度。陛下益憐其不漏禁中語，召入禁林，且欲亟用爲宰相。

是時裴度在太原，亦有宰相望。巧者謀欲俱廢之，乃以予所無構於裴。裴奏至,驗之皆失實。上以裴方握兵,不欲校曲直,出予爲工部侍郎,而相裴之期亦衰矣!不累月,上盡得所構者,雖不能暴揚之,遂果初意,卒用予與裴俱爲宰相。復有購狂民告予借客刺裴者,鞫之復無狀,而裴與予以故俱罷免。

始元和十五年八月得見上,至是未二歲,僭忝恩寵,無是之速者;遭罹謗咎,亦無是之甚者。是以心腹腎腸,縻費於扶衛危亡之不暇,又悪暇經紀陛下之所付哉?然而造次顛沛之中,前後列上兵賦邊防之狀,可得而存者一百一十五。苟而削之,是傷先帝之器使也。至於陳暢辨謗之章,去之則無以自明於朋友矣!其餘郡縣之奏請、賀慶之禮,因亦附於件目。始《教本書》,至於爲人雜奏,二十有七軸,凡二百二十有七奏。終殁吾世,貽之子孫式,所以明經制之難行,而銷毀之易至也!

其自叙如此,欲知其作者之意,備於此篇。

稹文友與白居易最善,後進之士最重龎嚴,言其文體類己,保薦之。

…………

史臣曰:舉才選士之法,尚矣!自漢策賢良,隋加詩賦,罷中正之法,委銓舉之司。繇是争務雕蟲,罕趨函丈,矯首皆希於屈、宋,駕肩並擬於《風》、《騷》。或侔箴闕之篇,或效補亡之句。咸欲錙銖《採葛》,糠粃《懷沙》,較麗藻於碧雞,鬥新奇於白鳳。曁編之簡牘,播在管絃,未逃季緒之詆訶,孰望子虚之稱賞?迨今千載,不乏辭人,統論六義之源,較其三變之體,如二班者蓋寡,類七子者幾何?至潘、陸情致之文,鮑、謝清便之作,迨於徐、庾踵麗增華,纂組成而耀以珠璣,瑶臺構而間之金碧。

國初開文館,高宗禮茂才,虞、許擅價於前,蘇、李馳聲於後。或位昇台鼎,學際天人,潤色之文,咸布編集。然而向古者傷於太僻,徇華者或至不經,齷齪者局於宫商,放縱者流於鄭衛。若品調律度,揚榷古今,賢不肖皆賞其文,未如元、白之盛也!昔建安才子,始定霸於曹、劉;永明辭宗,先讓功於沈、謝;元和主盟,微之、樂天而已。臣觀元之制策、白之奏議,極文章之壼奥,盡治亂之根荄,非徒謡頌之片言、盤盂之小説。就文觀行,居易爲優,放心於自得之場,置器於必安之地,優游卒歲,不亦賢乎!

贊曰:文章新體,建安、永明。沈、謝既往,元、白挺生。但留金石,長有莖英。不習孫吴,焉知用兵?

録自《舊唐書》卷一六六《元稹傳》

新唐書·元稹傳

歐陽修

元稹,字微之,河南河内人。六代祖巖,爲隋兵部尚書。稹幼孤,母鄭賢而文,親授書傳。九歲工屬文,十五擢明經,判入等,補校書郎。元和元年舉制科,對策第一,拜左拾遺。性明鋭,遇事輒舉。

始,王叔文、王伾蒙幸太子宫,而橈國政。稹謂宜選正人輔導,因獻書曰:

伏見陛下降明詔,修廢學,增胄子,然而事有先於此,臣敢昧死言之。

賈誼有言:"三代之君仁且久者,教之然也。"周成王本中才,近管、蔡則讒入,任周、召則善聞,豈天聰明哉?而克終于道者,教也。始爲太子也,太公爲師,周公爲傅,召公爲保，伯禽、唐叔與游，目不閲淫艷，耳不聞優笑，居不近庸邪，玩不備珍異。及爲君也，血氣既定，游習既成，雖有放心，不能奪已成之性。則彼道德之言，固吾所習聞，陳之者易諭焉；回佞庸違，固吾所積懼，諂之者易辨焉！人之情，莫不耀所能，黨所近。苟得志，必快其所藴。物性亦然，故魚得水而游，鳥乘風而翔，火得薪而熾。夫成王所藴，道德也；所近，聖賢也。快其藴，則興禮樂，朝諸侯，措刑罰，教之至也。

秦則不然，滅先王之學，黜師保之位。胡亥之生也，《詩》、《書》不得聞，聖賢不得近。彼趙高，刑餘之人，傅之以殘忍戕賊之術，日恣睢，天下之人未盡愚，而亥不能分馬鹿矣！高之威懾天下，而亥自幽深宫矣！若秦亡，則有以致之也。

太宗爲太子，選知道德者十八人與之游；即位後，雖閑宴飲食，十八人者皆在。上之失無不言，下之情無不達，不四三年而名高盛古，斯游習之致也。貞觀以來，保、傅皆宰相兼領，餘官亦時重選，故馬周恨位高不爲司議郎，其驗也。

母后臨朝，翦棄王室。中、睿爲太子，雖有骨鯁敢言之士，不得在調護保安職，及讒言中傷，惟樂工剖腹爲證，豈不哀哉！比來兹弊尤甚，師資保傅，不疾廢眊聵，即休戎罷帥者處之。又以僻滯華首之儒，備侍直、侍讀。越月踰時，不得召。夫以匹士之愛其子，猶求明哲慈惠之師，豈天下元良而反不及乎？

臣以爲高祖至陛下十一聖，生而神明，長而仁聖，以是爲屑屑者，故不之省。設萬世之後，有周成中才，生於深宫，無保助之教，則將不能知喜怒哀樂所自，況稼穡艱難乎！願令皇太子洎諸王齒胄講業，行嚴師問道之禮，輟禽色之娱，資游習之善，豈不美哉！

又自以職諫諍,不得數召見,上疏曰:

臣聞治亂之始,各有萌象。容直言,廣視聽,躬勤庶務,委信大臣,使左右近習不得蔽疏遠之人,此治象也。大臣不親,直言不進,抵忌諱者殺,犯左右者刑,與一二近習决事深宫中,群臣莫得與,此亂萌也。

人君始即位,萌象未見,必有狂直敢言者。上或激而進之,則天下君子望風曰:"彼狂而容於上,其欲來天下士乎?吾之道可以行矣!"其小人則竦利曰:"彼之直得幸於上,吾將直言以徼利乎?"由是天下賢不肖各以所忠貢於上,上下之志霈然而通,合天下之智,治萬物之心,人人樂得其所,戴其上如赤子之親慈母也,雖欲誘之爲亂,可得乎?

及夫進計者入,而直言者戮,則天下君子内謀曰:"與其言不用而身爲戮,吾寧危行言遜以保其終乎!"其小人則擇利曰:"吾君所惡者拂心逆耳,吾將苟順是非以事之。"由是進見者革而不内,言事者寢而不聞。若此,則十步之事不得見,况天下四方之遠乎! 故曰:聾瞽之君非無耳目,左右前後者屏蔽之,不使視聽,欲不亂可得哉?

太宗初即位,天下莫有言者。孫伏伽以小事持諫,厚賜以勉之。自是論事者唯懼言不直、諫不極,不能激上之盛意,曾不以忌諱爲虞。於是房、杜、王、魏議可否於前,四方言得失於外,不數年大治。豈文皇獨運聰明於上哉? 蓋下盡其言,以宣揚發暢之也。

夫樂全安,惡戮辱,古今情一也,豈獨貞觀之人輕犯忌諱而好戮辱哉? 蓋上激而進之也。喜順從,怒謇犯,亦古今情一也,豈獨文皇甘逆耳、怒從心哉? 蓋以順從之利輕,而危亡之禍大,思爲子孫建永安計也。爲後嗣者,其可順一朝意,而蔑文皇之天下乎?

陛下即位已一歲,百辟卿士、天下四方之人,曾未有獻一計進一言而受賞者;左右前後拾遺補闕,亦未有奏封執諫而蒙勸者。設諫鼓,置匭函,曾未聞雪冤决事、明察幽之意者。以陛下睿博洪深,勵精求治,豈言而不用哉?蓋下不能有所發明耳!承顧問者獨一二執政,對不及頃而罷,豈暇陳治安、議教化哉?它有司或時召見,僅能奉簿書計錢穀登降耳!

以陛下之政,視貞觀何如哉?貞觀時尚有房、杜、王、魏輔翊之智,日有獻可替否者。今陛下當致治之初,而言事進計者歲無一人,豈非群下因循竊位之罪乎?輒昧死條上十事:一、教太子,正邦本;二、封諸王,固磐石;三、出宫人;四、嫁宗女;五、時召宰相講庶政;六、次對群臣,廣聰明;七、復正衙奏事;八、許方幅糾彈;九、禁非時貢獻;十、省出入畋游。

于時論傪、高弘本、豆盧靖等出爲刺史,閱旬追還詔書。稹諫:"詔令數易,不能信天下。"又陳西北邊事,憲宗悦,召問得失,當路者惡之,出爲河南尉,以母喪解。

服除,拜監察御史,按獄東川,因劾奏節度使嚴礪違詔過賦數百萬,没入塗山甫等八十餘家田産、奴婢。時礪已死,七刺史皆奪俸。礪黨怒,俄分司東都。

時浙西觀察使韓皋杖安吉令孫澥,數日死;武寧王紹護送監軍孟昇(進)喪乘驛,内喪郵中,吏不敢止;内園擅繫人踰年,臺不及知;河南尹誣殺諸生尹太階;飛龍使誘亡命奴爲養子;田季安盜取洛陽衣冠女;汴州没入死賈錢千萬……凡十餘事,悉論奏。

會河南尹房式坐罪,稹舉劾,按故事追攝,移書停務。詔薄式罪,召稹還。次敷水驛,中人仇士良夜至,稹不讓,中人怒,擊稹敗面。宰相以稹年少輕樹威,失憲臣體,貶江陵士曹參軍。而李絳、崔群、白居易皆論其枉。久乃徙通州司馬,改虢州長史。元和末,召拜膳部員外郎。

稹尤長於詩,與居易名相埒,天下傳諷,號"元和體",往往播樂府。穆宗在東宫,妃嬪近習皆誦之,宫中呼"元才子"。

稹之謫江陵,善監軍崔潭峻。長慶初,潭峻方親幸,以稹歌詞數十百篇奏御,帝大悦,問稹今安在,曰:"爲南宫散郎。"即擢祠部郎中、知制誥。變詔書體,務純厚明切,盛傳一時。然其進非公議,爲士類訾薄。稹内不平,因《誡風俗詔》歷詆群有司,以逞其憾。

俄遷中書舍人、翰林承旨學士。數召入,禮遇益厚,自謂得言天下事。中人争與稹交,魏弘簡在樞密,尤相善。裴度出屯鎮州,有所論奏,共沮郤之。度三上疏劾弘簡、稹傾亂國政:"陛下欲平賊,當先清朝廷乃可。"帝迫群議,乃罷弘簡,而出稹爲工部侍郎。

然眷倚不衰,未幾進同中書門下平章事,朝野雜然輕笑。稹思立奇節報天子以厭人心。時王庭湊方圍牛元翼於深州,稹所善于方言:"王昭、于友明皆豪士,雅游燕、趙間,能得賊要領,可使反間而出元翼。願以家貲辦行,得兵部虚告二十,以便宜募士。"稹然之。李逢吉知其謀,陰令李賞訹裴度曰:"于方爲稹結客,將刺公。"度隱不發。神策軍中尉以聞,詔韓皋、鄭覃及逢吉雜治,無刺度狀。

而方計暴聞,遂與度偕罷宰相,出爲同州刺史。諫官争言度不當免,而黜稹輕。帝獨憐稹,但削長春宫使。初,獄未具,京兆劉遵古遣吏羅禁稹第。稹訴之,帝怒,責京兆,免捕賊尉,使使者慰稹。

再期,徙浙東觀察使。明州歲貢蚶,役郵子萬人,不勝其疲,稹奏罷之。太和三年,召爲尚書左丞,務振綱紀,出郎官尤無狀者七人。然稹素無檢,望輕,不爲公議所右。王播卒,謀復輔政甚力,訖不遂。俄拜武昌節度使,卒,年五十三,贈尚書右僕射。

所論著甚多,行于世。在越時,辟竇鞏。鞏,天下工爲詩,與之酬和,故鏡湖、秦望之奇益傳,時號"蘭亭絶唱"。

稹始言事峭直,欲以立名。中見斥廢十年,信道不堅,乃喪所守。

附宦貴得宰相，居位纔三月罷。晚節彌沮喪，加廉節不飾云。

…………

贊曰：夫口道先王語，行如市人，其名曰“盜儒”。僧孺、宗閔以方正敢言進，既當國，反奮私昵黨，排擊所憎，是時權震天下，人指曰“牛李”，非盜謂何？逢吉險邪，積浮躁，嗣復辯給，固無足言。幸主孱昏，不底於戮，治世之罪人歟！

録自《新唐書》卷一七四《元稹傳》

舊唐書·文苑傳

劉　昫

臣觀前代秉筆論文者多矣！莫不憲章《謨》、《誥》，祖述《詩》、《騷》，遠宗毛、鄭之訓論，近鄙班、揚之述作。謂“采采芣苢”，獨高比興之源；“湛湛江楓”，長擅詠歌之體。殊不知世代有文質，風俗有淳醨，學識有淺深，才性有工拙。昔仲尼演三代之《易》，删諸國之《詩》，非求勝於昔賢，要取名於今代。實以淳朴之時傷質，民俗之語不經，故飾以文言，考之絃誦。然後致遠不泥，永代作程，即知是古非今，未爲通論。夫執鑒寫形，持衡品物，非伯樂不能分駑驥之狀，非延陵不能別《雅》、《鄭》之音。若空混吹竽之人，即異聞《韶》之嘆。

近代唯沈隐侯斟酌《二南》，剖陳三變，攄雲、淵之抑鬱，振潘、陸之風徽。俾律吕和諧，宫商輯洽，不獨子建總建安之霸，客兒擅江左之雄。

爰及我朝，挺生賢俊，文皇帝解戎衣而開學校，飾賁帛而禮儒生，門羅吐鳳之才，人擅握蛇之價。靡不發言爲論，下筆成文，足以緯俗經邦，豈止雕章縟句！韵諧金奏，詞炳丹青，故貞觀之風，同乎三代。高宗、天后，尤重詳延，天子賦横汾之詩，臣下繼柏梁之奏，巍巍濟濟，煇爍古今。如燕、許之潤色王言，吴、陸之鋪揚鴻業，元稹、劉蕡之對策，王維、杜甫之雕蟲，並非肄業使然，自是天機秀絶。若隋珠色澤，無假淬磨，孔璣翠羽，自成華彩。置之文苑，實焕緗圖。其間爵位崇高，别爲之傳。今採孔紹安已下，爲《文苑》三篇，覬懷才憔悴之徒，千古見知於作者。

録自《舊唐書》卷一九〇《文苑傳》

新唐書·藝文志

歐陽修　宋　祁

唐有天下三百年，文章無慮三變。高祖、太宗，大難始夷，沿江左餘風，絺句繪章，揣合低卬，故王、楊爲之伯。玄宗好經術，群臣稍厭雕瑑，索理致，崇雅黜浮，氣益雄渾，則燕、許擅其宗。是時，唐興已百年，諸儒争自名家。大曆、貞元間，美才輩出，擩嚌道真，涵泳聖涯，於是韓愈倡之，柳宗元、李翱、皇甫湜等和之，排逐百家，法度森嚴，抵轢晉、魏，上軋漢、周，唐之文完然爲一王法，此其極也。

若侍從酬奉，則李嶠、宋之問、沈佺期、王維，制册則常衮、楊炎、陸贄、權德輿、王仲舒、李德裕，言詩則杜甫、李白、元稹、白居易、劉禹錫，譎怪則李賀、杜牧、李商隱，皆卓然以所長，爲一世冠，其可尚已！

然嘗言之，夫子之門以文學爲下科，何哉？蓋天之付與，於君子小人無常分，惟能者得之，故號一藝。自中智以還，恃以取敗者有之，朋奸飾僞者有之，怨望訕國者有之。若君子則不然，自能以功業行實光明于時，亦不一于立言而垂不腐，有如不得試，固且闡繹優游，異不及排，怨不及誹，而不忘納君於善，故可貴也。今但取以文自名者爲《文藝篇》，若韋應物、沈亞之、閻防、祖詠、薛能、鄭谷等，其類尚多，皆班班有文在人間，史家逸其行事，故弗得述云。

録自《新唐書》卷二〇一《文藝傳》

資治通鑑・元稹

司馬光

(元和元年)夏四月……丙午,策試制舉之士,於是校書郎元稹、監察御史獨孤郁、校書郎下邽白居易、前進士蕭俛、沈傳師出焉……辛酉,以元稹爲左拾遺,白居易爲盩厔尉、集賢校理,蕭俛爲右拾遺,沈傳師爲校書郎。稹上疏論諫職,以爲:"昔太宗以王珪、魏徵爲諫官,宴遊寢食未嘗不在左右。又命三品以上入議大政,必遣諫官一人隨之,以參得失,故天下大理。今之諫官。大不得豫召見,次不得參時政,排行就列,朝謁而已。近年以來,正牙不奏事,庶官罷巡對,諫官能舉職者,獨誥命有不便則上封事耳!君臣之際,諷諭於未形,籌畫於至密,尚不能回至尊之盛意,况於既行之誥令,已命之除授,而欲以咫尺之書收絲綸之詔,誠亦難矣!願陛下時於延英召對,使盡所懷,豈可寘於其位而屏棄疏賤之哉!"頃之,復上疏,以爲:"理亂之始,必有萌象。開直言,廣視聽,理之萌也。甘陷諛,蔽近習,亂之象也。自古人君即位之初,必有敢言之士,人君苟受而賞之,則君子樂行其道,小人亦貪得其利,不爲回邪矣!如是,則上下之志通,幽遠之情達,欲無理得乎!苟拒而罪之,則君子卷懷括囊以保其身,小人阿意迎合以竊其位矣!如是,則十步之事,皆可欺也,欲無亂得乎!昔太宗初即政,孫伏伽以小事諫,太宗喜,厚賞之。故當是時言事者惟患不深切,未嘗以觸忌諱爲憂也!太宗豈好逆意而惡從欲哉?誠以順適之快小,而危亡之禍大故也!陛下踐阼,今以周歲,未聞有受伏伽之賞者。臣等備位諫列,曠日彌年不得召見,每就列位,屏氣鞠躬,不敢仰視,又安暇議得失、獻可否哉?供奉官尚爾,况疏遠之臣乎?此蓋群下因循之罪也。"因條奏請次對百官、復正牙奏事、禁非時貢獻等十事。稹又以貞元中王伾、王叔文以伎術得幸東宫,永貞之際幾亂天下,上書勸上早擇修正之士使輔導諸子,以爲:“太宗自爲藩王,與文學清修之士十八人居。後代太子、諸王,雖有僚屬,日益疏賤,至於師傅之官,非眊聵廢疾不任事者,則休戎罷帥不知書者爲之。其友諭贊議之徒,尤爲冗散之甚,搢紳皆耻由之。就使時得僻老儒生,越月踰時僅獲一見,又何暇傅之德義,納之法度哉! 夫以匹士愛其子,猶知求明哲之師而教之,况萬乘之嗣,繫四海之命乎!”上頗嘉納其言,時召見之。

(元和五年春正月)丁卯……河南尹房式有不法事,東臺監察御史元稹奏攝之,擅令停務;朝廷以爲不可,罰一季俸,召還西京。至敷水驛,有内侍後至,破驛門,呼駡而入,以馬鞭擊稹傷面;上復引稹前過,貶江陵士曹。翰林學士李絳、崔群言稹無罪,白居易上言:“中使陵辱朝士,中使不問而稹先貶,恐自今中使出外益暴横,人無敢言者。又,稹爲御史,多所舉奏,不避權勢,切齒者衆,恐自今無人肯爲陛下當官執法,疾惡繩愆,有大奸猾,陛下無從得知。”上不聽。

(元和十五年三月辛未)初,膳部員外郎元稹爲江陵士曹,與監軍崔潭峻善。上在東宫。聞宫人誦稹歌詩而善之;及即位。潭峻歸朝。獻稹歌詩百餘篇,上問稹安在,對曰:“今爲散郎。”夏五月庚戌,以稹爲祠部郎中、知制誥;朝論鄙之,會同僚食瓜於閣下,有青蠅集其上,中書舍人武儒衡以扇揮之曰:“適從何來,遽集於此!”同僚皆失色,儒衡意氣自若。

(長慶元年三月)癸亥……翰林學士李德裕,吉甫之子也,以中書舍人李宗閔嘗對策譏切其父,恨之。宗閔又與翰林學士元稹争進取有隙。右補闕楊汝士與禮部侍郎錢徽掌貢舉,西川節度使段文昌、翰林學士李紳各以書屬所善進士於徽;及牓出,文昌、紳所屬皆不預,及第者鄭朗,覃之弟;裴譔,度之子;蘇巢,宗閔之婿;楊殷士,汝士之弟也。文昌言於上曰:“今歲禮部殊不公,所取進士,皆子弟,無藝,以關節得之。”上以問諸學士,德裕、稹、紳皆曰:“誠如文昌言。”上乃命中書舍人王起等覆試。夏四月丁丑，詔黜朗等十人，貶徽江州刺史，宗閔劍州刺史，汝士開江令。或勸徽奏文昌、紳屬書，上必悟，徽曰："苟無愧心，得喪一致，奈何奏人私書，豈士君子所爲邪？"取而焚之，時人多之。紳敬玄之曾孫，起，播之弟也。自是德裕、宗閔各分朋黨，更相傾軋，垂四十年。

（長慶元年十月）辛巳……翰林學士元稹與知樞密魏弘簡深相結，求爲宰相，由是有寵於上，每事咨訪焉！稹無怨於裴度，但以度先達重望，恐其復有功大用，妨己進取，故度所奏畫軍事，多與弘簡從中沮壞之。度乃上表，極陳其朋比奸蠹之狀，以爲："逆竪構亂，震驚山東；奸臣作朋，撓敗國政。陛下欲掃蕩幽、鎮，先宜肅清朝廷。何者？爲患有大小，議事有先後。河朔逆賊，祇亂山東；禁闈奸臣，必亂天下；是則河朔患小，禁闈患大。小者臣與諸將必能翦滅，大者非陛下覺悟制斷無以驅除。今文武百寮、中外萬品，有心者無不憤忿，有口者無不咨嗟，直以獎用方深，不敢抵觸，恐事未行而禍已及，不爲國計，且爲身謀。臣自兵興以來，所陳章疏，事皆要切；所奉書詔，多有參差；蒙陛下委付之意不輕，遭奸臣抑損之事不少。臣素與佞倖亦無讎嫌，正以臣前請乘傳詣闕，面陳軍事，奸臣最所畏憚，恐臣發其過，百計止臣。臣又請與諸軍齊進，隨便攻討，奸臣恐臣或有成功，曲加阻礙，逗遛日時；進退皆受羈牽，意見悉遭蔽塞。但欲令臣失所，使臣無成，則天下理亂、山東勝負，悉不顧矣！爲臣事君，一至于此！若朝中奸臣盡去，則河朔逆賊不討自平；若朝中奸臣尚存，則逆賊縱平無益。陛下儻未信臣言，乞出臣表，使百官集議，彼不受責，臣當伏辜。"表三上，上雖不悦，以度大臣，不得已。癸未，以弘簡爲弓箭庫使，稹爲工部侍郎。稹雖解翰林，恩遇如故。

（長慶二年二月）辛巳，中書侍郎、同平章事崔植罷爲刑部尚書，以工部侍郎元稹同平章事……癸未……王庭湊雖受旌節，不解深州之圍。丙戌，以知制誥東陽馮宿爲山南東道節度副使，權知留後。仍遣中使入深州，督牛元翼赴鎮。裴度亦與幽、鎮書，責以大義；朱克融即解圍去，王庭凑雖引兵少退，猶守之不去。元稹怨裴度，欲解其兵柄，故勸上雪庭凑而罷兵。丁亥，以度爲司空、東都留守，平章事如故（《舊·裴度傳》又曰："元稹爲相，請上罷兵，洗雪廷凑、克融，解深州之圍，蓋欲罷度兵柄故也。"按此月甲子雪廷凑，辛巳積爲相，蓋積未爲相時勸上也）諫官争上言："時未偃兵，度有將相全才，不宜置之散地。"上乃命度入朝，然後赴東都……（三月）丙午，加朱克融、王庭凑檢校工部尚書。上聞其解深州之圍，故褒之。然庭凑之兵實猶在深州城下。韓愈既行，衆皆危之，詔愈至境，更觀事勢，勿遽入。愈曰："止，君之仁；死，臣之義。"遂往……（五月壬寅）王庭凑之圍牛元翼也，和王傅于方欲以奇策干進，言於元積，請"遣客王昭、于友明間説賊黨，使出元翼。仍賂兵、吏部令史僞出告身二十通，令以便宜給賜"，積皆然之。有李賞者，知其謀，乃告裴度云方爲積結客刺度，度隱而不發。賞詣左神策，告其事。丁巳，詔左僕射韓皋等鞫之……（戊午）三司按于方刺裴度事，皆無驗。六月甲子，度及元積皆罷相，度爲右僕射，積爲同州刺史，以兵部尚書李逢吉爲門下侍郎同平章事……諫官上言："裴度無罪，不當免相。元積與于方爲邪謀，責之太輕。"上不得已，壬申，削積長春宫使。

録自《資治通鑑》有關各條

唐才子傳·元稹傳

辛文房

稹字微之，河南人。九歲工屬文，十五擢明經，書判入等，補校書郎。元和初，對策第一，拜左拾遺。數上書言利害，當路惡之，出爲河南尉。

後拜監察御史,按獄東川。還次敷水驛,中人仇士良夜至,積不讓邸,仇怒,擊積敗面。宰相以積年少輕威,失憲臣體,貶江陵士曹参軍,李絳等論其枉。元和末,召拜膳部員外郎。

積詩變體,往往宫中樂色皆誦之,呼爲才子。然綴屬雖廣,樂府專其警策也。初在江陵,與監軍崔潭峻善。長慶中,崔進其歌詩數十百篇,帝大悦,問今安在,曰:"爲南宫散郎。"擢祠部郎中、知制誥,俄遷中書舍人、翰林承旨,後拜同中書門下平章事。初以瑕釁,舉動浮薄,朝野雜笑,未幾罷。然素無檢,望輕,不爲公議所右,除武昌節度使,卒。

在越時,辟竇鞏。竇工詩,日酬和,故鏡湖、秦望之奇益傳,時號"蘭亭絶唱"。微之與白樂天最密,雖骨肉未至。愛慕之情,可欺金石。千里神交,若合符契。唱和之多,毋逾二公者。有《元氏長慶集》一百卷及《小集》十卷,今傳。

去松柏飽風霜,而後勝梁棟之任。人必勞餓空乏,而後無充詘之態。譽早必氣鋭,氣鋭則志驕,志驕則斂怨。先達者未足喜,晚成者或可賀。况慶吊相望於門閭,不可測哉! 人評元詩,如李龜年説天寶遺事,貌悴而神不傷。况尤物移人,移俗遷性,足見其舉止斐薄豐茸,仍且不容勝己。至登庸成忝,貽笑於多士,其來尚矣! 不矜細行,終累大德。豈不聞言行君子之樞機,榮辱之主邪? 古人不耻能治而無位,耻有位而不能治也。

録自《唐才子傳》卷六

全唐詩録·元積傳

徐 倬

積字微之,河南人。幼孤,母鄭賢而文,親授書傳。九歲工屬文,十五擢明經判入等,補校書郎。元和元年舉制科,對策第一,拜左拾遺。當路者惡之，出爲河南尉，以母喪解。服除，拜監察御史，按獄東川，因劾奏節度使嚴礪，七刺史皆奪俸，礪黨怒。俄分司東都，復論奏韓臯等十餘事。會河南尹房式坐罪，稹舉劾，按故事追攝，移書停務。詔薄式罪，召稹還。次敷水驛，中人仇士良夜至，稹不讓，中人怒，擊稹敗面。宰相以稹年少輕樹威，失憲臣體，貶江陵士曹參軍，而李絳、崔群、白居易皆論其枉。久乃徙通州司馬，改虢州長史。元和末，召拜膳部員外郎。稹尤長於詩，與居易名相埒，天下傳諷，號“元和體”，往往播樂府。穆宗在東宫，妃嬪近習皆誦之，宫中呼“元才子”。稹之謫江陵，善監軍崔潭浚。長慶初，潭浚方親幸，以稹歌辭數十百篇奏御。帝大悦，問稹今安在，曰：“爲南宫散郎。”即擢祠部郎中、知制誥。俄遷中書舍人、翰林承旨學士。裴度劾稹傾亂國政，因出爲工部侍郎，然眷倚不衰。未幾，進同中書門下平章事，朝野雜然輕笑。李逢吉搆之，罷宰相，出爲同州刺史。再期，徙浙東觀察使。太和三年，召爲尚書左丞。俄拜武昌節度使，卒，贈尚書右僕射。

所論著甚多，行於世。在越時，辟竇鞏。鞏，天下工爲詩，與之酬和，故鏡湖、秦望之奇，益傳，時號“蘭亭絶唱”。《全唐詩話》云：稹聞西蜀薛濤有辭辯，及爲監察使蜀，以御史推鞫，難得見焉！嚴司空潛知其意，每遣薛往。洎登翰林，以詩寄曰：“錦江滑膩蛾眉秀，幻出文君與薛濤。言語巧偷鸚鵡舌，文章分得鳳凰毛。紛紛詞客多停筆，箇箇公侯欲夢刀。别後相思隔烟水，菖蒲花發五雲高。”後廉問浙東，乃有劉採春自淮甸而來，容華莫比。元贈詩曰：“新妝巧樣畫雙蛾，慢裹常州透額羅。正面偷匀光滑笏，緩行輕踏皺紋波。言辭雅措風流足，舉止低佪秀媚多。更有惱人腸斷處，選詞能唱望夫歌。”即羅嗊之曲也。元在浙河七年，因醉題東武亭，其詩曰：“役役行人事，紛紛碎簿書。功夫兩衙盡，留滯七年餘。病痛梅天發，親情海岸疏。因循未歸得，不是戀鱸魚。”盧侍郎簡永戲曰：“丞相雖不爲鱸魚，爲爲好鏡湖春色耳！”謂採春也。

《本事詩》云：元相公稹爲御史，鞫獄梓潼。時白尚書在京，與名輩遊慈恩，小酌花下，爲詩寄元曰："花時同醉破春愁，醉折花枝當酒籌。忽憶故人天際去，計程今日到梁州。"時元果及褒城，亦寄《夢遊詩》曰："夢君兄弟曲江頭，也向慈恩院裏遊。驛吏唤人排馬去，忽驚身在古梁州。"千里神交，合若符契，自有《感夢記》備記其事。

録自《全唐詩録》卷六六

全唐詩·元稹傳

彭定球

元稹，字微之，河南河内人。幼孤，母鄭賢而文，親授書傳。舉明經，書判入等，補校書郎。元和初，應制策第一，除左拾遺。歷監察御史，坐事貶江陵士曹參軍，徙通州司馬。自虢州長史徵爲膳部員外郎，拜祠部郎中、知制誥。召入翰林，爲中書舍人、承旨學士。進工部侍郎、同平章事。未幾罷相，出爲同州刺史，改越州刺史兼御史大夫、浙東觀察使。太和初，入爲尚書左丞。檢校户部尚書兼鄂州刺史、武昌軍節度使。年五十三卒，贈尚書右僕射。稹自少與白居易倡和，當時言詩者稱"元白"，號爲"元和體"，其集與居易同名《長慶》，今編詩二十八卷。

録自《全詩》卷三九六

舊唐書·白居易傳

劉 昫

白居易，字樂天，太原人……（貞元十九年）吏部判入等，授秘書省校書郎。元和元年四月，憲宗策試制舉人，應才識兼茂明於體用科策，入第四等，授盩厔縣尉、集賢校理……

居易與河南元稹相善,同年登制舉,交情隆厚。稹自監察御史謫爲江陵府士曹掾,翰林學士李絳、崔群上前面論稹無罪,居易累疏切諫曰……疏入不報……

時元稹在通州,篇詠贈答往来,不以數千里爲遠。嘗與稹書,因論作文之大旨曰……

(元和)十四年三月,元稹會居易於峽口,停舟夷陵三日。時季弟行簡從行,三人於峽州西二十里黄牛硤口石洞中,置酒賦詩,戀戀不能訣……

(元和十五年)冬,召還京師,拜司門員外郎。明年,轉主客郎中、知制誥,加朝散大夫,始著緋。時元稹亦徵還爲尚書郎、知制誥,同在綸閣。長慶元年四月,受詔與中書舍人王起覆試禮部侍郎錢徽下及第人鄭朗等一十四人……

(長慶二年)七月,除杭州刺史。俄而元稹罷相,自馮翊轉浙東觀察使。交契素深,杭越鄰境,篇詠往來,不間旬浹。嘗會於境上,數日而别……

長慶末,浙東觀察使元稹爲居易集序,曰……人以爲稹序盡其能事。

録自《舊唐書》卷一六六《白居易傳》

舊唐書·李德裕傳

劉　昫

李德裕,字文饒,趙郡人……明年正月,穆宗即位,召入翰林,充學士。帝在東宫,素聞吉甫之名。既見德裕,尤重之,禁中書詔大手筆,多詔德裕草之。是月,召對思政殿,賜金紫之服。踰月,改屯田員外郎……

時德裕與李紳、元稹俱在翰林,以學識才名相類,情頗款密。而逢吉之黨深惡之,其月罷學士,出爲御史中丞。時元稹自禁中出,拜工部侍郎平章事。

三月,裴度自太原復輔政。是月,李逢吉亦自襄陽入朝,乃密賂纖人,構成于方獄。六月,元稹、裴度俱罷相。稹出爲同州刺史,逢吉代裴度爲門下侍郎、平章事。既得權位,鋭意報怨。時德裕與牛僧孺俱有相望,逢吉欲引僧孺,懼紳與德裕禁中沮之。九月,出德裕爲浙西觀察使,尋引僧孺同平章事。繇是,交怨愈深。

録自《舊唐書》卷一七四《李德裕傳》

舊唐書・李紳傳

劉 昫

李紳,字公垂,潤州無錫人……紳六歲而孤,母盧氏教以經義。紳形狀眇小而精悍,能爲歌詩。鄉賦之年,諷誦多在人口。元和初,登進士第,釋褐國子助教。非其好也,東歸金陵。觀察使李錡愛其才,辟爲從事。紳以錡所爲專恣,不受其書幣。錡怒,將殺紳,遁而獲免。錡誅,朝廷嘉之,召拜右拾遺。

歲餘,穆宗召爲翰林學士。與李德裕、元稹同在禁署,時稱"三俊",情意相善,尋轉右補闕。長慶元年三月,改司勛員外郎、知制誥。二年二月,超拜中書舍人,内職如故。

俄而稹作相,尋爲李逢吉教人告稹陰事,稹罷相出爲同州刺史。時德裕與牛僧孺俱有相望,德裕恩顧稍深。逢吉欲用僧孺,懼紳與德裕沮於禁中。二年九月,出德裕爲浙西觀察使,乃用僧孺爲平章事,以紳爲御史中丞,冀離内職,易掎摭而逐之。

乃以吏部侍郎韓愈爲京兆尹,兼御史大夫,放臺參。知紳剛褊,必與韓愈忿争。制出,紳果移牒往來,論臺府事體。而愈復性訐,言辭不遜,大喧物論。由是兩罷之,愈改兵部侍郎,紳爲江西觀察使。天子待紳素厚,不悟逢吉之嫁禍,爲其心希外任,乃令中使就第宣勞,賜之玉帶。紳對中使泣訴其事,言爲逢吉所排,戀闕之情無已。及中謝日,面自陳訴,帝方省悟,乃改授户部侍郎……

太和七年,李德裕作相。七月,檢校左常侍、越州刺史、浙東觀察使。

録自《舊唐書》卷一七三《李紳傳》

舊唐書·錢徽傳

劉　昫

錢徽,字蔚章,吴郡人……長慶元年,爲禮部侍郎。時宰相段文昌出鎮蜀川,文昌好學,尤喜圖書古畫。故刑部侍郎楊憑兄弟以文學知名,家多書畫,鍾、王、張、鄭之迹在《書斷》、《畫品》者,兼而有之。憑子渾之求進,盡以家藏書畫獻文昌,求致進士第。文昌將發,面託錢徽,繼以私書保薦。翰林學士李紳,亦托舉子周漢賓於徽。及牓出,渾之、漢賓皆不中選。李宗閔與元稹,素相厚善。初,稹以直道譴逐久之,及得還朝,大改前志,由逕以徼進達,宗閔亦急於進取,二人遂有嫌隙。楊汝士與徽有舊,是歲宗閔子婿蘇巢及汝士季弟殷士俱及第,故文昌、李紳大怒。

文昌赴鎮,辭日,内殿面奏,言徽所放進士鄭朗等十四人皆子弟藝薄,不當在選中。穆宗以其事訪於學士元稹、李紳,二人對與文昌同。遂命中書舍人王起、主客郎中知制誥白居易於子亭重試,内出題目《孤竹管賦》、《鳥散餘花落》詩,而十人不中選。詔曰:

國家設文學之科,本求才實,苟容僥倖,則異至公。訪

> 聞近日浮薄之徒，扇爲朋黨，謂之關節，干撓主司。每歲策名，無不先定。永言敗俗，深用興懷。鄭朗等昨令重試，意在精覈藝能，不於異書之中固求深僻題目，貴令所試成就，以觀學藝淺深。孤竹管是祭天之樂，出於《周禮》正經，閲其呈試之文，都不知其本事，辭律鄙淺，蕪累亦多。比令宣示錢徽，庶其深自懷愧，誠宜盡棄，以警將來。但以四海無虞，人心方泰，用弘寧撫，式示殊恩。特掩爾瑕，庶明予志。孔温業、趙存約、竇洵直所試粗通，與及第；裴譔特賜及第；鄭朗等十人並落下。自今後禮部舉人，宜準開元二十五年敕，及第訖，所試雜文并策，送中書門下詳覆。

尋貶徽爲江州刺史，中書舍人李宗閔劍州刺史，右補闕楊汝士開江令。初議貶徽，宗閔、汝士令徽以文昌、李紳私書進呈，上必開悟。徽曰："不然！苟無愧心，得喪一致，修身慎行，安可以私書相證耶?"令子弟焚之，人士稱徽長者。

既而穆宗知其朋比之端，乃下詔曰……元稹之辭也。制出，朋比之徒如撻於市，咸睚眦於紳、稹。

録自《舊唐書》卷一六八《錢徽傳》

舊唐書·王起傳

劉　昫

長慶元年，遷禮部侍郎。其年，錢徽掌貢士，爲朝臣請託，人以爲濫。詔起與同職白居易覆試，覆落者多，徽貶官，起遂代徽爲禮部侍郎。掌貢二年，得士尤精。

先是，貢舉猥濫，勢門子弟，交相酬酢；寒門俊造，十棄六七。及元稹、李紳在翰林,深怒其事,故有覆試之科。

及起考貢士,奏當司所選進士,據所考雜文,先送中書,令宰臣閱視可否,然後下當司放牓。從之。議者以爲起雖避是非,失貢職也,故出爲河南尹。

録自《舊唐書》卷一六四《王起傳》

舊唐書·李景儉傳

劉　昫

李景儉,字寬中,漢中王瑀之孫……景儉貞元十五年登進士第,性俊朗,博聞强記,頗閲前史,詳其成敗。自負王霸之略,於士大夫間無所屈降。貞元末,韋執誼、王叔文東宫用事,尤重之,待以管、葛之才。叔文竊政,屬景儉居母喪,故不及從坐。

韋夏卿留守東都,辟爲從事。竇群爲御史中丞,引爲監察御史。群以罪左遷,景儉坐貶江陵户曹,累轉忠州刺史。元和末入朝,執政惡之,出爲澧州刺史。與元稹、李紳相善,時紳、稹在翰林,屢言於上前。及延英辭日,景儉自陳己屈,穆宗憐之,追詔拜倉部員外郎。月餘,驟遷諫議大夫。

性既矜誕,寵擢之後,凌蔑公卿大臣,使酒尤甚。中丞蕭俛、學士段文昌相次輔政,景儉輕之,形於談謔。二人俱訴之,穆宗不獲已,貶之……

未幾元稹用事,自郡召還,復爲諫議大夫。其年十二月,景儉朝退,與兵部郎中知制誥馮宿、庫部郎中知制誥楊嗣復、起居舍人溫造、司勛員外郎李肇、刑部員外郎王鎰等同謁史官獨孤朗,乃於史館飲酒。景儉乘醉詣中書謁宰相,呼王播、崔植、杜元潁名,面疏其失,辭頗悖慢。宰相遜言止之,旋奏貶漳州刺史。是日,同飲於史館者皆貶逐。

景儉未至漳州而元稹作相，改授楚州刺史。議者以景儉使酒凌忽宰臣，詔令纔行，遽遷大郡。稹懼其物議，追還，授少府少監。從坐者皆召還。而景儉竟以忤物，不得志而卒。景儉疏財尚義，雖不厲名節，死之日，知名之士咸惜之。

録自《舊唐書》卷一七一《李景儉傳》

舊唐書・杜甫傳

劉　昫

杜甫，字子美，本襄陽人，後徙河南鞏縣……天寶末，詩人甫與李白齊名。而白自負文格放達，譏甫齷齪，而有"飯顆山"之嘲誚。

元和中，詞人元稹論李、杜之優劣，曰……自後屬文者，以稹論爲是。

録自《舊唐書》卷一九〇《杜甫傳》

舊唐書・韓愈傳

劉　昫

韓愈，字退之，昌黎人……愈生三歲而孤，養於從父兄。愈自以孤子，幼刻苦學儒，不俟奨勵。大曆、貞元之間，文字多尚古學，效揚雄、董仲舒之述作，而獨孤及、梁肅最稱淵奥，儒林推重。愈從其徒遊，鋭意鑽仰，欲自振於一代。洎舉進士，投文於公卿間，故相鄭餘慶頗爲之延譽，由是知名於時……

德宗晚年，政出多門，宰相不專機務，宫市之弊，諫官論之不聽。愈嘗上章數千言，極論之，不聽，怒貶爲連州山陽令，量移江陵府掾曹。元和初，召爲國子博士……愈自以才高，累被擯黜，作《進學解》

以自喻曰……

俄有不悦愈者，摭其舊事，言愈前左降爲江陵掾曹，荆南節度使裴均館之頗厚，均子鍔凡鄙，近者鍔還省父，愈爲序餞鍔，仍呼其字。此論喧於朝列，坐是改太子右庶子。

元和十二年八月，宰臣裴度爲淮西宣慰處置使，兼彰義軍節度使，請愈爲行軍司馬，仍賜金紫。淮蔡平，十二月隨度還朝，以功授刑部侍郎。仍詔愈撰《平淮西碑》，其辭多叙裴度事。時先入蔡州擒吴元濟，李愬功第一，愬不平之。愬妻出入禁中，因訴碑辭不實，詔令磨愈文。憲宗命翰林學士段文昌重撰文勒石。

鳳翔法門寺有護國真身塔，塔内有釋迦文佛指骨一節。其書本傳法，三十年一開，開則歲豐人泰。十四年正月，上令中使杜英奇押宫人三十人，持香花赴臨臯驛迎佛骨，自光順門入大内，留禁中三日，乃送諸寺。王公、士庶奔走捨施，唯恐在後，百姓有廢業破産、燒頂灼臂而求供養者。愈素不喜佛，上疏諫曰……疏奏，憲宗怒甚……乃貶爲潮州刺史。愈至潮陽，上表曰……

十五年，徵爲國子祭酒，轉兵部侍郎。會鎮州殺田弘正，立王廷凑，令愈往鎮州宣諭。愈既至，集軍民，諭以逆順，辭情切至，廷凑畏重之。改吏部侍郎，轉京兆尹，兼御史大夫。以不臺參爲御史中丞李紳所劾，愈不伏，言準敕仍不臺參。紳、愈性皆褊僻，移刺往来，紛然不止，乃出紳爲浙西觀察使，愈亦罷尹，爲兵部侍郎。及紳面辭赴鎮，泣涕陳叙，穆宗憐之，乃追制，以紳爲兵部侍郎，愈復爲吏部侍郎。長慶四年十二月卒，時年五十七，贈禮部尚書，謚曰文。

録自《舊唐書》卷一六〇《韓愈傳》

舊唐書・劉禹錫傳

劉 昫

劉禹錫,字夢得,彭城人……禹錫貞元九年擢進士第,又登宏辭科。禹錫精於古文,善五言詩,今體文章復多才麗。從事淮南節度使杜佑幕,典記室,尤加禮異。從佑入朝,爲監察御史,與吏部郎中韋執誼相善。

貞元末,王叔文於東宫用事,後輩務進多附麗之。禹錫尤爲叔文知奨,以宰相器待之。順宗即位,久疾不任政事,禁中文誥,皆出於叔文,引禹錫及柳宗元入禁中,與之圖議,言無不從。轉屯田員外郎,判度支鹽鐵案,兼崇陵使判官,頗怙威權,中傷端士。宗元素不悦武元衡,時武元衡爲御史中丞,乃左授右庶子。侍御史竇群奏禹錫挾邪亂政,不宜在朝,群即日罷官。韓皋憑藉貴門,不附叔文黨,出爲湖南觀察使。既任喜怒凌人,京師人士不敢指名,道路以目,時號"二王劉柳"。

叔文敗,坐貶連州刺史,在道貶朗州司馬。地居西南夷,土風僻陋,舉目殊俗,無可與言者。禹錫在朗州十年,唯以文章吟詠,陶冶情性。蠻俗好巫,每淫祠鼓舞,必歌俚辭。禹錫或從事於其間,乃依騷人之作,爲新辭以教巫祝。故武陵谿洞間夷歌,率多禹錫之辭也……

元和十年,自武陵召還,宰相復欲置之郎署。時禹錫作《遊玄都觀詠看花君子詩》,語涉譏刺,執政不悦,復出爲播州刺史。詔下,御史中丞裴度奏曰:"劉禹錫有母年八十餘,今播州西南極遠,猿狖所居,人迹罕至。禹錫誠合得罪,然其老母必去不得,則與此子爲死别,臣恐傷陛下孝理之風。伏請屈法,稍移近處。"憲宗曰:"夫爲人子,每事尤須謹慎,常恐貽親之憂。今禹錫所坐,更合重於他人,卿豈可以此論之?"度無以對,良久,帝改容而言曰:"朕所言是責人子之事,然終不欲傷其所親之心。"乃改授連州刺史。去京師又十餘年,連刺數郡。

太和二年,自和州刺史徵還,拜主客郎中。禹錫銜前事未已,復作《遊玄都觀詩序》曰："予貞元二十一年爲尚書屯田員外郎時，此觀中未有花木。是歲出牧連州，尋貶朗州司馬。居十年，召還京師，人人皆言有道士手植紅桃滿觀，如爍晨霞，遂有詩以志一時之事。旋又出牧，于今十有四年，得爲主客郎中。重遊兹觀，蕩然無復一樹，唯兔葵燕麥，動揺於春風，因再題二十八字，以俟後遊。"其前篇有"玄都觀裏桃千樹，總是劉郎去後栽"之句，後篇有"種桃道士今何在？前度劉郎又到来"之句，人嘉其才而薄其行……

禹錫晚年與少傅白居易友善，詩筆文章，時無在其右者。常與禹錫唱和往来，因集其詩而序之曰："彭城劉夢得，詩豪者也。其鋒森然，少敢當者。予不量力，往往犯之。夫合應者聲同，交争者力敵。一往一復，欲罷不能。由是每制一篇，先於視草，視竟則興作，興作則文成。一二年来，日尋筆硯，同和贈答，不覺滋多。太和三年春以前，紙墨所存者，凡一百三十八首。其餘乘興仗醉率然口號者，不在此數。因命小侄龜兒編勒成兩軸，仍寫二本，一付龜兒，一授夢得小男崙郎，各令收藏，附兩家文集。予頃與元微之唱和頗多，或在人口，嘗戲微之云：'僕與足下二十年来爲文友詩敵，幸也，亦不幸也。吟詠情性，播揚名聲，其適遺形，其樂忘老，幸也；然江南士女語才子者，多云元、白，以子之故，使僕不得獨步於吴越間，此一不幸也。今垂老復遇夢得，非重不幸耶？'夢得，夢得！文之神妙，莫先於詩。若妙與神，則吾豈敢……"其爲名流許與如此。

録自《舊唐書》卷一六〇《劉禹錫傳》

舊唐書·柳宗元傳

劉　昫

柳宗元，字子厚，河東人……宗元少聰警絶衆，尤精西漢《詩》、《騷》。下筆構思，與古爲侔，精裁密緻，璨若珠貝，當時流輩咸推之。

登進士第,應舉宏辭,授校書郎、藍田尉。貞元十九年,爲監察御史。

順宗即位,王叔文、韋執誼用事,尤奇待宗元。與監察吕温密引禁中,與之圖事,轉尚書禮部員外郎。叔文欲大用之,會居位不久,叔文敗,與同輩七人俱貶,宗元爲邵州刺史,在道,再貶永州司馬。既罹竄逐,涉履蠻瘴,崎嶇堙厄,藴騷人之鬱悼。寫情叙事,動必以文。爲騷文十數篇,覽之者爲之悽惻。

元和十年,例移爲柳州刺史。時朗州司馬劉禹錫得播州刺史,制書下,宗元謂所親曰:"禹錫有母年高,今爲郡蠻方,西南絶域,往復萬里,如何與母偕行? 如母子異方,便爲永訣。吾於禹錫爲執友,胡忍見其若是!"即草章奏,請以柳州授禹錫,自往播州。會裴度亦奏其事,禹錫終易連州。

柳州土俗,以男女質錢。過期則没入錢主。宗元革其鄉法,其已没者,仍出私錢贖之,歸其父母。江嶺間爲進士者,不遠數千里,皆隨宗元師法;凡經其門,必爲名士。著述之盛,名動於時,時號柳州云,有文集四十卷。

元和十四年十月五日卒,時年四十七。子周六、周七,纔三四歲。觀察使裴行立爲營護其喪及妻子還於京師,時人義之。

録自《舊唐書》卷一六〇《柳宗元傳》

舊唐書·張籍傳

劉 昫

張籍者,貞元中登進士第。性詭激,能爲古體詩,有警策之句,傳於時。調補太常寺太祝,轉國子助教、秘書郎,以詩名當代。公卿裴度、令狐楚,才名如白居易、元稹,皆與之遊,而韓愈尤重之。累授國子博士、水部員外郎,轉水部郎中,卒。世謂之張水部云。

録自《舊唐書》卷一六〇《張籍傳》

舊唐書·龐嚴傳

劉　昫

龐嚴者,壽春人……嚴元和中登進士第,長慶元年應制舉賢良方正能直言極諫科,策入三等,冠制科之首。是月,拜左拾遺。聰敏絶人,文章峭麗,翰林學士元稹、李紳頗知之。明年二月,召入翰林爲學士,轉左補闕,再遷駕部郎中、知制誥。嚴與右拾遺蔣防俱爲稹、紳保薦,至諫官内職。

録自《舊唐書》卷一六六《龐嚴傳》

舊唐書·裴度傳

劉　昫

裴度,字中立,河東聞喜人……穆宗即位,長慶元年秋,張弘靖爲幽州軍所囚,田弘正於鎮州遇害,朱克融、王廷湊復亂河朔,詔度以本官充鎮州四面行營招討使。時驕主荒僻,輔相庸才,制置非宜,致其復亂。雖李光顔、烏重胤等稱爲名將,以十數萬兵擊賊,無尺寸之功,蓋以勢既横流,無能復振……

時翰林學士元稹交結内官,求爲宰相,與知樞密魏弘簡爲刎頸之交。稹雖與度無憾,然頗忌前達加於己上。度方用兵山東,每處置軍事,有所論奏,多爲稹輩所持。天下皆言稹恃寵熒惑上聽,度在軍上疏論之,曰:

臣聞主聖臣直,今既遇聖主輒爲直臣,上答殊私下塞群謗,誓除國蠹無以家爲。苟獻替之可行,何性命之足惜!臣某中謝。伏惟文武孝德皇帝陛下恭承丕業,光啓雄圖,方殄頑人之風,以立太平之事。而逆豎構亂,震驚山東。奸臣作朋,擾亂國政。陛下欲掃蕩幽、鎮,先宜肅清朝廷。何者?爲患有大小,議事有先後。河朔逆賊只亂山東,禁闈奸臣必亂天下。是則河朔患小,禁闈患大。小者臣等與諸道戎臣必能剪滅,大者非陛下制斷,非陛下覺悟,無計驅除。今文武百寮,中外萬品,有心者無不憤忿,有口者無不咨嗟。直以威權方重,獎用方深,有所畏避,不敢抵觸。恐事未行而禍已及,不爲國計,且爲身謀!

臣比者猶懷隱忍,不願發明。一則以罪惡如山,怨謗如雷,伏料聖君,必自誅殛。一則以四方無事,萬樞且過,雖紀綱潛壞,賄賂公行,待其貫盈,必自顛覆。今屬凶徒擾攘,宸衷憂軫。凡有制命,繫於安危。痛此奸臣,恣其欺罔。干亂聖略,非止一途。又與翰苑近臣,結爲朋黨,陛下聽其所説,更訪於近臣;不知近臣已先計會,更唱迭和,蔽惑聰明。所以臣自兵興已來,所陳章疏,事皆要切;所奉書詔,多有參差。惜陛下委寄之意不輕,被奸臣抑損之事不少。

臣素與倿作亦無仇嫌,只是昨者臣請乘傳詣闕,面陳戎事。奸臣之黨,最所畏懼,知臣若到御座之前,必能悉數其罪,以此百計止臣此行。臣又請領兵齊進,逐便討賊,奸臣之黨,曲加阻礙。恐臣統率諸道,或有成功。進退皆受羈牽,意見悉遭蔽塞。復恐一二人險狡,同辭合力。或令兩道招撫,逗留旬時;或遣他州行營,拖曳日月。但欲令臣失所,使臣無成,則天下理亂,山東勝負,悉不顧矣!爲臣事君,一至於此!且陛下前後左右,忠良至多,亦有熟會典章,亦有飽諳師旅,足得任使,何獨斯人?以臣愚見,若朝中奸臣盡去,則河北逆賊,不討而自平;若朝中奸臣盡在,則河朔逆賊縱平無益。

臣伏讀國史,知代宗之朝蕃戎侵軼,直犯都城。代宗不知，蓋被程元振蒙蔽，幾危社稷。當時柳伉，乃太常一博士耳！猶能抗表歸罪，爲國除害。今臣所處，兼總將相，豈可坐觀凶邪，有曀日月？臣不勝感憤嫉惡之至。謹附中使趙奉國奉表以聞，儻陛下未信忠言，猶惑奸黨，伏乞出臣此表，令三事大夫與百僚集議，彼不受責，臣合伏辜。天鑒孔明，照臣肝血。但得天下之人知臣不負陛下，則臣雖死之日，猶生之年！

繼上三章，辭情激切。穆宗雖不悦，然懼大臣正議，乃以魏弘簡爲弓箭庫使，罷元稹内職。然寵稹之意未衰，俄拜稹平章事，尋罷度兵權，守司徒、同平章事，充東都留守。諫官相率伏閤詣延英門者日二三，帝知其諫，不即被召，皆上疏言：時未偃兵，度有將相全才，不宜置之散地。帝以章疏旁午，無如之何，知人情在度，遂詔度自太原由京師赴洛。及元稹爲相，請上罷兵，洗雪廷凑、克融，解深州之圍，盖欲罷度兵柄故也……

五月，左神策軍奏告事人李賞稱和王府司馬于方受元稹所使，結客欲刺裴度。詔左僕射韓皋、給事中鄭覃與李逢吉三人鞫于方之獄，未竟，罷元稹爲同州刺史，罷度爲左僕射，李逢吉代度爲宰相。自是，逢吉之黨李仲言、張又新、李續等，内結中官，外扇朝士，立朋黨以沮度，時號"八關十六子"，皆交結相關之人數也。

録自《舊唐書》卷一七〇《裴度傳》

舊唐書·段文昌傳

劉　昫

段文昌，字墨卿，西河人。高祖志弘，陪葬昭陵，圖形凌烟閣……文昌家于荆州，倜儻有氣義，節度使裴胄知之而不能用。韋皋在蜀，表授校書郎。李吉甫刺忠州,文昌嘗以文干之。及吉甫居相位,與裴垍同加奬擢,授登封尉、集賢校理。俄拜監察御史,遷補闕,改祠部員外郎。元和十一年,守本官,充翰林學士。

文昌,武元衡之子婿也。元衡與宰相韋貫之不協。憲宗欲召文昌爲學士。貫之奏曰:"文昌志尚不修,不可擢居近密。"至是貫之罷相,李逢吉乃用文昌爲學士,轉祠部郎中,賜緋,依前充職。十四年,加知制誥。十五年,穆宗即位,正拜中書舍人,尋拜中書侍郎、平章事。

長慶元年,拜章請退。朝廷以文昌少在西蜀,詔授西川節度使、同中書門下平章事。文昌素洽蜀人之情,至是以寬政爲治,嚴静有斷,蠻夷畏服。二年,雲南入寇,黔中觀察使崔元略上言,朝廷憂之,乃詔文昌禦備。文昌走一介之使以喻之,蠻寇即退。

敬宗即位,徵拜刑部尚書,轉兵部,兼判左丞事。文宗即位,遷御史大夫,尋檢校尚書右僕射、揚州大都督府長史、同平章事、淮南節度使。太和四年,移鎮荆南……

六年,復爲劍南西川節度。九年三月,賜春衣中使至,受宣畢,無疾而卒,年六十三,贈太尉,有文集三十卷。

録自《舊唐書》卷一六七《段文昌傳》

舊唐書·李逢吉傳

劉　昫

李逢吉,字虚舟,隴西人……逢吉登進士第,釋褐授振武節度掌書記。入朝爲左拾遺、左補闕,改侍御史,充入吐蕃册命副使、工部員外郎,又充入南詔副使。元和四年,使還,拜祠部郎中,轉右司。六年,遷給事中。七年,與司勛員外郎李巨並爲太子諸王侍讀。九年,改中書舍人。十一年二月,權知禮部貢舉、騎都尉,賜緋。四月,加朝議大夫、門下侍郎、同平章事，賜金紫。其貢院事，仍委禮部尚書王播署牓。

逢吉天與奸回，妬賢傷善。時用兵討淮蔡，憲宗以兵機委裴度，逢吉慮其成功，密沮之，繇是相惡。及度親征，學士令狐楚爲度制辭，言不合旨，楚與逢吉相善，帝皆黜之，罷楚學士，罷逢吉政事，出爲劍南東川節度使、檢校兵部尚書。

穆宗即位，移襄州刺史、山南東道節度使。逢吉於帝有侍讀之恩，遣人密結倖臣，求還京師。長慶二年三月，召爲兵部尚書。時裴度亦自太原入朝，以度招懷河朔功，復留度，與工部侍郎元稹相次拜平章事。度在太原時，嘗上表論稹奸邪。及同居相位，逢吉以爲勢必相傾，乃遣人告和王傅于方結客，欲爲元稹刺裴度。及捕于方，鞫之無狀，稹、度俱罷相位，逢吉代度爲門下侍郎平章事。

史臣曰……逢吉起徒步而至鼎司，欺蔽幼君，依憑内豎。蛇虺其腹，毒害正人。而不與李訓同誅，天道福淫明矣！

録自《舊唐書》卷一六七《李逢吉傳》

舊唐書・令狐楚傳

劉　昫

令狐楚，字殻士，自言國初十八學士德棻之裔……楚與皇甫鎛、蕭俛同年登進士第。元和九年，鎛初以財賦得幸，薦俛、楚俱入翰林，充學士，遷職方郎中、中書舍人，皆居内職。

時用兵淮西，言事者以師久無功，宜宥賊罷兵，唯裴度與憲宗志在殄寇。十二年夏，度自宰相兼彰義軍節度、淮西招撫宣慰處置使。宰相李逢吉與度不協，與楚相善。楚草度淮西招撫使制，不合度旨，度請改制内三數句語。憲宗方責度用兵，乃罷逢吉相任，亦罷楚内職，守中書舍人。

元和十三年四月，出爲華州刺史。其年十月，皇甫鎛作相，其月以楚爲河陽懷節度使。十四年四月，裴度出鎮太原。七月，皇甫鎛薦楚入朝，自朝議郎授朝議大夫、中書侍郎、同平章事，與鎛同處台衡，深承顧待。

十五年正月，憲宗崩，詔楚爲山陵使，仍撰哀册文。時天下怒皇甫鎛之奸邪，穆宗即位之四日，群臣素服班於月華門外，宣詔貶鎛，將殺之。會蕭俛作相，託中官救解，方貶崖州。物議以楚因鎛作相而逐裴度，群情共怒，以蕭俛之故，無敢措言。

其年六月，山陵畢，會有告楚親吏贓污事發，出爲宣歙觀察使。楚充奉山陵時，親吏韋正牧、奉天令于翬、翰林陰陽官等同隱官錢，不給工徒價錢，移爲羨餘十五萬貫上獻。怨訴盈路，正牧等下獄伏罪，皆誅，楚再貶衡州刺史。時元稹初得幸，爲學士，素惡楚與鎛膠固希寵，稹草楚衡州制，略曰：

> 楚早以文藝，得踐班資。憲宗念才，擢居禁近。異端斯害，獨見不明。密隳討伐之謀，潛附奸邪之黨。因緣得地，進取多門。遂忝台階，實妨賢路。

楚深恨稹……

贊曰：喬松孤立，蘿蔦夤緣。柔附凌雲，豈曰能賢？嗚呼楚、孺，道喪曲全。蕭、李相才。致之外篇。

録自《舊唐書》卷一七二《令狐楚傳》

舊唐書·蕭俛傳

劉　昫

蕭俛，字思謙，曾祖太師徐國公嵩，開元中宰相……俛，貞元七年進士擢第。元和初，復登賢良方正制科，拜右拾遺，遷右補闕。元和六年,召充翰林學士。七年,轉司封員外郎。九年,改駕部郎中、知制誥,内職如故……

十三年,皇甫鎛用事,言於憲宗,拜俛御史中丞。俛與鎛及令狐楚,同年登進士第。明年,鎛援楚作相,二人雙薦俛於上。自是顧眄日隆,進階朝議郎、飛騎尉,襲徐國公,賜緋魚袋。穆宗即位之月,議命宰相,令狐楚援之,拜中書侍郎、平章事,仍賜金紫之服。八月,轉門下侍郎。

十月,吐蕃寇涇原,命中使以禁軍援之。穆宗謂宰臣曰:"用兵有必勝之法乎?"俛對曰:"兵者凶器,戰者危事,聖主不得已而用之。以仁討不仁,以義討不義,先務招懷,不爲掩襲。古之用兵,不斬祀,不殺厲,不擒二毛,不犯田稼。安人禁暴,師之上也。如救之,甚於水火。故王者之師,有征無戰,此必勝之道也。如或縱肆小忿,輕動干戈,使敵人怨結,師出無名,非惟不勝,乃自危之道也,固宜深慎!"帝然之……

穆宗乘章武恢復之餘,即位之始,兩河廓定,四鄙無虞。而俛與段文昌屢獻太平之策,以爲兵以静亂,時已治矣!不宜黷武,勸穆宗休兵偃武。又以兵不可頓去,請密詔天下軍鎮有兵處,每年百人之中,限八人逃死,謂之"消兵"。帝既荒縱,不能深料,遂詔天下,如其策而行之。而藩籍之卒,合而爲盜,伏於山林。明年,朱克融、王廷湊復亂河朔,一呼而遺卒皆至。朝廷方徵兵諸藩,籍既不充。尋行招募,烏合之徒,動爲賊敗。由是復失河朔,蓋消兵之失也。

録自《舊唐書》卷一七二《蕭俛傳》

舊唐書·李宗閔傳

劉 昫

李宗閔,字損之,宗室鄭王元懿之後……父翩,宗正卿,出爲華州刺史、鎮國軍潼關防禦等使。翩兄夷簡,元和中宰相。宗閔貞元二十一年進士擢第，元和四年復登制舉賢良方正科。

初，宗閔與牛僧孺同年登進士第，又與僧孺同年登制科。應制之歲，李吉甫爲宰相當國，宗閔、僧孺對策，指切時政之失，言甚鯁直，無所迴避。考策官楊於陵、韋貫之、李益等又第其策爲中等，又爲不中第者注解牛李策語，同爲唱誹。又言翰林學士王涯甥皇甫湜中選，考覈之際，不先上言。裴垍時爲學士，居中覆視，無所異同。吉甫泣訴於上前，憲宗不獲已，罷王涯、裴垍學士，垍守户部侍郎，涯守都官員外郎，吏部尚書楊於陵出爲嶺南節度使，吏部員外郎韋貫之出爲果州刺史，王涯再貶虢州司馬，貫之再貶巴州刺史，僧孺、宗閔亦久之不調，隨牒諸侯府。七年，吉甫卒，方入朝爲監察御史，累遷禮部員外郎。

元和十二年，宰相裴度出征吴元濟，奏宗閔爲彰義軍觀察判官。賊平，遷駕部郎中，又以本官知制誥。穆宗即位，拜中書舍人。時翺自宗正卿出刺華州，父子同時承恩制，人士榮之。

長慶元年，子婿蘇巢於錢徽下進士及第。其年，巢覆落。宗閔涉請託，貶劍州刺史。時李吉甫子德裕爲翰林學士，錢徽牓出，德裕與同職李紳、元稹連衡言於上前，云徽受請託，所試不公，故致重覆，比相嫌惡，因是列爲朋黨，皆挾邪取權，兩相傾軋。自是紛紜排陷，垂四十年……

（大和）三年八月，以本官同平章事。時裴度薦李德裕，將大用。德裕自浙西入朝，爲中人助宗閔者所沮，復出鎮。尋引牛僧孺同知政事，二人唱和，凡德裕之黨，皆逐之。累轉中書侍郎、集賢大學士。七年，德裕作相。六月，罷宗閔知政事，檢校禮部尚書、同平章事、興元尹、山南西道節度使……

史臣曰：宗閔、嗣復承宗室世家之地胄，有文學政事之美名，徊翔清華，出入隆顯，苟能義以爲上，群而不黨，議太平於稷、契之列，致人主於勛、華之盛，遭時得位，誰曰不然？而捨彼鴻猷，狎兹鼠輩，養虞卿而射利，抗德裕以報仇。矛盾相攻，幾傾王室。没身蠻瘴，其利伊何？古者廉、藺解仇，冀全國體，而邀歡釋憾，實亂大倫。世道銷刓，一至於此！

録自《舊唐書》卷一七六《李宗閔傳》

舊唐書·牛僧孺傳

劉　昫

牛僧孺，字思黯，隋僕射奇章公弘之後……穆宗即位，以庫部郎中知制誥。其年十一月，改御史中丞。以州府刑獄淹滯，人多冤抑，僧孺條疏奏請，按劾相繼，中外肅然……

敬宗即位，加中書侍郎、銀青光禄大夫，封奇章子，邑五百户。十二月，加金紫階，進封郡公、集賢殿大學士、監修國史。寶曆中，朝廷政事出於邪倖，大臣朋比，僧孺不奈群小，拜章求罷者數四，帝曰："俟予郊禮畢放卿。"及穆宗祔廟郊報後，又拜章陳退，乃於鄂州置武昌軍額，以僧孺檢校禮部尚書、同中書門下平章事、鄂州刺史、武昌軍節度、鄂岳蘄黄觀察等使……

太和三年，李宗閔輔政，屢薦僧孺有才，不宜居外。四年正月，召還，守兵部尚書、同平章事。五年正月，幽州軍亂，逐其帥李載義。文宗以載義輸忠於國，遽聞失帥，駭然，急召宰臣，謂之曰："范陽之變，奈何？"僧孺對曰："此不足煩聖慮！且范陽得失，不繫國家休戚，自安史已來，翻覆如此。前時劉總以土地歸國，朝廷耗費百萬，終不得范陽尺帛斗粟入於天府，尋復爲梗。至今志誠，亦由前載義也。但因而撫之，俾扞奚、契丹，不令入寇，朝廷所賴也。假以節旄，必自陳力，不足以逆順治之。"帝曰："吾初不詳，思卿言，是也！"即日命中使宣慰。尋加門下侍郎、弘文館大學士。

録自《舊唐書》卷一七二《牛僧孺傳》

均 田 圖

薛居正

（顯德五年）秋七月……丁亥，賜諸道節度使、刺史《均田圖》各一面。唐同州刺史元稹在郡日，奏均户民租賦，帝因覽其文集而善之，乃寫其辭爲圖，以賜藩郡。時帝將均定天下賦稅，故先以此圖遍賜之。

録自《舊五代史》卷一一八《周世宗紀》

均 田 賦

徐 寅

唐有臣曰元稹兮，圖均田于德（穆）宗。幸皇覽之見收兮，路逶迤而不通。迄柴周之顯德兮，乃留心于務農。頒稹圖于諸鎮兮，均境内之租庸。雖不能伯仲于魏之君兮，亦拔萃于五季也。視貞元之聚斂兮，誠何足與議也！慨圖遠而名存兮，異索駿之丹青。儻按圖以取則兮，吾固知其有誠。伊李泌之震書兮，與斯圖其表裏。當中和而進獻兮，務本之深意。彼輿地非元圖兮，徒經營乎版籍。豳風之亦有圖兮，欲勤勞夫稼穡。豈若名田之與限兮，猶總總其可行也。實醉儒之良計兮，均井田之一平也。亂曰：均田有圖，稹所作兮。厥制初行，魏之度兮。桑井既復，孰諗其故兮？索空圖于實效兮，庶幾太平之助兮。

録自《全文》卷八三〇

均　田　圖

歐陽修

（周世宗柴榮）嘗夜讀書，見唐元稹《均田圖》，慨然歎曰："此致治之本也，王者之政自此始！"乃詔頒其圖法，使吏民先習知之，期以一歲大均天下之田，其規爲志意豈小哉！

録自《新五代史》卷一二《周世宗紀》

均　田　圖

王　溥

（顯德）五年七月詔曰：朕以寰宇雖安，烝民未泰。當一夜觀書之際，校前賢阜俗之方。近覽元稹《長慶集》，見在同州時所上《均田表》，較當時之利病，曲盡其情。俾一境之生靈，咸受其賜。傳於方册，可得披尋。因令製素成圖，直書其事。庶王公觀覽，觸目警心。利國便民，無亂條制。背經合道，盡繫變通。但要適宜，所冀濟務。繫乃勛舊，共庇黎元。今賜元稹所奏《均田圖》，一面至可領也。

録自《五代會要》卷二五《租税》

隋書・元巖傳

長孫無忌

元巖，字君山，河南洛陽人也。父禎，魏敷州刺史。巖好讀書，不治章句。剛鯁有器局，以名節自許。少與渤海高熲、太原王韶同志友善。仕周釋褐，宣威將軍武賁給事大冢宰宇文護見而器之，以爲中外記室，累遷内史中大夫、昌國縣伯。宣帝嗣位，爲政昏暴，京兆郡丞樂運乃輿櫬詣朝堂，陳帝八失，言甚切至。帝大怒，將戮之，朝臣皆恐懼，莫有救者。巖謂人曰："臧洪同日，尚可俱死，其况比干乎？若樂運不免，吾將與之俱斃！"詣閤請見，言於帝曰："樂運知書奏必死，所以不顧身命者，欲取後世之名。陛下若殺之，乃成其名落其術内耳！不如勞而遣之，以廣聖度。"運因獲免，後帝將誅烏丸軌，巖不肯署詔。御正顔之儀，切諫不入，巖進，繼之脱巾頓顙，三拜三進，帝曰："汝欲黨烏丸軌邪？"巖曰："臣非黨軌，正恐濫誅失天下之望。"帝怒，使閹豎搏其面，遂廢于家。高祖爲丞相，加位開府民部中大夫。及受禪，拜兵部尚書，進爵平昌郡公，邑二千户。巖性嚴重，明達世務，每有奏議，侃然正色，庭諍面折，無所迴避，上及公卿皆敬憚之。時高祖初即位，每懲周代諸侯微弱以致滅亡，由是分王諸子，權侔王室，以爲磐石之固。遣晉王廣鎮并州，蜀王秀鎮益州。二王年並幼稚，於是盛選貞良有重望者爲之寮佐，于時巖與王韶俱以骨鯁知名，物議稱二人才具侔於高熲，由是拜巖爲益州總管長史，韶爲河北道行臺右僕射。高祖謂之曰："公宰相大器，今屈輔我兒，如曹參相齊之意也。"及巖到官，法令明肅，吏民稱焉！蜀王性好奢侈，嘗欲取獠口以爲閹人，又欲生剖死囚，取膽爲藥。巖皆不奉教，排閤切諫，王輒謝而止。憚巖爲人，每循法度，蜀中獄訟，巖所裁斷，莫不悦服。其有得罪者，相謂曰："平昌公與吾罪，吾何怨焉？"上甚嘉之，賞賜優洽。十三年卒官，上悼惜久之。益州父老，莫不隕涕，于今思之。巖卒之後，蜀王竟行其志，漸致非法，造渾天儀、司南車、記里鼓，凡所被服，擬於天子。又共妃出獵，以彈彈人。多捕山獠，以充宦者，寮佐無能諫止。及秀得罪，上曰："元巖若在，吾兒豈有是乎？"子弘，嗣位歷給事郎、司朝謁者、北平通守。

録自《隋書》卷六二《元巖傳》

唐河南元府君夫人滎陽鄭氏墓誌銘

白居易

有唐元和元年九月十六日,故中散大夫、尚書比部郎中舒王府長史河南元府君諱寬夫人滎陽縣太君鄭氏,年六十,寢疾殁于萬年縣靖安里私第。越明年,二月十五日,權祔于咸陽縣奉賢鄉洪瀆原,從先姑之塋也。

夫人曾祖諱遠思,官至鄭州刺史,贈太常卿。王父諱曮,朝散大夫、易州司馬。父諱濟,睦州刺史。夫人,睦州次女也。其出范陽盧氏,外祖諱平子,京兆府涇陽縣令。

夫人有四子二女:長曰沂,蔡州汝陽尉;次曰秬,京兆府萬年縣尉;次曰積,同州韋城尉;次曰稹,河南縣尉。長女適吴郡陸翰,翰爲監察御史;次爲比丘尼,名真一:二女不幸,皆先夫人殁。

府君之爲比部也,夫人始封滎陽縣君,從夫貴也。稹之爲拾遺也,夫人進封滎陽縣太君,從子貴也。天下有五甲姓,滎陽鄭氏居其一。鄭之勛德、官爵,有國史在;鄭之源流、婚媾,有家牒在。比部府君世禄、官政、文行,有故京兆尹鄭雲逵之誌在。今所叙者,但書夫人之事而已。

初,夫人爲女時,事父母以孝聞,友兄姊、睦弟妹以悌聞,發自生知,不由師訓,其淑性有如此者。夫人爲婦時,元氏世食貧,然以豐潔家祀,傳爲詒燕之訓。夫人每及時祭,則終夜不寢,煎和滌濯,必躬親之,雖隆暑冱寒之時,而服勤親饋,面無怠色,其誠敬有如此者。元、鄭皆大族好合,而姻表滋多,凡中外吉凶之禮有疑議者,皆質於夫人,夫人從而酌之,靡不中禮,其明達有如此者。

夫人爲母時,府君既没,積與稹方齠亂,家貧,無師以授業。夫人親執書，誨而不倦，四五年間，二子皆以通經入仕。稹既第，判入等，授秘書省校書郎。屬今天子始踐祚，策三科以拔天下賢俊，中第者凡十八人，稹冠其首焉！由校書郎拜左拾遺，不數月，讜言直聲動於朝廷，以是出爲河南尉。長女既適陸氏，陸氏有舅姑，多姻族，於是以順奉上，以惠逮下，二紀而歿，婦道不衰内外，六姻仰爲儀範。非夫人恂恂孜孜善誘所至，則曷能使子達於邦，女宜其家哉？其教誨有如此者！

既而諸子雖迭仕，禄賜甚薄。每至月給食，時給衣，皆始自孤弱者，次及疏賤者，由是衣無常主，厨無異膳，親者悦，疏者來，故傭保、乳母之類有凍餒垂白不忍去元氏之門者、而况臧獲輩乎？其仁愛有如此者！

自夫人母其家，殆二十五年，專用訓誡，除去鞭扑，常以正顔色訓諸女婦，諸女婦其心戰兢，如履於冰。常以正辭氣誡諸子孫，諸子孫其心愧耻，若撻于市。由是納下於少過，致家於大和，婢僕終歲不聞忿争，童孺成人不識檟楚，閨門之内熙熙然如太古時人也，其慈訓有如此者！

噫！昔漆室、緹縈之徒，烈女也，及爲婦，則無聞；伯宗、梁鴻之妻，哲婦也，及爲母則無聞；文伯、孟氏之親，賢母也，爲女爲婦時，亦無聞。今夫人女美如此，婦德又如此，母儀又如此，三者具美，可謂冠古今矣！

嗚呼！惟夫人道移於他，則何用而不臧乎？若引而伸之，可以肥一國焉！則《關雎》、《鵲巢》之化，斯不遠矣！若推而廣之，可以肥天下焉！則姜嫄、文母之風，斯不遠矣！豈止於訓四子以聖善，化一家於仁厚者哉？

居易不佞，辱與夫人幼子稹爲執友，故聆夫人美最熟。稹泣血號慕，哀動他人，託爲譔述書于墓石，斯古孝子顯父母之志也。嗚呼！斯文之作，豈直若是而已哉！亦欲百代之下，聞夫人之風，過夫人之墓者，使悍妻和，嚚母慈，不遜之女順云爾。

銘曰：元和歲，丁亥春。咸陽道，渭水濱。云誰之墓？鄭夫人。

録自《白氏長慶集》卷四二

監察御史元君妻京兆韋氏夫人墓誌銘

韓　愈

夫人諱叢，字茂之，姓韋氏。其上七世祖父封龍門公，龍門之後，世率相繼爲顯官。夫人曾祖父諱伯陽，自萬年令，爲大原少尹、副留守北都，卒贈秘書監。其大王父迢，以都官郎爲嶺南軍司馬，卒贈同州刺史。王考夏卿，以太子少保，卒贈左僕射。僕射娶裴氏皋女，皋爲給事中，皋父宰相耀卿。

夫人於僕射爲季女，愛之，選婿得今御史河南元稹。稹時始以選校書秘書省中，其後遂以能直言策第一，拜左拾遺，果直言失官。又起爲御史，舉職無所顧。夫人固前受教於賢父母，得其良夫，又及教於先姑氏，率所事所言皆從儀法。年二十七，以元和四年七月九日卒。卒三月，得其年之十月十三日，葬咸陽，從先舅姑兆。

銘曰：詩歌碩人，爰叙宗親。女子之事，有以榮身。夫人之先，累公累卿。有赫外祖，相我唐明。歸逢其良，夫夫婦婦。獨不與年，而卒以夭。實生五子，一女之存。銘于好辭，以永於聞。

録自《東雅堂昌黎集註》卷二四

元稹後代

王明清

明清少游外家，年十八九。時從舅氏曾宏父守台州，有筆吏楊滁者，能詩亦可觀，言其外氏唐元相國之裔。一日持告身来，乃微之拜相綸軸也。銷金雲鳳，綾新若手未觸，白樂天行并書。後有畢文簡、夏文莊、元章簡諸公跋識甚多。尋聞爲秦熺所取，恨當時不能入石。

至今往来于中也。

録自宋代王明清《揮麈前録》卷三

元稹後代墓

陳耆卿

元相國墓,在縣東一十五里。舊傳唐元稹之後嘗爲州通判,而死葬於此。按今城東有元其姓者居之,藏其祖拜相麻,乃白居易行詞并書。後有守取以遺秦熺,此其爲稹後無疑。但稱"相國"者,訛也。

録自宋人陳耆卿《赤城志·冢墓門》

二、古人評述元稹之詩文

策　林　序

白居易

元和初，予罷校書郎，與元微之將應制舉，退居於上都華陽觀。閉户累月，揣摩當代之事，構成策目七十五門。及微之首登科，予次焉！凡有應對者，百不用其一二。其餘自以精力所致，不能棄捐，次而集之，分爲四卷，命曰《策林》云耳！

録自《白氏長慶集》卷六二

論元稹第三狀·監察御史元稹貶江陵府士曹參軍

白居易

右伏緣元稹左降事宜，昨李絳、崔群等再已奏聞，至今未蒙宣報。伏恐愚誠未懇，聖慮未回，臣更細思事有不可，所以塵黷至於再三。臣内察事情，外聽衆議，元稹左降不可者三。何者？元稹守官正直，人所共知，自授御史已來，舉奏不避權勢。只如奏李公佐等之事，多是朝廷親情，人誰無私？因以挾恨，或假公議將報私嫌，遂使誣謗之聲，上聞天聽。臣恐元稹左降已後，凡在位者每欲舉事，先以元稹爲戒，無人肯爲陛下當官執法，無人肯爲陛下嫉惡繩愆。内外權貴親黨縱横，有大過大罪者必相容隱而已，陛下從此無由得知，其不可者一也。昨者元稹所追勘房式之事，心雖奉公，事稍過當，既從重罰，足以懲違。況經謝恩，旋又左降，雖引前事以爲責詞，然外議喧喧，皆以爲元稹與中使劉士元争廳，自此得罪。至於争廳事理，已具前狀奏陳。

況聞劉士元踏破驛門，奪將鞍馬，仍索弓箭，嚇辱朝官，承前已來，未有此事。今中官有罪，未見處置；御史無過，却先貶官。遠近聞知，實損聖德。臣恐從今已後，中官出使，縱暴益甚，朝官受辱，必不敢言，縱有被淩辱毆打者，亦以元稹爲戒，但吞聲而已。陛下從此無由得聞，其不可者二也。臣又訪聞元稹自去年已來，舉奏嚴礪在東川日枉法收没平人資産八十餘家，又奏王紹違法給券令監軍神柩及家口入驛，又奏裴玢違敕旨徵百姓草，又奏韓皋使軍將封仗打殺縣令，如此之事前後甚多。屬朝廷法行悉有懲罰，計天下方鎮皆怒元稹守官。今貶爲江陵判司，即是送與方鎮。從此方便報怨，朝廷何由得知？臣聞德宗時有崔善貞，密告李錡必反，德宗不信，送與李錡。李錡大怒，遂掘坑縱火燒殺崔善貞，未數年李錡果反，至今天下爲之痛心。臣恐元稹左降後，方鎮有過，無人敢言，皆欲惜身，永以元稹爲戒。如此則天下有不軌不法之事，陛下無由得知，此其不可者三也。若無此三不可，假如朝廷誤左降一御史，蓋是小事，臣何敢煩黷聖聽至於再三乎！誠以所損者微，所關者大，以此思慮，敢不極言！陛下若以臣此言爲忠，又未能别有處置，必不得已，則伏望且令追制，改與一京師閑官，免令元稹却事方鎮，此乃上裨聖政，下愜人情。伏望細察事情，斷在聖意，謹具奏聞。謹奏。

録自《白氏長慶集》卷五九

與元九書

白居易

月日，居易白。微之足下，自足下謫江陵至於今，凡所贈答詩僅百篇。每詩來，或辱序，或辱書，冠於卷首。皆所以陳古今歌詩之義，且自叙爲文因緣與年月之遠近也。僕既受足下詩，又諭足下此意，常欲承答來旨，粗論歌詩大端并自述爲文之意，總爲一書，致足下前。累歲已來，牽故少暇。間有容隙，或欲爲之，又自思所陳亦無足下之見。臨紙復罷者數四，卒不能成就其志，以至於今。

今俟罪潯陽，除盥櫛食寢外無餘事，因覽足下去通州日所留新舊文二十六軸，開卷得意，忽如會面。心所畜者，便欲快言，往往自疑，不知相去萬里也。既而憤悱之氣思有所泄，遂追就前志，勉爲此書，足下幸試爲僕留意一省。

夫文尚矣！三才各有文。天之文，三光首之；地之文，五材首之；人之文，《六經》首之。就《六經》言，《詩》又首之。何者？聖人感人心而天下和平。感人心者，莫先乎情，莫始乎言，莫切乎聲，莫深乎義。詩者：根情，苗言，華聲，實義。上自賢聖，下至愚騃，微及豚魚，幽及鬼神，群分而氣同，形異而情一。未有聲入而不應，情交而不感者。聖人知其然，因其言，經之以六義；緣其聲，緯之以五音。音有韵，義有類。韵協則言順，言順則聲易入；類舉則情見，情見則感易交。於是乎孕大含深，貫微洞密。上下通，而一氣泰；憂樂合，而百志熙。

五帝、三皇所以直道而行，垂拱而理者，揭此以爲大柄，决此以爲大寶也。故聞"元首明，股肱良"之歌，則知虞道昌矣！聞"五子洛汭"之歌，則知夏政荒矣！言者無罪，聞者作戒，言者聞者，莫不兩盡其心焉！

洎周衰秦興，採詩官廢，上不以詩補察時政，下不以歌泄導人情，乃至於諂成之風動，救失之道缺，于時六義始刓矣！《國風》變爲《騷辭》，五言始於蘇、李。蘇、李騷人，皆不遇者，各繫其志，發而爲文。故河梁之句，止於傷别；澤畔之吟，歸於怨思。彷徨抑鬱，不暇及他耳！然去《詩》未遠，梗概尚存。故興離别，則引雙鳧一雁爲喻；諷君子小人，則引香草惡鳥爲比。雖義類不具，猶得風人之什二三焉！于時六義始缺矣！

晉、宋已還，得者蓋寡。以康樂之奥博，多溺於山水；以淵明之高古，偏放於田園。江、鮑之流，又狹於此。如梁鴻《五噫》之例者，百無一二焉！于時六義寖微矣！陵夷至於梁、陳間，率不過嘲風雪、弄花草而已。噫！風雪花草之物，《三百篇》中豈捨之乎？顧所用何如耳！設如"北風其凉"，假風以刺威虐也。"雨雪霏霏"，以愍征役也。"常棣之華"，感華以諷兄弟也。"采采芣苢"，美草以樂有子也。皆興發於此，而義歸於彼，反是者可乎哉？然則"餘霞散成綺，澄江净如練"、"離花先委露，別葉乍辭風"之什，麗則麗矣，吾不知其所諷焉！故僕所謂嘲風雪、弄花草而已，于時六義盡去矣！

唐興二百年，其間詩人不可勝數，所可舉者，陳子昂有《感遇詩》二十首，鮑魴有《感興詩》十五首。又詩之豪者，世稱李、杜之作，才已奇矣！人不逮矣！索其風雅比興，十無一焉！杜詩最多，可傳者千餘篇，至於貫穿今古，覼縷格律，盡工盡善，又過於李。然撮其《新安吏》、《石濠吏》、《潼關吏》、《塞蘆子》、《留花門》之章，"朱門酒肉臭，路有凍死骨"之句，亦不過三四十首。杜尚如此，况不逮杜者乎？

僕嘗痛詩道崩壞，忽忽憤發，或食輟哺夜輟寢，不量才力，欲扶起之。嗟乎！事有大謬者，又不可一二而言，然亦不能不粗陳於左右。僕始生六七月時，乳母抱弄於書屏下，有指"無"字"之"字示僕者，僕雖口未能言，心已默識。後有問此二字者，雖百十其試，而指之不差。則僕宿習之緣，已在文字中矣！及五六歲，便學爲詩。九歲，諳識聲韵。十五六，始知有進士，苦節讀書。二十已來，晝課賦，夜課書，間又課詩，不遑寢息矣！以至於口舌成瘡，手肘成胝。既壯而膚革不豐盈，未老而齒髮早衰。白瞥瞥然如飛蠅垂珠在眸子中也，動以萬數。蓋以苦學力文所致，又自悲矣！家貧多故，二十七方從鄉賦。既第之後，雖專於科試，亦不廢詩。及授校書郎時，已盈三四百首。或出示交友如足下輩，見皆謂之工，其實未窺作者之域耳！自登朝來，年齒漸長，閱事漸多。每與人言，多詢時務，每讀書史，多求理道。始知文章合爲時而著，歌詩合爲事而作。是時皇帝初即位，宰府有正人，屢降璽書，訪人急病。僕當此日，擢在翰林，身是諫官，手請諫紙，啓奏之外，有可以救濟人病、裨補時闕而難於指言者,輒詠歌之。欲稍稍遞進聞於上,上以廣宸聰,副憂勤;次以酬恩獎,塞言責;下以復吾平生之志。

豈圖志未就而悔已生,言未聞而謗已成矣!又請爲左右終言之:凡聞僕《賀雨》詩,而衆口籍籍,已謂非宜矣!聞僕《哭孔戡》詩,衆面脈脈,盡不悦矣!聞《秦中吟》,則權豪貴近者相目而變色矣!聞《樂遊園》寄足下詩,則執政柄者扼腕矣!聞《宿紫閣村》詩,則握軍要者切齒矣!大率如此,不可遍舉。不相與者,號爲沽名,號爲詆訐,號爲訕謗。苟相與者,則如牛僧孺之戒焉!乃至骨肉妻孥,皆以我爲非也!其不我非者,舉不過三兩人:有鄧魴者,見僕詩而喜,無何而魴死;有唐衢者,見僕詩而泣,未幾而衢死。其餘則足下,又十年來困躓若此!嗚呼!豈六義四始之風,天將破壞不可支持耶?抑又不知天之意,不欲使下人之病苦聞於上耶?不然,何有志於詩者,不利若此之甚也?

然僕又自思關東一男子耳!除讀書屬文外,其他懵然無知,乃至書畫棋博可以接群居之歡者,一無通曉,即其愚拙可知矣!初應進士時,中朝無緦麻之親,達官無半面之舊,策蹇步於利足之途,張空拳於戰文之場。十年之間,三登科第,名入衆耳,迹升清貫,出交賢俊,入侍冕旒,始得名於文章,終得罪於文章,亦其宜也!日者又聞親友間説,禮吏部舉選人,多以僕私試賦判傳爲準的。其餘詩句,亦往往在人口中。僕恧然自愧,不之信也。及再來長安,又聞有軍使高霞寓者,欲聘倡妓,妓大誇曰:"我誦得白學士《長恨歌》,豈同他妓哉!"由是增價。又足下書云:到通州日,見江館柱間有題僕詩者,復何人哉?又昨過漢南日,適遇主人集衆樂娱他賓,諸妓見僕來,指而相顧曰:"此是《秦中吟》、《長恨歌》主耳!自長安抵江西三四千里,凡鄉校、佛寺、逆旅、行舟之中,往往有題僕詩者,士庶、僧徒、孀婦、處女之口,每每有詠僕詩者:此誠雕蟲之戲,不足爲多。然今時俗所重,正在此耳!雖前賢如淵、雲者,前輩如李、杜者,亦未能忘情於其間哉!"古人云:"名者公器,不可以多取。"僕是何者?竊時之名已多。既竊時名,又欲竊時之富貴,使己爲造物者,肯兼與之乎? 今之迍窮,理固然也。

況詩人多蹇,如陳子昂、杜甫,各授一拾遺,而迍剥至死;李白、孟浩然輩,不及一命,窮悴終身;近日孟郊六十,終試協律;張籍五十,未離一太祝……彼何人哉! 彼何人哉! 況僕之才,又不逮彼! 今雖謫佐遠郡,而官品至第五,月俸四五萬,寒有衣,饑有食,給身之外,施及家人,亦可謂不負白氏之子矣! 微之,微之! 勿念我哉!

僕數月來,檢討囊篋中,得新舊詩,各以類分,分爲卷目。自拾遺來,凡所適所感,關於美刺興比者,又自武德訖元和,因事立題,題爲《新樂府》者,共一百五十首,謂之諷諭詩。又或退公獨處,或移病閑居,知足保和,吟玩情性者一百首,謂之閑適詩。又有事物牽於外,情理動於内,隨感遇而形於嘆詠者一百首,謂之感傷詩。又有五言七言長句絶句,自一百韵至兩韵者四百餘首,謂之雜律詩。凡爲十五卷,約八百首,異時相見,當盡致於執事。

微之! 古人云:"窮則獨善其身,達則兼濟天下。"僕雖不肖,常師此語。大丈夫所守者道,所待者時。時之來也,爲雲龍,爲風鵬,勃然突然,陳力以出。時之不來也,爲霧豹,爲冥鴻,寂兮寥兮,奉身而退。進退出處,何往而不自得哉! 故僕志在兼濟,行在獨善。奉而始終之則爲道,言而發明之則爲詩。謂之諷諭詩,兼濟之志也。謂之閑適詩,獨善之義也。故覽僕詩,知僕之道焉! 其餘雜律詩,或誘於一時一物,發於一笑一吟,率然成章,非平生所尚者,但以親朋合散之際,取其釋恨佐歡。今銓次之間,未能删去,他時有爲我編集斯文者,略之可也。

微之! 夫貴耳賤目,榮古陋今,人之大情也。僕不能遠徵古舊,如近歲韋蘇州歌行,清麗之外,頗近興諷,其五言詩又高雅閑澹,自成一家之體,今之秉筆誰能及之? 然當蘇州在時,人亦未甚愛重,必待身後然後人貴之。今僕之詩人所愛者,悉不過雜律詩與《長恨歌》已下耳! 時之所重,僕之所輕。至於諷諭者,意激而言質。閑適者,思澹而詞迂。以質合迂，宜人之不愛也。今所愛者，並世而生，獨足下耳！然千百年後，安知復無如足下者出而知愛我詩哉？故自八九年來，與足下小通則以詩相戒，小窮則以詩相勉，索居則以詩相慰，同處則以詩相娱。知吾最要，率以詩也。如今年春遊城南時，與足下馬上相戲，因各誦新艷小律，不雜他篇，自皇子陂歸昭國里，迭吟遞唱不絶聲者二十里餘，樊、李在旁，無所措口。知我者以爲詩仙，不知我者以爲詩魔。何則？勞心靈，役聲氣，連朝接夕，不自知其苦，非魔而何？偶同人，當美景，或花時宴罷，或月夜酒酣，一咏一吟，不知老之將至，雖驂鸞鶴遊蓬、瀛者之適，無以加于此焉！又非仙而何？微之，微之！此吾所以與足下外形骸，脱蹤迹，傲軒鼎，輕人寰者，又以此也。當此之時，足下興有餘力，且與僕悉索還往中詩，取其尤長者，如張十八古樂府、李二十新歌行、盧楊二秘書律詩、竇七元八絶句，博搜精掇，編而次之，號《元白往還詩集》。衆君子得擬議於此者，莫不踊躍欣喜，以爲盛事。嗟乎！言未終而足下左轉，不數月而僕又繼行。心期索然，何日成就？又可爲之嘆息矣！

又僕嘗語足下，凡人爲文，私於自是，不忍於割截，或失於繁多。其間妍媸，益又自惑。必待交友有公鑒無姑息者，討論而削奪之，然後繁簡當，無不得其中矣！况僕與足下爲文，尤患其多，己尚病之，况他人乎！今且各纂詩筆，粗爲卷第，待與足下相見日，各出所有終前志焉！又不知相遇是何年？相見在何地？溘然而至，則如之何！微之，微之！知我心哉！

潯陽臘月，江風苦寒。歲暮鮮歡，夜長無睡。引筆鋪紙，悄然燈前。有念則書，言無次第。勿以繁雜爲倦，且以代一夕之話也！微之，微之！知我心哉！樂天再拜。

録自《白氏長慶集》卷四五

與微之書

白居易

四月十日夜，樂天白，微之，微之！不見足下面已三年矣！不得足下書欲二年矣！人生幾何，離闊如此？况以膠漆之心，置於胡越之身，進不得相合，退不得相忘，牽攣乖隔，各欲白首。微之，微之！如何，如何！天實爲之，謂之奈何！

僕初到潯陽時，有熊孺登来，得足下前年病甚時一札，上報疾狀，次序病心，終論平生交分。且云危惙之際，不暇及他，唯收數帙文章，封題其上曰："他日送達白二十二郎！"便請以代書。悲哉！微之於我也，其若是乎！又睹所寄聞僕左降詩云："殘燈無焰影憧憧，此夕聞君謫九江。垂死病中驚起坐，暗風吹雨入寒窗。"此句他人尚不可聞，况僕心哉！至今每吟，猶惻惻耳！

且置是事，略叙近懷：僕自到九江，已涉三載。形骸且健，方寸甚安。下至家人，幸皆無恙。長兄去夏自徐州至，又有諸院孤小弟妹六七人提挈同来。頃所牽念者，今悉置在目前，得同寒暖饑飽，此一泰也。江州風候稍凉，地少瘴癘，乃至蛇虺蚊蚋，雖有甚稀。湓魚頗肥，江酒極美，其餘食物多類北地。僕門内之口雖不少，司馬之俸雖不多，量入儉用，亦可自給，身衣口食，且免求人，此二泰也。僕去年秋始遊廬山，到東西二林間香爐峰下，見雲水泉石勝絶第一，愛不能舍，因置草堂。前有喬松十數株、修竹千餘竿，青蘿爲墻垣，白石爲橋道，流水周於舍下，飛泉落於檐間，紅榴白蓮，羅生池砌……大抵若是，不能殫記。每一獨往，動彌旬日，平生所好者盡在其中，不唯忘歸，可以終老，此三泰也。計足下久不得僕書，必加憂望，今故録三泰，以先奉報，其餘事况條寫如後云云。

微之，微之！作此書夜，正在草堂中山窗下，信手把筆，隨意亂書，封題之時不覺欲曙。舉頭但見山僧一兩人，或坐或卧。又聞山猿谷鳥，哀鳴啾啾。平生故人，去我萬里，瞥然塵念，此際暫生。餘習所牽，便成三韵云："憶昔封書與君夜，金鑾殿後欲明天。今夜封書在何處？廬山庵裏曉燈前。籠鳥檻猿俱未死，人間相見是何年？"微之，微之！此夕我心，君知之乎？樂天頓首。

録自《白氏長慶集》卷四五

元稹除中書舍人翰林學士賜紫金魚袋制

白居易

敕：仲尼曰："志有之，言以足志，文以足言。言之無文，行而不遠。"故吾精求雄文達識之士，掌密命，立内廷，甚難其人，爾中吾選。尚書祠部郎中、知制誥、賜緋魚袋元稹，去年夏拔自祠曹員外、試知制誥。而能芟繁詞，剗弊句，使吾文章言語與三代同風。引之而成綸綍，垂之而爲典訓。凡秉筆者，莫敢與汝争能。是用命爾爲中書舍人，以司詔令。嘗因暇日，前席與語，語及時政，甚開朕心，是用命爾爲翰林學士，以備訪問。仍以章綬，寵榮其身，一日之中，三加新命。爾宜率素履，思永圖，敬終如初，足以報我。可中書舍人、翰林學士、賜紫金魚袋。

録自《白氏長慶集》卷五〇

唐大詔令集·元稹平章事制

佚　名

門下：朕聞御大器者登俊賢以爲輔弼，宣大化者擢公忠以施政教。故能成天下之務，達天下之情。俾三光宣明，百度維貞正。我之倚注，方得其人。天實賚予，允副僉望。

中散大夫、守尚書工部侍郎、上柱國、賜紫金魚袋元稹，珪璋茂器，鸞鳳貞姿。文涵六義之微，學探百氏之奥。剛而有斷，忠不近名。勁氣嘗勵於風霜，敏識頗知於今古。自恪居朝序，休問再揚。不自飾以取容，不苟安以回慮。處直忘屈，在屯若夷。卓然懷陶鑄之心，豁爾見江湖之量。間者司文禁署，主朕樞機。每因事以立言，累披誠而獻計。心惟體國，義乃忘身。深陳濟物之方，雅見經邦之志。

朕思宏理本，用洽生靈。式資康濟之材，以暢和平之化。於戲！爾率於正，則不正者知懼；爾進於善，則不善者必悛。惟直道可以事君，惟至公可以格物。秉是數德，毗予一人。永孚於休，以厎於道。可守尚書工部侍郎、同中書門下平章事，散官、勛封、賜如故。

録自《唐大詔令集》卷四七

爲宰相謝官表(爲微之作)

白居易

臣某言：伏奉今月日制書，授臣守本官、同中書門下平章事者。殊常之命，非望之恩，出自宸衷，加於凡陋。竦駭震越，不知所爲(中謝)。

臣伏准近例，宰相上後，合獻表陳謝。臣今所獻，與衆不同。伏惟聖慈，特賜留聽。臣伏聞元宗即位之初，命姚元崇爲宰相。元崇欲救時弊，獻事十條。未得請間，不立相位。元宗明聖，盡許行之。遂致太平，實由於此。陛下視今日天下，何如開元天下？微臣自知才用，亦遠不及元崇。若又僶俛安懷，因循保位，不惟恩德自負，實亦軍國可憂。臣欲候坐對時，便陳當今切事。下救時弊，上酬君恩。臣之誓心，爲日久矣！陛下許行則進，不許則退。進退之分，斷之不疑，敢於事前，先此陳啓。

况臣才本庸淺，遭遇盛明。天心自知，不因人進。擢居禁署，訪以密謀。恩奬太深，讒謗並至。雖内省行事，無所愧心；然上黷宸聽，合當死責。豈意憐察，曲賜安全。螻蟻之生，得自兹日。今越流輩，授以台衡。拔於萬死之中，致在九霄之上。捫心撫己，審分量恩，陛下猶不以衆人之心待臣，臣豈敢以衆人之心事上！皇天白日，實鑒臣心。得獻前言，雖死無恨。無任感恩懇款之至。

録自《白氏長慶集》卷六一

沃洲山禪院記

白居易

沃洲山在剡縣南三十里，禪院在沃洲山之陽、天姥岑之陰。南對天台，而華頂、赤城列焉！北對四明，而金庭、石鼓介焉！西北有支遁嶺，而養馬坡、放鶴峰次焉！東南有石橋溪，溪出天台石橋，因名焉！其餘卑巖小泉，如子孫之從父母者，不可勝數。東南山水，越爲首，剡爲面，沃洲、天姥爲眉目。

夫有非常之境，然後有非常之人栖焉！晉、宋以來，因山洞開，厥初有羅漢僧西天竺人白道猷居焉！次有高僧竺法潜、支道林居焉！次又有乾、興、淵、支、遁、開、威、蘊、崇、實、光、識、裴、藏、濟、度、逞、印凡十八僧居焉！高士名人有戴逵、王洽、劉恢、許玄度、殷融、郄超、孫綽、桓彦表、王敬仁、何次道、王文度、謝長霞、袁彦伯、王蒙、衛玠、謝萬石、蔡叔子、王羲之凡十八人，或游焉！或止焉！故道猷詩云："連峰數千里，修林帶平津。茒茨隐不見，雞鳴知有人。"謝靈運詩云："暝投剡中宿，明登天姥岑。高高入雲霓，還期安可尋？"

盖人與山相得於一時也，自齊至唐，兹山寖荒，靈境寂寥，罕有人游，故詞人朱放詩云："月在沃洲山上，人歸剡縣江邊。"劉長卿詩云：

“何人住沃洲?”此皆愛而不到者也。

太和二年春,有頭陀僧白寂然來遊兹山,見道猷、支、竺遺迹,泉石盡在,依依然如歸故鄉,戀不能去。時浙東廉使元相國聞之,始爲卜築。次廉使陸中丞知之,助其繕完。三年而禪院成,五年而佛事立。正殿若干間,齋堂若干間,僧舍若干間。夏臘之僧,歲不下八九十。安居遊觀之外,日與寂然討論心要,振起禪風。白黑之徒,附而化者甚衆。

嗟乎! 支、竺殁而佛聲寢,靈山廢而法不作。後數百歲而寂然繼之,豈非時有待而化有緣耶? 六年夏,寂然遣門徒僧常贇自剡抵洛,持書與圖,詣從叔樂天,乞爲禪院記云。昔道猷肇開兹山,後寂然嗣興兹山,今日樂天又垂文兹山,異乎哉! 沃洲山與白氏其世有緣乎!

録自《白氏長慶集》卷六八

祭微之文

白居易

維大和五年,歲次己亥,十月乙丑朔,十七日辛巳,中大夫、守河南尹、上柱國、晉陵縣開國男、食邑三百户、賜紫金魚袋白居易,以清酌庶羞之奠,敬祭於故相國、鄂岳節度使、贈尚書右僕射元公微之:

惟公家積善慶,天鍾粹和。生爲國楨,出爲人瑞。行業志略,政術文華。四科全才,一時獨步。雖歷將相,未盡謨猷。故風聲但樹於藩方,功利不周於夷夏。噫! 此蒼生之不大遇也,在公豈有所不足耶?

《詩》云:“淑人君子,胡不萬年?”又云:“如可贖兮,人百其身。”此古人哀惜賢良之懇辭也。若情理憤痛過於斯者,則號呼壹鬱之不暇,又安可勝言哉?

嗚呼,微之!貞元季年,始定交分。行止通塞,靡所不同。金石膠漆,未足爲喻。死生契闊者三十載,歌詩唱和者九百章,播於人間,今不復叙;至於爵禄患難之際,寤寐憂思之間,誓心同歸,交感非一,布在文翰,今不重云。唯近者公拜左丞,自越過洛,醉别悲吒,投我二詩云:"君應怪我留連久,我欲與君辭别難。白頭徒侶漸稀少,明日恐君無此歡。"又曰:"自識君來三度别,這回白盡老髭鬚。戀君不去君須會,知得後回相見無?"吟罷涕零,執手而去。私揣其故,中心惕然。

及公捐館於鄂,悲訃忽至,一慟之後,萬感交懷,覆視前篇,詞意若此,得非魂兆先知之乎?無以繼寄悲情,作哀詞二首,今載於是,以附奠文。其一云:"八月凉風吹白幕,寢門廊下哭微之。妻孥親友來相吊,唯道皇天無所知。"其二云:"文章卓犖生無敵,風骨精靈殁有神。哭送咸陽北原上,可能隨例作埃塵。"

嗚呼,微之!始以詩交,終以詩訣,弦筆兩絶,其今日乎?嗚呼,微之!三界之間,孰不生死?四海之内,誰無交朋?然以我爾之身,爲終天之别,既往者已矣!未死者如何?嗚呼,微之!六十衰翁,灰心血泪,引酒再奠,撫棺一呼。佛經云:"凡有業結,無非因集。"與公緣會,豈是偶然?多生以來幾離幾合?既有今别,寧無後期?公雖不歸,我應繼往。安有形去而影在,皮亡而毛存者乎?嗚呼,微之!言盡於此。尚饗。

録自《白氏長慶集》卷六九

祭崔相公文

白居易

嗚呼!自古及今,實重知音:故《詩》美伐木,《易》稱斷金……微之、夢得、慕巢、師皋,或徵雅言,酣詠陶陶;或命俗樂,絲管嘈嘈。藉草蔭松，枕麴舖糟。曾未周歲，索然分鑣。

録自《白氏長慶集》卷七〇

哭微之

白居易

今在豈有相逢日，未死應無暫忘時。從此三篇收泪後，終身無復更吟詩。

録自《英華》卷九八九

元相公挽詞三首

白居易

銘旌官重威儀盛，騎吹聲繁鹵簿長。後魏帝孫唐宰相。六年七月葬咸陽。

墓門已閉笳簫去，唯有夫人哭不休。蒼蒼露草咸陽壠，此是千秋第一秋。

送葬萬人皆慘澹，反虞駟馬亦悲鳴。琴書劍珮誰收拾？三歲遺孤新學行。

録自《白氏長慶集》卷二六

過元家履信宅

白居易

雞犬喪家分散後，林園失主寂寥時。落花不語空辭樹，流水無情自入池。風蕩醮船初破漏，雨淋歌閣欲傾攲。前庭後院傷心事，唯是春風秋月知。

録自《白氏長慶集》卷二七

微之敦詩晦叔相次長逝巋然自傷因成二絶

白居易

併失鵷鸞侶，空留麋鹿身。只應嵩洛下，長作獨遊人。

長夜君先去，殘年我幾何？秋風滿衫泪，泉下故人多。

録自《白氏長慶集》卷三一

思　舊

白居易

閑日一思舊，舊遊如目前。再思今何在？零落歸下泉。退之服硫黄，一病訖不痊。微之鍊秋石，未老身溘然。杜子得丹訣，終日斷腥羶。崔君誇藥力，經冬不衣綿。或疾或暴夭，悉不過中年。唯予不服食，老命反遲延。况在少壯時，亦爲嗜欲牽。但耽葷與血，不識汞與鉛。飢來吞熱物，渴來飲寒泉。詩役五臟神，酒汩三丹田。隨日合破壞，至今粗完全。齒牙未缺落，肢體尚輕便。已開第七秩，飽食仍安眠。且進杯中物，其餘皆付天。

録自《白氏長慶集》卷二九

聞歌者唱微之詩

白居易

新詩絶筆聲名歇，舊卷生塵篋笥深。時向歌中聞一句，未容傾耳已傷心。

録自《白氏長慶集》卷三一

醉中見微之舊卷有感

白居易

今朝何事一霑襟？檢得君詩醉後吟。老泪交流風病眼，春箋摇動酒杯心。銀鉤塵覆年年暗，玉樹泥埋日日深。聞道墓松高一丈，更無消息到如今。

録自《白香山詩集》卷三九

夢　微　之

白居易

夜來携手夢同遊，晨起盈巾泪莫收。漳浦老身三度病，咸陽宿草八迴秋。君埋泉下泥銷骨，我寄人間雪滿頭。阿衛韓郎相次去，夜臺茫昧得知不（阿衛，微之男；韓郎，微之婿）？

録自《白氏長慶集》卷三五

修香山寺記

白居易

洛都四野，山水之勝，龍門首焉！龍門十寺，觀遊之勝，香山首焉！香山之壞，久矣！樓亭騫崩，佛僧暴露。士君子惜之，予亦惜之。佛弟子耻之，予亦耻之。頃予爲庶子賓客，分司東都時，性好閑遊。靈迹勝概，靡不周覽。每至茲寺，慨然有葺完之願焉！迨今七八年，幸爲山水主,是償初心、復始願之秋也。

似有緣會,果成就之。噫! 予早與故元相國微之定交於生死之間,冥心於因果之際。去年秋,微之將薨,以墓誌文見託。既而元氏之老,狀其臧獲輿馬綾帛洎銀鞍玉帶之物,價當六七十萬,爲謝文之贄,來致於予。予念平生分,文不當辭,贄不當納。自秦至洛,往返再三。訖不得已,迴施兹寺。

因請悲知僧清閑主張之,命謹幹將士復掌治之。始自寺前亭一所,登寺橋一所,連橋廊七間。次至石樓一所,連廊六間。次東佛龕大屋十一間。次南賓院堂一所,大小屋共七間。凡支壞、補缺、壘隤、覆漏、杇墁之功必精,赭堊之飾必良。雖一日必葺,越三月而就。

譬如長者壞宅,鬱爲導師化城。於是龕像無燥濕陊泐之危,寺僧有經行宴坐之安,遊者得息肩,觀者得寓目。關塞之氣色,龍潭之景象,香山之泉石,石樓之風月,與往來者耳目一時而新。士君子、佛弟子豁然如釋憾刷耻之爲者。

清閑上人與予及微之皆夙舊也,交情願力,盡得知之。憾往念來,歡且贊曰:"凡此利益,皆名功德。而是功德,應歸微之。必有以滅宿殃,薦冥福也。"予應曰:"嗚呼! 乘此功德,安知他劫不與微之結後緣於兹土乎? 因此行願,安知他生不與微之復同遊於兹寺乎?"言及於斯,漣而涕下。唐大和六年八月一日,河南尹太原白居易記。

録自《白氏長慶集》卷六八

劉白唱和集解

白居易

予頃以元微之唱和頗多,或在人口,常戲微之云:"僕與足下二十年來爲文友詩敵,幸也,亦不幸也! 吟咏情性,播揚名聲,其適遺形,其樂忘老,幸也;然江南士女,語才子者,多云'元、白',以子之故,使僕不得獨步於吴越間,亦不幸也!"今垂老復遇夢得,得非重不幸耶?

録自《白氏長慶集》卷六九

與劉蘇州書

白居易

嗟乎!微之先我去矣!詩敵之勍者,非夢得而誰?

録自《白氏長慶集》卷六八

與劉禹錫書

白居易

前月廿六日,崔家送终事毕,執紼之時,長慟而已。况見所示祭文及祭微哀文,豈勝凄咽!來使到遲,不及發引,反虞之明日申奠,亦足以及哀。因睹二文,并録祭敦并微志同往,覽之當一惻惻耳!平生相识虽多,深者盖寡。就中与梦得同厚者,深、敦、微而已。今相次而去,奈老心何……微既往矣,知音兼勍敵者,非夢而誰?

白氏文集自記

白居易

白氏前著《長慶集》五十卷,元微之爲序;《後集》二十卷,自爲序;今又《續後集》五卷,自爲記。前後七十五卷,詩筆大小凡三千八百四十首。集有五本:一本在廬山東林寺經藏院,一本在蘇州南禪寺經藏内,一本在東都聖善寺鉢塔院律庫樓,一本付侄龜郎,一本付外孫談閣童，各藏於家，傳於後。其日本、新羅諸國及兩京人家傳寫者，不在此記。又有《元白唱和因繼集》共十七卷、《劉白唱和集》五卷、《洛下遊賞宴集》十卷，其文盡在大集，録出別行於時。若集内無而假名流傳者，皆謬爲耳！會昌五年夏五月一日樂天重記。

答元侍御書

韓　愈

九月五日，愈頓首微之足下。前歲辱書，論甑逢父濟，識安禄山必反，即詐爲喑棄去。禄山反，有名號，又逼致之，濟死執不起，卒不污禄山父子事。又論逢知讀書刻身立行，勤已取足，不幹州縣，斥其餘以救人之急。足下由是與之交，欲令逢父子名迹存諸史氏。足下以抗直喜立事，斥不得立朝，失所不自悔，喜事益堅，微之乎，子真安而樂之者！

謹詳足下所論載，校之史法，若濟者固當得書。今逢又能行身幸於方州大臣，以標白其先人事，載之天下耳目，徹之天子，追爵其父第四品，赫然驚人。逢與其父俱當得書矣！濟逢父子自吾人發《春秋》，美君子樂道人之善，夫苟能樂道人之善，則天下皆去惡爲善，善人得其所，其功實大。

足下與濟父子，俱宜牽聯得書。足下勉逢，令終始其躬。而足下年尚强，嗣德有繼，將大書特書，屢書不一書而已也。愈既承命，又執筆以俟。愈再拜。

録自《東雅堂昌黎集註》卷一八

同劉二十八哭吕衡州兼寄江陵李元二侍御

柳宗元

衡岳新摧天柱峰，士林顣頞泣相逢。祇令文字傳青簡，不使功名上景鐘。三畝空流懸磬室，九原猶寄若堂封。遥想荆州人物論，幾回中夜惜元龍？

録自《柳河東集》卷四二

再經故元九相公宅池上作

劉禹錫

故池春又至，一到一傷情。雁鶩群猶下，蛙蠙衣已生。竹叢身後長，臺勢雨來傾。六尺孤安在？人間未有名。

録自《劉賓客文集》卷三〇

樂天見示傷微之敦詩晦叔三君子皆有深分因成是詩以寄

劉禹錫

吟君歎逝雙絶句，使我傷懷奏短歌。世上空驚故人少，集中惟覺祭文多。芳林新葉催陳葉，流水前波讓後波。萬古到今同此恨，聞琴泪盡欲如何？

録自《劉賓客文集》外集卷二

西州李尚書知愚與元武昌有舊遠示二篇吟之泫然因以繼和二首（來詩云："元公令陳從事求蜀琴，將以爲寄，而武昌之訃聞，因陳生會葬。"）

劉禹錫

如何贈琴日，已是絶絃時？無復雙金報，空餘挂劍悲。

寶匣從此閉，朱絃誰復調？秪應隨玉樹，同向土中銷。

録自《劉賓客文集》外集卷七

唐故中書侍郎平章事韋公集紀

劉禹錫

皇唐文物與漢同風，故天后朝，燕國張公説以詞標文苑徵；玄宗朝，曲江張公九齡以道侔伊吕徵；德宗朝，天水姜公公輔、杜陵韋公執誼、河東裴公垍以賢良方正徵；憲宗朝，河南元公積、京兆韋公淳以才識兼茂徵；隴西牛公僧孺、李公宗閔以能直言極諫徵：咸用對策甲於天下，繼爲有聲宰相。古今相望，落落然如騎星辰，與夫起版築飯牛者異矣……

録自《劉賓客文集》卷一九

褒城驛有故元相公舊題詩因仰歎而作

薛　能

鄂相頃題應好池，題云萬竹與千梨。我來已變當初地，前過應無繼此詩。敢嘆臨行殊舊境，惟愁後事劣今時。閑吟四壁堪搔首，頻見青蘋白鷺鷥。

録自《全詩》卷五六〇

唐詩類選後序

顧　陶

余爲《類選》三十年，神思耗竭，不覺老之將至。今大綱已定，勒成一家。庶及生存，免負平昔。若元相國稹、白尚書居易，擅名一時，天下稱爲"元白",學者翕翕,號"元和詩"。其家集浩大,不可雕摘。今共無所取,蓋微志存焉!

録自《英華》卷七一四

專以道得人心中事爲工

張　戒

元、白、張籍詩,皆自陶、阮中出,專以道得人心中事爲工。

録自宋人張戒《歲寒堂詩話》卷上

才調集原序

韋　縠

余少博群言,常取得志,雖秋螢之照不遠,而雕蟲之見自佳。古人云:"自聽之,謂聰;内視之,謂明也。"又安可受誚於愚鹵,取譏於書厨者哉!

暇日因閲李杜集、元白詩,其間大海混茫,風流挺特,遂採摭奥妙,并諸賢達章句,不可備録,各有編次。或閑窗展卷,或月榭行吟,韵高而桂魄争光,詞麗而春色鬥美。但貴自樂所好,豈敢垂諸後昆?

今纂諸家歌詩共一千首,每一百首成卷,分之爲十,目曰《才調集》。庶幾來者不誚多言,他代有人無嗤薄鑒云爾。

録自《才調集》卷首

唐詩紀事·徐凝

計敏夫

樂天薦徐凝屈張祜,論者至今鬱鬱,或歸白之妒才也。余讀皮日休《論祜》云:“祜元和中作宫體詩,辭曲艷發。當時輕薄之流艷其才,名譟得譽。及老大,稍闚建安風格,誦樂府録,知作者本意,講諷怨譎,時與六義相左右,此爲才之最也。祜初得名,乃作樂府,艷發之詞,其不羈之狀,往往間見。凝之操履,不見於史。然方干學詩於凝,贈之詩曰:‘吟得新詩草裏論。’戲反其辭,謂村裏老也。方干世所謂簡古者,且能譏凝,則凝之朴略椎魯,從可知矣!樂天方以實行求才,薦凝而抑祜,其在當時,理宜然也。令狐楚以祜詩三百篇上之,元稹曰:‘雕蟲小技,或奬激之,恐害風教。’祜在元、白時,其譽不甚持重。杜牧之刺池州,祜且老矣!詩益高,名益重,然牧之少年所爲,亦近於祐,爲祐恨白,理亦有之。余嘗謂文章之難,在發源之難也。元、白之心,本乎立教,乃寓意於樂府雍容宛轉之詞,謂之諷諭,謂之閑適。既持是取大名,時士翕然從之,師其詞,失其旨,凡言之浮靡艷麗者,謂之‘元白體’,二子規規攘臂解辨,而習俗既深,牢不可破,非二子之心也!所以發源者非也,可不戒哉!”

録自《唐詩紀事》卷四一

唐大詔令集·元稹同州刺史制

佚　名

宰相者,位列巖廊,權參造化,内操政柄,上代天工。朕嗣守丕圖,思與至理。每於擢用,冀獲雋良。爲善有聞,必資奬寵。罹於愆謗,用罷臺階。

通議大夫、守尚書工部侍郎、同中書門下平章事、上柱國、賜紫金魚袋元稹,遊藝資身,明經筮仕。累膺科選,益振榮華。茂識宏才,登名晁董之列;佳辭麗句,馳聲鮑謝之間。頃在憲臺,嘗推舉職。比及遷黜,亦以直聞。是以擢在周行,典斯誥命。洎參處密近,旋委台衡。

宜竭謀猷，盡以匡贊。而乃不思宏益之道，遂纓詿誤之愆。察以衷情，雖非爲己；行兹左道，豈曰效忠！體涉異端，理宜偕罷。

朕以君臣之分，貴獲始終。任使之時，亦獻誠懇。每思加膝，寧忍墜泉？猶宏在宥之心，俾列專城之寄。左郡之大，三輔推雄。控壓關河，連屬宫苑。勉於政績，副我優恩。可使持節同州諸軍事、守同州刺史，充本州防禦使、長春宫等使，散官、勛賜如故。

録自《唐大詔令集》卷五六

唐詩紀事・詩人主客圖

計敏夫

爲作《詩人主客圖》，《序》曰："若主人、門下，處其客者，以法度一則也。以白居易爲廣大教化主，上入室：楊乘；入室：張祜、羊士諤、元稹；升堂：盧仝、顧況、沈亞之；及門：費冠卿、皇甫松、殷堯藩、施肩吾、周元範、祝元膺、徐凝、朱可名、陳標、童翰卿。"

録自《唐詩紀事》卷六五

唐故平盧軍節度巡官隴西李府君墓誌銘

杜　牧

詩者可以歌，可以流於竹，鼓於絲，婦人小兒皆欲諷誦。國俗薄厚，扇之於詩，如風之疾速。嘗痛自元和已來，有元、白詩者，纖艷不逞，非莊士雅人，多爲其所破壞，流於民間，疏於屏壁，子父女母，交口教授，淫言媟語，冬寒夏熱，入人肌骨，不可除去。吾無位，不得用法以治之。

録自《樊川集》卷六

答陳磻隱論詩書

黄　滔

且降自晉、宋、梁、陳之来，詩人不可勝紀，莫不盛多猗頓之富，貴疊隋侯之珍。不知百卷之中、數篇之内，聲文之應者幾人乎？大唐前有李、杜，後有元、白，信若滄溟無際，華嶽干天。然自李飛數賢多以粉黛爲樂天之罪，殊不謂三百五篇多乎女子，蓋在所指説如何耳！

録自《黄御史集》卷七

以燕伐燕

劉克莊

杜牧罪元白詩歌傳播，使子父女母交口誨淫，且曰："恨吾無位，不得以法繩之。"余謂此論合是元魯山、陽道州輩人口中語。牧風情不淺，如《杜秋娘》、《張好好》諸篇，"青樓薄倖"之句，"街吏平安之報"，未知去元白幾何？以燕伐燕，元、白豈肯心服？

録自宋人劉克莊《後村詩話》卷四

唐詔誥似尚書

祝　穆

丁晉公言：王二文元之忽一日面較元和長慶時名臣所行詔誥有勝於《尚書》，衆皆驚而請益，曰：如元稹行牛元翼制云：殺人盈城，汝當深戒；孥戮爾衆，朕不忍聞。且《尚書》云：不用命，戮于社。又：予則孥戮。汝以此方之，《書》不如矣！其閲覽精詳如此，衆皆服之。

録自宋人祝穆《古今事文類聚》卷七《唐詔誥似尚書》

書元稹遺事

謝　邁

余觀司馬遷遭李陵之禍，蓋出於無辜，竊怪在廷之臣無有爭之者。而遷亦自歎恨，以爲交遊莫救，左右親近不爲一言，故作《史記》之書，大抵欲寓其憂憤之懷。爲《晏平仲列傳》，書其解左驂以贖越石父之罪，而卒稱之曰："假令晏子而在，雖爲之執鞭，所欣慕焉！"余讀其書至此，三復其辭而悲之。使漢廷臣有一晏平仲，豈忍坐視遷之無辜以受刑而不一引手而救之耶？及觀《韓愈傳》，見王庭湊之圍牛元翼也，朝廷命愈使而人莫不危之。是時廷湊擁强兵，恣睢跋扈，天子遣一介之臣投餌虎狼之口，若萬一無生還理，得不爲朝廷失一賢士耶？得不貽天下後世笑耶？然當時公卿大臣無爲愈言者，獨元稹言："韓愈可惜！"穆宗亦稍稍悔之。嗚呼！誰謂元稹而能如是哉！世之君子少而小人常多，小人不特偷安於朝，又沮毁以害君子歟！君子一有受其害，從而擠之者皆是也。而稹乃能知愈之賢，不忍視其身之危，將無援以死，且重爲朝廷惜之。是亦可謂難能也已！觀稹之於愈如此，使其在漢廷，必能出一言以救司馬遷之禍，使後世復有司馬遷，亦必特書其事，且願爲之執鞭焉！彼作史者乃不載之本傳而特見於愈事之末，是可歎也。稹與白居易同時，俱以詩名天下，然多纖豔無實之語，其不足論明矣！觀其立朝大概，交結魏弘簡，沮抑裴度之言，以浮躁險薄稱于時。至於知賢救難，奮激敢言，凛凛有古直臣之風！夫以元稹而猶能如是，又况不爲元稹者乎！

録自宋人謝邁《竹友集》卷九

文人勿相輕

錢大昕

杜牧之著論，言“近有元、白詩者，喜爲淫言媟語，鼓扇浮囂，吾恨方在下位，未能以法治之”。牧之可謂失言矣！元、白諷諭詩，意存讜直，豈皆淫媟之詞？若反唇相譏，牧之獨誤媟語乎？無諸己而後非諸人，立言者其戒之。

録自清人錢大昕《十駕齋養新録》卷一八《文人勿相輕》

元輕白俗

蘇　軾

東坡《祭柳子玉文》：“郊寒島瘦，元輕白俗。”此語具眼，客見詰曰：“子盛稱白樂天、孟東野詩，又愛元微之詩，而取此語，何也？”僕曰：“論道當嚴，取人當恕。”此八字，東坡論道之語也。

録自宋人許顗《彦周詩話》

嘆全才之難

愛新覺羅・岳端

自東坡云：“元輕白俗，郊寒島瘦。”後之論詩者，多不重元、白、郊、島……然蘇詩嘗作輕俗語，有甚於元、白者，吾嘆其自知之難也……元、白於流便痛快中，頗有佳處，而苦於淺近，吾又嘆全才之難也。

録自清人愛新覺羅・岳端《寒瘦集序》

次韵始自元白

陸　游

古詩有倡有和，有雜擬、追和之類，而無和韵者，唐始有之，而不盡同。有用韵者，謂同用此韵耳！後乃有依韵者，謂如首倡之韵，然不以次也。最後始有次韵，則一皆如其韵之次，自元、白至皮、陸，此體乃成，天下靡然從之……開禧元年乙丑，十一月丙申，笠澤陸某務觀書。

録自宋人陸游《渭南文集》卷三〇《跋吕成卞和東坡尖义韵雪詩》

連昌宫詞

張邦基

白樂天作《長恨歌》，元微之作《連昌宫詞》，皆紀明皇時事也。予以爲微之之作過白樂天之歌，白止於荒淫之語，終篇無所規正；元之詞乃微而顯，其荒縱之意皆可考，卒章乃不忘箴諷，爲優也。

録自宋人張邦基《墨莊漫録》卷五

元詞古意俗

胡震亨

白詩祖樂府，務欲爲風俗之用。元與白同志，白意古詞俗，元詞古意俗（按樂府，“古”與“俗”正可無論）。

録自明代胡震亨《唐音癸籤》卷七

才調風致自是才人之冠

賀貽孫

長慶長篇,如白樂天《長恨歌》、《琵琶行》、元微之《連昌宮詞》諸作,才調風致自是才人之冠。其描寫情事如泣如訴,從《焦仲卿》篇得來……然其必不可朽者,神氣生動,字字從肺腑中流出也。

録自明代賀貽孫《詩筏》卷上

意必盡言言必盡興

陸時雍

元、白以潦倒成家,意必盡言,言必盡興,然其力足以達之。微之多深著色,樂天多淺著趣。趣近自然,而色亦非貌取也,總皆降格爲之。凡意欲其近,體欲其輕,色欲其妍,聲欲其脆,此數者,格之所由降也。元、白偷快意,則縱肆爲之矣!

録自明代陸時雍《古詩境・詩鏡總論》

元白好盡言

陸時雍

元、白之韵平以和,張、王之韵庳以急,其好盡則同,而元、白猶未傷雅也。雖然元、白好盡言耳!張王好盡意也,盡言特煩,盡意則褻矣!

録自明代陸時雍《古詩境・詩鏡總論》

精工處亦雜新聲

賀　裳

詩至元、白，實又一大變。兩人雖並稱，亦各有不同。選語之工，白不如元。波瀾之闊，元不如白。白蒼茫中間存古調，元精工處亦雜新聲。既由風氣轉移，亦自才質有限。

録自明代賀裳《載酒園詩話》卷三

腸胃文章映日

馮　贄

元稹爲翰林承旨，朝退行鐘廊時，初日映九英梅，隙光射稹，有氣勃勃然。百僚望之曰："豈腸胃文章映日可見乎？"（《常朝録》）

録自《雲仙雜記》卷二

六　相　樓

祝　穆

六相樓：李僑自宰相，劉晏自京兆尹，皆貶爲刺史，元稹自拾遺貶爲司馬，與前刺史李適之，後皆登相位。熙寧中，張天覺爲通川主簿兼令，後亦爲相。建炎丁未余應求記。後以韓滉爲州長史，共爲六相樓。又有韋昭範貶通州，昭宗時爲平章事。

録自《方輿勝覽》卷五九《達州》

戞雲亭

祝　穆

在南山,元稹爲司馬時立。下瞰江流,周覽城邑。

録自《方輿勝覽》卷五九《達州》

勝江亭

祝　穆

在州西三里,郡守王蕃因讀江州司馬白居易寄通州司馬元稹詩,有"通州猶似勝江州"之句,因以名亭。

録自《方輿勝覽》卷五九《達州》

同州名宦祠三隱

馬　樸

名宦祠三隱:祀……唐……元稹……

録自《同州志》卷四《秩祀・廟祠》

元稹在同州

劉於義

元稹字微之,河南人,出爲同州刺史。急吏緩民,收羡財千萬,以補亡户逋租。復還御史大夫、(浙東觀察使)。

録自《陝西通志》卷五二《名宦》

賢於能詩者

張 固

元相在鄂州,周復爲從事。相國常賦詩,命院中屬和。周正郎乃簪笏見相公,曰:"某偶以大人往還高門,謬獲一第,其實詩賦皆不能也。"相國嘉之曰:"遽以實告,賢於能詩者矣!"

録自《幽閑鼓吹》

小説舊聞記

柳公權

元相國之鎮江夏也,嘗秋登黄鶴樓,望沅江之湄,有光若殘星焉!乃令親信往覘之,遂棹小舟,直至光所,乃釣船中也。詢彼漁者,漁者云:"適獲一鯉,光則無之。"親信乃携鯉而來。既登樓,公命庖人剖之,腹中得古鏡二。如古錢大,二面相合,背則隱起雙龍,雖小而鱗鬣爪角悉具。既磨瑩後,遂常有光輝。公寶之,置納巾箱中。及相國薨,亦亡去。光啓丁未歲,于鄴下與河南元恕愚恩話焉!

録自《説郛》卷四四《小説舊聞記》

元相國之遇嗣業

强 至

韓吏部之序楊公,得匪貴人之存志!元相國之遇嗣業,愛其大父之爲文,庶揚野史之前芳,永與楹書而共秘,欽銘欣幸,奚盡名言?

録自宋人强至《祠部集・代趙待制謝延州程宣徽書》

樂　府　詩

郭茂倩

樂府之名起於漢魏，自孝惠帝時夏侯寬爲樂府令始以名官。至武帝乃立樂府，采詩夜誦。有趙代秦楚之謳，則采歌謠被聲樂其來蓋亦遠矣！凡樂府歌辭，有因聲而作歌者，若魏之三調歌詩，因弦管金石造歌以被之是也；有因歌而造聲者，若清商吴聲諸曲，始皆徒歌，既而被之弦管是也；有有聲有辭者，若郊廟相知鐃歌横吹等曲是也；有有辭無聲者，若後人之所述作，未必盡被於金石是也。

新樂府者皆唐世之新歌也，以其辭實樂府而未常被於聲，故曰新樂府也。元微之病後人沿襲古題唱和重複，謂不如寓意古題刺美見事，猶有詩人引古以諷之義。近代唯杜甫《悲陳陶》、《哀江頭》、《兵車》、《麗人》等歌行，率皆即事名篇，無復倚旁，乃與白樂天、李公垂輩謂是爲當，遂不復更擬古題。因劉猛李餘賦樂府詩咸有新意，乃作《出門》等行十餘篇，其有雖用古題全無古義，則《出門行》不言離别，《將進酒》特書列女。其或頗同古義全創新詞，則《田家》止述軍輸，《捉捕》請先螻蟻，如此之類皆名樂府。由是觀之，自風雅之作以至於今，莫非諷興當時之事，以貽後世之審音者，儻采歌謠以被聲樂，則新樂府其庶幾焉！

録自宋人郭茂倩《樂府詩集・新樂府辭》

論　詩

何喬新

自宋以後，惟書甲子，是豈可與刻繪者例論耶？如元微之之雄深，韋應物之雅澹，徐陵、庾信之靡麗華藻，白樂天、柳宗元之放蕩嘲怨，其詩非不美也。然夸耀烟雲，無關政體，求其愛君憂國者，唐之杜甫而已。

録自明代何喬新《椒邱文集》卷一

長慶行酬暢純甫贈元白二集

王 惲

長慶詞人幾勍敵？名動華夷説元白。拾遺樂府即諫章，相國絲綸號新格。天教韓柳出仝時，要使詩壇門清逸。年來愛白復愛元，老厭風花喜情實。

録自元代王惲《秋澗集》卷七

唐人樂府不盡譜樂

胡震亨

古人詩即是樂，其後詩自詩，樂府自樂府，又其後樂府是詩，樂曲方是樂府詩。詩即是樂，《三百篇》是也。詩自詩，樂府自樂府，謂如漢人詩，同一五言，而《行行重行行》爲詩，《青青河邊草》則爲樂府者是也。樂府是詩，樂曲方是樂府者，如六朝而後諸家擬作樂府，鐃歌《朱鷺》、《艾如張》，横吹《隴頭》、《出塞》等只是詩，而吴聲《子夜》等曲方入樂，方爲樂府者是也。

至唐人始則摘取詩句譜樂，既則排比聲譜填詞，其入樂之辭截然與詩兩途。而樂府古題，作者以其唱和重複，沿襲可厭，於是又改六朝擬題之舊，别創時事新題。杜甫始之，元、白繼之。杜如《哀王孫》、《哀江頭》、《兵車》、《麗人》等，白如《七德舞》、《海漫漫》、《華原磬》、《上陽白髮人》、《諷諫》等，元如《田家》、《捉捕》、《紫躑躅》、《山枇杷》諸作。各自命篇名，以寓其諷刺之旨，於朝政民風多所關切，言者不爲罪而聞者可以戒。嗣後曹鄴、劉駕、聶夷中、蘇拯、皮、陸之徒相繼有作，風流益盛，其辭旨之含郁委宛，雖不必盡如杜陵之盡善無疵，然其得詩人詭諷之義則均焉！即未嘗譜之於樂，同乎先朝入樂詩曲，然以比之諸填詞曲子，僅佐頌酒賡色之用者，自復天壤有殊。郭茂倩云："自風雅之作以至於今，莫非諷興當時之事，以貽後世之審音者。儻采歌謠以被聲樂，則新樂府其庶幾焉！"斯論爲得之，惜無人行用之爾！

録自明人胡震亨《唐音癸籤》卷一五《唐人樂府不盡譜樂》

津陽門詩

楊　慎

曾子固云："白樂天《長恨歌》、元微之《連昌宫詩》、鄭嵎《津陽門詩》，皆以韵語紀常事。"鄭嵎詩，世多不傳，余因子固言訪求得之。其詩長句七言，凡一千四百字，一百韵，止以門題爲名，其實叙開元陳迹也。其叙五王遊獵云……其叙賜浴云……其叙三國姣淫云……其叙教坊歌舞云……其叙離宫之盛云……其叙幸蜀歸復至華清云……其叙舞馬羽裳云……其事皆與雜録小説符合，然其詩則警策清越，不及元、白多矣！

録自明人楊慎《丹鉛總録》卷一九《津陽門詩》

古今長歌第一

何良俊

初唐人歌行，蓋相沿梁、陳之體，仿佛徐孝穆、江總持諸作，雖極其綺麗，然不過將浮艷之詞模仿凑合耳！至如白太傅《長恨歌》、《琵琶行》、元相《連昌宮詞》，皆是直陳時事，而鋪寫詳密，宛如畫出。使今世人讀之，猶可想見當時之事，余以爲當爲古今長歌第一。

録自明人何良俊《四友齋叢説》卷二五《詩》

乃真樂府也

何世瑾

唐人樂府，唯有太白《蜀道難》、《烏夜啼》，子美《無家别》、《垂老别》，以及元、白、張、王諸作，不襲前人樂府之貌而得其神者，乃真樂府也。

録自明人何世瑾《然燈紀聞》

與李龍湖書

袁宏道

韓、柳、元、白、歐，詩之圣也；蘇，詩之神也。

録自明人袁宏道《與李龍湖書》

與馮琢師

袁宏道

宏近日始讀李唐及趙宋諸大家詩文，如元、白、歐、蘇與李、杜、班、馬，真足雁行。

録自明人袁宏道《與馮琢師》

唐之篇什最富者

王世貞

而唐之篇什最富者，獨少陵、香山氏，其次則李供奉、元武昌而已。

録自明人王世貞《弇州續稿·朱在明詩選序》

王禹玉之踵微之

宋　濂

王元之以邁世之豪，俯就繩尺，以樂天爲法；歐陽永叔痛矯西昆，以退之爲宗。蘇子美梅聖俞介乎其間，梅之覃思精微，學孟東野，蘇之筆力横絶，宗杜子美，亦頗號爲詩道中興。至若王禹玉之踵微之，盛公量之祖應物，石延年之效牧之，王介甫之原三謝，雖不絶，似皆嘗得其髣髴者。

録自明人宋濂《答章秀才》

是處池臺皆唱元微之曲

陳維崧

誰家花月不歌李嶠之章？是處池臺皆唱元微之曲。自二子之云亡，遂百端之交集。

録自清人陳維崧《楊聖期竹西詞序》

沁人心脾

趙　翼

中唐詩以韓、孟、元、白爲最。韓、孟尚奇警，務言人所不敢言；元、白尚坦易，務言人所共欲言。試平心論之，詩本性情，當以性情爲主。奇警者，猶第在詞句間争難鬥險，使人蕩心駭目，不敢逼視，而意味或少焉。坦易者多觸景生情，因事起意，眼前景、口頭語，自能沁人心脾，耐人咀嚼。此元、白勝於韓、孟。

録自清人趙翼《甌北詩話》卷四《白香山詩》

元白次韵至今猶推獨步

趙　翼

大凡才人好名，必創前古所未有，而後可以傳世。古來但有和詩，無和韵。唐人有和韵，尚無次韵，次韵實自元、白始。依次押韵，前後不差，此古所未有也。而且長篇累幅，多至百韵，少亦數十韵，争能鬥巧，層出不窮，此又古所未有也。他人和韵，不過一二首，元、白則多至十六卷，凡一千餘篇，此又古所未有也。以此另成一格，推倒一世，自不能不傳。蓋元、白覷此一體，爲歷代所無，可從此出奇，自量才力，又爲之而有餘。故一往一來，彼此角勝，遂以之擅場……今兩家次韵詩具在，五言排律，實屬工力悉敵，不分勝負；唯古詩往往和不及唱。蓋唱先有意而後有詞，和者或不能別有新意，則不免稍形支絀也。然二人創此體後，次韵者固習以爲常；而篇幅之長且多，終莫有及之者，至今猶推獨步也。

録自清人趙翼《甌北詩話》卷四《白香山詩》

微之仿精切

趙　翼

學詩必學杜，萬口同一噪……微之仿精切，退之師排奡。義山煉格遒，涪翁取徑峭。豪宕放翁吟，悲壯遺山吊。斯皆分杜派，各具一體妙。

録自清人趙翼《題陳東浦藩伯敦拙堂詩集》

屬對精警

薛　雪

元白詩言淺而語深意微而詞顯，風人之能事也。至於屬對精警，使事嚴切，章法變化，條理井然，其俚俗處而雅亦在其中，杜浣花之後不可多得也。

録自清代薛雪《一瓢詩話》

古今一大變

馮　班

詩至貞元（元和）長慶，古今一大變……自是古詩與一時文體迥異，大略六朝舊格至此盡矣！

録自清代馮班《鈍吟雜録》

文字一大關

馮　班

東坡云："詩至杜子美一變。"按大曆之時，李杜詩格未行，至元和、長慶始變，此亦文字一大關也。

録自清代馮班《鈍吟雜録》

一大關鍵

葉　燮

古今文運、詩運，至此時（中唐）爲一大關鍵。

録自清代葉燮《百家唐詩序》

古今百代之中

葉　燮

（中唐）乃古今百代之"中"，而非有唐之所獨得而稱"中"者也。

録自清代葉燮《百家唐詩序》

三、與元稹有關之古人序跋書録

元氏長慶集原序

劉 麟

《新唐書・藝文志》載其當時君臣所撰著文集，篇目甚多。《太宗集》四十卷，至武后《垂拱集》一百卷，今皆弗傳。其餘名公鉅人之文，所傳蓋十一二爾！如《梁苑文類》、《會昌一品》、《鳳池稿草》、《笠澤叢書》、《經緯》、《穴餘》、《遺榮》、《霧居》，見於集録所稱道者，毋慮數百家，今之所見者，僅十數家而已。以是知唐人之文，亡逸者多矣！嗚呼！樵夫牧叟詭異怪誕之説，鬼神幻惑不根之言，時時萃爲一書，以詒好事者觀覽。至於士君子道德仁義之文，經國濟時之論，乃或沉没無聞，豈不惜哉！

元微之有盛名於元和、長慶間，觀其所論奏，莫不切當時務、詔誥、歌詞自成一家，非大手筆曷臻是哉！其文雖盛傳一時，厥後浸亦不顯，唯嗜書者時時傳録，不亦甚可惜乎！僕之先子尤愛其文，嘗手自抄寫，曉夕玩味，稱嘆不已。蓋惜其文之工，而傳之不久且遠也。迺者因閲手澤，悲不自勝，謹募工刻行。庶幾元氏之文，因先子復傳於世。斯文舊亡其序，第冠以《新唐書》微之本傳，則微之之於文，其所造之淺深可概見矣！宣和甲辰仲夏晦日，建安劉麟撰。

録自《元氏長慶集》影宋抄本之卷首

跋元微之集

洪 适

右，元微之集六十卷。微之以長慶癸卯鎮越，大和己酉召還，坐嘯是邦，閲六寒暑。

今種山之喬木數十百章，豈亦有甘棠存其間乎？橫空傑閣，蓋一城偉觀。扁表所書，則其州宅之卒章也。微之以文章鼓行當時，謂之“元和體”。在越則有詩人入幕府，故鏡湖、秦望之奇益傳，所謂“蘭亭絶唱”，陳迹猶可想。

《唐志》著録有《長慶集》一百卷，“小集”十卷。傳于今者，惟閩局刻本爲六十卷。三館所藏，獨有“小集”，其文蓋已雜之六十卷矣！

微之嘗彙其詩爲十體：曰旨意可觀詞近古往者，爲古諷；流在樂府者，爲樂諷；詞雖近古而止于吟寫性情者，爲古體；詞實樂流而止於模象物色者，爲新題樂府；聲勢沿順屬對穩切者，爲律詩，以七言、五言爲兩體；稍存寄興與諷爲流者，爲律諷；撫存感往者，取潘子悼亡爲題；暈眉約鬢，匹配色澤，劇婦人之怪艷者，爲艷詩，今古兩體。

其自叙如此，今之所編，頗又律吕乖次，惜矣！舊規之不能存也！元、白才名相埒，樂天守吴，纔歲餘，吴郡屢刊其文。微之留越許久，其書獨闕，可乎？予來踵後塵，蓋相去三百三十七年矣！乃求而刻之，略能讎正脱誤之一二，不暇復爲詮次也，書成，寘之蓬萊閣。

乾道四年歲在戊子二月二十四日，觀文殿學士、左通奉大夫、知紹興府、兩浙東路安撫使、鄱陽群公洪适景伯書。

録自《元氏長慶集》影宋抄本之卷首

重刻元氏長慶集凡例

馬元調

一、元白二集，同創體於元和，共取名長慶。況其唱和之辭，十居五六，允宜合刻，以便參閲。但以元集卷帙校少，雕鐫易畢，故刻自元始焉！

一、集中編次，悉依宋本，雖非元氏本意，然文既殘闕，自難備體，不敢更次。

一、集中闕字，查他書增入者，止十之四，其無從考者，尚十之六，不能無望於博古之士焉！

一、俗本體用策一篇，所闕殆千餘字，必董氏所翻宋本，偶逸其二葉耳！今查《文苑英華》所載補入，庶爲完文。

一、元氏舊無年譜可查，唯有《新唐書》本傳及樂天所撰《墓誌銘》，載其出處之迹差詳，今刻爲附録一卷，使讀其書者，庶有考焉！

一、制誥非止一人之文詞，亦見一時之行事。况河朔變更，朝廷多故，凡諸除授，實是紛紜，非詳審其緣由，誠恐昧其所以。聊注所明，姑闕其疑。

一、集中難字，舊無註釋。今擇其稍僻不爲衆所共曉者，略標反切，并明其義焉！

一、集中間或註釋一二，本宜别於元氏自注。但與公自注語氣自是不同，讀者自喻，决無相亂之慮耳！

一、宋本集外止有《春遊》詩一首、《上令狐相公詩啓》一篇。今遍索他書，增入詩詞二十、賦三、表二、議一、判十、制二十七、傳一，共六十九篇，編爲六卷，以附於篇末云。

録自明代萬曆三十二年馬元調魚樂軒刻本卷首

元氏長慶集跋

華　鏡

樂天、微之以詩文並稱，元和、長慶間互相標榜唱和爲頡頏，而論者亦曰元白。向既購《白集》抄本校印已行，每訪元集，則殘章斷句，皆蠹口餘物耳！深慨造物之有忌也。偶見冢宰陸公家藏宋刻板者，欣然假歸,得翻印如《白氏集》,是真龍劍鳳簫之終合。二公文章之晦明,與時運盛衰爲上下也,觀二集者誠快睹云。乙亥秋杪後學華鏡謹識。

録自明正德蘭雪堂活字本,手跋於卷首

元氏長慶集跋

錢 曾

《元氏長慶集》六十卷,翻宋本,弘治元年楊君謙抄微之集,行間多空字,蓋以宋本藏之漫滅而不敢益之也。《代書詩一百韵》"光陰聽話移"後全闕,乃宋本脱去二葉,故無從補入耳!嘉靖壬子東吴董氏用此本翻雕而已矣!妄填空字,可資捧腹。亂後牧翁得此宋刻微之全集於南城廢殿,向所闕誤,一一完好,遂校之於此本,手自補寫脱簡。牧翁云:"微之集殘闕四百餘年,一旦復爲全書,寶玉大弓,其猶歸魯之徵歟!"

録自明嘉靖三十一年董氏茭門别墅刻本失名手録,
轉録自錢曾《讀書敏求記》

元氏長慶集跋

孫 琪

戊申六月三十日停午,在嚴氏井天閣,用思翁閲本校讀一過。思翁本爲嘉靖壬子東吴董氏照宋本翻雕者,予舊有之,爲友人易去,然校之此本亦不甚有高下也。琪記。

乾隆丁巳七月望後又讀,時方酷暑,且有桃源墓地被不肖者發掘,呈補追究,借此遮眼而已。

録自明萬曆三十二年馬元調魚樂軒刻本卷末手跋

元氏長慶集跋

何 焯

元詩誤字始於無錫華氏之活板,繆稱得水村冢宰所藏宋刻本,因用活字印行。董氏不學,因之沿誤耳!

録自明萬曆三十二年馬元調魚樂軒刻本失名臨抄

元氏長慶集跋

葉石君

《元氏長慶集》一百卷,世傳止六十卷,係宋洪景伯刊本,其間脱落差繆頗廣,虞山太史得宋刻本校正,因借謄讀。己亥夏五洞庭葉石君識。

録自陸心源《皕宋樓藏書志》卷七〇

跋宋本長慶集

李門祐相

是予亡友新見義鄉手澤本也。義鄉好學,有幹事才,歷界浦、大坂、江户市尹,擢爲麫御。功績顯赫,在人耳目。尤愛古本,遇宋元佳槧,不論價而置之;自他殘篇斷簡、零墨片楮,苟有古色者,無不搜羅。而最愛是書與王半山集,每與予品騭古本,手玩口贊,喜形於色,以其爲北宋精刻也。既没之三年,遺書散落,此書亦入淺野氏五萬卷樓。予以其精神所注,苦請而藏之。嗚呼!見其所愛,而憶其所爲,言笑俯仰,恍若昨日,而其木則拱矣!悲哉!嘉永己酉九月望,李門祐相誌。

日本東大圖書館藏《長慶集》北宋刻本殘卷本,
據花房英樹《元稹研究》轉録

元氏長慶集校跋

王國維

宋刊本避諱字至"惇"字止,乃光宗後刊本。而此序"先子"諸字上皆空二格,蓋即重刊劉應禮本也。觀其字體,亦建安書肆所刊,此本則重刊越本也。越本頗有漫闕,後人臆補數十字,如第一卷《思歸樂》、第十卷《代曲江老人》二首,蘭雪堂活字本與此本均從補本上板,故訛誤相同,賴建本始得正之。又此本第十卷闕末兩葉,亦越本失其板片,此本仍之,尚存不全之迹。蘭雪堂本則以《酬白學士》詩僅存小半,乃删去之,可知越本漫闕自昔已然矣!建本有翰林國史院官書印,又有劉公涵藏印,今在烏程蔣氏,惜僅存前十四卷耳!

録自一九一九年《四部叢刊》影印明嘉靖三十一年董氏茭門别墅本卷末手跋

元氏長慶集校跋

張元濟

戊午之秋,江安傅沅叔同年得見殘宋建本《元微之文集》卷一之十四、卷五十一之六十,凡二十四卷。劉序、目録並存,知全書六十卷,與是本合,惟編次微異(卷五之八並爲樂府詩,即是本二十三之二十六,四卷;是本卷五之二十二,則遞後爲卷九之二十六),目録亦詳略互見。已出宋人改編,非微之十體原第。此多集外文章,源出越本,更在建本後矣!原書每半葉十二行,行二十一字。卷首有翰林國史院長方朱記,蓋元代官書也。

沅叔舊有校明本,所據爲錢牧齋鈔校本,因併借校殘宋本於其上,云異同多出《群書拾補》盧校(按:盧校係以宋越本校明馬元調刻本)外,甚珍視之。其尤足重者,明刻卷十第五、六葉,各本皆闕,宋本獨存(在卷十四第七、八葉),此古書之所以可貴也。今宋本卷一之十四及存目,并已歸於涵芬樓,惟卷五十一之六十,不知流落何所。爰從鈔補卷十第五、六闕葉兩番,並借傳本,録其宋本、錢鈔兩校筆增訂卷末盧校亦爲采附,庶幾讀是書者,可與宋本齊觀云。丁卯六月,海鹽張元濟校記。

録自《四部叢刊》複印本書末

重刻元氏長慶集序

婁 堅

序者,叙所以作之指也。蓋始於子夏之序《詩》,其後劉向以較書爲職,每一編成,即爲之序,文極雅馴矣!左思既賦《三都》,自以名不甚著,求序於皇甫謐。自是綴文之士,多有託於人以傳者,皆汲汲於名,而唯恐人之不吾知也。至於其傳既久,刻本之存者,或漫漶不可讀,有繕寫而重刻之,則又復序之,是宜叙所以刻之意可也。而今之述者,非追論昔賢,妄爲優劣之辨,即過稱好事,多設游揚之辭,皆吾所不取也。

唐之文章,至元和而極盛矣!元、白二氏創爲新體,以相倡和,各極才人之致,皆以編次於穆宗朝,題曰《長慶集》,惜其傳之久而不無漫漶以譌也。馬巽甫從予遊,未冠即好古文辭,嘗欲募工合刻以行於世,而尤以微之之文,世人知愛之者尤少,乃刻自元始,而以序見屬。

予觀微之序樂天集,稱其所長,可謂極備,而卒未嘗求叙於白者,豈自越移鄂,以至於卒官之日,年僅踰艾,將有待而未暇歟?後白爲銘墓,而終亦不序其遺文,何歟?當白在潯陽,元在通州時,其寄詩往復之書,固已畢見其所志矣!則雖不爲之叙可也。

世所傳集，刻於宋宣和中，建安劉氏收拾於缺逸之餘，功已勤矣！然考《唐書·藝文志》，《元氏長慶集》凡一百卷，又《小集》十卷，而所與白書，自叙年十六時至元和七年，有詩八百餘首，凡十體，二十卷。七年已後，又二百五十首，此其二十餘年之作也。計其還朝至歿，不知復幾百首，今已雜見於集矣！而古詩不過百三十餘，律詩不過三百餘，共三十卷，又他文三十卷，類次既非其舊，卷帙半減於前，蓋詩之亡者，已不翅如其所傳，則他文之不見於集者，又可知也！

嗟夫！昔之君子所以疲耗心力於言語文字之間者，蓋多以不爲時用，而優游於筆硯，以舒寫其感憤無聊之意，故其文之多且工若是。士之淺陋不學，未有甚於今日者也。幸而得志於有司，則又自多其才，以謂雖不學而可試於用，反詆好古之士爲淵遠不識時務，及其見於行事，苟且滅裂，無足怪者。間或沾沾焉欲以言語自見，則皆浮游無用之辭耳！夫孰知文章爲經世之大業哉！如元氏者，世多訾其爲人，蓋摧折困頓之餘，躁於求進，比之樂天，懸矣！然吾以其言求之，知其卓然有可用於世者，未嘗不爲之嘆惜焉！至若巽甫之用心於斯文，旁搜博采，苟力所及，殆無一字之遺，且爲考其歲月而附見當時之事，不亦已勤也歟！

録自明代婁堅《學古緒言》卷一

元氏長慶集原跋

錢謙益

微之集，舊得楊君謙鈔本，行間多空字。後得宋刻本，吴中張子昭所藏，始知楊氏鈔本空字皆宋本歲久漫滅處，君謙仍其舊而不敢益也。嘉靖壬子，東吴董氏用宋本翻雕，行款如一，獨於其空闕字樣，皆妄以己意揣摩填補。如首行"山中思歸樂"，原空二字，妄增云"我作思歸樂”，文義違背，殊不可通。此本流傳日廣，後人雖患其訛，而無從是正，良可慨也。亂後。余在燕都，於南城廢殿得《元集》殘本，向所闕誤，一一完好。暇日援筆改正，豁然如翳之去目，霍然如疥之失體。微之之集，殘缺四百餘年，而一旦復完。寶玉大弓，其猶有歸魯之徵乎？著雍困敦之歲，皋月廿七日，東吴蒙叟識於臨頓里之寓舍。

録自《元氏長慶集》影宋鈔本卷首

元氏長慶集

紀　昀

臣等謹案《元氏長慶集》六十卷，補遺六卷，唐元稹撰。稹爵里事迹，具《唐書》本傳。考稹《與白居易書》，稱：“河東李明府景儉在江陵時，僻好僕詩章。僕因撰成卷軸。其中有旨意可觀而詞近古往者，爲古諷；意可觀而流在樂府者，爲樂諷；詞雖近古而止于吟寫性情者，爲古體；詞寔樂流，而止于模象物色者，爲新題樂府；聲勢沿順、屬對穩切者，爲律詩，仍以五、七言爲兩體；其中有稍存寄興與諷爲流者，爲律諷；又稱有悼亡詩數十首、絶詩百餘首。自十六歲時至元和七年，有詩八百餘首，成二十卷。”又稱：“昨巴南道中有詩五十一首，文書中得七年以後所作二百篇。然則稹三十七歲之時，已有詩千餘首。”《唐書》本傳稱稹卒時五十三，其後十六年中，又不知所作凡幾矣！白居易作稹墓誌，稱著文一百卷，題曰《元氏長慶集》，《唐書・藝文志》又載有《小集》十卷，然原本已闕佚不傳。此本爲宋宣和甲辰建安劉麟所傳，明松江馬元調重刊，而卷帙與舊説不符，即標目亦與所自序迥異，不知爲何人所重編。前有麟序，稱“稹文雖盛傳一時，厥後浸以不顯，惟嗜書者時時傳録。其先人嘗手自抄寫，謹募工刻行”云云，則麟及其父均未嘗有所增損，蓋在北宋即僅有此殘本爾！乾隆四十四年九月，恭校上總纂官臣紀昀、臣陸錫熊、臣孫士毅、總校官臣陸費墀。

録自《四庫全書·元氏長慶集提要》

元氏長慶集(通行本)

紀　昀

《元氏長慶集》六十卷，補遺六卷，唐元稹撰。稹事迹，具《唐書》本傳。考稹《與白居易書》稱："河東李明府景儉在江陵時，僻好僕詩章，僕因撰成卷軸。其中有旨意可觀而詞近古往者，爲古諷；意亦可觀，而流在樂府者，爲樂諷；詞雖近古，而止於吟寫性情者，爲古體；詞實樂流，而止於模象物色者，爲新題樂府；聲勢沿順、屬對穩切者，爲律詩，仍以五、七言爲兩體；其中有稍存寄興與諷爲流者，爲律諷；又稱有悼亡詩數十首、艷詩百餘首。自十六時至元和七年，有詩八百餘首，成二十卷。"又稱"昨巴南道中有詩五十一，文書中得七年以後所爲，向二百篇。"然則稹三十七歲之時，已有詩千餘首。《唐書》本傳稱稹卒時年五十三，其後十六年中，又不知所作凡幾矣！白居易作稹墓誌，稱著文一百卷，題曰《元氏長慶集》。《唐書·藝文志》又載有《小集》十卷，然原本已闕佚不傳。

此本爲宋宣和甲辰建安劉麟所傳，明松江馬元調重刊。自一卷至八卷前半，爲古詩；八卷後半至九卷，爲傷悼詩；十卷至二十二卷，爲律詩；二十三卷，爲古樂府；二十四卷至二十六卷，爲新樂府；二十七卷，爲賦；二十八卷，爲策；二十九卷至三十一卷，爲書；三十二卷至三十九卷，爲表、狀；四十卷至五十卷，爲制誥；五十一卷，爲序、記；五十二卷至五十八卷，爲碑誌；五十九卷至六十卷，爲告祭文。其卷帙與舊説不符，即標目亦與自叙迥異，不知爲何人所重編。前有麟序，稱"稹文雖盛傳一時，厥後浸以不顯，惟嗜書者時時傳録。某先人嘗手自鈔寫，謹募工刻行"云云，則麟及其父均未嘗有所增損，蓋在北宋，即僅有此殘本爾。

録自《四庫全書總目》卷一五一《元氏長慶集》

校宋蜀本元微之文集十卷跋

傅增湘

《元集》殘本，十卷，慈溪李氏所藏，存卷五十一至六十，凡十卷。憶戊申、己酉間，述古堂書賈于瑞臣得唐人集數種於山東，詭秘不以示人……《元集》余昔年曾借讀一勘。惟克日程功，懼多漏失。頃聞李氏書將捆載而南，乃取來重校一過，更取盧抱經校記互相參證。通計十卷中，改定凡三百八十餘字，而題目中增益之字尚所不計，其溢出盧校之外者至八十餘字，如……世代遼遠，古籍淪喪，可勝嘆哉！可勝嘆哉！己巳十二月二十九日藏園漫記。

録自《藏園群書題記・續集》卷三

元氏長慶集六十卷

陳振孫

唐宰相河南元稹微之撰，《中興書目》止四十八卷，又有《逸詩》二卷。稹嘗自彙其詩爲十體，其末爲豔詩，暈眉、約鬢、匹配、色澤、劇婦人之怪艷者，今世所傳《李娃》、《鶯鶯》、《夢遊春》、《古决絶句》、《贈雙文》、《示楊瓊》諸詩，皆不見於六十卷中，意館中所謂逸詩者，即其艷體者耶？稹初與白樂天齊名，文章相上下，出處亦不相悖，晚而欲速化，依奄宦得相卒爲小人之歸，而居易終始全節。嗚呼！爲士者可以鑒矣！

録自《直齋書録解題》卷一六

元氏長慶集六十卷外集一卷

晁公武

右，唐元稹，微之也，河南人。擢明經書判入等，授校書郎。元和初，舉制科，對策第一，拜左拾遺。在江陵與監軍崔潭峻善，潭峻以稹歌詩奏御，穆宗賞悦，除祠部郎中知制誥。未幾，入翰林爲中書舍人、承旨學士。長慶二年，拜同中書門下平章事。稹爲文長於詩，與白居易齊名，號“元和體”，往往播樂府。穆宗在東宫，妃嬪近習皆誦之，宫中呼爲“元才子”。及知制誥，變詔書體，務純厚明切，盛傳一時。有《長慶集》百卷，今亡其四十卷。又有外集一卷、詩五十二篇，皆宫體也。

録自《郡齋讀書志》卷一七

元微之文集

盧文弨

世所通行本，乃明神廟間馬元調所刻，名《元氏長慶集》。其前有嘉靖壬子東吴董氏本，係依乾道四年洪景伯本重雕者。但董、馬二本雖皆云由宋本出，然宋本脱爛處，輒以意妄爲補綴，有極不通可笑者。董本每卷前皆有目，如《文選》之式，馬本删去之。明末，有人於燕都得宋殘本，其所闕，乃完然無恙。近鮑君以文復見宋刻全本，以相參校，真元氏元本也。首題《新刊元微之文集》，今當去其“新刊”二字。每卷之目，當仍宋刻爲是。今以宋刻校馬氏本，凡是者皆作大字，而注所妄改者於其下；其訛字易知者不悉著。馬本又增添音注，時復錯繆，今於元有音注者著之。其繫時事者，皆馬氏所爲也。

録自《郡書拾補》卷三五

四、幾篇重要的元稹研究之介紹與評價

《元稹評傳》與《元稹考論》序

傅璇琮

吴偉斌同志于上世紀七十年代末,即自一九七八年起,就讀于南京師院中文系研究生期間,在前輩學者唐圭璋先生和孫望先生指導下,即從事於元稹政治仕迹與文學創作的研究,一方面撰寫專題論文,一方面作評傳、年譜及詩文編年箋注。積二十八年的辛勤操作,從已刊發的五十一篇論文進行修訂補充,重組爲三十三篇,同時又將其論證所得凝聚於評傳,組合爲兩部著作,一爲《元稹考論》,一爲《元稹評傳》,由河南人民出版社出版。應當説,這兩部書是我們現在唐代文學研究的重要成果,是值得關注的學術新著。

之所以説"值得關注",是因爲吴偉斌同志的研究頗有特色,這兩部著作之考證、評論,及其所得結論,對唐代文學研究、古典文學研究,能起學風思考的作用。

元稹確是唐代著名文學家,特别是中唐時期,《舊唐書・元稹白居易傳》就認爲"元和主盟,微之、樂天",他應該與白居易、韓愈、柳宗元同爲元和詩壇的盟主。而於元和前,德宗貞元後期所作的《鶯鶯傳》,對唐人傳奇及後世戲曲,起極大的啓示作用。之後于穆宗長慶年間任翰林承旨學士時,元稹於制誥文體的創作實踐與理論闡釋上都極注意改革、創新,在唐宋時均甚有影響,北宋詩文名家王禹偁即特舉元稹所撰牛元翼制文,稱其爲"長慶中名賢所行詔誥,有勝於《尚書》者"(見北宋前期《丁晉公談録》)。除文學創作外,元稹還應該是中晚唐之際積極參與政事改革的實踐家。但從晚唐五代開始,直至二十世紀，有關記述元稹的史傳、筆記、年譜、專著、論文，多將其評爲“勾結宦官”、“巴結藩鎮”、“反對革新”、“抛棄鶯鶯”、“玩弄薛濤”等等，不止人品卑劣，且貶其詩歌淫艷、晦澀，幾乎已成爲共同結論。在唐代作家中，其生平事迹記載之差謬，文學創作評價之錯訛，未有如元稹者。這種不正常現象却未受到重視。對這千餘年來似已成爲公論的曲解，要加以辨證，是要有勇氣的。上世紀八十年代前期我作李德裕研究時，面對李德裕記載的紛紜複雜的情况，曾於所著《李德裕年譜》的序言中，引法國作家雨果一句話：“藝術就是一種勇氣。”於是説：“這句話也可用之於學術，真正的學術研究，同藝術創作一樣，是需要有探索和創新的勇氣的。”（《李德裕年譜》，齊魯書社，一九八四年）因此我認爲，吴偉斌同志是上世紀八十年代以來，爲首次否定元稹“勾結宦官”説，首次否定“張生自寓”説，確表現他年輕時就極爲難得的學術探索和創新的勇氣。

清代著名學者章學誠，在其論學著作《文史通義》中曾謂：“高明者多獨斷之學，沉潛者尚考索之功，天下之學術不能不具此二途。”所謂“獨斷之學”，即有獨創之見。章學誠明確提出，既要有不依附他人的獨斷之學，又要有專心沉潛的考索之功，這是作學問必須具備的兩條途徑。吴偉斌同志過去所發表的論文，有些我是讀過的，這次爲應邀作序，就通閲全書，確對章學誠所言更感親切。前所提及的吴偉斌同志之學術勇氣，當然因有其治學見識，同時也就由於他長期從事專心考索之功。

他所作的考論，一方面注意發掘第一手的原始資料，不沿用舊説成見，一方面又著力於時間、地點等的細緻考察。如元稹由虢州長史入朝任爲祠部郎中、知制誥，史傳即記爲受宦官崔潭峻的推薦，時間在長慶初；白居易所作的《元稹墓誌》也誤記爲穆宗長慶時。吴偉斌同志則細加考索，根據元稹自作《同州刺史謝上表》、《進詩狀》，及有關記載，考定元和十四年下半年憲宗在位時，元稹即已入朝任職，後文臣令狐楚向穆宗舉薦，皆與宦官無關。至於所謂元稹作《鶯鶯傳》，以張生自寓，吴偉斌同志一方面論證元稹作此傳奇的年月（貞元十八年九月），一方面就地理學解度辨正西河縣非河西縣，即元稹早年行迹皆與傳奇中之張生未合。確如王枝忠同志《評吴偉斌的〈鶯鶯傳〉研究》（《固原師專學報》一九九四年第二期）所云："縝密論證，以理服人。"其他如辨正元稹所謂"河朔罷兵"、"玩弄薛濤"等等，都有細緻考析；書中有關篇章，及吴在慶、王枝忠、姜光斗等評議，都有細叙，這裏就不復述。

我覺得這裏還應一提的是，吴偉斌同志第一篇論文《元微之詩中"李十一"非"李六"之舛誤辨》，刊于《南京師院學報》一九八一年第一期；之後繼有所作，一九八六年則刊有八篇，即已分别論述元稹與宦官、與永貞革新，及《鶯鶯傳》寫作時間、元稹與薛濤，以及有關詩文評價等等。就這樣延續下去，直至二〇〇七年。二十八年來，專心一致，始終執著于單個作家的研究，對其作全面、重點的探索。這在當前學界是極少見的。一心治學，不慕名利，這種治學風格在當前是很值得思考的。

還需一提，這兩部著作，特别是《元稹考論》，主要是就過去對元稹記述、評議之訛誤加以考辨、論證，特别是現代著作，更予以辨證，其中以卞孝萱先生的《元稹年譜》，爲重點對象。除了前面提及的元稹依附宦官、巴結藩鎮、以張生自寓、玩弄薛濤等以外，還就卞著《年譜》詩文編年有問題的，逐一加以辨析，謂有四九三篇，占元稹存世詩文的百分之四十五，這樣就寫有十八篇論文。應當説，吴偉斌同志對卞著《年譜》是重視的，稱讀後"深受啓發，得益非淺"（《元稹裴淑結婚時間地點考略》）。學術者，天下之公器。吴偉斌同志作學問，確是治學不治人的。他在提及尹占華、程國賦兩位學者所撰對其所刊論文表示不同意見，並加以評議、商榷時，也特爲表態："這種批評正是筆者所期待的，因爲任何正確的結論衹能産生在反復的認真的討論之後。”我以爲這也是治學的正當風氣。

前曾引有章學誠的治學之言，章學誠還另有所言：“古人差謬，我輩既已明知，豈容爲諱！但期於明道，非争勝氣也。”(《與孫淵如觀察論學十規》)這就是説，對已存在的差謬，既已明知，就不必忌諱，應加辨正，而這在於“明道”，非個人争氣。又宋人葉夢得也有云：“古之君子不難於攻人之失，而難於正己之是非。”我想，吴偉斌同志對當前論著所提出的商榷、辯論，是能得到理性接受的。

吴偉斌同志已刊之文，確已受到學者的注意與接受。我的摯友、廈門大學中文系吴在慶教授在爲《唐代文學研究年鑒(一九九二)》所撰《近十年元稹研究述評》中，就充分肯定吴偉斌同志的成果，認爲“尤爲著力”。吴在慶教授重點研究中晚唐文學，曾與我合作編撰《唐才子傳校箋》、《唐五代文學編年史》，治學嚴謹，時有新見。另王枝忠、姜光斗兩位也撰文，認爲吴偉斌同志“以詳實的資料、嚴密的論證爲元稹翻了案，對元稹作出了實事求是的全新評價。”我本人在研究翰林學士時，就元稹入朝任知制誥，及入、出翰林學士院年月，均吸引吴偉斌同志的成果(見拙著《唐翰林學士傳論》元稹傳，遼海出版社，二〇〇五年十二月)。還值得一提的是，由袁行霈先生總主編、羅宗强先生分卷主編的《中國文學史・隋唐五代卷》(高等教育出版社，一九九九年八月)，在記叙元稹時，就不提所謂元稹依附宦官事，並在注中引及吴偉斌、尚永亮等文，認爲元稹升職與宦官無涉，“在對待朝政弊端和社會惡習等的大問題上，元稹是嚴正的，不徇私情的”(頁三五七)。在論述《鶯鶯傳》時，雖云傳奇作於貞元二十年，與吴説不同，但仍認爲非元稹自傳，應把它作爲真正的文學創作來理解。可見當代文學史著作也已關注吴偉斌同志的成果。

有一點還可一提，就是這部《元稹評傳》，在《考論》對元稹重要仕迹與創作的考證基礎上，系統、細緻地記叙元稹的人生道路、政治品格，並認真探索其詩文的思想内容與藝術特色，梳理中晚唐以後，歷宋元明清，直至二十世紀，對元稹文學思路與創作業績的評議。這是至今爲止最爲全面、客觀的一部元稹評傳之作。特别是記述元稹在通州、浙東、武昌等地的遊歷，及與當代詩文名家的文學交往，頗有勝讀之感。

是爲序，並就教于著者與學界同仁。

二〇〇七年秋，於北京
六里橋寓舍

撥迷霧　澄懸案

郁賢皓

吴偉斌積二十八年之力，心無旁騖，致力於元稹的研究，新近完成《元稹考論》、《元稹評傳》，合計一百二十五萬字。他以詳實的證據、周密的論證，對元稹的生平事迹進行了全面的考論，訂正了《舊唐書》、《新唐書》、《資治通鑑》等史書中的不少錯誤記載，對魯迅、陳寅恪、岑仲勉等名家的權威結論有較多的商榷，提出了與傳統説法不同的許多新觀點，從而勾勒出元稹的歷史本來面目，破解了中唐歷史上的不少謎團，並解決了學術界關於元稹評價上一直無法自圓其説的諸多問題。可以説，這是兩部具有較高學術價值的著作。

《元稹考論》圍繞歷來被學術界視爲元稹"污點"的十多個重大問題逐一展開論證，諸如"勾結宦官"、"依附藩鎮"、"獻詩升職"、"鑽營相位"、"破壞平叛"、"拋棄鶯鶯"、"玩弄薛濤"、"自寓張生"、"文章晦澀"、"詩歌直露"等，爲元稹翻案平反。其中尤其以"勾結宦官"與"自寓張生"最爲突出。前一個是元稹的"政治污點"，是歷來否定元稹的主要理由。作者撰寫了八篇文章，揭開已經塵封千年的歷史，以充足的證據從各個角度加以全面的論證，得出了否定元稹勾結宦官的新結論,令人信服。後一個是元稹的“生活污點”,《元稹考論》抓住傳奇小説《鶯鶯傳》中的張生是不是元稹自寓這一條主綫,在九篇文章裏展示多個證據加以探討和論證,對“自寓説”的全部“理由”逐一給予否定,認爲作者元稹並不等同於小説中人物張生,最終歸結爲張生是元稹塑造的文學形象的理性結論。由於這一問題的圓滿解决,過去學術界論述《鶯鶯傳》時前後互相矛盾的評價得到了合理的統一,從而進一步提高了《鶯鶯傳》在中國小説史上的重要地位。

《元稹評傳》以元稹自己以及白居易、劉禹錫、韓愈等同時代人的第一手資料作爲證據,將元稹的家世、生平、交遊、政治理想、政治活動、文學創作、文學成就重新加以介紹,而元稹也得以全新的面目展現在讀者面前。其中一些重要的觀點,得力於《元稹考論》的創造性成果。對於元稹某一個政治活動或某一個生活細節,如果與傳統説法有分歧,該書則通過章節之後的注釋來加以考證説明。由於作者客觀的叙述與科學的論證,使否定元稹的前人錯誤結論都一一被否定,具有較强的説服力。同時,作者又借助于元稹以及同時代人的大量詩文,以生動的詩歌語言、形象的散文描繪、真實的史料記載,勾勒時代背景,重現生活情景,從而重現了歷史上的真實可信的元稹。尤其是對元稹家族世系的叙述、元稹晚年武昌生平的描繪、元稹謝世原因的揭示,補白居易等詩文之疏漏,糾史書記載的錯誤,尤爲珍貴。

《元稹考論》與《元稹評傳》兩書互相補充,互爲印證:《元稹評傳》全面展示了元稹生平的各個方面,是《元稹考論》論述元稹的堅實基礎。而《元稹考論》解决了元稹的諸多重要問題,是《元稹評傳》闡述元稹一生事迹的有力支撑。這兩本著作,是近年來出現的唐代文學研究中的重要成果,值得大家關注。

(《元稹考論》《元稹評傳》　吴偉斌著　河南人民出版社 2008 年 3 月出版《光明日報》二〇〇九年二月四日文章)

近十年元稹研究述評

吴在慶

近十年元稹研究進入一個新階段,這就是對元稹的生平及若干問題的新的考索與討論。其中吴偉斌同志尤爲著力,在一系列文章中,他對史籍的記載、前人今賢的觀點提出了不少新見,對某些問題重新進行探索研究。

元稹先娶韋叢,後繼娶裴淑。其與裴淑結婚時間地點向有三說:即元和九年前在江陵府;元和十二年五月在通州;卞孝萱先生指出前兩説之誤,根據白居易《寄蘄州簟與元九因題六韵(時元九鰥居)》及元稹《酬樂天寄蘄州簟》兩詩認爲"元和十一年初元稹尚未與裴淑結婚"。又據元稹《景中秋八首》之一"啼兒冷秋簟,思婦問寒衣"及之四"婢報樵蘇竭,妻愁院落通"句,指出"元和十一年(丙申)秋元稹已與裴淑結婚"(見《元稹·薛濤·裴淑》一文,《四川師院學報》一九八〇年第三期)。至於結婚地點,又據元稹《祭禮部庾侍郎太夫人文》中的"合姓異縣,謫任遐藩"句,認爲"異縣指涪州。元稹由通州赴涪州,與裴淑結婚"。由於這一問題牽涉到元稹在興元及來回途中所寫的數十首詩的系年及地點等問題,吴偉斌的《元稹裴淑結婚時間地點略考》(《唐代文學論叢》總第九期)對此提出商榷。他認爲前引詩中的"啼兒"指裴淑之女樊,而其時在元和十一年暮秋。這樣由"元裴已有'啼兒'"逆推,他們結婚時間的下限不應遲於元和十年年底。又據白居易《寄蘄州簟與元九》、元稹《感夢》等詩,認爲"元稹十年十月赴興元途中,並無家室陪伴在旁,證明其時元稹還未與裴淑結婚",從而得出"元、裴結婚在元和十年十月元稹到興元之後至是年年底前"。至於結婚地點,吴文經過元稹五經百牢關而非七經的事實等方面的考察,以及裴淑等對蜀地紅荆的驚怪,認爲從“元和十年十月至十二年五月,元稹離開了通州”,“並没有去過涪州”,而裴淑在元和“十二年十月前也没有見過蜀地紅荆十月開花的情景”,從而提出元、裴結婚衹能在興元。

元稹元和十年三月至十四年三月任通州司馬,此間白居易任江州司馬,兩人有唱和詩。《年譜》將元酬白之作根據白寄贈詩的寫作年月,一一對應系於四年中的各個時期。吴偉斌在《關於元稹通州任内的幾個問題》(《貴州文史論叢》一九八七年第一期)、《元稹白居易通江唱和真相述略》(《蘇州大學學報》一九八八年第二期)兩文中研究了元酬答詩情況,考察了元這一時期的行踪以及與白的聯繫,認爲這樣的系年與實際不符。他發現元白貶通、江時共有酬唱詩七十九首,其中僅八首爲元主動寄贈白,其餘均是白主動首唱,然後元對應酬和,與元白其他時期的唱和顯然不同。形成這一反常現象的原因是元至通州後不久即染病往興元就醫,遂與白失去聯繫,直至元和十二年五月返回通州後,元白才恢復聯繫。而元就醫興元時,白並不及時得悉,仍不時有詩寄往通州,而元却未收到。“故白氏在得知元氏没有收到己詩的情況後於元和十二年十二月重行寄贈”,元稹才又一一酬和。這樣“今存元氏通州任内的三十一首酬白之作,大部分應是其十三年初三十二首追和詩中的作品”。爲了證實這一結論,作者又從元白詩中尋找内證,“如白詩《寄蘄州簟與元九》題注云:‘時元九鰥居。’詩中亦有‘織成雙鎖簟,寄與獨眠人’之句。但元稹詩却避而不談白詩中的‘鰥居’、‘獨眠’問題,因是詩十三年初追和之時,元稹已與裴淑結婚”。作者在前文中還認爲元北上興元就醫在元和十年十月,而非十一年夏天;其返通在十二年五月,而非十二年九月。又就元《憑李忠州寄書樂天》詩中的李忠州,被認爲是李宣,且將此詩系於元和十一年秋的根據進行分析,認爲此説非是。提出根據元稹生平,“元稹離通州赴任虢州長史任時,取道涪州、峽州,必定經由忠州,時忠州刺史正是李景儉。其與元稹'交情極密',兩人定當有會。元稹因自己已離通州,並將北上虢州,而又不知白居易也已離開江州溯水西上,元稹接受元和十年十月北上興元就醫而與白居易失去聯繫的教訓,爲不使白樂天將自己的書詩誤投通州,元稹特將此事作書告知白居易,但在旅途之中,無信使可托,衹好委託元白的朋輩李景儉轉寄"。因而認爲李忠州即李景儉,詩作於元和十四年春。

元稹有《喜李十一景信到》詩,又有《與李十一夜飲》及《贈李十一》詩,對後兩詩中之李十一,岑仲勉《唐人行第録》認爲詩内容與題失切,提出"'六'字草寫近於'十一',兩詩皆酬新授忠州刺史李景儉者,時景儉方自唐州行軍司馬任上忠州任,路過通州,元與景儉交情素厚,故有上兩詩之作",李十一乃宋人改李六所成。《元微之詩中"李十一"非"李六"之舛誤辨》(吴偉斌,《南京師院學報》一九八一年第一期)一文則認爲"李六景儉自唐鄧赴忠州不當經由通州"。而且李景儉元和十二年初赴忠州任時,元稹正在興元就醫,直至是年五月才回通州,"那末,李六景儉在十二年初赴忠州刺史任時,即使到了通州,因其時微之不在通州,兩人也無法相會。因此,元、李'通州會面'説是根本無法成立的"。作者經過考查分析,認爲"李十一景信不是'白居易從江州遣來之致書郵',而是'自忠州訪'微之的友人","李十一景信並没有'早到江州隨白氏',白氏在江州所尋之'李十一'也不是景信"。從而説清了岑仲勉先生之説的錯誤所在。這一觀點,後來王拾遺先生在《元稹主要交遊考》(見《寧夏大學學報》一九八三年第一、二期)中考索元稹與李景儉的關係時也持同樣的看法。

《舊唐書·元稹傳》載元稹"以前時王叔文、王伾以猥褻待詔,蒙幸太子,永貞之際,大撓朝政。是以訓導太子宫官,宜選正人,乃獻《教本書》",並記"憲宗覽之甚悦"。《新唐書》本傳也有相似記載。以此前人對元稹對永貞的態度“多所誤會和曲解”,“後人沿襲舊説,遂使‘元稹抨擊王叔文、王伾,反對永貞革新’成爲千年定論”(吴偉斌《元稹與永貞革新》,《文學遺産》一九八六年第五期)。對此吴文首先力辨元稹《論教本書》並無反對永貞革新之意,並以爲“元稹對二王、劉、柳諸人的品行非常欽佩,在詩文中對他們的才幹大加稱頌”。如“比劉禹錫爲兩漢名臣‘張騫’,稱李景儉爲‘君子’,贊其品格爲‘仁義’等等即是其例”。其次,提出“元稹的政治主張與永貞革新的主要内容大致相符”。他從永貞革新的五大内容對比了元稹的主張,指出其相同之處。如永貞革新主張出宫女,放教坊女樂還家,而元稹在《獻事表》所奏十事中,就有出宫女一條,“並在以後的詩歌中反復呼籲,《上陽白髮人》、《行宫》等詩即是其例”。再次,作者又論述了“永貞革新失敗後,元稹與其成員的關係更爲密切”,他“對支援革新的順宗表示了極大的欽慕,對憲宗鎮壓革新的行爲則表示了明顯的不滿”。對參與永貞革新的李景儉,他“前後有十多首詩唱和酬答,其中‘潦倒漸相識,平生頗自奇’、‘共展排空翼,俱遭激遠矰。他鄉元易感,同病轉相矜’、‘半夜雄嘶心不死,日高饑卧尾還摇’等詩句,足以説明兩人在革新失敗後共同的志向和日益加深的友誼”。又認爲“元稹與永貞革新成員之間,除了政治上的同情、詩歌上的酬唱外,他們在生活上的來往也是密切的。如元稹之妻韋氏卒後,李景儉爲元稹‘卜姓而授之’,説和元稹娶安氏爲妾”;“長慶年間,在相位的元稹將其生前唯一成年的女兒保子嫁給時已失勢的韋執誼之子、劉禹錫的學生韋絢爲妻等”。

元稹與宦官崔潭峻、魏弘簡及藩鎮嚴綬的關係一直爲人們所非議,並因此認爲元稹有所變節。吴偉斌的《也談元稹“變節”真相》(《復旦學報》一九八六年第二期)則對《元稹“變節”真相》所提出的元稹“變節”的根據遂一討論。《真相》指出元和六年裴垍卒後,元稹“惶惶不可終日”,並在“《感夢》詩中説出了自己的心聲”,“這是元稹‘變節'的自供狀"。吴文即此辯云:"裴垍卒後,元稹對其仍是感恩戴德。"如元和九年底,元稹從淮西前綫西歸長安途中有《西歸絶句》懷念裴垍;元和十年十月,元稹"北上興元求醫治病,途中又有《感夢》詩,盛讚裴對自己的關懷和支持,並向他人稱頌他的功德","還一直與裴垍的親黨保持著密切的聯繫。這説明元稹對已故裴垍的態度並未改變"。指出"元稹在貶職期間因政治地位下降,其鬥争方式必然有所改變。但他鬥争立場未改,政治氣節未變,以鬥争方式的變化爲依據斷定他變節是不妥的"。《真相》認爲元稹變節的第一步是巴結藩鎮嚴綬。理由是"嚴綬是宦官的走狗",曾"遭到裴垍的彈劾"和白居易的抨擊;元稹被貶後不久,"嚴綬成爲元稹的頂頭上司,白居易更爲元稹擔憂了",誰知嚴綬"不但没有對元稹進行報復,反而'恩顧偏厚',説明元稹巴結嚴綬成功了"。吴文則以爲"嚴綬是朝廷的派出官員,他與使職世代相襲的藩鎮頭目也不一樣","因此所謂元稹巴結藩鎮嚴綬的實在含義,至多也衹是元稹巴結上司而已","是不能用來作爲元稹變節的根據的"。在平叛淮西時,元稹曾代嚴綬撰寫三篇書表文告。而元和八年秋,元稹隨嚴綬平定荆南少數民族騷動,起了"佐平蠻之略"的作用,"嚴綬自然因此而對元稹更爲信任,'恩顧偏厚',如果這就是《真相》文所説的'巴結藩鎮嚴綬',這樣的'巴結'無可非議,應予肯定。"而"恩顧偏厚"四字,"是嚴綬卒後,其子爲請求時相元稹爲其父撰寫行狀,以向朝廷請求詔贈而説的套近乎的話,對它過分作真是不合適的。事實上,當元稹被迫離開平叛前綫時,嚴綬與崔潭峻顯然都没有爲元稹説話"。可見元稹與嚴、崔的關係,"衹是極爲一般的上下屬關係"。《真相》認爲元稹"變節"的第二步是依附宦官,證據有二:其一,討伐淮西時,嚴、崔"把元稹也帶去了";其二,"《葬安氏志》:'適予與信友約爲浙(淅)行,不敢私廢。'既稱'不敢私廢',證明'淅行'是公事,'淅行'即山南東道之行。'信友'指宦官崔潭峻。"吴文認爲《真相》文"曲解了元稹《葬安氏志》的原意",指出"元稹時爲

'有罪譴棄'的青衫從事、品位低賤小吏,怎麽會在自己的文章中隨隨便便稱與己品位懸殊的崔潭峻爲'信友'呢!"又認爲"淅行"即"浙行",不指山南東道之行,"信友"也不是指崔潭峻。"元稹與崔潭峻關係極爲一般,不能算'信友',也談不上'依附'。"《真相》文還舉劉禹錫"多節本懷端直性,露青猶有歲寒心"兩句,認爲"表面上是詠鞭,實際是勉勵元稹要保持'端直性'、'歲寒心',不要屈服藩鎮、宦官的淫威。"吴文則認爲"端直性"、"歲寒心","他喻和自喻是十分自然的",且"劉氏在詩中稱元稹爲'郢客'、'美人',足見劉禹錫對元稹的讚美之情,並無諷喻元稹變節之意。幾年後,劉氏還在詩中稱元稹爲自己的'同心友'","元稹卒後多年,劉氏還到元稹故居去憑弔,可見劉氏並不把元稹看作'變節'之人"。

兩《唐書·李宗閔傳》皆記長慶元年元稹與李德裕、李紳認爲是年科試所試不公,故致重試,因而三人與李宗閔等人"比相嫌惡,因是列爲朋黨。皆挾狹取權,兩相傾軋。自是紛紜排陷,垂四十年。"對此,吴偉斌《元稹與長慶元年科試案》(《中州學刊》一九八九年第二期)剖析了元稹在這場科試案中的表現,以及此事對他一生的影響。作者認爲"元稹實未參與牛李黨争,科試案亦與牛李黨争無涉"。對元稹與李宗閔"素相厚善",後因"争進取有隙"而致贊同重試的説法,他列舉史實證明元稹、李宗閔"直到長慶元年科試案前,關係一直是融洽的",而非兩人"先有'嫌隙'"。對於元稹在科試案中的作用及態度,吴文認爲"有關重試的一系列重大决策及安排,元稹理應參與了意見,作出了具體處置"。"元稹不想借重試調和矛盾,平息衆怒,讓重試'走過場',而是想借重王起、白居易這兩位志同道合的摯朋好友,執行嚴格的考試紀律,以此榜落藝薄者,打擊權貴子弟,爲國家選拔真才實學之人。"重試後,元稹又有《戒勵風俗德音》文,把"矛頭指向了造成弊端的唐廷朋黨"等滿朝大臣,以此"制出,朋比之徒如撻於市,咸睚眥於紳、稹",從而招來了一系列的打擊。而對元稹報復最快的是裴度，因“在這場科試案中，裴度之子裴譔也被榜落”，所以“半年之後，裴度即三次上疏指責元稹與宦官魏弘簡‘爲刎頸之交，謀亂朝政’”。而且“自此時起至大中五年的三十年間，任宰相的大多與元稹有這樣那樣的衝突，有的在科試案中與元稹結怨”，這樣“由他們監修的國史，如何評價元稹也就不難預料”。

《舊唐書·元稹傳》記“長慶初，潭峻歸朝，出稹《連昌宫詞》等百餘篇奏御，穆宗大悦。問稹安在，對曰：‘今爲南宫散郎。’即日轉祠部郎中、知制誥”。《新唐書》、《資治通鑑》、《唐會要》等亦有類似記載，這樣就造成了元稹不由宰臣薦舉而因宦官獻詩得知制誥、依附宦官的傳統説法。爲此《元稹與唐穆宗》（吴偉斌《貴州文史叢刊》一九八八年第一期）與《“元稹獻詩升職”别議》（吴偉斌《北方論叢》一九八九年第一期）兩文即就此探討了元稹與唐穆宗的關係，指出《舊傳》所記之誤，力辯元稹升職非宦官之力。認爲“元稹升祠部郎中、知制誥，並非是因爲崔潭峻獻詩所致”。元稹奉旨向穆宗獻詩約在“其爲翰林學士之後，亦即長慶元年二月十六日之後。獻詩起因是‘面奉聖旨’、‘穆宗前後索詩’，而非崔潭峻進呈。由此可知稹長慶元年的奉旨獻詩，與元和十五年五月九日稹晉職祠部郎中知制誥臣無涉。”指出元稹的升職“實與蕭俛、令狐楚、段文昌、薛放有關，而起決定作用的則是穆宗”。穆宗之所以提拔元稹，主要原因有三：一、“元稹當時所負的詩名，早爲‘好文’的穆宗所知賞”；二、“元稹早年在《才識兼茂明於體用策》及不久前在《連昌宫詞》中提出的‘調和中外無兵戎’、‘努力廟謨休用兵’的政治主張，正切合穆宗初登帝位時的施政意圖”；三、“起用元稹等人是當時穆宗施政的需要”，即爲了打擊“反對擁立自己的宦官頭目吐突承璀”，而重用被吐突承璀所排擠的官員。此外，吴文還就“穆宗遷就裴度，貶斥元稹”、“穆宗庇護李逢吉，捨棄元稹”等問題發表看法，揭示了穆宗與元稹關係的若干事實。

長慶元年，藩鎮朱克融、王廷湊聯兵叛唐，唐出兵討伐。《舊唐書・裴度傳》記此事云："及元稹爲相，請上罷兵，洗雪廷湊、克融，解深州之圍，並欲罷度兵柄故也。"這樣就把這次罷兵的責任記在元稹的身上。《徐州師院學報》一九八六年第三期發表了《元稹"勸穆宗罷兵"考辨》（吴偉斌）一文，據史載論證"赦免朱克融、洗雪王廷湊、罷征討河朔之兵時元稹均不在相位。所謂元稹爲相而勸穆宗罷兵的説法，顯然是不符合事實的"。他據《資治通鑑》長慶元年的記載，指出罷兵"是時相崔植、杜元穎、王播的建議"，"元稹不僅没有提出'罷兵'的意見，而且還堅決站在反對'罷兵'的李景儉等人一邊"。他"爲自己無力救出奮戰孤城的牛元翼而自責，還爲冒險入鎮州宣諭的韓愈而憂慮；及其拜相，又爲召回李景儉而奔走，還爲營救牛元翼而被誣罷相"。因此史書上關於元稹"請上罷兵"等記載，"顯然是顛倒了黑白，冤屈了元稹"。

穆宗朝曾有消兵事，而元稹在《連昌宫詞》中有"努力廟謨休用兵"思想，因此後人多把因消兵失策招致河北兵敗歸罪元稹。吴偉斌《元稹與穆宗朝"消兵"案》（《海南大學學報》一九八八年第二期）及《試論元稹的銷兵主張》（《鎮江師專學報》一九八一年第三期）認爲元稹的消兵主張與穆宗朝的消兵案不可混爲一談。他認爲元稹"消兵"主張的提出，先于穆宗、蕭俛、段文昌等人，因此有的論者認爲元稹爲迎合穆宗的意圖才在《連昌宫詞》中提出消兵的意見，"在時間上是説不過去的"，因爲"《連昌宫詞》作於淮西亂平之後的元和十三年春天，那時不僅穆宗李恒還没有登基"，而且元稹當時遠謫通州，"實無機會接近穆宗，以事逢迎"。實際上，元稹早在元和元年的《策林》中就明確地提出了"銷兵"的明確主張，而且這一主張實與蕭俛等人的消兵做法不相同。蕭俛等人的主張是"密詔天下軍鎮有兵處，每年百人之中，限八人逃死，謂之'消兵'"；而元稹的主張實質上衹是"希望統治者善於運用各種政治手段，正確處理各方面的矛盾，儘量避免可以避免的戰爭，争取有征無戰的方式，達到國强民富的目的"。文章還概括了元稹消兵主張的具體内容,最後認爲:“對連年戰争給百姓帶來的如此深重的灾難和龐雜的軍隊給國家造成這樣沉重的負擔,元稹在當時提出‘銷兵’主張,顯然是十分必要的。”

元稹與薛濤的關係也是元稹研究的一個熱門話題。據《雲溪友議》、《清異録》、《牧豎閑談》等書記載,元稹使蜀時曾與薛濤相會,並有詩往來。張蓬舟、劉知漸、蘇者聰、馬曉光、朱德慈等同志均主此説,有的還認爲元稹在江陵與薛濤“保持不清不白關係”。吴偉斌在《也談元稹與薛濤的“風流韵事”》(《揚州師院學報》一九八八年第三期)文中對此事進行全面的探討,辨駁肯定論者的根據。他認爲元稹出使東川時與在西川的薛濤異地,兩地分屬不同節度使管轄,“往來也應事出有因,元稹當時衹是一個八品的監察御史,有何神通,能召已入樂籍、且正受鄰郡節度使寵愛的名妓前來入侍?”且兩人此前“從未謀面,又怎能無緣無故地從西川趕到東川,與元稹‘相聚數月,形同夫婦’?”又據元稹出使東川的前後時間、使命,指出元稹從東川往西川,加上“在成都府看望武元衡及與薛濤相識相交燕昵私會時間,至少在二十天左右。如依蘇者聰‘相聚數月’之説,那麽時間就更長了。如此,在元稹梓州僅停留不到一月的日程表上,實已無法安排。故所謂繞道成都之説,在時間上並無可能”。吴文認爲薛濤生年應據《箋紙譜》“大和歲,濤卒,年七十三之説”推算,這樣“元稹奉使東川時,濤已五十歲,而稹年僅三十一”,兩人“絶不會發生如後人附會的男女私情”。此外,作者還認爲現存所謂元、薛的唱和詩,“實爲他人僞作”,而肯定論者却據以爲證,而且誤解了某些詩,如薛濤的《贈遠二首》“實與元稹無涉”,詩中的所謂“戎馬事”絶非指時任江陵士曹參軍的元稹,“不能以此證明稹在江陵時期與濤存在所謂‘以夫婦自況’的艷情及唱和”。

除了上述問題的研究與辨析外……吴偉斌的《試析元稹的現實主義創作道路》(《北方論叢》一九八六年第四期)、《元稹詩歌藝術特色淺析》(《揚州師範學院學報》一九八五年第三期)、《元稹評價縱覽》

(《復旦學報》一九八八年第五期)……等均發表了不少新見,因篇幅所限,容不在此一一介紹。

(引自《北方論叢》一九九三年第三期,並見一九九二年《唐代文學研究年鑒》廣西師範大學出版社一九九三年十一月版)

評吴偉斌的鶯鶯傳研究

王枝忠

一

唐代傳奇小説中,元稹的《鶯鶯傳》可以説是最爲人所津津樂道的熱門話題,同時又是最聚訟紛紜的了,歷年來吸引了大批唐傳奇研究者的注意力和興趣。磁力所及,連那些並非專事古代小説研究,甚至並不研究文學者也"下海"議論一番。吴偉斌也是因研究元稹其人其詩而"跳槽"到《鶯鶯傳》的研究領地,接連發表了《〈鶯鶯傳〉寫作時間淺探》(載《南京師大學報》一九八六年第一期)、《"張生即元稹自寓説"質疑》(載《中州學刊》一九八七年第二期)、《再論張生非元稹自寓》(載《貴州文史論叢》一九九一年第一期)和《論〈鶯鶯傳〉》(載《揚州師院學報》一九九一年第一期)四篇力作,爲唐傳奇小説研究界所矚目。概括起來,吴偉斌的《鶯鶯傳》研究有如下幾個特點:一、始終盯住研究的重點、難點和熱點,不是抛開西瓜而去撿芝麻,在意義不大的課題上耗費精力;二、獨立思考,敢倡異説,不人云亦云,而"唯陳言之務去";三、縝密論證,以理服人,不武斷,不偏激。

二

在《鶯鶯傳》的研究中,始終困擾著古今學者的一個重要問題是,本文究竟作於哪一年? 比較通行的説法是作於貞元二十年(804)九月。倡其説者是陳寅恪先生(詳見《元白詩箋證稿》),近年卞孝萱先生又補充新證支持之(見《年譜》)。也有的提出應作於貞元十八年(802)九月(孫望《鶯鶯傳事迹考》)。還有人認爲作期是"永貞元歲"(805)九月(周紹良《傳奇箋證稿》)。表面看來,似乎不過是二、三年的時間差,無關宏旨,大可不必如此"斤斤計較"。其實不然,且不説學術研究本就應該丁是丁,卯是卯,把研究物件的方方面面弄清楚,搞確切,否則,很可能會"失之毫厘,謬之千里"。單就《鶯鶯傳》這個具體物件而言,弄清寫作年代尤爲必要。如所周知,貞元、元和年間是唐代傳奇小説的繁盛時期。在《鶯鶯傳》問世的前後和同時,有一大批傳奇小説尤其是愛情題材的傳奇問世,如《李章武傳》、《柳毅傳》、《柳氏傳》、《李娃傳》、《長恨歌傳》、《霍小玉傳》以及已失傳了的《崔徽傳》等。它們的題材既相近,寫法亦有許多共同之處。尤其是《鶯鶯傳》,它與《李娃傳》、《長恨歌傳》、《崔徽傳》和《馮燕傳》等都是以傳文、詩詞同時歌詠敘述同一故事。因此,弄清《鶯鶯傳》以及同時所作同類傳奇文的寫作時間,孰先孰後,才能正確説明它們之間的影響與受影響問題,從而給其以應有的文學史地位。

《鶯鶯傳》研究中的另一大熱點,是關於元稹和張生是否二而一的問題。這個問題的重要意義有目共睹,因爲它直接關係到小説創作中的一些根本問題。如作者是怎樣搜集創作素材的,又怎樣取捨、提煉它們的,這種創作手法在唐代傳奇乃至古代小説史上佔有什麼樣的地位……而對於《鶯鶯傳》本身來説,還有一個作者對文中事件和人物的態度如何及正確與否的重大問題。

另外,如何合理解釋文末"自是,絶不複知矣。時人多許張生爲善補過者。予(元稹)嘗於朋會之中往往及此意者,夫使知者不爲,爲之者不惑"云云一段話? 它是否確如魯迅等人所説的"文過飾非，遂墮惡趣”、“差不多是一篇辯解文字”？這個問題不解決，就難以真正解開元稹寫作本文的用意，也無法恰如其分地評價其思想内容，令人信服地説明他對後世何以有這麽强烈的藝術感染力和影響作用。

由此可見，以上三點確是《鶯鶯傳》研究中的重點、熱點和難點。吴偉斌的研究正是緊緊圍繞這三個根本性課題而進行的。他的《鶯鶯傳寫作時間淺探》是論此文之作期，《“張生即元稹自寓説”質疑》和《再論張生非元稹自寓》二文都是爲解决張生是否即是元稹而作，《論〈鶯鶯傳〉》則從後人對該文自相抵牾的評論這個角度切入，試圖圓滿解説文末上述那段話的真實含義，抉示出作者的憎愛態度，從而正確評價本文。因此，他的文章雖説衹有四篇，却可謂篇篇抓住重點，切中要害，並非隨手抓來一個論題，敷衍成文。其學術價值不言而喻。

三

讀書要善疑，要能在似乎並無可疑之處看出問題來，這是做學問的一個先决條件和“訣竅”。正如列寧在談到馬克思時所説的那樣：“凡是人類社會所創造的一切，他都用批判的態度加以審查，任何一點也没有忽略過去。”(《青年團的任務》)在《鶯鶯傳》的研究中，吴偉斌對每一個重大問題都堅持獨立思考的態度，不盲目附和他人之説，從而在一些粗看似乎無懈可擊的地方發現了疑點和破綻。所以他能在那些衆口一辭的地方，提出異義，説出未經人道之語來。

比如關於張生形象有無原形，是否即是作者元稹的問題，即是一個明顯的例子。認爲張生即元稹的説法由來已久，始作俑者爲宋人王性之、趙令畤，魯迅、陳寅恪等，許多現、當代大學者均加首肯。直至近年，凡言《鶯鶯傳》者幾乎没有不從其説的。吴偉斌力排衆議，反對這已成定論的“自寓説”。他在《“張生即元稹自寓説”質疑》中把主張此説的全部論據歸納爲十條,然後一一予以批駁。而《再論張生非元稹自寓》則對卞孝萱《年譜》認爲“崔張婚戀史——元稹早年生平”時論據之誤加以辨析,指出“張生行踪≠元稹早年的婚戀”,“元稹艷事≠崔張故事”,再次得出結論:“張生絶非元稹之自寓。”

吴偉斌不但在那些大家没有異議的地方堅持獨立思考發現問題,提出新説;而且就是在某些表面看來似乎不過贊同他人之説處,也不簡單的贊同,而是自出機杼,提出新論據。關於《鶯鶯傳》寫作年代的研究就是這樣。他不附和通行的貞元二十年九月説,而贊同孫望先生早在三、四十年前曾提出來長期未被學術界認可的貞元十八年九月説。不過,結論雖然相同,其根據却不一樣。孫先生是以“張生即元稹”爲前提,把元稹行年與《鶯鶯傳》中張生的經歷簡單比附而得出這一結論。吴偉斌呢,他不同意“張生即元稹”的説法,當然不會把二者混爲一談。他先是通過對某些資料的辨析,指出貞元二十年九月説所據以立論的事實有誤,推論的邏輯有漏洞,因此,結論當然也就不可靠了。繼又排比《鶯鶯傳》本文所叙時間順序,證明其下限“僅至十八年秋,並没有延至二十年九月”。最後又據史書記載和有關詩文,勾稽出與《鶯鶯傳》有關係之元稹、白居易、李紳、楊巨源等人在貞元十六年以後幾年裏的行踪,證明元稹《鶯鶯傳》、李紳《鶯鶯歌》、楊巨源《崔娘詩》的作期應是在貞元十八年九月。可見,吴偉斌作出這一結論,完全是他認真分析各種材料後獨立作出的。

四

雖然有人認爲,提出問題就等於解决了問題的一半。但在實際上,要把正確的結論做下來,談何容易;再把它告訴對方,同樣不容易。吴偉斌不論在分析他人論説之疏誤時,還是思考自己的觀點,都很重視在掌握充分確實材料的基礎上作縝密論證,嚴謹推斷,堅持以理服人,决不輕易武斷地下結論。

就以關於《鶯鶯傳》的評價問題來説吧！作者敏鋭地發現人們對它的評價"是自相抵牾的"，便在《論〈鶯鶯傳〉》的開頭就具體摘述迄今各種評價文字，讓我們看到這些説法確實是互相矛盾的，誰也無法自圓其説。接著又對各家就自己的評價所作的解釋進行細緻分析，發現他們的解釋也是"無法説通的"。通過這二個步驟的分析，吳偉斌引導讀者很自然地意識到應該變换審視角度，從另外的視角來認識《鶯鶯傳》，這是避免上述那些"自相抵牾的評述"和"無法説通的解釋"的根本途徑。就是説，應該跳出以往那種認定《鶯鶯傳》乃是"元稹自己的'回憶録'的成見，把它看做不過是一篇小説"；"從張生即是元稹自寓的角度，變换成張生與鶯鶯一樣都是藝術形象的角度"（關於這個問題，吳偉斌已在此前用了兩篇文章反復加以申説，故在此未細加論證）。如果從這樣的角度來審視這篇傳奇，就會把文中關於忍情之説、尤物之論和"時人多許張爲善補過者"的議論，如實地看做"衹是元稹在傳文中借張生和時人之口，向讀者揭露當時社會中確實存在的落後和陳腐觀念，它們並不等同於元稹的思想"。這樣一來，人們"所抨擊的《鶯》傳的缺點將不復存在，對它的評價將趨向一致"，而不會互相抵牾。直到這時，作者才水到渠成地把自己對此文究竟表達了作者元稹什麼樣的愛憎這一重大問題闡述出來，指出："張生是作者著意鞭撻的藝術形象，鶯鶯是元稹傾注同情的小説人物。"最後又把這篇小説與那時同類傳奇進行"横向比較"，與唐以後"以崔張故事作爲題材的諸多文學作品"作"縱向的權衡"，對此作的成敗得失及其歷史地位作出自己的論斷。我們盡可以不同意他最後的結論，却不能不承認本文邏輯分析的縝密清晰，作者的説理是充分的，也是能够自圓其説的。

有論者指出，近年學術界有一不良現象，即著書而不立説。有的文章雖洋洋灑灑，下筆萬言，實際是"述而不作"，不過摭拾他人成説敷衍成文，通篇舊論舊證，毫無所見。説的確切中時弊。不過在我看來,也還存在另一種同樣不好的傾向,即一味追求新見,不顧事實,不講道理,主觀臆斷,空口立論,其新説實是沙上之塔,不堪細究。吴偉斌的《鶯鶯傳》研究既不作矮人觀場,人云亦云,而能放出自己的眼光審視所有的説法,分析其論據,當從則從,當否則否。所以,四篇文章中新見迭出,却又持之有故,言之有理,堪稱近年《鶯鶯傳》研究的上乘之作。

(引自《固原師專學報》一九九四年第二期)

評吴偉斌的元稹研究

姜光斗

元稹是中唐一位傑出的詩人,向來與白居易齊名,他們共同宣導了新樂府運動,共同創建了"元和體"。可是,歷來對這兩位詩人的研究與研究却很不平衡。對於白居易,不僅研究得極爲熱火,而且評價也極高;而對元稹,除了《鶯鶯傳》以外,研究者頗爲寥落,在評價上也多所貶抑。我以爲,這是唐代文學研究中的一種不正常現象。究其主要原因,是學術界被過去一些權威人士鎮住了,有點不敢去捅這個"馬蜂窩"的味道。

而吴偉斌同志却挺身而出,勇敢地去捅了這個"馬蜂窩"。他十多年來,共發表研究元稹的論文二十多篇,以詳實的資料、嚴密的論證爲元稹翻了案,對元稹作出了實事求是的全新評價,爲唐代文學的研究做出了新的貢獻。

筆者由於近七八年來一直承擔著《唐代文學研究年鑒》"中唐文學"研究情况綜合稿的撰寫任務,有機會閲讀了吴偉斌同志研究元稹的全部論文,深深爲其勇於開拓進取的精神所感動,故不揣淺陋,特撰寫此評述稿,向學術界作重點介紹。

吴偉斌同志論文的涉及面很廣,内容非常豐富,但集中起來,主要是對元稹的政治立場、道德品質、詩文創作價值的深入研究以及對《鶯鶯傳》研究中傳統觀點的批判。

關於元稹的政治立場,主要集中在元稹是否因靠巴結宦官而升職、他的"銷兵"主張的實質以及他與唐穆宗的關係等幾個問題上。吴偉斌《元稹與宦官》(《蘇州大學學報》一九八六年一期)專題論文認爲:元稹與吐突承璀宦官集團之間的關係是對立的。元稹爲監察御史時堅决不許武德軍監軍使孟昇進的喪柩入驛停放,毅然繩之以法,並公開向朝廷舉發其罪。仇士良、劉士元與元稹争敷水驛正廳,擊破元稹面部,憲宗支持宦官,貶元稹爲江陵府士曹参軍。在甘露事變前後,仇士良一直得勢,决不會勾結跟他有仇的元稹。元稹在貶江陵期間,有《有鳥二十章》、《捉捕歌》等揭露批判宦官罪行的作品。長慶年間,元稹在相位,李逢吉利用元稹、裴度間的矛盾,誣陷元稹謀刺裴度,審查結果,全屬子虚烏有,但元稹裴度都罷去了宰相之職,却被李逢吉陰謀奪得了相位。在大和年間,元稹被誣爲李德裕同黨,再次受到王守澄當權宦官集團的排擠,出貶武昌,第二年就病卒于武昌任所。總之,論文認爲:在元和、長慶、寶曆、大和年間,元稹一再受到吐突承璀和王守澄宦官集團的打擊、排擠、誣陷,前後外貶長達二十年。由於《舊唐書·元稹傳》記載了在長慶初宦官崔潭峻向穆宗獻元稹詩而元稹升官的事情,就成爲論者指責元稹巴結宦官的主要罪證。吴文對此進行了嚴密的辨析,指出元稹升職祠部郎中知制誥在元和十五年五月九日,而不在長慶初;《舊唐書》記載穆宗"問稹安在",穆宗怎麽不知曾被自己稱讚過、宫中呼爲"元才子"、當時正在自己身邊撰寫制誥之元稹之所在?實際上,元稹升任知制誥是因爲宰相段文昌的提名和另一宰相令狐楚的延譽。並且,元稹向穆宗獻詩是在升任祠部郎中之後,所謂因崔氏獻元稹詩而升任的説法,顯然不可信。崔潭峻爲“元和逆党”重要頭目，在元稹受到誣陷、排擠、打擊時坐視不救。因此結論是：“元稹與崔潭峻的關係極爲一般，談不上依附、勾結。”

關於元稹“銷兵”主張的實質，吴偉斌亦有專題論文《試論元稹的“銷兵”主張》(《鎮江師專學報》一九八一年三期)。論文以充分的事實爲依據，論證了元稹的“銷兵”主張的提出先于穆宗、蕭俛、段文昌，在實質上也與穆宗等人的主張不同，决不能由元稹來承擔《舊唐書·蕭俛傳》所説的“朝廷方徵兵諸藩，籍既不充，尋行招募。烏合之衆，動爲賊敗，由是復失河朔，蓋‘銷兵’之失也”的責任。論文明確指出，元稹“銷兵”主張的實質是：“(一)銷去當時軍鎮中本來不存在的虚數空額，杜絶將帥吞占軍費、肥飽私囊的弊病；(二)採用‘逃不補，死不填’的自然減員辦法，逐步改變軍兵過衆的局面；(三)通過‘復府兵，置屯田’的途徑，解决百姓負擔過重的問題。元稹明確主張，人主應該‘不好戰，不忘戰’，‘不黷武，不去兵’；强調指出：所謂‘銷兵’並不是‘幅裂其旗章，銷鑠其鋒刃’。由此可知“元稹的‘銷兵’主張與穆宗等人的‘每年百人之中，限八人逃死’的做法，顯然是完全不同的。”因而其結論爲：元稹的“銷兵”主張在當時是必要的、可能的和正確的。

至於元稹與唐穆宗的關係，是相當複雜的。吴偉斌在《元稹與唐穆宗》(《貴州文史叢刊》一九八八年一期)的專題論文中指出：“元稹因自己的才幹，更主要的是因爲當時錯綜複雜的政治環境和人際關係，使穆宗識元稹於下僚之伍，拔元稹置之宰相之位，元稹因此而對穆宗感恩戴德。裴度奏疏至，元稹被迫充當穆宗的替罪羊。爲了報答穆宗的識拔之恩，元稹竭盡全力援救重圍中的牛元翼，却被别有用心的李逢吉誣告，最終被穆宗抛棄。但元稹仍然對穆宗抱有幻想，至死不悟。”論文運用充足的第一手資料，論證了“穆宗識拔元稹，拔爲近臣”的詳細經過以及裴度因長慶元年科試案，元稹附和段文昌的舉發,贊成復試而得罪了裴度,裴度爲打擊報復而誣告元稹,而"穆宗遷就裴度,貶斥元稹"的詳細經過。論文又論證了李逢吉陰謀奪取相位、誣告元稹謀刺裴度,審查結果,雖然"害裴事無驗","鞫之復無狀",但穆宗仍然庇護李逢吉、捨棄元稹的詳細經過。

此外,吴偉斌還發表了《也談元稹"變節"真相》(《復旦學報》一九八六年二期)、《元稹與永貞革新》(《文學遺産》一九八六年五期)、《"元稹獻詩升職"别議》(《北方論叢》一九八九年一期)以及《元稹與長慶元年科試案》(《中州學刊》一九八九年二期)等論文,以確鑿的材料,論證了元稹嚴正的政治立場,清除了潑在元稹身上的許多污水,還元稹以歷史本來面目,其收穫是很大的。

對於元稹的道德品質問題,主要焦點爲元稹究竟是否"薄倖"。吴偉斌除了對《鶯鶯傳》研究的傳統觀點的批判中盡力爲元稹洗刷罪名外(這在下文還要詳細介紹),主要集中在對元稹與薛濤的關係、元稹兩次續娶、關於《古决絶詞》三首以及元稹也宿娼飲妓等幾個問題上進行了深入的研究。

吴偉斌《元稹與薛濤》(《牡丹江師院學報》一九八六年三期)一文,以大量的事實駁斥了一位學者説元稹在男女問題上"是一個朝三暮四、見異思遷、忘恩負情之人"的觀點。其主要理由爲:元稹這次奉命出使的是東川,而不是西川,是爲朝廷執法,爲百姓鳴冤,舉劾當地節度使等數十萬贓罪,奪七刺史俸料,時間僅兩個多月,過的是"滿眼文書堆案邊,眼昏偷得暫時眠"的理案日子,並無空閑去眠花宿柳;薛濤歷事西川十一鎮,"僑止百花潭","居浣花溪",根本没有可能從西川趕到東川,與元稹"相聚數月,形同夫婦"。薛濤《贈遠二首》無一字一句涉及元稹,從詩中"閨閣不知戎馬事"推斷,可能是贈給在遠方帶兵的武夫的,而元稹是個十足的文官,所謂元稹、薛濤"以夫婦自況"又從何談起? 元和六年時,薛濤五十二歲,元稹三十三歲。元和十年時,薛濤已五十六歲,而元稹僅三十七歲,元稹爲什麼要娶一個從未謀面毫無感情可言、可以做自己母親的人爲妻爲妾?于情於理,恐怕都是講不通的。薛濤《寄舊詩與元微之》與元稹詩《寄舊詩與薛濤因成長句》均不見於元稹、薛濤兩人的詩集,且兩詩僅差三字,實爲一詩,其真僞、誰屬尚未解决,又怎能據此品評歷史人物?再説其餘兩人所謂的互贈詩,已有學者發表專文辨明其僞。這種擺事實、講道理的研究方法,説服力極强,當然在學術上也無疑有很高的價值了。

關於元稹爲了攀結高門以求顯宦而抛棄貧寒的鶯鶯,並在元配韋氏卒後兩次再娶的事,吴偉斌在《"元稹薄倖説"駁議》(《蘇州大學學報》一九九四年四期)一文中也作了實事求是的辨析。首先,吴文指出:鶯鶯與張生都是小説中的藝術形象,並非當時社會中實有其人,所謂元稹抛棄鶯鶯而結媛鼎族獵取高官云云,其前提是海市蜃樓式的假設,故其結論也就無法成立。何況,據傳奇所描寫,崔氏"財産甚厚,多奴僕",又是崔、盧、李、鄭、王五大姓之列,連皇族與其結親,也往往不得其允,豈可以"寒門"目之?元稹的元配韋叢,不屬於五大姓之列,其父職位也不高,對元稹的仕途並無實質性的説明,更可見結媛鼎族、獵求高官而抛棄鶯鶯,確是無稽之談。其次,吴文又指出:"元稹的兩次續娶,是實際生活的逼迫所致,而絶不是對前妻亡妾的背叛與薄倖"。在元稹貶謫江陵期間,韋叢遺下的女兒孤苦無依,無人照料,元稹又不習慣貶地生活而體弱多病,故友人李景儉同情元稹的處境,爲他張羅而娶安氏爲妾。何况元稹當時年僅三十三歲,"這無論是從舊道德,還是從新道德,續娶都是無可指責的"。在元稹貶謫通州時,其妾安氏已病卒,而元稹染瘴危重,幾至於死,故在北上興元就醫期間又續娶裴淑爲繼配,將韋氏、安氏留下來的兒女接到興元,再次組織了家庭,過著貧困的生活。再次,吴文又指出:"衡量元稹對妻妾兒女是否薄倖的一個重要標準,是他對他們的感情如何。"接著,吴文引用了大量材料。充分證明了元稹對妻妾子女懷有極爲真摯而深厚的感情。

關於《古决絶詞》三首，的確寫到與所戀女子决絶，並將不貞之罪名强加給對方，實爲薄倖之至。但在宋刊本《元氏長慶集》中却不見這三首作品，僅見于後蜀韋縠所編《才調集》。《才調集》共選元稹詩篇五十七首，《所思》二首及《寄舊詩與薛濤因成長句》一首就是僞作，因此《古决絶詞》三首也可能是僞作。除《夢遊春七十韵》等五首可斷定爲元稹所作外，其餘四十九首大多與元稹生平不符，尚難認定。據元稹自述，他在世之時，即有僞作出現，《才調集》完全有可能收入不少僞作。“退一步講，此詩即使爲元稹所作，也决不能據此即定元稹的薄倖之過。《古决絶詞》三首所云，是原先相戀的一對青年，因男方的猜疑薄情，最終决絶的故事。這在某種意義上，與元稹的《古題樂府十九首》中的《憶遠曲》、《織婦詞》、《田家詞》等篇旨意相同，同爲‘寓意古題，刺美見事’之作，所刺即世人中的薄情寡義之舉……既然如此，與作者的薄倖與否就根本扯連不到一起。”

當然，吴偉斌在《“元稹薄倖説”駁議》中，也實事求是地論述了元稹“曾多次宿娼飲妓，並津津樂道寫入自己詩篇中”的事實。但作者認爲，這是唐代風氣使然：“在唐代，狎妓已成爲一種普遍的社會風氣，上自朝廷大臣，下至節度牧守、士人商賈，無不競染此風，甚至連皇帝也樂於此道。在這種風氣的影響下，即使最嚴肅的詩人也難免其俗。詩聖杜甫即有同他人狎妓宴遊的詩篇。”白居易更樂此不疲，據白居易自己的詩文，他身邊的各類女妓即有樊素、小玉、小蠻、阿軟等十多人，“但既然白居易已戴上關心婦女疾苦詩人的桂冠，對元稹似乎也不應該以薄倖稱之”。當然，作者也進一步指出：“我們説不該因元稹狎妓而以薄倖稱之，但這並不是説讚賞他的狎妓行爲。對其狎妓，無疑應該給予符合歷史情況的分析和恰如其分的批判。但也不應該離開當時的歷史背景，以今天的道德標準加以苛求。更不應該在同樣的事實面前因人而異，作出不同的評價與批評。”筆者以爲，這種分析是實事求是的,恰如其分的。

對元稹詩文創作價值的研究,吴偉斌同志也取得了較大的成績,發表了《元稹詩歌藝術特色淺析》(《揚州師院學報》一九八五年三期)、《試析元稹的現實主義創作道路》(《北方論叢》一九八六年四期)、《關於元稹詩文評價的思考》(《光明日報》一九八六年十二月十六日)、《論元稹對中唐文學的貢獻》(《海南大學學報》一九九一年二期)等論文。吴文一反貶抑元稹詩文的傳統觀點,認爲"某些研究者在評述元稹詩文時,常常欠缺公允的態度,往往以元稹寥寥可數的失敗之作作爲例證,而對其大多數好的和比較好的詩文或視而不見,或避而不談。即使是評述元稹的優秀之作,也往往是有保留地給予肯定"。筆者以爲,在學術界的確有這種不公允的現象存在,這是古典文學研究必須糾正的一種不科學的現象。基於以上認識,吴文客觀地、實事求是地分析了元稹詩歌的藝術特色:(一)淺切:包括對時事的急切、對朋輩的懇切和對妻女的親切等;(二)語言通俗自然、樸實明快:真正做到了"以'眼前景,口頭語',而達到'沁人心脾,耐人咀嚼'的效果";(三)含蓄有味:"元稹的大多數短什,狀物寫景逼真傳神,抒情寫意含蓄有味。""這種含蓄有味的手法,與其諷諭詩的'直'、'露'、'盡'恰成鮮明的對照";(四)感物寓意:"這類近似寓言的詩篇,是與他'十餘年'的'謫官'生活有關,而寫這類詩歌的目的,乃是備人采之、傳之、信之,以匡時弊、濟萬民、洩憤怨";(五)浪漫主義的表現手法:"現實主義是是元稹詩歌的主要表現手法,但也有少數詩作富有浪漫主義色彩",這是受到屈原和李白的影響結果。

此外,吴偉斌同志還對元稹的現實主義創作道路作了較爲全面的考察。吴文指出:(一)貞元年間,元稹現實主義詩風初步形成。這是由於貞元年間嚴峻、冷酷的社會現實,使詩人作出了清醒的觀察、嚴肅的思考,陳子昂、杜甫的影響,楊巨源、白居易等人的切磋幫助,使元稹走上現實主義創作道路。(二)元和年間,元稹、白居易宣導新樂府運動，撰寫大量的“元和體”詩篇，這是元稹現實主義詩歌創作的全盛時期。這個時期，是元稹白居易詩歌創作和詩歌理論全面豐收的時期。元稹的《唐故工部員外郎杜君墓系銘(并序)》和白居易的《與元九書》是我國文學史上極爲重要的現實主義理論文獻，而前者對後者又有著極大的影響。(三)長慶、大和年間，元稹揭露社會黑暗的詩篇减少，但仍然不乏關心時事的佳作。這個時期，元稹在他所撰作的奏狀和制誥文中，處處可見其關心百姓的心情。並且元稹還“對當時瀕臨死境的制誥文體進行了大膽的革新。元稹的改革，朝廷内外稱其善，他人競相仿效，一時之間，蔚成風氣，出現了‘制從長慶辭高古’的新面貌。”

對於《鶯鶯傳》的研究，吴偉斌也傾注了很多心血，作了深入的探索，並比前人多所突破。他先後發表了《〈鶯鶯傳〉寫作時間淺探》(《南京師大學報》一九八六年一期)、《“張生即元稹自寓說”質疑》(《中州學刊》一九八七年二期)、《再論張生非元稹自寓》(《貴州文史叢刊》一九九〇年二期)和《論〈鶯鶯傳〉》(《揚州師院學報》一九九一年一期)等力作。此外，在其他研究元稹的論文中，也不時附帶論及到《鶯鶯傳》的一些問題。

除了對《鶯鶯傳》的寫作時間和傳中“善爲補過”的評判等問題，吴偉斌獨抒已見外，他的《鶯鶯傳》研究的最大收穫，在於徹底地否定了傳統的“張生即元稹自寓說”。例如他在《“張生即元稹自寓說”質疑》中，將舊說的論據歸納爲十條，然後擺出充分論據，逐一予以批駁，完全做到以理服人。關於吴偉斌在研究《鶯鶯傳》中所取得的成績，由於早已有王枝忠《評吴偉斌的〈鶯鶯傳〉研究》(《固原師專學報》一九九四年二期)給予了極高的評價，本文也就不再贅言了。

吴偉斌的元稹研究，除了取得以上成績外，還對一些具體問題作了深入的考索，收穫也不小。如他發表了《元稹詩中“李十一”非“李六”之舛誤辨》(《南京師院學報》一九八一年一期)、《元稹裴淑結婚時間地點考略》(《唐代文學論叢》總第九期)、《元稹白居易通江唱和真相述略—〈元稹年譜〉獻疑》(《蘇州大學學報》一九八八年二期)、《元稹與長慶元年科試案》(《中州學刊》一九八九年二期)等論文,解決了不少具體問題,有助於元稹研究的深入進行。

當然,元稹研究中值得深入探討的問題還很多,比如關於元稹詩歌理論的得失問題,他的詩歌創作對前人的繼承和後人的影響問題,關於"元和體"的義界、得失和評價問題等等,都有待于吴偉斌和學術界其他有志於此的同仁們共同努力,以期使元稹研究百尺竿頭更進一步。

(引自《聊城師院學報》一九九七年第二期,
並見《南通師專學報》一九九七年第三期)

五、元稹詩文編年對比表

本書與《年譜》、《編年箋注》、《年譜新編》編年對比表

詩文篇名或其他	本 書	年 譜	編年箋注	年譜新編
貞元九年癸酉(793)十五歲(七首)				
■答時務策三道	春天	未見採録	未見採録	未見採録
◎西齋小松二首	春天	江陵任	江陵任	無法編年
◎指巡胡	本年	未見編年	未編年詩	無法編年
◎香球	本年	未見編年	未編年詩	無法編年
貞元十年甲戌(794)十六歲(三十三首)				
■寄思玄子詩二十首	本年	本年	未見採録	本年
◎清都夜境	春天	本年	本年	本年
◎清都春霽寄胡三吴十一	春天	貞元十二年	貞元十二年	貞元十二年
◎春晚寄楊十二兼呈趙八	晚春	貞元十年至十二年	貞元十一年	貞元十年至十二年
◎春餘遣興	晚春	貞元十年至十二年	貞元十一年	貞元十年至十二年
◎杏園	初夏	貞元十七十八年	貞元十七十八年	貞元十七十八年
◎牡丹二首	初夏	貞元十七十八年	貞元十七十八年	貞元十七十八年
◎與楊十二李三早入永壽寺看牡丹	初夏	貞元十年至十二年	貞元十一年	貞元十年至十二年
◎别李三	初夏	貞元十年至十二年	貞元十一年	貞元十年至十二年
◎菊花	秋天	貞元十七十八年	貞元十七十八年	貞元十七十八年

續表 1

詩文篇名或其他	本　書	年　譜	編年箋注	年譜新編
◎象人	本年	貞元十七十八年	貞元十七十八年	貞元十七十八年
◎與楊十二巨源盧十九經濟同遊大安亭	本年	貞元十七十八年	貞元十七十八年	貞元十七十八年
◎代曲江老人百韵	本年	本年	本年	本年
貞元十一年乙亥(795)十七歲(二十二首)				
◎燈影	元宵節	元和四五年間	元和四五年間	元和四五年間
◎行宫	正月	元和四五年間	元和四五年間	元和四五年間
◎智度師二首	初春	元和四五年間	元和四年	未見編年
◎仁風李著作園醉後寄李十	春天	元和五年春	元和五年春	元和五年
●春詞(一雙玉手十三弦)	春天	未見採録	未編年詩	未見採録
▲兒歌楊柳葉	春天	未見採録	未編年詩	無法編年詩
●桃花	春天	元和五年	元和五年	貞元十六年
●白衣裳二首	春天	元和五年	元和五年	貞元十六年
●曉將别	春天	元和五年	元和五年	貞元十六年
●春别	暮春	元和五年	元和五年	貞元十六年
●離思詩五首	暮春	元和五年	元和五年	元和四年
■春詞贈沈亞之	暮春	未見採録	未見採録	未見採録
●新秋	初秋	元和五年	元和五年	貞元十六年
●封書(每書題作上都字)	晚秋	未見採録	未編年詩	未見採録
◎晚秋	晚秋	未見採録	未編年詩	無法編年
●月暗	秋天	元和五年	元和五年	無法編年

續表 2

詩文篇名或其他	本　書	年　譜	編年箋注	年譜新編
貞元十二年丙子(796)十八歲(五首)				
◎與吴侍御春遊	春天	貞元十二年	貞元十二年	貞元十二年
◎開元觀閑居酬吴士矩侍御三十韵	春天	貞元十二年	貞元十二年	貞元十二年
◎南家桃	暮春	未見採録	未編年詩	無法編年
●魚中素	秋天	元和五年	元和五年	未見採録
◎秋夕遠懷	秋天	貞元十年至十二年	貞元十一年	貞元十年至十二年
貞元十三年丁丑(797)十九歲(二首)				
●贈雙文	本年或十四年	貞元十六年	貞元十六年	貞元十六年
●舞腰	本年或十四年	貞元十六年	貞元十六年	貞元十六年
貞元十四年戊寅(798)二十歲(二首)				
◎憶靈之	春天	貞元十年至十二年	貞元十一年	貞元十年至十二年
◎酬胡三憑人問牡丹	春夏	元和元年前	元和元年前	貞元十九年前
貞元十五年己卯(799)二十一歲(三首)				
●夢昔時	早春	元和五年	元和五年	元和五年前
◎早春尋李校書	早春	未見編年	未編年詩	元和十三年
●桐花落	夏天	元和五年	元和五年	元和五年
貞元十六年庚辰(800)二十二歲(二十二首)				
●寒食夜	寒食夜	元和五年	元和五年	元和四年

續表 3

詩文篇名或其他	本　書	年　譜	編年箋注	年譜新編
●雜憶詩五首	寒食夜	元和五年	元和五年	元和四年
■雜憶詩十二首	寒食夜	未見採録	未見採録	未見採録
●古艷詩二首	春天	貞元十六年	貞元十六年	貞元十六年
●鶯鶯詩	本年	貞元十六年	貞元十六年	貞元十六年
●有所教	本年	元和五年	元和五年	無法編年
貞元十七年辛巳(801)二十三歲(六首)				
●箏	春天	元和五年	元和五年	貞元十六年
●恨妝成	本年	元和五年	元和五年	貞元十六年
●代九九	本年	元和五年	元和五年	無法編年
●古决絶詞三首	本年	貞元十九年	貞元十九年	貞元十八年
貞元十八年壬午(802)二十四歲(一〇〇首)				
◎憶楊十二巨源(去時芍藥才堪贈)	春夏間	未見編年	未編年詩	無法編年
●錯字判	冬季前	貞元九年至十九年間	貞元十年至十九年間	貞元十八年
●易家有歸藏判	冬季前	貞元九年至十九年間	貞元十年至十九年間	貞元十八年
●修堤請種樹判	冬季前	貞元九年至十九年間	貞元十年至十九年間	貞元十八年
●夜績判	冬季前	貞元九年至十九年間	貞元十年至十九年間	貞元十八年
●田中種樹判	冬季前	貞元九年至十九年間	貞元十年至十九年間	貞元十八年
●屯田官考績判	冬季前	貞元九年至十九年間	貞元十年至十九年間	貞元十八年

續表 4

詩文篇名或其他	本　書	年　譜	編年箋注	年譜新編
●怒心鼓琴判	冬季前	貞元九年至十九年間	貞元十年至十九年間	貞元十八年
●迴風變節判	冬季前	貞元九年至十九年間	貞元十年至十九年間	貞元十八年
●五品女樂判	冬季前	貞元九年至十九年間	貞元十年至十九年間	貞元十八年
●學生鼓琴判	冬季前	貞元九年至十九年間	貞元十年至十九年間	貞元十八年
●父病殺牛判	冬季前	貞元九年至十九年間	貞元十年至十九年間	貞元十八年
●弓矢驅烏鳶判	冬季前	貞元九年至十九年間	貞元十年至十九年間	貞元十八年
●獻千歲龜判	冬季前	貞元九年至十九年間	貞元十年至十九年間	貞元十八年
●蕃客求魚判	冬季前	貞元九年至十九年間	貞元十年至十九年間	貞元十八年
●宴客鱉小判	冬季前	貞元九年至十九年間	貞元十年至十九年間	貞元十八年
●養鷄猪判	冬季前	貞元九年至十九年間	貞元十年至十九年間	貞元十八年
●狗傷人有牌判	冬季前	貞元九年至十九年間	貞元十年至十九年間	貞元十八年
■判文八十一篇	冬季前	未見採録	未見採録	未見採録
●鶯鶯傳	九月	貞元二十年九月	貞元二十年九月	貞元二十年九月
貞元十九年癸未(803)二十五歲(三十三首)				

續表 5

詩文篇名或其他	本　書	年　譜	編年箋注	年譜新編
●毀方瓦合判	三月前	貞元十九年	貞元十年至十九年間	貞元十九年
■吏部乙科判文兩道	三月前	未見提及	未見提及	未見提及
◎日高睡	春天	未見提及	未編年詩	未見提及
▲詠李花	本年至元和元年之春天	未見提及	未編年詩	無法編年
◎題李十一修行里居壁	春盡	貞元十九年至二十一年	校書郎任内	未問提及
◎西明寺牡丹	初夏	元和元年前	元和元年前	元和元年前
◎尋西明寺僧不在	初夏	元和元年前	貞元十二年	元和元年前
◎古寺	初夏	未見提及	未編年詩	無法編年
◎伴僧行	初夏	元和元年前	元和元年前	元和元年前
◎定僧	初夏	未見提及	未編年詩	無法編年
◎觀心處	初夏	未見提及	未編年詩	無法編年
◎贈李二十牡丹花片因以餞行	初夏	元和元年	元和元年	元和元年
◎折枝花贈行	初夏	未見提及	未編年詩	未見提及
◎夜合	夏天	未見提及	未編年詩	無法編年
●閨晚	夏天	元和五年	元和五年	貞元十九年
■酬樂天常樂里閑居偶題十六韵見贈	本年	未見提及	未見提及	未見提及
◎贈樂天	夏天	貞元十九年至二十一年	貞元十九年至二十一年	貞元十九年至二十一年
■酬樂天首夏同諸校正遊開元觀因宿玩月	夏天	未見提及	未見提及	未見提及
◎靖安窮居	夏天	元和元年前	元和元年前	貞元十九年前
◎幽栖	夏天	未見提及	未編年詩	貞元十二年
◎封書(鶴臺南望白雲關)	夏天	未見提及	貞元二十年	未見提及
▲崔徽歌	本年	元和十五年	元和十五年	元和十五年

續表 6

詩文篇名或其他	本　書	年　譜	編年箋注	年譜新編
▲又崔徽歌	本年	元和十五年	元和十五年	元和十五年
▲又崔徽歌	本年	元和十五年	元和十五年	元和十五年
▲又崔徽歌	本年	元和十五年	元和十五年	元和十五年
▲又崔徽歌	本年	未見提及	未編年詩	無法編年
▲又崔徽歌	本年	元和十五年	元和十五年	元和十五年
▲又崔徽歌	本年	元和十五年	元和十五年	元和十五年
●八月十四日夜玩月	八月十四日	未見提及	未編年詩	無法編年
◎酬樂天秋興見贈本句云莫怪獨吟秋興苦比君校近二毛年	秋天	元和元年	元和元年	貞元時期年十八年
◎送劉太白	秋天	未見提及	貞元十九年前	貞元十九年前
◎夏陽亭臨望寄河陽侍御堯	冬天	貞元十六年	貞元十六年	貞元十六年
貞元二十年甲申(804)二十六歲(十七首)				
◎陪韋尚書丈歸履信宅因贈韋氏兄弟	年初	貞元十九年	貞元十九年	貞元十九年
◎戴光弓	年初	未提及	元和六年	未提及
●曹十九舞綠鈿	年初	元和五年	元和五年	無法編年
◎雪後宿同軌店上法護寺鐘樓望月	二月三日前後一二天	未提及	貞元二十年	九月末
◎貞元二十年正月二十五日自洛之京二月三日春社至華岳寺憩竇師院曾未逾月又復徂東再謁竇師因題四韵而已	二月月底	三月	三月	三月
◎志堅師	三月	未見編年意見	未編年詩	無法編年
◎早歸	三月	未見編年	未編年詩	無法編年
■酬樂天曲江憶元九	春天	未見採録	未見採録	未見採録
●壓墻花	春天	校書郎任	校書郎任	校書郎任

續表 7

詩文篇名或其他	本　書	年　譜	編年箋注	年譜新編
◎貞元二十年五月十四日夜宿天壇石幢側十五日得盩厔馬逢少府書知予遠上天壇因以長句見贈篇末仍云靈溪試爲訪金丹因於壇上還贈	五月十五日或十六日	五月	五月	五月
◎西還	五月十六日後二十日前	元和五年	元和五年	元和五年
▲小有洞天	五月十六日後二十日前	未見採録	未見採録	未見採録
◎天壇歸	五月二十日前後	貞元二十年	貞元二十年	貞元二十年
◎與太白同之東洛至櫟陽太白染疾駐行予九月二十五日至華岳寺雪後望山	九月二十五日	未編年	貞元二十年	貞元二十年
◎野狐泉柳林	九月末	未見採録	貞元二十年	九月末
◎恭王故太妃挽歌詞二首	校書郎任之冬天	校書郎任	校書郎任	校書郎任
貞元二十一年乙酉(805)二十七歲(十四首)				
◎病減逢春期白二十二辛大不至十韵	早春	貞元十九年至二十一年	貞元二十年至二十一年	貞元十九年至二十一年
◎晴日	早春	未見編年	未編年詩	無法編年
◎春病	春天	未見編年	未編年詩	無法編年
◎酬哥舒大少府寄同年科第	春天	貞元二十年	貞元二十年	貞元二十一年
■酬樂天西明寺牡丹花時見憶	春夏間	未見採録	未見採録	未見採録
◎永貞曆	八月五日後數日	永貞元年	永貞元年	元和元年
◎韋居守晚歲常言退休之志因署其居曰大隱洞命予賦詩因贈絶句	八月	貞元十九年	貞元十九年	貞元十九年
▲李娃行	八月	元和十四年	元和十四年	元和十四年

續表 8

詩文篇名或其他	本書	年譜	編年箋注	年譜新編
▲又李娃行	八月	元和十四年	元和十四年	元和十四年
▲又李娃行	八月	元和十四年	元和十四年	元和十四年
◎夏陽縣令陸翰妻河南元氏墓誌銘	十月十四日前數日	貞元二十一年	永貞元年	貞元二十一年
◎贈咸陽少府蕭郎	十月十四日後數日	元和四年	元和四年	未見編年
◎送林復夢赴韋令辟	本年	貞元二十一年	貞元十七年十月後永貞元年八月前	貞元十七年十月後永貞元年八月前
◎送復夢赴韋令幕	本年	貞元十七年十月後永貞元年八月前	貞元十七年十月後永貞元年八月前	貞元十七年十月後永貞元年八月前
元和元年丙戌(806)二十八歲(一〇四首)				
◎永貞二年正月二日上御丹鳳樓赦天下予與李公垂庾順之閑行曲江不及盛觀	正月二日	元和元年	元和元年	元和元年
●策林七十五篇	四月十三日之前	未見收録	未見收録	未見收録
◎才識兼茂明於體用策一道	四月十三日	四月十三日	四月十三日	四月十三日
◎論教本書	四月二十九日或三十日	元和元年	元和元年	元和元年
◎論諫職表	五月初	左拾遺任	左拾遺任後期	元和元年
■論事表	五月初	未見收録	未見收録	未見收録
◎競渡	五月初	江陵任内	江陵任内	江陵任内
◎論追制表	五月底六月初	元和元年	元和元年	元和元年
◎論西戎表	六月下旬七月上旬	元和元年夏	四月至九月	四月至九月

續表 9

詩文篇名或其他	本　書	年　譜	編年箋注	年譜新編
◎論討賊表	六月下旬 七月上旬	正月二十二日前	正月	永貞元年十二月至元和元年正月二十三日
◎含風夕	七月上旬	元和元年	四月至九月	元和元年
◎秋堂夕	七月上旬	元和元年	四月至九月	元和元年
◎順宗至德大聖大安孝皇帝挽歌詞三首	七月上旬	元和元年	元和元年	元和元年
◎遷廟議狀	七月十一日後二十四日前	七月	七月	七月
◎酬樂天(放鶴在深水)	七月内	七月後九月前	七月後九月前	七月後九月前
■酬樂天見贈	九月十三日前之秋天	未見採録	未見採録	未見採録
◎獻事表	八月九日至八月十三日間	元和元年	元和元年	元和元年
■論出宫人以消水旱書	八月九日至八月十三日間	元和元年	未見採録	未見採録
■論嫁諸女以遂人倫書	八月九日至八月十三日間	元和元年	未見採録	未見採録
■論無時召宰相以講庶政書	八月九日至八月十三日間	未見採録	未見採録	未見採録
■論序次對百辟以廣聰明書	八月九日至八月十三日間	未見採録	未見採録	未見採録

續表 10

詩文篇名或其他	本　書	年　譜	編年箋注	年譜新編
■論復正衙奏事以示躬親書	八月九日至八月十三日間	未見採録	未見採録	未見採録
■論許方幅糾彈以懾奸佞書	八月九日至八月十三日間	未見採録	未見採録	未見採録
■論禁非時貢獻以絶誅求書	八月九日至八月十三日間	元和元年	未見採録	未見採録
■論省出入畋遊以防銜蹶書	八月九日至八月十三日間	元和元年	未見採録	未見採録
■訟裴度李正辭韋纁所言當行狀	八月十三日之後數日至九月十三日間	未見採録	未見採録	未見採録
◎華之巫	九月十三日後十六日前	未見編年	元和元年	元和元年
◎廟之神	九月十三日後十六日前	未見編年	元和元年	元和元年
元和二年丁亥(807)二十九歲(七首)				
◎賦得春雪映早梅	早春	貞元十七或十八年	貞元十七或十八年	貞元十七或十八年
◎賦得雨後花	春天	元和元年	元和元年	元和元年
◎賦得九月盡	九月三十日	元和元年	元和元年	元和元年
◎賦得玉卮無當	本年	貞元十七或十八年	貞元十七或十八年	貞元十七或十八年
◎賦得魚登龍門	本年	未見編年	未編年詩	無法編年
◎賦得數蓂	本年或三年	元和元年	元和元年	元和元年
▲讀書每得一義	本年或三年	未見採録	未見採録	未見採録

續表 11

詩文篇名或其他	本　書	年　譜	編年箋注	年譜新編
元和三年戊子(808)三十歲(十七首)				
◎和樂天招錢蔚章看山絶句	十二月	七八月間	七八月間	七八月間
◎和李校書新題樂府十二首·序	本年十二月至四年二月	元和四年	元和四年	元和四年
◎和李校書新題樂府十二首·上陽白髪人	本年十二月至四年二月	元和四年	元和四年	元和四年
◎和李校書新題樂府十二首·華原磬	本年十二月至四年二月	元和四年	元和四年	元和四年
◎和李校書新題樂府十二首·五弦彈	本年十二月至四年二月	元和四年	元和四年	元和四年
◎和李校書新題樂府十二首·西凉伎	本年十二月至四年二月	元和四年	元和四年	元和四年
◎和李校書新題樂府十二首·法曲	本年十二月至四年二月	元和四年	元和四年	元和四年
◎和李校書新題樂府十二首·馴犀	本年十二月至四年二月	元和四年	元和四年	元和四年
◎和李校書新題樂府十二首·立部伎	本年十二月至四年二月	元和四年	元和四年	元和四年
◎和李校書新題樂府十二首·驃國樂	本年十二月至四年二月	元和四年	元和四年	元和四年
◎和李校書新題樂府十二首·胡旋女	本年十二月至四年二月	元和四年	元和四年	元和四年
◎和李校書新題樂府十二首·蠻子朝	本年十二月至四年二月	元和四年	元和四年	元和四年
◎和李校書新題樂府十二首·縛戎人	本年十二月至四年二月	元和四年	元和四年	元和四年
◎和李校書新題樂府十二首·陰山道	本年十二月至四年二月	元和四年	元和四年	元和四年
◎八駿圖詩	本年十二月至四年二月	江陵任内	江陵任内	江陵任内

續表 12

詩文篇名或其他	本 書	年 譜	編年箋注	年譜新編
■和李校書新題樂府佚失詩二首	本年十二月至四年二月	未見提及	未見提及	未見提及
元和四年己丑(809)三十一歲(八十首)				
◎憶楊十二巨源	一二月	未見編年	未編年詩	無法編年
◎奉誠園	一二月	元和元年前	元和元年前	元和元年前
▲松門待制應全遠	二月間	長慶二年	未編年詩	元和十五年至長慶二年
◎使東川・駱口驛二首	三月八日	使東川時	三月内	使東川時
◎使東川・郵亭月	三月十一或十二日	使東川時	三月内	使東川時
◎望雲騅馬歌	三月十三日	元和四年使東川後元和五年貶江陵後	元和四年使東川後元和五年貶江陵後	元和四年使東川後元和五年貶江陵後
◎使東川・南秦雪	三月十四日	使東川時	三月内	使東川時
◎褒城驛	三月十五日	使東川時	使東川時	使東川時
◎使東川・漢江笛	三月十五日夜	使東川時	三月内	使東川時
◎黄明府詩	三月十六日	使東川時	使東川時	使東川時
◎使東川・清明日	三月十七日	使東川時	三月内	使東川時
●山枇杷花二首	三月二十日前後	未見收録	三月	使東川時
●石榴花	三月二十日前後	未見收録	未見收録	未見收録
◎使東川・亞枝紅	三月二十日前後	使東川時	三月内	使東川時
◎使東川・江花落	三月二十日	使東川時	三月内	使東川時
◎使東川・梁州夢	三月二十一日	使東川時	三月内	使東川時

續表 13

詩文篇名或其他	本　書	年　譜	編年箋注	年譜新編
■戡難紀	三月至六月間	元和十二年	未見收録	元和十二年
◎使東川・江上行	三月二十二日	使東川時	三月内	使東川時
◎題漫天嶺智藏師蘭若僧云住此二十八年	三月二十四日	元和十年	元和十年	元和十年
◎使東川・慚問囚	三月二十五日	使東川時	三月内	使東川時
◎使東川・夜深行	三月二十七日	使東川時	三月内	使東川時
◎使東川・百牢關	三月二十八日	使東川時	三月内	使東川時
▲東凌石門險	三月間	未見採録	未見採録	元和四年元和十年元和十二年
◎使東川・望驛臺	三月三十日	使東川時	三月内	使東川時
◎西州院	閏三月	使東川時	元和四年	使東川時
◎使東川・好時節	閏三月	使東川時	三月内	使東川時
◎彈奏劍南東川節度使狀	閏三月二十日前後	元和四年	元和四年	元和四年
◎使東川・望喜驛	閏三月	使東川時	三月内	使東川時
◎使東川・嘉陵驛二首	閏三月底四月初	使東川時	三月内	使東川時
◎使東川・嘉陵江二首	閏三月底四月初	使東川時	三月内	使東川時
◎使東川・江樓月	四月十五日	使東川時	三月内	使東川時
◎使東川・西縣驛	四月十五日前後	使東川時	三月内	使東川時
◎彈奏山南西道兩税外草狀	四月下旬	元和四年	未見編年	元和四年

續表 14

詩文篇名或其他	本 書	年 譜	編年箋注	年譜新編
■使東川佚失詩一首	三月七日至五六月間	未見採録	未見採録	未見採録
◎使東川・序	六月間	使東川時	三月内	使東川時
◎和樂天贈樊著作	六月間	元和五年	元和五年貶江陵時	元和五年貶江陵時
◎東臺去	六月間	元和四年	元和四年	元和四年
■酬樂天別元九後詠所懷	七月間	未見採録	未見採録	未見採録
◎夜閑	七月九日後之七月	元和四年	秋	秋
◎感小株夜合	七月九日後之七月	元和四年	秋	秋
◎諭子蒙	七月九日之後的七月	元和四年	元和四年	元和四年
◎醉醒	七月九日後八月二十五日前	元和四年	秋	秋
◎論轉牒事	七月二十四日或後一二日	分務東臺時	分務東臺時	分務東臺時
■酬樂天左拾遺任上寄元九	八月間	未見採録	未見採録	未見採録
◎贈吕二校書	八月間	元和四年	未編年	元和四年
■酬樂天禁中九日對菊花酒見憶	九月九日稍後	未見採録	未見採録	未見採録
◎追昔遊	九月間	秋	秋	秋
●暮秋	九月間	元和五年	元和五年	貞元十六年
◎飲新酒	九月間	未見採録	未編年詩	未見採録
◎醉行	九月間	未見採録	元和四五年間	秋
◎竹簟	九月間	元和四五年東都詩	元和四五年東都詩	秋

續表 15

詩文篇名或其他	本　書	年　譜	編年箋注	年譜新編
◎擬醉	九月間	赴江陵途中	赴江陵途中	未見編年
◎懼醉	九月間	赴江陵途中	赴江陵途中	元和四年洛陽作
◎勸醉	九月間	赴江陵途中	赴江陵途中	元和四年
◎任醉	九月間	赴江陵途中	赴江陵途中	元和四年
■狂醉	九月間	未見採録	未見採録	未見採録
◎周先生	九月間	江陵任内	江陵任内	元和五年
◎病醉	秋冬間	赴江陵途中	赴江陵途中	元和四五年洛陽詩
◎直臺	九十月間	未見編年	元和四年監察御史任内	秋
◎祭亡妻韋氏文	十月上旬	七月	七月	七月
◎城外回謝子蒙見諭	十月上旬	元和四年	元和四年	秋
◎空屋題	十月十四日夜	元和四年	元和四年	初冬
◎初寒夜寄盧子蒙子蒙近亦喪妻	十月中旬	元和四年	元和四年	秋
◎楊子華畫三首	十月十四日之中旬	未見編年	未編年詩	無法編年
◎劉頗詩	十一月初	元和四年	元和四年	未見編年
●有唐武威段夫人墓誌銘	十一月中下旬	元和四年	元和四年	元和四年
◎臺中鞫獄憶開元觀舊事呈損之兼贈周兄四十韵	十月十三日後之冬天	冬	元和四年冬或明年春	元和四年
◎遣悲懷三首	冬天	元和四年	元和四年	元和五年赴江陵時
◎答友封見贈	冬天	元和六年	元和六年	元和六年
◎答子蒙	隆冬	冬	冬	元和四年未爲御史時

續表 16

詩文篇名或其他	本　書	年　譜	編年箋注	年譜新編
◎爲河南府百姓訴車狀	年末	元和四年	元和五年	元和五年
◎除夜	除夜	元和四年	元和四年	年末
元和五年庚寅(810)三十二歲(一七九首)				
◎論浙西觀察使封杖決殺縣令事	正月上中旬	元和四年	正月初	元和四年
◎辛夷花	正月十八或二十二日	元和五年	元和五年	元和五年
●盧十九子蒙吟盧七員外洛川懷古六韵命余和	初春	元和四年冬或五年春天	元和四年冬或五年春天	元和五年
◎聽庾及之彈烏夜啼引	一二月間	元和四五年間	元和四五年間	元和四年冬天
◎夢井	一二月間	未見編年	元和五年洛陽作	未見編年
◎廳前柏	一二月間	元和五年在東都作	元和五年監察御史任時	元和五年春洛陽作
◎同醉	一二月間	赴江陵途中作	赴江陵途中作	元和五年春洛陽作
◎先醉	一二月間	赴江陵途中作	赴江陵途中作	元和五年春洛陽作
◎獨醉	一二月間	赴江陵途中作	赴江陵途中作	元和五年春洛陽作
◎宿醉	一二月間	赴江陵途中作	赴江陵途中作	元和五年春洛陽作
◎羨醉	一二月間	赴江陵途中作	赴江陵途中作	元和五年春洛陽作
◎韋氏館與周隱客杜歸和泛舟	一二月間	元和五年春洛陽作	元和五年春洛陽作	元和五年春洛陽作
◎劉氏館集隱客歸和子元及之子蒙晦之	一二月間	元和五年春洛陽作	元和五年春洛陽作	元和五年春洛陽作

續表 17

詩文篇名或其他	本　書	年　譜	編年箋注	年譜新編
■酬樂天見元九悼亡詩見寄	一二月間	未見採録	未見採録	未見採録
●櫻桃花	二月十五日	元和五年	元和五年	元和五年前
◎寄隱客	二月中下旬	元和五年貶謫江陵前	元和五年貶江陵前夕	元和五年奪俸西歸時
◎憶醉	二月底	貶赴江陵途中	貶赴江陵途中	元和四五洛陽作
●憶事	二月底	元和五年	元和五年	貞元十六年
■分務東臺奏章移文二十七篇	元和四年七月至五年二月	未見採録	未見採録	未見採録
◎三泉驛	三月三日	未見編年	元和五年	元和五年西歸途中
◎元和五年予官不了罰俸西歸三月六日至陝府與吴十一兄端公崔二十二院長思愴曩遊因投五十韵	三月六日	西歸途中	西歸途中	西歸途中
◎東西道	三月十日前	未見編年	未編年詩	西歸途中
◎郵竹	三月十日前	未見編年	未編年詩	貶江陵途中
◎誨侄等書	三月十七日	元和五年	元和五年三月	元和五年
◎山竹枝	三月十八或十九日	貶赴江陵途中	貶赴江陵途中	貶赴江陵途中
◎輞川	三月十八或十九日	貶赴江陵途中	貶赴江陵途中	貶赴江陵途中
◎思歸樂	三月十七日至二十四日間	貶赴江陵途中	貶赴江陵途中	貶赴江陵途中

續表 18

詩文篇名或其他	本　書	年　譜	編年箋注	年譜新編
◎春鳩	三月十七日至二十四日間	元和四年自東川歸	元和四年自東川歸	不見編年
◎春蟬	三月十七日至二十四日間	貶赴江陵途中	貶赴江陵途中	元和五年
◎兔絲	三月十七日至二十四日間	貶赴江陵途中	貶赴江陵途中	元和五年
◎古社	三月十七日至二十四日間	元和五年	貶赴江陵途中	元和五年
◎松樹	三月十七日至二十四日間	元和五年	貶赴江陵途中	元和五年
◎芳樹	三月十七日至二十四日間	元和五年	貶赴江陵途中	元和五年
◎雉媒	三月十七日至二十四日間	元和五年	貶赴江陵途中	元和五年
◎箭鏃	三月十七日至二十四日間	元和五年	貶赴江陵途中	元和五年
◎大觜烏	三月十七日至二十四日間	元和五年	貶赴江陵途中	元和五年
◎四皓廟	三月十七日至二十四日間	貶赴江陵途中	貶赴江陵途中	元和五年

續表 19

詩文篇名或其他	本 書	年 譜	編年箋注	年譜新編
◎青雲驛	三月十七日至二十四日間	元和五年	貶赴江陵途中	元和五年
◎分水嶺	三月十七日至二十四日間	元和五年	貶赴江陵途中	元和五年
◎分流水	三月十七日至二十四日間	未見編年	元和五年西歸途中	元和五年西歸途中
◎陽城驛	三月二十四日	元和五年	貶赴江陵途中	元和五年
◎三月二十四日宿曾峰館夜對桐花寄樂天	三月二十四日晚上	元和五年	貶赴江陵途中	元和五年
■貶謫江陵途中寄樂天書	三月二十四日晚上	元和五年	未見收録	元和五年
◎桐花	三月二十四日晚上	元和五年	貶赴江陵途中	元和五年
■武關南題山石榴花詩	三月二十五日	未見提及	未見提及	未見提及
◎感夢(行吟坐嘆知何極)	三月二十五日	元和五年	貶赴江陵途中	貶赴江陵途中
◎村花晚	三月二十五日至三十日間	元和五年東都作	元和五年東都作	元和五年洛陽作
◎貶江陵途中寄樂天杓直杓直以員外郎判鹽鐵樂天以拾遺在翰林	三月下旬	元和五年	貶赴江陵途中	貶赴江陵途中
◎渡漢江	四月間	貶赴江陵途中	貶赴江陵途中	貶赴江陵途中
◎賽神(村落事妖神)	四月間	元和五年	貶赴江陵途中	元和五年

續表 20

詩文篇名或其他	本　書	年　譜	編年箋注	年譜新編
●薔薇架	四月間	貶赴江陵途中	元和五年	貶赴江陵途中
◎襄陽道	四月間	貶赴江陵途中	貶赴江陵途中	元和五年
●襄陽爲盧竇紀事(五首)	四月間	元和五年	元和五年	未見編年
◎狂醉	四月間	貶赴江陵途中	貶赴江陵途中	貶赴江陵途中
●夢遊春七十韵	四月間	元和五年貶任江陵詩	元和五年貶任江陵詩	元和五年貶任江陵詩
▲夢遊春詩七十韵序	四月間	元和五年	未見編年	未見編年
◎旅眠	四月或其後	元和四年	元和四年	元和五年西歸途中
◎合衣寢	四月或其後	元和四五年東都作	元和四五年東都作	元和四五年東都作
◎苦雨	五月初	江陵任内	元和九年	江陵任内
◎表夏十首	五月間	江陵任内	江陵任内	元和六年
◎感石榴二十韵	五月間	江陵任内	江陵任内	江陵任内
◎寄吴士矩端公五十韵	五月或六月間	元和五年初謫江陵	未見編年	元和五年初謫江陵
◎和樂天贈吴丹	五月底至六月中旬	元和五年	元和五年	元和五年
◎和樂天初授户曹喜而言志	五月底至六月中旬	元和五年秋天	元和五年初謫江陵	未見編年
◎泛江玩月十二韵	六月十五日	元和五年六月十四日	元和五年六月十四日	元和五年六月十四日
■酬樂天禁中夜作書見寄	夏天或稍後	未見採録	未見採録	未見採録
◎酬李甫見贈十首各酬本意次用舊韵	夏秋間	江陵任内	江陵任内	江陵任内
■酬樂天立秋日曲江見憶	立秋日後	未見採録	未見採録	未見採録

續表 21

詩文篇名或其他	本　書	年　譜	編年箋注	年譜新編
◎紀懷贈李六户曹崔二十功曹五十韵	七月間	元和五年	元和五年	元和五年
◎張舊蚊幬	五月底	元和五年江陵任内	元和五年江陵任内	元和五年江陵任内
■荆南寄白二十二郎書	三月至九月間	元和五年	未見採録	元和五年
◎寄劉頗二首	七月九日後之七月江陵作	元和五年洛陽作	元和五年洛陽作	元和五年洛陽作
■江陵寄白二十二郎書	三月至九月間	元和五年	未見收録	元和五年
◎寄胡靈之	五月至十月十五日	江陵任内	江陵任内	江陵任内
◎夜飲	五月至七年間	未見編年	未編年詩	無法編年
◎夜雨	五月至十月十五日	江陵任内	江陵任内	江陵任内
◎雨後	五月至十月十五日	未見編年	未編年詩	未見編年
◎夜坐	六月間	元和十年	元和十年	元和十年
◎閑二首	夏末秋初	江陵任内	江陵任内	江陵任内
◎秋相望	初秋	未見編年	未編年詩	未見編年
◎酬樂天書懷見寄	八月九日	元和五年秋	元和五年初謫江陵	元和五年秋
◎酬樂天登樂遊園見憶	八月九日	元和五年秋	元和五年初謫江陵	未見編年
◎酬樂天早夏見懷	八月九日	元和五年秋	元和五年初謫江陵	元和五年深秋
◎酬樂天勸醉	八月九日	元和五年	元和五年初謫江陵	元和五年貶江陵時

續表 22

詩文篇名或其他	本　書	年　譜	編年箋注	年譜新編
■酬樂天重題西明寺牡丹見寄	八月九日	未見採録	未見採録	未見採録
◎解秋十首	秋天	江陵任内	江陵任内	元和六年
◎遣書	秋天	江陵任内	江陵任内	江陵任内
◎江陵夢三首	九月初	元和五年江陵作	元和五年江陵作	元和五年江陵作
◎酬樂天八月十五夜禁中獨直玩月見寄	九月	元和五年八月十五日	元和五年江陵士曹任	元和五年貶江陵時作
◎和樂天秋題曲江	晚秋	元和五年	元和五年	元和五年
◎和樂天别弟後月夜作	晚秋	元和五年	元和五年	元和五年
◎和樂天秋題牡丹叢	晚秋	元和五年	元和五年秋	元和五年
◎種竹	暮秋初冬	元和五年	元和五年貶江陵時	元和五年
◎酬翰林白學士代書一百韵	十月十五日後一二天内	元和五年	元和五年	未見編年
◎答姨兄胡靈之見寄五十韵	十月十五日後一二天内	元和五年	元和五年	元和五年
◎酬李六醉後見寄口號	十月十五日至十二月間	江陵任内	江陵任内	元和六年
◎哀病驄呈致用	冬天	江陵任内	元和九年	元和五年貶江陵時
◎江邊四十韵	冬天	江陵任内	江陵任内	元和五年貶江陵時
◎酬段丞與諸棋流會宿弊居見贈二十四韵	冬天	江陵任内	江陵任内	未見編年
■酬樂天雨雪放朝因懷微之	冬天	未見採録	未見採録	未見採録
◎冬夜懷李侍御王太祝段丞	冬天	江陵任内	江陵任内	未見編年
◎獨夜傷懷贈呈張侍御	冬天	元和五年	元和五年	元和五年
◎書樂天紙	六月至年底	元和六年	元和六年	元和五年
▲道得人心中事	本年	未見採録	未見採録	未見採録

續表 23

詩文篇名或其他	本 書	年 譜	編年箋注	年譜新編
■酬樂天見憶	本年	未見採録	未見採録	未見採録
◎有鳥二十章	本年	元和五年	元和五年	元和六年
◎琵琶歌	年末	元和五年	元和五年二月	元和五年
◎寒	歲末	江陵任内	江陵任内	元和五年至八年
元和六年辛卯(811)三十三歲(六十六首)				
◎送東川馬逢侍御使回十韵	初春	江陵任内	江陵任内	元和九年末或十年初
◎送嶺南崔侍御	二月中旬春分之時	江陵任内	江陵任内	江陵任内
◎送崔侍御之嶺南二十韵	二月中旬春分之時	江陵任内	江陵任内	江陵任内
◎酬友封話舊叙懷十二韵	二月間	元和六年	元和六年	元和六年
◎酬竇校書二十韵	二月間	元和六年	元和六年	元和六年
■酬送竇鞏自京中赴黔南	二月間	未見採録	未見採録	未見採録
◎送友封	二月間	元和六年	元和六年	元和六年
■酬樂天獨酌見憶	春天	未見採録	未見採録	未見採録
◎説劍	春天	未見編年	未編年詩	江陵任内
◎諭寳二首	春天	未見編年	未編年詩	江陵任内
◎野節鞭	春天	江陵任内	元和九年	未見編年
◎和樂天折劍頭	春天	元和五年	元和五年	元和五年前
◎和樂天感鶴	春天	元和五年	元和五年	未見編年
◎遣春十首	春天	江陵任内	江陵任内	江陵任内
◎六年春遣懷八首	寒食節	元和六年寒食節	元和六年春	元和六年寒食節
◎欲曙	春天	江陵任内	江陵任内	江陵任内

續表 24

詩文篇名或其他	本　書	年　譜	編年箋注	年譜新編
◎陪諸公游故江西韋大夫通德湖舊居有感題四韵兼呈李六侍御即韋大夫舊寮也	三月	江陵任内	江陵任内	江陵任内
◎飲致用神麯酒三十韵	三月	江陵任内	江陵任内	江陵任内
◎春六十韵	三月下旬	江陵任内	江陵任内	元和六年至九年
◎月三十韵	三月至四月間	江陵任内	江陵任内	江陵任内
■酬樂天觀賞敝宅殘牡丹	四月三日前後	未見採録	未見採録	未見採録
◎新竹	春末夏初	未見編年	未編年詩	未見編年
◎贈嚴童子郎	三月十三日後數月至年底間	江陵任内	江陵任内	江陵任内
◎有酒十章	春夏間	元和五年	元和五年	元和六年
◎送王十一南行	元和六年或七年之夏天	江陵任内	江陵任内	元和九年
◎祭翰林白學士太夫人文	六月下旬或七月上旬	元和六年	元和六年	元和六年
■酬子厚哭吕衡州見寄	八月	未見採録	未見採録	未見採録
■酬夢得哭吕衡州	八月	未見採録	未見採録	未見採録
◎八月六日與僧如展前松滋主簿韋戴同游碧澗寺賦得扉字韵寺臨蜀江内有碧澗穿注兩廊又有龍女洞能興雲雨詩中噴字以平聲韵	八月六日	江陵任内	江陵任内	元和六年八月六日
◎僧如展及韋載同遊碧澗寺賦詩予落句云他生莫忘靈山别滿壁人名後會稀展共吟他生之句因話釋氏緣會所以莫不悽然久之不十日而展公長逝驚悼返覆則他生豈有兆耶其間展公仍賦黄字五十韵飛札相示予方屬和未畢自此不復撰成徒以四韵爲識	八月十四日至十六日間	江陵任内	江陵任内	元和六年八月

續表 25

詩文篇名或其他	本 書	年 譜	編年箋注	年譜新編
◎哭吕衡州六首	十月二十四日	元和六年十月	元和六年十月	元和六年
◎劉二十八以文石枕見贈仍題絶句以將厚意因持壁州鞭酬謝兼廣爲四韵	十月二十四日	元和六年	元和六年	元和六年
■酬夢得碧澗寺見元九和展上人詩	十月二十四日之後	未見採録	未見採録	未見採録
■江陵寄劉二十八院長	本年	元和九年	未見採録	元和九年
◎竹部	本年或七年、八年之暮冬	江陵任内	江陵任内	元和九年
元和七年壬辰(812)三十四歲(三六九首)				
◎三嘆三首	春天	江陵任内	元和七年	元和七年
◎和友封題開善寺十韵	春天	元和六年	元和六年	元和六年
◎去杭州	元和七年或八年之春天	江陵任内	元和九年	江陵任内
●友封體	初夏	元和五年	元和五年	無法編年
◎送友封二首	初夏	元和六年春	元和六年	元和六年二月
◎公安縣遠安寺水亭見展公題壁漂然泪流因書四韵	夏季	江陵任内	江陵任内	元和七年
◎誚盧戡與予數約遊三寺戡獨沉醉而不行	九月初	江陵任内	江陵任内	元和六年
◎玉泉道中作	九月初七至初九	江陵任内	元和六年	元和七年
◎緣路	九月上旬	未見編年	未編年詩	未見編年
◎度門寺	九月上旬或中旬	江陵任内	江陵任内	元和六年

續表 26

詩文篇名或其他	本　書	年　譜	編年箋注	年譜新編
◎大雲寺二十韵	九月上旬或中旬	江陵任内	江陵任内	未見編年
■玉泉寺	九月上旬或中旬	未見採録	未見採録	未見採録
◎遠望	暮秋九月	江陵任内	江陵任内	元和七年
◎遊三寺回呈上府主嚴司空時因尋寺道出當陽縣奉命覆視縣囚牽於游衔不暇詳究故以詩自誚爾	九月底十月初	江陵任内	江陵任内	元和六年
■元和七年前佚失詩篇三四六篇	貞元十年至元和七年間	未見採録	未見採録	未見採録
■自編詩集序	冬天	未見採録	未見採録	未見採録
◎酬别致用	冬天	江陵任内	江陵任内	元和五年
◎送致用	冬天	江陵任内	江陵任内	元和七年
◎塞馬	冬天	未見編年	未編年詩	未見編年
■酬樂天見寄	本年	未見採録	未見採録	未見採録
■酬樂天自吟拙什因有所懷	本年	未見採録	未見採録	未見採録
元和八年癸巳(813)三十五歲(四十首)				
◎送王協律游杭越十韵	早春	江陵任内	江陵任内	江陵任内
◎松鶴	早春	江陵任内	江陵任内	江陵任内
◎早春登龍山静勝寺時非休澣司空特許是行因贈幕中諸公	早春	江陵任内	江陵任内	江陵任内
◎過襄陽樓呈上府主嚴司空樓在江陵節度使宅北隅	暮春三月	江陵任内	元和九年	江陵任内
◎遣春三首	春天	江陵任内	江陵任内	江陵任内
◎寺院新竹	春夏間	江陵任内	江陵任内	江陵任内
◎奉和竇容州	五月或稍前數天	元和八年四月	元和八年	元和八年四月

續表 27

詩文篇名或其他	本　書	年　譜	編年箋注	年譜新編
◎與史館韓郎中書	夏天	元和八年三月後	元和八年	元和八年三月
■酬夢得見呈竇員外郡齋宴客兼寄微之	五月至八月間	未見採録	未見採録	未見採録
◎遣病十首	秋天	元和八年秋	元和八年秋	元和八年
◎酬許五康佐	秋天	元和五年	元和五年	江陵任内
◎送盧戡	秋天	江陵任内	江陵任内	江陵任内
◎奉和嚴司空重陽日同崔常侍崔郎中及諸公登龍山落帽臺佳宴	九月九日	江陵任内	元和九年	江陵任内
◎痁卧聞幕中諸公徵樂會飲因有戲呈三十韵	暮秋初冬	元和八年秋	元和八年秋	元和八年秋
◎晨起送使病不行因過王十一館居二首	初冬	江陵任内	元和八年秋	元和八年秋
◎唐故工部員外郎杜君墓係銘并序	十月或十一月	元和八年	元和八年	元和八年
◎後湖	年末	元和八年	元和八年	元和八年
◎予病瘴樂天寄通中散碧腴垂雲膏仍題四韵以慰遠懷開拆之間因有酬答	年末	元和八年	元和八年	元和八年
◎遣興十首	本年	元和七年或八年	元和七年或八年	元和七年
元和九年甲午（814）三十六歲（四十六首）				
◎獨游	初春	未見編年	未編年詩	無法編年
◎夢成之	初春	元和九年潭州之行	元和九年潭州之行	元和九年潭州之行
●斑竹	初春	元和九年潭州之行	元和九年潭州之行	元和九年潭州之行

續表 28

詩文篇名或其他	本　書	年　譜	編年箋注	年譜新編
◎陪張湖南宴望岳樓稹爲監察御史張中丞知雜事	仲春	元和九年	元和九年	元和九年
◎何滿子歌	仲春	元和九年仲春	元和九年	元和九年二月
◎盧頭陀詩	二月中下旬或三月上旬	元和九年仲春	元和九年	元和九年二月
◎醉別盧頭陀	二月中下旬或三月上旬	元和九年	元和九年	元和九年
◎湘南登臨湘樓	三月	元和九年	元和九年	元和九年
◎晚宴湘亭	三月	元和九年	元和九年	元和九年
◎寄庾敬休	三月	元和九年離湘州時	元和九年離潭州時	元和九年將離潭州時
◎放言五首	三月下旬	江陵任内	江陵任内	江陵任内
◎宿石磯	三月下旬	元和九年潭州之行	元和九年潭州之行	元和九年潭州之行
◎岳陽樓	三月下旬	元和九年經岳州時	元和九年經岳州時	元和九年經岳州時
◎送杜元穎	三月三十日	元和九年三月底	元和九年三月底	元和九年三月底
●三月三十日程氏館餞杜十四歸京	三月三十日	元和九年三月底	元和九年三月底	元和九年三月底
◎送孫勝	六年至九年三月三十日	江陵任内	江陵任内	江陵任内
◎楚歌十首	三月三十日稍後	江陵任内	元和九年	元和五年
◎貽蜀五首・序	夏至秋初	元和九年	元和九年	元和九年
◎貽蜀五首・病馬詩寄上李尚書	夏至秋初	元和九年	元和九年	元和九年
◎貽蜀五首・李中丞表臣	夏至秋初	元和九年	元和九年	元和九年

續表 29

詩文篇名或其他	本　書	年　譜	編年箋注	年譜新編
◎貽蜀五首・盧評事子蒙	夏至秋初	元和九年	元和九年	元和九年
◎貽蜀五首・張校書元夫	夏至秋初	元和九年	元和九年	元和九年
◎貽蜀五首・韋兵曹臧文	夏至秋初	元和九年	元和九年	元和九年
◎畫松	七月或八月	元和九年閏八月	元和九年閏八月	元和九年
◎葬安氏誌	閏八月	元和九年	元和九年	元和九年秋
■酬樂天嘆元九見寄	冬天	未見採録	未見採録	未見採録
■酬樂天感化寺題名處見寄	冬天	未見採録	未見採録	未見採録
◎爲嚴司空謝招討使表	十月十九日後數天	十月二十一日不久	十月二十一日不久	十月二十一日不久
◎代諭淮西書	十月十九日後數天	元和九年	元和九年十月	元和九年
◎祭淮瀆文	十二月初	元和九年十二月	元和九年十二月	元和九年十二月
■酬竇鞏送元稹西歸	年底	未見採録	未見採録	未見採録
■荆南寄樂天書	本年	元和九年	未見採録	元和九年
■論詩寄樂天書	元和五年至九年	元和十年	未見採録	未見採録
元和十年乙未(815)三十七歲(一二七首)				
◎酒醒	初春	未見編年	未編年詩	元和九年潭州之行
●春曉	初春	元和十四年	元和十四年	元和十四年
▲楊柳枝	初春	未見收録	未見收録	未見收録
■又楊柳枝	初春	未見收録	未見收録	未見收録
◎歸田	初春	元和十年夏貶赴通州途中	元和十年夏貶赴通州途中	元和五年自洛陽西歸途中
■復李諒書	初春	未見提及	未見提及	未見提及

續表 30

詩文篇名或其他	本　書	年　譜	編年箋注	年譜新編
■復白居易書	初春	未見提及	未見提及	未見提及
◎西歸絶句十二首	初春途中作	初春長安作	初春長安作	初春途中和長安作
◎桐孫詩	初春途中作	初春途中作（“西歸絶句”前）	初春途中作（“西歸絶句”前）	初春途中作（“西歸絶句”前）
◎題藍橋驛留呈夢得子厚致用	初春途中藍橋驛作（“西歸絶句”後）	初春離唐州赴西京途中（“西歸絶句”前）	初春離唐州赴西京途中（“西歸絶句”前）	初春離唐州赴西京途中（“西歸絶句”前）
▲題藍橋驛	初春	未見收録	未見收録	未見收録
◎小碎詩篇	初春途中藍橋驛作	初到長安作	初到長安作	初春途中藍橋驛後作
■酬樂天開元九詩書卷	初春	未見收録	未見收録	未見收録
■和樂天見元九	初春長安作	未見收録	未見收録	未見收録
◎和樂天高相宅	初春長安作	元和十年長安作	元和十年長安作	元和十年長安作
■和樂天嘆張十八	初春長安作	未見收録	未見收録	未見收録
◎和樂天劉家花	初春長安作	元和十年長安作	元和十年長安作	元和十年長安作
■和樂天感裴五	初春長安作	未見收録	未見收録	未見收録
◎和樂天仇家酒	初春長安作	元和十年長安作	元和十年長安作	元和十年長安作
◎和樂天贈雲寂僧	初春長安作	元和十年長安作	元和十年長安作	元和十年長安作
■酬樂天遊城南挽留晚歸	春天	未見收録	未見收録	未見收録
◎酬盧秘書	二月末	元和十年	元和十年	元和十年
◎和樂天贈楊秘書	春天長安作	元和十年赴通州途中作	元和十年赴通州途中作	元和十年在長安作

續表 31

詩文篇名或其他	本　書	年　譜	编年箋注	年譜新編
◎和樂天題王家亭子	春天長安作	元和十年赴通州途中作	元和十年赴通州途中作	元和十年在長安作
◎和樂天過秘閣書省舊廳	三月二十五日至三十日間在長安作	元和十年六月在通州作	元和十年六月在通州作	元和十年六月在通州作
◎見人詠韓舍人新律詩因有戲贈	三月二十五日至三十日間在長安作	元和十年六月在通州作	元和十年六月在通州作	元和十年在長安作
◎灃西别樂天	三月三十日灃西	元和十年灃西	三月三十日灃西	三月三十日灃西
◎山枇杷	四月間赴通州途中	元和十年	元和十年赴通州途中	元和十年赴通州途中
◎紫躑躅	四月間赴通州途中	元和十年	元和十年赴通州途中	元和十年赴通州途中
◎褒城驛二首	四月至五月間褒城驛	元和十年赴通州途中	元和十年赴通州途中	元和十年赴通州途中
◎嘉陵水（古時應是山頭水）	四月至五月間	元和十二年由興元返通州	元和十二年由興元返通州	不見編年
◎嘉陵水（爾是無心水）	四月至五月間	元和十二年由興元返通州	元和十二年由興元返通州	元和十二年由興元返通州
◎長灘夢李紳	五月間長灘作	元和十年赴通州途中	元和十年赴通州途中	元和十年赴通州途中
◎南昌灘	六月間南昌灘作	元和十年赴通州途中	元和十年赴通州途中	元和十年赴通州途中
◎見樂天詩	六月間通州作	元和十年通州作	元和十年通州作	元和十年通州作
■巴南道中佚失詩四十一首	四月至六月間作	未見收録	未見收録	未見收録
■初到通州寄樂天書	六月中旬	元和十年	未見收録	未見收録

續表 32

詩文篇名或其他	本　書	年　譜	編年箋注	年譜新編
■元和七年至元和十年間佚失詩文二十五篇	元和八年至元和十年六月間	未見收録	未見收録	未見收録
◎叙詩寄樂天書	六月間	元和十年	元和十年	元和十年
◎聞樂天授江州司馬	八月間	八月間	八月間	八月間
▲寄白二十二郎書	六月下旬至九月間	元和十年	未見收録	未見收録
◎贈吴渠州從姨兄士則	九月下旬渠州作	元和十年六月離京赴通州途中	元和十年六月離京赴通州途中	元和十年六月離京赴通州途中
◎新政縣	十月初四自通州北上興元途中	元和十年六月離京赴通州途中	元和十年六月離京赴通州途中	元和十年六月離京赴通州途中
◎感夢(十月初二日)	十月初四自通州北上興元途中	元和十二年離興元返回通州途中	元和十二年離興元返回通州途中	十月初四自通州北上興元途中
◎蒼溪縣寄揚州兄弟	十月上旬自通州北上興元途中	元和十年六月離京赴通州途中	元和十年六月離京赴通州途中	元和十年六月離京赴通州途中
◎滎陽鄭公以稹寓居嚴茅有池塘之勝寄詩四首因有意獻	冬天嚴茅作	元和十一年秋天	元和十一年秋天	元和十年冬天
◎雪天	十一月二十二日之後興元作	未見編年	未編年詩	長慶三年至大和三年越州任内
◎遣病	十一月或十二月通州作	元和十年通州作	元和十年通州作	元和十年通州作
◎悟禪三首寄胡杲	十一月或十二月通州作	未見編年	未編年詩	未見編年
元和十一年丙申(816)三十八歲(三十三首)				
◎歲日贈拒非	正月初一	元和十二年	元和十二年	元和十二年

續表 33

詩文篇名或其他	本　書	年　譜	編年箋注	年譜新編
◎歲日	正月初一	未見編年	未編年詩	無法編年
◎贈熊士登	早春	元和十二年初春	元和十二年初春	元和十四年自通州赴虢州途中作
◎別嶺南熊判官	晚春	元和十二年晚春	元和十二年晚春	元和十四年自通州赴虢州途中作
◎春月	春天	江陵任内	江陵任内	江陵任内
◎落月	初夏	未見編年	未編年詩	無法編年
◎高荷	夏天	未見編年	未編年詩	無法編年
◎夜池	晚夏	未見編年	未編年詩	無法編年
◎水上寄樂天	八月十五日	元和十年至十三年	元和十三年	元和十二年返回通州前
◎相憶泪	八月十五日	元和十年至十三年	元和十年至十三年	元和十三年
◎和裴校書鷺鷥飛	夏秋間	未見編年	未編年詩	無法編年
◎遣行十首	秋天	元和十二年	元和十二年	元和十二年
◎景申秋八首	秋天	元和十一年	元和十一年	元和十一年
◎雨聲	初冬	未見編年	未編年詩	未見編年
◎奉和權相公行次臨闕驛逢鄭僕射相公歸朝俄頃分途因以奉贈詩十四韵	十月二十五日或二十六日	元和十一年	元和十一年	元和十一年十一月稍後
●上興元權尚書啓	十月二十六日至本年底間	元和十二年	元和十一年十一月稍後	元和十二年
●嘆卧龍	下半年	未見採録	未見採録	未見採録
元和十二年丁酉(817)三十九歲(五十九首)				
◎生春二十首	春天	元和十二年	元和十二年	元和十二年

續表 34

詩文篇名或其他	本　書	年　譜	編年箋注	年譜新編
■寄蜀人詩	春天	未見採録	未見採録	未見採録
◎晚春	晚春	未見編年	未編年詩	無法編年
▲閉門即事	春夏	未見編年	未編年詩	無法編年
◎樂府(有序)	三四月間	元和十二年	元和十二年	元和十二年
◎和劉猛古題樂府十首・夢上天	三四月間	元和十二年	元和十二年	元和十二年
◎和劉猛古題樂府十首・冬白紵	三四月間	元和十二年	元和十二年	元和十二年
◎和劉猛古題樂府十首・將進酒	三四月間	元和十二年	元和十二年	元和十二年
◎和劉猛古題樂府十首・采珠行	三四月間	元和十二年	元和十二年	元和十二年
◎和劉猛古題樂府十首・董逃行	三四月間	元和十二年	元和十二年	元和十二年
◎和劉猛古題樂府十首・憶遠曲	三四月間	元和十二年	元和十二年	元和十二年
◎和劉猛古題樂府十首・夫遠征	三四月間	元和十二年	元和十二年	元和十二年
◎和劉猛古題樂府十首・織婦詞	三四月間	元和十二年	元和十二年	元和十二年
◎和劉猛古題樂府十首・田家詞	三四月間	元和十二年	元和十二年	元和十二年
◎和劉猛古題樂府十首・俠客行	三四月間	元和十二年	元和十二年	元和十二年
◎和李餘古題樂府九首・君莫非	三四月間	元和十二年	元和十二年	元和十二年
◎和李餘古題樂府九首・田野狐兔行	三四月間	元和十二年	元和十二年	元和十二年
◎和李餘古題樂府九首・當來日大難行	三四月間	元和十二年	元和十二年	元和十二年

續表 35

詩文篇名或其他	本　書	年　譜	編年箋注	年譜新編
◎和李餘古題樂府九首・人道短	三四月間	元和十二年	元和十二年	元和十二年
◎和李餘古題樂府九首・苦樂相倚曲	三四月間	元和十二年	元和十二年	元和十二年
◎和李餘古題樂府九首・出門行	三四月間	元和十二年	元和十二年	元和十二年
◎和李餘古題樂府九首・捉捕歌	三四月間	元和十二年	元和十二年	元和十二年
◎和李餘古題樂府九首・古築城曲五解	三四月間	元和十二年	元和十二年	元和十二年
◎和李餘古題樂府九首・估客樂	三四月間	元和十二年	元和十二年	元和十二年
◎酬劉猛見送	五月興元作	元和十二年興元作	元和十二年興元作	元和十二年興元作
◎酬獨孤二十六送歸通州	五月興元作	元和十二年興元作	元和十二年興元作	元和十二年興元作
◎百牢關	五月自興元返通州途中	九月自興元返通州途中	九月自興元返通州途中	九月自興元返通州途中
◎漫天嶺贈僧	五月自興元返通州途中	九月自興元返通州途中	九月自興元返通州途中	九月自興元返通州途中
◎閬州開元寺壁題樂天詩	五月自興元返通州途中	九月自興元返通州途中	九月自興元返通州途中	九月自興元返通州途中
■遊雲臺山記	五月自興元返通州途中	未見收録	未見收録	未見收録
◎得樂天書	五月通州作	元和十一年	元和十二年五月後	元和十三年
◎酬樂天書後三韵	五月通州作	元和十二年	元和十二年	元和十三年
■答樂天與微之書	五月通州作	未見收録	未見收録	未見收録
◎瘴塞	六七月間通州作	元和十二年九月通州司馬任	元和十二年九月通州司馬任	元和十二年九月回通州作

續表 36

詩文篇名或其他	本　書	年　譜	編年箋注	年譜新編
◎通州	夏秋間	元和十二年九月通州司馬任	元和十二年九月通州司馬任	元和十二年九月回通州作
◎酬樂天得稹所寄紵絲布白輕庸製成衣服以詩報之	七八月間通州作	元和十一年興元作	元和十一年興元作	元和十三年通州作
◎紅荆	十月	通州司馬任内	通州司馬任内	通州司馬任内
■酬樂天題詩屏風絶句見寄	冬天	未見收録	未見收録	未見收録
◎賀誅吴元濟表	十一月十日後數天	元和十二年	元和十二年十一月	元和十二年十月
●賀裴相公破淮西啓	十一月十日後數天	元和十二年	元和十二年十一月	元和十二年
元和十三年戊戌(818)四十歲(一〇三首)				
◎上門下裴相公書	二月間	元和十三年正月	元和十三年春天	元和十三年春天
◎二月十九日酬王十八全素	二月十九日	通州任内	通州任内	元和十三通州作
◎寒食日	寒食日通州作	元和十二年或十三年寒食通州	元和十二年或十三年寒食通州	元和十三年寒食通州作
◎酬樂天聞李尚書拜相以詩見賀	三月二十七日至四月十七日間	元和十三年四月	元和十三年四月	元和十三年三月
◎連昌宫詞	三月底至四月上中旬間	元和十二年十月後十三年七月前	元和十三年	元和十二年十月後十三年七月前
▲連昌宫詞自注	三月底至四月上中旬間	未見收録	未見收録	未見收録
◎喜李十一景信到	四月十日	元和十三年	元和十三年	元和十三年

續表 37

詩文篇名或其他	本　書	年　譜	編年箋注	年譜新編
◎與李十一夜飲	四月十日夜	未見編年	元和十三年	元和十三年春天
◎贈李十一	四月十日或十一日	未見編年	元和十三年	元和十三年春天
◎酬樂天東南行一百韵	四月十日十二日	未見編年	元和十三四月	元和十三年
◎酬樂天醉别	四月十日十二日	元和十年初到通州時作	元和十年初到通州時作	元和十年赴通州途中作
◎酬樂天雨後見憶	四月十日十二日	元和十年初到通州時作	元和十年初到通州時作	元和十年赴通州途中作
◎酬樂天得微之詩知通州事因成四首	四月十日十二日	元和十年初到通州時作	元和十年初到通州時作	元和十年
◎酬樂天見寄	四月十日十二日	元和十年	元和十年	元和十年
◎酬樂天寄生衣	四月十日十二日	元和十年	元和十年	元和十年
◎酬樂天武關南見微之題山石榴花詩	四月十日十二日	元和十年	元和十年	疑元和十三年追和
◎酬樂天舟泊夜讀微之詩	四月十日十二日	元和十年	元和十年	疑元和十三年追和
◎酬樂天赴江州路上見寄三首	四月十日十二日	元和十年	元和十年	元和十年
◎酬樂天寄蘄州簟	四月十日十二日	元和十一年	元和十二年	疑元和十三年追和
◎酬樂天見憶兼傷仲遠	四月十日十二日	元和十一年	元和十三年	疑元和十三年追和
◎酬樂天春寄微之	四月十日十二日	元和十二年	元和十三年興元作	元和十三年春
◎酬樂天嘆窮愁見寄	四月十日十二日	通州任内	未見編年意見	疑元和十三年追和

續表 38

詩文篇名或其他	本　書	年　譜	編年箋注	年譜新編
◎酬樂天三月三日見寄	四月十日十二日	通州任内	通州任内	疑元和十三年追和
◎酬樂天頻夢微之	四月十日十二日	元和十二年	元和十二年八月二十二日至十三年	未見編年
■酬樂天重寄	四月十日十二日	未見採録	未見採録	未見採録
■酬樂天微之到通州日	四月十日十二日	未見採録	未見採録	未見採録
■酬樂天雨中携元九詩訪元八侍御	四月十日十二日	未見採録	未見採録	未見採録
■酬樂天藍橋驛見元九詩	四月十日十二日	未見採録	未見採録	未見採録
■酬樂天韓公堆寄元九	四月十一日十二日	未見採録	未見採録	未見採録
■酬樂天編詩成集戲贈元九	四月十日十二日	未見採録	未見採録	未見採録
■酬樂天見紫薇花憶微之	四月十日十二日	未見採録	未見採録	未見採録
■酬樂天山石榴寄元九	四月十日十二日	未見採録	未見採録	未見採録
■酬樂天春晚寄微之	四月十日十二日	未見採録	未見採録	未見採録
■酬樂天感秋懷微之	四月十日十二日	未見採録	未見採録	未見採録
■酬樂天感逝寄遠	四月十一日十二日	未見採録	未見採録	未見採録
■酬樂天夢與李七庾三十二同訪元九	四月十日十二日	未見採録	未見採録	未見採録
◎酬知退	四月十一日十二日	通州任内	通州任内	未見編年

續表 39

詩文篇名或其他	本　書	年　譜	編年箋注	年譜新編
◎通州丁溪館夜別李景信三首	四月十二日夜	元和十三年	元和十三年	元和十三年
◎夜別筵	四月十二日夜	未見編年	未編年詩	無法編年
◎別李十一五絶	四月十三日早晨	元和十三年	元和十三年	元和十三年
◎寄樂天(無身尚擬魂相就)	四月中下旬	通州任内	通州任内	未見編年
■酬楊巨源見寄	四月	未見採録	未見採録	未見採録
◎報三陽神文	九月十四日	元和十三年九月十五日	元和十三年九月十五日	元和十三年九月
◎告畬竹山神文	十一月初	元和十三年十月下旬	元和十三年十月下旬	元和十三年
◎告畬三陽神文	十一月九日	元和十三年十一月十日	元和十三年十一月十日	元和十三年
▲通州猶似勝江州	秋冬	未見採録	未見採録	未見採録
◎和東川李相公慈竹十二韵	十一月	元和十二年	元和十二年	元和十二年
◎蟲豸詩七篇・序	冬季	通州任内	通州任内	通州任内
◎蟲豸詩七篇・巴蛇三首	冬季	通州任内	通州任内	通州任内
◎蟲豸詩七篇・蛒蜂三首	冬季	通州任内	通州任内	通州任内
◎蟲豸詩七篇・蜘蛛三首	冬季	通州任内	通州任内	通州任内
◎蟲豸詩七篇・蟻子三首	冬季	通州任内	通州任内	通州任内
◎蟲豸詩七篇・蟆子三首	冬季	通州任内	通州任内	通州任内
◎蟲豸詩七篇・浮塵子三首	冬季	通州任内	通州任内	通州任内
◎蟲豸詩七篇・虻三首	冬季	通州任内	通州任内	通州任内
◎和樂天夢亡友劉太白同遊二首	四月十二日後之本年	通州任内	未見編年意見	元和十三年
◎和樂天尋郭道士不遇	四月十二日後之本年	通州任内	未見編年意見	疑元和十三年追和

續表 40

詩文篇名或其他	本書	年譜	編年箋注	年譜新編
◎和樂天送客游嶺南二十韵	四月十二日後之本年	江陵任内	江陵任内	江陵任内
◎酬東川李相公十六韵	十二月十二日至年底	元和十二年十二月十二日	元和十二年十二月十二日	元和十二年十二月十二日
◎三兄以白角巾寄遺髪不勝冠因有感嘆	本年	元和十三年	元和十三年	元和十三年
◎寄曇嵩寂三上人	本年	元和十年赴通州途中作	元和十年赴通州途中作	元和十年在長安作
■和韋侍講盛山十二詩・宿雲亭	本年	元和十四年	未見採録	元和十三年
■和韋侍講盛山十二詩・隱月岫	本年	元和十四年	未見採録	元和十三年
■和韋侍講盛山十二詩・茶嶺	本年	元和十四年	未見採録	元和十三年
■和韋侍講盛山十二詩・梅溪	本年	元和十四年	未見採録	元和十三年
■和韋侍講盛山十二詩・流杯渠	本年	元和十四年	未見採録	元和十三年
■和韋侍講盛山十二詩・盤石磴	本年	元和十四年	未見採録	元和十三年
■和韋侍講盛山十二詩・桃塢	本年	元和十四年	未見採録	元和十三年
■和韋侍講盛山十二詩・竹巖	本年	元和十四年	未見採録	元和十三年
■和韋侍講盛山十二詩・琵琶臺	本年	元和十四年	未見採録	元和十三年
■和韋侍講盛山十二詩・胡盧沼	本年	元和十四年	未見採録	元和十三年
■和韋侍講盛山十二詩・繡衣石榻	本年	元和十四年	未見採録	元和十三年
■和韋侍講盛山十二詩・上士瓶泉	本年	元和十四年	未見採録	元和十三年

續表 41

詩文篇名或其他	本　書	年　譜	編年箋注	年譜新編
■酬樂天昔與微之在朝日因蓄休退之心迨今十年淪落老大追尋前約且結後期	本年	未見採録	未見採録	未見採録
■竹枝詞三首	十年至十三年	未見採録	未見採録	未見採録
元和十四年己亥(819)四十一歲(五十五首)				
◎酬樂天江樓夜吟稹詩因成三十韵	正月初九日前	元和十四年通州作	元和十四年赴虢州途中作	元和十三年
◎花栽二首	正月初九日之時	元和九年潭州返江陵途中作	元和九年潭州返江陵途中作	元和九年潭州返江陵途中作
◎黄草峡聽柔之琴二首	三月上旬某晚自通州赴虢州途中作	元和十四年自通州赴虢州途中作	元和十四年自通州赴虢州途中作	元和十四年
◎書劍	三月上旬某晚自通州赴虢州途中作	元和十四年自通州赴虢州途中作	元和十四年自通州赴虢州途中作	元和十四年
◎小胡笳引	三月上旬自通州赴虢州途中作	未見提及	未編年詩	未見提及
◎憑李忠州寄書樂天	三月上旬自通州赴虢州途中作	元和十一年興元作	元和十三年通州作	元和十三年春天通州作
■忠州寄樂天書	三月上旬自通州赴虢州途中作	元和十一年	未見採録	未見採録
◎月臨花	三月上旬	江陵任内	江陵任内	江陵任内
◎紅芍藥	三月上旬	江陵任内	江陵任内	江陵任内

續表 42

詩文篇名或其他	本　書	年　譜	編年箋注	年譜新編
■通州任内佚失詩十九首	元和十年四月一日至十四年三月十日	未見採録	未見採録	未見採録
■三遊洞二十韵	三月十三日	元和十四年	未見採録	元和十四年
■答白二十二書	夏天	未見採録	未見採録	未見採録
◎酬樂天嘆損傷見寄	秋天	元和十四年秋	虢州時期	元和十四年秋
◎哭女樊	秋天	元和十四年	元和十四年秋	元和十四年秋
◎哭女樊四十韵	秋天	元和十四年秋	元和十四年秋	元和十四年秋
◎唐故朝議郎侍御史内供奉鹽鐵轉運河陰留後河南元君墓誌銘	十一月十四日虢州作	不見編年意見	元和十四年十一月十六日長安作	元和十四年
■元和五年三月至元和十四年年底間佚失詩篇十九首	元和五年三月至元和十四年年底間	未見採録	未見採録	未見採録
元和十五年庚子(820)四十二歲(一三七首)				
●上令狐相公詩啓	正月初三稍後數日	不見編年意見	元和十四年	元和十四年
◎爲蕭相謝告身狀	正月初八	元和十五年	元和十五年	元和十五年
◎錢貨議狀	閏正月十八日或十九日	元和十五年	元和十五年閏正月	元和十五年
◎令狐楚等加階制	二月五日或六日	二月五日以後作	二月作	二月五日以後作
◎王仲舒等加階制	二月五日或六日	二月五日以後作	二月以後六月以前	二月五日後六月戊寅前

續表 43

詩文篇名或其他	本　書	年　譜	編年箋注	年譜新編
◎武儒衡等加階制	二月五日或六日	二月五日或長慶元年正月三日或七月十八日	二月	二月稍後
◎崔元略等加階制	二月五日或六日	二月五日以後	知制誥任内	知制誥任内
◎胡証等加階制	二月五日或六日	二月五日或長慶元年正月三日或七月十八日	元和十五年二月五日或長慶元年正月	元和十五年二月即位赦
●授張奉國上將軍皇城留守制	二月五日或稍後數日	知制誥任内	知制誥任内	知制誥任内
◎姚文壽可冠軍大將軍右監門衛將軍知内侍省事制	二月五日或稍後數日	知制誥任内	知制誥任内	知制誥任内
◎徐智岌可雲麾將軍右監門衛將軍知内侍省事制	二月五日或稍後數日	知制誥任内	知制誥任内	知制誥任内
●授劉泰清左武衛將軍制	二月五日或稍後數日	知制誥任内	知制誥任内	知制誥任内
◎邵常政等可内侍省内謁者監制	二月五日或稍後數日	知制誥任内	知制誥任内	知制誥任内
◎劉惠通授謁者監制	二月五日或稍後數日	知制誥任内	知制誥任内	知制誥任内
◎宋常春等可内侍省内僕局令制	二月五日或稍後數日	知制誥任内	知制誥任内	知制誥任内
◎王惠超等授左清道率府率制	二月五日或稍後數日	知制誥任内	元和十五年正月丙午以後	元和十五年
◎荆浦授左清道率府率制	二月五日或稍後數日	知制誥任内	元和十五年即位後不久	知制誥任内
◎七女封公主制	二月五日或稍後數日	知制誥任内	元和十五年七月	元和十五年七月

續表 44

詩文篇名或其他	本 書	年 譜	編年箋注	年譜新編
◎于季友授右羽林將軍制	二月五日或稍後數日	知制誥任内	知制誥任内	知制誥任内
◎王悦等可昭武校尉行左千牛備身制	二月五日或稍後數日	知制誥任内	知制誥任内	知制誥任内
◎崔適等可翊麾校尉守左千牛備身制	二月五日或稍後數日	知制誥任内	知制誥任内	知制誥任内
◎諸使收淄青叙録將士等授官爵勛制	二月五日或稍後數日	二月丁丑以後作	二月	元和十五年
◎高允恭授尚書户部郎中判度支案制	二月五日或六日	不見編年意見	元和十五年	元和十五年(重複)
●授韋審規等左司户部郎中等制	二月五日或六日	元和十五年	元和十五年	元和十五年
◎鄭涵授尚書考功郎中馮宿刑部郎中制	二月五日或六日	元和十五年	元和十五年	元和十五年
◎高釴可守起居郎依前充史館修撰何士乂可尚書水部員外郎制	二月五日或六日	元和十五年	元和十五年	元和十五年
◎常元亮等權知橋陵制	二月五日或六日	知制誥任内	知制誥任内	知制誥任内
◎裴堪授工部尚書致仕制	二月五日或六日	不見編年意見	知制誥任内	知制誥任内
◎贈田弘正等父制	二月五日或六日	十月乙酉之前	十月乙酉之前	十月乙酉之前
◎贈田弘正等母制	二月五日或六日	十月乙酉之前	十月乙酉之前	十月乙酉之前
◎贈烏重胤等父制	二月五日或六日	長慶元年八月以前	長慶元年八月以前	長慶元年八月至十月間
◎贈韋審規等父制	二月五日或六日	二月五日以後	二月	元和十五二月五日以後
◎追封李逢吉等母制	二月五日或六日	二月五日以後	二月	二月五日以後

續表 45

詩文篇名或其他	本　書	年　譜	編年箋注	年譜新編
◎追封王璠等母制	二月五日或六日	長慶元年一月三日或七月十八日之時	長慶元年一月三日或七月十八日之時	長慶元年一月三日或七月十八日之時
◎爲蕭相謝追贈祖父祖妣亡父表	二月五日或六日	元和十五年	元和十五年	元和十五年
◎爲蕭相謝賜太夫人國號告身狀	二月五日或六日	元和十五年	元和十五年	元和十五年
◎贈陳憲忠衡州刺史制	二月五日或六日	不見編年意見	長慶元年一月三日或七月十八日之時	疑作於長慶元年。
◎鄭氏封才人制	二月五日或六日	知制誥任内	知制誥任内	知制誥任内
●授郭旼冀王府諮議制	二月五日或六日	知制誥任内	長慶元年正月改元大赦之際	長慶元年正月改元大赦之際
●授王自勵原王府諮議制	二月五日或六日	知制誥任内	知制誥任内	知制誥任内
◎陳諫可循州刺史制	二月五日或六日	十月一日之前	十月一日之前	十月一日之前
◎駱怡等復職制	二月五日或六日	知制誥任内	知制誥任内	知制誥任内
◎吉旼可守京兆府渭南縣令制	二月五日至三月間	五月之後	長慶元年	下半年之後
●授裴寰奉先縣令制	二月五日至三月間	知制誥任内	知制誥任内	知制誥任内
◎元佑可洋州刺史制	二月五日至三月間	知制誥任内	元和十五年	元和十五年
◎元蕻等可餘杭等州刺史制	二月五日至三月間	元和十五年	元和十五年	元和十五年

續表 46

詩文篇名或其他	本 書	年 譜	編年箋注	年譜新編
◎袁重光可雅州刺史李踐方可大理寺丞制	二月五日至三月間	知制誥任内	知制誥任内	知制誥任内
◎李立則可檢校虞部員外郎知鹽鐵東都留後制	二月五日至三月間	長慶元年二月之前	長慶元年二月之前	長慶元年二月之前
●授蕭祐兵部郎中制	二月五日至三月間	元和十五年	元和十五年	元和十五年九月廿三日前
◎韋行立可處州刺史制	二月五日至六月間	未見編年意見	知制誥任内	知制誥任内
◎追封李遜等母制	三月初	二月五日後	二月	元和十五年
◎趙真長等加官制	二月二十九日至三月間	二月五日以後	二月	二月五日以後
◎寒食日毛空路示侄晦及從簡	寒食日	未見編年意見	元和十五年	元和十五年
◎别孫村老人	寒食日	未見編年意見	元和十五年	元和十五年
◎韓臯吏部尚書趙宗儒太常卿制	三月十六日至月底	元和十五年	三月	元和十五年
◎王沂可河南府永寧縣令范傳規可陝州安邑縣令制	三四月間	六月七日以前	六月	五六月
◎唐故京兆府盩厔縣尉元君墓誌銘	四月二十一日稍後一二天内	元和十五年四月二十一日後	元和十五年四月	元和十五年
◎爲令狐相國謝賜金石凌紅雪狀	四月	夏天	一二月	夏天
◎憲宗章武孝皇帝挽歌詞三首	四月二十六日至五月九日間	元和十五年	元和十五年	五月
●授嗣虢王溥等太僕少卿制	五月九日之後數日	知制誥任内	知制誥任内	知制誥任内

續表 47

詩文篇名或其他	本　書	年　譜	編年箋注	年譜新編
◎祭禮部庾侍郎太夫人文	五月九日後之夏天	長慶元年二月十六日前	元和十五年五月後至長慶元年二月間	元和十五年
◎李光顔加階并賜一子官制	六月八九日間	六月十日	六月	六月
●授杜叔良左領軍衛大將軍制	六月初八後數日間	六月初八日	三至六月間	三至六月間
■酬樂天畫木蓮花圖見寄	夏天	未見採録	未見採録	未見採録
■喜烏見寄白樂天	夏天	未見採録	未見採録	未見採録
■酬樂天商山路驛桐樹前後題名處述情	夏天	未見採録	未見採録	未見採録
■題壁白鬚詩	夏天	未見採録	未見採録	未見採録
■酬白員外題壁詩	夏天	未見採録	未見採録	未見採録
●一字至七字詩・茶	夏天	斷定本詩不是元稹之詩	採用《年譜》僞詩説	疑爲僞作
◎范傳式可河南府壽安縣令制	夏秋間	長慶元年年初	長慶元年	長慶元年
◎王元琬可銀州刺史制	七月間	六月初八以後	六月	六月初八以後
◎賀降誕日德音狀	七月五日前一二日	七月初五	七月初六	七月
◎贈賻裴行立制	七月五日當天或次日	七月	七月十五日以後	七月十五日以後
◎獻滎陽公詩五十韵	七月十七日或十八日長安作	秋在興元作	秋在興元作	秋在興元作
◎奉和滎陽公離筵作	七月十七日或十八日	元和十一年	十月	冬天

續表 48

詩文篇名或其他	本 書	年 譜	編年箋注	年譜新編
◎爲令狐相國謝回一子官與弟狀	七月二十一日至二十七日間	七月令狐楚罷相前	六月	六月
◎中書省議賦税及鑄錢等狀	八月二日後一二日	八月	八月	八月
◎中書省議舉縣令狀	八月二日後一二日	元和十五年	八月	元和十五年
◎崔鄾授諫議大夫制	八月二日後一二日	元和十五年	元和十五年	元和十五年
◎告贈皇考皇妣文	八月九日至秋分間	八月九日以後作	八月以後	八月九日以後作
◎蕭俛等加勛制	七月二十七至八月二十八間	七月二十七至八月二十八間	七八月間	七月二十七至八月二十八間
◎爲蕭相讓官表	八月二十九日	八月二十九日	八月	八月
●令狐楚衡州刺史制	八月二十九日	八月三十日	八月三十日	八月
●授張籍祕書郎制	九月十九日前之九月	九月十九日之前	冬天	冬天
◎贈楚繼吾等刺史制	九月十五日後數日	長慶元年	七月	元和十五年
●授崔鄘等澤潞支使書記制	九月十七日或十八日	九月十九日後十月十六前	九月	九月十九日後十月十六前
◎楊嗣復權知尚書兵部郎中制	九月二十九日後不久	十月十八日	元和十五年	十月前
◎哭小女降真	元和十四年或本年之夏秋	元和十四虢州任作	元和十四虢州任作	元和十四虢州任作
◎崔弘禮可鄭州刺史制	暮秋	十月前	秋	秋

續表 49

詩文篇名或其他	本　書	年　譜	編年箋注	年譜新編
◎萬憬皓可端州刺史制	十月上旬	知制誥任内	知制誥任内	知制誥任内
●授盧崿監察裏行宣州判官等制	十月十日	知制誥任内	知制誥任内	知制誥任内
◎邵同授太府少卿充吐蕃和好使制	十月十四日前一二天	元和十五年	十月	元和十五年
◎獨孤朗可尚書都官員外郎韋瓘可守右補闕同充史館修撰制	十月十三日後數日	十月十三日以後	十月以後	十月以後
◎王炅等升秩制	十月十六日前數天	十月十六日以後	十月十六日以後	十月十六日以後
◎李昆可權知滑州司馬兼監察御史制	十月十六日前數天	十月十六日以後	十月初至十六日間	十月十六日以後
◎王進岌可冀州刺史制	十月十六日前後	長慶元年八月癸酉前	難以確定	長慶元年八月前
◎劉師老可尚書右司郎中郭行餘守秘書省著作郎制	十月十六日後數天	十月乙酉以後	十月乙酉以後	十月乙酉以後
●授盧捷深州長史制	十月十六日後數天	十月十六日後	十月十六日後	十月十六日後
●授羅讓工部員外郎制	十月十六日後數天	知制誥任内	知制誥任内	知制誥任内
●授王承迪等刺史王府司馬制	十月十九日至二十九日間	未見具體編年意見	十一月	十月十一月間
◎唐故建州浦城縣尉元君墓誌銘	十月下旬或稍前	十一月初四日以前	十一月初四日以前	元和十五年
◎柏耆授尚書兵部員外郎制	十月下旬十一月上旬間	十一月十三日之後	十一月至長慶元年	十一月十三日之後
◎贈賻王承宗制	十一月五日前數天	元和十五年	元和十五年十一月	元和十五年
◎王承宗母吴氏封齊國太夫人制	十一月五日前數天	十一月九日之時	十二月初三日	十一月九日之時

續表 50

詩文篇名或其他	本　書	年　譜	編年箋注	年譜新編
◎授裴向左散騎常侍制	十一月十一二日間	元和十五年	十一月十三日	元和十五年
●授衛中行陜州觀察使制	十一月十一二日間	十一月十三日	十一月	元和十五年
◎李拭可宗正卿韋乾度可殿中監制	十一月十三日前一二日	十一月十三日	十一月	元和十五年
◎李從易可守宗正丞制	十一月十三日後一二日	知制誥任内	元和十五内	知制誥任内
◎齊煦等可縣令制	十一月十三日後數日	知制誥任内	知制誥任内	知制誥任内
◎授杜元穎户部侍郎依前翰林學士制	十一月十七日前一二日	十一月十七日	十一月十七日	十一月十七日
●授王師魯等嶺南判官制	十一月十七日之後	知制誥任内	知制誥任内	知制誥任内
◎裴温等兼監察御史裏行充清海軍節度參謀制	十一月十七日之後	未見編年意見	知制誥任内	知制誥任内
◎兩省供奉官諫駕幸温湯狀	十一月二十日	十一月二十日	十一月二十日	十一月二十日
◎授李絳檢校右僕射兼兵部尚書制	十一月二十一日	元和十五年十一月二十日後長慶元年前	元和十五年十一月二十日後長慶元年前	元和十五年十一月二十日後長慶元年前
◎授入朝奚大首領梅落悟孤等二十五人官階制	十一月二十三日之前一二日	十一月二十三日	十一月	元和十五年
◎授入朝契丹首領達于只枕等二十九人果毅别將制	十一月二十三日之前一二日	十一月二十三日	十一月	元和十五年
◎贈鄭餘慶太保制	十一月二十五日或次日	十一月	十一月	十一月

續表 51

詩文篇名或其他	本　書	年　譜	編年箋注	年譜新編
◎齊煚可饒州刺史王堪可澧州刺史制	九月至年底間	知制誥任内	九月以後	冬天
◎論倚可忻州刺史制	十月至年底間	九月十九日以後	九月十九日以後	九月十九日以後
◎崔戡等可檢校都官員外郎兼侍御史制	十月至年底間	九月十九日以後	九月十九日以後	九月十九日以後
◎王永可守太常博士制	十二月中下旬	元和十五年	元和十五年	元和十五年
◎盧均等三人授通事舍人制	十二月中下旬	元和十五年	元和十五年至長慶元年	元和十五年歲末作
◎高允恭授侍御史知雜事制	十二月二十一日至年底間	長慶元年年初	長慶元年年初	長慶元年
◎奉制試樂爲御賦	十二月二十二至二十三日間	未見編年意見	元和五年洛陽作	元和五年洛陽作
◎崔方實可試太子詹事制	十二月二十二至二十三日間	長慶元年	十二月	十二月
◎蔡少卿兼監察御史制	十二月二十二至二十三日間	長慶元年	十二月	十二月歲末作
◎盧士玫權知京兆尹制	十二月下旬	長慶元年	五月十九日	下半年
◎内狀詩寄楊白二員外	十二月二十八日前一二日	元和十五年	元和十五年	秋冬作
◎白居易授尚書主客郎中知制誥制	十二月二十八日前一二日	十二月	十二月	元和十五年

續表 52

詩文篇名或其他	本　書	年　譜	編年箋注	年譜新編
■酬樂天初除主客郎中知制誥中書同宿話舊感懷	年末	未見採録	未見採録	未見採録
◎更賜于頔謚制	冬天	九月十九日以前	九月十九日以前	九月十九日以前
◎唐慶可守萬年縣令制	暮冬	知制誥任内	元和十五年	元和十五年
◎高端等授官制	歲終	歲末作	疑歲末作	歲末作
◎王迪貶永州司馬制	元和十五年二月五日至長慶元年十月十九日知制誥期間	知制誥任内	知制誥任内	知制誥任内
●授蕭睦鳳州周載渝州刺史制	元和十五年二月五日至長慶元年十月十九日知制誥期間	知制誥任内	知制誥任内	知制誥任内
長慶元年辛丑(821)四十三歲(一七三首)				
◎蕭俛等加封爵制	正月初三或初四	八月二十九日	元和十五年八月後長慶元年正月前	元和十五年七月之後
◎郭釗等轉勛制	正月初三或初四	元和十五年三月二十三日後	元和十五年二月	元和十五年三月二十三日後
◎青州道渤海慎能至王侄大公則等授金吾將軍放還蕃制	正月初三或初四	元和十五年閏正月或十二月	元和十五年十二月	元和十五年
◎青州道渤海大定順王侄大多英等授諸衛將軍放還藩制	正月初三或初四	元和十五年閏正月或十二月	元和十五年十二月	元和十五年

續表 53

詩文篇名或其他	本書	年譜	編年箋注	年譜新編
◎劍南西川節度使下將士史憲等叙勛制	正月初三或初四	元和十五年二月丁丑或長慶元年正月辛丑或七月壬子	知制誥任内	知制誥任内
◎追封宋若華河南郡君制	正月初三或初四	元和十五年十二月	元和十五年	元和十五年
◎贈韓愈父仲卿尚書吏部侍郎	正月初三或初四	未見編年意見	正月	正月改元大赦之時
◎追封孔戣等母制	正月初三或初四	元和十五年九月二十九日後	正月或七月	正月初三或七月十八日後
◎郊天日五色祥雲賦	正月初四	正月初四	正月初三	正月作
◎裴武可司農卿制	正月初四	正月初五之後	正月初五	正月初五
◎裴詡等可充河陽節度判官制	正月初六或初七	正月初六	正月	正月初六
◎辨日旁瑞氣狀	正月初七	正月二日	正月二日	正月二日
◎劉士涇授太僕卿制	正月初九或初十	正月十一日	正月十一日	正月
◎崔倰可守尚書户部侍郎制	正月九日後數日	長慶元年初	長慶元年春	長慶元年春
◎裴注等可侍御史制	正月上旬	長慶元年年初	長慶元年年初	長慶元年作
◎李珝起復仍前監察御史制	正月上旬	知制誥任内	元和十五年至長慶元年間	知制誥任内
◎謝准朱書撰田弘正碑文狀	正月二十五日	正月二十四日	正月二十四日稍後	正月二十四日
◎沂國公魏博德政碑	正月二十五日或二十六日	長慶元年	正月二十四日	長慶元年

續表 54

詩文篇名或其他	本　書	年　譜	編年箋注	年譜新編
◎進田弘正碑文狀	正月二十五日或二十六日	長慶元年	正月二十四日稍後	長慶元年
◎授韓察等明通沔三州刺史制	正月三十日	長慶元年	長慶元年	長慶元年
◎班肅授尚書司封員外郎制	正月	長慶元年	長慶元年	長慶元年
▲恐變陛下風教	初春	未見採録	未見採録	未見採録
■宫體詩五十二篇	長慶元年或稍前	未見採録	未見採録	未見採録
◎李歸仙兼鎮州右司馬制	年初	七月前	長慶元年	長慶元年
◎授王播刑部尚書諸道鹽鐵轉運等使制	二月五日前一二日	二月五日	二月五日	二月五日
●授王陟監察御史充西川節度判官等制	二月五日後一二日	二月五日以後	二月五日以後	二月五日以後
●授鄭仁弼檢校祠部員外充横海判官等制	二月五日後一二日	長慶元年十月之前	長慶元年十月之前	長慶元年十月二十三日之前
◎授韓皋尚書左僕射制	二月七日前一二日	長慶元年二月七日	長慶元年正月	長慶元年
◎趙宗儒可尚書左僕射制	二月九日後一二日	長慶元年二月	長慶元年二月	長慶元年二月
◎劉頗可河中府河西縣令制	正月一日至二月十九日間	元和十五年六月以後	長慶元年	長慶元年年初
■論邊事疏	二月十六日之時	長慶元年	未見採録	長慶元年
■論幽州事宜疏	二月十六日之時	長慶元年	未見採録	長慶元年
■論李愿入朝疏	二月十六日之時	未見採録	未見採録	未見採録

續表 55

詩文篇名或其他	本　書	年　譜	編年箋注	年譜新編
◎謝恩賜告身衣服并借馬狀	二月十六日夜	長慶元年	長慶元年二月十六日以後	長慶元年二月
◎謝賜設狀	二月十七日	長慶元年	長慶元年二月十六日以後	長慶元年二月
◎善歌如貫珠賦	二月十六日後數日	未見編年意見	元和長慶之際	元和長慶之際
◎進詩狀	二月十六日後數日	二月以後	二月至十月間	二月至十月間
▲佚題制誥	元和十五年二月五日至本年十月十九日間	未見採録	未見採録	無法編年
▲又佚題制誥	元和十五年二月五日至本年十月十九日間	未見採録	未見採録	未見採録
▲宫詞	二月十六日至長慶二年二月十九日間	未見編年意見	未編年詩	無法編年
◎沈傳師授中書舍人制	二月十四日之前日	長慶元年	長慶元年	長慶元年
●和張秘書因寄馬贈詩	春天	元和十五年後長慶元年前	元和十五年後長慶元年前	未見編年意見
◎楊汝士等授右補闕制	春天	長慶元年	長慶元年	長慶元年
◎酬樂天待漏入閣見贈	三月初	長慶元年十月後作	長慶元年十月後作	長慶元年五六月間
■酬樂天中書連直寒食不歸見憶	寒食日之次日	未見採録	未見採録	未見採録

續表 56

詩文篇名或其他	本　書	年　譜	編年箋注	年譜新編
◎授劉總守司徒兼侍中天平軍節度使制	三月十七日前數日	三月	三月初七	三月
◎授李愿檢校司空宣武軍節度使制	三月十七日前數日	三月	三月初七	長慶元年
●授楊進亳州長史制	三月十七日後數日	知制誥任内	知制誥任内	知制誥任内
◎處分幽州德音	三月二十一日前一二日	三月二十一日	三月二十一日	三月二十一日
◎顔峴可守右贊善大夫制	三月二十二日後一二日	三月二十二日以後	長慶二年十二月前疑是僞作	長慶二年十二月前疑是僞作
◎韓克從可守太子通事舍人制	三月二十二日後一二日	知制誥任内	知制誥任内	知制誥任内
●授孟子周太子賓客制	三月二十二日後一二日	知制誥任内	知制誥任内	知制誥任内
◎許劉總出家制	三月二十八日	三月二十八日	三月二十日	三月二十八日
◎元宗簡權知京兆少尹劉約行尚書司門員外郎制	三月二十九日或三十日	長慶元年或稍前	長慶元年四月	長慶元年春天
◎加馬總檢校刑部尚書仍前天平軍節度使制	四月九日或十日	四月十一日	四月十一日	四月十一日
◎戒勵風俗德音	四月二十七日前一二日	長慶元年四月二十七日	長慶元年四月二十七日	長慶元年四月二十七日
◎批宰臣請上尊號第二表	四月二十八日或稍後一二日	四月	四月	四月
◎批宰臣請上尊號第三表	五月上旬	長慶元年	四月	四五月間
◎唐故中大夫尚書刑部侍郎上柱國隴西縣開國男贈工部尚書李公墓誌銘	五月十日前一二日	長慶元年	五月二十五日前	長慶元年

續表 57

詩文篇名或其他	本　書	年　譜	編年箋注	年譜新編
◎幽州平告太廟祝文	五月十四日前數日	五月十四日	五月十四日	五月十四日
◎批宰臣請上尊號第四表	五月中旬	長慶元年五月	長慶元年五月	長慶元年五月
◎與樂天同葬杓直	五月二十五日	五月	五月	五月二十五日
■酬樂天初著緋戲贈	夏天	未見採録	未見採録	未見採録
●授丘紓陳鴻員外郎等制	年初至五月二十九日	五月以前	五月以前	五月二十九日以前
■聖唐西極圖三面	五月底至六月十一日間	長慶元年	未見收録	長慶元年
●授薛昌族等王府長史制	六月七日稍後	知制誥任内	長慶元年六月之前	長慶元年六月之前
●授薛昌朝絳王傅制	六月七日稍後	知制誥任内	知制誥任内	知制誥任内
■京西京北州鎮烽戍道路等圖	六月十三或十四日	長慶元年	未見收録	長慶元年
■京西京北州鎮烽戍道路等圖序	六月十三或十四日	未見採録	未見採録	未見採録
◎杜載可監察御史制	六月十六日	九月前	六月後九月前	六月後九月前
◎韋珩等可京兆府美原等縣令制	六月	六月以後	六月以後	六月以後
◎進西北邊圖狀	七月二日或稍前一日	七月初	七月初	七月初
■京西京北圖	七月二日	長慶元年	未見收録	長慶元年
◎鎮圭賦	七月上中旬	未見編年意見	元和十五年穆宗即位以後	疑元和十五年或稍後作
◎進西北邊圖經狀	七月中旬	五六月間	七月初	五六月間

續表 58

詩文篇名或其他	本　書	年　譜	編年箋注	年譜新編
■京西京北圖經四卷	七月中旬	長慶元年	未見收録	長慶元年
■京西京北圖經別本	七月中旬	未見採録	未見採録	未見採録
■圖經序	七月中旬	未見採録	未見採録	未見採録
◎●册文武孝德皇帝赦文	七月十八日前數日	七月十八日	七月十八日以前	七月十八日
◎李逢吉等加階制	七月十八日後數日	元和十五年二月五日以後作	元和十五年二月	元和十五年
◎追封王潛母齊國大長公主制	七月十八日後數日	正月五日以後	正月	正月五日以後
◎哭子十首	夏秋間	夏天	夏天	夏天
◎授劉悟檢校司空幽州節度使制	七月二十四日或二十五日	七月	七月	七月
◎楊元卿可涇原節度使制	八月六日或七日	八月八日	八月	長慶元年
◎劉悟可依前昭義軍節度使制	八月六日後數日	七月二十六日以後	七月二十六日	八月
◎翰林承旨學士記	八月十日	八月十日	八月十日	八月十日
◎起復田布魏博節度等使制	八月十一日	八月十二日	八月	八月十二日
◎招討鎮州制	八月十二或十三日	八月十四日	八月十四日	八月十四日
◎批劉悟謝上表	八月十四或十五日	長慶元年	長慶元年	長慶元年
◎牛元翼可深冀等州節度使制	八月十四或十五日	八月十六日	八月	八月十六日
◎秋分日祭百神文	八月十六或十七日	八月十八日	八月十八日	八月十八日
◎加陳楚檢校左僕射制	八月後半月	長慶元年	長慶元年	長慶元年
◎李愬妻韋氏封魏國夫人制	八月後半月	十月十六日	十月十六日	十月十六日

續表 59

詩文篇名或其他	本　書	年　譜	編年箋注	年譜新編
◎加裴度幽鎮兩道招撫使制	八月二十六日前一二日	八月二十六日	八月二日	八月二十六日
◎范季睦授尚書倉部員外郎制	八月下旬九月上旬	長慶元年秋	長慶元年夏秋間	長慶元年秋
◎觀兵部馬射賦	九月九日	未見編年意見	長慶元年	知制誥任内
◎加烏重胤檢校司徒制	九月	八月以後	八月至十月間	八月至十月間
◎加裴度鎮州四面招討使制	十月三日前一二日	十月三日	十月三日	十月三日
◎授王播中書侍郎同平章事使職如故制	十月三日前一二日	十月	十月三日	十月三日
◎批王播謝官表	十月四日	長慶元年	十月三日	十月三日
◎謝御札狀	十月四日	七月二十八日後十月五日前	八月	長慶元年
◎授牛元翼成德軍節度使制	十月四日	十月初五	十月初五	十月初五
■和吐綬鳥詞	二月十六日至十月十九日間	未見收録	未見收録	長慶元年
◎感事三首	十月十四日至十九日間	長慶元年	長慶元年	長慶元年
◎題翰林東閣前小松	十月十四日至十九日間	長慶元年	長慶元年	長慶元年
●授烏重胤山南西道節度使制	十月十七或十八日	十月二十三日	十月二十三日疑是僞作	十月二十三日疑是僞作
◎制誥(有序)	十月十九日至月底	未見編年	長慶四年	未見編年
▲九奏中新聲	十月十九日至次年六月五日間	未見採録	未見採録	未見採録

續表 60

詩文篇名或其他	本 書	年 譜	編年箋注	年譜新編
◎唐故越州刺史兼御史中丞浙江東道觀察等使贈左散騎常侍河東薛公神道碑文銘	十月二十四至十一月二十七日間	長慶元年	九月二十七日後十一月二十七日前	長慶元年
◎别毅郎(二首)	十二月四日或次日	長慶元年	長慶元年十二月	長慶元年
長慶二年壬寅(822)四十四歲(二〇六首)				
▲韓愈可惜	二月二日或三日	未見採録	未見採録	未見採録
◎自責	二月四日十九日間	長慶元年	長慶元年	長慶元年十月
◎代李中丞謝官表	二月十九日或次日爲李德裕作	元和四年爲李夷簡作	元和四年爲李夷簡作	元和四年爲李夷簡作
◎故中書令贈太尉沂國公墓誌銘	三月四日或稍後	未見編年意見	長慶二年在相位或刺同州時	未見編年意見
◎唐故開府儀同三司檢校兵部尚書兼左驍衛上將軍充大内皇城留守御史大夫上柱國南陽郡王贈某官碑文銘	四月初	三月以後	三月十一日以後	三月十一日以後
◎祭亡友文	二月十九日六月五日間	寶曆元年	長慶三年	長慶三年
■類集序	長慶元年二月十六日至次年六月五日間	未見採録	未見採録	未見採録
◎同州刺史謝上表	六月九日後一二日	六月九日作	六月九日以後作	六月
■論黨項疏	六月九日後一二日	長慶二年	未見採録	長慶二年

續表 61

詩文篇名或其他	本　書	年　譜	編年箋注	年譜新編
◎故金紫光禄大夫檢校司徒兼太子少傅贈太保鄭國公食邑三千户嚴公行狀	六月九日後不久	五月以後	六月以後	至同州後作
■狀奏一百八十八篇	元和元年四月至長慶二年八月間	提及“已亡多數”未見編年	未見採録	未見採録
◎表奏(有序)	六月五日至八月前	未見編年意見	長慶四年浙東任内	歲末
◎進雙雞等狀	七月十日至八月十九日間	六月	六月	到同州後不久
◎告祀曾祖文	秋分	未見編年意見	夏至	六月出刺之時
◎賀汴州誅李岕表	八月十九日後數日	八月十九日以後	八月十九日以後	八月十九日以後
◎告贈皇祖祖妣文	冬至之前夜	冬至	冬至	冬至
◎進馬狀	十一月十四日前數日	十一月十七日稍前	十一月十七日稍前	十一月
◎賀聖體平復御紫宸殿受朝賀表	十二月初六日	十二月初五日稍後	十二月初五日稍後	十二月初五日稍後
◎喜五兄自泗州至	六月九日至年底間	長慶二三年間同州任内	長慶二三年間同州任内	長慶二三年間同州任内
長慶三年癸卯(823)四十五歲(四十七首)				
◎第三歲日詠春風憑楊員外寄長安柳	正月初一日	正月初三日	正月初三日	元和十五年正月初三日
◎贈别楊員外巨源	正月初一後數日	春天	元和十五年	元和十五年
◎同州奏均田狀	正月	長慶三年	長慶三年	長慶三年

續表 62

詩文篇名或其他	本書	年譜	編年箋注	年譜新編
◎有唐贈太子少保崔公墓誌銘	二月中旬	二月四日後十一月某日前	二月四日後十一月某日前	二月四日後十一月某日前
◎和王侍郎酬廣宣上人觀放榜後相賀	二月間	春天放榜之後	春天放榜之後	春天放榜之後
◎杏花	二月下旬	春天	春天	春天
◎寄樂天二首	春天	長慶二年春天	長慶二年春天	長慶三年春天
◎唐故使持節萬州諸軍事萬州刺史賜緋魚袋劉君墓誌銘	五月二十一日夜	五月以後	五月	五月
◎送公度之福建	上半年	同州任内	通州任内	八月離開同州之前
◎酬楊司業十二兄早秋述情見寄	早秋	秋天	秋天	秋天
◎旱灾自咎貽七縣宰	七月中旬	長慶三年	長慶三年	長慶三年七月
◎祈雨九龍神文	七月十一日或稍前一日	長慶三年	三月十四日	長慶三年
◎報雨九龍神文	七月二十三日	長慶三年	三月二十日	長慶三年
◎樹上烏	八月離開同州之前	長慶三年	長慶三年	長慶三年
◎琵琶	二年六月九日至本年八月間	不見編年意見	未編年詩	越州任内作
◎初除浙東妻有阻色因以四韵曉之	八月底九月初赴浙東途中作	長慶三年同州作	長慶三年同州作	長慶三年同州作
◎酬李浙西先因從事見寄之作	九月達潤州前途中作	赴任浙東達潤州前途中	赴任浙東達潤州前途中	赴任浙東達潤州前途中

續表 63

詩文篇名或其他	本　書	年　譜	編年箋注	年譜新編
◎酬樂天喜鄰郡	十月上旬到達蘇州前途中	赴任浙東途中	赴任浙東途中	赴任浙東途中
◎再酬復言和前篇	十月上旬到達蘇州後所作	赴任浙東途中	赴任浙東途中	赴任浙東途中
▲春情多	十月上旬蘇州作	未見採録	未編年詩	疑爲江陵時作
▲夜花	十月上旬蘇州作	未見採録	未編年詩	未見採録
◎贈樂天	十月半在杭州作	赴任浙東途中	赴任浙東途中	赴任浙東途中
◎重贈	十月十八日杭州作	赴任浙東途中	赴任浙東途中	赴任浙東途中
■席上贈樂天	十月中旬在杭州作	未見採録	未見採録	未見採録
■酬李昇席上作	十月中旬在杭州作	未見採録	未見採録	未見採録
■上船後留別樂天	十月中旬杭州上船後作	未見採録	未見採録	未見採録
▲上西陵留别	十月十九日傍晚越州境内之西陵作	未見編年意見	未編年詩	自同州赴越州途中作
◎别後西陵晚眺	十月十九日傍晚越州境内之西陵作	長慶三年越州作	長慶三年越州作	自同州赴越州途中作
◎浙東論罷進海味狀	十月二十日至十月底越州作	不見編年意見	十月半至十一月間	不見編年意見
◎以州宅夸於樂天	十月下旬越州作	長慶三年越州作	長慶三年越州作	長慶三年越州作

續表 64

詩文篇名或其他	本 書	年 譜	編年箋注	年譜新編
◎唐故福建等州都團練觀察處置等使中大夫使持節都督福州諸軍事守福州刺史兼御中丞上柱國賜紫金魚袋贈左散騎常侍裴公墓誌銘	十一月間	長慶三年十月	長慶四年作	長慶四年作
◎重夸州宅旦暮景色兼酬前篇末句	十一月間越州作	長慶三年越州作	長慶三年越州作	長慶三年越州作
●再酬復言和夸州宅	十一月間越州作	長慶三年	長慶三年越州作	長慶三年
▲州之子城	十一月間越州作	未見採録	未見採録	疑長慶三年夸州宅之序文
▲州宅居山之陽	十一月間越州作	未見採録	未見採録	未見採録
◎寄樂天（閑夜思君坐到明）	十一月間越州作	長慶三年	長慶三年	長慶三年
■酬樂天醉封詩筒見寄	十一月至十二月間	未見採録	未見採録	未見採録
■酬樂天與微之唱和來去常以竹筒貯詩陳協律美而成篇因以此答	十一月至十二月間	未見採録	未見採録	未見採録
●贈毛仙翁	十一月至十二月間	僞造之詩	疑是僞造之詩	僞造之詩
■酬崔湖州喜與杭越鄰郡因成長句相賀見寄	十月中旬杭州作	未見採録	未見採録	未見採録
◎戲贈樂天復言	十二月中旬	長慶三年	長慶三年	長慶三年歲末作
◎重酬樂天	十二月下旬	長慶三年	長慶三年	長慶三年
◎再酬復言	十二月下旬	長慶三年	長慶三年	長慶三年
◎酬樂天雪中見寄	十二月	長慶四年	長慶四年	長慶三年冬
■和樂天雪韵	十二月	未見採録	未見採録	未見採録

續表 65

詩文篇名或其他	本　書	年　譜	編年箋注	年譜新編
●除夜酬樂天	除夕	長慶三年	長慶三年	未見編年意見
長慶四年甲辰(824)四十六歲(六十一首)				
◎酬復言長慶四年元日郡齋感懷見寄	元日後一二日	長慶四年	長慶四年	長慶四年
■酬樂天元日郡齋感懷見寄	元日後一二日	未見採録	未見採録	未見採録
◎和樂天早春見寄	元日後一二日	長慶四年	長慶四年	長慶四年春
◎酬樂天早春閑遊西湖頗多野趣恨不得與微之同賞因思在越官重事殷鏡湖之遊或恐未暇因成十八韵見寄樂天前篇到時適會予亦宴鏡湖南亭因述目前所睹以成酬答末章亦示暇誠則勢使之然亦欲粗爲恬養之贈耳	早春	長慶四年	長慶四年	長慶四年
●春遊	初春	越州任内	越州任内	越州任内
◎寄樂天(莫嗟虚老海壖西)	春天	長慶四年春	長慶四年春	長慶四年
●和樂天示楊瓊	春天	長慶四年	長慶四年	長慶四年
■酬夢得戲酬杭州白舍人兼寄浙東元微之	春天	未見採録	未見採録	未見採録
◎春詞(山翠湖光似欲流)	春天	未見編年意見	未編年詩	疑爲越州作
◎永福寺石壁法華經記	四月十一日	四月十一日	四月十一日	四月十一日
◎餘杭周從事以十章見寄詞調清婉難於遍酬聊和詩首篇以答來貺	五月	長慶四年	長慶四年	長慶四年
◎酬樂天吟張員外詩見寄因思上京每與樂天于居敬兄升平里詠張新詩	五月	長慶三年	長慶三年	長慶三年

續表 66

詩文篇名或其他	本　書	年　譜	編年箋注	年譜新編
■酬樂天除官赴闕留贈	五月	未見採録	未見採録	未見採録
■酬樂天別周軍事	五月	未見採録	未見採録	未見採録
◎代杭人作使君一朝去二首	五月末	長慶四年	長慶四年五月	長慶四年
◎代杭人答樂天	五月末	長慶四年	長慶四年五月	長慶四年
◎代郡齋神答樂天	五月末	長慶四年	長慶四年	長慶四年
◎酬樂天重寄別	五月末	長慶四年	長慶四年	長慶四年
◎和樂天重題別東樓	五月末	長慶四年	長慶四年	長慶四年
■三州倡和集之佚失詩兩首	長慶三年十一月二十二日至四年五月末	未見採録	未見採録	未見採録
●詠廿四氣詩・立春正月節	六月上旬	未見採録	未見編年意見	未見編年意見
●詠廿四氣詩・雨水正月中	六月上旬	未見採録	未見編年意見	未見編年意見
●詠廿四氣詩・驚蟄二月節	六月上旬	未見採録	未見編年意見	未見編年意見
●詠廿四氣詩・春分二月中	六月上旬	未見採録	未見編年意見	未見編年意見
●詠廿四氣詩・清明三月節	六月上旬	未見採録	未見編年意見	未見編年意見
●詠廿四氣詩・穀雨三月中	六月上旬	未見採録	未見編年意見	未見編年意見
●詠廿四氣詩・立夏四月節	六月上旬	未見採録	未見編年意見	未見編年意見
●詠廿四氣詩・小滿四月中	六月上旬	未見採録	未見編年意見	未見編年意見
●詠廿四氣詩・芒種五月節	六月上旬	未見採録	未見編年意見	未見編年意見

續表 67

詩文篇名或其他	本　書	年　譜	編年箋注	年譜新編
●詠廿四氣詩・夏至五月中	六月上旬	未見採録	未見編年意見	未見編年意見
●詠廿四氣詩・小暑六月節	六月上旬	未見採録	未見編年意見	未見編年意見
●詠廿四氣詩・大暑六月中	六月上旬	未見採録	未見編年意見	未見編年意見
●詠廿四氣詩・立秋七月節	六月上旬	未見採録	未見編年意見	未見編年意見
●詠廿四氣詩・處暑七月中	六月上旬	未見採録	未見編年意見	未見編年意見
●詠廿四氣詩・白露八月節	六月上旬	未見採録	未見編年意見	未見編年意見
●詠廿四氣詩・秋分八月中	六月上旬	未見採録	未見編年意見	未見編年意見
●詠廿四氣詩・寒露九月節	六月上旬	未見採録	未見編年意見	未見編年意見
●詠廿四氣詩・霜降九月中	六月上旬	未見採録	未見編年意見	未見編年意見
●詠廿四氣詩・立冬十月節	六月上旬	未見採録	未見編年意見	未見編年意見
●詠廿四氣詩・小雪十月中	六月上旬	未見採録	未見編年意見	未見編年意見
●詠廿四氣詩・大雪十一月節	六月上旬	未見採録	未見編年意見	未見編年意見
●詠廿四氣詩・冬至十一月中	六月上旬	未見採録	未見編年意見	未見編年意見
●詠廿四氣詩・小寒十二月節	六月上旬	未見採録	未見編年意見	未見編年意見
●詠廿四氣詩・大寒十二月中	六月上旬	未見採録	未見編年意見	未見編年意見

續表 68

詩文篇名或其他	本　書	年　譜	編年箋注	年譜新編
■酬樂天河陰夜泊見憶	七月	未見採録	未見採録	未見採録
◎酬鄭從事四年九月宴望海亭次用舊韵	九月	長慶四年	長慶四年	長慶四年
▲風光少時新	九月	未見採録	未見採録	未見採録
●題法華山天衣寺	秋天	越州任内作	越州任内作	越州任内作
■題法華山天衣寺	秋天	未見採録	未見採録	未見採録
●遊雲門	秋天	越州任内作	越州任内作	越州任内作
■遊雲門	秋天	未見採録	未見採録	未見採録
▲從兹罷馳騖	九月前後	未見採録	未見採録	未見採録
◎郡務稍簡因得整比舊詩並連綴焚削封章繁委箧笥僅逾百軸偶成自嘆因寄樂天	十一月至十二月十日	長慶三年	長慶三年	長慶三年
◎白氏長慶集序	十二月十日	十二月	十二月十日	十二月
◎爲樂天自勘詩集因思頃年城南醉歸馬上遞唱艷曲十餘里不絶長慶初俱以制誥侍宿南郊齋宫夜後偶吟數十篇兩掖諸公洎翰林學士三十余人驚起就聽逮至卒吏莫不衆觀群公直至侍從行禮之時不復聚寐予與樂天吟哦竟亦不絶因書于樂天卷後越中冬夜風雨不覺將曉諸門互啓關鎖即事成篇	十二月十日	十二月	十二月	十二月
◎酬樂天餘思不盡加爲六韵之作	十二月中旬	長慶三年	長慶三年	長慶三年
■元氏長慶集序	十二月	未見採録	未見採録	未見採録
◎題長慶四年曆日尾	十二月十六日	長慶四年	長慶四年十二月	長慶四年
◎長慶曆	十二月三十日	長慶四年	長慶四年	長慶四年

續表 69

詩文篇名或其他	本　書	年　譜	編年箋注	年譜新編
寶曆元年乙巳(825)四十七歲(十九首)				
■十七與君别	初春	大和三年	未見採録	未見採録
▲和浙西李大夫	春天	未見採録	未見採録	春天後不久
■酬夢得和浙西李大夫偶題臨江亭兼寄元浙東	六月後不久	未見採録	未見採録	未見採録
●劉阮妻二首	三月	元和五年	元和五年	越州任内
■酬徐凝春陪看花宴會二首	春天	未見採録	未見採録	未見採録
■酬樂天晚春見寄	三月	未見採録	未見採録	未見採録
■霓裳羽衣歌	五六月間	本年	未見採録	未見採録
■贈别郭虚舟	秋天	本年	未見採録	本年
■酬樂天秋寄微之	秋天	未見採録	未見採録	未見採録
●修龜山魚池示衆僧	九月九日	未見採録	大和三年	未見採録
■酬樂天泛太湖書事	冬天	未見採録	未見採録	未見採録
■歲暮酬樂天見寄三首	歲暮	未見採録	未見採録	未見採録
■酬李大夫求青田鶴	本年	未見採録	未見採録	未見採録
■酬樂天自詠	本年	未見採録	未見採録	未見採録
■酬樂天自詠詩篇因寄微之	本年	未見採録	未見採録	未見採録
寶曆二年丙午(826)四十八歲(十六首)				
■奉和浙西李大夫霜夜對月聽小童吹觱篥歌	初春	寶曆元年	寶曆元年	寶曆元年
●奉和浙西大夫述夢四十韵大夫本題言贈於夢中詩賦以寄一二僚友故今所和者亦止述翰苑舊游而已次本韵	初春	寶曆二年	寶曆二年	寶曆二年

續表 70

詩文篇名或其他	本　書	年　譜	編年箋注	年譜新編
■酬夢得和浙西李大夫述夢四十韵并浙東元微之酬和見寄	初春	未見採録	未見採録	未見採録
■酬樂天重題小舫兼寄微之	春天	未見採録	未見採録	未見採録
■酬樂天郡中閑獨見寄	春天	未見採録	未見採録	未見採録
■四月一日作	四月一日	四月一日	未見採録	四月一日
■問疾寄樂天書	仲夏	寶曆二年	未見採録	寶曆二年
■酬樂天仲夏齋居偶題八韵見寄	仲夏	未見採録	未見採録	未見採録
■開拆新樓初畢相報樂天	秋天	寶曆二年	未見採録	寶曆元年
■酬樂天留别微之	九月八日後一二天	未見採録	未見採録	未見採録
●拜禹廟	九月	寶曆二年	浙東任内	寶曆二年
●禹穴銘	九月	九月	九月	九月
●還珠留書記	十月二十日	未見編年意見	十月二十日	疑長慶四年作
■賀今上登極表	十二月中下旬	未見採録	未見採録	未見採録
■酬樂天寫新詩寄微之偶題卷後	本年	未見採録	未見採録	未見採録
■再遊雲門寺	寶曆年間	越州任内	未見採録	越州任内
大和元年丁未(827)四十九歲(七十五首)				
●正月十五夜呈幕中諸公	正月十五日夜	未見採録	未見採録	越州任内
■上元	正月十五日夜	長慶四年	未見採録	未見採録
◎寄浙西李大夫四首	初春	長慶四年	長慶四年初春	疑長慶四年春作
■酬章孝標見贈	初春	未見採録	未見採録	未見採録

續表 71

詩文篇名或其他	本　書	年　譜	編年箋注	年譜新編
■與劉郎中書(代擬題)	五月稍後	未見編年意見	未見採録	未見編年意見
■酬夢得因梅雨鬱蒸之候見寄七言	五月稍後	未見採録	未見採録	未見採録
■遥寄劉郎中	六月後不久	寶曆二年	未見採録	寶曆二年
■酬趙嘏九日陪燕龜山寺	九月九日	未見採録	未見採録	未見採録
■酬趙嘏奉陪遊雲門寺	九月九日前後	未見採録	未見採録	未見採録
■酬樂天九月九日寄微之	九月九日稍後數日	未見採録	未見採録	未見採録
■謝恩賜檢校禮部尚書表	九月下旬	未見採録	未見採録	未見採録
■追和白樂天《白氏長慶集》中未對答詩五十七首	本年	大和元年	未見採録	未見採録
■因繼集前序	本年	未見編年意見	未見採録	大和元年
■問龜兒(代擬題)	本年	大和元年	未見採録	大和元年
■知非	年末	大和二年	未見採録	大和二年
■除夜作	十二月三十日	除夕	未見採録	未見採録
大和二年戊申(828)五十歲(一五〇首)				
■晨霞	本年或稍前	大和二年	未見採録	大和二年
■送劉道士遊天台	本年或稍前	大和二年	未見採録	大和二年
■櫛沐寄道友	本年或稍前	大和二年	未見採録	大和二年
■祝蒼華	本年或稍前	大和二年	未見採録	大和二年
■我年三首	本年或稍前	大和二年	未見採録	大和二年
●春分投簡陽明洞天作	二月十五日	大和三年	大和三年	大和三年
●酬白樂天杏花園	二月十九日稍後	大和二年	大和二年	大和二年
■寄綾素與張司業	春天	大和二年	未見採録	大和二年

續表 72

詩文篇名或其他	本　書	年　譜	編年箋注	年譜新編
■予檢校尚書居易續除刑部呈詩奉賀兼酬樂天遥祝	三月間	未見採録	未見採録	未見採録
■春深二十首	暮春	大和二年	未見採録	大和二年
■三月三十日四十韵	三月三十日	大和二年	未見採録	大和二年
■新樓北園偶集從孫公度周巡官韓秀才盧秀才范處士小飲鄭侍御判官周劉二從事皆先歸	三月三十日	大和二年	未見採録	大和二年
●和嚴給事聞唐昌觀玉蕊花下有遊仙	春末夏初	大和二年年末或三年年初	大和二年春	大和二年年末或三年年初
■寄樂天	本年或稍前	大和二年	未見採録	大和二年
■寄問劉白	本年或稍前	寶曆二年冬	未見採録	寶曆二年
■曉望	本年或稍前	大和二年	未見採録	大和二年
■李勢女	本年或稍前	大和二年	未見採録	大和二年
■酬鄭侍御東陽春悶放懷追越遊見寄	本年或稍前	大和二年	未見採録	大和二年
■自勸二首	本年或稍前	大和二年	未見採録	大和二年
■雨中花	本年或稍前	大和二年	未見採録	大和二年
■晨興	本年或稍前	大和二年	未見採録	未見採録
■與王鍊師遊(代擬題)	本年或稍前	大和二年	未見採録	大和二年
■嘗新酒	本年或稍前	大和二年	未見採録	大和二年
■順之琴者	本年或稍前	大和二年	未見採録	大和二年
■追和白樂天《白氏長慶集》中未對答詩五十首	本年秋天	十月	未見採録	冬天
▲更揀好者寄來	九月	未見採録	未見採録	未見採録
◎感逝	暮秋	越州任内	越州任内	越州任内
◎妻滿月日相唁	暮秋	越州任内	大和三年	越州任内

續表 73

詩文篇名或其他	本　書	年　譜	編年箋注	年譜新編
■追和白樂天《白氏長慶集》中未對答詩又五十首	秋天後十月十五日前	十月	未見採録	冬天
◎聽妻彈別鶴操	年末	大和二年	大和二年	大和二年
大和三年己酉(829)五十一歲(六十一首)				
■聽妻彈別鶴操十二韵	年初	大和二年	未見採録	大和二年
■酬崔十八見寄	本年	未見採録	未見採録	未見採録
●贈劉採春	本年	越州任内	大和三年	越州任内
■和樂天想東遊五十韵	春夏	未見採録	未見採録	未見採録
▲題李端	長慶四年至大和三年間之春夏	未見編年意見	未編年詩	未見編年意見
●醉題東武	夏天	大和三年越州作	大和三年越州作	大和三年越州作
●劉採春	夏秋	未見採録	未見採録	未見採録
■嘆槿花	夏秋	大和三年	未見採録	大和三年
●看花	九月	元和五年	元和五年	無法編年
●重修桐柏觀記	秋天	大和三年	大和三年	大和三年
▲題王右軍遺迹	九月二十一日前之浙東任	未見採録	未編年詩	越州任内
▲雨後感懷	九月二十一日前之浙東任	未見編年意見	未編年詩	疑越州作
■酬集賢劉郎中對月見懷	九月二十一日前	未見採録	未見採録	未見採録
■酬白樂天對月見寄集賢劉郎中兼懷元微之	九月二十一日前	未見採録	未見採録	未見採録
▲罷弊務思歸故國寄知友	九月二十一日稍後	未見採録	未編年詩	疑作於浙東

續表 74

詩文篇名或其他	本　書	年　譜	編年箋注	年譜新編
■吴越唱和中佚失之詩篇四首	長慶三年九月至大和三年七月	未見採録	未見採録	未見採録
■蘭亭絶唱中佚失之詩篇三十首	長慶四年年底至大和三年九月	未見採録	未見採録	未見採録
■虎丘題字(代擬題)	九月	未見採録	未見採録	未見採録
●逢白公	九月底十月初	未見採録	未編年詩	無法編年
●酬白太傅	九月底十月初	僞作	未編年詩僞詩	無法編年僞詩
■酬樂天嘗黄醅新酎憶微之	九月底十月初	未見採録	未見採録	未見採録
■酬夢得抒懷見憶	十月	未見採録	未見採録	未見採録
■任校書郎日過三鄉	冬季	大和三年	未見採録	未見採録
■道保生三日	冬季	大和三年	未見採録	大和三年
■予與樂天今年冬各有一子相賀相嘲酬樂天見寄二首	冬季	未見採録	未見採録	未見採録
●過東都别樂天二首	窮冬	九月東都作	九月東都作	大和三年
■酬别樂天	年底	未見採録	未見採録	未見採録
大和四年庚戌(830)五十二歲(十五首)				
●贈柔之	正月二十六日後一二日西京作	大和四年西京作	大和四年長安作	大和四年長安作
■藍橋懷舊	正月	大和三年	未見採録	大和三年
▲旅舍感懷	年初赴武昌軍途中	未見編年意見	未編年詩	無法編年
◎鄂州寓館嚴澗宅	暮春	暮春	暮春	元和九年潭州之行時

續表 75

詩文篇名或其他	本　書	年　譜	編年箋注	年譜新編
◎贈崔元儒	二三月間	大和四年	大和四年	大和四年
▲光陰三翼過	春夏間	未見採録	未見採録	未見採録
◎競舟	四五月間	元和九年	元和九年仲春	元和九年來往潭州作
◎酬周從事望海亭見寄	夏天	越州任内	越州任内	未見編年意見
●戲酬副使中丞見示四韵	夏末	大和四年	大和四年	大和四年夏
■回酬樂天戲和微之答竇七行軍之作	秋末冬初	未見採録	未見採録	未見採録
◎賽神(楚俗不事事)	十月	元和九年岳州作	元和九年岳州作	元和九年來往潭州作
◎書異	十一月	未見採録	未編年詩	江陵任内
◎茅舍	冬季	江陵任内	元和九年江陵聞客作	江陵任内
◎送王十一郎游剡中	本年	未見編年意見	未編年詩	元和九年
▲送劉秀才歸江陵	本年或次年七月二十二日前	未見編年意見	未編年詩	無法編年
大和五年辛亥(831)五十三歲(五十五首)				
▲早春書懷	早春	未見編年意見	未編年詩	疑越州作
▲薔薇	春天	未見編年意見	未編年詩	無法編年
●所思二首	春天	未見採録	未見採録	僞詩
▲雨後書情	本年或上年春天	未見編年意見	未編年詩	疑越州作
▲雨後感情	本年或上年春天	未見編年意見	未編年詩	無法編年

續表 76

詩文篇名或其他	本　書	年　譜	編年箋注	年譜新編
▲送晏秀才歸江陵	本年或上年春天	未見編年意見	未編年詩	無法編年
▲送故人歸府	仲春初夏	未見編年意見	未編年詩	無法編年
■酬徐凝自鄂渚至河南將歸江外留辭見寄	仲夏初秋間	未見採録	未見採録	未見採録
■酬樂天感傷崔兒夭折	七月	未見採録	未見採録	未見採録
■因陳從事求蜀琴寄呈西川李尚書	七月	未見採録	未見採録	未見採録
■元白一生唱酬九百章中元稹佚失詩四十首	貞元十九年春至本年七月二十二日	未見採録	未見採録	未見採録
■小集序	長慶四年十二月至大和五年七月間	未見採録	未見採録	未見採録
◎鹿角鎮	七月	元和九年	元和九年自潭州返江陵途中	元和九年
◎洞庭湖	七月	元和九年	元和九年	元和八年
◎遭風二十韵	七月二十二日前不久	不見編年意見	元和九年赴潭州往返洞庭時	元和八年隨嚴綬討張伯靖時

六、元稹世系簡表

（见插页）

六、元稹世系簡表

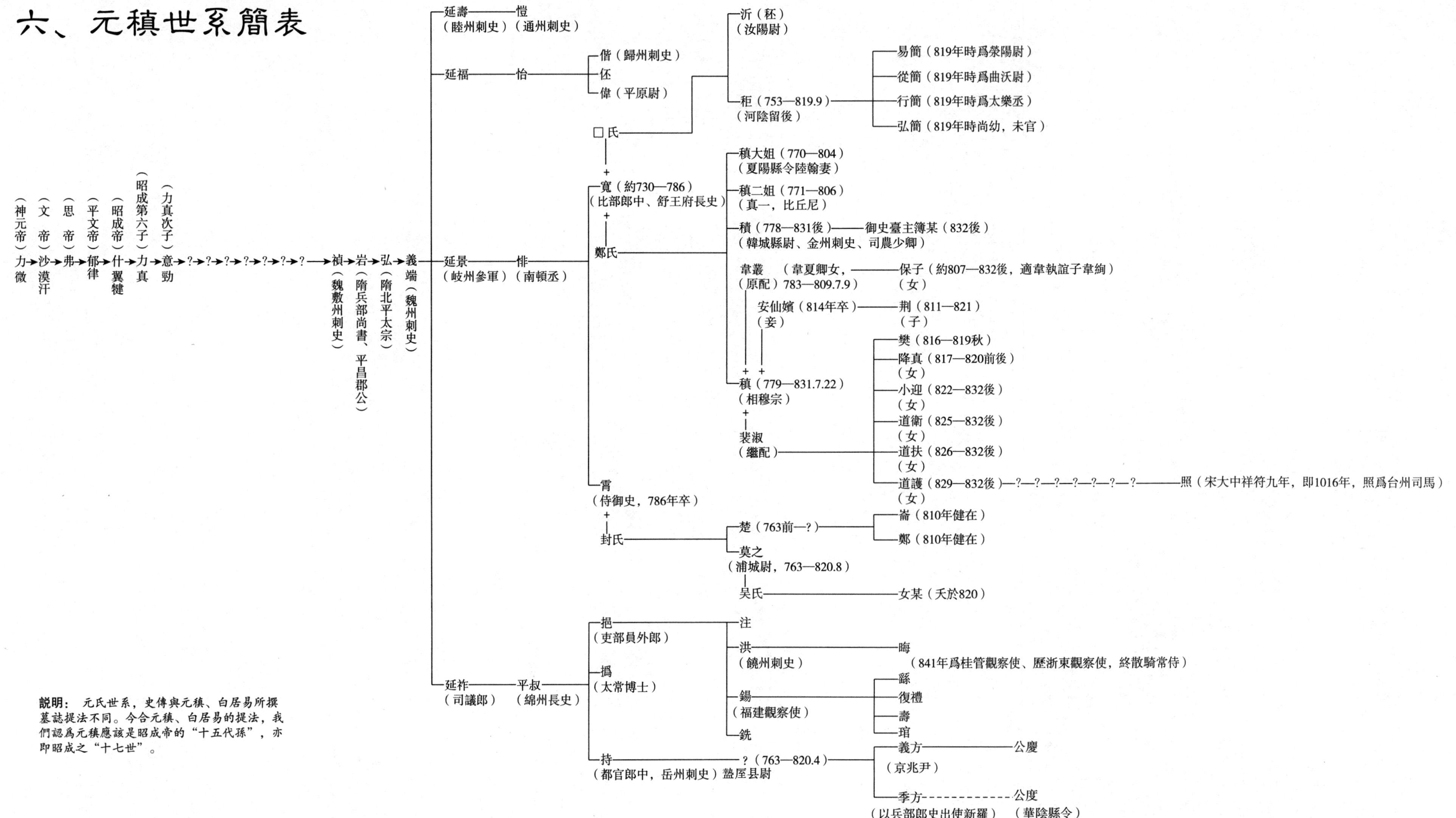

説明： 元氏世系，史傳與元稹、白居易所撰墓誌提法不同。今合元稹、白居易的提法，我們認爲元稹應該是昭成帝的“十五代孫”，亦即昭成之“十七世”。

七、元積生平簡表

起 迄 年 月	年齡	地點	官 職	備 要
大曆十四年至貞元四年(779—788)	1—10	長安		八歲喪父，叔父同年病故，守喪在家。家貧無業，母親鄭氏親執《書》、《詩》教導元積兄弟。
貞元四年至八年(788—792)	10—14	鳳翔		與母親、三兄元積投奔舅族和姐夫陸翰與大姐，度過生活的難關。與姨兄吴士矩、吴士則及姨兄胡靈之嬉戲漫遊。
貞元八年至十九年春(792—803春)	14—25	長安		十五歲明經及第，揭褐入仕，曾在西河縣任職小吏。十六歲時有早期詩篇《寄思玄子詩二十首》及巨篇《代曲江老人百韵》問世。十七歲在洛陽與藝伎管兒戀愛，有名作《行宫》傳世。貞元十八年九月，撰作傳奇名篇《鶯鶯傳》。
貞元十九年春至元和元年四月(803春—806.5)	25—28	長安	秘書省校書郎	二十五歲有《崔徽歌》問世，同年登吏部乙科第，授職校書郎，識白居易，娶妻韋氏叢，來往於長安洛陽間。
元和元年四月至九月十三日(806.5—10.28)	28	長安	左拾遺	二十八歲應制舉，策文《才識兼茂明於體用策》受到主試官的賞識，登第者十八人，積爲第一。同年還有《論教本書》、《論追制表》、《論諫職表》、《論討賊表》、《論西戎表》、《獻事表》等關心朝政之作。
元和元年九月十三日至十六日(806.10.28—10.31)	28	洛陽	河南尉	宰相杜佑厭惡元積的舉奏，出貶元積爲河南尉，元積有《華之巫》、《廟之神》抒發憤懣之情。母鄭氏因元積出貶而驚嚇成病，元和元年九月十六日卒於長安靖安里私第，元積貶途中奔喪長安，積貶職河南尉，因母喪獲解。

續表 1

起迄年月	年齡	地點	官職	備要
元和元年九月十六日至三年十一月（806.10.31—808.12）	28—30	長安	丁母憂在家守制	在靖安里家守母制。服滿，撰《和李校書新題樂府》，與樂天切磋新樂府詩歌。
元和四年二月至六月（809.2—809.7）	31	東川	監察御史	三月出使東川，有組詩《使東川》，舉奏劍南東川、山南西道兩道節度使、以及諸多刺史違詔事。
元和四年六月至五年二月（809.7—810.3）	31—32	洛陽	監察御史	使回，命分務東臺，彈劾東都權貴違詔事數十件，如《論轉牒事》、《論浙西觀察使封杖决殺縣令事》等。妻子韋叢四年七月九日卒於洛陽履信里第。有悼亡詩數十篇，以《遣悲懷三首》最爲人知。因得罪權貴過多，借懲辦房式違詔，被召回京，途中遭到宦官仇士良馬士元的毒打，因而出貶江陵。
元和五年三月至九年九月十三日（810.4—14.10.29）	32—36	江陵	江陵府士曹參軍	六年初，爲實際生活困難所迫，娶妾安仙嬪，同年底生子元荆，九年安氏病卒。七年底，應李景儉之求，編己詩二十卷，計八百餘首。
元和九年九月十三日至九年十二月（814.10.29—815.1）	36—37	唐州	唐州從事	九年，參與淮西平叛。九年底奉調入京候旨，與白居易等人歡遊城南。有《西歸絶句十二首》等。
元和十年三月三十日至十四年三月十一日（815.5.12—819.4.9）	37—41	通州	通州司馬（後期權知州務）	三月二十五日出貶通州，三十日赴任。十年十月至十二年五月，在興元治病。十年年底在興元娶繼配裴氏，次年秋生女元樊。十二年五月回通州，十三年四月權知州務。有勝過白居易《長恨歌》的名著《連昌宫詞》問世，被時人與後人稱頌不已，爲傳世之作。

續表 2

起迄年月	年齡	地點	官職	備要
元和十四年三月十一日至十四年十二月十一日(819.4.9—819.12.31)	41	虢州	虢州長史	仲兄元秬前來虢州養病,暮秋病故於元稹虢州官舍。女元樊亦夭折於虢州,女降真夭折元樊前後。冬天,在好友崔群的幫助下,借唐憲宗大赦的機會回京。
元和十四年十二月十一日至十五年二月五日(819.12.31—820.3.22)	41—42	長安	膳部員外郎	拜職膳部員外郎,有《錢貨議狀》揭示百姓窮困、國用不足的原因。
元和十五年二月五日至五月九日(820.3.22—6.23)	42	長安	膳部員外郎試知制誥	爲唐穆宗撰寫制誥,有諸多制誥文存世。因奉命撰寫《令狐楚衡州制》,得罪令狐楚蕭俛,招來"書命不由相府"的誣陷。
元和十五年五月九日至長慶元年二月十六日(820.6.23—821.3.23)	42—43	長安	祠部郎中知制誥	五月九日,晉職祠部郎中知制誥臣,繼續撰寫諸多制誥,並有奏議《中書省議賦税及鑄錢等狀》,論及當時的賦税制度。
長慶元年二月十六日至十月十九日(821.3.23—11.16日)	43	長安	中書舍人承旨翰林學士	受到唐穆宗的重視,積極參與當時政事及河朔平叛事業。遭到妒忌,裴度因此而三次無理彈劾元稹勾結宦官魏弘簡,元稹因此而貶職工部侍郎。
長慶元年十月十九日至二年二月十九日(821.11.16日—822.3.16)	43—44	長安	工部侍郎	同情因反對罷兵而出貶的李景儉,有《别毅郎》紀實。同情韓愈冒險出使河朔,有"韓愈可惜"之語勸阻唐穆宗。
長慶二年二月十九日至六月五日(822.3.16—6.27)	44	長安	守工部侍郎同平章事	積極營救被困河朔叛鎮重圍的牛元翼,因此而受李逢吉"謀刺裴度"的誣陷,爲相三月即被出貶爲同州刺史。
長慶二年六月五日至三年秋八月(822.6.27—823 秋冬)	44—45	同州	同州刺史	在同州任"均田平賦",打擊豪富,維護平民利益,受到後代讚譽。與旱灾抗争,有《旱灾自咎貽七縣宰》紀事述情。

續表 3

起 迄 年 月	年齡	地點	官 職	備 要
長慶三年秋冬至大和三年九月(823 秋冬—829.10)	45—51	浙東	越州刺史 浙東 觀察使	興修水利,均平田賦,有《詠廿四氣詩》。長慶四年十二月末,編《元氏長慶集》、《白氏長慶集》。與佛道人士友好往還。
大和三年十二月至四年一月二十六日(830.1—2.22)	51—52	長安	尚書左丞	三年冬,回京經洛陽,與白居易相聚,購屋生子道保,年底到任。在京出頗乖公議郎官七人,受李宗閔排擠,出貶武昌節度使。
大和四年一月二十六日至五年七月二十二日(830.2.22—831.9.2)	52—53	武昌	鄂州刺史 武昌軍 節度使	修繕民居,移風易俗,巡視灾區,因此而於五年七月二十二日暴病卒於任所,時年五十有三。六年七月十二日,葬於咸陽奉賢鄉洪瀆原。摯友白居易有《元稹墓誌銘》紀實。

八、本稿主要引用書目(以書名首字音序爲序)

《艾軒集》:(宋)林光朝撰,文淵閣《四庫全書》本
《愛日齋叢抄》:(宋)葉氏撰,文淵閣《四庫全書》本
《安陸集》:(宋)張先撰,文淵閣《四庫全書》本
《安晚堂集》:(宋)鄭清之撰,文淵閣《四庫全書》本
《安陽集》:(宋)韓琦撰,文淵閣《四庫全書》本
《安岳集》:(宋)馮山撰,文淵閣《四庫全書》本
《傲軒吟稿》:(元)胡天遊撰,文淵閣《四庫全書》本
《白虎通義》:(漢)班固撰,上海古籍出版社《四部精要》1993 年 3 月版
《白虎通義》:(漢)班固撰,文淵閣《四庫全書》本
《白居易集》:顧學頡校點,中華書局 1979 年 10 月版
《白居易集箋校》:(唐)白居易撰,朱金城箋校,上海古籍出版社 1988 年 12 月版
《白居易年譜》:朱金城著,上海古籍出版社 1982 年 6 月第 1 版
《白居易詩集校注》謝思煒著,中華書局 2006 年 7 月版
《白居易文集校注》謝思煒著,中華書局 2011 年 1 月版
《白孔六帖》:(唐)白居易原本,(宋)孔傳續撰,文淵閣《四庫全書》本
《白蓮集》:(唐)釋齊己撰,文淵閣《四庫全書》本
《白石道人歌曲》:(宋)姜夔撰,文淵閣《四庫全書》本
《白氏長慶集》:(唐)白居易撰,四部叢刊本
《白氏長慶集》:(唐)白居易撰,文淵閣《四庫全書》本
《白香山詩集》:(清)汪立名編,文淵閣《四庫全書》本
《白香山詩集》:(唐)白居易撰,(清)汪立名編,上海古籍出版社《四部精要》1993 年 3 月版
《百菊集譜》:(宋)史鑄撰,文淵閣《四庫全書》本
《百越先賢志》:(明)歐大任撰,文淵閣《四庫全書》本

《柏齋集》:(明)何瑭撰,文淵閣《四庫全書》本

《稗編》:(明)唐順之撰,文淵閣《四庫全書》本

《寶慶四明志》:(宋)羅濬撰,文淵閣《四庫全書》本

《寶刻叢編》:(宋)陳思撰,文淵閣《四庫全書》本

《寶刻類編》:(宋)無名氏撰,文淵閣《四庫全書》本

《寶真齋法書贊》:(宋)岳珂撰,文淵閣《四庫全書》本

《抱朴子》:(晉)葛洪撰,上海古籍出版社《四部精要》1993 年 3 月版

《抱朴子》:(晉)葛洪撰,文淵閣《四庫全書》本

《鮑明遠集》:(劉宋)鮑照撰,文淵閣《四庫全書》本

《鮑溶詩集》:(唐)鮑溶撰,文淵閣《四庫全書》本

《鮑氏戰國策》:(宋)鮑彪注,文淵閣《四庫全書》本

《北窗炙輠録》:(宋)施德操撰,文淵閣《四庫全書》本

《北海集》:(宋)綦崇禮撰,文淵閣《四庫全書》本

《北户録》:(唐)段公路撰,龜圖註,文淵閣《四庫全書》本

《北夢瑣言》:(唐)孫光憲撰,文淵閣《四庫全書》本

《北齊書》:(隋)李百藥撰,文淵閣《四庫全書》本

《北齊文紀》:(明)梅鼎祚編,文淵閣《四庫全書》本

《北山集》:(宋)程俱撰,文淵閣《四庫全書》本

《北史》:(唐)李延壽撰,文淵閣《四庫全書》本

《北堂書鈔》:(唐)虞世南撰,(明)陳禹謨補注,文淵閣《四庫全書》本

《北溪大全集》:(宋)陳淳撰,文淵閣《四庫全書》本

《備急千金要方》:(唐)孫思邈撰,文淵閣《四庫全書》本

《本草乘雅半偈》:(明)盧之頤撰,文淵閣《四庫全書》本

《本草綱目》:(明)李時珍撰,上海古籍出版社《四部精要》1993 年 3 月版

《本草綱目》:(明)李時珍撰,文淵閣《四庫全書》本

《本事詩》:(唐)孟棨撰,文淵閣《四庫全書》本

《本堂集》:(宋)陳著撰,文淵閣《四庫全書》本
《筆法記》:(宋)荆浩撰,文淵閣《四庫全書》本
《碧雞漫志》:(宋)王灼撰,文淵閣《四庫全書》本
《碧梧玩芳集》:(宋)馬廷鸞撰,文淵閣《四庫全書》本
《避暑録話》:(宋)葉夢得撰,文淵閣《四庫全書》本
《汴京遺迹志》:(明)李濂撰,文淵閣《四庫全書》本
《賓退録》:(宋)趙與時撰,文淵閣《四庫全書》本
《栟櫚集》:(宋)鄧肅撰,文淵閣《四庫全書》本
《泊庵集》:(明)梁潜撰,文淵閣《四庫全書》本
《泊宅編》:(宋)方勺撰,文淵閣《四庫全書》本
《博物志》:(晉)張華撰,文淵閣《四庫全書》本
《博異記》:(唐)谷神子撰,文淵閣《四庫全書》本
《補史記》:(唐)司馬貞補撰并注,文淵閣《四庫全書》本
《補唐代翰林兩記》:岑仲勉著,上海古籍出版社 1984 年 5 月版
《補注杜詩》:(宋)黄希原本,黄鶴補注,文淵閣《四庫全書》本
《補注黄帝内經素問》:(唐)王冰注,(宋)林億等校正,上海古籍出版社《四部精要》1993 年 3 月版
《才調集》:(唐)韋穀撰,文淵閣《四庫全書》本
《蔡中郎集》:(漢)蔡邕撰,文淵閣《四庫全書》本
《參寥子詩集》:(宋)釋道潜撰,文淵閣《四庫全書》本
《滄浪詩話》:(宋)嚴羽撰,文淵閣《四庫全書》本
《藏海詩話》:(宋)吴可撰,文淵閣《四庫全書》本
《藏一話腴》:(宋)陳郁撰,文淵閣《四庫全書》本
《藏園群書經眼録》稿本:傅增湘著,據《元稹集》轉録
《曹祠部集》:(唐)曹鄴撰,文淵閣《四庫全書》本
《曹植集》:(魏)曹植撰,文淵閣《四庫全書》本
《曹子建集》:(魏)曹植撰,文淵閣《四庫全書》本

《曹子建集》:(魏)曹植撰,上海古籍出版社《四部精要》1993 年 3 月版
《草木子》:(明)葉子奇撰,文淵閣《四庫全書》本
《草堂詩話》:(宋)蔡夢弼撰,文淵閣《四庫全書》本
《草堂詩餘》:(宋)無名氏編,文淵閣《四庫全書》本
《草堂雅集》:(元)顧瑛編,文淵閣《四庫全書》本
《册府元龜》:(宋)王欽若、楊億撰,文淵閣《四庫全書》本
《茶經》:(唐)陸羽撰,文淵閣《四庫全書》本
《茶山集》:(宋)曾幾撰,文淵閣《四庫全書》本
《禪月集》:(唐)釋貫休撰,文淵閣《四庫全書》本
《昌谷集》:(唐)李賀撰,文淵閣《四庫全書》本
《昌谷集》:(宋)曹彦約撰,文淵閣《四庫全書》本
《長安志》:(宋)宋敏求撰,文淵閣《四庫全書》本
《長短經》:(唐)趙蕤撰,文淵閣《四庫全書》本
《長江集》:(唐)賈島撰,文淵閣《四庫全書》本
《長興集》:(宋)沈括撰,文淵閣《四庫全書》本
《晁氏客語》:(宋)晁説之撰,文淵閣《四庫全書》本
《晁无咎詞》:(宋)晁補之撰,文淵閣《四庫全書》本
《朝野類要》:(宋)趙昇撰,文淵閣《四庫全書》本
《朝野僉載》:(唐)張鷟撰,文淵閣《四庫全書》本
《陳拾遺集》:(唐)陳子昂撰,文淵閣《四庫全書》本
《陳書》:(唐)姚思廉撰,文淵閣《四庫全書》本
《陳書》:(唐)姚思廉撰,中華書局 1972 年 3 月版
《陳文紀》:(明)梅鼎祚編,文淵閣《四庫全書》本
《成都文類》:(宋)扈仲榮等編,文淵閣《四庫全書》本
《誠齋集》:(宋)楊萬里撰,文淵閣《四庫全書》本
《摛文堂集》:(宋)慕容彦逢撰,文淵閣《四庫全書》本
《池北偶談》:(清)王士禛撰,文淵閣《四庫全書》本

《赤城志》:(宋)陳耆卿撰,文淵閣《四庫全書》本
《崇古文訣》:(宋)樓昉編,文淵閣《四庫全書》本
《籌海圖編》:(明)胡宗憲撰,文淵閣《四庫全書》本
《初寮詞》:(宋)王安中撰,文淵閣《四庫全書》本
《初潭集》:(明)李贄著,中華書局 1974 年 12 月版
《初學記》:(唐)徐堅撰,文淵閣《四庫全書》本
《楚辭補注》:(宋)洪興祖撰,上海古籍出版社《四部精要》1993 年 3 月版
《楚辭集注》:(宋)朱熹撰,文淵閣《四庫全書》本
《楚辭章句》:(漢)王逸撰,文淵閣《四庫全書》本
《儲光羲詩集》:(唐)儲光羲撰,文淵閣《四庫全書》本
《傳家集》:(宋)司馬光撰,文淵閣《四庫全書》本
《吹劍録外集》:(宋)俞文豹撰,文淵閣《四庫全書》本
《春明夢餘録》:(清)孫承澤撰,文淵閣《四庫全書》本
《春明退朝録》:(宋)宋敏求撰,文淵閣《四庫全書》本
《春秋臣傳》:(宋)王當撰,文淵閣《四庫全書》本
《春秋地名考略》:(清)高士奇撰,文淵閣《四庫全書》本
《春秋繁露》:(漢)董仲舒撰,文淵閣《四庫全書》本
《春秋繁露》:(漢)董仲舒撰,上海古籍出版社《四部精要》1993 年 3 月版
《春秋公羊傳注疏》:(漢)公羊壽傳,何休解詁,(唐)徐彦疏,文淵閣《四庫全書》本
《春秋公羊傳注疏》:(漢)何休注,(唐)徐彦疏,上海古籍出版社《四部精要》1993 年 3 月版
《春秋穀梁注疏》:(晉)范甯集解,(唐)楊士勛疏,文淵閣《四庫全書》本
《春秋穀梁注疏》:(晉)范甯注,(唐)楊士勛疏,上海古籍出版社《四部

精要》1993 年 3 月版
《春秋經傳辨疑》:(明)童品撰,文淵閣《四庫全書》本
《春秋經筌》:(宋)趙鵬飛撰,文淵閣《四庫全書》本
《春秋戰國異辭》:(清)陳厚耀撰,文淵閣《四庫全書》本
《春秋正傳》:(明)湛若水撰,文淵閣《四庫全書》本
《春秋左傳讞》:(宋)葉夢得撰,文淵閣《四庫全書》本
《春秋左傳要義》:(晉)杜預注,(唐)孔穎達等正義,上海古籍出版社《四部精要》1993 年 3 月版
《春秋左傳要義》:(宋)魏了翁撰,文淵閣《四庫全書》本
《春秋左傳注疏》:(晉)杜氏注,孔穎達疏,文淵閣《四庫全書》本
《春渚紀聞》:(宋)何薳撰,文淵閣《四庫全書》本
《淳化閣帖釋文》:(清)愛新覺羅・弘曆編,文淵閣《四庫全書》本
《淳熙稿》:(宋)趙蕃撰,文淵閣《四庫全書》本
《輟耕録》:(元)陶宗儀撰,文淵閣《四庫全書》本
《祠部集》:(宋)强至撰,文淵閣《四庫全書》本
《詞律》:(清)萬樹撰,上海古籍出版社《四部精要》1993 年 3 月版
《詞律》:(清)萬樹撰,文淵閣《四庫全書》本
《詞名索引》:吴藕汀著,中華書局 1984 年 7 月版
《詞譜》:(清)愛新覺羅・弘曆編,文淵閣《四庫全書》本
《詞銓》:楊樹達著,中華書局 1954 年 11 月版
《詞苑叢談》:(清)徐釚撰,文淵閣《四庫全書》本
《詞綜》:(清)朱彝尊編,文淵閣《四庫全書》本
《詞綜》:(清)朱彝尊編,上海古籍出版社 1978 年 12 月版
《詞綜》:(清)朱彝尊編,上海古籍出版社《四部精要》1993 年 3 月版
《慈湖遺書》:(宋)楊簡撰,文淵閣《四庫全書》本
《辭海》:上海辭書出版社,1999 年版
《辭海(語詞分册)》:上海辭書出版社 1979 年 5 月版

《辭海(語詞增補本)》:上海辭書出版社 1982 年 10 月版
《辭源》:商務印書館編輯部編,商務印書館 1979 年 7 月版
《次柳氏舊聞》:(唐)李德裕撰,文淵閣《四庫全書》本
《次山集》:(唐)元結撰,文淵閣《四庫全書》本
《徂來集》:(宋)石介撰,文淵閣《四庫全書》本
《翠寒集》:(元)宋無撰,文淵閣《四庫全書》本
《翠微南征録》:(宋)華岳撰,文淵閣《四庫全書》本
《存悔齋稿》:(元)龔𤩽撰,文淵閣《四庫全書》本
《大戴禮記》:(漢)戴德撰,文淵閣《四庫全書》本
《大復集》:(明)何景明撰,文淵閣《四庫全書》本
《大清一統志》:(清)和珅等編,文淵閣《四庫全書》本
《大事記續編》:(明)王禕撰,文淵閣《四庫全書》本
《大唐傳載》:(唐)無名氏撰,文淵閣《四庫全書》本
《大唐開元禮》:(唐)蕭嵩等撰,文淵閣《四庫全書》本
《大唐西域記》:(唐)釋玄奘譯,釋辯機撰,文淵閣《四庫全書》本
《大學》:(宋)朱熹章句,文淵閣《四庫全書》本
《大學衍義補》:(明)丘濬撰,文淵閣《四庫全書》本
《待制集》:(元)柳貫撰,文淵閣《四庫全書》本
《帶經堂詩話》:(清)王士禛撰,轉引自《白居易資料彙編》,中華書局 1962 年 11 月第 1 版
《丹鉛摘録》:(明)楊慎撰,文淵閣《四庫全書》本
《丹陽集》:(宋)葛勝仲撰,文淵閣《四庫全書》本
《丹淵集》:(宋)文同撰,文淵閣《四庫全書》本
《澹庵文集》:(宋)胡銓撰,文淵閣《四庫全書》本
《道山清話》:(宋)王暐撰,文淵閣《四庫全書》本
《道鄉集》:(宋)鄒浩撰,文淵閣《四庫全書》本
《道園學古録》:(元)虞集撰,文淵閣《四庫全書》本

《道園遺稿》:(元)虞集撰,文淵閣《四庫全書》本

《登科記考》:(清)徐松撰,中華書局 1984 年 8 月版

《登科記考訂補》:岑仲勉著,上海古籍出版社 1984 年 5 月版

《迪功集》:(明)徐禎卿撰,文淵閣《四庫全書》本

《滇考》:(清)馮甦撰,文淵閣《四庫全書》本

《滇略》:(明)謝肇淛撰,文淵閣《四庫全書》本

《丁卯詩集》:(唐)許渾撰,文淵閣《四庫全書》本

《定山集》:(明)莊昶撰,文淵閣《四庫全書》本

《定齋集》:(宋)蔡戡撰,文淵閣《四庫全書》本

《訂譌雜録》:(清)胡鳴玉撰,文淵閣《四庫全書》本

《東都事略》:(宋)王稱撰,文淵閣《四庫全書》本

《東皋子集》:(唐)王績撰,文淵閣《四庫全書》本

《東觀漢記》:(清)姚之駰補撰,文淵閣《四庫全書》本

《東觀集》:(宋)魏野撰,文淵閣《四庫全書》本

《東漢文紀》:(明)梅鼎祚編,文淵閣《四庫全書》本

《東京夢華録》:(宋)孟元老撰,文淵閣《四庫全書》本

《東萊集》:(宋)吕祖謙撰,文淵閣《四庫全書》本

《東萊詩集》:(宋)吕本中撰,文淵閣《四庫全書》本

《東里續集》:(明)楊士奇撰,文淵閣《四庫全書》本

《東牟集》:(宋)王洋撰,文淵閣《四庫全書》本

《東坡全集》:(宋)蘇軾撰,文淵閣《四庫全書》本

《東坡志林》:(宋)蘇軾撰,文淵閣《四庫全書》本

《東維子集》:(元)楊維楨撰,文淵閣《四庫全書》本

《東溪集》:(宋)高登撰,文淵閣《四庫全書》本

《東軒筆録》:(宋)魏泰撰,文淵閣《四庫全書》本

《東雅堂韓昌黎集注》:(唐)韓愈撰,無名氏集注,文淵閣《四庫全書》本

《東雅堂韓昌黎集注》:(唐)韓愈撰,上海古籍出版社《四部精要》1993年3月版
《東原録》:(宋)龔鼎臣撰,文淵閣《四庫全書》本
《東園叢説》:(宋)李如篪撰,文淵閣《四庫全書》本
《東齋記事》:(宋)范鎮撰,文淵閣《四庫全書》本
《洞麓堂集》:(明)尹臺撰,文淵閣《四庫全書》本
《洞冥記》:(漢)郭憲撰,文淵閣《四庫全書》本
《洞天清録》:(宋)趙希鵠撰,文淵閣《四庫全書》本
《都城紀勝》:(宋)耐得翁,文淵閣《四庫全書》本
《竇氏聯珠集》:(唐)褚藏言輯,文淵閣《四庫全書》本
《獨斷》:(漢)蔡邕撰,文淵閣《四庫全書》本
《獨醒雜誌》:(宋)曾敏行撰,文淵閣《四庫全書》本
《讀禮通考》:(清)徐乾學撰,文淵閣《四庫全書》本
《讀全唐詩札記》:岑仲勉著,上海古籍出版社 1978 年 3 月新 1 版
《讀全唐文札記》:岑仲勉著,上海古籍出版社 1978 年 3 月新 1 版
《讀詩質疑》:(清)嚴虞惇撰,文淵閣《四庫全書》本
《讀書後》:(明)王世貞撰,文淵閣《四庫全書》本
《讀書紀數略》:(清)宮夢仁編,文淵閣《四庫全書》本
《讀易詳説》:(宋)李光撰,文淵閣《四庫全書》本
《杜詩攟》:(明)唐元竑撰,文淵閣《四庫全書》本
《杜詩詳注》:(清)仇兆鰲撰,文淵閣《四庫全書》本
《杜詩詳注》:(清)仇兆鰲撰,中華書局 1979 年 10 月第 1 版
《杜詩詳注》:(唐)杜甫撰,(清)仇兆鰲注,上海古籍出版社《四部精要》1993 年 3 月版
《杜詩言志》:(清)無名氏著,江蘇人民出版社 1983 年 7 月版
《杜陽雜編》:(唐)蘇鶚撰,文淵閣《四庫全書》本
《端明集》:(宋)蔡襄撰,文淵閣《四庫全書》本

《對山集》:(明)康海撰,文淵閣《四庫全書》本
《鈍吟雜録》:(清)馮班撰,文淵閣《四庫全書》本
《爾雅翼》:(宋)羅願撰,文淵閣《四庫全書》本
《爾雅注》:(晉)郭璞撰,(宋)邢昺疏,文淵閣《四庫全書》本
《爾雅注疏》:(晉)郭璞撰,(宋)邢昺疏,上海古籍出版社《四部精要》1993 年 3 月版
《二程外書》:(宋)程顥、程頤撰,朱熹編,文淵閣《四庫全書》本
《二程文集》:(宋)程顥、程頤撰,文淵閣《四庫全書》本
《二程遺書》:(宋)程顥、程頤撰,上海古籍出版社《四部精要》1993 年 3 月版
《二程遺書》:(宋)程顥、程頤撰,朱熹編,文淵閣《四庫全書》本
《二皇甫集》:(唐)皇甫冉、皇甫曾撰,文淵閣《四庫全書》本
《二家宫詞》:(明)毛晉編,文淵閣《四庫全書》本
《二薇亭詩集》:(宋)徐璣撰,文淵閣《四庫全書》本
《法藏碎金録》:(宋)晁迥撰,文淵閣《四庫全書》本
《法藏碎金録》:(宋)晁迥撰,文淵閣《四庫全書》本
《法書要録》:(唐)張彦遠撰,文淵閣《四庫全書》本
《法帖譜系》:(宋)曹士冕撰,文淵閣《四庫全書》本
《法苑珠林》:(唐)釋道世撰,文淵閣《四庫全書》本
《樊川詩集注》:(唐)杜牧著,(清)馮集梧注,上海古籍出版社 1978 年 6 月版
《樊川文集》:(唐)杜牧撰,文淵閣《四庫全書》本
《樊榭山房續集》:(清)厲鶚撰,文淵閣《四庫全書》本
《范德機詩集》:(元)范梈撰,文淵閣《四庫全書》本
《范太史集》:(宋)范祖禹撰,文淵閣《四庫全書》本
《范文正别集》:(宋)范仲淹撰,文淵閣《四庫全書》本
《范文正集》:(宋)范仲淹撰,文淵閣《四庫全書》本

《范忠宣集》:(宋)范純仁撰,文淵閣《四庫全書》本
《方泉詩集》:(宋)周文璞撰,文淵閣《四庫全書》本
《方輿勝覽》:(宋)祝穆撰,文淵閣《四庫全書》本
《方舟集》:(宋)李石撰,文淵閣《四庫全書》本
《芳蘭軒集》:(宋)徐照撰,文淵閣《四庫全書》本
《放翁詞》:(宋)陸游撰,文淵閣《四庫全書》本
《霏雪録》:(明)鎦績撰,文淵閣《四庫全書》本
《斐然集》:(宋)胡寅撰,文淵閣《四庫全書》本
《分類字錦》:(清)愛新覺羅・玄燁編,文淵閣《四庫全書》本
《分門古今類事》:無名氏撰,文淵閣《四庫全書》本
《封氏聞見記》:(唐)封演撰,文淵閣《四庫全書》本
《風俗通義》:(漢)應劭撰,文淵閣《四庫全書》本
《風雅翼》:(元)劉履編,文淵閣《四庫全書》本
《楓窗小牘》:(明)袁褧撰,文淵閣《四庫全書》本
《鳳池吟稿》:(明)汪廣洋撰,文淵閣《四庫全書》本
《佛國記》:(宋)釋法顯撰,文淵閣《四庫全書》本
《佛祖歷代通載》:(元)釋念常撰,文淵閣《四庫全書》本
《浮溪集》:(宋)汪藻撰,文淵閣《四庫全書》本
《浮沚集》:(宋)周行已撰,文淵閣《四庫全書》本
《福建通志》:(清)郝玉麟撰,文淵閣《四庫全書》本
《福建通志》:(清)盧焯撰,文淵閣《四庫全書》本
《甫里集》:(唐)陸龜蒙撰,文淵閣《四庫全書》本
《府兵制度考釋》:谷霽光著,上海人民出版社 1962 年 7 月版
《復古編》:(宋)張有撰,文淵閣《四庫全書》本
《甘澤謠》:(唐)袁郊撰,文淵閣《四庫全書》本
《紺珠集》:(宋)朱勝非撰,文淵閣《四庫全書》本
《高常侍集》:(唐)高適撰,文淵閣《四庫全書》本

《高峰文集》:(宋)廖剛撰,文淵閣《四庫全書》本
《高士傳》:(晉)皇甫謐撰,文淵閣《四庫全書》本
《高適年譜》:周勛初著,上海古籍出版社 1980 年 9 月版
《高齋漫録》:(宋)曾慥撰,文淵閣《四庫全書》本
《格致鏡原》:(清)陳元龍撰,文淵閣《四庫全書》本
《艮齋雜説》:(清)尤侗撰,轉引自《白居易資料彙編》,中華書局 1962 年 11 月第 1 版
《庚溪詩話》:(宋)陳巖肖撰,文淵閣《四庫全書》本
《公是集》:(宋)劉敞撰,文淵閣《四庫全書》本
《攻媿集》:(宋)樓鑰撰,文淵閣《四庫全書》本
《宮教集》:(宋)崔敦禮撰,文淵閣《四庫全書》本
《姑蘇志》:(明)王鏊撰,文淵閣《四庫全書》本
《姑溪居士前集》:(宋)李之儀撰,文淵閣《四庫全書》本
《古夫於亭雜録》:(清)王士禎撰,文淵閣《四庫全書》本
《古賦辯體》:(元)祝堯撰,文淵閣《四庫全書》本
《古畫品録》:(南齊)謝赫撰,文淵閣《四庫全書》本
《古今禪藻集》:(明)釋正勉、釋性涵同輯,文淵閣《四庫全書》本
《古今合璧事類備要》:(宋)謝維新撰,文淵閣《四庫全書》本
《古今律曆考》:(明)邢雲路撰,文淵閣《四庫全書》本
《古今詩刪》:(明)李攀龍編,文淵閣《四庫全書》本
《古今事文類聚後集》:(宋)祝穆等撰,文淵閣《四庫全書》本
《古今事文類聚前集》:(宋)祝穆等撰,文淵閣《四庫全書》本
《古今事文類聚外集》:(元)富大用撰,文淵閣《四庫全書》本
《古今事文類聚新集》:(元)富大用撰,文淵閣《四庫全書》本
《古今事文類聚遺集》:(元)富大用撰,文淵閣《四庫全書》本
《古今説海》:(明)陸楫編,文淵閣《四庫全書》本
《古今通韵》:(清)毛奇齡撰,文淵閣《四庫全書》本

《古今姓氏書辯證》:(宋)鄧名世、鄧椿袞撰,文淵閣《四庫全書》本
《古今注》:(晉)崔豹撰,文淵閣《四庫全書》本
《古刻叢鈔》:(明)陶宗儀編,文淵閣《四庫全書》本
《古樂書》:(清)應撝謙撰,文淵閣《四庫全書》本
《古樂苑》:(明)梅鼎祚編,文淵閣《四庫全書》本
《古儷府》:(明)王志慶編,文淵閣《四庫全書》本
《古列女傳》:(漢)劉向撰,文淵閣《四庫全書》本
《古靈集》:(宋)陳襄撰,文淵閣《四庫全書》本
《古詩紀》:(明)馮惟訥撰,文淵閣《四庫全書》本
《古詩鏡》:(明)陸時雍撰,文淵閣《四庫全書》本
《古詩源》:(清)沈德潛編著,上海古籍出版社《四部精要》1993 年 3 月版
《古微書》:(明)孫瑴編,文淵閣《四庫全書》本
《古文辭類纂》:(清)姚鼐撰,上海古籍出版社《四部精要》1993 年 3 月版
《古文集成》:(宋)王霆震編,文淵閣《四庫全書》本
《古文雅正》:(清)蔡世遠編,文淵閣《四庫全書》本
《古文淵鑒》:(清)徐乾學等編注,文淵閣《四庫全書》本
《古文苑》:(宋)章樵注,文淵閣《四庫全書》本
《谷響集》:(元)釋善住撰,文淵閣《四庫全書》本
《顧曲雜言》:(明)沈德符撰,文淵閣《四庫全書》本
《乖崖集》:(宋)張詠撰,文淵閣《四庫全書》本
《闗尹子》:(周)闗尹喜撰,文淵閣《四庫全書》本
《關中勝迹圖志》:(清)畢沅撰,文淵閣《四庫全書》本
《管城碩記》:(清)徐文靖撰,文淵閣《四庫全書》本
《管子》:(唐)房玄齡注,文淵閣《四庫全書》本
《管子》:(周)管仲撰,(唐)房玄齡注,上海古籍出版社《四部精要》

1993年3月版

《灌園集》:(宋)吕南公撰,文淵閣《四庫全書》本

《廣博物志》:(明)董斯張撰,文淵閣《四庫全書》本

《廣成集》:(後蜀)杜光庭撰,文淵閣《四庫全書》本

《廣川書跋》:(宋)董逌著,文淵閣《四庫全書》本

《廣東通志》:(清)郝玉麟撰,文淵閣《四庫全書》本

《廣弘明集》:(唐)釋道宣撰,文淵閣《四庫全書》本

《廣弘明集》:(唐)釋道宣撰,上海古籍出版社《四部精要》1993年3月版

《廣陵集》:(宋)王令撰,文淵閣《四庫全書》本

《廣雅》:(魏)張揖撰,文淵閣《四庫全書》本

《廣雅疏證》:(清)王念孫撰,上海古籍出版社《四部精要》1993年3月版

《龜山集》:(宋)楊時撰,文淵閣《四庫全書》本

《龜谿集》:(宋)沈與求撰,文淵閣《四庫全書》本

《歸田類稿》:(元)張養浩撰,文淵閣《四庫全書》本

《歸田録》:(宋)歐陽修撰,文淵閣《四庫全書》本

《歸愚詞》:(宋)葛立方撰,文淵閣《四庫全書》本

《鬼谷子》:(周)鬼谷子撰,文淵閣《四庫全書》本

《癸辛雜識》:(宋)周密撰,文淵閣《四庫全書》本

《桂海虞衡志》:(宋)范成大撰,文淵閣《四庫全書》本

《桂林風土記》:(唐)莫休符撰,文淵閣《四庫全書》本

《桂勝》:(明)張鳴鳳撰,文淵閣《四庫全書》本

《桂苑叢談》:(唐)無名氏撰,文淵閣《四庫全書》本

《貴耳集》:(宋)張端義撰,文淵閣《四庫全書》本

《國老談苑》:(宋)君玉撰,文淵閣《四庫全書》本

《國史補》:(唐)李肇撰,文淵閣《四庫全書》本

《國秀集》:(唐)芮挺章編,文淵閣《四庫全書》本
《國語》:(吴)韋昭注,文淵閣《四庫全書》本
《國語》:(吴)韋昭注,上海古籍出版社《四部精要》1993 年 3 月版
《海録碎事》:(宋)葉廷珪撰,文淵閣《四庫全書》本
《海内十洲記》:(漢)東方朔撰,文淵閣《四庫全書》本
《海塘録》:(清)翟均廉撰,文淵閣《四庫全書》本
《涵芬樓燼餘書録》:張元濟著,據《元稹集》轉録
《寒山子詩集》:(唐)寒山等撰,文淵閣《四庫全書》本
《韓非子》:(周)韓非撰,上海古籍出版社《四部精要》1993 年 3 月版
《韓集點勘》:(清)陳景雲撰,文淵閣《四庫全書》本
《韓集舉正》:(宋)方崧卿撰,文淵閣《四庫全書》本
《韓内翰别集》:(唐)韓偓撰,文淵閣《四庫全書》本
《韓子》:(周)韓非撰,文淵閣《四庫全書》本
《漢濱集》:(宋)王之望撰,文淵閣《四庫全書》本
《漢官舊儀》:(漢)衛宏撰,文淵閣《四庫全書》本
《漢魏六朝百三家集》:(明)張溥編,文淵閣《四庫全書》本
《漢武帝内傳》:(漢)班固撰,文淵閣《四庫全書》本
《漢武故事》:(漢)班固撰,文淵閣《四庫全書》本
《漢語大詞典》:羅竹風主編,漢語大詞典出版社 1993 年 11 月版
《翰林記》:(明)黄佐撰,文淵閣《四庫全書》本
《翰林學士壁記注補》:岑仲勉著,上海古籍出版社 1984 年 5 月版
《翰林志》:(唐)李肇撰,文淵閣《四庫全書》本
《翰苑集》:(唐)陸贄撰,文淵閣《四庫全書》本
《翰苑群書》:(宋)洪遵編,文淵閣《四庫全書》本
《翰苑新書》:(宋)無名氏撰,文淵閣《四庫全書》本
《何氏語林》:(明)何良俊撰,文淵閣《四庫全書》本
《和清真詞》:(宋)方千里撰,文淵閣《四庫全書》本

《河東集》:(宋)柳開撰,文淵閣《四庫全書》本
《河南集》:(宋)尹洙撰,文淵閣《四庫全書》本
《河嶽英靈集》:(唐)殷璠編,文淵閣《四庫全書》本
《鶡冠子》:(宋)陸佃解,文淵閣《四庫全書》本
《鶡冠子》:(周)無名氏撰,(宋)陸佃解,上海古籍出版社《四部精要》1993 年 3 月版
《鶴林集》:(宋)吴泳撰,文淵閣《四庫全書》本
《鶴林玉露》:(宋)羅大經撰,文淵閣《四庫全書》本
《鶴山集》:(宋)魏了翁撰,文淵閣《四庫全書》本
《横浦集》:(宋)張九成撰,文淵閣《四庫全書》本
《横塘集》:(宋)許景衡撰,文淵閣《四庫全書》本
《弘明集》:(南朝梁)釋僧祐撰,文淵閣《四庫全書》本
《弘明集》:(南朝梁)釋僧祐撰,上海古籍出版社《四部精要》1993 年 3 月版
《鴻慶居士集》:(宋)孫覿撰,文淵閣《四庫全書》本
《侯鯖録》:(宋)趙令畤撰,文淵閣《四庫全書》本
《侯鯖録》:(宋)趙令畤撰,中華書局 2002 年 9 月版
《后山詩注》:(宋)陳師道撰,任淵注,文淵閣《四庫全書》本
《後村集》:(宋)劉克莊撰,文淵閣《四庫全書》本
《後村詩話》:(宋)劉克莊撰,文淵閣《四庫全書》本
《後漢紀》:(晉)袁宏撰,文淵閣《四庫全書》本
《後漢書集解》:(南朝宋)范曄撰,(清)王先謙集解,上海古籍出版社《四部精要》1993 年 3 月版
《後漢書》:(晉宋)范煜撰,(唐)李賢注,文淵閣《四庫全書》本
《後樂集》:(宋)衛涇撰,文淵閣《四庫全書》本
《後山集》:(宋)陳師道撰,文淵閣《四庫全書》本
《後山詩話》:(宋)陳師道撰,文淵閣《四庫全書》本

《後周文紀》:(明)梅鼎祚編,文淵閣《四庫全書》本
《湖廣通志》:(清)邁柱撰,文淵閣《四庫全書》本
《湖山集》:(宋)吴芾撰,文淵閣《四庫全書》本
《湖山類稿》:(宋)汪元量撰,文淵閣《四庫全書》本
《花庵詞選》:(宋)黄昇輯,文淵閣《四庫全書》本
《花草稡編》:(明)陳耀文輯,文淵閣《四庫全書》本
《花間集》:(後蜀)趙崇祚編,文淵閣《四庫全書》本
《花間集》:(五代後蜀)趙崇祚編,上海古籍出版社《四部精要》1993年3月版
《花木鳥獸集類》:(清)吴寶芝撰,文淵閣《四庫全書》本
《花谿集》:(元)沈夢麟撰,文淵閣《四庫全書》本
《華陽國志》:(晉)常璩撰,文淵閣《四庫全書》本
《華陽集》:(宋)王珪撰,文淵閣《四庫全書》本
《華陽集》:(宋)張綱撰,文淵閣《四庫全書》本
《華陽集》:(唐)顧況撰,文淵閣《四庫全書》本
《畫墁集》:(宋)張舜民撰,文淵閣《四庫全書》本
《淮海詞》:(宋)秦觀撰,文淵閣《四庫全書》本
《淮南鴻烈解》:(漢)劉安撰,高誘注,文淵閣《四庫全書》本
《淮南子》:(漢)劉安撰,高誘注,上海古籍出版社《四部精要》1993年3月版
《淮陽集》:(元)張宏範撰,文淵閣《四庫全書》本
《懷麓堂集》:(明)李東陽撰,文淵閣《四庫全書》本
《懷星堂集》:(明)祝允明撰,文淵閣《四庫全書》本
《洹詞》:(明)崔銑撰,文淵閣《四庫全書》本
《浣花集》:(唐)韋莊撰,文淵閣《四庫全書》本
《荒政叢書》:(清)俞森撰,文淵閣《四庫全書》本
《皇極經世書解》:(清)王植撰,文淵閣《四庫全書》本

《皇王大紀》:(宋)胡宏撰,文淵閣《四庫全書》本
《黄帝内經素問》:(唐)王冰注,(宋)林億等校正,文淵閣《四庫全書》本
《黄帝内經素問》:(唐)王冰注,(宋)史崧校正
《黄石公三略》:無名氏撰,文淵閣《四庫全書》本
《黄氏日抄》:(宋)黄震撰,文淵閣《四庫全書》本
《黄庭堅詩集注》:劉尚榮校點,中華書局 2003 年 5 月版
《黄御史集》:(唐)黄滔撰,文淵閣《四庫全書》本
《篁墩文集》:(明)程敏政撰,文淵閣《四庫全書》本
《揮麈録》:(宋)王明清撰,文淵閣《四庫全書》本
《晦庵集》:(宋)朱熹撰,文淵閣《四庫全書》本
《會昌一品集》:(唐)李德裕撰,文淵閣《四庫全書》本
《會稽掇英總集》(宋)孔延之撰,文淵閣《四庫全書》本
《會稽三賦》:(宋)王十朋撰,文淵閣《四庫全書》本
《會稽續志》:(宋)張淏撰,文淵閣《四庫全書》本
《會稽志》:(宋)施宿等撰,文淵閣《四庫全書》本
《嵇中散集》:(魏)嵇康撰,文淵閣《四庫全書》本
《稽神録》:(宋)徐鉉撰,文淵閣《四庫全書》本
《畿輔通志》:(清)于成龍撰,文淵閣《四庫全書》本
《擊壤集》:(宋)邵雍撰,文淵閣《四庫全書》本
《雞肋編》:(宋)莊綽撰,文淵閣《四庫全書》本
《雞肋集》:(宋)晁補之撰,文淵閣《四庫全書》本
《急就篇》:(漢)史遊撰,文淵閣《四庫全書》本
《極玄集》:(唐)姚合選,文淵閣《四庫全書》本
《集古録》:(宋)歐陽修撰,文淵閣《四庫全書》本
《集異記》:(唐)薛用弱撰,文淵閣《四庫全書》本
《集韵》:(宋)丁度等修定,文淵閣《四庫全書》本

《記纂淵海》:(宋)潘自牧撰,文淵閣《四庫全書》本
《霽山文集》:(宋)林景熙撰,文淵閣《四庫全書》本
《嘉祐集》:(宋)蘇洵撰,文淵閣《四庫全書》本
《嘉祐雜誌》:(宋)江休復撰,文淵閣《四庫全書》本
《賈氏譚録》:(南唐)張洎撰,文淵閣《四庫全書》本
《稼軒長短句》:(宋)辛棄疾撰,上海古籍出版社《四部精要》1993 年 3 月版
《稼軒詞編年箋注》:鄧廣銘箋注,上海古籍出版社 1978 年新 1 版
《稼軒詞》:(宋)辛棄疾撰,文淵閣《四庫全書》本
《兼明書》:(唐)丘光庭撰,文淵閣《四庫全書》本
《箋注評點李長吉歌詩》:(宋)吴正子注,劉辰翁評,文淵閣《四庫全書》本
《簡齋集》:(宋)陳與義撰,文淵閣《四庫全書》本
《見素集》:(明)林俊撰,文淵閣《四庫全書》本
《建康實録》:(唐)許嵩撰,文淵閣《四庫全書》本
《建炎以來繫年要録》:(宋)李心傳撰,文淵閣《四庫全書》本
《建炎雜記甲集》:(宋)李心傳撰,文淵閣《四庫全書》本
《建炎雜記末集》:(宋)李心傳撰,文淵閣《四庫全書》本
《建炎雜記乙集》:(宋)李心傳撰,文淵閣《四庫全書》本
《劍南詩稿》:(宋)陸游撰,文淵閣《四庫全書》本
《劍南詩稿》:(宋)陸游撰,上海古籍出版社《四部精要》1993 年 3 月版
《澗泉日記》:(宋)韓淲撰,文淵閣《四庫全書》本
《鑒誡録》:(後蜀)何光遠撰,文淵閣《四庫全書》本
《江村銷夏録》:(清)高士奇撰,文淵閣《四庫全書》本
《江湖長翁集》:(宋)陳造撰,文淵閣《四庫全書》本
《江湖後集》:(宋)陳起撰,文淵閣《四庫全書》本
《江湖小集》:(宋)陳起編,文淵閣《四庫全書》本

《江淮異人録》:(宋)吴淑撰,文淵閣《四庫全書》本
《江南通志》:(清)趙宏恩等監修,文淵閣《四庫全書》本
《江南野史》:(宋)龍衮撰,文淵閣《四庫全書》本
《江文通集》:(梁)江淹撰,文淵閣《四庫全書》本
《焦氏易林》:(漢)焦贛撰,文淵閣《四庫全書》本
《脚氣集》:(宋)車若水撰,文淵閣《四庫全書》本
《節孝集》:(宋)徐積撰,文淵閣《四庫全書》本
《介庵詞》:(宋)趙彦端撰,文淵閣《四庫全書》本
《芥隱筆記》:(宋)龔頤正撰,文淵閣《四庫全書》本
《今獻備遺》:(明)項篤壽撰,文淵閣《四庫全書》本
《金華子雜編》:(南唐)劉崇遠撰,文淵閣《四庫全書》本
《金匱要略》:(漢)張機撰,文淵閣《四庫全書》本
《金樓子》:(梁)蕭繹撰,文淵閣《四庫全書》本
《金石録》(宋)趙明誠撰,文淵閣《四庫全書》本
《金石史》:(明)郭宗昌撰,文淵閣《四庫全書》本
《金氏文集》:(宋)金君卿撰,文淵閣《四庫全書》本
《金佗續編》:(宋)岳珂撰,文淵閣《四庫全書》本
《金薤琳琅》:(明)都穆撰,文淵閣《四庫全書》本
《金淵集》:(元)仇遠撰,文淵閣《四庫全書》本
《錦繡萬花谷》:(宋)無名氏編,文淵閣《四庫全書》本
《近事會元》:(宋)李上交撰,文淵閣《四庫全書》本
《晉書》:(唐)房玄齡、褚遂良等撰,文淵閣《四庫全書》本
《縉雲文集》:(宋)馮時行撰,文淵閣《四庫全書》本
《荆楚歲時記》:(梁)宗懔撰,文淵閣《四庫全書》本
《荆川集》:(明)唐順之撰,文淵閣《四庫全書》本
《經傳釋詞》:(清)王引之撰,孫經世補撰,上海古籍出版社《四部精要》1993 年 3 月版

《經濟類編》:(明)馮琦、馮瑗撰,文淵閣《四庫全書》本
《經濟類編》:(明)馮琦、馮瑗撰,文淵閣《四庫全書》本
《經濟文集》:(元)李士瞻撰,文淵閣《四庫全書》本
《精華録》:(清)王士禎撰,文淵閣《四庫全書》本
《景定建康志》:(宋)周應合撰,文淵閣《四庫全書》本
《景文集》:(宋)宋祁撰,文淵閣《四庫全書》本
《景迂生集》:(宋)晁以道撰,文淵閣《四庫全書》本
《景岳全書》:(明)張介賓撰,文淵閣《四庫全書》本
《净德集》:(宋)吕陶撰,文淵閣《四庫全書》本
《敬鄉録》:(元)吴師道輯,文淵閣《四庫全書》本
《敬業堂詩集》:(清)查慎行撰,文淵閣《四庫全書》本
《靖康要録》:(宋)無名氏撰,文淵閣《四庫全書》本
《九朝編年備要》:(宋)陳均撰,文淵閣《四庫全書》本
《九靈山房集》:(元)戴良撰,文淵閣《四庫全書》本
《舊唐書》:(後晉)劉昫等撰,文淵閣《四庫全書》本
《舊唐書》:(後晉)劉昫等撰,中華書局 1975 年 5 月第 1 版
《舊聞證誤》:(宋)李心傳撰,文淵閣《四庫全書》本
《舊五代史》:(宋)薛居正撰,文淵閣《四庫全書》本
《居竹軒詩集》:(元)成廷珪撰,文淵閣《四庫全書》本
《菊磵集》:(宋)高翥撰,文淵閣《四庫全書》本
《橘録》:(宋)韓彦直撰,文淵閣《四庫全書》本
《橘山四六》:(宋)李廷忠撰,(明)孫雲翼注,文淵閣《四庫全書》本
《劇談録》:(唐)康駢撰,文淵閣《四庫全書》本
《絶妙好詞箋》:(宋)周密原輯,(清)查爲仁、厲鶚同箋,文淵閣《四庫全書》本
《潏水集》:(宋)李復撰,文淵閣《四庫全書》本
《筠谿集》:(宋)李彌遜撰,文淵閣《四庫全書》本

《筠軒集》:(元)唐元撰,文淵閣《四庫全書》本
《郡齋讀書後志》:(宋)趙希弁撰,文淵閣《四庫全書》本
《郡齋讀書志》:(宋)晁公武撰,文淵閣《四庫全書》本
《開天傳信記》:(唐)鄭綮撰,文淵閣《四庫全書》本
《開元天寶遺事》:(蜀)王仁裕撰,文淵閣《四庫全書》本
《康濟録》:(清)倪國璉撰,文淵閣《四庫全書》本
《康熙字典》:(清)張玉書等纂修,文淵閣《四庫全書》本
《康熙字典》:上海久敬齋光緒二十年本
《康齋集》:(明)吴與弼撰,文淵閣《四庫全書》本
《考工記解》:(宋)林希逸撰,文淵閣《四庫全書》本
《考古編》:(宋)程大昌撰,文淵閣《四庫全書》本
《珂雪詞》:(清)曹貞吉撰,文淵閣《四庫全書》本
《柯山集》:(宋)張耒撰,文淵閣《四庫全書》本
《可齋雜稿》:(宋)李曾伯撰,文淵閣《四庫全書》本
《客亭類稿》:(宋)楊冠卿撰,文淵閣《四庫全書》本
《孔北海集》:(漢)孔融撰,文淵閣《四庫全書》本
《孔叢子》:(漢)孔鮒撰,文淵閣《四庫全書》本
《孔子家語》:(魏)王肅注,文淵閣《四庫全書》本
《跨鰲集》:(宋)李新撰,文淵閣《四庫全書》本
《匡謬正俗》:(唐)顔師古撰,文淵閣《四庫全書》本
《睽車志》:(宋)郭彖撰,文淵閣《四庫全書》本
《愧郯録》:(宋)岳珂撰,文淵閣《四庫全書》本
《困學紀聞》:(宋)王應麟撰,文淵閣《四庫全書》本
《來鶴亭集》:(明)吕吕誠撰,文淵閣《四庫全書》本
《蘭亭考》:(宋)桑世昌撰,文淵閣《四庫全書》本
《嬾真子》:(宋)馬永卿撰,文淵閣《四庫全書》本
《郎官石柱題名新考訂》:岑仲勉著,上海古籍出版社 1984 年 5 月版

《閬風集》:(宋)舒岳祥撰,文淵閣《四庫全書》本
《浪語集》:(宋)薛季宣撰,文淵閣《四庫全書》本
《老學庵筆記》:(宋)陸游撰,文淵閣《四庫全書》本
《老子道德經》:(周)李耳撰,(魏)王弼注,上海古籍出版社《四部精要》1993 年 3 月版
《老子解》:(宋)蘇轍撰,文淵閣《四庫全書》本
《樂府補題》:(宋)無名氏編,文淵閣《四庫全書》本
《樂府詩集》:(宋)郭茂倩輯,上海古籍出版社《四部精要》1993 年 3 月版
《樂府詩集》:(宋)郭茂倩輯,文淵閣《四庫全書》本
《樂府雅詞》:(宋)曾慥編,文淵閣《四庫全書》本
《樂静集》:(宋)李昭玘撰,文淵閣《四庫全書》本
《樂全集》:(宋)張方平撰,文淵閣《四庫全書》本
《樂書》:(宋)陳暘撰,文淵閣《四庫全書》本
《樂章集》:(宋)柳永撰,文淵閣《四庫全書》本
《類説》(宋)曾慥編,文淵閣《四庫全書》本
《黎嶽集》:(唐)李頻撰,文淵閣《四庫全書》本
《蠡海集》:(明)王逵撰,文淵閣《四庫全書》本
《李白集校注》:瞿蜕園、朱金城校注,上海古籍出版社 1980 年 7 月版
《李白思想藝術探驪》:葛景春著,中州古籍出版社 1991 年 2 月版
《李北海集》:(唐)李邕撰,文淵閣《四庫全書》本
《李德裕年譜》:傅璇琮著,齊魯書社 1984 年 10 月第 1 版
《李德裕文集校箋》:傅璇琮、周建國校箋,河北教育出版社 2000 年 1 月版
《李賀詩歌集注》:(唐)李賀著,(清)王琦等注,上海古籍出版社 1978 年版
《李清照集校注》:王學初校注,人民文學出版社 1979 年 10 月版

《李群玉詩集》:(唐)李群玉撰,文淵閣《四庫全書》本
《李太白集注》:(清)王琦撰,文淵閣《四庫全書》本
《李太白全集》:(唐)李白著,香港廣智書局
《李太白文集》:(唐)李白撰,文淵閣《四庫全書》本
《李太白文集注》:(唐)李白撰,(清)王琦注,上海古籍出版社《四部精要》1993 年 3 月版
《李衛公别集》:(唐)李德裕撰,文淵閣《四庫全書》本
《李文公集》:(唐)李翺撰,文淵閣《四庫全書》本
《李遐叔文集》:(唐)李華撰,文淵閣《四庫全書》本
《李相國論事集》:(唐)蔣偕編,文淵閣《四庫全書》本
《李冶詩集》:(唐)李冶撰,文淵閣《四庫全書》本
《李義山詩集》:(唐)李商隱撰,文淵閣《四庫全書》本
《李義山詩集注》:(清)朱鶴齡撰,文淵閣《四庫全書》本
《李義山文集箋註》:(清)徐樹穀箋,徐炯註,文淵閣《四庫全書》本
《禮部志稿》:(明)俞汝楫編,文淵閣《四庫全書》本
《禮記集説》:(宋)衛湜撰,文淵閣《四庫全書》本
《禮記集説》:(元)陳澔撰,文淵閣《四庫全書》本
《禮記析疑》:(清)方苞撰,文淵閣《四庫全書》本
《禮記義疏》:(清)愛新覺羅・弘曆編,文淵閣《四庫全書》本
《禮記正義》:(漢)鄭玄注,(唐)孔穎達等正義,上海古籍出版社《四部精要》1993 年 3 月版
《禮記注疏》:(漢)鄭氏注,(唐)孔穎達疏,文淵閣《四庫全書》本
《荔枝譜》:(宋)蔡襄撰,文淵閣《四庫全書》本
《歷代詩餘》:(清)愛新覺羅・玄燁編,文淵閣《四庫全書》本
《歷代帝王宅京記》:(明)顧炎武撰,文淵閣《四庫全書》本
《歷代賦彙》:(清)愛新覺羅・玄燁編,文淵閣《四庫全書》本
《歷代建元考》:(清)鍾淵映撰,文淵閣《四庫全書》本

《歷代名臣奏議》:(明)楊士奇等撰,文淵閣《四庫全書》本
《歷代名畫記》:(唐)張彦遠撰,文淵閣《四庫全書》本
《歷代名賢確論》:(明)無名氏編,文淵閣《四庫全書》本
《歷代詩餘》:(清)沈辰垣等編纂,文淵閣《四庫全書》本
《歷代題畫詩類》:(清)愛新覺羅・玄燁編,文淵閣《四庫全書》本
《歷代通鑑輯覽》:(清)愛新覺羅・弘曆編,文淵閣《四庫全書》本
《歷代職官表》:(清)黄本驥編撰,文淵閣《四庫全書》本
《歷代制度詳説》:(宋)吕祖謙撰,文淵閣《四庫全書》本
《隸釋》:(宋)洪适撰,文淵閣《四庫全書》本
《隸續》:(宋)洪适撰,文淵閣《四庫全書》本
《蓮峰集》:(宋)史堯弼撰,文淵閣《四庫全書》本
《梁書》:(唐)姚思廉撰,文淵閣《四庫全書》本
《梁文紀》:(明)梅鼎祚編,文淵閣《四庫全書》本
《梁溪集》:(宋)李綱撰,文淵閣《四庫全書》本
《梁谿集》:(宋)李綱撰,文淵閣《四庫全書》本
《梁谿漫志》:(宋)費衮撰,文淵閣《四庫全書》本
《兩宋名賢小集》:(宋)陳思編,(元)陳世隆補,文淵閣《四庫全書》本
《遼史拾遺》:(清)厲鶚撰,文淵閣《四庫全書》本
《列仙傳》:(漢)劉向撰,文淵閣《四庫全書》本
《列子》:(晉)張湛注,(唐)殷敬慎釋文,文淵閣《四庫全書》本
《列子》:(周)列禦冠撰(晉)張湛注,(唐)殷敬慎釋文,上海古籍出版社《四部精要》1993 年 3 月版
《林和靖集》:(宋)林逋撰,文淵閣《四庫全書》本
《臨川文集》:(宋)王安石撰,文淵閣《四庫全書》本
《臨川先生文集》:(宋)王安石撰,上海古籍出版社《四部精要》1993 年 3 月版
《臨漢隱居詩話》:(宋)魏泰撰,文淵閣《四庫全書》本

《麟角集》:(唐)王棨撰,文淵閣《四庫全書》本
《麟臺故事》:(宋)程俱撰,文淵閣《四庫全書》本
《麟原前集》:(元)王禮撰,文淵閣《四庫全書》本
《泠然齋詩集》:(宋)蘇泂撰,文淵閣《四庫全書》本
《陵陽集》:(元)牟巘撰,文淵閣《四庫全書》本
《靈樞經》:(宋)史崧音釋,文淵閣《四庫全書》本
《靈巖集》:(宋)唐士耻撰,文淵閣《四庫全書》本
《嶺表録異》:(唐)劉恂撰,文淵閣《四庫全書》本
《嶺外代答》:(宋)周去非撰,文淵閣《四庫全書》本
《劉賓客嘉話録》:(唐)韋絢撰,文淵閣《四庫全書》本
《劉賓客文集》:(唐)劉禹錫撰,文淵閣《四庫全書》本
《劉隨州集》:(唐)劉長卿撰,文淵閣《四庫全書》本
《劉彦昺集》:(明)劉炳撰,楊維楨評,文淵閣《四庫全書》本
《劉禹錫集》:(唐)劉禹錫撰,上海古籍出版社《四部精要》1993 年 3 月版
《劉禹錫年譜》:卞孝萱著,鳳凰出版社 2010 年 10 月版
《劉禹錫年譜》:卞孝萱著,中華書局上海編輯所 1963 年 11 月版
《劉禹錫選集》:吴汝煜選注,齊魯書社 1989 年 11 月版
《劉子》:(北齊)劉晝撰,文淵閣《四庫全書》本
《柳河東集》:(唐)柳宗元撰,文淵閣《四庫全書》本
《柳河東集》:(唐)柳宗元撰,上海古籍出版社《四部精要》1993 年 3 月版
《柳河東集注》:(宋)童宗説、張敦頤、潘緯音釋,文淵閣《四庫全書》本
《柳塘外集》:(宋)釋道璨撰,文淵閣《四庫全書》本
《六朝事迹編類》:(宋)張敦頤撰,文淵閣《四庫全書》本
《六朝通鑑博議》:(宋)李燾撰,文淵閣《四庫全書》本
《六家詩名物疏》:(明)馮復京撰,文淵閣《四庫全書》本

《六韜》:(周)吕望撰,文淵閣《四庫全書》本
《六研齋筆記》:(明)李日華撰,文淵閣《四庫全書》本
《六一詞》:(宋)歐陽修撰,文淵閣《四庫全書》本
《六一詩話》:(宋)歐陽修撰,文淵閣《四庫全書》本
《六藝之一録》:(清)倪濤撰,文淵閣《四庫全書》本
《隆平集》:(宋)曾鞏撰,文淵閣《四庫全書》本
《龍川别志》:(宋)蘇轍撰,文淵閣《四庫全書》本
《龍川集》:(宋)陳亮撰,文淵閣《四庫全書》本
《龍筋鳳髓判》:(唐)張鷟撰,(明)劉允鵬注,文淵閣《四庫全書》本
《龍雲集》:(宋)劉弇撰,文淵閣《四庫全書》本
《盧升之集》:(唐)盧照鄰撰,文淵閣《四庫全書》本
《盧溪文集》:(宋)王庭珪撰,文淵閣《四庫全書》本
《盧照鄰集編年箋注》:任國緒箋注,黑龍江人民出版社 1989 年 8 月版
《蘆川詞》:(宋)張元幹撰,文淵閣《四庫全書》本
《蘆川歸來集》:(宋)張元幹撰,文淵閣《四庫全書》本
《蘆浦筆記》:(宋)劉昌詩撰,文淵閣《四庫全書》本
《廬山集》:(宋)董嗣杲撰,文淵閣《四庫全書》本
《魯齋集》:(宋)王柏撰,文淵閣《四庫全書》本
《陸士龍集》:(晉)陸雲撰,文淵閣《四庫全書》本
《潞公文集》:(宋)文彦博撰,文淵閣《四庫全書》本
《吕衡州集》:(唐)吕温撰,文淵閣《四庫全書》本
《吕氏春秋》:(秦)吕不韋撰,文淵閣《四庫全書》本
《吕氏春秋》:(秦)吕不韋撰,(漢)高誘注,上海古籍出版社《四部精要》1993 年 3 月版
《律吕新書》:(宋)蔡元定撰,文淵閣《四庫全書》本
《欒城集》:(宋)蘇轍撰,文淵閣《四庫全書》本

《論衡》:(漢)王充撰,文淵閣《四庫全書》本
《論衡》:(漢)王充撰,上海古籍出版社《四部精要》1993 年 3 月版
《論語集解》:(魏)何晏撰,(宋)邢昺疏,文淵閣《四庫全書》本
《論語全解》:(宋)陳祥道撰,文淵閣《四庫全書》本
《論語注疏》:(魏)何晏集解,(唐)陸德明音義,(宋)邢昺疏,文淵閣《四庫全書》本
《論語注疏》:(魏)何晏等注,(宋)邢昺疏,上海古籍出版社《四部精要》1993 年 3 月版
《羅昭諫集》:(唐)羅隱撰,文淵閣《四庫全書》本
《洛陽伽藍記》:(後魏)楊衒之撰,文淵閣《四庫全書》本
《洛陽搢紳舊聞記》:(宋)張齊賢撰,文淵閣《四庫全書》本
《洛陽名園記》:(宋)李格非撰,文淵閣《四庫全書》本
《駱丞集》:(唐)駱賓王撰,(明)顔文選注,文淵閣《四庫全書》本
《馬嵬志》:(清)胡鳳丹編輯,嚴仲儀校點,江蘇古籍出版社 1990 年 11 月版
《蠻書》:(唐)樊綽撰,文淵閣《四庫全書》本
《漫塘集》:(宋)劉宰撰,文淵閣《四庫全書》本
《毛詩稽古編》:(清)陳啓源撰,文淵閣《四庫全書》本
《毛詩名物解》:(宋)蔡卞集解,文淵閣《四庫全書》本
《毛詩正義》:(漢)毛亨傳,鄭玄箋,(唐)孔穎達疏,文淵閣《四庫全書》本
《毛詩正義》:(漢)毛亨傳,鄭玄箋,(唐)孔穎達等正義,上海古籍出版社《四部精要》1993 年 3 月版
《毛詩指説》:(唐)成伯璵撰,文淵閣《四庫全書》本
《茅亭客話》:(宋)黄休復撰,文淵閣《四庫全書》本
《鄮峰真隱漫録》:(宋)史浩撰,文淵閣《四庫全書》本
《眉山詩集》:(宋)唐庚撰,文淵閣《四庫全書》本

《梅花百詠》:(元)馮子振、釋明本撰,文淵閣《四庫全書》本
《梅溪詞》:(宋)史達祖撰,文淵閣《四庫全書》本
《梅溪集》:(宋)王十朋撰,文淵閣《四庫全書》本
《夢窗稿》:(宋)吴文英撰,文淵閣《四庫全書》本
《夢粱録》:(宋)吴自牧撰,文淵閣《四庫全書》本
《夢溪筆談》:(宋)沈括撰,文淵閣《四庫全書》本
《蒙求集注》:(唐)李瀚撰,(宋)徐子光注,文淵閣《四庫全書》本
《孟東野詩集》:(唐)孟郊撰,文淵閣《四庫全書》本
《孟浩然集》:(唐)孟浩然撰,文淵閣《四庫全書》本
《孟子傳》:(宋)張九成撰,文淵閣《四庫全書》本
《孟子通》:(元)胡炳文撰,文淵閣《四庫全書》本
《孟子注疏》:(漢)趙氏注,(宋)孫奭音義並疏,文淵閣《四庫全書》本
《孟子注疏》:(漢)趙岐注,(宋)孫奭疏,上海古籍出版社《四部精要》1993年3月版
《勉齋集》:(宋)黄榦撰,文淵閣《四庫全書》本
《妙絶古今》:(宋)湯漢編,文淵閣《四庫全書》本
《名臣碑傳琬琰之集》:(宋)杜大珪編,文淵閣《四庫全書》本
《名賢氏族言行類稿》:(宋)章定撰,文淵閣《四庫全書》本
《名醫類案》:(明)江瓘編,文淵閣《四庫全書》本
《明皇雜録》:(唐)鄭處誨撰,文淵閣《四庫全書》本
《明史》(清)張廷玉撰,文淵閣《四庫全書》本
《明一統志》:(明)李賢撰,文淵閣《四庫全書》本
《墨池編》:(宋)朱長文撰,文淵閣《四庫全書》本
《墨客揮犀》:(宋)彭乘撰,文淵閣《四庫全書》本
《墨客揮犀》:(宋)彭□撰,中華書局2002年9月版
《墨莊漫録》:(宋)張邦基撰,文淵閣《四庫全書》本
《墨子間詁》:(周)墨翟撰,(清)孫詒讓注

《墨子》:(戰國)墨翟等撰,文淵閣《四庫全書》本
《牧庵集》:(元)姚燧撰,文淵閣《四庫全書》本
《穆天子傳》:(晉)郭璞注,文淵閣《四庫全書》本
《南部新書》:(宋)錢易撰,文淵閣《四庫全書》本
《南方草木狀》:(晉)嵇含撰,文淵閣《四庫全書》本
《南湖集》:(宋)張鎡撰,文淵閣《四庫全書》本
《南澗甲乙稿》:(宋)韓元吉撰,文淵閣《四庫全書》本
《南齊書》:(梁)蕭子顯撰,文淵閣《四庫全書》本
《南齊文紀》:(明)梅鼎祚編,文淵閣《四庫全書》本
《南史》:(唐)李延壽撰,文淵閣《四庫全書》本
《南唐近事》:(宋)鄭文寶撰,文淵閣《四庫全書》本
《南唐書》:(宋)陸游撰,文淵閣《四庫全書》本
《南陽集》:(宋)韓維撰,文淵閣《四庫全書》本
《内外服制通釋》:(宋)車垓撰,文淵閣《四庫全書》本
《能改齋漫録》:(宋)吴曾撰,文淵閣《四庫全書》本
《農桑輯要》:(元)司農司撰,文淵閣《四庫全書》本
《農政全書》:(明)徐光啓撰,文淵閣《四庫全書》本
《甌北詩話》:(清)趙翼撰,轉引自《白居易資料彙編》,中華書局 1962 年 11 月第 1 版
《歐陽行周文集》:(唐)歐陽詹撰,文淵閣《四庫全書》本
《歐陽文忠公文集》:(宋)歐陽修撰,上海古籍出版社《四部精要》1993 年 3 月版
《盤洲文集》:(宋)洪适撰,文淵閣《四庫全書》本
《頖宫禮樂疏》:(明)李之藻撰,文淵閣《四庫全書》本
《佩韋齋集》:(宋)俞德鄰撰,文淵閣《四庫全書》本
《佩文韵府》:(清)愛新覺羅・玄燁編,文淵閣《四庫全書》本
《佩文齋廣群芳譜》:(清)愛新覺羅・玄燁編,文淵閣《四庫全書》本

《佩文齋書畫譜》:(清)愛新覺羅·玄燁編,文淵閣《四庫全書》本
《佩文齋詠物詩選》:(清)愛新覺羅·玄燁編,文淵閣《四庫全書》本
《彭城集》:(宋)劉攽撰,文淵閣《四庫全書》本
《毗陵集》:(唐)獨孤及撰,文淵閣《四庫全書》本
《片玉詞》:(宋)周邦彦撰,文淵閣《四庫全書》本
《駢志》:(明)陳禹謨撰,文淵閣《四庫全書》本
《駢字類編》:(清)愛新覺羅·胤禛編,文淵閣《四庫全書》本
《平齋集》:(宋)洪咨夔撰,文淵閣《四庫全書》本
《屏山集》:(宋)劉子翬撰,文淵閣《四庫全書》本
《萍洲可談》:(宋)朱彧撰,文淵閣《四庫全書》本
《鄱陽集》:(宋)彭汝礪撰,文淵閣《四庫全書》本
《普濟方》:(明)朱橚撰,文淵閣《四庫全書》本
《曝書亭集》:(清)朱彝尊撰,文淵閣《四庫全書》本
《耆舊續聞》:(宋)陳鵠撰,文淵閣《四庫全書》本
《棋經》:(宋)張擬著,據《説郛》轉引,文淵閣《四庫全書》本
《齊東野語》:(宋)周密撰,文淵閣《四庫全書》本
《齊民要術》:(後魏)賈思勰撰,文淵閣《四庫全書》本
《齊民要術》:(後魏)賈思勰撰,上海古籍出版社《四部精要》1993年3月版
《騎省集》:(宋)徐鉉撰,文淵閣《四庫全書》本
《契丹國志》:(宋)葉隆禮撰,文淵閣《四庫全書》本
《千載佳句》:(日本)花房英樹,據《元稹集》轉録自《元稹研究》
《前漢紀》:(漢)荀悦撰,文淵閣《四庫全書》本
《前漢書》:(漢)班固撰,文淵閣《四庫全書》本
《乾道稿》:(宋)趙蕃撰,文淵閣《四庫全書》本
《錢氏私志》:(宋)錢愐撰,文淵閣《四庫全書》本
《錢塘集》:(宋)韋驤撰,文淵閣《四庫全書》本

《錢塘先賢傳贊》:(宋)袁韶撰,文淵閣《四庫全書》本
《錢塘遺事》:(元)劉一清撰,文淵閣《四庫全書》本
《錢通》:(明)胡我琨撰,文淵閣《四庫全書》本
《錢仲文集》:(唐)錢起撰,文淵閣《四庫全書》本
《潛夫論》:(漢)王符撰,文淵閣《四庫全書》本
《潛邱劄記》:(清)閻若璩撰,文淵閣《四庫全書》本
《潛齋集》:(宋)何夢桂撰,文淵閣《四庫全書》本
《墻東類稿》:(元)陸文圭撰,文淵閣《四庫全書》本
《青山集》:(宋)郭祥正撰,文淵閣《四庫全書》本
《青山續集》:(宋)郭祥正撰,文淵閣《四庫全書》本
《青谿漫稿》:(明)倪岳撰,文淵閣《四庫全書》本
《青箱雜記》:(宋)吴處厚撰,文淵閣《四庫全書》本
《清閟閣全集》:(元)倪瓚撰,文淵閣《四庫全書》本
《清波别志》:(宋)周煇撰,文淵閣《四庫全書》本
《清波雜誌》:(宋)周煇撰,文淵閣《四庫全書》本
《清河書畫舫》:(明)張丑撰,文淵閣《四庫全書》本
《清江三孔集》:(宋)孔平仲撰,文淵閣《四庫全書》本
《清江文集》:(明)貝瓊撰,文淵閣《四庫全書》本
《清容居士集》:(元)袁桷撰,文淵閣《四庫全書》本
《清獻集》:(宋)杜範撰,文淵閣《四庫全書》本
《清獻集》:(宋)趙抃撰,文淵閣《四庫全書》本
《清異録》:(宋)陶穀撰,文淵閣《四庫全書》本
《秋澗集》:(元)王惲撰,文淵閣《四庫全書》本
《秋崖集》:(宋)方岳撰,文淵閣《四庫全書》本
《秋巖詩集》:(元)陳宜甫撰,文淵閣《四庫全書》本
《曲江集》:(唐)張九齡撰,文淵閣《四庫全書》本
《曲洧舊聞》:(宋)朱弁撰,文淵閣《四庫全書》本

《臞軒集》:(宋)王邁撰,文淵閣《四庫全書》本
《全芳備祖集》:(宋)陳景沂撰,文淵閣《四庫全書》本
《全閩詩話》:(清)鄭方坤撰,文淵閣《四庫全書》本
《全蜀藝文志》:(明)周復俊撰,文淵閣《四庫全書》本
《全宋詞》:唐圭璋編,中華書局 1965 年 6 月上海版
《全宋詩》:傅璇琮等主編,北京大學出版社 1991 年 7 月版
《全宋文》:曾棗莊、劉琳主編,巴蜀書社 1991 年 1 月版
《全唐詩補編》:陳尚君輯校,中華書局 1992 年 10 月版
《全唐詩廣選新注集評》:袁閭琨主編,吴偉斌等撰稿,遼寧人民出版社 1994 年 8 月版
《全唐詩録》:(清)徐倬編,文淵閣《四庫全書》本
《全唐詩》:(清)彭定求等人編,文淵閣《四庫全書》本
《全唐詩》:中華書局 1960 年 4 月第 1 版
《全唐詩重篇索引》:河南大學唐詩研究室編撰,河南大學出版社 1985 年 8 月第 1 版
《全唐文》:(清)董浩等編,中華書局 1983 年版
《全唐文補編》:陳尚君編,中華書局 2000 年版
《全唐五代詞》:張璋等人編,上海古籍出版社 1986 年第 1 版
《全唐五代詞》:曹濟平等人編,中華書局 1999 年 12 月第 1 版
《權德輿詩文集》:郭廣偉著,上海古籍出版社 2008 版
《權文公集》:(唐)權德輿撰,文淵閣《四庫全書》本
《群書考索》:(宋)章如愚撰,文淵閣《四庫全書》本
《群書會元截江網》:(宋)無名氏撰,文淵閣《四庫全書》本
《熱河志》:(清)愛新覺羅·玄燁編,文淵閣《四庫全書》本
《人譜類記》:(明)劉宗周撰,文淵閣《四庫全書》本
《人物志》:(魏)劉卲撰,(涼)劉昞注,文淵閣《四庫全書》本
《人物志》:(魏)劉卲撰,文淵閣《四庫全書》本

《日涉園集》:(宋)李彭撰,文淵閣《四庫全書》本
《日聞録》:(元)李翀撰,文淵閣《四庫全書》本
《日下舊聞考》:(清)愛新覺羅・弘曆編,文淵閣《四庫全書》本
《日知録》:(明)顧炎武撰,文淵閣《四庫全書》本
《容齋隨筆》:(宋)洪邁撰,文淵閣《四庫全書》本
《入蜀記》:(宋)陸游撰,文淵閣《四庫全書》本
《三朝北盟會編》:(宋)徐夢莘撰,文淵閣《四庫全書》本
《三輔黄圖》:(梁)無名氏撰,文淵閣《四庫全書》本
《三國演義》:(明)羅貫中原著,江蘇古籍出版社 1994 年 6 月版
《三國志》:(晉)陳壽撰,文淵閣《四庫全書》本
《三國志》:(晉)陳壽撰,(宋)裴松之注,上海古籍出版社《四部精要》1993 年 3 月版
《三國志補注》:(清)杭世駿撰,文淵閣《四庫全書》本
《三國志文類》:無名氏撰,文淵閣《四庫全書》本
《三家宫詞》:(明)毛晉編,文淵閣《四庫全書》本
《三家詩拾遺》:(清)范家相撰,文淵閣《四庫全書》本
《三略直解》:(明)劉寅撰,文淵閣《四庫全書》本
《三體唐詩》:(宋)周弼編,文淵閣《四庫全書》本
《三吴水考》:(明)張内藴、周大韶撰,文淵閣《四庫全書》本
《三言二拍・喻世明言》:吴偉斌點校,上海大學出版社 2009 年 4 月版
《三言二拍・警世通言》:吴偉斌點校,上海大學出版社 2009 年 4 月版
《三言二拍・醒世恒言》:吴偉斌點校,上海大學出版社 2009 年 4 月版
《三言二拍・拍案驚奇》:吴偉斌點校,上海大學出版社 2009 年 4 月版

《三言二拍・拍案贊奇》:吴偉斌點校,上海大學出版社 2009 年 4 月版
《山東通志》:(清)岳濬等監修,文淵閣《四庫全書》本
《山房集》:(宋)周南撰,文淵閣《四庫全書》本
《山谷集》:(宋)黄庭堅撰,文淵閣《四庫全書》本
《山谷内外集注》:(宋)黄庭堅撰,任淵等注,上海古籍出版社《四部精要》1993 年 3 月版
《山谷年譜》:(宋)黄罃撰,文淵閣《四庫全書》本
《山海經廣注》:(清)吴任臣注,文淵閣《四庫全書》本
《山海經》:(晉)郭璞注,上海古籍出版社《四部精要》1993 年 3 月版
《山海經》:(晉)郭璞撰,文淵閣《四庫全書》本
《山水純全集》:(宋)韓拙撰,文淵閣《四庫全書》本
《山堂肆考》:(明)彭大翼撰,文淵閣《四庫全書》本
《山西通志》:(清)羅石麟等監修,文淵閣《四庫全書》本
《珊瑚鉤詩話》:(宋)張表臣撰,文淵閣《四庫全書》本
《珊瑚網》:(明)汪砢玉撰,文淵閣《四庫全書》本
《樧溪居士集》:(宋)劉才邵撰,文淵閣《四庫全書》本
《陝西通志》:(清)劉於義等監修,文淵閣《四庫全書》本
《剡録》:(宋)高似孫撰,文淵閣《四庫全書》本
《傷寒論注釋》:(漢)張機撰,(晉)王叔和編,(金)成無己注,文淵閣《四庫全書》本
《尚史》:(清)李鍇撰,文淵閣《四庫全書》本
《尚書大傳》:(清)孫之騄輯,文淵閣《四庫全書》本
《尚書古文疏證》:(清)閻若璩撰,文淵閣《四庫全書》本
《尚書故實》:(唐)李綽撰,文淵閣《四庫全書》本
《尚書埤傳》:(清)朱鶴齡撰,文淵閣《四庫全書》本
《尚書全解》:(宋)林之奇撰,文淵閣《四庫全書》本

《尚書疏衍》:(明)陳第撰,文淵閣《四庫全書》本
《尚書詳解》:(宋)陳經撰,文淵閣《四庫全書》本
《尚書正義》:(漢)孔安國傳,(唐)孔穎達等正義,上海古籍出版社《四部精要》1993 年 3 月版
《尚書注疏》:(漢)孔氏傳,孔穎達疏,文淵閣《四庫全書》本
《苕溪集》:(宋)劉一止撰,文淵閣《四庫全書》本
《少室山房筆叢》:(明)胡應麟撰,文淵閣《四庫全書》本
《紹陶録》:(宋)王質撰,文淵閣《四庫全書》本
《神農本草經百種録》:(清)徐大椿撰,文淵閣《四庫全書》本
《神農本草經疏》:(明)繆希雍撰,文淵閣《四庫全書》本
《神仙傳》:(晉)葛洪撰,文淵閣《四庫全書》本
《神異經》:(漢)東方朔撰,文淵閣《四庫全書》本
《沈下賢集》:(唐)沈亞之撰,文淵閣《四庫全書》本
《慎子》:(周)慎到撰,文淵閣《四庫全書》本
《升庵集》:(明)楊慎撰,文淵閣《四庫全書》本
《升庵詩話》:(明)楊慎撰,轉引自《白居易資料彙編》,中華書局 1962 年 11 月第 1 版
《聲調譜》:(清)趙執信撰,文淵閣《四庫全書》本
《聲畫集》:(宋)孫紹遠編,文淵閣《四庫全書》本
《澠水燕談録》:(宋)王闢之撰,文淵閣《四庫全書》本
《盛京通志》:(清)愛新覺羅・弘曆編,文淵閣《四庫全書》本
《詩傳名物集覽》:(清)陳大章撰,文淵閣《四庫全書》本
《詩詞曲語辭匯釋》:張相著,中華書局 1953 年 4 月版
《詩地理考》:(宋)王應麟撰,文淵閣《四庫全書》本
《詩話總龜》:(宋)阮閱撰,文淵閣《四庫全書》本
《詩話總龜》:(宋)阮閱撰,周本淳校點,人民文學出版社 1987 年 8 月版

《詩經集傳》:(宋)朱熹撰,文淵閣《四庫全書》本
《詩經通義》:(清)朱鶴齡撰,文淵閣《四庫全書》本
《詩林廣記》:(宋)蔡正孫編,文淵閣《四庫全書》本
《詩名物疏》:(明)馮復京撰,文淵閣《四庫全書》本
《詩品二十四則》,(唐)司空圖撰,上海古籍出版社《四部精要》1993年3月版
《詩品》:(梁)鍾嶸撰,文淵閣《四庫全書》本
《詩品》:(梁)鍾嶸撰,上海古籍出版社《四部精要》1993年3月版
《詩人玉屑》:(宋)魏慶之撰,文淵閣《四庫全書》本
《詩人玉屑》:(宋)魏慶之撰,上海古籍出版社1978年3月版
《詩識名解》:(清)姚炳撰,文淵閣《四庫全書》本
《詩藪》:(明)胡應麟撰,文淵閣《四庫全書》本
《詩外傳》:(漢)韓嬰撰,文淵閣《四庫全書》本
《十國春秋》:(清)吴任臣撰,文淵閣《四庫全書》本
《十六國春秋》:(明)屠項琳撰,文淵閣《四庫全書》本
《石倉歷代詩選》:(明)曹學佺編,文淵閣《四庫全書》本
《石湖詩集》:(宋)范成大撰,文淵閣《四庫全書》本
《石林詩話》:(宋)葉夢得撰,文淵閣《四庫全書》本
《石林燕語》:(宋)葉夢得撰,宇文紹奕考異,文淵閣《四庫全書》本
《石門文字禪》:(宋)釋覺範撰,文淵閣《四庫全書》本
《石屏詩集》:(宋)戴敏、戴復古撰,文淵閣《四庫全書》本
《石田文集》:(元)馬祖常撰,文淵閣《四庫全書》本
《石洲詩話》:(清)翁方綱撰,轉引自《白居易資料彙編》,中華書局1962年11月第1版
《石柱記箋釋》:(清)鄭元慶撰,文淵閣《四庫全書》本
《拾遺記》:(晉)王嘉撰,文淵閣《四庫全書》本
《拾遺録》:(明)胡爌撰,文淵閣《四庫全書》本

《史傳三編》:(清)朱軾撰,文淵閣《四庫全書》本
《史記》:(漢)司馬遷撰,文淵閣《四庫全書》本
《史記會注考證》:(漢)司馬遷撰,日本瀧川資言考證,上海古籍出版社《四部精要》1993 年 3 月版
《史記集解》:(宋)裴駰撰,文淵閣《四庫全書》本
《史記索隱》:(唐)司馬貞撰,文淵閣《四庫全書》本
《史記正義》:(唐)張守節撰,文淵閣《四庫全書》本
《史通》:(唐)劉知幾撰,文淵閣《四庫全書》本
《史通通釋》:(清)浦起龍撰,文淵閣《四庫全書》本
《史通通釋》:(唐)劉知幾撰,(清)浦起龍箋,上海古籍出版社《四部精要》1993 年 3 月版
《氏族大全》:(元)無名氏編,文淵閣《四庫全書》本
《示兒編》:(宋)孫奕撰,文淵閣《四庫全書》本
《世説新語》:(劉宋)劉義慶撰,文淵閣《四庫全書》本
《世説新語》:(南朝宋)劉義慶撰,上海古籍出版社《四部精要》1993 年 3 月版
《事實類苑》:(宋)江少虞撰,文淵閣《四庫全書》本
《事物紀原》:(宋)高承撰,文淵閣《四庫全書》本
《釋名》:(漢)劉熙撰,文淵閣《四庫全書》本
《釋文紀》:(明)梅鼎祚輯,文淵閣《四庫全書》本
《書畫彙考》:(清)卞永譽撰,文淵閣《四庫全書》本
《書畫題跋記》:(明)郁逢慶撰,文淵閣《四庫全書》本
《書譜》:(唐)孫過庭撰,文淵閣《四庫全書》本
《書苑菁華》:(宋)陳思撰,文淵閣《四庫全書》本
《菽園雜記》:(明)陸容撰,文淵閣《四庫全書》本
《蜀中廣記》:(明)曹學佺撰,文淵閣《四庫全書》本
《鼠璞》:(宋)戴植撰,文淵閣《四庫全書》本

《述書賦》:(唐)竇臮撰,竇蒙注,文淵閣《四庫全書》本
《述異記》:(梁)任昉撰,文淵閣《四庫全書》本
《漱玉詞》:(宋)李清照撰,文淵閣《四庫全書》本
《雙橋隨筆》:(清)周召撰,文淵閣《四庫全書》本
《雙溪集》:(宋)蘇籀撰,文淵閣《四庫全書》本
《雙溪類稿》:(宋)王炎撰,文淵閣《四庫全書》本
《雙溪醉隱集》:(元)耶律鑄撰,文淵閣《四庫全書》本
《水東日記》:(明)葉盛撰,文淵閣《四庫全書》本
《水經注》:(後魏)酈道元撰,文淵閣《四庫全書》本
《水經注》:(後魏)酈道元撰,上海古籍出版社《四部精要》1993 年 3 月版
《水經注集釋訂訛》:(清)沈炳巽撰,文淵閣《四庫全書》本
《水經注疏》:(後魏)酈道元注,(清)楊守敬、熊會貞疏,江蘇古籍出版社 1989 年 6 月版
《水心集》:(宋)葉適撰,文淵閣《四庫全書》本
《順宗實録》:(唐)韓愈撰,文淵閣《四庫全書》本
《説郛》:(明)陶宗儀撰,文淵閣《四庫全書》本
《説略》:(明)顧起元撰,文淵閣《四庫全書》本
《説文解字》:(東漢)許慎撰,(宋)徐鉉增釋,文淵閣《四庫全書》本
《説文解字注》:(東漢)許慎撰,(清)段玉裁注,上海古籍出版社《四部精要》1993 年 3 月版
《説苑》:(漢)劉向撰,文淵閣《四庫全書》本
《司空表聖文集》:(唐)司空圖撰,文淵閣《四庫全書》本
《四朝聞見録》:(宋)葉紹翁撰,文淵閣《四庫全書》本
《四庫全書》,文淵閣,臺北:商務印書館影印,1986 版
《四庫全書總目》:(清)永瑢撰,中華書局 1965 年 6 月第 1 版
《四庫全書總目》:(清)永瑢撰,上海古籍出版社《四部精要》1993 年 3

月版
《四庫提要辨證》:余嘉錫著,中華書局 1980 年 5 月第 1 版
《四六法海》:(明)王志堅編,文淵閣《四庫全書》本
《四明續志》:(宋)梅應發、劉錫同撰,文淵閣《四庫全書》本
《四書蒙引》:(明)蔡清撰,文淵閣《四庫全書》本
《四書賸言補》:(清)毛奇齡撰,文淵閣《四庫全書》本
《四友齋叢説》:(明)何良俊撰,轉引自《白居易資料彙編》,中華書局 1962 年 11 月第 1 版
《松桂堂全集》:(清)彭孫遹撰,文淵閣《四庫全書》本
《松陵集》:(唐)陸龜蒙編撰,文淵閣《四庫全書》本
《松雪齋集》:(元)趙孟頫撰,文淵閣《四庫全書》本
《宋百家詩存》:(清)曹庭棟編,文淵閣《四庫全書》本
《宋稗類鈔》:(清)潘永因編,文淵閣《四庫全書》本
《宋高僧傳》(宋)釋贊甯撰,文淵閣《四庫全書》本
《宋季三朝政要》:無名氏撰,文淵閣《四庫全書》本
《宋金元明四朝詩》:(清)愛新覺羅·弘曆編,文淵閣《四庫全書》本
《宋景文筆記》:(宋)宋祁撰,文淵閣《四庫全書》本
《宋名臣言行録》:(宋)李幼武纂集,文淵閣《四庫全書》本
《宋名臣言行録》:(宋)朱熹纂集,文淵閣《四庫全書》本
《宋名臣奏議》:(宋)趙汝愚編,文淵閣《四庫全書》本
《宋詩鈔》:(清)吴之振等編,文淵閣《四庫全書》本
《宋詩鈔》:(清)吴之振等編,中華書局 1986 年 12 月版
《宋詩紀事》:(清)厲鶚撰,文淵閣《四庫全書》本
《宋史紀事本末》:(明)馮琦原編,陳邦瞻增輯
《宋史全文》:(元)無名氏撰,文淵閣《四庫全書》本
《宋史》:(元)托克托等撰,文淵閣《四庫全書》本
《宋書》:(梁)沈約撰,文淵閣《四庫全書》本

《宋文紀》:(明)梅鼎祚編,文淵閣《四庫全書》本
《宋文鑑》:(宋)吕祖謙編,文淵閣《四庫全書》本
《宋文選》:無名氏編,文淵閣《四庫全書》本
《宋藝圃集》:(明)李蓘編,文淵閣《四庫全書》本
《宋元詩會》:(清)陳焯編,文淵閣《四庫全書》本
《宋宰輔編年録》:(宋)徐自明著,文淵閣《四庫全書》本
《搜神後記》:(晉)陶潛撰,文淵閣《四庫全書》本
《搜神記》:(晉)干寶撰,文淵閣《四庫全書》本
《搜玉小集》:(唐)無名氏撰,文淵閣《四庫全書》本
《蘇東坡全集》:(宋)蘇軾撰,上海古籍出版社《四部精要》1993 年 3 月版
《蘇門六君子文粹》:(宋)無名氏編,文淵閣《四庫全書》本
《蘇氏演義》:(唐)蘇鶚撰,文淵閣《四庫全書》本
《蘇魏公文集》:(宋)蘇頌撰,文淵閣《四庫全書》本
《蘇學士集》:(宋)蘇舜欽撰,文淵閣《四庫全書》本
《涑水記聞》:(宋)司馬光撰,文淵閣《四庫全書》本
《隋書》:(唐)長孫無忌撰,文淵閣《四庫全書》本
《隋唐五代史綱》:韓國磐著,人民出版社 1977 年 6 月版
《隋唐五代史》:吕思勉著,上海古籍出版社 2005 年 11 月版
《隋唐五代史論著目録》:中國社科院歷史所魏晉隋唐史研究室編,江蘇古籍出版社 1985 年 4 月版
《歲寒堂詩話》:(宋)張戒撰,文淵閣《四庫全書》本
《歲華紀麗譜》:(元)費著撰,文淵閣《四庫全書》本
《歲時廣記》:(宋)陳元靚撰,文淵閣《四庫全書》本
《歲時雜詠》:(宋)蒲積中編,文淵閣《四庫全書》本
《孫公談圃》:(宋)劉延世編,文淵閣《四庫全書》本
《孫可之集》:(唐)孫樵撰,文淵閣《四庫全書》本

《孫明復小集》:(宋)孫復撰,文淵閣《四庫全書》本
《孫子十家注》:(周)孫武撰,(魏)曹操等注,上海古籍出版社《四部精要》1993 年 3 月版
《孫子》:(周)孫武撰,文淵閣《四庫全書》本
《筍譜》:(宋)無名氏撰,文淵閣《四庫全書》本
《太倉稊米集》:(宋)周紫芝撰,文淵閣《四庫全書》本
《太平廣記》:(宋)李昉等撰,文淵閣《四庫全書》本
《太平廣記》:(宋)李昉等撰,上海古籍出版社《四部精要》1993 年 3 月版
《太平廣記》:(宋)李昉等撰,中華書局 1986 年 3 月版
《太平寰宇記》:(宋)樂史撰,文淵閣《四庫全書》本
《太平經國書》:(宋)鄭伯謙撰,文淵閣《四庫全書》本
《太平御覽》:(宋)李昉等撰,文淵閣《四庫全書》本
《談苑》:(宋)孔平仲撰,文淵閣《四庫全書》本
《檀園集》:(明)李流芳撰,文淵閣《四庫全書》本
《唐百家詩選》:(宋)王安石編,文淵閣《四庫全書》本
《唐才子傳校箋》:傅璇琮主編,中華書局 1987 年 5 月第 1 版
《唐才子傳》:(元)辛文房撰,文淵閣《四庫全書》本
《唐朝名畫録》:(唐)朱景玄撰,文淵閣《四庫全書》本
《唐傳奇鑒賞集》:寧宗一等撰,人民文學出版社 1983 年 2 月版
《唐創業起居注》:(唐)温大雅撰,文淵閣《四庫全書》本
《唐刺史考》:郁賢皓著,江蘇古籍出版社 1987 年 2 月第 1 版
《唐大詔令集》:(宋)宋敏求編,文淵閣《四庫全書》本
《唐代長安與西域文明》:向達著,三聯書店 1987 年 4 月版
《唐代佛教》:范文瀾著,人民文學出版社 1979 年 4 月版
《唐代科舉與文學》:傅璇琮著,陝西人民出版社 1986 年 10 月第 1 版
《唐代詩歌》:王士菁著,人民文學出版社 1959 年 4 月版

《唐代文學史》:喬象鍾、陳鐵民主編,人民文學出版社 1995 年 12 月版
《唐代文學與佛教》:孫昌武著,陝西人民出版社 1985 年 8 月版
《唐方鎮年表》:吴廷燮撰,中華書局 1980 年 8 月版
《唐方鎮文職僚佐考》:戴偉華著,天津古籍出版社 1994 年 1 月版
《唐風館雜稿》:郁賢皓著,遼寧大學出版社 1999 年 8 月版
《唐風館雜稿續集》:郁賢皓著,安徽大學出版社 2008 年 1 月版
《唐風集》:(唐)杜荀鶴撰,文淵閣《四庫全書》本
《唐翰林學士傳論》:傅璇琮著,遼海出版社 2005 年 12 月第 1 版
《唐會要》:(宋)王溥撰,文淵閣《四庫全書》本
《唐集叙録》;萬曼著,中華書局 1980 年 11 月版
《唐集質疑》:岑仲勉著,上海古籍出版社 1978 年 3 月新 1 版
《唐九卿考》:郁賢皓、胡可先著,中國社會科學出版社 2003 年 11 月版
《唐開元占經》:(唐)瞿曇悉達撰,文淵閣《四庫全書》本
《唐六典》:(唐)張説、張九齡等人編纂,文淵閣《四庫全書》本
《唐律疏義》:(唐)長孫無忌撰,文淵閣《四庫全書》本
《唐闕史》:(唐)高彦休撰,文淵閣《四庫全書》本
《唐人傳奇》:李宗爲著,中華書局 1985 年 11 月版
《唐人傳奇》:吴志達著,上海古籍出版社 1981 年 3 月版
《唐人絶句類選》:周本淳選編,浙江古籍出版社 1985 年 11 月版
《唐人萬首絶句選》:(宋)洪邁元本,(清)王士禎選,文淵閣《四庫全書》本
《唐人行第録》:岑仲勉著,上海古籍出版社 1978 年 3 月第新 1 版
《唐人選唐詩(十種)》:(唐)元結、殷璠等選,上海古籍出版社 1978 年 9 月版
《唐僧弘秀集》:(宋)李龏編,文淵閣《四庫全書》本

《唐詩鼓吹》:(元)郝天挺注,文淵閣《四庫全書》本
《唐詩歸》:(明)鐘惺撰,轉引自《白居易資料彙編》,中華書局1962年11月第1版
《唐詩紀事》:(宋)計敏夫撰,文淵閣《四庫全書》本
《唐詩品彙》:(明)高棅編,文淵閣《四庫全書》本
《唐詩三百首詳析》:(清)孫洙原編,喻守真注析,中華書局1957年11月版
《唐詩拾遺》:(明)高棅編,文淵閣《四庫全書》本
《唐詩小札》:劉逸生撰,廣東人民出版社1978年10月版
《唐書直筆》:(宋)吕夏卿撰,文淵閣《四庫全書》本
《唐四僧詩》:無名氏編,文淵閣《四庫全書》本
《唐宋八大家文鈔》:(明)茅坤撰,文淵閣《四庫全書》本
《唐宋詞鑒賞詞典》:唐圭璋主編,江蘇古籍出版社1986年第1版
《唐宋詩醇》:(清)愛新覺羅・弘曆編,文淵閣《四庫全書》本
《唐宋文醇》:(清)愛新覺羅・弘曆編,文淵閣《四庫全書》本
《唐宋元名表》:(明)胡松撰,文淵閣《四庫全書》本
《唐文粹》:(宋)姚鉉編,文淵閣《四庫全書》本
《唐五代人交往詩索引》:吴汝煜等編著,上海古籍出版社1993年5月版
《唐五代人物傳記資料綜合索引》:傅璇琮等編撰,中華書局1982年版
《唐賢三昧集》:(清)王士禎編,文淵閣《四庫全書》本
《唐新語》:(唐)劉肅撰,文淵閣《四庫全書》本
《唐音癸籤》:(明)胡震亨撰,文淵閣《四庫全書》本
《唐音》:(元)楊士弘編,張震注,文淵閣《四庫全書》本
《唐英歌詩》:(唐)吴融撰,文淵閣《四庫全書》本
《唐語林》:(宋)王讜撰,文淵閣《四庫全書》本

《唐元微之先生稹年譜》:張達人編著,臺灣商務印書館 1980 年 4 月版
《唐摭言》:(五代)王定保撰,文淵閣《四庫全書》本
《陶庵全集》:(明)黄淳耀撰,文淵閣《四庫全書》本
《陶山集》:(宋)陸佃撰,文淵閣《四庫全書》本
《陶淵明集》:(晉)陶潛撰,文淵閣《四庫全書》本
《陶淵明集》:(晉)陶潛撰,上海古籍出版社《四部精要》1993 年 3 月版
《天禄識餘》:(清)高士奇撰,文淵閣《四庫全書》本
《天台集》:(宋)林師蒧編,文淵閣《四庫全書》本
《天台續集》:(宋)林師蒧編,文淵閣《四庫全書》本
《天原發微》:(宋)鮑雲龍撰,(明)鮑寧辨正,文淵閣《四庫全書》本
《天中記》:(明)陳耀文撰,文淵閣《四庫全書》本
《鐵圍山叢談》:(宋)蔡絛撰,文淵閣《四庫全書》本
《桯史》:(宋)岳珂撰,文淵閣《四庫全書》本
《通典》:(唐)杜佑撰,文淵閣《四庫全書》本
《通鑑紀事本末》:(宋)袁樞撰,文淵閣《四庫全書》本
《通鑑總類》:(宋)沈樞撰,文淵閣《四庫全書》本
《通鑑地理通釋》:(宋)王應麟撰,文淵閣《四庫全書》本
《通雅》:(明)方以智撰,文淵閣《四庫全書》本
《通志略》:(宋)鄭樵撰,上海古籍出版社《四部精要》1993 年 3 月版
《同名異書匯録》:杜信孚、趙敏元編著,江蘇古籍出版社 2000 年 1 月版
《同書異名匯録》:杜信孚、王劍編著,江蘇古籍出版社 2000 年 1 月版
《同姓名録》:(明)余寅撰,文淵閣《四庫全書》本
《圖畫見聞志》:(宋)郭若虚撰,文淵閣《四庫全書》本
《圖繪寶鑑》:(元)夏文彦撰,文淵閣《四庫全書》本
《圖書編》:(明)章潢撰,文淵閣《四庫全書》本

《圖書見聞志》:(宋)郭若虚撰,文淵閣《四庫全書》本
《宛陵集》:(宋)梅堯臣撰,文淵閣《四庫全書》本
《萬首唐人絶句》:(宋)洪邁編,文淵閣《四庫全書》本
《萬姓統譜》:(明)凌迪知撰,文淵閣《四庫全書》本
《王荆公詩注》:(宋)李壁撰,文淵閣《四庫全書》本
《王司馬集》:(唐)王建撰,文淵閣《四庫全書》本
《王無功文集》:(唐)王績著,韓理洲校點,上海古籍出版社 1987 年 11 月版
《王右丞集箋注》:(清)趙殿成撰,文淵閣《四庫全書》本
《王右丞集箋注》:(唐)王維撰,(清)趙殿成箋注,上海古籍出版社《四部精要》1993 年 3 月版
《王子安集》:(唐)王勃撰,文淵閣《四庫全書》本
《韋蘇州集》:(唐)韋應物撰,文淵閣《四庫全書》本
《韋齋集》:(宋)朱松撰,文淵閣《四庫全書》本
《圍棋義例》:(唐)徐鉉著,據《説郛》轉引,文淵閣《四庫全書》本
《畏齋集》:(元)程端禮撰,文淵閣《四庫全書》本
《尉繚子》:(周)尉繚撰,文淵閣《四庫全書》本
《渭南文集》:(宋)陸游撰,文淵閣《四庫全書》本
《緯略》:(宋)高似孫撰,文淵閣《四庫全書》本
《魏書》:(齊)魏收撰,文淵閣《四庫全書》本
《温飛卿詩集箋注》:(明)曾益撰,文淵閣《四庫全書》本
《文編》:(明)唐順之編,文淵閣《四庫全書》本
《文昌雜録》:(宋)龎元英撰,文淵閣《四庫全書》本
《文定集》:(宋)汪應辰撰,文淵閣《四庫全書》本
《文端集》:(清)張英,文淵閣《四庫全書》本
《文恭集》:(宋)胡宿撰,文淵閣《四庫全書》本
《文山集》:(宋)文天祥撰,文淵閣《四庫全書》本

《文史通義》:(清)章學誠撰,上海古籍出版社《四部精要》1993 年 3 月版
《文藪》:(唐)皮日休撰,文淵閣《四庫全書》本
《文憲集》:(明)宋濂撰,文淵閣《四庫全書》本
《文獻通考》:(元)馬端臨撰,文淵閣《四庫全書》本
《文心雕龍》:(梁)劉勰撰,文淵閣《四庫全書》本
《文心雕龍》:(梁)劉勰撰,上海古籍出版社《四部精要》1993 年 3 月版
《文心雕龍校證》:王利器校箋,上海古籍出版社 1980 年 8 月版
《文信國集杜詩》:(宋)文天祥撰,文淵閣《四庫全書》本
《文選》:(梁)蕭統編,(唐)李善、吕延濟、劉良、張銑、吕向、李周翰注,文淵閣《四庫全書》本
《文選》:(梁)蕭統編,(唐)李善注,文淵閣《四庫全書》本
《文選補遺》:(元)陳仁子輯,文淵閣《四庫全書》本
《文選》:(南朝梁)蕭統編,上海古籍出版社《四部精要》1993 年 3 月版
《文選顔鮑謝詩評》:(元)方回撰,文淵閣《四庫全書》本
《文淵閣書目》:(清)愛新覺羅・弘曆編,文淵閣《四庫全書》本
《文苑英華》:(宋)李昉等編,文淵閣《四庫全書》本
《文苑英華辨證》:(宋)彭叔夏撰,文淵閣《四庫全書》本
《文章辨體彙選》:(明)賀復征編,文淵閣《四庫全書》本
《文章軌範》:(宋)謝枋得編,文淵閣《四庫全書》本
《文章正宗》:(宋)真德秀編,文淵閣《四庫全書》本
《文忠集》:(宋)歐陽修撰,文淵閣《四庫全書》本
《文忠集》:(宋)周必大撰,文淵閣《四庫全書》本
《文莊集》:(宋)夏竦撰,文淵閣《四庫全書》本
《文子》:(周)辛鈃撰,文淵閣《四庫全書》本
《聞見録》:(宋)邵博撰,文淵閣《四庫全書》本
《聞見後録》:(宋)邵博撰,文淵閣《四庫全書》本

《瓮牖閑評》:(宋)袁文撰,文淵閣《四庫全書》本
《蝸叟雜稿》:孫望著,上海古籍出版社 1982 年 6 月版
《吴船録》:(宋)范成大撰,文淵閣《四庫全書》本
《吴都文粹》:(宋)鄭虎臣編,文淵閣《四庫全書》本
《吴都文粹續集》:(明)錢穀撰,文淵閣《四庫全書》本
《吴郡圖經續記》:(宋)朱長文撰,文淵閣《四庫全書》本
《吴郡志》:(宋)范成大撰,文淵閣《四庫全書》本
《吴郡志》:(宋)范成大撰,陸振岳校點,江蘇古籍出版社 1986 年 10 月版
《吴興備志》:(明)董斯張撰,文淵閣《四庫全書》本
《吴越備史》:(宋)錢儼撰,文淵閣《四庫全書》本
《吴越春秋》:(漢)趙煜撰,文淵閣《四庫全書》本
《吴中水利全書》:(明)張國維撰,文淵閣《四庫全書》本
《吴子》:(周)吴起撰,文淵閣《四庫全書》本
《無爲集》:(宋)楊傑撰,文淵閣《四庫全書》本
《五百家注昌黎文集》:(宋)魏仲舉編,文淵閣《四庫全書》本
《五百家注柳先生集》:(唐)柳宗元原著,(宋)魏仲舉輯,文淵閣《四庫全書》本
《五代會要》:(宋)王溥撰,文淵閣《四庫全書》本
《五代詩話》:(清)鄭方坤撰,文淵閣《四庫全書》本
《五代史補》:(宋)陶岳撰,文淵閣《四庫全書》本
《五燈會元》:(宋)釋普濟撰,文淵閣《四庫全書》本
《五峰集》:(宋)胡宏撰,文淵閣《四庫全書》本
《五禮通考》:(清)秦蕙田撰,文淵閣《四庫全書》本
《午亭文編》:(清)陳廷敬撰,文淵閣《四庫全書》本
《武經總要》:(宋)曾公亮等撰,文淵閣《四庫全書》本
《武林梵志》:(明)吴之鯨撰,文淵閣《四庫全書》本

《武林舊事》:(宋)周密撰,文淵閣《四庫全書》本

《武溪集》:(宋)余靖撰,文淵閣《四庫全書》本

《武夷新集》:(宋)楊億撰,文淵閣《四庫全書》本

《西渡集》:(宋)洪炎撰,文淵閣《四庫全書》本

《西漢會要》:(宋)徐天麟撰,文淵閣《四庫全書》本

《西漢年紀》:(宋)王益之撰,文淵閣《四庫全書》本

《西漢文紀》:(明)梅鼎祚編,文淵閣《四庫全書》本

《西河集》:(清)毛奇齡撰,文淵閣《四庫全書》本

《西湖遊覽志》:(明)田汝成撰,文淵閣《四庫全書》本

《西湖遊覽志餘》:(明)田汝成撰,文淵閣《四庫全書》本

《西晉文紀》:(明)梅鼎祚編,文淵閣《四庫全書》本

《西京雜記》:(漢)劉歆撰,(晉)葛洪輯,文淵閣《四庫全書》本

《西臺集》:(宋)畢仲遊撰,文淵閣《四庫全書》本

《西溪叢語》:(宋)姚寬撰,文淵閣《四庫全書》本

《西溪集》:(宋)沈遘撰,文淵閣《四庫全書》本

《晞發集》:(宋)謝翺撰,文淵閣《四庫全書》本

《惜香樂府》:(宋)趙長卿撰,文淵閣《四庫全書》本

《砦溪詩話》:(宋)黄徹撰,文淵閣《四庫全書》本

《席上腐談》:(元)俞琰撰,文淵閣《四庫全書》本

《習學記言》:(宋)葉適撰,文淵閣《四庫全書》本

《陝西通志》:(清)劉於義等編,文淵閣《四庫全書》本

《咸淳臨安志》:(宋)潛説友撰,文淵閣《四庫全書》本

《咸平集》:(宋)田錫撰,文淵閣《四庫全書》本

《相山集》:(宋)王之道撰,文淵閣《四庫全書》本

《香山集》:(宋)喻良能撰,文淵閣《四庫全書》本

《香溪集》:(宋)范浚撰,文淵閣《四庫全書》本

《香祖筆記》:(清)王士禛撰,文淵閣《四庫全書》本

《湘山野録》:(宋)釋文瑩撰,文淵閣《四庫全書》本

《襄陵文集》:(宋)許翰撰,文淵閣《四庫全書》本

《襄毅文集》:(明)韓雍撰,文淵閣《四庫全書》本

《逍遥集》:(宋)潘閬撰,文淵閣《四庫全書》本

《蕭茂挺文集》:(唐)蕭穎士撰,文淵閣《四庫全書》本

《小兒衛生總微論方》:(宋)無名氏撰,文淵閣《四庫全書》本

《小山詞》:(宋)晏幾道撰,文淵閣《四庫全書》本

《小畜集》:(宋)王禹偁撰,文淵閣《四庫全書》本

《小學紺珠》:(宋)王應麟撰,文淵閣《四庫全書》本

《小字録》:(宋)陳思撰,文淵閣《四庫全書》本

《孝經注疏》:(唐)李隆基注,(宋)邢昺疏,文淵閣《四庫全書》本

《孝經注疏》:(唐)李隆基注,(宋)邢昺疏,上海古籍出版社《四部精要》1993 年 3 月版

《孝詩》:(宋)林同撰,文淵閣《四庫全書》本

《絜齋集》:(宋)袁燮撰,文淵閣《四庫全書》本

《謝宣城集》:(齊)謝朓撰,文淵閣《四庫全書》本

《蟹譜》:(宋)傅肱撰,文淵閣《四庫全書》本

《新安文獻志》:(明)程敏政撰,文淵閣《四庫全書》本

《新編説文解字》:古敬恒等編著,中國礦業大學出版社 1991 年 8 月版

《新評唐詩三百首》:蘅塘退士編,陳婉俊補注,黄雨評説,廣東人民出版社 1982 年 4 月版

《新三言二拍·觀世記言》:吴偉斌選校,上海大學出版社 2008 年 4 月版

《新三言二拍·覺世獻言》:吴偉斌選校,上海大學出版社 2008 年 4 月版

《新三言二拍·拍案稱奇》:吴偉斌選校,上海大學出版社 2008 年 4

月版
《新三言二拍・拍案嘆奇》:吴偉斌選校,上海大學出版社 2008 年 4 月版
《新三言二拍・閲世述言》:吴偉斌選校,上海大學出版社 2008 年 4 月版
《新書》:(漢)賈誼撰,文淵閣《四庫全書》本
《新唐書糾謬》:(宋)吴縝撰,文淵閣《四庫全書》本
《新唐書》:(宋)歐陽修,宋祁撰,文淵閣《四庫全書》本
《新唐書》:(宋)歐陽修,宋祁撰,中華書局 1975 年 2 月第 1 版
《新五代史》:(宋)歐陽修撰,文淵閣《四庫全書》本
《新序》:(漢)劉向撰,文淵閣《四庫全書》本
《新語》:(漢)陸賈撰,文淵閣《四庫全書》本
《性理大全》:(清)愛新覺羅・玄燁編,文淵閣《四庫全書》本
《熊峰集》:(明)石珤撰,文淵閣《四庫全書》本
《盱江集》:(宋)李覯撰,文淵閣《四庫全書》本
《徐氏筆精》:(明)徐𤊹撰,文淵閣《四庫全書》本
《徐孝穆集箋注》:(陳)徐陵撰,(清)吴兆宜注,文淵閣《四庫全書》本
《徐正字詩賦》:(唐)徐寅撰,文淵閣《四庫全書》本
《續博物志》:(宋)李石撰,文淵閣《四庫全書》本
《續茶經》:(清)陸廷燦撰,文淵閣《四庫全書》本
《續方言》:(清)杭世駿撰,文淵閣《四庫全書》本
《續後漢書》:(宋)蕭常撰,文淵閣《四庫全書》本
《續後漢書》:(元)郝經撰,文淵閣《四庫全書》本
《續畫品》:(陳)姚最撰,文淵閣《四庫全書》本
《續名醫類案》:(清)魏之琇撰,文淵閣《四庫全書》本
《續齊諧記》:(梁)吴均撰,文淵閣《四庫全書》本
《續書譜》:(宋)姜夔撰,文淵閣《四庫全書》本

《續通典》:(清)嵇璜、劉墉等撰,紀昀等校訂,文淵閣《四庫全書》本
《續通志》:(清)嵇璜、劉墉等撰寫,紀昀等校訂,文淵閣《四庫全書》本
《續文獻通考》:(清)愛新覺羅·弘曆編,文淵閣《四庫全書》本
《續文章正宗》:(宋)真德秀原本,倪澄重編,(明)胡松增訂,文淵閣《四庫全書》本
《續仙傳》:(唐)沈汾撰,文淵閣《四庫全書》本
《續演繁露》:(宋)程大昌撰,文淵閣《四庫全書》本
《續資治通鑑長編》:(宋)李燾撰,文淵閣《四庫全書》本
《宣和奉使高麗圖經》:(宋)徐兢撰,文淵閣《四庫全書》本
《宣室志》:(唐)張讀撰,文淵閣《四庫全書》本
《玄英集》:(唐)方干撰,文淵閣《四庫全書》本
《薛濤詩集》:(唐)薛濤撰,文淵閣《四庫全書》本
《學林》:(宋)王觀國撰,文淵閣《四庫全書》本
《學餘堂詩集》:(清)施閏章撰,文淵閣《四庫全書》本
《雪磯叢稿》:(宋)樂雷發撰,文淵閣《四庫全書》本
《雪樓集》:(元)程文海撰,文淵閣《四庫全書》本
《雪坡集》:(宋)姚勉撰,文淵閣《四庫全書》本
《荀子》:(周)荀况撰,文淵閣《四庫全書》本
《荀子》:(周)荀况撰,(唐)楊倞注,上海古籍出版社《四部精要》1993年3月版
《巽齋文集》:(宋)歐陽守道撰,文淵閣《四庫全書》本
《遜志齋集》:(明)方孝孺撰,文淵閣《四庫全書》本
《延祐四明志》:(元)袁桷撰,文淵閣《四庫全書》本
《顔魯公集》:(唐)顔真卿撰,文淵閣《四庫全書》本
《顔氏家訓》:(隋)顔之推撰,文淵閣《四庫全書》本
《顔氏家訓》:(隋)顔之推撰,上海古籍出版社《四部精要》1993年3月版

《嚴陵集》:(宋)董弅編,文淵閣《四庫全書》本
《巖下放言》:(宋)葉夢得撰,文淵閣《四庫全書》本
《鹽鐵論》:(漢)桓寬撰,(明)張之象注,文淵閣《四庫全書》本
《衍極》:(元)鄭杓撰,劉有定注,文淵閣《四庫全書》本
《弇州四部稿》:(明)王世貞撰,文淵閣《四庫全書》本
《演繁露》:(宋)程大昌撰,文淵閣《四庫全書》本
《演山集》:(宋)黄裳撰,文淵閣《四庫全書》本
《儼山集》:(明)陸深撰,文淵閣《四庫全書》本
《儼山外集》:(明)陸深撰,文淵閣《四庫全書》本
《晏子春秋》:無名氏撰,文淵閣《四庫全書》本
《燕翼詒謀録》:(宋)王栐撰,文淵閣《四庫全書》本
《揚子法言》:(漢)揚雄撰,宋司馬光集注,文淵閣《四庫全書》本
《揚子雲集》:(漢)揚雄撰,(明)鄭樸編,文淵閣《四庫全書》本
《楊氏易傳》:(宋)楊簡撰,文淵閣《四庫全書》本
《姚少監詩集》:(唐)姚合撰,文淵閣《四庫全書》本
《野客叢書》:(宋)王楙撰,文淵閣《四庫全書》本
《鄴中記》:(晉)陸翽撰,文淵閣《四庫全書》本
《一瓢詩話》:(清)薛雪撰,轉引自《白居易資料彙編》,中華書局 1962 年 11 月第 1 版
《伊濱集》:(元)王沂撰,文淵閣《四庫全書》本
《猗覺寮雜記》:(宋)朱翌撰,文淵閣《四庫全書》本
《醫宗金鑒》:(清)愛新覺羅・弘曆編,文淵閣《四庫全書》本
《夷堅志》:(宋)洪邁撰,文淵閣《四庫全書》本
《疑耀》:(明)張萱撰,文淵閣《四庫全書》本
《儀禮述注》:(清)李光坡撰,文淵閣《四庫全書》本
《儀禮注疏》:(漢)鄭氏注,(唐)賈公彦疏,上海古籍出版社《四部精要》1993 年 3 月版

《儀禮注疏》:(漢)鄭氏注,(唐)賈公彦疏,文淵閣《四庫全書》本
《頤庵文選》:(明)胡儼撰,文淵閣《四庫全書》本
《頤山詩話》:(明)安磐撰,文淵閣《四庫全書》本
《抑庵文後集》:(明)王直撰,文淵閣《四庫全書》本
《益部方物略記》:(宋)宋祁撰,文淵閣《四庫全書》本
《異魚圖贊補》:(明)胡世安撰,文淵閣《四庫全書》本
《異魚圖贊箋目録》:(明)楊慎原本,(清)胡世安箋,文淵閣《四庫全書》本
《逸周書》:(晉)孔晁注,文淵閣《四庫全書》本
《意林》:(唐)馬總撰,文淵閣《四庫全書》本
《義門讀書記》:(清)何焯撰,文淵閣《四庫全書》本
《毅齋集》:(明)王洪撰,文淵閣《四庫全書》本
《藝概》:(清)劉熙載撰,上海古籍出版社 1978 年 12 月版
《藝林彙考》:(清)沈自南撰,文淵閣《四庫全書》本
《藝圃擷餘》:(明)王世懋撰,轉引自《白居易資料彙編》,中華書局 1962 年 11 月第 1 版
《藝文類聚》:(唐)歐陽詢撰,文淵閣《四庫全書》本
《繹史》:(清)馬驌撰,上海古籍出版社《四部精要》1993 年 3 月版
《繹史》:(清)馬驌撰,文淵閣《四庫全書》本
《因話録》:(唐)趙璘撰,文淵閣《四庫全書》本
《尹文子》:(周)尹文撰,文淵閣《四庫全書》本
《隠居通議》:(元)劉壎撰,文淵閣《四庫全書》本
《應齋雜著》:(宋)趙善括撰,文淵閣《四庫全書》本
《〈鶯鶯傳〉事迹考》:孫望,《中國文化研究匯刊》第九卷,1950 年版
《盈川集》:(唐)楊炯撰,文淵閣《四庫全書》本
《瀛奎律髓》:(元)方回編,文淵閣《四庫全書》本
《潁川語小》:(宋)陳叔方撰,文淵閣《四庫全書》本

《雍録》:(宋)程大昌撰,文淵閣《四庫全書》本
《甬上耆舊詩》:(清)胡文學編,文淵閣《四庫全書》本
《詠史詩》:(唐)胡曾撰,文淵閣《四庫全書》本
《幽閑鼓吹》:(唐)張固撰,文淵閣《四庫全書》本
《優古堂詩話》:(宋)吴幵撰,文淵閣《四庫全書》本
《遊宦紀聞》:(宋)張世南撰,文淵閣《四庫全書》本
《輶軒使者絶代語釋别國方言》:(漢)揚雄撰,(晉)郭璞注,文淵閣《四庫全書》本
《酉陽雜俎》:(唐)段成式撰,文淵閣《四庫全書》本
《于湖詞》:(宋)張孝祥撰,文淵閣《四庫全書》本
《漁洋詩話》:(清)王士禎撰,文淵閣《四庫全書》本
《漁隱叢話》:(宋)胡仔撰,文淵閣《四庫全書》本
《輿地碑記目》:(宋)王象之撰,文淵閣《四庫全書》本
《輿地廣記》:(宋)歐陽忞撰,文淵閣《四庫全書》本
《禹貢會箋》:(清)徐文靖撰,文淵閣《四庫全書》本
《禹貢指南》:(宋)毛晃撰,文淵閣《四庫全書》本
《庾開府集箋注》:(周)庾信撰,(清)吴兆宜注,文淵閣《四庫全書》本
《庾子山集》:(周)庾信撰,(清)倪璠纂注,文淵閣《四庫全書》本
《玉海》:(宋)王應麟撰,文淵閣《四庫全書》本
《玉機微義》:(明)徐用誠原輯,劉純續增,文淵閣《四庫全書》本
《玉篇》:(梁)顧野王撰,文淵閣《四庫全書》本
《玉臺新詠》:(陳)徐陵撰,文淵閣《四庫全書》本
《玉臺新詠考異》:(清)紀容舒撰,文淵閣《四庫全書》本
《玉堂嘉話》:(元)王惲撰,文淵閣《四庫全書》本
《玉溪生詩集箋注》:(唐)李商隱著,(清)馮浩箋注,上海古籍出版社1979年10月版
《玉溪生詩集箋注》:(唐)李商隱著,(清)馮浩箋注,上海古籍出版社

《四部精要》1993年3月版
《玉芝堂談薈》:(明)徐應秋撰,文淵閣《四庫全書》本
《喻林》:(明)徐元太撰,文淵閣《四庫全書》本
《御覽詩》:(唐)令狐楚編,文淵閣《四庫全書》本
《御選唐詩》:(清)愛新覺羅·玄燁編,文淵閣《四庫全書》本
《寓簡》:(宋)沈作喆撰,文淵閣《四庫全書》本
《淵鑒類函》:(清)愛新覺羅·玄燁編,文淵閣《四庫全書》本
《元白詩箋證稿》:陳寅恪著,上海古籍出版社1978年3月第新1版
《元豐九域志》:(宋)王存等撰,文淵閣《四庫全書》本
《元豐類稿》:(宋)曾鞏撰,文淵閣《四庫全書》本
《元和郡縣誌》:(唐)李吉甫撰,文淵閣《四庫全書》本
《元和姓纂》:(唐)林寶撰,文淵閣《四庫全書》本
《元和姓纂》:(唐)林寶撰,鬱賢皓等整理,孫望審訂,中華書局1994年5月版
《元詩選》:(清)顧嗣立編,文淵閣《四庫全書》本
《元氏長慶集》:(唐)元稹撰,(宋)劉麟傳,董氏本
《元氏長慶集》:(唐)元稹撰,(宋)劉麟傳,(明)馬元調重刊,文淵閣《四庫全書》本
《元氏長慶集》:(唐)元稹撰,(宋)劉麟傳,四部叢刊本
《元氏長慶集》:(唐)元稹撰,(宋)劉麟傳,錫山華堅蘭雪堂本
《元氏長慶集》:(唐)元稹撰,(宋)劉麟傳,楊循吉本,文學古籍刊行社1956年1月版
《元微之文集》:(唐)元稹撰,(宋)劉麟傳,宋蜀本,國家圖書館藏
《元憲集》:(宋)宋庠撰,文淵閣《四庫全書》本
《元獻遺文》:(宋)晏殊撰,文淵閣《四庫全書》本
《元音》:(明)無名氏編,文淵閣《四庫全書》本
《元稹傳》:王拾遺著,寧夏人民出版社1985年2月版

《元稹集編年箋注(散文卷)》:楊軍撰,三秦出版社 2008 年 12 月版
《元稹集編年箋注(詩歌卷)》:楊軍箋注,三秦出版社 2002 年 6 月版
《元稹集》:冀勤點校,中華書局 1982 年 8 月第 1 版
《元稹集》:冀勤點校,中華書局 2010 年 7 月第 2 版
《元稹考論》:吴偉斌著,河南人民出版社 2008 年 3 月版
《元稹年譜》:卞孝萱著,鳳凰出版社 2010 年 10 月版
《元稹年譜》:卞孝萱著,齊魯書社 1980 年 6 月版
《元稹年譜新編》:周相録撰,上海古籍出版社 2004 年 11 月版
《元稹評傳》:吴偉斌著,河南人民出版社 2008 年 3 月版
《元稹全傳》:吴偉斌著,長春人民出版社 1997 年 4 月版
《原詩》:(清)葉燮撰,轉引自《白居易資料彙編》,中華書局 1962 年 11 月第 1 版
《苑洛集》:(明)韓邦奇撰,文淵閣《四庫全書》本
《願學集》:(明)鄒元標撰,文淵閣《四庫全書》本
《月令輯要》:(清)李光地等監修,文淵閣《四庫全書》本
《月令解》:(宋)張虙撰,文淵閣《四庫全書》本
《月令解》:(宋)張虙撰,文淵閣《四庫全書》本
《岳武穆遺文》:(宋)岳飛撰,文淵閣《四庫全書》本
《岳陽風土記》:(宋)范致明撰,文淵閣《四庫全書》本
《越絶書》:(漢)袁康撰,文淵閣《四庫全書》本
《越史略》:無名氏著,文淵閣《四庫全書》本
《粤西叢載》:(清)汪森編,文淵閣《四庫全書》本
《粤西詩載》:(清)汪森編,文淵閣《四庫全書》本
《粤西文載》:(清)汪森編,文淵閣《四庫全書》本
《芸庵類藁》:(宋)李洪撰,文淵閣《四庫全書》本
《雲巢編》:(宋)沈遼撰,文淵閣《四庫全書》本
《雲谷雜紀》:(宋)張淏撰,文淵閣《四庫全書》本

《雲笈七籤》:(宋)張君房撰,文淵閣《四庫全書》本
《雲麓漫抄》:(宋)趙彦衛撰,文淵閣《四庫全書》本
《雲南通志》:(清)鄂爾泰等監修,文淵閣《四庫全書》本
《雲泉詩》:(宋)薛嵎撰,文淵閣《四庫全書》本
《雲臺編》:(唐)鄭谷撰,文淵閣《四庫全書》本
《雲溪居士集》:(宋)華鎮撰,文淵閣《四庫全書》本
《雲谿友議》:(唐)范攄撰,文淵閣《四庫全書》本
《雲仙雜記》:(唐)馮贄撰,文淵閣《四庫全書》本
《雲莊集》:(宋)劉爚撰,文淵閣《四庫全書》本
《鄖溪集》:(宋)鄭獬撰,文淵閣《四庫全書》本
《韵府拾遺》:(清)愛新覺羅·弘曆編,文淵閣《四庫全書》本
《韵語陽秋》:(宋)葛立方撰,文淵閣《四庫全書》本
《增補武林舊事》:(宋)周密原本,(明)朱廷焕補,文淵閣《四庫全書》本
《增注唐策》:(宋)無名氏撰,文淵閣《四庫全書》本
《湛淵集》:(元)白珽撰,文淵閣《四庫全書》本
《湛淵静語》:(元)白珽撰,文淵閣《四庫全書》本
《湛園札記》:(清)姜宸英撰,文淵閣《四庫全書》本
《戰國策》:(漢)高誘注,(宋)姚宏校,文淵閣《四庫全書》本
《戰國策》:(漢)高誘注,(宋)姚宏續注,上海古籍出版社《四部精要》1993 年 3 月版
《張司業集》:(唐)張籍撰,文淵閣《四庫全書》本
《張燕公集》:(唐)張説撰,文淵閣《四庫全書》本
《浙江通志》:(清)曾筠撰,文淵閣《四庫全書》本
《貞觀政要》:(唐)吴兢撰,(元)戈直集論,文淵閣《四庫全書》本
《貞素齋集》:(元)舒頔撰,文淵閣《四庫全書》本
《真誥》:(南朝梁)陶弘景撰,文淵閣《四庫全書》本

《震澤長語》:(明)王鏊撰,文淵閣《四庫全書》本

《正楊》:(明)陳耀文撰,文淵閣《四庫全書》本

《政經》:(宋)真德秀撰,文淵閣《四庫全書》本

《直齋書録解題》:(宋)陳振孫撰,文淵閣《四庫全書》本

《職官分紀》:(宋)孫逢吉撰,文淵閣《四庫全書》本

《止齋集》:(宋)陳傅良撰,文淵閣《四庫全書》本

《至元嘉禾志》:(元)徐碩撰,文淵閣《四庫全書》本

《中國歷史地圖集》:中國歷史地圖集編輯組編輯,中華地圖學社 1975 年版

《中國通史簡編》:范文瀾著,人民出版社 1965 年 11 月第 1 版

《中國文學家大辭典(唐五代卷)》:周祖譔主編,中華書局 1992 年 9 月版

《中國文學史》:遊國恩等編,人民文學出版社 1963 年 7 月第 1 版

《中國文學史》:中國社科院文研所編,人民文學出版社 1962 年 7 月版

《中華古今注》:(五代)馬縞撰,文淵閣《四庫全書》本

《中論》:(漢)徐幹撰,文淵閣《四庫全書》本

《中説》:(隋)王通撰,(宋)阮逸注,文淵閣《四庫全書》本

《中説》:(隋)王通撰,(宋)阮逸注,文淵閣《四庫全書》本

《中興間氣集》:(唐)高仲武編,文淵閣《四庫全書》本

《中庸衍義》:(明)夏良勝撰,文淵閣《四庫全書》本

《中州名賢文表》:(明)劉昌編,文淵閣《四庫全書》本

《忠肅集》:(宋)劉摯撰,文淵閣《四庫全書》本

《忠正德文集》:(宋)趙鼎撰,文淵閣《四庫全書》本

《衆妙集》:(宋)趙師秀編,文淵閣《四庫全書》本

《周髀算經》:(漢)趙君卿注,(周)甄鸞重述,(唐)李淳風注釋,文淵閣《四庫全書》本

《周官義疏》:(清)愛新覺羅・弘曆編,文淵閣《四庫全書》本
《周禮訂義》:(宋)王與之撰,文淵閣《四庫全書》本
《周禮詳解》:(宋)王昭禹撰,文淵閣《四庫全書》本
《周禮注疏》:(漢)鄭氏注,(唐)賈公彥疏,文淵閣《四庫全書》本
《周禮注疏》:(漢)鄭玄注,(唐)賈公彥疏,上海古籍出版社《四部精要》1993 年 3 月版
《周禮纂訓》:(清)李鍾倫撰,文淵閣《四庫全書》本
《周書》:(唐)令狐德棻撰,文淵閣《四庫全書》本
《周易集解》:(唐)李鼎祚撰,文淵閣《四庫全書》本
《周易衍義》:(元)胡震撰,文淵閣《四庫全書》本
《周易正義》:(魏)王弼等注,上海古籍出版社《四部精要》1993 年 3 月版
《朱熹佚文編考》:束景南編著,江蘇古籍出版社 1991 年 12 月版
《朱子全書》:(清)李光地編,文淵閣《四庫全書》本
《朱子語類》:(宋)朱熹等撰,文淵閣《四庫全書》本
《珠玉詞》:(宋)晏殊撰,文淵閣《四庫全書》本
《諸蕃志》:(宋)趙汝適撰,文淵閣《四庫全書》本
《諸葛忠武書》:(明)楊時偉編,文淵閣《四庫全書》本
《竹坡詩話》:(宋)周紫芝撰,文淵閣《四庫全書》本
《竹山詞》:(宋)蔣捷撰,文淵閣《四庫全書》本
《竹書紀年》:(南朝梁)沈約注,文淵閣《四庫全書》本
《竹隱畸士集》:(宋)趙鼎臣撰,文淵閣《四庫全書》本
《竹友集》:(宋)謝邁撰,文淵閣《四庫全書》本
《竹莊詩話》:(宋)何谿汶撰,文淵閣《四庫全書》本
《燭湖集》:(宋)孫應時撰,文淵閣《四庫全書》本
《渚宫舊事》:(唐)余知古撰,文淵閣《四庫全書》本
《麈史》:(宋)王得臣撰,文淵閣《四庫全書》本

《杼山集》:(唐)釋皎然撰,文淵閣《四庫全書》本
《著者别號書録考》:杜信孚等編著,江蘇古籍出版社 2000 年 1 月版
《莊簡集》:(宋)李光撰,文淵閣《四庫全書》本
《莊子口義》:(宋)林希逸撰,文淵閣《四庫全書》本
《莊子注》:(晉)郭象注,文淵閣《四庫全書》本
《莊子》:(周)莊周撰,(晉)郭象注,上海古籍出版社《四部精要》1993 年 3 月版
《追昔遊集》:(唐)李紳撰,文淵閣《四庫全書》本
《滋溪文稿》:(元)蘇天爵撰,文淵閣《四庫全書》本
《資暇集》:(唐)李匡乂撰,文淵閣《四庫全書》本
《資治通鑑考異》:(宋)司馬光撰,文淵閣《四庫全書》本
《資治通鑑前編》:(宋)金履祥編,文淵閣《四庫全書》本
《資治通鑑外紀》:(宋)劉恕編,文淵閣《四庫全書》本
《資治通鑑》:(宋)司馬光撰,文淵閣《四庫全書》本
《資治通鑑》:(宋)司馬光撰,(元)胡三省音注,上海古籍出版社《四部精要》1993 年 3 月版
《資治通鑑》:(宋)司馬光撰,中華書局 1956 年 6 月第 1 版
《子華子》:(周)程本撰,文淵閣《四庫全書》本
《子史精華》:(清)愛新覺羅・玄燁編,文淵閣《四庫全書》本
《紫山大全集》:(元)胡祇遹撰,文淵閣《四庫全書》本
《紫微集》:(宋)張嵲撰,文淵閣《四庫全書》本
《自堂存藁》:(宋)陳杰撰,文淵閣《四庫全書》本
《宗玄集》:(唐)吴筠撰,文淵閣《四庫全書》本
《宗忠簡集》:(宋)宗澤撰,文淵閣《四庫全書》本
《檇李詩繫》:(清)沈季友編,文淵閣《四庫全書》本
《尊白堂集》:(宋)虞儔撰,文淵閣《四庫全書》本
《尊前集》:(明)無名氏撰,文淵閣《四庫全書》本

《遵生八箋》:(明)高濂撰,文淵閣《四庫全書》本
《左傳紀事本末》:(宋)高士奇撰,文淵閣《四庫全書》本
《左氏傳説》:(宋)吕祖謙撰,文淵閣《四庫全書》本

九、本人有關元稹研究專著及論文篇目前後修改對照表

發表序號	原刊物發表時的篇名	發表期刊、年月、期數	字數	人大復印資料全文復印期數	《元稹考論》中的篇名	字數
1	元微之詩中"李十一"非"李六"之舛誤辨	《南京師院學報》198 年 1 期	10000		元稹詩中"李十一"非"李六"之舛誤辨	13681
2	試論元稹的銷兵主張	《鎮江師專學報》1981 年 3 期	6500		併入《元稹與穆宗朝"消兵"案》一文中	
3	元稹詩歌藝術特色淺析	《揚州師院學報》1985 年 3 期	8200		元稹詩歌藝術特色淺析	15383
4	元稹與宦官	《蘇州大學學報》1986 年 1 期	7200	1986 年第 3 期	宦官的跋扈與元稹的冤屈——論"元稹與宦官"	16313
5	《鶯鶯傳》寫作時間淺探	《南京師院學報》1986 年 1 期	7200	1986 年第 4 期	《鶯鶯傳》寫作時間淺探	8093
6	也談元稹"變節"真相	《復旦學報》1986 年 2 期	7000	1986 年第 7 期	元稹的"變節"與元稹的"依附"—兼論"元稹與宦官"	11667
7	元稹"勸穆宗罷兵"考辨	《徐州師院學報》1986 年 3 期	4300		元稹"勸穆宗罷兵"考辨—兼論"元稹與宦官"	9904
8	元稹與薛濤	《牡丹江師院學報》1986 年 3 期	3200		併入《也談元稹薛濤的"風流韵事"》一文中	
9	試析元稹的現實主義創作道路	《北方論叢》1986 年 4 期	8900		試析元稹的現實主義創作道路	17903
10	關於元稹詩文評價的思考	《光明日報》1986 年 12 月 16 日	3000		關於元稹詩文評價的思考	7822

續表 1

發表序號	原刊物發表時的篇名	發表期刊、年月、期數	字數	人大復印資料全文復印期數	《元稹考論》中的篇名	字數
11	元稹與永貞革新	《文學遺産》1986年5期	8400	1986年第11期	元稹與永貞革新	17818
12	元稹裴淑結婚時間地點考略	《唐代文學論叢》第9期	6000		元稹裴淑結婚時間地點考略	10267
13	關於元稹通州任内的幾個問題	《貴州文史叢刊》1987年1期	8500	1987年第6期	分别併入其他各篇文章中	
14	“張生即元稹自寓説”質疑	《中州學刊》1987年2期	7000	1987年第7期	“張生即元稹自寓説”質疑	10226
15	也談元稹與薛濤的“風流韵事”	《揚州師院學報》1988年3期	10800	1989年第3期	也談元稹與薛濤的“風流韵事”	13789
16	元稹白居易通江唱和真相述略——《年譜》獻疑之十一	《蘇州大學學報》1988年2期	9600	1988年第7期	併入《元稹白居易通江唱和真相考略》一文中	
17	元稹與唐穆宗	《貴州文史叢刊》1988年1期	10400		元稹與唐穆宗—兼論“元稹與宦官”	12878
18	元稹與穆宗朝“消兵”案	《海南大學學報》1988年2期	6200	1988年第10期	元稹與穆宗朝“消兵”案	12403
19	元稹評價縱覽	《復旦學報》1988年5期	12300	1988年第12期	元稹評價縱覽	16608
20	“元稹獻詩升職”别議	《北方論叢》1989年1期	8000	1989年第6期	元稹的獻詩與元稹的升職—兼論“元稹與宦官”	12295
21	元稹與長慶元年科試案	《中州學刊》1989年2期	8000	1989年第7期	元稹與長慶元年科試案	12035

續表 2

發表序號	原刊物發表時的篇名	發表期刊、年月、期數	字數	人大復印資料全文復印期數	《元稹考論》中的篇名	字數
22	論《鶯鶯傳》	《揚州師院學報》1991 年 1 期	9000	1991 年第 8 期	論《鶯鶯傳》	15564
23	再論張生非元稹自寓	《貴州文史叢刊》1990 年 2 期	9800	1991 年第 1 期	再論張生非元稹自寓	10426
24	論元稹對中唐文學的貢獻	《海南大學學報》1991 年 2 期	8800	1992 年第 9 期	論元稹對中唐文學的貢獻	14474
25	"元稹薄倖説"駁議	《蘇州大學學報》1994 年 4 期	10000	1995 年第 4 期	"元稹薄倖説"駁議	12918
26	關於元稹的史實及傳説——《年譜》疏誤雜拾	《固原師專學報》2000 年 2 期	7000		關於元稹的史實及傳説——《年譜》疏誤雜拾	7223
27	元稹詩文編年新解——《年譜》疏誤商榷	《聊城師院學報》2000 年 6 期	8700		《元稹詩文編年之我見》之一	
28	關於元稹詩文的繫年——《年譜》疏誤舉例	《北方論叢》2000 年 6 期	6800		《元稹詩文編年之我見》之一	
29	元稹通州詩歌編年——《年譜》疏誤舉例	《中州學刊》2000 年第 4 期	7400	2001 年第 1 期	《元稹詩文編年之我見》之一	
30	關於元稹婚外的戀愛生涯——《年譜》疏誤辨證	《文學遺産》2001 年 1 期	8600	2001 年第 7 期	關於元稹婚外的戀愛生涯——《年譜》疏誤辨證	8253
31	元稹通州行蹤考述——《年譜》疏誤舉證	《海南大學學報》2001 年 1 期	7500		《元稹詩文編年之我見》之一	
32	元稹的家庭——《年譜》疏誤拾芥	《漳州師院學報》2001 年 2 期	8500		元稹的家庭——《年譜》疏誤拾芥	16543

續表 3

發表序號	原刊物發表時的篇名	發表期刊、年月、期數	字數	人大復印資料全文復印期數	《元稹考論》中的篇名	字數
33	元稹詩文編年別解——《年譜》疏誤商榷	《廣西師大學報》2001 年 2 期	8700		《元稹詩文編年之我見》之一	
34	元稹詩文編年探析——《年譜》疏誤商榷	《福州師專學報》2001 年 3 期	10000		《元稹詩文編年之我見》之一	
35	元稹詩文編年補正——《年譜》疏誤商榷	《聊城師院學報》2001 年 6 期	9200		《元稹詩文編年之我見》之一	
36	元稹詩文編年新説——《年譜》疏誤商榷	《寧夏大學學報》2001 年 6 期	7200		《元稹詩文編年之我見》之一	
37	關於元稹知制誥及翰林承旨學士任内的幾個問題	《蘇州大學學報》2002 年 2 期	9400		關於元稹知制誥及翰林承旨學士任内的幾個問題—兼論"元稹與宦官"	11644
38	元稹白居易通江唱和真相縱述	《南昌大學學報》2002 年 2 期	9700		併入《元稹白居易通江唱和真相考略》一文中	
39					元稹白居易通江唱和真相考略	11777
40	元稹的早戀及其艷詩—兼答尹占華程國賦兩位先生的商榷	《聊城師院學報》2002 年 4 期	12300		元稹的早戀及其艷詩—兼答尹占華程國賦兩位先生的商榷	13517
41	元稹詩文編年淺述——《年譜》疏誤商榷	《固原師專學報》2002 年 4 期	8600		《元稹詩文編年之我見》之一	
42	《鶯鶯傳》寫作時間的再探索—兼答尹占華程國賦兩位先生的商榷	《中州學刊》2002 年第 6 期	8500		《鶯鶯傳》寫作時間的再探索—兼答尹占華程國賦兩位先生的商榷	12200

續表 4

發表序號	原刊物發表時的篇名	發表期刊、年月、期數	字數	人大復印資料全文復印期數	《元稹考論》中的篇名	字數
43	三論張生非元稹自寓——兼答尹占華程國賦兩位先生的商榷	《福州大學學報》2003 年 2 期	10000		三論張生非元稹自寓—兼答尹占華程國賦兩位先生的商榷	11703
44	元稹詩文編年新探——《年譜》疏誤商榷	《寧夏社會科學》2003 年 2 期	8300		《元稹詩文編年之我見》之一	
45	元稹詩文編年初探——《年譜》疏誤商榷	《聊城大學學報》2004 年 3 期	7700		《元稹詩文編年之我見》之一	
46	元稹詩文編年別説——《年譜》疏誤商榷	《南京廣電大學學報》2004 年 3 期	6800		《元稹詩文編年之我見》之一	
47	元稹詩文編年辯説——《年譜》疏誤商榷	《寧夏社會科學》2004 年 5 期	7500		《元稹詩文編年之我見》之一	
48	元稹詩文編年異議——《年譜》疏誤商榷	《南京廣電大學學報》2005 年 1 期	7000		《元稹詩文編年之我見》之一	
49	宦官再三的打擊與元稹一生的貶謫—再論"元稹與宦官"	《聊城大學學報》2005 年 6 期	16000		宦官再三的打擊與元稹一生的貶謫—再論"元稹與宦官"	15637
50	裴度的彈劾與元稹的貶職—三論"元稹與宦官"	《寧夏社會科學》2007 年 3 期	13900		裴度的彈劾與元稹的貶職—三論"元稹與宦官"	16005
51	元稹詩文編年淺探——《年譜》疏誤商榷		8200		《元稹詩文編年之我見》之一	
52	元稹謝世的前前後後—論述元稹的晚年	《寧夏師院學報》2007 年 2 期	14000		元稹謝世的前前後後—論述元稹的最後歲月	16922
53					元稹詩文編年之我見——《年譜》詩文編年疏誤商榷	105909

續表 5

發表序號	原刊物發表時的篇名	發表期刊、年月、期數	字數	人大復印資料全文復印期數	《元稹考論》中的篇名	字數
54	元稹全傳	長春人民出版社 1997 年 4 月版	310000			310000
55	元稹評傳	河南人民出版社 2008 年 3 月版	591000			591000
56	元稹考論	河南人民出版社 2008 年 3 月版	652000			652000
57	關於元稹《郭釗等轉勛制》的標點與編年	《南京師範大學文學院學報》2011 年 4 期	10000			
58	《元稹集編年箋注》錯誤舉隅	《杭州電子科技大學學報》2013 年第四期	9000			
59	元稹與他的《元氏長慶集》——《新編元稹集》前言	《南京師範大學文學院學報》2014 年 1 期	10000			
60	論劉本《元氏長慶集》之貢獻與缺憾	《聊城師範大學學報》2014 年 2 期	20000			
61	《元稹集編年箋注》錯誤舉隅	《黄河科技大學學報》2014 年第 2 期	9000			
62	後人對元稹詩文的誤讀	《寧夏社會科學》2014 年第 5 期	10000			10000
63	元稹詩文辨僞匯集	《江蘇第二師範學院學報》2014 年第 9 期	10000			10000

續表 6

發表序號	原刊物發表時的篇名	發表期刊、年月、期數	字數	人大復印資料全文復印期數	《元稹考論》中的篇名	字數
64	元稹《有唐武威段夫人墓誌銘》新解	《西夏研究》2014 年第 4 期	12000			12000
65	《元稹集編年箋注》錯誤舉隅(三)	《中國典籍與文化論叢》2014 年第 16 期	14000			14000
66	後人對元稹詩文的誤解	《寧夏師範學院學報》2014 年第 5 期	10000			10000
67	元稹詩文誤解九則辨正	《廈門廣播電視大學學報》2015 年第 1 期	10000			10000
68	後人對元稹詩文的錯解	《杭州電子科技大學學報》2015 年第 1 期	10000			10000
69	後人對元稹生平的誤讀	《寧夏社會科學》2015 年第 2 期	10000			10000
70	元稹詩文解讀正繆	《南京師範大學文學院學報》2015 年 1 期	10000			10000
71	元稹詩文辨僞録集	《南京廣播電視大學學報》2015 年第 1 期	8000			8000
72	後人對元稹詩文的誤斷	《江蘇第二師範學院學報》2015 年第 2 期	10000			10000
73	後人誤認是他人詩文之元稹詩文舉隅	《寧夏師範學院學報》2015 年第 2 期	10000			10000

一〇、元稹詩文編年目録索引(篇名首字以音序排列)